# 左翼批判精神的鍛接

## 四〇年代楊逵文學與思想的歷史研究

■黃惠禎 著

# 從抉擇到自立：
# 記一位臺灣文學者的成長之路

李豐楙

在這些年來發展快速的臺灣文學風潮中，回頭理解惠禎女棣的學術興趣及其成果，確是一件可以反省的學院例證。從臺中靜宜文理學院回到政大任教，我所擔任的課程中一直都有「現代文學」：從現代詩到現代小說、散文等，這類課程直到進入中研院後才停止授課。這一期間常被分配指導的就是現代文學，其中有多位表現優異，對於現代文學的鑑賞及分析能力均頗為突出。但在當時的學術氛圍中，卻不太有機會繼續深造博士學位。而惠禎際此忽視現代文學，特別是臺灣文學的時代夾縫中，從碩士學位就選定楊逵，其後歷經一段學術風尚的漸變之勢，又再度考上博士班，持續擴大楊逵及其時代的研究。凡此都證明其學術的選擇與堅持，確有超出同一群同儕間的識見與勇氣。因為後來臺灣文學的發展，在民進黨執政後，將其政策性躍升為學術顯學之一；但是惠禎的決定卻遠早於此，且是基於單純的學術方向所作的抉擇。

惠禎是臺中人，因緣所至，決定以楊逵研究為題，從而擴大及於臺中文化圈，以至於當時臺灣的文學風尚。從一開始決定論文題目時既已確定其方向，那時楊逵既已倍受學術界、文化界的矚目，但深入鑽研者還是不足；林瑞明曾撰專書已著先鞭而為之「畫像」，其他的單篇論述者亦有之。但惠禎一開始就確定：親訪家人（特別是楊建）、善用手稿，

應是理解楊逵的不二途徑，這是其研究一出即能夠受到肯定之因，也是
後來中研院中國文哲所整理、出版《楊逵全集》時，即受邀幫忙的因緣。
在全集的編纂及相關研究課題持續擴大的關鍵時刻，惠禎借此機會也將
其研究經驗匯入這一全集的學術工程，乃因楊逵其人其事：文學活動、
社會活動及政治事業，都標誌一個時代的劇變如何銘刻於一位文學家的
一生中。故其決定選擇楊逵為研究課題，並非全在東海風雲的傳奇，亦
非政黨的輪替所生產的利益；而是想透過其人其事而可有效切入，方便
探討臺灣文學史的複雜面向，既是一個跨越日本、國民政府統治的多變
年代，也是彰顯「跨越語言」的世代如何重回文學創作行列的歷程。

　　在臺灣的學術與政治交纏不清的年代，惠禎所擇定的題目及研究方
向，在研究過程中並非完全沒有疑慮；但在師弟之間當初既已確定學術
為取向的大原則後，可以確信惠禎這一世代已較少非學術理由的干預。
當時也曾鼓勵其轉益多師：陳芳明、陳萬益等都曾關心與建議，這是研
究臺灣文學者所必經之路。而當前這一路向的開拓實已更加開闊，惠禎
所任教、研究的學術園地，也遠優於往者，更能激勵其直接加入這一仍
有待深化的領域。在這一政黨再次輪替之際，期望臺灣文學研究可以正
常化：政治歸政治、學術歸學術，如此這一本土的文學研究就可順利匯
入全球化的學術潮流。從惠禎在政大就讀，而今已是領導一校的學術方
向，雖則其間難免會遭到挫折、困頓；但是一旦發心進入「臺灣文學」
這一學術領域，本就需要具備更為堅強的意志與決心，就如楊逵所舉以
為喻的：不會被壓扁的玫瑰。期望惠禎前一階段的開花已可與有心人分
享，更期待當前的學術空間更為自由開放，則惠禎的學術生涯將如綻放
的玫瑰：既可自怡悅，也可以芬芳贈與學術中人，共同分享臺灣文學研
究之樂。

# 拒絕離開歷史現場的楊逵

## 陳芳明

　　楊逵是歷史轉型期的典型人物。在日據時期，當政治運動遭到中止，文學運動又繼之發展時，楊逵是少數左翼作家拒絕從歷史舞臺退場。戰爭爆發後，當所有左翼作家銷聲匿跡時，楊逵又再次拒絕離開現場。當日本殖民主義解體，戰後中華民族主義進場時，這位左翼臺灣作家繼續活躍在臺灣文壇。時代洪流歷經多少次的轉折，政治運動遭遇多少次的彎曲，楊逵人格始終維持既有的風範。他的文學與思想，幾乎等同於一把尺碼，足以檢驗時代精神的深度與高度。

　　在臺灣文學研究中，楊逵已經成為顯學。但是，在顯學的潮流裡，要把楊逵寫好，而且寫得恰到好處，簡直就是極大的挑戰。這是因為這位作家的左翼思想，一直沒有得到合理的詮釋。戰後臺灣畢竟是屬於極端右傾的島嶼，更是一個屬於徹底反共的社會。日據時期左翼運動的記憶，終於淪為零落不堪，全然是拜賜於失去理性的反共與恐共。面對這位左翼作家，不可能不會注意到他的階級立場與批判精神。粗糙地使用民族主義來概括楊逵的文學藝術，只能使他的歷史面貌更形模糊。學院研究者開始流行楊逵文學的閱讀時，階級觀點與批判意識並沒有獲得真正的尊重。

　　在浩瀚的研究論著中，黃惠禎的楊逵詮釋，誠然為臺灣左翼文學帶來一絲曙光。由博士論文改寫的這部重要著作，無疑與許多坊間的見解

與論點劃清界線。這部論文值得重視之處，不僅是文獻的使用，也不僅是觸及最敏感的歷史階段，更是因為精確掌握了楊逵的思想與精神。

楊逵史料的出土，是臺灣文學領域的大事。惠禎是第一位有系統、有計畫的研究者。當年她撰寫碩士論文時，楊逵史料還未公諸於世，因此在視野與格局上受到很大限制。一九九六年楊逵家屬把第一手史料交給中研院文哲所，使得各方期待已久的《楊逵全集》成為可以實現的夢想。在整理過程中，惠禎很幸運擔任執行編輯。由於她完成過初步的楊逵研究，在參與編輯時往往具有過人的判斷與洞察。她幾乎是以敏銳的鼻子，嗅出每一份史料的確切意義與時間位置。

完全熟悉所有的史料之後，她選擇楊逵生命中最具挑戰性的階段做為博士論文的研究目標。楊逵出生於一九〇六年，去世於一九八五年。前後八十年的時間，相當平均地劃分成殖民時期與戰後時期。惠禎的論文集中在楊逵最完整的中年時期切入研究，也就是從一九四〇至一九五〇年的歷史轉型階段。具體而言，正是楊逵從三十五歲至四十五歲之間，近接太平洋戰爭的爆發，以及戰後國民政府的接收。楊逵在這前後十年的時期，一方面是受到大和民族主義的驅使，一方面則是見證中華民族主義的到來。在前五年，皇民文學運動正臻於高峰；在後五年，中國白話文驟然升格成為臺灣官方語言。夾在兩種民族主義與兩種語言之間，楊逵的左派立場是否動搖，就成為惠禎撰寫論文時的關注焦點。

她對史料的掌握相當精準，閱讀的節奏也極為緊湊。凡是前人研究過的相關議題及其成果，都毫無例外納入她的研究裡；並且在既有研究成果的基礎上，她延伸出新的詮釋。她的每個解釋，都有具體的證據在背後支撐。因此，新出土的楊逵史料如果獲得充分利用的話，則惠禎的研究確實已建立一個典範。

在一個以反共思維為主流的社會，像楊逵這樣具備高度批判精神的作家，很難獲得恰當的評價。尤其是在一個以民族主義作為主流的學術界，像楊逵這樣堅持階級立場的作家，就更加難以釐清其人格特質。楊逵做為一位典型的左翼作家，他的思維方式完全是由他所處的歷史環境

所形塑。偏離殖民地體制，偏離資本主義化社會，偏離臺灣社會的農工立場，就無法認識清楚楊逵的人格特質。然而，有關楊逵研究長年來存在一種現象，在分析他的作品中，總是出現「去歷史化」、「去脈絡化」、「去思想化」的嚴重傾向。由於無法真正彰顯楊逵的思想真髓，有不少研究者往往輕率地派一頂「中華民族主義」的帽子給他。被供奉在民族主義神龕裡的楊逵，恐怕會覺得不安，甚而憤怒吧。

　　這冊專書的研究，為楊逵文學的研究開闢一條深刻的貼近途徑，而且也建立了一個嚴肅的學術典範。所有與楊逵相關的議題，諸如皇民化文學的評價，戰後二二八事件的詮釋，橋副刊的論戰探測，以及銀鈴會與四六事件的問題，都可以在這本書中得到合理的答案。日後從事楊逵文學的研究者，都必須超越黃惠禎所到達的高度。如果說這本書是近年來臺灣文學研究的重要收穫，應該是恰如其分的評價。

　　惠禎在過去撰寫論文期間，為了尋求一份史料，或為了解決一個問題，往往不遠千里回到政大校園與我討論。她的治學態度與問學精神，在新世紀的研究朋輩中尤為鮮明。為她寫這篇序文時，她孜孜不倦的身影仍然生動地保留在我的記憶。

　　　　　　　　　　　　　　二〇〇九年五月六日政大台文所

# 安靜的研究者

## 楊翠

　　認識惠禎，有二十年了。在我的學者朋友之中，她是最不合時宜的一位。

　　二十年間，我們共同以熾盛的青春，參與臺灣社會的騷動，從解嚴前後的眾聲喧嘩，到九〇年代中後期，本土論述似乎、幾乎真的要從這塊土地上生根茁長，大學校園裡，臺灣文學系所熱絡湧生，我們有一群人，攜手聯袂，準備建造一個夢。然後，二十一世紀的第一個十年即將過去，學院充滿元氣活力，齊心向評鑑制度的各項指標邁進，我們一邊繞著那張寫著頂尖或卓越的大旗疾奔，一邊卻也困倦地返身自視，凝視這片喧嚷不已的荒漠，不知明天過後，除了一疊數據，我們還能剩下什麼。

　　好些年了，學院裡的朋友，人人行色匆匆，為計算業績點數而奔忙。唯獨惠禎還是安安靜靜的，二十年來，一頭埋入楊逵研究，那麼深情專注，卻又那麼低調安靜，彷彿二十年來所有的青春與心血，只為信守一個生命的盟約。

　　惠禎認識楊逵，先於認識我，她與楊逵結下不解之緣，起碼超過二十年。難以想見，像惠禎這樣一個女子，在她生命最青春的年月，只不過因緣際會，走進歷史甬道，遭遇了楊逵，竟如訂下一生一世的誓約，此後以超過二十年的時間來閱讀他，那麼專注地貼靠他的靈魂，那麼深

摯地梳理他的思想體系，那麼耐心地繪製他的精神地圖。在知識份子以修辭和姿勢取勝的這個世代，在喧嘩不歇的時代語境裡，惠禎的安靜專情，看來是如此不合時宜。

因為惠禎的不合時宜，我才知道我們可以是一輩子的知己。

二十年前，惠禎決定以楊逵為題進行碩論，請我引見父親，商借資料。那時阿公辭世不到五年，一連好幾年，我都過著失魂的日子，走不出阿公突然離去的陰影，生命彷彿被掏空一大塊，此生曾有的一切，盡皆被吸入黝深黑洞，每天夜晚都被惡夢侵擾，白天總是哭著醒來，瘦到腰只剩一捻，紙片般飄蕩，人生幾乎無以為憑。惠禎就在那時來找我，我們相約在大肚山，一起坐公車前往大甲，與父親見面。當時車過大肚山紅土坡，我側臉凝看惠禎清瘦的臉容，不知為何，直覺自己可以信賴她，信賴她與楊逵的結緣。我對躺在紅土地層裡的阿公說，一九八四年我曾允諾幫你寫傳記，但現在我無能為力，相信惠禎寫你，可以寫得更好。

從那時候開始，惠禎被楊逵糾纏了二十年。因為同樣被楊逵糾纏、而且註定要終身糾纏的身世，我們彼此心靈相繫，成為一生的知己。

二十年間，我見證了惠禎對歷史的敬重，她以既有的材料，鉤沉出更多史料，每一筆資料，都是用盡心血，灌注情感，每一筆資料，都不僅止於檔案夾中的一件收藏品，或者學術論文中的一個註解。惠禎最動人的地方，是她對歷史本身的敬重，學術從來不是她的目的本身，她只是選擇了以學術的形式，鋪展歷史的幅員，彰顯歷史的體溫。

惠禎的學術風格，很安靜，從不喧嘩，然而，她的靈魂內裡，卻似乎蓄養著一把不熄的火種，安安靜靜燃燒著不滅的激情。直到中年過後，我們才深切體認到，像我們這般不合時宜的族類，如果不是還有一把殘餘的激情火種，早就把世界遠遠拋離了。惠禎的激情不走華麗風，她以溫潤馴火，煨烤這個時代僅存的理想餘燼。在我們這個世代的楊逵研究者之中，無論是思想體系或者精神魂體，惠禎都是最靠近楊逵的一位；更或者說，我認為她是最能靠近臺灣左翼知識份子的中生代臺灣文學研究者。

　　楊逵其實是某種原型，他是如此簡單素樸地實踐此生一貫的理想，然而，生年八十載，日治四十年、戰後四十年，他身上不得不聚合了兩個時代中最複雜的元素，因此，無論生前或死後，左右統獨都積極參與「詮釋楊逵」的行列，「複眼看楊逵」，其實是反映了近二十年來臺灣社會本身的複雜性。在這些紛紛擾擾的論述聲浪中，惠禎以她獨特的真誠、敏銳，以及對歷史的敬重，重返史料、深入時代現場，以明確的歷史意識、深厚的學術基礎、樸實的論述風格，在左右統獨之間，堅持自己的腳步與節奏，寫下楊逵最細膩的歷史臉容。

　　惠禎對楊逵的理解，在幾個面向上是很精確的。她寫出楊逵對臺灣深摯的情愛。這是與任何統／獨意識形態的標榜無關，最簡單素樸的土地情愛，對於一生都將雙腳踏入臺灣地層、特別是貧瘠地層的楊逵而言，所有在這塊土地上流汗、播種、揮鋤、耕耘的生命足跡，無需以任何主義的修辭裝點。楊逵「臺灣優先」、「臺灣主體」的思考，不是、也從不曾為某種政治意識型態贊聲，只是一個土生土長的臺灣住民對在地生活空間的愛戀，如果它有任何具體的政治意識型態主張，也是緣於政治強權與文化霸權對在地文化的長期操控與否定，一個在地住民的自我辨識與自我認同。

　　惠禎也寫出楊逵的臺灣情愛與社會主義思想不相衝突，做為一個道道地地的臺灣左派，楊逵的社會主義理想與實踐，都自然而然地鑲入臺灣島嶼底層。他熱愛做夢卻又腳踏實地，這正是為什麼他的社會主義理想可以自然而然地、具體實踐在腳下的土地。社會主義因而既是楊逵的理想，也是他的生活本身。惠禎寫出楊逵最迷人的特質，她也透過楊逵，深切體認到，社會主義理想的實踐，何需託寄中國大江山，對每一吋腳下土地的耕耘，都是實踐的腳步。

　　惠禎更寫出楊逵最深沉的精神底蘊。許多中生代研究者無法貼近楊逵的生命世界，他們不了解楊逵的生命底蘊，不了解他如何與從未遠離的貧窮、疾病協商共處，如何在一無所有之間，匍匐前進，他們總以中產階級美學的視角，來詮釋楊逵的生命特質。楊逵經營花園，從來不是

傳統中國文人的耕讀自娛、隱逸怡情，農耕是他的生活本身，也是他用
以抵禦現實世界誘惑、而得以堅持自我主體的終極選擇，更是他走向世
界、社會實踐的基地。惠禎寫出楊逵的生存姿態與精神底蘊，在她筆下，
楊逵無論文學理念、社會實踐或生活方式，都具有原初的美學思想，在
地的、庶民的、生活的。

　　的確，惠禎做研究，有楊逵的特質，也有楊逵的美學。她從不擺弄華
麗的姿勢，不操演絢麗的修辭，以稱得上是「緩慢」的步履，低調前行，
所以她才得以掌握楊逵的美學風格。我想這是緣自惠禎的人格特質與生命
情調吧。其實，惠禎之所以能貼近楊逵，除了緣自她深厚的歷史意識、素
樸的人格特質，還有她與楊逵家屬的情感連帶關係，使她得以進入楊家的
生命史地圖，經由閱讀楊逵的家族史，從而照見楊逵的歷史容顏。

　　早些年，臺灣文學研究的先行者，關注的不僅是作品，同時還是人，
然而，我們這個世代的臺灣文學研究者，關注的卻是學術成果。他們與
家屬的關係，僅止於資料的取得、利用，辦活動時利用家屬助長聲勢、
背書，電話聯繫或前來拜訪，也僅止於資料與工作的需求。他們以為「為
楊逵」做任何事，都是對家屬的恩澤，計劃案結束、活動終了，就不曾
再聞問，不曾有過一句問候、一張信卡，不曾有過人情連帶關係，彷彿
家屬不過是個工具而已。這些年，對於這些人，連我這樣一個慣於求全、
極度鄉愿的天秤座，都覺得受夠了，難怪父親總對學術界沒好感，在他
眼中，這些人美其名是在「幫楊逵」向世人展示他的文學成果，其實是
在建構自己的學術業績，至於楊逵本身，他自在地活在歷史中，本不須
這些華麗的修辭與姿勢來為他增色。

　　而惠禎卻不是如此。她深入楊逵家屬的生命世界，她是聆聽者，而
不是索求者。她總是以溫柔的、乃至疼惜的神情，聆聽父親的故事，她
深刻體會臺灣文學家的第二代、政治受難者家屬的生命苦楚，她經常不
為任何目的而來，卻帶著滿溢的情感離去。

　　這樣的惠禎，在學術界其實是格格不入的。初相識時，我們都不曾
想過要進入學術界，當時我剛從學院的滯悶氛圍中出走，在媒體工作，

奔走於解嚴後的臺北街頭，成為一個紀錄者、見證者與參與者，一度決定放棄碩士學位，想以最接近阿公當年的生命形式，與他永遠相陪伴。而惠禎則純粹是受到楊逵的感召，只為完成一個心願。對我們而已，閱讀楊逵或書寫楊逵，其實是一種生命的盟約。

我至今仍然記得阿公的提點，學術場域是知識精英的遊戲場，招數繁複，虛多於實，唯有深入民間社會，才得以呼吸到這個時代的空氣，感知到真實生命的存在姿態，也才得以提煉實踐的能動力。二十年來，我從媒體轉入社區，卻又終於背離阿公，離開社區，遁入學院，在圍牆裡學習操演華麗的修辭，每日與自己拉扯，感到自己同時離棄兩個時代，也被兩個時代離棄，甚或逐漸離棄自己。孤獨至深。所幸還有惠禎。

所幸還有惠禎。在學術的場域中，我們彼此知曉，以初心相互鼓舞。二○○四年初春，我在生命的低潮，彷若行過死亡的幽谷，一度以為自己就要這樣離去，那時也處身憂苦境域，為寫博論正持續被楊逵糾纏的惠禎給我打氣，我也以好友米雅的童詩〈朋友〉中的詩句相贈：「用淚洗過的心事／晾乾了嗎／用我傾聽的心當衣架也可以的喔」，告訴惠禎：「每個生命都各自撐著瘀傷的肩膀，除了自己，誰也無法為誰承擔什麼。但是，朋友傾聽的心，彎曲成厚實的衣架，溫柔托著瘀傷的肩膀，終會晾乾人生的淚水。」

我是極不愛打電話的古代人，生命本質習於孤獨，溫柔心事慣於存放心底，多年來，我與惠禎不常交換言語，見面的時間也不多。但是，就是這樣的知心相許，憂鬱來潮時，我想著惠禎與我一起，互為晾乾心事的衣架，我想著惠禎與我一起，都向楊逵發了願，此生無論如何，即使生命再如何困頓，即使世界覆滿冰雪，我們都要以取自楊逵的火種，燃燒每一段荒漠行路。我們或許無力為這個枯寒的時代打光，然而，返身走入歷史的滄茫之中，遭遇楊逵安靜挺立、彎腰揮鋤的身影，我們相約隨行。

這是我與惠禎的約定。惠禎要將她的楊逵付梓出版，我原來只想寫個一兩千字，為惠禎壯聲。不知不覺叨叨絮絮，說了一疊無用之語。

二〇〇九年我所寫的字語，全數指向在死寂的灰燼裡找尋微細火光的慾望，請惠禎和她的讀者原諒我的多言。

二〇〇九年三月二十三日，大肚山，春雨

# 目　次

# 第一章　緒論

## 一、研究動機

　　臺灣學界對楊逵（1906～1985）[1]的研究，始於一九七三年顏元叔撰寫的〈臺灣小說裏的日本經驗〉。這篇論文另外探討了包括張深切、吳濁流、廖清秀、葉石濤、林衡道等人的作品，楊逵部份則選擇〈送報伕〉（日文原題〈新聞配達夫〉）作為立論的基礎，稱許之為寫出臺灣社會真相的第一篇小說。[2]同年十二月《中外文學》第二卷第七期刊出林載爵的〈臺灣文學的兩種精神──楊逵與鍾理和之比較〉，推崇楊逵文學為抗議精神之代表，楊逵文學的地位因之節節昇高。一九七五年張良澤於《中央日報》發表〈不屈的文學魂──論楊逵兼談日據時代的臺灣文藝〉，盛讚楊逵有別於「御用」文人，是一位堅持漢魂、有骨氣的「叛逆」作家，如疾風勁草，令人肅然起敬。[3]一九七六年楊逵羈押綠島時期的小說〈春光關不住〉因富於民族意識，被改題為〈壓不扁的玫瑰花〉，選入新教材的國中國文課本第六冊，以上這些評述實具有推波助瀾之

---

[1] 楊翠（楊逵孫女）於二〇〇四年六月首度揭露：一般以楊逵生於一九〇五年實為錯誤記載，楊逵的戶籍資料顯示其生年為明治三十九年（西元一九〇六年）十月十八日。筆者查閱萬年曆後發現：一九〇六年新曆十月十八日為農曆九月初一，與楊逵農曆生日的日期相符，楊逵生年為一九〇六的說法應當正確無誤。參見楊翠，〈楊逵的疾病書寫──以「綠島家書」論述場域〉（楊逵文學國際學術研討會，臺中：靜宜大學，2004 年 6 月 19、20 日），頁 2。

[2] 初稿一九七三年七月曾於《中外文學》第二卷第二期發表，重寫並擴充內容後譯成英文，當年八月於夏威夷東西中心舉行的「社會意識文學研討會」上宣讀，英文稿再譯成中文後收於楊素絹編，《壓不扁的玫瑰花──楊逵的人與作品》（臺北：輝煌出版社，1976 年 10 月），頁 55-84。

[3] 張良澤，《中央日報》，1975 年 10 月 22～25 日。

功。[4]因為在教科書作者欄內被稱為「抗日作家」，從此楊逵成為莘莘學子心目中的抗日英雄，廣受愛戴，由其所經營的東海花園頓時成為文學聖地，各界人士絡繹於途。這對曾經因政治思想之不同，身繫囹圄長達十二年的楊逵來說，無疑是值得紀念的一件事。

　　一九八一年，陳芳明在美國以「溫萬華」之名發表〈放膽文章拼命酒——論楊逵作品中的反殖民精神〉，評論「楊逵作品的可貴，不只在於他對日本殖民政權的控訴，而且也在於對監禁他、迫害他的國民黨政權提出直接的抗議」，認為楊逵小說在臺灣普受歡迎與尊敬，「是整個社會潮流的具體浮現」，「歷史將會告訴我們：楊逵的反抗殖民政權的精神，最後一定勝利」，[5]特別突顯楊逵被國民黨政權迫害的歷史，將楊逵的形象及文學精神從抗日典範轉化成為反國民黨在野勢力的象徵。一九八五年三月十二日楊逵去世，臺灣各大報章雜誌陸續刊載追悼文章，海內外亦不約而同舉行追悼楊逵的紀念儀式。三月二十九日，知名作家陳若曦在《中國時報》發表〈楊逵精神不朽〉，說自己「最佩服楊逵不屈不撓的抗議精神」。三月三十日，周青在中國北京的楊逵紀念會上稱讚楊逵是「富有強烈反抗精神的愛國的社會改革者」[6]。

　　上述來自各界的評論雖略有不同，然對楊逵的抗議（或反抗）精神同樣抱持肯定的態度，其他的研究者也從未有過任何懷疑。一九八六年，楊逵的〈解除「首陽」記〉（日文原題〈「首陽」解消の記〉，

---

[4]　當年在國立編譯館服務的寒爵（韓道誠）給楊逵去信曰：「大作文情並茂，更富民族意識實在值得敬佩」，並說明改題的原因是經過編審會研究，「認為這樣的題目，恐怕被學生們做其他的聯想」。該信被全文收錄於林梵（林瑞明），《楊逵畫像》（臺北：筆架山出版社，1978 年 9 月），頁 40。

[5]　引自陳芳明，〈放膽文章拼命酒——論楊逵作品中的反殖民精神〉（上），《美麗島》（洛杉磯）第五三期（1981 年 8 月）。筆者研究用影本來自楊逵家屬提供的資料，頁數不詳。

[6]　周青，〈偉大的台灣作家——紀念楊逵先生〉，《台聲》（北京）「楊逵先生紀念專輯」（1985 年 4 月），頁 17。

或譯為〈「首陽」解除記〉）[7]由張恒豪重新挖掘出土，證明楊逵在七七事變後，藉伯夷與叔齊隱居首陽山的典故蟄居耕讀，表明不與侵略者合作立場而開闢的「首陽農園」，招牌並未如其本人所說，堅持到日軍戰敗投降的最後一刻。張恒豪也在文中指出當年請鍾肇政翻譯楊逵小說〈增產之背後——老丑角的故事〉（〈增產の蔭に——吞氣な爺さんの話〉）時，鍾肇政以人剛死便將這種作品譯出來怕不太好而予以婉拒，透露出楊逵在日本當局壓力下寫作過「皇民文學」。[8]然而此舉不僅損及楊逵的形象，也嚴重傷害民族自尊，為此王曉波與張恒豪兩人展開一場精彩的論辯。首先是張恒豪該文刊載後的兩個月，王曉波發表〈把抵抗深藏在底層——論楊逵的『首陽』解除記」和「皇民文學」〉，認為在日本敗象已露，更加緊對殖民地臺灣的彈壓時，臺灣作家連「不說話的自由」也被剝奪了，而非自由意志的強迫脅從是不負刑責的，楊逵不認當年的這筆賬有何不可？〈「首陽」解除記〉的重新被揭出，只能證明其文學靈魂也被強暴過，不能證明其文學靈魂失貞。[9]當月的《南方》第二期，張恒豪引據楊逵回憶錄及楊逵友人所言，證實楊逵拘繫綠島時期曾被調往臺北，原因是當局有意將其派往日本，針對在日本的臺獨與反對人士做特務工作。因而推論楊逵本人的性格是不被教條綁死，伺機權變，在臺灣總督的高壓之下寫出〈「首陽」解除記〉與〈增產之背後——老丑角的故事〉這種文字，也就不足為異了。[10]

---

7　發表於《臺灣文藝》第一卷第二號「臺灣文學者總蹶起」專欄（1944 年 6 月），頁 8。本篇張恒豪譯為〈「首陽」解除記〉，故張恒豪及王曉波的論辯中稱之為〈「首陽」解除記〉，《楊逵全集》則譯為〈解除「首陽」記〉。

8　張恒豪，〈超越民族情結重回文學本位，楊逵何時卸下「首陽農園」？〉，《文星》第九九期（復刊號，1986 年 9 月），頁 121-124。

9　王曉波，〈把抵抗深藏在底層——論楊逵的『首陽』解除記」和「皇民文學」〉，《文星》第一〇一期（復刊三號，1986 年 11 月），頁 124-131。

10　張恒豪，〈楊逵有沒有接受特務工作？〉，《南方》第二期（1986 年 11 月），頁 122-125。

　　回顧臺灣文學遺產整理與研究的路程，在國民政府接收臺灣一年後日文欄的禁絕，二二八事件後臺灣島內政治局勢的紛亂，加以本地文化界菁英的被踐蹋與被屠殺，迫使絕大多數日本殖民時期知名的作家就此封筆。七○年代鄉土文學論戰之後，楊逵的作品因被認為富含民族意識，而成為日治時代的臺灣作家與作品被重視及研究的第一人。最能引起學界興趣的也一直是賴和、楊逵這一批反帝、反殖民壓迫、深具抵抗意識的作家，也難怪風格迥然不同的其他作家和作品，尤其是所謂「皇民文學」陸續出土之後，一向頌揚臺灣文學的研究者會驚慌失措，急於隱藏。由於楊逵素來被認為對日本殖民當局始終採取不屈的抗爭姿態，並因此受到臺灣各界的普遍推崇，〈解除「首陽」記〉之發現在當時造成的震撼自是不在話下。

　　事實上，楊逵疑似「皇民文學」的作品遲至他過世之後才發現，係因先前的研究多侷限於佔楊逵創作極少數的中文譯本，所引以論證的亦多是戰後版本改寫或新增添的部份。一九八三年，日本學者塚本照和的〈楊逵作品「新聞配達夫」（送報伕）的版本之謎〉（〈楊逵作『新聞配達夫』「（『送報伕』）のテキストのこと」〉）[11]，即曾比對〈送報伕〉包括創作底稿在內的十多種版本，說明坊間廣為流傳的版本已有多處增補，失去日治時期發表的原貌，提出楊逵創作的版本問題，對楊逵文學的研究昭示一條新的路徑。一九九二年，筆者撰寫碩士論文《楊逵及其作品研究》時受其啟發，乃根據包括楊逵手稿在內的各種版本，以坊間通行的前衛版《楊逵集》[12]進行比對，發現楊逵有不斷修改自己作品的習慣，日治時期的小說創作在譯成中文的過程中，除了文辭的斟酌與情節內容

---

[11]　塚本照和〈楊逵作『新聞配達夫』（『送報伕』）のテキストのこと〉發表於《台灣文學研究會會報》（奈良）第三、四合併號（1983 年 11 月），頁 23-30。向陽中文譯稿〈楊逵作品「新聞配達夫」（送報伕）的版本之謎〉刊載於《臺灣文藝》第九四期（1985 年 5 月），頁 166-180。

[12]　張恒豪編，《楊逵集》（臺北：前衛出版社，1991 年 2 月）。

的增刪外，還包括意識形態的改異。[13]《楊逵全集》編纂時也特別注意
這個問題，遂將同一種作品不同版本間內容差異過大者同時收錄，提供
研究者比對之用。筆者認為楊逵作品的每一種版本都有其個別的意義，
若比較楊逵在終戰前後同一種小說創作的不同版本，將有助於了解楊逵
及其文學的精神，以及當時的政治環境與文學風尚。

筆者碩論雖然號稱第一篇全面檢討楊逵著作的專論，然而當時源於
文獻的不足徵驗，對楊逵的文學活動無法做更深入的剖析。幸而近年來
隨著史料的陸續出土、舊報紙雜誌的重刊、作家全集的整理，以及楊逵
同時代人物日記和回憶錄的上梓，典籍的查考較過去容易得多。尤其幸
運的是筆者因為擔任《楊逵全集》執行編輯，繼碩士論文撰寫期間承蒙
楊逵家屬提供一批楊逵遺稿之後，有機會親炙近年間重新出土的楊逵手
稿，和尚未正式公開的楊逵文友入田春彥、揚風等人的手稿，以及楊逵
編輯的《和平日報》「新文學」欄、《台灣力行報》「新文藝」副刊、《臺
灣文學叢刊》等第一手文獻資料。此外，由於白色恐怖的陰影，楊逵
生前對敏感性的禁忌話題語多保留，筆者曾經訪問楊建（楊逵次子），
獲悉皇民化運動期間楊逵將楊建改名「伊東建二」；楊逵夫婦戰後初期
曾經加入中國國民黨，後因參與二二八武裝革命被捕入獄，未再繳交
黨費而被解除黨籍；二二八事件之後，楊逵曾經致力於臺灣閩南語的
書面化，自行研究一套仿自日文羅馬化的拼音系統，並以此教導子女
跨越過日文、中文轉換的障礙。這些楊逵回憶錄的漏網之魚，在楊逵
精神和歷史語境的接合方面，無疑是極為重要的佐證，可用以彌補現
有史料之不足。

二〇〇一年十二月，《楊逵全集》十四冊全數出版完畢，所蒐羅楊
逵的各類作品，與重新翻譯校訂的日文作品中文譯稿，為研究者帶來的
便利性有目共睹，更為全面性的楊逵研究理當就此展開。二〇〇四年二

---

[13] 請參考拙著，《楊逵及其作品研究》（李豐楙教授指導，臺北：麥田出版社，
1994 年 7 月），頁 132-140。

月及六月間，在中國廣西南寧市與臺中的靜宜大學分別舉辦過一場楊逵文學的學術研討會，針對楊逵的文學創作與社會運動各層面展開探討，目前尚有多篇楊逵研究的學位論文正在進行當中。學術性楊逵研究的方興未艾，以及統獨意識型態對楊逵研究的操弄，都促使筆者重新思考以豐富史料與學界對話的可能性。在以《楊逵全集》和第一手史料的基礎上，希望能深入探索楊逵的思想與文學活動，從各方面研究楊逵如何實踐終身信奉的社會主義，並藉此釐清楊逵究竟是「抗日作家」、「抗議作家」、「普羅文學家」或是「民族文學作家」等歷史定位上的問題。

## 二、相關研究的回顧與檢討

一九七○年代，楊逵隨著鄉土文學尋根熱潮而重登文壇。由於退出聯合國之後臺灣社會普遍高漲的愛國精神，與戒嚴體制下國民黨政府反日教育之影響，楊逵以其小說創作中對日本殖民統治的抵抗，迅速成為最受文化界矚目的臺籍作家。當時許多重要參考資料業經楊素絹（楊逵次女）蒐羅編輯為《壓不扁的玫瑰花——楊逵的人與作品》[14]出版，其中尾崎秀樹〈臺灣出身作家文學的抵抗——談楊逵〉與張良澤〈不屈的文學魂——論楊逵兼談日據時代的臺灣文藝〉[15]對楊逵作品中反抗精神之闡述，以及林載爵〈臺灣文學的兩種精神——楊逵與鍾理和之比較〉[16]所分析楊逵筆下知識分子角色社會改革者的形象，至今仍頗具參考價

---

[14] 一九七六年十月由臺北的輝煌出版社發行，其後又以《楊逵的人與作品》為題，由臺北的民眾日報社於一九七八年十月出版。

[15] 尾崎秀樹該文原題〈台湾出身作家の文学の抵抗——楊逵のこと〉，首刊於《中國》（東京）第一○二號（1972 年 5 月）；張良澤〈不屈的文學魂——論楊逵兼談日據時代的臺灣文藝〉首刊於《中央日報》，1975 年 10 月 22～25 日。兩文分別收於楊素絹編，《壓不扁的玫瑰花——楊逵的人與作品》，頁 31-37 及頁 209-226。

[16] 原載於《中外文學》第二卷第七期（1973 年 12 月），收於楊素絹編，《壓不扁的玫瑰花——楊逵的人與作品》，頁 85-109。

值。而張良澤編輯出版楊逵小說集《鵝媽媽出嫁》[17]，日本學者河原功來臺專訪楊逵後編成的年表、著作目錄與參考文獻，[18]〈台灣新文學運動的展開〉（〈台湾新文学運動の展開〉）[19]中對楊逵經歷與臺灣文藝聯盟張深切等人之爭後，創辦《臺灣新文學》雜誌的成就，以及林梵（林瑞明）《楊逵畫像》詳細的傳記資料，[20]則為學術性的楊逵研究奠定基礎。

　　不同版本的比較方面，日本學者塚本照和的〈送報伕〉版本研究，[21]不僅是楊逵作品版本學的開始，也是首次參酌楊逵手稿進行的學術性研

---

[17] 第一版於一九七五年五月由臺南的大行出版社發行，其後以此書直接再版者有臺北的香草山出版公司（1976 年 5 月）、楊逵自刊（華谷書城總經銷，筆者所見為 1978 年 9 月第四版）、臺北的民眾日報社版（1979 年 10 月）。

[18] 河原功，〈楊逵──その文學的活動〉，原載於《台灣近現代史研究》（東京）創刊號（東京：龍溪書舍，1978 年 4 月）。楊逵去世後由楊鏡汀譯成中文，題為〈楊逵的文學活動〉，分別於《臺灣文藝》第九四、九五期（1985 年 5、7 月）和《文季》第二卷第五期（1985 年 6 月）兩度發表。

[19] 原載於《成蹊論叢》第十七號（1978 年 12 月），收於其著，莫素薇譯，《台灣新文學運動的展開──與日本文學的接點──》（臺北：全華科技圖書股份有限公司，2004 年 3 月），頁 115-228。

[20] 這是描寫楊逵的第一本，也是目前唯一出版的一本傳記，由臺北的筆架山出版社於一九七八年九月發行。成書之前作者曾經住在東海花園，與楊逵朝夕相處，得以親睹由楊逵本人所保存的文學史料，是研究楊逵最重要的入門書籍。書中詳細勾勒楊逵於七〇年代復出文壇的經過，尤具參考價值。只可惜成書於戒嚴體制之下，不得不迴避如二二八事變與白色恐怖之類的政治禁忌，因此有關楊逵在這一段時期的活動記載極為簡略。況且此書完成於一九七七年，關於楊逵去世前約八年的事蹟也有待增補。雖然筆者曾親聞林瑞明教授有意重寫《楊逵畫像》，且完稿之前不同意書商再版，可惜至今續補未成，該書仍因絕版而一書難求。

[21] 塚本照和相關研究依序發表下列各篇：〈楊逵作『新聞配達夫』（『送報伕』）のテキストのこと〉，《台灣文學研究會會報》（奈良）第三、四合併號（1983 年 11 月）；〈「新聞配達夫（『送報伕』）のテキストのこと」正誤表〉，《台灣文學研究會會報》（奈良）第八、九號（1984 年 12 月）；向陽譯，〈楊逵作品「新聞配達夫」（送報伕）的版本之謎〉，《臺灣文藝》第九四期（1985 年 5 月）；〈楊逵作「新聞配達夫」（「送報伕」）のテキストについて──本文改潤による若干の相違例の比較を通して〉，《天理大學學報》（奈良）第一四八號（1986 年 3 月）。

究，為楊逵研究樹立新的里程碑。相關成果經向陽（林淇瀁）翻譯介紹之後立即引發迴響，張恒豪於一九八八年發表的〈存其真貌──談〈送報伕〉譯本及其衍伸問題〉[22]就是最好的證明。學界因此深刻意識到楊逵同一種作品可能有多種不同的版本存在，版本學的研究實為楊逵文學研究的第一要務。但是這樣的認識由於語言的隔閡，並未在臺灣立即付諸實現。塚本照和則再接再厲，於一九九一年起陸續發表〈田園小景〉與〈模範村〉版本關係的研究成果。[23]此後，除一九九二年筆者碩士論文從事多篇小說的版本比對之外，還有清水賢一郎經由〈模範村〉手稿筆跡的墨色，對楊逵為呼應不同時局的改作之迹進行考證；[24]星名宏修則發現〈怒吼吧！中國〉（〈吼えろ支那〉）劇本的楊逵改編版，在描述英、美兩國殘忍的一面更為強化，並且毆打林獻堂的賣間並未如楊逵所說擔任劇中重要角色，對向來認定此作影射日本侵略中國的說法提出質疑。[25]

八〇年代以來值得注意的單篇論述，對楊逵文學意涵進行再詮釋的有陳芳明〈放膽文章拼命酒──論楊逵作品中的反殖民精神〉及〈賴和與台灣左翼文學系譜〉[26]，前者從楊逵信奉社會主義的立場和介入農民

---

[22] 發表於《臺灣文藝》第一〇二期（1986 年 9 月），頁 139-149。

[23] 關於此議題，塚本照和先後發表的有下列篇章：〈談楊逵的田園小景──第七十八回台灣研究研討會記錄〉，《臺灣風物》第四一卷第四期（1991 年 12 月）；〈楊逵の「田園小景」について〉，《天理台灣研究會年報》（奈良）創刊號（1992 年 1 月）；〈談楊逵的「田園小景」和「模範村」〉（賴和及其同時代的作家：日據時期台灣文學國際學術會議，新竹：清華大學，1994 年 11 月 25～27 日），以〈楊逵の「田園小景」と「模範村」のこと〉為題，收於下村作次郎、中島利郎、藤井省三、黃英哲編，《よみがえる台湾文学：日本統治期の作家と作品》（東京：東方書店，1995 年 10 月），頁 313-344。

[24] 詳見清水賢一郎，〈臺、日、中的交會──談楊逵日文作品的翻譯〉（臺北：中央研究院中國文哲研究所籌備處座談會，1998 年 3 月 30 日）。

[25] 詳見星名宏修，〈楊逵改編「吼えろ支那」をめぐって〉，收於台灣文學論集刊行委員會編，《台灣文學研究の現在》（東京：綠蔭書房，1999 年 3 月），頁 71-91。

[26] 〈放膽文章拼命酒──論楊逵作品中的反殖民精神〉原以「溫萬華」筆名發

運動的經驗出發，以理念的實踐行動談階級意識對楊逵創作的影響；後者將楊逵上連到賴和的左翼文學系譜，以左翼文學史觀定位楊逵文學的歷史意義。呂正惠〈論楊逵的小說藝術〉[27]發現楊逵的小說創作以一九三七年盧溝橋事變為界，前期呈現其國際主義的政治信念，後期則以表面的歸農含蓄寄託個人的政治憤慨。彭小妍〈楊逵作品的版本、歷史與「國家」——《楊逵全集》版本問題〉[28]以何農（Ernest Renan，1823～1891）的「選擇論」出發，研究楊逵的國族認同，結論楊逵作品隨著朝代而修改各式各樣的愛國口號，但對土地和下層民眾的熱愛從不改變。林淇瀁〈一個自主的人——論楊逵日治年代的社會實踐與文學書寫〉以一九三二年切割楊逵的生涯，認為「往前是他以馬克斯主義為思想基礎，以無產階級運動為實踐手段，進行一個在意識形態上與日本帝國資本主義的革命鬥爭歲月；往後，則是他用前階段社會實踐過程中遭挫的溫和的民主社會主義路線為基底，通過殖民地國語文向殖民政權發出戰鬥之聲的文學書寫年代。」[29]拙文〈楊逵與糞現實主義文學論爭〉[30]則是透過一九四三年的這場論戰，發掘楊逵在與日本作家對抗中所展現的現實主義文學理念與本土文化立場。

---

表於《美麗島》（洛杉磯）第五三至第五五期（1981 年 8 至 10 月），後以「宋東陽」筆名重刊於《臺灣文藝》第九四期（1985 年 5 月），並曾收錄於前衛版《楊逵集》（台灣作家全集‧短篇小說卷／日據時代），近年間又改為〈楊逵的反殖民精神〉，連同〈賴和與台灣左翼文學系譜〉收入《左翼台灣——殖民地文學運動史論》（臺北：麥田出版社，1998 年 10 月），頁數分別為 75-98 及 47-73。

[27] 原載於《新地》第一卷第三期（1990 年 8 月），後附錄於其著，《殖民地的傷痕：台灣文學問題》（臺北：人間出版社，2002 年 6 月），頁 243-256。

[28] 原載於《聯合文學》第十四卷第九期（總第一六五期，1998 年 7 月），增補後刪去副標題，收入其著，《「歷史很多漏洞」：從張我軍到李昂》（臺北：中研院文哲所籌備處，2000 年 12 月），頁 27-50。

[29] 原載於《20 世紀臺灣歷史與人物——第六屆中華民國史專題論文集》（新店：國史館，2002 年 12 月），引自《真理大學臺灣文學研究集刊》第五期（2003 年 7 月），頁 124。

[30] 發表於《台灣文學學報》第五期（2004 年 6 月），頁 187-224。

　　個別作品的研究方面，下村作次郎從楊逵選譯茅盾〈大鼻子的故事〉發覺其中蘊藏的抗議精神，以及楊逵〈豐作〉日文翻譯增強了賴和原作反抗的姿態。[31]鄧慧恩〈文化的擺渡──楊逵翻譯作品的社會意義與詮釋〉[32]挖掘出《馬克思主義經濟學〔1〕》、〈社會主義與宗教〉、〈戰略家列寧〉的翻譯對照版，據以論證這三篇翻譯作品的社會意義與經由楊逵轉化後的詮釋。楊翠〈不離島的離島文學──試論楊逵「綠島家書」〉則針對向來不受學界重視的綠島時期家信深入分析，呈現楊逵以政治犯身分繫獄時的內在心靈世界，發現楊逵以之「確認自我主體並未在監獄的身體管理與規訓體制中崩解潰散」[33]的特殊意義。河原功〈不見天日十二年的〈送報夫〉──隻身力搏台灣總督府的楊逵──〉（〈12年間封印されてきた「新聞配達夫」──台湾総督府の妨害に敢然と立ち向かった楊逵〉）[34]談楊逵如何利用編輯角色，以不同的筆名撰文從事自我宣傳，使〈送報伕〉的內容能突破總督府檢閱制度的封鎖，呈現在臺灣讀者面前，彰顯楊逵的抵抗意識。

---

[31] 上述兩項研究成果分別見〈茅盾の「大鼻子の故事」──台灣發行楊逵譯「（中日文對照中國文藝叢書）大鼻子の故事」を中心として〉，《咿啞》（大阪）第十八、十九合併號（1984年12月）；〈台灣の作家賴和の「豐作」について〉，《天理大學學報》（奈良）第一四八號（1986年3月）。兩文俱收於其著，《文學で讀む台湾──支配者・言語・作家たち》（東京：田畑書局，1994年1月）；中文版為邱振瑞譯，《從文學讀台灣》（臺北：前衛出版社，1997年2月），分別收入頁128-139及頁103-126。

[32] 發表於文學與社會學術研討會──2004青年文學會議（臺南：國家臺灣文學館，2004年12月4、5日）。

[33] 《戰後初期臺灣文學與思潮國際學術研討會（中華文化與文學學術研討系列第九次會議）論文集》（臺中：東海大學，2003年11月29、30日），頁214。

[34] 張文薰譯，原發表於楊逵文學國際學術研討會（臺中：靜宜大學，2004年6月19、20日），後改題為〈不見天日十二年的〈送報伕〉──力搏台灣總督府言論統制之楊逵──〉，刊載於《台灣文學學報》第七期（2005年12月），頁129-148。

　　有關楊逵人際網絡的篇章則有下列數篇：葉石濤〈日據時期的楊逵
──他的日本經驗與影響〉[35]經由楊逵一生與日本人接觸經驗的歸納與
整理，發現溫情多於摧殘的美好日本經驗，不僅促使楊逵日後以理性、
和平的方式從事農民運動，並證實其社會主義世界觀是經得起考驗的哲
學。而林亨泰〈銀鈴會文學觀點的探討〉和蕭翔文現身說法的〈楊逵先
生與力行報副刊〉[36]，清楚勾勒出銀鈴會新生代作家如何傳承楊逵的現
實主義文學。橫地剛《南天之虹：把二二八事件刻在版畫上的人》[37]所
描繪黃榮燦的文藝活動網絡，初步呈現戰後初期楊逵與外省來臺知識分
子間的合作與交流。藍博洲的〈楊逵與台灣地下黨關係的初探〉[38]，經
由實地訪談與調查，披露圍繞在楊逵身邊的青年陸續成為在臺中共地下
黨人的祕史。尹子玉〈楊逵《台灣新文學》與無產階級文學運動〉[39]則
藉由《臺灣新文學》雜誌的專題與廣告，考察其與世界無產階級文化運
動之關聯，尤其和日本左翼雜誌《文學案內》、《文學評論》間的雙向交
流。拙文〈楊逵與賴和的文學因緣〉接續陳芳明〈賴和與台灣左翼文學
系譜〉，進一步說明賴和與楊逵兩人對彼此文學生涯之交互影響；〈楊逵
與日本警察入田春彥──兼及入田春彥仲介魯迅文學的相關問題〉補充
筆者所發現有關入田春彥的文學史料，呈現楊逵與入田春彥的文學情誼
及相互影響；〈楊逵與戰後初期臺灣新文學的重建──以《臺灣文學叢
刊》為中心的歷史考察〉則藉由新出土的揚風（楊靜明）日記手稿，

---

[35] 發表於《聯合文學》第一卷第八期（1985 年 6 月），頁 18-21。

[36] 兩文收於林亨泰主編，《台灣詩史「銀鈴會」論文集》（彰化：台灣磺溪文化
學會，1995 年 6 月），頁 33-64 及頁 81-91。

[37] 橫地剛著，陸平舟譯，《南天之虹：把二二八事件刻在版畫上的人》（臺北：
人間出版社，2002 年 2 月）。

[38] 原發表於楊逵作品研討會（中國廣西南寧，2004 年 2 月 2～3 日），後改題為
〈楊逵與中共台灣地下黨的關係初探〉，刊載於《批判與再造》第十二期（2004
年 10 月），頁 39-58。

[39] 收於國立清華大學臺灣文學研究所編，《第一屆全國臺灣文學研究生學術論
文研討會論文集》（臺南：國立臺灣文學館籌備處，2004 年 7 月），頁 171-191。

揭露戰後楊逵與外省來臺文友合作交流，以共同對抗國民黨政權之內幕。[40]

另外，由於《楊逵全集》所蒐羅豐富的楊逵文學理論批評等文獻，近兩年間以此為中心，已經為楊逵研究開發出全新的面向。由靜宜大學承辦的楊逵國際學術研討會中，即同時出現四篇與此相關的論文。[41]其中魏貽君〈日治時期楊逵的文學批評理論初探〉嘗試建構楊逵的文學批評理論體系，陳培豐〈大眾的爭奪：〈送報伕〉・《國王》・《水滸傳》〉對楊逵文藝大眾化理念的剖析，向陽〈擊向左外野──論日治時期楊逵的報導文學理論與實踐〉闡述楊逵如何實踐其報導文學的理念，陳建忠〈行動主義、左翼美學與台灣性：戰後初期（1945～1949）楊逵的文學論述〉中所探討楊逵終戰前後文藝理論的一貫性等，為將來進一步建構臺灣文學理論批評史做出的貢獻不容小覷。

學位論文方面，吳翰祺《日本割據時代の台灣新文學──一九二○年以降の文學主に楊逵の文學活動を中心に──》和張簡昭慧《臺灣殖民文學的社會背景研究──以吳濁流、楊逵文學為研究中心》兩篇碩士論文均出自日本文化研究所，陳明娟碩論《日治時期文學作品所呈現的台灣社會──賴和、楊逵、吳濁流的作品分析》出自社會學研究

---

[40]　〈楊逵與賴和的文學因緣〉先以〈楊逵と賴和の文學的絆〉為題，於日本台灣學會第二回學術大會（東京：東京大學，2000 年 6 月 3 日）上用日文宣讀，修訂後再以中文發表於《台灣文學學報》第三期（2002 年 12 月），頁 143-168；〈楊逵與日本警察入田春彥──兼及入田春彥仲介魯迅文學的相關問題〉發表於《臺灣文學評論》第四卷第四期（2004 年 10 月），頁 101-122；〈楊逵與戰後初期臺灣新文學的重建──以《臺灣文學叢刊》為中心的歷史考察〉發表於楊逵文學國際學術研討會（臺中：靜宜大學，2004 年 6 月 20 日），修訂後刊載於《臺灣風物》第五五卷第四期（2005 年 12 月），頁 105-143。在此必須說明的是本章所述筆者幾篇論述在經過改寫後，已全篇或部分收入本書中。

[41]　發表於楊逵文學國際學術研討會（臺中：靜宜大學，2004 年 6 月 19、20 日）的四篇論文中，向陽所撰〈擊向左外野──論日治時期楊逵的報導文學理論與實踐〉已刊載於《臺灣史料研究》第二三號（2004 年 8 月），頁 134-152。

所。[42]從命題可見論者對楊逵文學中所呈現日本殖民統治歷史的關注。然而這三篇由於完成時間較早，許多史料尚未出土，援引日治時期小說戰後中譯版做為論證之根據，終不免墮入版本引用錯誤的窠臼之中。

一九九二年，筆者碩論《楊逵及其作品研究》是首度針對楊逵作品的各種不同文類與版本，包括未發表遺稿與已發表的中、日文創作進行研究者。除了增補河原功所編楊逵年表與著作目錄外，重點在探討楊逵不同時期的文學風格，與其創作中各種不同文類整體性之特色。礙於相關史料之不足，各項討論均未能深入。自認可以提供學界參考者，在於研究過程中蒐羅的豐富資料，及歸納整理完成的楊逵作品目錄與研究資料目錄，成為日後《楊逵全集》編譯計畫執行之依據。

以楊逵文學作品為研究範圍的學位論文，戲劇方面有林安英《楊逵戲劇作品研究》與吳曉芬《楊逵劇本研究》[43]。前者以嚴謹的態度在文本解析上獲致豐碩的成績，後者則以讀劇工作坊和訪談等結果，探討作品內部的精神與研究者接受的角度。楊逵小說研究方面，吳素芬《楊逵及其小說作品研究》[44]針對創作形式與主題做細密的分析，徐俊益《楊逵普羅小說研究——以日據時期為範疇（1927～1945）》[45]考察日治時期楊逵的創作軌跡，以及不同階段的書寫特色與變化，從而得出楊逵無產階級立場從未改變的結論。

除了上述的研究外，還有挪用西洋文學論述進行的分析，展現多樣化的研究風貌。張台瓊《國族主義到國際主義：楊逵「送報伕」與「鵝媽媽要出嫁」之結構主義式閱讀》[46]，以詹明信　（F. Jameson）的「國

---

[42] 吳翰祺、張簡昭慧與陳明娟所撰分別為東吳大學日本文化研究所（1984 年 6 月）、文化大學日本研究所（1988 年 6 月）與東吳大學社會學研究所（1990 年）碩士論文。

[43] 林安英、吳曉芬所撰分別為成功大學中國文學研究所（1998 年 6 月）、臺灣大學戲劇研究所（2001 年）碩士論文。

[44] 臺南大學語文教育學系教學碩士班碩士論文，已由臺南縣政府於 2005 年 12 月正式出版。

[45] 靜宜大學中國文學研究所碩士論文，2005 年 7 月。

[46] 淡江大學西洋語文研究所，2000 年。

族寓言」（national allegory）與奎馬思（A.J. Greimas）「符號方塊」理論（semiotic squarcs），證明楊逵作品〈送報伕〉與〈鵝媽媽要出嫁〉兩篇小說含攝了漢民族意識與馬克思主義國際主義兩種精神。趙勳達《《台灣新文學》（1935～1937）的定位及其抵殖民精神研究》[47]以楊逵主編《臺灣新文學》雜誌為對象，除了釐清楊逵與臺灣文藝聯盟派別之爭的歷史是非外，主要借用《逆寫帝國：後殖民文學的理論與實踐》[48]中有關後殖民寫作的文本策略，討論楊逵的編輯方針，突出楊逵堅持臺灣文化主體性的抵殖民（decolonization）精神。

　　以日本人立場研究楊逵作品的有大藪久枝《戰前日本文壇重視的三篇臺灣小說研究》談〈送報伕〉的寓意，以及戶田一康《日本領台時代的台灣人作家所描寫的公學校教師形象》[49]針對〈公學校〉中日本教師體罰暴力的教師形象，探討小說與事實間的差距。鍾元祥《楊逵紀念館》[50]則是藉由紀念性的空間和地景，展現楊逵的文學理想及生活哲學，從建築學角度出發，在眾多研究論述中可謂別具一格。

　　專研楊逵的博士論文則有張季琳撰寫的《臺灣普羅文學的誕生──楊逵與「大日本帝國」》（《台湾プロレタリア文学の誕生──楊逵と「大日本帝国」──》）[51]，作者原為中央研究院中國文哲研究所籌備處助理，曾為該所向楊翠（楊逵孫女）商借而來的楊逵手稿資料進行編目，獲得楊逵遺物中的相關史料及入田春彥遺書從事研究；又因其優異的日語能力，從田野調查與日文史料之爬梳，陸續挖掘楊逵文友入田春彥及師長沼川定雄的身世片段，對楊逵所受來自日本人的影響有重大突破，因而為學界所矚目。由於論文後附〈補論〉中有臺灣「普羅文

[47] 成功大學台灣文學研究所碩士論文，2003 年 6 月。

[48] Bill Ashcroft 等著，劉自詮譯，臺北：駱駝出版社，1998 年 6 月。

[49] 大藪久枝、戶田一康所撰分別為東吳大學中國文學系（1997 年）與日本語文學系（2004 年）碩士論文。

[50] 東海大學建築學系碩士論文，2004 年 6 月。

[51] 日本東京大學大學院人文社會系研究科博士論文，2000 年 6 月。

學」（Proletarian Literature，或譯為「無產階級文學」）發展史之簡介，顯見作者並非未曾認知到楊逵出現之前臺灣文壇即有過普羅文學，然其標題卻將楊逵之登臨文壇視為臺灣普羅文學之始，命題之偏差令人深感疑惑不解。

綜合上述，可見歷來的楊逵研究側重其在小說創作的成就。若以時代而論，三〇年代楊逵的社會運動與文藝活動、五〇年代的劇作與家書，以及七〇年代楊逵復出文壇的經過，均已累積相當可觀的研究成果。然而對於四〇年代楊逵的研究僅有零星幾篇論述，[52]其不足明顯可見。由於四〇年代的臺灣遭逢國籍隸屬與文化認同之雙重變異，做為殖

---

[52] 除前文已經評介過的研究論述之外，以四〇年代前期楊逵文學活動為研究範圍者，依發表時間順序有拙文，〈抗議作家的皇民文學——楊逵戰爭期小說評述〉，《中華學苑》第五三期（1999 年 8 月），頁 167-188；趙勳達，〈大東亞戰爭陰影下的『糞寫實主義論爭』——析論西川滿與楊逵的策略〉（楊逵文學國際學術研討會，臺中：靜宜大學，2004 年 6 月 19、20 日）；王美薇，〈普羅的知音——試論楊逵戰爭期（1942～1945）社會主義色彩作品中本土意識的偷渡〉，收於《第一屆全國臺灣文學研究生學術論文研討會論文集》（臺南：國家臺灣文學館籌備處，2004 年 7 月），頁 135-147。以戰後初期的楊逵為研究對象者有徐秀慧，〈光復初期楊逵的文化活動初探〉（台灣新文學思潮（1947-1949）研討會，中國蘇州大學，2000 年 8 月 16～18 日）；蔡哲仁，〈我始終是純潔的——從「一九四七～一九四九如何建立台灣新文學」的論議中看楊逵〉，《臺灣文學評論》第三卷第四期（2003 年 10 月），頁 158-176；彭瑞金，〈戰後初期楊逵的台灣文學發言及其影響〉（楊逵文學國際學術研討會，臺中：靜宜大學，2004 年 6 月 19、20 日）；拙文，〈一九四八年臺灣文學論戰的再檢討——楊逵與《新生報》「橋」上的論爭〉（第六屆「中國近代文化的解構與重建」學術研討會——「中華文化與台灣文化：延續與斷裂」，臺北：政治大學，2005 年 5 月 6 日），收於國立政治大學文學院編，《中國近代文化的解構與重建：中華文化與台灣文化——延續與斷裂（第六屆「中國近代文化的解構與重建」學術研討會論文集）》（臺北：國立政治大學文學院，2005 年 12 月），頁 149-182。附帶說明的是李昀陽的〈文學行動、左翼台灣——戰後初期（1945～1949）楊逵文學論述及其思想研究〉（靜宜大學中國文學研究所碩士論文，2006 年 1 月），雖然研究範圍鎖定戰後初期楊逵的文學與思想，由於它是在本書初稿（李豐楙教授指導，國立政治大學中國文學系博士論文，2005 年 7 月）之後發表，因此其中有多處論述係參考本書既有的研究成果，筆者並未受到該論文之影響。

民地知識菁英的楊逵如何因應外在政治、社會各層面的巨大變動，實在
值得學術界更為仔細與深入地研究。

## 三、研究方法

　　楊逵享年八十，分別在日本殖民統治和國民黨政府戒嚴時代度過大
約等長的歲月。由於自幼成長於飽受壓迫與歧視的殖民地，為追求自由
平等的理想世界，青年時期的楊逵即積極投入領導反對殖民體制的社會
運動。當社會運動在當局彈壓之下受挫，楊逵轉而從事文學活動。一九
三四年，以殖民地子民使用殖民者的語文書寫，居然在與殖民母國作家
同場競技時，以一篇揭發殖民統治殘酷現實的〈送報伕〉脫穎而出，榮
獲東京《文學評論》徵文第二獎（第一獎從缺）。甚至他從日本輸入普
羅文學到臺灣，並以此類文學風尚書寫臺灣、批判日本的殖民統治，在
日治時期的臺灣文壇形成一種特殊的派別，證明了在日本帝國主義的文
化壓迫之下，外來文化也能與本土文化交融，為其注入新的養分，乃至
於激盪出一種新的文學典律。一九四四年楊逵被臺灣總督府徵召，赴石
底煤礦實地考察的〈增產之背後——老丑角的故事〉被收入臺灣總督府
情報課編《決戰臺灣小說集（坤卷）》，成為「皇民文學」的典範。戰後
在國民黨政權底下，楊逵除了反思過往文化之外，對臺灣文學文化之發
展也有過憧憬，並介入臺灣新文學重建論爭，積極描繪未來理想世界
的藍圖。

　　由於臺灣的楊逵研究始於七〇年代楊逵復出文壇之後，時值臺灣退
出聯合國、與美國斷交等事件陸續發生，國際外交接連挫敗，民眾普遍
愛國主義高漲，並在政府有計畫的提倡反共意識，所謂反共愛國文學作
品已過度氾濫之際，楊逵的重新出土被視為「抗日」愛國作家的重臨文
壇，繫獄綠島時期的小說創作〈壓不扁的玫瑰花〉也成為民族文學的楷
模。由於楊逵在日治時期以「普羅文學」知名，其作品經常是站在無產
階級的立場呼籲階級鬥爭，可見以中華民族主義詮釋楊逵的文學精神並

不合乎史實。有趣的是楊逵日治時期作品重刊時，幾乎毫無例外地將作品精神予以改頭換面；楊逵屢次回顧昔日對抗殖民政府的事蹟，也一再被用來強化其抗日英雄的形象。也因此當年楊逵寫作的「皇民文學」被挖掘出土時，曾經在藝文界激起不小的漣漪。

　　從事楊逵研究多年，筆者最有興趣也一直努力探究的，就是兼具社會運動家與文藝工作者雙重身分的楊逵，其文學與思想在臺灣歷史與文學史上的意義是什麼？楊逵藉由文學傳述什麼樣的觀念？是否想藉此帶給讀者與社會任何影響？先後處身於日本殖民統治與國民黨戒嚴體制之下，做為知識菁英的楊逵如何去回應自己生存的時代？歷史情境又如何反向作用到楊逵的文學活動？楊逵的作品何以能在不同時期分別成為普羅文學、皇民文學、民族文學、鄉土文學的典範？其一生行事風格對不同世代的臺灣人又具有什麼樣的啟示？簡言之，筆者最想了解的其實是楊逵文學與思想的根本精神，以及楊逵的文學、思想與社會環境之間的相互作用與影響。由於傳統文學研究法只側重於作者生平解析與作品內容的詮釋，無法對這一方面提出較為有效的解釋，因此本研究的主要方向即借重文學社會學論述，透過對作者出身的階級和經歷、當代文學思潮、政治環境、社會變遷等的分析與研究，考察作家、作品與讀者大眾三者相互影響與依賴的關係。其中，埃斯卡皮（Robert Escarpit）《文學社會學》一書對於社會型態與文學現象之間的諸多見解，在研究方法上無疑能提供頗多借鏡之處。

　　首先，埃斯卡皮把作品當作一種文化交流的手段，在作家與作品兩者之外，從社會的觀點注意到讀者的參與，將文學作品的流傳視為作者與讀者大眾溝通的過程。從文學史可以發現所有作家都可能無法抵禦歷史的侵蝕力，在身後數年面臨被讀者遺忘的危機，但是長年被遺忘的作家也有可能戲劇化地重回文壇。埃斯卡皮認為與其說這是重新挖掘那些未被徹底忘卻的作家，倒不如說是重新評價。他說：

> 在一個已然明確的群體內部，重新另行排列評價，乃具有一種
> 「詮釋」的性質，最常見的情況是：設想新讀者的需求而融入
> 新的訴求，取代作者那已湮滅不可辯解的原有意圖，這樣的手
> 法我們稱之為「具有創意開發力的背叛」。[53]

也就是說，對於作品意義的重新詮釋容或有悖逆原意的誤謬，但這些錯誤的理解卻往往使作品得以超越時空的障礙，適應新的時代氛圍。因為各國經濟結構的相異，以及各自擁有不同的文化需求，同一篇作品在不同國度也就不會有完全相同的指涉或意義。據此，埃斯卡皮認為翻譯也是一種「具有創意開發力的背叛」。因為翻譯用不同的語言，把作品納入一個本身所設想之外的參照體系，並賦予作品新的實體，得以跟廣大的群眾進行新的文學交流，對作品有延長生命與再造之功。

埃斯卡皮復因考察文學史的發展，發現改朝換代、革命、戰爭之類的政治事件，將會引發或促成一批批的作家群聚成某一個文學集群，並往往能在某些事件中把持輿論，而且有意無意間阻撓通路，壓得新血輪不能嶄露頭角——這就是他稱為「班底」的文學現象。埃斯卡皮不僅揭示出知名作家與文學風潮的產生有其特殊的政治背景，也點出了文學集群往往具有時代性與排他性。

綜合參考上述論點，一九三〇年代的臺灣新文學以左翼思想為主軸，楊逵與賴和、呂赫若等人成為文壇主力；皇民化運動期間島田謹二的「外地文學論」蔚為風潮，日本內地來臺作家西川滿獨領風騷，寫作有關皇民認同主題文學的周金波、陳火泉、王昶雄等新世代作家陸續崛起於文壇；以及戰後初期楊逵刊行中國五四作家魯迅等人作品的歷史事件與文學現象，就有了解釋上的切入點。

---

[53] 埃斯卡皮著，葉淑燕譯，《文學社會學》（臺北：遠流出版事業股份有限公司，1990 年 12 月），頁 37。

　　誠然，每一個人都無法離開社會而生存，文學工作者既然也是社會中的一份子，文學作品的誕生與傳播也必定與其歷史條件和社會背景息息相關，任何一位作家的評價都必須置於歷史脈絡來考察。作家與時代之間的互動關係，或者是被動地接受時代環境制約，或者主動地回應政治、經濟、社會各方面的變遷與發展，同一時代作家也往往有其個別差異存在。研究者不僅要注意文學創作中所反映的社會型態，以及社會變遷對作家及其文學創作的影響；更應該盡力探究作家本身自主性的文學歷程，以及文學創作反向過來對社會的影響。

　　在這個前提之下從事四〇年代的楊逵研究，當然不能忘記身為臺灣人的楊逵先後處於日本殖民統治與中國國民黨兩種政權體制之下。而這兩種曾是完全對立的政府組織，由於來自不同地區與文化背景，主權轉移時所影響的不僅是個人國族的認同，國家語言的連帶變動還可能引起思維方式的改變。置身於這樣的歷史情境，楊逵的文學作品不能不說是兼具臺灣、日本與中國的三重性格。因此楊逵所面臨國籍的問題，絕對不是換張身分證即可解決，而是三種文化勢力持續不斷地在心靈上互相作用與拉扯。由於埃斯卡皮的實證主義社會學方法特別著重社會現象的調查，偏重外在環境對文學作品影響的結果，作家個人自主性的文學歷程往往被忽略，因此本文擬以薩伊德（Edward W. Said，1935～2003）的後殖民論述來彌補文學社會學之不足，從政治與文化的角度重構楊逵圖像。

　　薩伊德的研究承襲葛蘭西（Antonio Gramsic，1891～1937）的「文化霸權」說，特別注意到政治上支配／從屬的關係，以及霸權／反霸權的鬥爭與批判。他在一九七八年出版的《東方主義》（Orientalism）中，經由對西方文本的考察，揭發西方帝國主義以其所建構的西方／東方世界文化區別意識，對東方（伊斯蘭）的再現（representation）片面地扭曲並強化其落後、野蠻的形象，以合理化對於東方的殖民與統治。一九九三年，薩伊德出版《文化與帝國主義》（Culture and Imperialism），進一步闡述帝國主義藉由知識權力之運作，從文化領域對第三世界進行意

識形態的征服，以及第三世界對西方世界支配的回應，終於導致遍及第三世界的大規模去殖民化運動，致力於相當可觀的文化抗拒與民族主義認同之肯定。同年，薩伊德應英國廣播公司之邀發表系列演講，次年將演講內容正式出版，題為《知識分子論》（Representations of the Intellectual）。這是薩伊德投入文化批評研究，長期關切與思索知識分子角色成果之總結。書中詮釋知識分子角色時曾經說道：

> 在理想情況下，知識分子代表著解放和啟蒙，但從不是要去服侍抽象的觀念或冷酷、遙遠的神祇。知識分子的代表──他們本身所代表的以及那些觀念如何向觀眾代表──總是關係著、而且應該是社會裡正在進行的經驗中的有機部份：代表著窮人、下層社會、沒有聲音的人、沒有代表的人、無權無勢的人。[54]

在闡述知識分子介入的模式時，他說：

> 知識分子並不是登上高山或講堂，然後從高處慷慨陳詞。知識分子顯然是要在最能被聽到的地方發表自己的意見，而且要能影響正在進行的實際過程，比方說，和平和正義的理念。是的，知識分子的聲音是寂寞的，必須自由地結合一個運動的真實情況，民族的盼望，共同理想的追求，才能得到回響。[55]

由此可知，薩伊德理想中的知識分子必須積極介入社會，不與權力掛勾地永遠站在下層群眾之一方，然後善用其影響力以啟迪民眾思想，持續不懈地努力投入有益於社會發展的運動。

---

[54] 引自艾德華‧薩伊德著，單德興譯，《知識分子論》（臺北：麥田出版社，1997年11月），頁152。

[55] 《知識分子論》，頁139-140。

目前學界由於國族認同之差異，對於臺灣「後殖民」的定義仍有歧見。[56]筆者認為一九二〇年代以來蓬勃發展的臺灣新文學運動，在對抗統治者以其意識為中心的價值體系上所做的努力，實際上貫串到戰後在中華民族主義壓迫下，力圖翻轉本土文化在與中國文化二元對立時被邊緣化的命運。如果正視臺灣知識菁英為重建文化主體不斷抗爭與批判的整體面向，後殖民論述中霸權／反霸權的文化評論無疑能在解釋上提供極大的助力。

## 四、研究目的與綱要

一九四〇年代臺灣社會面臨劇變，因應日本發動戰爭之需要，肇始於一九三七年的皇民化運動如火如荼推行的結果，導致臺灣民眾的抗爭意識日益衰頹，國族認同（national identity）並因而逐漸向日本傾斜。一九四五年八月十五日，日本因敗戰宣佈無條件投降，結束長達五十年的殖民統治。在臺灣人極力掙脫皇民化陰影，積極重建臺灣新文學與新文化之際，一九四六年十月二十五日即禁用日文，慣用日文的作家被迫在短時間內轉換創作工具，並主動或被動地從日本民族主義與文化，轉向敵對的中華民族主義與文化靠攏。一九四七年二二八事件爆發，陳儀政府對臺灣菁英展開恐怖的報復行動。一九四九年起執政當局大肆捕

---

[56] 例如邱貴芬在〈壓不扁的玫瑰：台灣後殖民小說面貌〉中指出：「在台灣，有關後殖民的討論，由於國家認同問題的介入，愈形複雜。台灣從事後殖民研究者對台灣『後』殖民的定義，並無共識。統派人士認為台灣脫離日本殖民統治，就已進入『後』殖民時期，台灣面對的是西方結合資本主義跨國公司的『新殖民主義』問題，那是另一層次的後殖民批判；獨派人士認為目前『中國中心想像』雖然受到挑戰，台灣主體意識已逐漸平反過去被打壓的狀態，但是面對中共武力的威脅，台灣並未完全擺脫再度被殖民的陰影，台灣仍未真正步入『後』殖民時期；而另一派抵拒國家論述者，則著眼於台灣『內部殖民』問題，認為不管是統是獨，對弱勢團體而言，『後』殖民時代還遙遙無期。」見《中國時報》，1997年2月13日。

人，以嚴厲的思想箝制揭開白色恐怖之序幕。同年間，與共產黨鬥爭失利的國民黨政府敗逃至臺，長達三十八年的戒嚴體制於焉開始。

四○年代（1940～1949）短短十年間，歷經日本殖民統治與國民黨政府兩個威權體制的高壓統治，臺灣人不僅因政權之遞嬗兩度變換國籍，也遭逢兩次不同的國語政策與文化措施。因應時局之變動，文藝工作者除了調整書寫策略之外，尚須努力跨越語言文化的鴻溝，文學環境之嚴苛莫此為甚。由於涉及皇民文學與二二八事件、四六事件等政治禁忌，四○年代的臺灣文學研究在戒嚴時期也成為另一項禁忌。不但曾經身歷其境的作家不願回首過去，研究者也大多採取迴避的立場，以免招來無謂的政治干預。直到一九八七年的解嚴開啟全然不同的政治新局之後，臺灣文學研究邁入學術殿堂，並在短短數年間蔚為顯學，學界終於可以掙脫束縛，對文學遺產進行全面性的整理與評估。

但是研究領域的開放並不等同於視野的開拓，四○年代的臺灣文學反而因與政治葛藤糾纏不清，為激烈廝殺的統獨意識開闢出另外一個戰場。例如：一九三四年以〈送報伕〉獲得東京《文學評論》第二獎（第一獎從缺），第一位成功進軍日本中央文壇的臺籍作家楊逵，七○年代復出文壇後一直是備受各界尊崇的「抗日」作家。然而由他寫作的〈解除「首陽」記〉在一九八六年重新出土，連帶使他不屈服的形象遭到質疑。從此，「楊逵」成為統獨論戰中最常被提及的臺灣作家，[57]論者對

---

[57] 舉例來說，因陳芳明《臺灣新文學史》初稿（一九九九年八月起在《聯合文學》連載）中有關臺灣被中國「再殖民」的論點，引發陳映真、曾健民、呂正惠等統派人士的不滿而爆發的激烈筆戰中，楊逵〈「臺灣文學」問答〉被視為「臺灣文學是中國文學的一環」之重要證據；然而獨派的陳芳明則認為這篇作品說明了臺灣文學是自主性的文學。三位統派人士的觀點見陳映真，〈駁陳芳明再論殖民主義的雙重作用〉；呂正惠，〈陳芳明「再殖民論」質疑〉；曾健民，〈台灣光復初期歷史「辯誣」——可悲的分離主義文學論〉，收於許南村編，《反對言偽而辯——陳芳明台灣文學論、後現代論、後殖民論的批判》（臺北：人間出版社，2002 年 8 月），頁 168-174、頁 210-218 及頁 365、373。陳芳明的論述收入其著，《後殖民臺灣——文學史論及其周邊》（臺北：

楊逵國家認同的興趣經常是遠勝於他在文學上的成就。其實論爭中的歧見大多肇因於用少數篇章論斷楊逵的精神，並且未曾在歷史脈絡中解讀楊逵創作，研究方法上有明顯的偏差。況且，迄今無人針對四〇年代的楊逵深入研究，不曾詳細勾勒楊逵文學轉變的軌跡，自然也無法通盤了解楊逵思想的真正內涵。因此本書將以楊逵各類型的作品及其各種版本為基礎，配合筆者多年來所蒐集而至今尚未正式出土的文學史料，藉由文學文本、歷史語境、文化現象等各方面之交互考察，闡述四〇年代楊逵的文學與思想，重構楊逵圖像。

　　由於歷史無法以人為的年代劃分做精確的切割，四〇年代前期的臺灣歷史必須上接一九三七年，以便將七七事變以來的皇民化運動涵攝於其下共同討論；另一方面，楊逵的文學生涯與思想演變是一個整體的進程，四〇年代的楊逵也無法從其生平行誼中被單獨抽離。因此本書雖以四〇年代為研究範圍，其實必須時時回顧楊逵的一生，以確定四〇年代楊逵文學與思想的真正風貌，與楊逵在臺灣文學時間長河中的歷史定位。

　　至於章節的安排方面，首將檢視歷來楊逵研究的相關成果，並作主、客觀條件的交互考察，包括楊逵如何從社會運動出發轉型為文藝工作者，又如何從日本引進普羅文學再加以改造，成為臺灣普羅文學的重要旗手。其次探討楊逵日治時期文學的原始樣貌如何，他在戰後如何修改自己日治時期的創作，評論者又是如何「再現」楊逵及其作品，楊逵與評論者的這些作為所代表的時代意義何在。主要論述則將集中考察四〇年代楊逵的各項活動，以細部閱讀剖析楊逵在國策壓力之下迂迴曲折的寫作策略，並探討楊逵戰前與赤化的日本警察入田春彥成為知己，戰後初期又與揚風、黃榮燦等中國左翼作家密切交流，其選擇性交友方式所代表的意義。另外，楊逵企圖以編輯刊物傳播理念，藉此凝聚知識菁英，培植後起之秀，用集團性的力量改造社會，以及楊逵翻譯刊行中國

---

麥田出版社，2002 年 4 月），頁 314-316。

五四文學作品等都是本文論述的重點。藉由四○年代楊逵文學與思想的研究，筆者將證明面臨政權幡改與社會劇烈變動之際，楊逵始終以批判精神對統治階級進行堅強的抵抗。

# 第二章　三〇年代楊逵圖像：
## 從社會運動到文學活動

## 前言

　　工業革命帶來近代的文明，西方列強為追求原料與廉價的勞工，將其資本輸出，挾著船堅砲利的優勢擴張勢力，紛紛於海外建立殖民地。明治維新之後邁向現代化的日本，由於地小人稠和資本過剩，也不免步上西方帝國主義的後塵，鄰近的中國和朝鮮半島因此成為急切的日本最好的出路。一八九五年，日本與滿清政府締結「馬關條約」，迫使中國承認朝鮮為完全獨立國，並獲得臺灣和澎湖列島的主權，從此日本有了進窺中國大陸與南洋的機會。一九〇五年，日本在對俄國戰爭勝利後躍昇為亞洲第一強國。一九一〇年韓國終於被正式併吞，日本成為亞洲的殖民帝國，聲勢如日中天。

　　日本領有臺灣之後不久，即開始一連串的建設工作，例如土地的清丈、製糖工業的振興、縱貫鐵公路交通網的接通、臺灣銀行的幣制改革，加以日本財閥的引進，臺灣從此往資本主義發達的社會邁進。當然資本主義的弊害也接踵而至，最顯著的就是製糖公司為確保原料的來源，以國家強權為後盾對農地進行的巧取豪奪，土地糾紛與蔗農對抗糖業資本家的事件也就因此層出不窮。繼第一次世界大戰後威爾遜民族自決思潮的流行，日本民主主義的勃興、朝鮮的獨立運動、中國的五四運動等，刺激臺灣留學生的民族意識抬頭，並將之傳入島內啟蒙臺灣民眾的思想之後，臺灣抗日的民族運動以臺灣文化協會為主要據點而展開。隨著產業的日益進展，資本家和工農階級的對立日趨嚴重，一九二〇年代馬克

思主義襲捲全球，無論在日本或臺灣都逐漸蔚為風潮，工人、農人的階級運動蓬勃發展，終於促使一九二七年文化協會的左右分裂，原以民族自決為基礎的統一陣線，自此形成階級運動與民族自決運動的分道揚鑣。

　　馬克思主義之所以能被援引應用到臺灣新文化運動，主要是因為被殖民統治的臺灣人民和殖民者日本人在民族、階級上的不同，在經濟上享有絕對優勢的資本家又以殖民政府的強權為後盾，壓迫絕大多數臺灣貧苦的工農群眾，使得階級鬥爭之中帶有民族運動的色彩，民族運動也帶有階級運動的性格。[1]臺灣新文學運動是臺灣人反抗日本殖民統治的新文化運動之一環，一九三一年社會運動在日本當局的大彈壓之下受挫，失去用武之地的左翼運動領導菁英陸續投入，促使新文學運動愈趨成熟，文學創作也接替社會運動的任務，成為抵抗殖民政府的利器。[2]也因此臺灣新文學運動帶有民族運動與階級運動的雙重性格，在暴露殖民地社會殘酷現實之際，同時表現反對日本殖民政府的歧視壓迫，與同情無產階級民眾困苦生活的兩種精神，這就是殖民地臺灣兼具現實主義色彩與批判性格的左翼文學。[3]

---

[1]　矢內原忠雄談到臺灣的階級運動時說它：「一方面是以其殖民地的事情為基礎，同時則又帶有民族運動的性格。而在另一方面，也是臺灣的民族運動帶有階級運動的性格。」又說：「就大體而論，民族運動即階級運動，階級運動即民族運動，兩者的互相結合比較多於兩者的互相排斥。這是殖民地社會的特徵使然的。」見其著，周憲文譯，《日本帝國主義下之臺灣》（臺北：帕米爾書店，1987 年 5 月再版），頁 183-184。

[2]　河原功，《台灣新文學運動的展開──與日本文學的接點》，頁 132。

[3]　雖然在臺灣總督府嚴格的出版檢閱制度下，左翼的社會主義書刊輸入極為困難，但是根據黃琪椿的研究，社會主義思潮仍然深刻影響臺灣知識青年的思考，並表現在社會運動及新文學運動上，這一點由發行日刊以前的《臺灣民報》及東方文化書局復刻本《臺灣新文學叢刊》中的社會主義相關言論，可以獲得充分的證據。因此陳芳明以廣義的「臺灣社會寫實文學」來定義「左翼文學」，強調他的特色「並非是教條地宣揚馬克思主義，而是作家站在社會弱小者的立場，對不公不義的體制以文學形式進行批判」，頗能反映社會主義影響下的臺灣新文學創作中左翼文學社會主義思考的內涵。以上參見黃

　　楊逵是臺灣歷史上著名的社會運動家與文學家，眾所皆知楊逵終身信奉社會主義，晚年他仍自稱為「人道的社會主義者」[4]，因此他所從事的社會運動和文學活動無不帶有社會主義的性格，同時也是因為社會運動的實際經驗滲透到文學活動，使他的文學創作呈現鮮明的社會批判面向。本章歷數楊逵自幼至進入文學場域的相關經歷，以見其左翼文學理念形塑的過程，及他如何將從事左翼政治運動以來的批判精神涵攝在文學活動當中。

# 第一節　左翼思想的形塑與實踐

## 一、社會主義理念的涵養

　　根據楊逵自述，他在就讀臺南州立第二中學校（今臺南一中）時，即已接觸過無政府主義與社會主義之類思想性的書籍。[5]後來無政府主義者大杉榮一家被日本軍人甘粕正彥殺害一事，對楊逵造成極大的衝擊，便因此對思想方面覺醒並注重了起來。[6]由此看來，中學時期似乎

---

琪椿，《日治時期臺灣新文學運動與社會主義思潮之關係初探（1927-1937）》（清華大學文學研究所碩士論文，1994 年 7 月）；陳芳明，〈台灣左翼文學發展的背景〉及〈賴和與台灣左翼文學系譜〉，收於其著，《左翼台灣——殖民地文學運動史論》（臺北：麥田出版社，1998 年 10 月），頁 27、47。

[4]　見陳春美訪問，〈追求一個沒有壓迫，沒有剝削的社會——訪人道的社會主義者楊逵〉，原載於《前進廣場》第十五期（1983 年 11 月），收於彭小妍主編，《楊逵全集》「資料卷」（臺南：國立文化資產保存研究中心籌備處，2001 年 12 月），頁 271。

[5]　楊逵口述，王世勛筆記，〈我的回憶〉，原載於《中國時報》，1985 年 3 月 13 ～15 日，收於《楊逵全集》「資料卷」，頁 57。

[6]　廖偉竣訪問，〈不朽的老兵——與楊逵論文學〉，原載於《師鐸》（1976 年 1 月 1 日），收於《楊逵全集》「資料卷」，頁 177。戴國煇、內村剛介訪問，葉石濤譯，〈一個台灣作家的七十七年〉，原載於《臺灣時報》，1983 年 3 月 2 日，收於《楊逵全集》「資料卷」，頁 248。戴國煇、若林正丈訪問，〈台灣老

是楊逵成為社會主義者的啟蒙時期。但若就楊逵的回憶進行考察，一九
一五年時噍吧哖事件（又稱「西來庵事件」）爆發，當由臺南開往噍吧
哖（玉井）鎮壓的砲車浩浩蕩蕩地經過家門前時，正值十歲的楊逵從
門縫後窺見全部的過程，事後又從大哥楊大松處證實日本軍隊鎮壓時
種種殘暴手段的傳言，從此在內心烙印下無法磨滅的印象。[7] 讀中學時
楊逵到過事變發生的村莊，看到當地殘存的老弱婦孺，成年男子則一
掃而空，印證傳說中的大屠殺確有其事；[8] 十四歲時又親眼目睹一位平
日熟識的小販遭日警活活打死，[9] 對於統治者以軍事力量凌駕人民，以
及臺灣民眾慘遭殖民壓迫的悽慘遭遇，這時的楊逵應該已經有了概略
的認識。

　　中學時在偶然機會下購讀日本人撰寫的《臺灣匪誌》[10]，見書中將
噍吧哖事件起義的烈士貶為匪徒，後來又聽說日本中央政府曾頒布「六
三法案」，授權臺灣殖民當局任意制定「匪徒刑罰令」，可依法將抗日同
胞處以極刑，楊逵這才理解到統治者歷史的不可靠，以及殖民地法律的
不公道，從此在心裡深深種下反抗異族、反抗統治者謊言與暴力的種
苗。[11] 因此當楊逵開始接受世界文學時，即將注意力置於帝俄及法國大

---

社會運動家的回憶與展望——楊逵關於日本、台灣、中國大陸的談話記錄〉，
原載於《台灣與世界》第二一期（1985 年 5 月），收於《楊逵全集》「資料卷」，
頁 273。

[7] 楊逵經常在回憶中提及此事，例如〈日本殖民統治下的孩子〉、〈我的回憶〉
和〈一個台灣作家的七十七年〉，參見《楊逵全集》「資料卷」，頁 21、52、
245。

[8] 楊逵口述，王世勛筆記，〈我的回憶〉，《楊逵全集》「資料卷」，頁 52。

[9] 參見戴國煇、內村剛介訪問，葉石濤譯，〈一個台灣作家的七十七年〉，以及
河原功與筆者合編〈年表〉，《楊逵全集》「資料卷」，頁 246、371。然在接受
林載爵訪問時，楊逵則說當時年方十二歲，見〈訪問楊逵先生——東海花園
的主人〉，《楊逵全集》「資料卷」，頁 292。

[10] 秋澤烏川著，由臺北的杉田書局於一九二三年四月出版。臺灣大學圖書館有
原件收藏。

[11] 〈日本殖民統治下的孩子〉與〈一個台灣作家的七十七年〉，《楊逵全集》「資
料卷」，頁 21、246。以及下列資料：楊逵口述，許惠碧筆記，〈臺灣新文學

革命時期，描寫對過去的因襲與社會罪惡的抗議或反抗，關懷社會的黑暗面與低下階層民眾悲慘生活的小說。[12]在臺灣統治者與被統治者截然不同的階級畫分，恰好又大約等同於資本家與勞農階級的對立狀況，楊逵後來傾向於信奉馬克思主義，並以之作為和日本殖民政府鬥爭的基礎，是有脈絡可尋的。

　　一九二四年，受留日學生組隊演講的啟發，為自由追求更多的新知，十九歲的楊逵主動輟學遠渡日本內地。[13]次年通過專科學校入學資格檢定考試後，進入日本大學（時為專科學校）藝術科夜間部就讀。[14]楊逵抵達日本之際正值經濟大恐慌的年代，同時也是著名的大正民主時期，各種學生運動與勞農運動蓬勃發展。在此之前的一九二〇年，幾個受到社會主義思潮影響的學校組成「日本社會主義同盟」。基於研究馬列主義思想的需要，日本學生於一九二三年成立「全國學生聯合會」，次年改稱「學生社會科學聯合會」。該聯合會擁有遍布全國的五十八個支會組織，會員約有一千五百位。[15]一九二三年七月，日本共產黨非法成立，社會主義已然在日本大肆流行。受此風潮影響，楊逵閱讀了馬克

---

的精神所在——談我的一些經驗和看法〉，原載於《文季》第一卷第一期（1983年4月），收於《楊逵全集》「資料卷」，頁32-33；陳俊雄訪問，〈壓不扁的玫瑰花——楊逵訪談錄〉，原載於《美麗島》（洛杉磯）第一一一期（1982年10月30日），收於《楊逵全集》「資料卷」，頁219-220。

12　綜合參考〈我的回憶〉、〈不朽的老兵——與楊逵論文學〉及〈一個台灣作家的七十七年〉，見《楊逵全集》「資料卷」，頁57、176及頁248。

13　楊逵，〈日本殖民統治下的孩子〉，《楊逵全集》「資料卷」，頁22。另根據楊逵自述：「一九二四年我所以赴日，主要原因是求知慾難以得到滿足，希望到另一個廣闊的天地，吸取更多的新知。」「另一方面，對家裏為我安排的婚姻感到不滿，也是我赴日的原因之一。」由此可見，逃避與童養媳送作堆也堅定了他離臺赴日的決心。見楊逵口述，王世勛筆記，〈我的回憶〉，《楊逵全集》「資料卷」，頁59。

14　戴國煇、內村剛介訪問，葉石濤譯，〈一個台灣作家的七十七年〉，《楊逵全集》「資料卷」，頁250。

15　盧修一，《日據時代臺灣共產黨史（1928－1932）》（臺北：前衛出版社，1990年5月再版），頁32。

思的經典鉅著《資本論》，[16]並且成為「東京臺灣青年會」中傾向共產主義學生中的重要份了。一九二六年一月左右，楊逵參與組織「臺灣新文化學會」，繼續馬克思主義的研究。一九二七年三月二十八日，新文化學會的會員們說服青年會全體幹部，決議於青年會內籌組「社會科學研究部」，並於四月二十四日在高砂寮秘密成立，楊逵時為領導幹部之一。[17]

　　另一方面，當時在日本的臺灣學生大多經濟富裕，有不少來自資產階級，而楊逵由於來自家庭的接濟中斷，必須半工半讀以養活自己，做過泥水匠、木工、玩具匠等十多種臨時工，過著三餐不繼的日子，時時陷入挨餓的狀態，因而親身體會到都市無產階級的生活與困境，[18]也促使楊逵和其他留日的臺籍學生產生不同的思想。一般來說，臺灣的留日學生是民族意識高於階級意識；楊逵則因為享受過公學校時期教師沼川定雄[19]的溫情關懷，在日本內地求學時又承蒙許多同樣被資本家剝削壓榨的日本勞工朋友照顧，透過這些與日本人交往的美好經驗，[20]楊逵深

---

16　楊逵口述，王世勛筆記，〈我的回憶〉，《楊逵全集》「資料卷」，頁61。

17　《臺灣總督府警察沿革誌》第二篇領臺以後的治安狀況（中卷），中文譯本採用林書揚等編，王乃信等譯，《台灣社會運動史（1913-1936）》第一冊「文化運動」（臺北：創造出版社，1989年6月），頁38-39。又楊逵回憶中談及曾與朋友組織「新文化研究會」，研究馬克思主義，即是指「臺灣新文化學會」。見楊逵口述，王世勛筆記，〈我的回憶〉，《楊逵全集》「資料卷」，頁63。

18　楊逵，〈日本殖民統治下的孩子〉，《楊逵全集》「資料卷」，頁23。

19　根據張季琳的調查研究，沼川定雄（1897～1994）原籍熊本縣，戶籍資料上記載出生於一八九八年一月十七日，然據其公子沼川尚的說法，真正生日為一八九七年七月七日。一九一七年私立九州學院畢業，翌年赴臺灣。一九一八年三月卅一日赴楊逵曾就讀的大目降公學校（今臺南縣新化國小）任教，一九二一年擔任林鳳營公學校校長期間考取廣島高等師範學校，獲准回日本深造。一九二六年畢業後再度來臺擔任數學教師，一九三〇年返回日本。有關沼川定雄之生平事蹟及對楊逵的影響詳見張季琳，〈楊逵和沼川定雄：臺灣人作家和臺灣公學校日本人教師〉，《張文環及其同時代作家學術研討會論文集》（臺南：國家臺灣文學館，2003年10月18、19日研討會當日使用版），頁162-182。

20　葉石濤，〈日據時期的楊逵——他的日本經驗與影響〉，《聯合文學》第一卷

深體悟到世界上只有壓迫階級與被壓迫階級兩種人，[21]便自然而然接受了馬克思主義。

　　在日本期間除了研讀社會科學，充實理論知識之外，楊逵也熱衷於對社會問題的實地考察。例如進入日本大學不久，楊逵即參加了由學生所組成的工人考察團，赴淺草的貧民區，見一大堆工人擠在一間寺廟的地下室，天寒地凍中只有草包可以禦寒，因而凍死了不少人，從此對於社會的黑暗面有了刻骨銘心的印象。[22]當爭取權益的學生運動演變為反戰運動時，楊逵也參加過在皇宮二重橋前「打倒田中反動內閣」的示威活動，揭開一生社會運動之序幕。關於學生發動示威的背景，楊逵曾經說明如下：

> 在那時學生的思想裏，具有侵略性質的田中義一首相，有出兵滿洲的意圖，而向天皇提出了有名的「田中奏摺」，認為滿洲是日本的生命線，各種資源十分豐富。
>
> 學生們認為，軍閥侵略行動，乃是攫取經濟資源，開拓殖民地的帝國主義行為，這種行為乃是為資本主義服務的，倒楣的是一般中下階層民眾成為戰爭中的犧牲。這在第一次世界大戰即已暴露無疑。
>
> 當時的學生因為很熱心研究社會科學，因此獲致這樣的結論：工業革命的成功，使得資本主義興起，資本主義者又以帝國主義為武器，攫取殖民地的經濟資源，再製成商品向殖民地傾銷，造成殖民地大量失業人口；然後又因商品無法推銷，造成了帝國主義者自食產生失業人口的惡果。

---

第八期（1985 年 6 月），頁 19-20。

[21] 〈日本殖民統治下的孩子〉和〈我的回憶〉，《楊逵全集》「資料卷」，頁33、61。

[22] 楊逵口述，王世勛筆記，〈我的回憶〉，《楊逵全集》「資料卷」，頁60。

　　　　於是學生都認為，資本主義崩潰的時代已經到了，取而代之的
　　　　將是馬克斯主義，馬克斯主義將是未來世界的「新希望」。[23]

由這段文字可見青年時期的楊逵已信奉馬克思主義，並抱持著「資本
主義必然崩潰」的信念，其一生反對帝國主義與殖民主義的立場已然
成形。

　　此外，楊逵也參加過幾次臺灣議會設置請願運動的遊行，和五一的
工人示威運動。[24]當時他經常出入勞動組合評議會，並曾經住在勞動農
民黨的牛込支部。由於同情朝鮮人遭受和臺灣人同樣被民族壓迫的處
境，便隨著勞農黨黨員前去聲援朝鮮人的抗議集會，因而首度體驗到被
逮捕坐牢的滋味。[25]在日本見識到世界各地被殖民者追求民族自決和自
由民主的呼聲之後，楊逵也有了堅決反抗異族統治，要決定自己民族命
運的覺悟，而這個基本覺悟也成為日後回臺參加社會運動與文學活動的
推力。[26]

　　值得注意的是勞動組合評議會與勞動農民黨在一九二八年三月日
本政府鎮壓左翼運動，大舉搜捕共黨領袖時，被列為具有共黨嫌疑的組
織，四月十日被內務省宣布解散。[27]一般認為勞動農民黨是日本共產黨
化身的合法組織，它與臺灣農民組合間有極為深厚的淵源。一九二六至

---

[23] 楊逵口述，王世勛筆記，〈我的回憶〉，《楊逵全集》「資料卷」，頁61。附帶
　　說明的是引文中提及的「田中奏摺」向來被視為日本意圖侵略中國的證據，
　　但不僅歐美各國早就指出它是偽造的假文書，近年間中國社會科學院日本研
　　究所長蔣立峰也已承認「這項奏文並不存在」。相關報導見《自由時報》，2006
　　年3月3日。

[24] 楊逵，〈日本殖民統治下的孩子〉，《楊逵全集》「資料卷」，頁23。

[25] 這一次楊逵坐牢三天，參見〈日本殖民統治下的孩子〉、〈一個台灣作家的七
　　十七年〉、〈台灣老社會運動家的回憶與展望──楊逵關於日本、台灣、中國
　　大陸的談話記錄〉，《楊逵全集》「資料卷」，頁24、253、275。

[26] 〈我要再出發──楊逵訪問記〉，原載於《夏潮》第一卷第七期（1976年10
　　月），收於《楊逵全集》「資料卷」，頁161。

[27] 當時被宣布解散的共有三個組織，除上述兩者之外，還有「日本無產青年同
　　盟」。參見盧修一，《日據時代臺灣共產黨史（1928－1932）》，頁34。

二七年間在臺灣文化協會幹部邀請下，勞農黨左翼運動健將麻生久與布施辰治先後來臺，擔任二林事件的辯護律師。兩人在臺期間並曾分別舉辦農民問題演講會，對啟發臺灣農民的階級自覺及團結抗爭造成深刻的影響。一九二七年，簡吉與趙港赴東京帝國議會為農民問題請願，其間與日本農民組合和勞動農民黨俱有接觸。[28]後來勞農黨並派律師古屋貞雄長駐臺中，擔任臺灣農民組合的顧問。臺灣農民組合因此與日本、朝鮮的左翼運動保持聯繫，傾向社會主義與階級鬥爭發展。[29]由於楊逵參與籌組的社會科學研究部與臺灣文化協會左派、農民組合兩團體間有極為密切的關係，並且與日本左派團體（如學生社會科學聯合會等）亦有聯絡，[30]推測楊逵得以住在牛込支部，很有可能是因為社會科學研究部與勞農黨間的關係，甚至楊逵還可能具備勞農黨黨員的身分，與日本共產黨間有所往來。[31]後來楊逵返臺為臺灣農民組合效力，也極有可能與社會科學研究部、勞農黨兩個組織與臺灣左派團體的密切往來有關。

## 二、領導臺灣的社會運動

一九二七年一月，臺灣文化協會受到社會主義思潮的衝擊而分裂，階級運動成為臺灣社會運動的主線。由於農民、工人等各種團體紛紛興起，社會運動領導人才需求孔急，在島內幾番催促之下，[32]楊逵衡量情

---

[28] 韓嘉玲，〈臺灣農民組合一九二五—一九二七〉，《臺灣史研究會論文集》第一集（臺北：臺灣史研究會，1988 年 6 月），頁 256-260。

[29] 盧修一，《日據時代臺灣共產黨史（1928－1932）》，頁 45。

[30] 林書揚等編，王乃信等譯，《台灣社會運動史》第一冊「文化運動」，頁 41。

[31] 筆者在碩論中推測楊逵曾經加入日本共產黨（《楊逵及其作品研究》，頁 46-47），陳芳明教授向筆者表示，由於楊逵信奉山川均主義，主張合法鬥爭，加入非法組織日本共產黨的機會不大，反而很有可能是日本勞動農民黨員；然此推測尚未能找到相關證據。

[32] 楊逵對他之所以決定從日本回臺灣的原因有這樣的說法：「因為我從已回台灣的朋友人那裡聽到台灣需要鬥士，所以就在二七年九月回了台灣。因為在自己的故鄉進行鬥爭的實踐效果該為更大才對。」見戴國煇、若林正丈訪問，

勢迫切，終於在一九二七年九月拋棄未竟的學業受邀返臺。[33]抵臺後的楊逵先在臺北與連溫卿見面，旋即加入文化協會的巡迴演講會，不久，又分別在臺中、鳳山會見了趙港和簡吉，[34]從此全力投入文化協會與農民運動的行列，成為專職的社會運動家。

　　一九二七年十月，甫回國不久的楊逵成為分裂後新文協的會員。一九二七年十二月，農組第一次全島大會於臺中召開，楊逵當選為十八位中央委員之一，並在中央委員互選時當選為常務委員。次年二月三日，又與簡吉、趙港、葉陶等人共同入選「特別活動隊」，並身兼政治、組織、教育三項部長職。[35]特別活動隊之設置乃為進行無產階級政治鬥爭，從此農組確立採行馬克思主義路線，強化了與左傾後的文協間的合作，並且採取共同的鬥爭行動。[36]而楊逵絕大部分的時間是在三叉（三義）至嘉義小梅（梅山）一帶的地方支部，實地領導農民運動，其間曾分別於竹山、小梅、朴子、麻豆、新化、中壢等地連續六次被捕。[37]

　　一九二八年，由於日本勞農黨的臺灣農民組合顧問古屋貞雄決定回國競選，為勞農黨下包括臺灣、朝鮮在內的各團體共同委員會的成立鋪路，依據該黨指令，說服分屬農組與文協幹部的簡吉、連溫卿提案召開共同委員會，以實現臺灣各團體的共同戰線。二月一日，由農組提案召開「反對壓制政治協議會」，邀請各團體參加，與會者除古屋貞雄之外，還有工友協助會、臺北機械工友會、文化協會、民眾黨的代表。由於民

　　〈台灣老社會運動家的回憶與展望——楊逵關於日本、台灣、中國大陸的談話記錄〉，《楊逵全集》「資料卷」，頁277。

33　楊逵，〈日本殖民統治下的孩子〉，《楊逵全集》「資料卷」，頁25；楊逵口述，方梓記錄，〈沉思、振作、微笑〉，原載於《自立晚報》，1983年4月30日，收於《楊逵全集》「資料卷」，頁42。

34　林梵，《楊逵畫像》，頁89。

35　林書揚等編，王乃信等譯，《台灣社會運動史》第四冊「農民運動」，頁78-85。同時入選特別活動隊的有：簡吉、楊逵、趙港、陳德興、葉陶、蘇清江、尤明哲、呂德華、謝進來、陳崑崙、柯生金、陳結、謝塗，共計十三人。

36　盧修一，《日據時代臺灣共產黨史（1928－1932）》，頁45。

37　林梵，《楊逵畫像》，頁91、96。

眾黨的謝春木反對，共同戰線暫時未能建立。[38]這次會議楊逵與簡吉、江賜金代表農民組合出席，由此可見他當時在農組領導核心的重要地位。

一九二八年五月七日，新文協的機關報《臺灣大眾時報》創刊於東京（1928 年 7 月 9 日發行第十號之後停刊），楊逵受聘為該報記者，並在創刊號中以本名楊貴發表〈當面的國際情勢〉，揭櫫其反對帝國主義戰爭的立場，並且針對日本、英、美等帝國主義對中國的侵略行動大加撻伐，呼籲全世界無產階級團結，徹底鬥爭帝國主義戰爭的危機。

一九二八年六月，以簡吉為首的農組「幹部派」藉口楊逵等人在農組的行動紊亂了組織的統制，於中央委員會召開時剝奪了楊逵的一切職務。[39]與楊逵同派的葉陶、謝神財同被驅逐，三人乃聯名發表聲明書，強調應克服此一完全由宣傳而來的分裂，聲明書中說：

> 在暴亂逞凶的現階段，對我們最重要的是統一戰線。這時候擾亂統一戰線的行為是反階級的。農民組合是大眾團體，馬克思主義的教育機關。因此這個團體應包容反剝削階級的所有的人。馬克思主義者現應克服占有思想，致力於馬克思主義的滲透。不應該排除任何人。於是，我們負有左列各項的有關任務：
> （一）反對思想對立所致的除名。
> （二）克服鬥爭所帶來的分裂。

---

[38] 二月一日的會議雖未能成功，臺共勢力波及於農組後，當時黨的方針需要結合各左傾勢力，以建立合法的無產大眾黨，一九二八年七月三日重新舉行會議，乃以「臺灣解放運動團體臺中協議會」之名建立共同戰線。不過這個大眾黨的組織並未如期發展，自從共產國際基於「無產階級的黨，除共產黨外別無其他」，指責大眾黨的組織錯誤之後，大眾黨的活動就宣告停止。參見林書揚等編，王乃信等譯，《台灣社會運動史》第四冊「農民運動」，頁 118-119。

[39] 當時農組有所謂「幹部派」，成員為簡吉、趙港、顏石吉、張行、陳德興、彭宇棟、莊萬生、陳崑崙等人，而楊逵、謝進來、謝神財、陳培初、尤明哲、張滄海、吳石麟、賴通堯、葉陶同屬與簡吉等人對立的一派。參見林書揚等編，王乃信等譯，《台灣社會運動史》第四冊「農民運動」，頁 121-122。

　　（三）建立批判的自由，公開的理論鬥爭。

　　（四）建立民主主義，反對各種委員的官僚性質的任命。

　　（五）反對閉鎖主義。[40]

其中有關統一戰線與民主主義的主張，成為楊逵一生從事社會運動與文學活動的基調。

　　被解除在農組的一切職務後，楊逵滯留斗六分處，然因不能得到本部的支持，成績有限，加以日本警方檢束愈緊，工作逐漸停頓下來。[41]一九二八年十月三十一日，新文協的第二次全島代表大會召開，楊逵當選中央委員，大約也在此時於彰化鹿港一帶組織讀書會。當出任彰化特別支部駐在員時，楊逵曾以理論鬥爭克服當地文協的無政府主義者，之後擬謀求該支部之強化，遂計畫使彰化青年讀書會復活，以實行社會科學的研究，卻因此加深雙方的嫌隙，形成無政府主義的互相扶助論與強調階級鬥爭的共產主義派對立的局面，後來無政府主義者脫離文協與此不無關係。一九二九年十一月三日，文協第三次全島代表大會召開，農組排除楊逵派認為連溫卿與楊逵有聯絡的事實，乃於會中發出「關於抨擊左派社會民主主義者連溫卿一派告各位代表檄」，由於得到王敏川的支持，連溫卿與楊逵均被文協除名，左傾後的新文協又再度分裂。[42]

　　依照楊逵的說法，被農組除名主要是因為與簡吉的對立。首先是在私人感情方面，後來成為楊逵妻室的葉陶原受簡吉影響而參與社會運動，楊逵返臺後兩人結識，感情日益親密，遂種下楊逵遭簡吉排斥之根

---

[40] 引自林書揚等編，王乃信等譯，《台灣社會運動史》第四冊「農民運動」，頁124。

[41] 楊逵口述，王麗華記錄，〈關於楊逵回憶錄筆記〉，原載於《文學界》第十四期（1985年5月），收於《楊逵全集》「資料卷」，頁79。

[42] 綜合參考林書揚等編，王乃信等譯，《台灣社會運動史》第一冊「文化運動」，頁342-343；張炎憲，〈社會主義者——連溫卿〉，張炎憲、李筱峰、莊永明編，《臺灣近代名人誌》第四冊（臺北：自立晚報社文化出版部，1987年12月），頁110；林梵，《楊逵畫像》，頁97。

源。再者，在竹崎的農民運動中，楊逵與簡吉因意見相左而起過爭執。之後，簡吉不僅指稱楊逵與葉陶因熱戀而將工作置諸腦後，並宣傳楊逵與連溫卿組織「反幹部派」。[43]然就一九二八年楊逵與連溫卿雙雙被所屬組織除名來看，新文協與農組相繼因派系鬥爭而分裂，說明了與簡吉的私人恩怨並非楊逵被逐出農組的主因，而是臺共向農組與文協滲透的結果。

　　過去有關楊逵與連溫卿兩人被逐出所屬團體一事，一般都採用《臺灣總督府警察沿革誌》的觀點，認為兩人係由於思想背景不同而被清算所致。主要是由於楊逵與連溫卿都是山川均的信徒，[44]主張在合法範圍內進行鬥爭；農組中的簡吉、趙港與文協中的王敏川則都傾向日本共產黨的「一九二七年綱領」[45]。而一九二六年十二月，在日本的福本主義從原本山川均與福本和夫兩家爭鳴的局面中獲得勝利，重建日本共產黨，並在第三國際採用「一九二七年綱領」後，確立居於主流的地位。山川主義在日本的沒落連帶影響它在臺灣的地位，所以楊逵與連溫卿兩人係由於鬥爭路線的相異而遭批判。[46]

---

[43] 詳見〈關於楊逵回憶錄筆記〉以及〈台灣老社會運動家的回憶與展望——楊逵關於日本、台灣、中國大陸的談話記錄〉，《楊逵全集》「資料卷」，頁78-79及頁 278-279。楊逵好友鍾逸人亦表示後人見解，多以為感情問題是楊逵與簡吉不合的主因，見鍾逸人，《辛酸六十年》（臺北：自由時代出版社，1988年 6 月），頁 534-535。

[44] 連溫卿由於參加世界語運動而認識山口小靜，爾後再透過其介紹與山川均通信和交往，思想上受山川均的影響頗深，因而被稱為臺灣的山川主義者。楊逵生前面對葉石濤的詢問，從不否認他自己是山川均的信徒。參見張炎憲，〈社會主義者——連溫卿〉，收於張炎憲、李筱峰、莊永明編，《臺灣近代名人誌》第四冊，頁 105；葉石濤，〈楊逵與台共的關係〉，收於《走向台灣文學》（臺北：自立晚報社文化出版部，1990 年 3 月），頁 93；

[45] 一九二七年七月十五日，第三國際執行委員會主席團通過「關於日本的綱領」，其中有十三項規定，是日共奮鬥的目標，此即「一九二七年綱領」。參見盧修一，《日據時代臺灣共產黨史（1928－1932）》，頁 75-76。

[46] 參考林書揚等編，王乃信等譯，《台灣社會運動史》第一冊「文化運動」，頁 331-332；《台灣社會運動史》第四冊「農民運動」，頁 121；盧修一，《日據時代臺灣共產黨史（1928－1932）》，頁 173-179。

　　然而陳芳明的研究指出，其實福本主義在臺灣也同遭批判，因此連溫卿之受到抨擊，應該說是臺共搶奪左翼團體領導權所致。[47]他並認為楊逵之所以在回臺後迅速成為文協與農組兩重要團體的領導者，進入組織的核心，乃因其具備馬克思主義與列寧主義的思想，確切認識到農民組合的階級運動性質；而楊逵與連溫卿分別被這兩個團體驅逐，也與臺共介入後更為左傾的鬥爭路線有關——主要是因為謝雪紅成功吸收農組的簡吉入黨，並與文協的王敏川結為盟友，使農組與文協成為臺共的外圍組織，採取了更為激烈的鬥爭手段。[48]楊逵晚年接受若林正丈詢問他在農組與文協實際活動中，是否感覺到臺灣共產黨的動向時，回答說：

> 那樣的事當然有。其中既有從日本回台灣的人，也有從大陸回台灣的人。我主要在鄉村活動，同這些人雖然有接觸，但不多。接待他們的主要是簡吉和本部的人，從那時起簡吉就宣傳什麼「楊連一派」啦，楊逵和葉陶熱衷於戀愛而將工作置於腦後啦，等等。（中略）從大陸回來的人，大都先在本部由簡吉等灌輸了一通「楊連一派」之類的宣傳，然後再同我接觸。這樣，他們在最初就有了先入之見，從自己那兒就先製造了同我的距離。[49]

這段話間接證實了謝雪紅從大陸回臺之後介入農組的活動，並與楊逵之間保持距離。楊逵晚年對於自己和臺共的關係也說：

---

[47] 陳芳明，〈連溫卿與抗日左翼運動的分裂——臺灣反殖民史的一個考察〉，收於胡健國主編，《20世紀臺灣歷史與人物——第六屆中華民國史專題論文集》（臺北：國史館，2002年12月），頁1274。

[48] 陳芳明，〈台灣文壇向左轉——楊逵與三○年代的文學批評〉（正典的生成：台灣文學國際研討會，臺北：中央研究院，2004年7月15～17日），頁11-12。

[49] 引自戴國煇、若林正丈訪問，〈台灣老社會運動家的回憶與展望——楊逵關於日本、台灣、中國大陸的談話記錄〉，《楊逵全集》「資料卷」，頁279-280。

　　我大約知道農民組合中何人是台共份子，但未與他們密切接
觸。因我對文學仍懷抱一種使命感，我不能轉入「地下」。
　　另一方面，台共份子也無意向我表白什麼，因為像我這種在運
動中奔走的人，時常有被捕入獄的可能，有被逼供出去組織秘
密的危險。[50]

　　由此可見，堅持合法鬥爭的楊逵並未加入臺共地下組織，遂成為謝雪紅
等人發展組織與進行工作之障礙，終於落到被排除在主要的社會運動團
體之外的命運。

　　溫和傾向的社會主義者楊逵與連溫卿分別被驅離領導中心之後，在
臺共控制下的農組與文協朝向激烈鬥爭的路線前進，終於使得日本殖民
當局的取締轉為嚴厲。[51]一九二九年二月十二日，全島同時展開對農組
成員大逮捕的行動，楊逵與葉陶適於臺南總工會演講完，原訂舉行婚禮
當日的凌晨雙雙被捕，手銬腳鐐地送進監獄，刑期十七天。[52]一九三一
年，日本殖民政府更展開對全島左翼運動大彈壓的行動，在工作已不可
能有任何進展情形下，楊逵與妻子葉陶正式揮別社會運動的舞臺。從事
社會運動的這一段經驗，顯然對楊逵後來的文學生涯造成極為深遠的影
響，比方〈送報伕〉手稿「後篇」之中提到「日本勞動組合評議會」[53]，

---

[50] 楊逵口述，王麗華記錄，〈關於楊逵回憶錄筆記〉，《楊逵全集》「資料卷」，
頁79。

[51] 參考張炎憲，〈日治時代臺灣社會運動──分期和路線的探討〉，《臺灣風物》
第四十卷第二期（1990年6月），頁8。

[52] 根據楊逵的回憶，他在日治時期因投身社會運動，共被抓去坐牢十次，刑期
合計四十五天。二一二被捕那次是刑期最長的一次，共計十七天。楊逵口述，
方梓記錄，〈沉思、振作、微笑〉，《楊逵全集》「資料卷」，頁42-43。

[53] 〈送報伕〉手稿「後篇」有一段文字，譯成中文為：「這次會見以後，我一
面找工作餬口，一面和他們那些日本勞動組合評議會的人們來往。支援了幾
次罷工行動，參加過會議，甚至還站在講演會的講臺上。」這些敘述在《文
學評論》版上並未出現，胡風的譯文上註明：「原文刪去」，可知是未通過檢
查而遭刪除。一九四六年臺北「臺灣評論社」出版，由楊逵編訂之中日文對
照版，在日文部份已嘗試補上，其中文部份則譯為：「和他們那些日本勞動

〈貧農的変死〉[54]中安排「臺灣農民組合」來指導佃農展開反抗，〈模範村〉中也提到東京的「社會科學研究會」（實際名稱為「社會科學研究部」），這些都是楊逵曾經親身參與過的組織。可見楊逵把文學活動視為社會運動空間的再開拓，刻意將社會運動時的經歷融入小說創作當中，將普羅文學家與社會運動家這兩種角色做最緊密的結合。

## 三、翻譯馬克思主義文獻

婚後楊逵夫婦遷徙高雄，生活困苦。根據林曙光的回憶，一九三一年楊逵由友人之資助印行幾本啟蒙性書籍，想藉此餬口，不料悉數遭禁，血本無歸。[55]究竟楊逵共印行了哪些，目前已無法獲得確切的資料，從《臺灣出版警察報》可知有列為「工人文庫（1）」的《資本主義帝国主義浅解》以紊亂安寧秩序的理由，於一九三一年七月二十日遭到查禁。根據《臺灣出版警察報》的記載，《資本主義帝国主義浅解》一書的綱目分成「何謂資本主義」、「剩餘價值的剝削」、「階級鬥爭」、「帝國主義」等，主要敘述資本家如何藉由剝削勞工而從中牟利，導致勞資雙方間的對立日益擴大，以及資本主義國家如何強化成為帝國主義等。[56]

---

組合評議會的人們來往。支援過罷工行動，參加過會議，甚至還參加過講演會，談我們台灣人受苦的情形。」見彭小妍主編，《楊逵全集》「小說卷」（Ⅰ）（臺北：國立文化資產保存研究中心籌備處，1998 年 6 月），頁 104。

54　〈貧農的変死〉即〈死〉（《臺灣新民報》，1935 年 4 月 2 日至 5 月 2 日）的手稿，然以臺灣話寫成，與發表後的〈死〉用字遣詞差異甚大。

55　林曙光，〈楊逵與高雄〉，原載於《文學界》第十四期（1985 年 5 月），收於陳芳明編，《楊逵的文學生涯》（臺北：前衛出版社，1989 年 2 月臺灣版第二刷），頁 249。

56　筆者在陳芳明教授指引下查閱《臺灣出版警察報》，發現楊逵以本名「楊貴」發行之《資本主義帝国主義淺解》遭查禁的記載，其中並有該書內容之簡單記述。見警務局保安課掛，《臺灣出版警察報》第二五號（1931 年 8 月），頁 106、150。

　　一九三一年七月刊行之《馬克思主義經濟學〔1〕》則為目前僅存的一本，係譯自拉美卓斯（I. Lapidus）和烏司卓魯美智野農（K. Ostrovitianov）為研究蘇維埃經濟問題的學生而合著之教科書《經濟學概論、經濟學及蘇維埃經濟的理論》。[57]楊逵在該書之〈譯者例言〉中說：「關於世界的各種問題、世界的現況、若要真正去理解、除卻以馬克思主義的方法不可。馬克思主義經濟學是解答世界凡事的根本」，充分表現他對馬克思主義的信心。基於文化程度極低的臺灣工人可能讀不慣這樣的理論書籍，楊逵提出以讀者組織研究會或是讀書會互相討論研究，或者讀者以信件提問，而他將與讀者針對疑義部分進行研討。從該書版權頁標明發行所為「工農文庫刊行會」，譯者兼發行者為「楊貴」（楊逵本名），可知工農文庫刊行會是楊逵為刊行啟蒙工農階級的書籍而創立。在社會運動受挫之後，楊逵仍以積極行動企圖推展馬克思主義的熱誠由此展現。

　　楊逵生前未發表的遺稿中與共產主義有關的，還有包括確定翻譯自列寧原著的〈社會主義與宗教〉，以及《楊逵全集》編輯時因無法確定是否翻譯之作，而暫時列為「文」類的未定稿〈勞動者階級的陣營〉、〈革命與文化〉、〈序說──思惟的運動和社會變革的過程〉、〈戰略家列寧〉、〈世界赤色工會十年間〉等篇章，其中〈戰略家列寧〉已經由鄧慧恩確

---

57 見〈譯者例言〉與〈原着者序文〉，《楊逵全集》「資料卷」，頁 326。由該書後附廣告可得知共分八冊將原書翻譯刊行，除已補收入《楊逵全集》「資料卷」的「價值論」外，尚有「剩餘價值‧工錢」、「利潤論‧生產價格論」、「商業‧信用‧貨幣」、「地代」、「資本積蓄‧資本主義諸關係的再生產」、「帝國主義‧資本主義的崩壞」、「過渡期的經濟」等七冊，然可能未曾出版或均已散佚。此八冊標題可見《楊逵全集》「資料卷」，頁 367 之註 1。另外，根據鄧慧恩的研究，《經濟學概論、經濟學及蘇維埃經濟的理論》英文版書名為 "Outline of political economy, Political Economy and Soviet Economics"，共分十部，楊逵應該是根據日文譯本而譯成漢文。參見鄧慧恩，〈文化的擺渡──楊逵翻譯作品的社會意義與詮釋〉（2004 青年文學會議，臺南：國家臺灣文學館，2004 年 12 月 4、5 日），頁 9-11。

定原作者為 A. Losevsy。[58]另外，〈革命與文化〉手稿旁有「デボリン」與「一九〇七年『ノチエ・ツアイト』[59]」，推測它可能是翻譯自蘇聯哲學家德波林（A. M. Deborin，1881～1963）作於一九〇七年的某篇作品。

　　現存楊逵有關馬克思主義理論經典的手稿，除〈革命與文化〉確定作於一九二九年五月七日外，其餘寫作時間不詳。[60]然〈勞動者階級的陣營〉、〈序說——思惟的運動和社會變革的過程〉、〈戰勝家列寧〉三篇和〈革命與文化〉同樣使用印有「20×10（アスカ印）D 型」的稿紙，顯示寫作時間距離不遠。推測它們極有可能是一九二九年左右，楊逵於彰化鹿港等地組織讀書會時，從馬克思主義相關文獻翻譯而來。〈世界赤色工會十間年〉主要是論述赤色工會國際（楊逵譯為「世界赤色工會」或「國際赤色工會」）自一九二一年七月於莫斯科成立後十年間的發展。由於〈社會主義與宗教〉手稿也使用同一式稿紙，據此推測兩篇寫作時間當在一九三一年以後，應該是作於楊逵蟄居高雄期間。

　　上述六篇手稿連同已出版的《馬克思主義經濟學〔1〕》的存在，證明楊逵不僅信奉共產主義，並且醉心於其中全力鑽研。以致於一九三二年長子出世，窮到身上只剩四文錢，連去請助產士的車資都無力負擔時，楊逵仍堅持資本主義必然崩潰的信念，為這個孩子命名為「資崩」。[61]其實楊逵為孩子們取名時都寄寓社會主義的理念——長女「秀俄」是在讚頌無產階級革命成功，「秀麗」的「俄國」誕生；長男「資崩」預

---

[58]　鄧慧恩，〈文化的擺渡——楊逵翻譯作品的社會意義與詮釋〉，頁 29。

[59]　《楊逵全集》誤植為：「ノイエ・ツアイト」，見彭小妍主編，《楊逵全集》「未定稿卷」（臺南：國立文化資產保存研究中心籌備處，2001 年 12 月），頁 494。

[60]　鄧慧恩曾經根據《馬克思主義經濟學〔1〕》使用頓號而〈社會主義與宗教〉用逗號來斷句，以「楊逵已經開始使用逗號，顯見他的語文能力有所進步」（〈文化的擺渡——楊逵翻譯作品的社會意義與詮釋〉，頁 25），做為判斷〈社會主義與宗教〉晚出的證據之一。然楊逵翻譯馬克思主義的六篇手稿均用頓號，《楊逵全集》上使用逗號的篇章係排版錯誤所致，故目前這些篇章寫作時間的先後順序仍無法斷定。

[61]　楊資崩：「爸在全部財產只剩四文錢的時候，讓媽生下了我，取名資崩，意為資本主義崩潰」。見〈我的父親楊逵〉，《聯合報》，1986 年 8 月 7 日。

言資本主義的崩潰；次子「建」表示新的社會秩序與公義即將重建；後兩女「素絹」與「碧」則象徵人類社會的污濁滌盡，猶如「素絹」般潔淨，最後百花齊放，「碧」綠清秀的新樂園呈現在眼前。[62]

基於對社會主義改造世界抱持著堅強的信念，社會主義理念自然深深影響著楊逵的思維與文學創作。例如他在研讀共產主義的心得〈勞働者階級的陣營〉一文結尾處說：

> 共産党要當大眾的頭陣去洞察歷史的發展的理論來反映在政治鬥爭的內容。這個時候再要注意的是不可與大眾孤立。党不管什麼時候總要站在大眾的身上、使大眾覺醒他們的迷誤。所以不管什麼時候、共產主義者都要在不屬党影響下的大眾中活動、與不屬党的組織及未組織大眾接觸。使他們明白「無受党的領導即沒有解放的日子」。更要對不在党下的工人大眾教育使他們得到相當的階級意識、在這種過程中使他來入党。其他共產主義者要去組織失業者、退役軍人等：來使他們受党的影響。（工農大眾的主導者──共產党）最進步的、最革命的、為着廢除各種剝削制度而鬥爭的工人階級前衛党──共產党、更是社會上各種被剝削、被壓迫工農大眾的指導者。所以共產党不只是引導工人、指導工人、是要去引導受資本及封建分子剝削的全勤勞工農群眾。共產党要對掠奪者無私的、大膽的、無客氣的激烈鬥爭中啟蒙、組織、訓練、勤勞工農大眾、而且使他們守一定的規律。[63]

---

[62] 關於楊逵為孩子們命名時別具深義，由鍾天啟（鍾逸人）首先提出，但僅及於前三個孩子，見〈瓦窰寮裡的楊逵〉，《自立晚報》，1985 年 3 月 29 日。由楊翠代筆，以董芳蘭（楊建之妻，楊翠之母）名義發表的〈父祖身影中找自己的臉──楊逵與他的「愚公世代」〉，則完整敘述每一個孩子名字的意義，見《中央日報》，1997 年 3 月 22、23 日，亦見於張堂錡、樂梅健編，《現代文學名家的第二代》（臺北：業強出版社，1998 年 8 月），頁 26。

[63] 引自楊逵，〈勞働者階級的陣營〉，收於《楊逵全集》「未定稿卷」，頁 482-483。此處引文已根據楊逵手稿校訂。

這段文字雖然是關於共產黨如何教育群眾，繼而領導革命，最後謀求無產階級解放的具體想法，然從社會運動轉而從事文藝工作之後，楊逵便自然而然將這樣的理念鎔鑄到文藝創作，始終重視階級意識的灌輸與鬥爭方法的指引，作者在小說創作中以社會改革啟蒙者自許的立場清晰可見。因此與同期作家相較，楊逵小說中最為人所熟知的即是知識分子角色的塑造，[64]例如〈送報伕〉中的「我」和佐藤、〈頑童伐鬼記〉（〈鬼征伐〉）[65]中的井上健作、〈模範村〉中的阮新民與陳文治。楊逵在小說中安排他們來啟發無產階級，領導群眾反抗鬥爭，最後指向沒有傾軋的新社會，具體展現知識分子介入社會，勇敢反抗強權，爭取正義與公理的批判精神。

## 四、嘗試臺灣話文的創作

楊逵對文學的喜愛，早在二哥楊趁與公學校教師沼川定雄提供其文學讀物時就已萌芽。[66]中學時他透過日文譯本接觸到西洋文學思潮，喜歡十九世紀的俄羅斯文學，托爾斯泰、屠格涅夫、果戈里、杜斯妥也夫斯基等人的著作，法國革命前後的作品，雨果的《悲慘世界》和英國迭更斯的創作都是他涉獵的對象。[67]三年級時楊逵輟學，負笈東京專攻文

---

[64] 林載爵分析楊逵以中文發表或當時已經翻譯成中文的〈送報伕〉、〈模範村〉、〈母鵝出嫁〉（即〈鵝媽媽出嫁〉）、〈無醫村〉、〈萌芽〉、〈春光關不住〉六篇小說，首先注意到知識分子承轉著故事的進展與結束，都是堅決的、剛毅的、具有理想的形象。參見其著，〈臺灣文學的兩種精神——楊逵與鍾理和之比較〉，《中外文學》第二卷第七期，頁 10-11。

[65] 原載於《臺灣新文學》第一卷第九號（1936 年 11 月），收於彭小妍主編，《楊逵全集》「小說卷」（Ⅱ）（臺南：國立文化資產保存研究中心籌備處，1999年 6 月），頁 249-266。

[66] 〈我的回憶〉和〈我要再出發——楊逵訪問記〉，《楊逵全集》「資料卷」，頁 53-54 及頁 164。

[67] 戴國輝、內村剛介訪問，葉石濤譯，〈一個台灣作家的七十七年〉，《楊逵全

學，《臺灣匪誌》稱噍吧哖事件起義烈士為匪徒一事，對楊逵立志走上文學之路具有根源性的影響，促使他想以小說的形式來糾正被統治者歪曲的歷史。[68]

　　赴日求學的一九二四至二七年間，隨著社會主義思想的擴散與增強，正是以階級意識為中心的普羅文學全盛時期。[69]由於參加佐佐木孝丸家的演劇研究會，楊逵得以結識秋田雨雀、島木健作、窪川稻子、葉山嘉樹、前田河廣一郎、德永直、貴司山治等著名的普羅文學家。日本大學修業期間，從未缺席昇曙夢（日本的蘇俄文學權威）教授的俄羅斯文學史，[70]對於楊逵的文學視野也有一定程度的影響。一九二七年，楊逵在《号外》發表自己當臨時工的生活體驗〈自由勞動者的生活剖面──怎麼辦才不會餓死呢？〉（〈自由勞働者の生活斷面──どうすれあ餓死しねえんだ？〉）[71]，其中對於勞工階級惡劣的生活環境有極為細膩的刻劃，一個八疊大、臭氣薰天、通風不良、蚊子跳蚤肆虐的閣樓裡，住著十二位瀕臨餓死邊緣的勞工，在不堪資本家的剝削之下，企圖以抗議行動爭取生存權利的同時，一群佩劍的巡查衝入將大家拖走。這篇故事已經明白揭示統治者即是資本家的同路人，勞動階級的抗爭除了針對資本家外，還必須指向為虎作倀的政府，楊逵結合社會主義的文學風格已於此時大致完成。

---

集》「資料卷」，頁 248。

[68] 楊逵口述，方梓記錄，〈沉思、振作、微笑〉，《楊逵全集》「資料卷」，頁 42。另外，楊逵口述紀錄還有多篇提及此事，例如〈日本殖民統治下的孩子〉、〈殖民地人民的抗日經驗〉、〈台灣老社會運動家的回憶與展望〉，《楊逵全集》「資料卷」，頁 26、48、273。

[69] 參考劉崇稜，《日本文學概論》（臺北：水牛出版社，1982 年 8 月再版），頁 93、238。

[70] 戴國煇、內村剛介訪問，葉石濤譯，〈一個台灣作家的七十七年〉，《楊逵全集》「資料卷」，頁 250-251。

[71] 刊登於《号外》第一卷第三號（1927 年 9 月），收於《楊逵全集》「小說卷」（Ⅰ），頁 1-10。

　　回臺後因不斷地忙於社會運動，導致文學創作停擺。然而在〈送報伕〉寫成之前拼命地閱讀《文藝戰線》與《戰旗》雜誌，[72]無形中對楊逵無產階級文學理論架構的形成有非常大的助益。直到社會運動因殖民當局大力壓制而遭受重大挫敗，再也施展不開之後，楊逵遷移高雄內惟壽山山麓居住，難得地獲得了靜下心來從事創作的機會，生活上的失意與潦倒反倒造就了寫作熱情的旺盛。[73]一九三四年，《送報伕》獲得《文學評論》第二獎（第一獎從缺），因為有此鼓勵，加以社會運動實際行動的不可能，終於促使楊逵走上漫長的文學旅途。[74]

　　目前學界普遍將戰前的楊逵定位為日文作家，事實上考察楊逵的文學歷程，在以〈送報伕〉成名之前，除了一九二七年發表的處女作〈自由勞動者的生活剖面——怎麼辦才不會餓死呢？〉是日文小說之外，第二篇作品〈當面的國際情勢〉是漢文的政治性評論，發表於一九二八年五月的《臺灣大眾時報》創刊號；一九二九年五月七日〈革命與文化〉漢文翻譯完稿；一九三一年七月，楊逵又以漢文翻譯刊行《馬克司主義經濟學〔1〕》。雖然這些漢文翻譯大致上是以北京話的語句為主，卻帶有濃厚的臺灣話文風味。尤其值得注意的是楊逵生前未能發表的臺灣話文小說〈剉柴団仔〉作於一九三二年四月十四日，可見楊逵的文學生涯不僅從遷居高雄時期開始，甚至他還曾經嘗試以臺灣話文創作進攻臺灣文壇。

　　〈剉柴団仔〉主要是敘述一位叫明達的青年在山上碰到兩個砍柴的小孩，其中一人在砍樹頂枯枝時不慎從高樹上跌落，因鄉下醫療資源貧

---

[72] 《文藝戰線》是日本普羅作家創辦的無產派文藝雜誌，創刊於一九二四年六月。《戰旗》為一九二八年三月廿五日成立於東京的全日本無產者藝術聯盟機關誌，一九二九年以後寄到臺灣的數量漸漸增加。目前無法確定楊逵何時開始接觸《文藝戰線》，但可確定的是他閱讀《戰旗》之始必在由東京返臺的一九二七年九月之後，因為在此之前該誌尚未創刊。楊逵自述閱讀這兩份雜誌之紀錄見〈一個台灣作家的七十七年〉，《楊逵全集》「資料卷」，頁249。

[73] 〈我要再出發——楊逵訪問記〉，《楊逵全集》「資料卷」，頁162。

[74] 楊逵，〈臺灣新文學的精神所在——談我的一些經驗和看法〉，《楊逵全集》「資料卷」，頁36。

乏，延誤送醫而死亡。這篇作品寫在共二十六頁的四百字稿紙上，雖然形式上為完稿，但從篇末自註「這篇是一篇長篇的一節」，表示他有將情節再擴充的計畫。手稿上有紅筆修改的痕跡，更動的部份雖多，但幾乎是單字的增刪與修訂，目前尚無法確認執筆人的身份。在錯字的改正方面，例如「神士」之「神」改為「紳」，「富俗」之「俗」更正為「裕」，顯示楊逵當時漢文字運用能力的不足；另外，北京話的「在」，楊逵依臺語[75]音作「地」，批改者作「底」，女子的第三人稱楊逵作「依」，被改為「伊」。這些具體說明臺灣話因長久以來未曾建立標準的書寫系統，導致如何借同音通假的方式來表義，各人的見解不同。

另外，和〈剁柴囝仔〉使用同一式四百字稿紙的〈貧農的変死〉應該也是作於同一時期的臺灣話文小說。主要是講述一位收地租的青年見佃農被地主逼迫，紛紛走上絕路的慘劇，乃決心為佃農爭取權益的故事。篇末自註「長篇小說『立志』第一章了」，手稿第一張有總題「立志」，並有目錄分成六章節，標題依序為——貧農的変死、立志、苦鬥、慈善家的假面具、迷夢、曙光，顯見本篇亦有擴充為長篇的計畫，但其他五章並未寫成。手稿上留有修改的痕跡，林瑞明認為應是出自賴和之手。[76]比較這篇與前述的〈剁柴囝仔〉，可以看見修改的不僅是錯字，還有些是臺灣話改為北京話語詞，例如：「白賊」改為「撒謊」或「虛詞」；「搔草」改為「除草」。此外，修改之處在遣詞用字的斟酌上也更加用心，例如楊逵有一段描寫貧農的文字如下：

---

75 本書所謂「臺語」或「臺灣話」指「臺灣閩南話」，用臺灣閩南話寫作之作品稱為「臺灣話文」，此係為符合歷史脈絡而使用之習慣性稱呼。一九九〇年代臺灣的客家運動蓬勃興起之後，以「臺灣話」或「臺語」專指「臺灣閩南話」一事遭到反省與批判，目前文化界傾向認為只要是臺灣本地人日常使用的語言都是「臺灣話」。本書襲用歷史名稱並不表示筆者認定臺灣話只能指臺灣閩南語一種，特此說明。

76 林瑞明教授於《楊逵全集》第一次編輯會議上的發言，該會議一九九六年十二月廿六日於中央研究院中國文哲研究所召開。筆者以賴和手稿上的字跡加以比對，並參酌楊逵〈憶賴和先生〉的說法，研究證明林瑞明教授的說法正確無誤。

> 自年頭至年尾、天天所食是無米的蕃薯簽飯、罕有的鹽魚講是
> 御馳走的。
> 這樣的他們從何可以得到十分的營養呢？！
> 所穿一身是破糊糊的衫、青黑色而消瘦的營養不良的身軀…這
> 等與其通風過頭的破厝、像是人類世界最大淒慘的標本。

賴和修改後成為：

> 自年頭至年尾、天天所食是無米的蕃薯簽飯、罕有的鹽魚便講
> 是有點奢侈了。
> 這樣的他們從何去得到十分的營養呢?！
> 一身所穿是破了又補幾十重的衫褲、青黑色而消瘦的營養不良
> 的身軀……這等與其通風過奢的破厝、像是人類世界最大淒慘
> 的標本。

其中日文「御馳走」（「豐盛的飯菜」之意）被改為北京話的「奢侈」；
在貧農的衣著外貌方面，賴和潤飾後的描寫更為細膩，生動地傳達了在
窮困之中掙扎的形象。

楊逵的〈憶賴和先生〉（〈賴和先生を憶ふ〉）中提及自己在高雄內
惟當樵夫時，雖然經濟方面極為困窮，卻是精神負擔最輕的時候，乃重
新嘗試文學創作，他說：

> 以前老是寫到一半的小說，有幾篇能寫到最後，就是在這段時
> 期寫的。
> 那時，先生在《新民報》學藝部擔任客座編輯，所以我就從寫
> 好的小說中挑出幾篇，寄去給他。
> 其中有一篇是用白話文寫的，我忘了是什麼題目。總之，有一段
> 寫到貧農的窘況時，我用破破爛爛之類的形容方式描述他的服裝。

> 那是我第一次寫白話文。
>
> 想起來，那就像是厚著臉皮寫出來的，令人汗顏的東西。
>
> 幾天後，那篇小說被退回來了。
>
> 有許多親切的修改和評語，其中有關貧農的窘況那一段，會讓人聯想到乞丐的「破破爛爛」的描寫，全都被劃上紅線，只寫了一句「破了又補」。
>
> 我一看，高興得跳了起來。
>
> 說真的，我努力想寫的貧農，並不是一般那種沒骨氣的乞丐。
>
> 我想寫的是不向逆境低頭，勤奮不懈，奮發向上的貧農。
>
> 「破了又補」這一句，也就是「破了就補，破了就補」這句話，為我的這個主題增添了千斤重的份量。[77]

除了以紅筆修改與事實不符，大概是楊逵記憶錯誤之外，由前引文可證上述篇章即是〈貧農的変死〉。這是目前楊逵手稿中唯一可見賴和的筆跡，它的存在充分說明楊逵創作生涯初期曾經接受賴和的指導。

〈貧農的変死〉確切的創作時間不詳，但楊逵的〈憶賴和先生〉明白表示本文作於居住在高雄內惟時期（1931～1934 年）。楊逵回憶該創作投稿後遭賴和退回，其時間大約就在賴和為他取「楊逵」為筆名的時候。〈送報伕〉是首度以楊逵之名發表的篇章，前半部於一九三二年五月十九日至二十七日刊登於《臺灣新民報》，後篇手稿上載明完稿時間為一九三二年六月一日。〈剁柴囝仔〉作於一九三二年四月十四日，篇首在題目後作者筆名處仍可清晰地見到原為本名「楊貴」，後將「貴」字改成小說中主角之名「明達」，再劃去而寫上「逵」字，成為其一生中通用的筆名「楊逵」，顯見創作當時「楊逵」的筆名仍未確立，其時間應早於〈送報伕〉。如果楊逵的記憶無誤，〈貧農的変死〉果真為他的

---

[77] 楊逵，〈憶賴和先生〉，原以日文發表於《臺灣文學》第三卷第二號（1943年 4 月），引自彭小妍主編，《楊逵全集》「詩文卷」（下）（臺南：國立文化資產保存研究中心籌備處，2001 年 12 月），頁 89-90。

第一篇白話文（指臺灣話文）創作，則其完稿時間應在〈剉柴囝仔〉之前，也必然要較〈送報伕〉更早。〈貧農的変死〉手稿上原題有「一、P作」的字樣，後再改為「楊逵」，可以作為佐證。

　　〈貧農的変死〉與〈剉柴囝仔〉同樣以臺灣話文為基調，但也都夾雜著北京話的語彙（例如〈貧農的変死〉中的「嫖妓」與「他們」，〈剉柴囝仔〉的「這麼」與「回去」），以及日文詞語（如〈貧農的変死〉的「配達」與「自動車」，〈剉柴囝仔〉的「會社」與「綴方」），不是純粹的臺灣話文。殖民時代的楊逵從未接受過漢文私塾教育，卻大膽嘗試臺灣話文創作，他是如何跨越語言的鴻溝？在賴和的診察室旁有一間圖書室，放置雜誌與報紙，供客人自由取閱。賴和胞弟賴賢穎接受黃武忠訪問，談到留學中國時是否有受到五四新文化運動的影響時，回答：「當然有。當時祖國方面的雜誌如『語絲』、『東方』、『小說月報』等，我都買來看，看完就寄回家給賴和，賴和就擺在客廳，供文友們閱讀。」[78] 賴賢穎所言《東方》應是《東方雜誌》的省稱。以賴和紀念館所藏賴家圖書來看，除了《語絲》、《東方雜誌》和《小說月報》之外，尚有《奔流》、《莽原》、《大眾文藝》、《現代文學》、《北斗雜誌》……等許多種中國新文學雜誌。林瑞明在楊逵生前曾經訪問過他，賴和家擺放的書報中可有中文雜誌，他回答「有」。[79] 楊逵早年出入賴和家，隨意閱覽賴家書報與自由討論的經驗，很可能就是他的文學創作啟蒙時期。從翻譯馬克思主義文獻再到臺灣話文的小說創作，證明楊逵是從北京話文學習臺灣話文的創作，賴和家中的中國白話文雜誌對楊逵產生過潛移默化的影響是可以確定的，只是影響層面多大已經難以估計。

---

[78] 黃武忠，《臺灣作家印象記》（臺北：眾文圖書公司，1984 年 5 月），頁 66。書中誤將賴賢穎之「賢」字做「顯」。

[79] 林瑞明，《臺灣文學與時代精神：賴和研究論集》（臺北：允晨文化實業股份有限公司，1994 年 12 月初版二刷），頁 59。

　　一九三○年代臺灣話文論戰期間，楊逵投稿參與論辯的文章雖然被埋沒在字紙簍裡，[80]〈剁柴団仔〉與〈貧農的変死〉的出土，證實了楊逵在成功進軍臺灣文壇之前曾經嘗試以母語創作，亦足資證明以日文創作成名的楊逵支持以臺灣話為書寫工具。[81]以文學創作代替政治鬥爭從事社會運動，用民眾熟悉的生活語言描繪廣大工農群眾的真實生活，正符合了楊逵一向文藝大眾化的階級立場。然而〈剁柴団仔〉迄今未能找到發表過的資料，〈貧農的変死〉相隔約三年後改題為〈死〉，以北京話文連載於《臺灣新民報》（1935 年 4 月 2 日～5 月 2 日）。甚至於因為臺灣話文創作的效果不佳，很多字無法表達，造語太多，後來重讀時連自己都搞不清楚其意義，[82]楊逵不得不改用日文為創作工具。在殖民教育體制下成長，要將母語形諸文字畢竟有其侷限。以來自統治者的文字從事創作，即使脫離一般民眾的生活用語，終究是楊逵不得已的必然選擇。

## 五、社會主義思考的文學創作

　　楊逵曾經說當年參加社會運動時期跑遍全島各窮鄉僻壤，目睹農民的慘境與為土地奮鬥不懈的精神，對他往後的寫作生涯造成相當深遠的

---

[80] 黃石輝的〈答負人〉中提到臺灣新聞社有楊貴的一篇埋沒在字紙簍裏，可以證明楊逵曾經投稿參與臺灣話文論戰。見中島利郎編，《1930 年代台灣鄉土文學論戰資料彙編》（高雄：春暉出版社，2003 年 3 月），頁 299。

[81] 楊逵成名之後，也曾經明白表態：「既然對象是臺灣大眾，結論當然是應該採用自己的方言」。見楊逵，〈臺灣文壇近況〉（〈臺灣文壇の近情〉），原以日文發表於《文學評論》（東京）第二卷第十二號（1935 年 11 月），引自彭小妍主編，《楊逵全集》「詩文卷」（上）（臺南：國立文化資產保存研究中心籌備處，2001 年 12 月），頁 413。

[82] 楊逵說：「我曾試著以台灣話來撰寫文章，但效果不佳，因為很多無法用漢文表達。」又說：「使用閩南語去表現，我曾經也嘗試了一些。戰前寄給『臺灣新民報』果然登出來。可是假借字太多，後來自己本身再讀卻不太明白了。」兩段引文分別見〈壓不扁的玫瑰花——楊逵先生演講會記錄〉與〈一個台灣作家的七十七年〉，《楊逵全集》「資料卷」，頁 240 及頁 264。

影響；[83]描寫臺灣人的辛酸血淚，與抗議殖民政府的殘酷統治，自然成為他最關心的主題。[84]〈送報伕〉中因糖廠搜購土地而家破人亡的臺灣青年楊君，往東京求發展後又遭到派報社老闆的剝削；〈死〉中因請求減租而被忿怒的少爺痛毆至死，以及因遭催討地租而選擇自殺的可憐佃農；〈收穫〉（〈收獲〉）[85]中一個被解雇的老工人回到鄉下以幫佃農收割為生，孰料雇用他的佃農們因收穫大多被地主查封而付不出工資；〈蕃仔雞〉（〈蕃仔雞〉）[86]中被日本老闆強暴而懷有身孕的素珠，眼見丈夫面臨半失業的窘境，不能辭去工作以擺脫老闆的糾纏，終於忍無可忍而懸樑自盡；〈水牛〉[87]裡的阿玉由於父親無法繳付欠地主的稻穀錢和繼續承租農地的佃租，被抵押給資產階級做為丫環，即將面臨父親無力贖回，被男主人奪去貞操而淪為小妾的命運。這些勞農階級悽慘的際遇，深刻暴露了臺灣農村在日本殖民體制下的疲弊，徹底揭穿了所謂「日本天年」的欺罔，對資產階級和殖民政府進行強烈的批判。

　　再者，由於日本殖民政府引入財閥與資本主義，臺灣民眾在社會邁向現代化的過程中成了時代的祭品。〈難產〉裡研讀過馬克思主義的主角，因為家庭縫製成衣的生意競爭不過工廠，終於見識到手工業在高度發展的資本主義社會裡的慘狀。想到稻穀收成過多，還得勞煩議會制定米穀管理案的豐年裡，卻有農夫因為沒飯吃而自戕，此時主角才深刻地體會到：

---

[83] 楊逵口述，許惠碧筆記，〈臺灣新文學的精神所在──談我的一些經驗和看法〉，《楊逵全集》「資料卷」，頁 35。

[84] 楊逵，〈「日據時代的台灣文學與抗日運動」座談會書面意見〉，《楊逵全集》「詩文卷」（下），頁 389。

[85] 收於《楊逵全集》「未定稿卷」，頁 43-51。根據楊逵手稿末尾註明的年代，本篇作於一九三一年，所以未能在楊逵生前面世的原因，極有可能就是在〈難產〉中所說的找不到發表的園地。

[86] 原載於《文學案內》（東京）第二卷第六號（1936 年 6 月），收於《楊逵全集》「小說卷」（I），頁 391-400。

[87] 原載於《臺灣新文學》創刊號（1936 年 1 月），收於《楊逵全集》「小說卷」（I），頁 377-383。

> 大自然仍然是美好的。人類正在各個領域發揮所長，以無比的
> 雄心壯志，企圖利用和征服大自然。如果正常的話，人應該越
> 來越快樂，活得更好，但事實上由於扭曲的制度和扭曲的人性，
> 卻被迫過著原始人不如的、比原始人更悲慘的生活，這就是現
> 狀。[88]

錯誤的社會制度扭曲人性，使人產生異化，這就是資本主義的弊害，楊
逵藉此傳達反對資本主義的立場。

　　面對殖民政府與資產階級的壓榨，不知所措的無產階級往往只能從
宗教中尋求心靈的慰藉，楊逵在創作中對於宗教的荼毒人心也有所刻
劃。例如〈靈籤〉[89]中的林効夫婦雖然有從廟裡求來的靈籤，預言霉運
已過，即將否極泰來，効嫂肚子裡的胎兒終於還是流產無法保住。而効
嫂之所以厄運接踵而至，就是根本不了解受苦的癥結在於資本主義的弊
害，因此也不懂得如何翻身，只能寄託希望於渺茫不可知的神明，於是
生活的困頓未曾稍解，也永遠無法跳脫被人操弄的命運。還有〈天國與
地獄〉（〈天國と地獄〉）[90]中的木村泰介利用村人的心理藉機斂財，純

---

[88] 楊逵，〈難產〉，原以日文發表於《臺灣文藝》第二卷第一號（1934 年 12 月）
至第四號（1935 年 4 月），引自《楊逵全集》「小說卷」（I），頁 250。

[89] 發表於李獻璋編，《革新》（臺北：大溪革新會發行，1934 年 10 月），收於《楊
逵全集》「小說卷」（I），頁 157-163。

[90] 本篇為楊逵生前未能發表的未定稿，現存四份手稿中的兩份殘稿為創作底
稿，使用印有「東京原稿用紙」字樣的兩百字稿紙，與〈模範村〉手稿兩份
中之完稿共八十四頁之前七十頁用紙相同。根據楊逵回憶及手稿上自註的完
稿時間，〈模範村〉作於一九三七年七七事變爆發不久，楊逵訪問東京期間，
據此推測〈天國與地獄〉寫作時間應距離〈模範村〉不遠。由於七七事變之
後日本政府緊縮言論尺度，普羅文學已再無發表機會，楊逵於一九三八年五
月之後退隱於首陽農園。一九四一年底正式復出文壇時，小說創作開始呈現
不一樣的風格，不再有激烈抗爭的姿態，所使用創作底稿也多印有「首陽農
園」字樣。因此估計〈天國與地獄〉約作於一九三七年七七事變爆發之後至

樸的善男信女不但心甘情願地拿出賴以養家活口的微薄收入，女人更把自己的肉體作為獻祭，聽憑神棍處置。泰介的女兒惠美子離家出走後，禁不住懷念起金福寺安逸的生活，但一憶起父親藉由宗教騙取勞工血汗錢的行徑，就馬上打消了回家的念頭，她想到「我們向這些人搜刮五錢十錢來吃飯，卻不能為他們開創一條生路，反而一直教他們要逆來順受，教他們要認命。」[91]遂因而自覺罪孽深重，不寒而慄。此外，〈毒〉裡的醫生經由診斷病人的經驗也發現：

> ——金錢……資本主義制度所排放的毒害，遠超出我們的認識——。
>
> ——無知的女工被工廠老板傳染了梅毒，因為無力治療所以一心想找個能照顧她的人。另一方面，因為無錢娶妻而感到非常煩惱的人，一聽到有人免費要嫁給他，就高興的認為這必然是天定良緣。年過三十五歲才娶到身體爛掉一半的妻子——哎，真是……無可救藥的世界！管他他媽的來世！啊！如此一來，我也要轉變了——[92]

頓悟社會的病癥在於資本主義的毒害之後，醫生終於放棄追求來生幸福的宗教信仰。

楊逵譯自列寧著作的〈社會主義與宗教〉中說：

> 宗教是一種的精神的壓迫，牠（按：「它」之誤）的作用是要壓殺為他人永久勞働的，處在困苦孤獨的人民大眾。喚被剝削階級順從剝削者，信仰后世的較好的生活，與對自然的鬥爭無戰力的野蠻人信仰神明、魔鬼、奇蹟等等沒有差異。

---

一九三八年間，最晚應不會超過一九四〇年。

91　引自楊逵，〈天國與地獄〉，《楊逵全集》「未定稿卷」，頁390。

92　引自楊逵，〈毒〉，《楊逵全集》「未定稿卷」，頁107。

> 宗教以屈從與忍耐教對全生涯勞苦的人，又以天國極樂的報應
> 希望來安慰他們。然，宗教對依靠他人的勞働生活的人，徹頭
> 徹尾承認他們為剝削者的地位，以相當的價格販賣入去天國極
> 樂的入場卷，來教他們在現世的善行。
> 宗教是民眾的阿片！宗教是要使資本的奴隸為真人，亦是像人
> 的生存要來根滅的精神的毒種的一種。[93]

宗教以下輩子的幸福告慰勞苦的民眾，教導他們忍耐與屈從，只是合理化剝削者的罪惡，有如鴉片只能帶來片刻的舒暢，而未能解救人民脫離苦海。楊逵對於宗教的撻伐，正是基於馬克思主義揚棄宗教的立場。

在臺灣民眾對造成自身困窮的原因仍懵懂無知之際，楊逵於作品中直指資本主義社會的金錢萬能，以及殖民政府與資產階級的狼狽為奸，才是造成無產階級苦難的罪魁禍首。例如〈貧農的変死〉中壓榨佃農的陳寶背後有「曾把嘝吧哖全庄燒了、殺了幾万生命」[94]的殖民政府撐腰；〈送報伕〉中的農民在警察的淫威下，被迫出賣賴以維生的土地給製糖會社，從此喪失原本美好的家園；〈模範村〉[95]的戇金福由於地主將土地收回，轉租給糖業公司，最後無以為生而選擇自殺；〈新神符〉（〈新しい神符〉）[96]中原先墾植官有地的老人在臺灣拓殖會社成立之後改行，不料又因失業而無力再支付保險費，不僅為此賠上全部家產，被視為新神符供

---

[93] 引自列寧作，楊逵譯，〈社會主義與宗教〉，《楊逵全集》「未定稿卷」，頁738-739；並已根據楊逵手稿校訂。

[94] 楊逵，〈貧農的変死〉，《楊逵全集》「小說卷」（Ⅰ），頁370。這段文字在〈死〉中已被刪除。

[95] 首次發表係以中文翻譯刊載於一九四八年十二月出版的《台灣文學叢刊》第三輯，楊逵手稿完稿結尾處有「民國二十六年口溝橋事件直後、東京近郊鶴見溫泉にて」字樣，顯示本篇作於一九三七年七月左右。《楊逵全集》收錄日文原文及中文翻譯計四種版本於「小說卷」（Ⅱ），頁43-248。

[96] 原載於《臺灣新聞》，時間不詳，推估應為三〇年代的作品，收於彭小妍主編，《楊逵全集》「小說卷」（Ⅴ）（臺南：國立文化資產保存研究中心籌備處，2000年12月），頁293-302。

奉的保單轉眼形同廢紙，老人終於發瘋。追根究底，淪為日本殖民地是臺灣人悲慘命運的根本原因，而一切都源於帝國主義與資本主義的結合；不獨臺灣為然，全世界被壓迫民族都遭遇到相同的處境。〈送報伕〉手稿「後篇」中清楚地指明資本家的壓榨，不只加諸於臺灣人和日本本土的窮人，朝鮮人和中國人也一樣的吃著他們的苦頭；〈頑童伐鬼記〉的手稿裡也提到在一個生活品質極為惡劣的泥沼小鎮裡，有朝鮮人、中國人、內地人（日本人）以及臺灣人居住著，這些在在顯示日本帝國主義與資本主義的共犯結構，才是造成國際無產階級墮入痛苦深淵的罪魁禍首。

　　楊逵說過，他對臺灣、中國，甚至整個世界同表關心，是為了要在日治時代晦暗的世局裡發現一條出路。[97]從世界性的宏觀視野對臺灣社會進行分析之後，楊逵也堅信經由被壓迫階級不分民族的團結與反抗，可以同時戰勝資本主義與殖民統治。〈送報伕〉結尾楊君帶著東京的送報伕們團結罷工的勝利經驗，毅然踏上返鄉之路，已經明白宣告美好的未來在於被壓迫階級超越民族的團結抗爭；〈頑童伐鬼記〉的太郎指導鄰居，包含朝鮮人、中國人、內地人以及臺灣人在內四十五位小朋友，同心協力除去資本家花園中的惡犬，奪回這個失去的樂園，眾人分享，也象徵被壓迫階級超乎種族的大團結，終必獲得最後的勝利。而這無疑是來自列寧所主張，各民族與各國的無產階級和勞動群眾為共同進行革命鬥爭、打倒地主和資產階級而彼此接近起來，以戰勝資本主義，消滅民族壓迫與不平等現象之理念。[98]從被壓迫階級解放的前景中望見臺灣人的民族解放，反對資本主義與抗議殖民統治的雙軌並行，[99]正是社會主義國際主義者的楊逵三○年代文學創作的主要精神。

---

[97] 楊逵說：「日據時代，在那晦暗的世局裏，我為了去發現一條路，使得我對整個臺灣、整個中國、整個世界關心」。見廖偉竣訪問，〈不朽的老兵——與楊逵論文學〉，《楊逵全集》「資料卷」，頁184。

[98] 列寧，〈民族和殖民地問題與提綱初稿〉，中共中央馬克思恩格斯列寧斯大林著作編譯局編譯，《列寧全集》第三九卷（北京：人民出版社，1986 年 10月），頁161。

[99] 筆者曾經在碩論中認為：楊逵作品風格以一九三七年盧溝橋事變為界，呈現

# 第二節　左翼文學觀之宣揚與頓挫

## 一、楊逵的普羅文學理念

臺灣新文學運動自一九二〇年代發軔以來，由於馬克思主義的引入島內，一九三〇年代推動普羅文藝的文學或綜合性刊物陸續出現，無產階級文化啟蒙運動沛然興起。一九三〇年六月二十一日《伍人報》創刊，成為推動臺灣普羅文藝運動的先驅。十月十四日《臺灣戰線》創刊，公開倡導馬克思主義與普羅文藝。十二月《伍人報》與《臺灣戰線》合併，發刊《新臺灣戰線》。一九三一年，臺灣文藝作家協會發行《臺灣文學》，企圖以文學發展共產主義運動。[100]然而上述各刊物因受到官方查禁而迅速停刊，普羅文化運動的推行只呈現短暫蓬勃的盛況。一九三四年〈送報伕〉在日本中央文壇得獎，不僅奠定楊逵在臺灣文壇的地位，也促使已呈衰頹之勢的普羅文學思潮重新出現生機。

葉榮鐘在批判普羅文學的弊病時曾經質問過：「由幾卷小冊子搾出來的就算『普羅文學』麼？排些烈寧馬克斯的空架子，抄些經濟恐慌資

---

前期為反階級，後期則為反殖民之精神（《楊逵及其作品研究》，頁 140-146）。後來趙勳達接受此一觀點，又再以《臺灣新文學》之創刊為界，將前期細分為「純粹階級立場」和「階級立場與民族立場結合」兩階段（《《台灣新文學》（1935～1937）的定位及其抵殖民精神研究》，頁 169-179）；然近年間筆者已修正昔日的觀念。若由楊逵在臺灣創作的第一篇小說〈貧農的變死〉中直指地主陳實結交「曾把噍吧哖全庄燒了、殺了幾萬生命的」勢力（《楊逵全集》「小說卷」（Ⅰ），頁 370）來看，無產階級的佃農們欲對抗資產階級的陳實，勢必要同時對抗殖民政府方能成功，由此可見楊逵在正式進入臺灣文壇之前，即清楚地呈現以反階級壓迫結合反殖民壓迫做為其文學創作的主要精神。

[100] 臺灣推動普羅文藝運動的詳情，見王乃信等譯，林書揚等編，《台灣社會運動史（1913-1936）》第一冊「文化運動」，頁 401-425 及頁 408-413。根據黃琪椿的研究，《警察沿革誌》所載《臺灣戰線》的出版時間有誤，她並引《臺灣新民報》的報導指出正確創刊日期為十月十四日。見其著，《日治時期臺灣新文學運動與社會主義思潮之關係初探（1927-1937）》，頁 36。

本主義第三期的新名詞也是『普羅文學』麼？那樣連讀都讀不懂的」，[101]
可見偏重政治宣傳以致缺乏文學的藝術性，是普羅文學為人所詬病之
處。因此如何兼顧宣揚馬克思主義的效用，又能改革普羅文學粗糙的教
條化形式，無疑是做為普羅文學旗手的楊逵必須面對的首要課題。針對
這一點，楊逵說：

> 抬出馬克斯主義的剩餘價值論，描寫馬克斯主義少年們高談闊
> 論的場面，大眾當然會離去。可是如果描寫的是正在工廠上演
> 的事實，例如再怎麼工作都吃不飽而且常常遭遇到種種慘劇的
> 勞工；以及乘坐自用轎車到處跑，整天耗在茶室，而且不斷累
> 積數萬、數十貫金錢的資本家，勞工就一定不會離去，而且能
> 夠漸漸瞭解馬克斯思想。[102]

楊逵提出的解決之道，即是用引人入勝的故事暴露資本家與勞工階級間
貧富差距的社會現象，於潛移默化之中引導勞工自然接受馬克思主義。

　　關於普羅文學創作是為誰而寫的問題，楊逵清楚地說道：「曾有讀
者在某次《文學評論》的讀者論壇上要求：現在的文學評論過於偏重知
識分子，應該多為勞動者而寫。我也認為這才是普羅文學評論正確的道
路，而且只有選擇這樣的道路，才是扭轉時下風氣的唯一途徑。」[103]不
過，楊逵並非以為普羅文學只能以無產階級為書寫對象，例如他說：

---

[101] 葉榮鐘，〈第三文學提唱〉，文末署名為「奇」，《南音》第一卷第八號（1932
　　年 6 月 13 日）之「卷頭言」。
[102] 引自楊逵，〈摒棄高級的藝術觀〉（〈お上品な藝術觀を排す〉），原以日文發
　　表於《文學評論》（東京）第二卷第五號（1935 年 5 月），引自《楊逵全集》
　　「詩文卷」（上）（臺南：國立文化資產保存研究中心籌備處，2001 年 12 月），
　　頁 176。
[103] 楊逵，〈藝術是大眾的〉（〈藝術は大眾のものである〉），原以日文發表於《臺
　　灣文藝》第二卷第二號（1935 年 2 月），引自《楊逵全集》「詩文卷」（上），
　　頁 139。

> 從歷史的使命來看，普羅文學本來就應該以勞動者、農民、小
> 市民作為讀者而寫。當然，應該寫的重點是勞動者、農民的生
> 活，但也不必受限於此，應該從勞動者的立場與世界觀，積極
> 地書寫知識分子、中產階級、資產階級等敵人及其同路的生活。
> 這種世界觀不是概念式的，而是充分地消化後，具體書寫於作
> 品當中，這才是真正值得留名時代的先驅之作，打動我們的心
> 弦，使我們熱血沸騰，為我們提示正確的道路。[104]

普羅文學雖然為無產階級代言，但並不表示只能將內容限定於描寫無產
階級，而是要以勞動者的立場和世界觀去書寫不同階級的人。楊逵〈模
範村〉裡出身於地主家庭的阮新民放棄既得的利益，決心為貧農爭取權
益而奮鬥，往解放普羅大眾的目標邁進，就是從勞農階級的世界觀提示
出正確道路，並把它表現得淋漓盡致的創作。

　　為了達到普羅文學為社會而服務之政治性格，楊逵明白倡導以現實
主義為描寫手法，他說：

> 進步的文學原本就是主動積極的，也就是現實主義。如果主動、
> 積極的文學不是立足於現實主義的話，目前就有陷入所謂法西
> 斯主義的危險；沒有穩固的社會基礎，就是虛假的文學。不可
> 能有缺乏主動和積極要素的現實主義，如果有的話，那就是只
> 看得見眼前、看不見明天的東西，這並不是真正的現實主義，
> 而是自然主義的殘餘。[105]

又說：

---

[104] 引自楊逵，〈藝術是大眾的〉，《楊逵全集》「詩文卷」（上），頁138。
[105] 引自楊逵，〈藝術是大眾的〉，《楊逵全集》「詩文卷」（上），頁138。

> 臺灣新文學運動的歷史是針對吟風弄月、無病呻吟之類的文學
> 遊戲而產生的，對文學的第一要求是「吶喊」。因此我們並不要
> 求臺灣的文藝像自然主義那樣，從頭到尾都細膩地描寫黑暗
> 面。「追求光明的精神」、「喚起希望的力量」才是最令人關切的，
> 也就是廣義的浪漫精神。[106]

楊逵說浪漫的文學「首先必須用科學眼光來觀察現實，而在表現上也需
要最高的寫實手法」[107]，換句話說就是不陷溺於社會的黑暗面，而是建
基於穩固的社會基礎之上，藉由現實主義（寫實主義）的描繪，揭示未
來生活之希望，這即是日本作家從蘇俄引進的「社會主義現實主義」[108]
文學。但為了推動普羅文學的大眾化，以及連結正義派作家之需要，楊
逵認為應該把充滿意識形態的「社會主義現實主義」改稱之為「真實的
現實主義」[109]。

　　另外，顯然是源於普羅文學無法超越文學青年的範圍，證明它沒有
大眾性，就像一座象牙塔，[110]楊逵乃一再呼籲必須考慮到鑑賞者，以

---

[106] 引自楊逵，〈臺灣文壇近況〉，《楊逵全集》「詩文卷」（上），頁 411。

[107] 楊逵，〈臺灣文壇近況〉，《楊逵全集》「詩文卷」（上），頁 412。

[108] 楊逵發表時日文原文用「社會主義リアリズム」，亦即「社會主義現實主義」，
然《楊逵全集》譯文誤為「社會現實主義」。以上分別見〈新文學管見〉（原
載於《臺灣新聞》，1935 年 7 月 29 日～8 月 14 日），《楊逵全集》「詩文卷」
（上），頁 296 及頁 318。此外，附帶一提的是林淇瀁（向陽）首度指出，前
述《楊逵全集》譯文錯誤之現象「似有斟酌必要」。見其著，〈擊向左外野──
論日治時期楊逵的報導文學理論與實踐〉，《臺灣史料研究》第二三號（2004
年 8 月），頁 150 之註 6。

[109] 楊逵，〈新文學管見〉，《楊逵全集》「詩文卷」（上），頁 318-319 及頁 324。
楊逵晚年時又將「社會主義現實主義」改稱之為「理想的寫實主義」，見〈我
要再出發──楊逵訪問記〉，《楊逵全集》「資料卷」，頁 166。

[110] 楊逵說：「無法超越文學青年的範圍，這個事實在在證明了今天的新文學、
普羅文學沒有大眾性，它的存在就像一座象牙塔。」見〈寫給「文評獎」評
審委員諸君〉（〈文賞獎審査委員評審員諸氏に與ふ〉），原以日文發表於《文

達成文藝的大眾化。例如他說：「真正鑑賞藝術的是大眾，只有少數人
理解的不是藝術！真正的藝術是擄獲大眾的感情、撼動他們心魂的作
品」[111]；又說：「藝術的鑑賞本來就屬於大眾。依我之見，只有少數人
理解的作品，即使在時下的文壇被視為藝術，但就藝術的本質而言仍然
是不能稱為藝術的。因此，請教文壇人士的意見並不恰當，更正確的是
聽取讀者的聲音。」[112]可見楊逵並不認為文學是侷限於文壇小圈圈的菁
英藝術，作家應該努力於把文學的欣賞群擴大。

　　至於如何才能達成文藝大眾化的目標，楊逵在〈歪理〉（〈屁理窟〉）
中說明如下：

> 文學是向人傳達作者的情感的媒介，因此從事文學創作的人，
> 下筆時最重要的是如何向人傳達自己的情感。正因為如此，作
> 者既然有意努力、費盡心血地向人表達自己的情感，首先就必
> 須把自己的心聲、自己提出的問題，寫得讓讀者能夠理解與接
> 受。這不是不可能辦得到的。總之，努力寫得淺顯易懂，絕不
> 會失去「趣味」。我們之所以覺得通俗小說乏味，不是因為它淺
> 顯易懂，而是因為它「虛假」。[113]

深入淺出地傳達作者真實的情感和想法，這是楊逵認為可以開拓讀者群
以達到大眾化的方法。

---

　學評論》（東京）第三卷第三號（1936 年 3 月），引自《楊逵全集》「詩文卷」
　　（上），頁 444。
[111] 楊逵，〈藝術是大眾的〉，《楊逵全集》「詩文卷」（上），頁 140。
[112] 楊逵，〈傾聽讀者的聲音！〉（〈讀者の聲を聞け〉），原以日文發表於《新潮》
　　（東京）第三二卷第四號（1935 年 4 月），引自《楊逵全集》「詩文卷」（上），
　　頁 153。
[113] 楊逵，〈歪理〉，原以日文發表於《新潮》（東京）第三二卷第六號（1935 年
　　6 月），引自《楊逵全集》「詩文卷」（上），頁 202。

　　作品是否以大眾為書寫對象，並為大眾所接受，這是楊逵衡量文學優劣的標準。在〈摒棄高級的藝術觀〉（〈お上品な藝術觀を排す〉）中，楊逵就曾經這樣說過：

> 人本來要求的是為不幸而悲傷，為不法而憤怒，是追求更完美的生活。這就是大眾的心理。因此，符合這種一般而更大眾化的要求（依所屬的階層的不同，當然免不了有多少變更）的作品或表現出人們對這些切身的一般問題的情感的作品，當它能真正打動大眾時，它就是最崇高的藝術。[114]

〈新文學管見〉中，楊逵又再次強調：

> 人類與生俱來的欲求是悲憫不幸、痛責不法、追求更好的生活。這是大眾的心聲。符合這種普遍大眾的欲求（當然隨著所屬階級、職業之不同，所謂的普遍大眾的性質難免會有些變化），真實地表達人們對這些切實的普遍性問題的感受，並能夠從心靈深處打動大眾的心，這種作品就是最高的藝術。這種藝術，技藝或技巧必須和內容緊密地結合在一起。[115]

悲憫不幸的人和痛責不法是為追求社會的公平與正義，如此真實表現符合大眾的心聲，為大眾所感動和接受的文學就是最高的藝術。從社會運動出發的楊逵，改造社會的理念顯然深刻影響到他後來的文學活動。

---

[114] 引自楊逵，〈摒棄高級的藝術觀〉，《楊逵全集》「詩文卷」（上），頁175。
[115] 引自楊逵，〈新文學管見〉，《楊逵全集》「詩文卷」（上），頁308。

## 二、楊逵與文聯張深切等人之爭

　　一九三四年五月六日，全島文藝同好者在臺中召開臺灣文藝大會，議決成立文學團體，「臺灣文藝聯盟」（簡稱「文聯」）就此誕生。當晚決定賴和、賴慶、賴明弘、何集璧、張深切五人為常務委員。嗣後於彰化開第一次常委會時，原擬公推賴和為常務委員長，惟以賴和固辭，故改推張深切。八月二十六日嘉義支部成立，後來埔里、佳里、東京等地先後成立支部，全島文藝工作者大團結在文聯之下，十一月五日機關誌《臺灣文藝》正式發刊。[116]當時的楊逵幾乎與文化界失去聯絡，透過賴和的協助，何集璧親赴高雄內惟，邀請楊逵擔任日文版編輯，楊逵乃舉家北上，從此擴大了在文藝圈的交遊，更激發了積極創作的慾望，[117]並在往後成為臺灣新文學發展史上的重要領導人之一。

　　然而甫參加《臺灣文藝》編輯行列不久，即爆發因是否要刊登藍紅綠（陳春麟）[118]的〈邁向紳士之道〉（〈紳士への道〉），楊逵與張星建兩人意見相左，[119]甚至引發田中保男（惡龍之助）對文聯「血的不同」和

---

[116] 詳見張深切，〈文聯報告書〉，《臺灣文藝》第二卷第一號（1934年12月），頁8-9；賴明弘，〈臺灣文藝聯盟創立的斷片回憶〉，原載於《台北文物》第三卷第三期（1954年12月10日），收於李南衡主編，《文獻資料選集》（日據下台灣新文學　明集5，臺北：明潭出版社，1979年3月），頁378-386。

[117] 楊逵，〈日本殖民統治下的孩子〉，《楊逵全集》「資料卷」，頁27。

[118] 藍紅綠本名陳春麟（1911～2003），南投埔里人。一九二六年赴東京苦讀，一九三二年駒込中學畢業後，因長兄去世回臺。一九三三年為埔里青年會文化戲編劇兼任導演，演出遭警察中止，被逮捕入獄五日，同年間以〈堅強地活下去〉（〈強く生まよ〉）小說創作進入文壇。一九三六年於《臺灣新文學》發表小說〈邁向紳士之道〉與劇本〈慈善家〉，同年赴日，一九三八年見戰爭激烈而返臺。一九四〇年與楊逵等中部文學同志時有往來。戰後曾任職於臺灣電影戲劇公司與臺灣合會埔里分公司，一九七三年退休。參見羊子喬，〈在埔里遇到藍紅綠〉和〈陳春麟年表〉，分別收於陳春麟，《前輩作家藍紅綠作品集》（南投：南投縣政府文化局，2001年9月），頁12-15及頁167-170。

[119] 楊逵回憶中僅提及與張星建因文學觀不同，導致選稿意見相左而爆發筆戰。河原功的研究明確指出，〈邁向紳士之道〉的刊登與否是兩人主要的爭執點。參見廖偉竣訪問，〈不朽的老兵——與楊逵論文學〉，《楊逵全集》「資料卷」，

「經營的派系化」進行猛烈攻擊，楊逵、賴明弘、賴慶、廖毓文、李獻璋、吳新榮相繼呼應，對上另一邊有張深切、張星建、劉捷的激烈筆戰。[120]有關文聯「血的不同、經營的派系化和自以為是的編輯」，成為雙方論辯的三個焦點。[121]

　　張深切在自傳中回溯到這一段歷史時，指責楊逵為爭取編輯權，利用一部分民族主義作家不滿意張星建編輯方針的機會，對張星建加以猛烈的攻擊，進而標榜主義問題向張深切及編輯委員會挑戰，並且利用左翼理論博得青年們的支持。[122]日本學者河原功認為：楊逵和張星建的對立與聯盟內部問題連續引起論爭，不光是文聯運作上的問題，也關係到文藝大眾化路線與新臺灣文學運動的存在問題。[123]葉石濤則進一步指出是否刊登〈邁向紳士之道〉的背後，有更深刻的意識形態的糾紛存在，其間關係到臺灣新文學運動理想的狀態，以及文藝大眾化路線各人的見解不同；再者，主張現實主義文學運動的楊逵看不慣《臺灣文藝》中有些風花雪月的文章，這也是原因之一。[124]

　　綜合河原功與葉石濤的意見來看，楊逵與張深切源於彼此意識形態的不同，導致文學理念的迥異，即是有關文聯派系化等論戰產生的根本原因。深入來說，楊逵信奉社會主義，張深切等人是民族主義者，此即

---

頁 181；河原功，〈台灣新文學運動的展開〉，《台灣新文學運動的展開——與日本文學的接點》，頁 200-201。

[120] 論戰相關資料多已散佚，河原功曾有概要的論述，見〈台灣新文學運動的展開〉，《台灣新文學運動的展開——與日本文學的接點》，頁 200。

[121] 參見《臺灣文藝》第二卷第八、九合併號（1935 年 8 月）之「編輯後記」。

[122] 張深切在文中並未直呼楊逵名諱，而是以「一個進入日本文壇的日文作家某生」代稱其名。參見陳芳明等人主編，《張深切全集》卷 2《里程碑》（下）（臺北：文經出版社有限公司，1998 年 1 月），頁 623。

[123] 河原功，〈台灣新文學運動的展開〉，《台灣新文學運動的展開——與日本文學的接點》，頁 201。

[124] 葉石濤，〈《台灣新文學》與楊逵〉，《走向台灣文學》（臺北：自立報系，1990 年 3 月），頁 88；葉石濤，〈楊逵的「台灣新文學」〉，《台灣文學的悲情》（高雄：派色文化出版社，1990 年 7 月），頁 77-79。

彼此意識形態不同之處。由於意識形態的歧異，楊逵成為社會主義現實主義的普羅文學家，張深切則對於普羅文學頗多批評。例如張深切說：「階級文學若祇為純階級的工具、則容易陷於千篇一律的毛病、若祇為個人的工具、則容易陷於造作的底無稽之談」，又說：「臺灣文學不要築成在於既成的任何路線之上、要築在於臺灣的一切『真、實』（以科學分析）的路線之上、以不即不離、跟臺灣的社會情勢進展而進展、跟歷史的演進而演進、就是。」[125]在臺灣新文學運動路線的規劃上，反對階級文學的張深切與主張無產階級文學的楊逵，顯然是極為不同的。

　　至於在「文藝大眾化」的理念分殊方面，楊逵在〈藝術是大眾的〉一文中，已經揭示從階級立場的角度來看文學，以勞動者的世界觀書寫的普羅文學，讓農民與勞動者參與藝術，才是文藝大眾化之路。[126]而張深切所謂「其實文藝大眾化並不是謂文藝要普遍到一般文盲階級去的意思、察其用意是祇要獲得比較普遍化的程度而已、不然各派斷不能夠獲得文盲階級去鑑賞他們的藝術呢。」[127]所抱持的態度，則是要將文藝盡量推廣到一般民眾的生活。若再從張深切對文藝大眾化提出的看法，建議從「陳三五娘」、「三伯英臺」、「三國志」、「列國志」等歷史與傳說故事中取材，[128]便可明瞭在他心中「大眾」一詞指涉的對象是臺灣民眾，這無疑是從臺灣漢人視角出發的民族主義文化立場。

　　由上述分析看來，〈邁向紳士之道〉以一個好高騖遠的知識分子為主角，描寫他為晉身資產階級做出的種種荒謬行徑，甚至透過社會科學研究會的學習，了解到農民如何在窮苦狀態中喘息之後，竟未對農民伸出援手，而是反過來妄想以榨取農民獲得豐厚的利益。其中對於資產階

---

[125] 張深切，〈對臺灣新文學路線的一提案——未定稿——〉，《臺灣文藝》第二卷第二號（1935 年 2 月），頁 85-86。

[126] 楊逵，〈藝術是大眾的〉，《楊逵全集》「詩文卷」（上），頁 138-139。

[127] 張深切，〈「臺灣文藝」的使命〉，《臺灣文藝》第二卷第五號（1935 年 5 月），頁 20。

[128] 張深切在「臺灣文藝北部同好座談會」中的發言紀錄，參見《臺灣文藝》第二卷第二號，頁 4。

級的深刻嘲諷，及所反映的階級問題，和楊逵的普羅文學觀極為契合；相反地，和張深切傾向僅關心民族問題的理念格格不入，終於點燃楊逵與張深切等人的戰火。[129]而文聯「血的不同、經營的派系化和自以為是的編輯」之所以成為楊逵與張深切兩派的主要爭執點，基本上也是肇因於彼此意識形態與文學理念的差異。

目前由於史料的缺乏，尚不清楚田中保男批判文聯「血的不同」的相關論點何在；然由張星建在〈文聯的公賊〉（〈文聯の公賊〉）中為自己辯護時說：「不問黨派及色彩，不論內臺人，而以作品為本位揭載是本誌的使命」，[130]據此推論田中保男應該是從日本人的角度攻擊文聯的民族主義色彩。論爭中楊逵曾經說：「『全方位進步的文學』的使命是建設及統一『進步的文學』，這就是文聯的綱領，絕不可以有特殊階級或小民族主義的界線」，「凡有志於進步的文學的人，都應該和我們一起奮鬥」，又強調「這可不是打燈籠，這是以國際主義的精神團結一致」，[131]明確表達他願與不同民族（指「日籍」）作家結盟。晚年回顧這段歷史時，楊逵說參與論爭的日本人是站在支持臺灣人民族運動的立場，[132]隱約透露出是否要與血緣不同的日籍作家合作推動民族運動，楊逵與張深切、張星建間存在著歧見。

---

[129] 關於〈邁向紳士之道〉的內容與意義，趙勳達有深入而詳盡的分析可供參考，茲不贅述。請參閱《《台灣新文學》（1935～1937）的定位及其抵殖民精神研究》，頁 42-48。

[130] 譯自張星建，〈文聯的公賊〉，刊載於《臺灣新聞》，發表時間不詳，依文末「六月二十四日」的完稿時間推算，約發表於一九三五年六月底到七月初之間。由於《臺灣新聞》原件已佚，筆者研究用影本乃得自楊逵遺物中的剪報資料。

[131] 見楊逵，〈不必打燈籠──文聯團體的組織問題〉（〈提灯無用──文聯團體の組織問題──〉），原以日文發表於《臺灣新聞》，1935 年 6 月 19 日，引自《楊逵全集》「詩文卷」（上），頁 243-244。

[132] 楊逵的說法是：「有幾位支持民族運動的日人深感不滿，在報紙上論爭一次」。見廖偉竣訪問，〈不朽的老兵─與楊逵論文學〉，《楊逵全集》「資料卷」，頁 181。

　　然而當年與張深切等人站在同一陣線，時任《臺灣新聞》記者的巫永福，雖然了解楊逵與張星建之爭並非肇因於派系問題，而是楊逵的思想屬於國際共產主義，張星建則是臺灣民族主義，彼此理念上的不同；[133]但在回憶這段歷史時，卻也不禁懷疑當年筆戰拖了相當長的時間，乃由於《臺灣新聞》編輯田中保男從中挑撥，而發出「臺灣人不可分裂，要集中力量，對抗日本人才行」之語。[134]張深切後來甚且嚴詞批判楊逵「不顧大局，為固執己見，不恤文聯分裂，儼然替日本當局效忠，打擊文聯，這一過錯實在難能輕恕」[135]。社會主義國際主義者的楊逵願結盟站在同一階級立場的日本作家，同心協力發展臺灣新文學，以推動臺灣人的反殖民運動，竟因此遭致日後長期蒙受分裂文聯的不白之冤，[136]恐怕是他始料所未及的。

　　其次，在所謂「經營派系化」與「自以為是的編輯」方面，楊逵曾經指出文聯的外在形式沒有民族和階級的界線，執行部門也有執行委員會、常務委員會、編輯委員會等最進步的、民主主義的、大眾的組織型態；然而深入一看，這種組織型態一點也沒有好好利用，「會議非常鬆

---

[133] 巫永福，〈憶逵兄與陶姊〉，《文學台灣》第二期（1992 年 3 月），頁 13。

[134] 巫永福，〈日據時代臺灣新文學運動和楊逵〉，收於王曉波編，《被顛倒的臺灣歷史》（臺北：帕米爾書店，1986 年 11 月），頁 346-347。

[135] 陳芳明等人主編，《張深切全集》卷 2《里程碑》（下），頁 624。

[136] 賴明弘曾經在〈臺灣文藝聯盟創立的斷片回憶〉中說：「文藝聯盟成立後不久，雖有楊逵先生等少數人以提議擴大組織為藉口，高唱異調幾趨分裂，但全島的文學同路者，深感團結力量與鞏固組織之必要，均摒棄偏見不予重視才不致分裂，仍能一直支持下去。」（見李南衡主編，《文獻資料選集》，頁 388）筆者碩論中曾經引以證明楊逵在文聯創立之初曾有擴大組織之議，然該主張被視為偏見而未被採用。（見《楊逵及其作品研究》，頁 86 及頁 100 之註 46）趙勳達的碩論同樣引用賴明弘這一段話，並進一步指出賴明弘本身即為臺灣新文學社同仁，與該文指控楊逵當年致使文聯幾乎分裂間的矛盾性。（見《台灣新文學》（1935～1937）的定位及其抵殖民精神研究》，頁 7 及頁 12）由於張星建在〈文聯的公賊〉中公開責備楊逵及賴明弘故意撒謊，毒害文聯，顯示當年賴明弘確實是和楊逵共同對抗張深切、張星建等人的戰友，何以戰後他反站在指責楊逵的立場，至今仍是解不開的謎。

散，在工作進行上幾乎完全不重視決議。一兩個人憑著自己一時的念頭，為所欲為。」又說：「這些組織型態也是另一種派系化，對團體的、大眾的組織而言是致命傷」。[137]楊逵也曾明白指出，「所謂派系問題的緣由，一是明明已經為《臺灣文藝》選出了九名編輯委員，但實際上卻是張深切和張星建兩人做編輯，無視於編輯委員會的存在；二是有關文聯的工作，他們擅自變更決議」[138]，導致「如今，有許多人都不樂意為《臺灣文藝》寫稿，而且眼前就有某些一直被積壓的稿件，不見得比向來獲得刊載的某些文章遜色」[139]。

　　為了達成開拓和建設臺灣文學的目標，防止派系化所可能帶來的危險與自以為是的橫行，楊逵認為「文聯應該採取的組織型態，必須有能力提昇反映出臺灣現實的作品之質與量。最重要的是，首先要在大眾之中培育作家，並且喚起成名作家對臺灣現實面的注意」[140]。對此，他提出的具體方案有「一、嚴格篩選必須刊登在雜誌上的作品，然後再找人針對這些作品在報章雜誌嚴加批評。二、對於不擬刊登的作品，為了便於重寫、訂正或未來的研究和創作，退件時將選稿委員會或編輯會議的評語附上。」[141]為求工作順利運作，便於釐清個人的職責，楊逵並建議設置責任編輯，舉辦例行會議，使編輯人員的互動順暢。[142]至於業務方

---

[137] 楊逵，〈不必打燈籠——文聯團體的組織問題〉，引自《楊逵全集》「詩文卷」（上），頁 244。

[138] 楊逵，〈臺灣文學運動的現況〉（〈臺灣文學運動の現狀〉），原以日文發表於《文學案內》（東京）第一卷第五號（1935 年 11 月），引自《楊逵全集》「詩文卷」（上），頁 396。

[139] 楊逵，〈臺灣文學運動的現況〉，《楊逵全集》「詩文卷」（上），頁 398。

[140] 楊逵，〈不必打燈籠——文聯團體的組織問題〉，《楊逵全集》「詩文卷」（上），頁 246。

[141] 楊逵，〈團體與個人——幾點具體的提案〉（〈團體と個人——具體的提案二三——〉），原以日文發表於《臺灣新聞》，1935 年 6 月 26 日，引自《楊逵全集》「詩文卷」（上），頁 264。

[142] 楊逵，〈不必打燈籠——文聯團體的組織問題〉和〈團體與個人——幾點具體的提案〉，《楊逵全集》「詩文卷」（上），頁 246-247 及頁 264。

面的改進，楊逵也提出訂定獨立計畫，以及營業負責人應嚴格管理零賣、廣告、配送、收入及支出，以期在預算結算與讀者開發、配送方面順暢無阻的建議，[143]這顯然是衝著獨攬《臺灣文藝》銷售大權的中央書局經理張星建而來。[144]

　　論爭中楊逵曾對自己僅僅扮演名義上的編輯發出不平之鳴，認為自己的想法從未出現在以往的《臺灣文藝》上。[145]大概就是為了解決文聯派系化與編輯自以為是的爭議，《臺灣文藝》第二卷第六號（1935 年 6 月）在「編輯後記」中特別預告：「編輯事務，從下期開始接受楊逵、賴明弘和陳瑞榮的協助。」第二卷第七號（1935 年 7 月）的「編輯後記」也由楊逵與賴明弘、莊明東、張深切共同執筆。一九三五年七月底，楊逵發表〈迎接文聯總會的到來——提倡進步作家同心團結〉（〈文聯總會を迎へて——進步的作家の大同團結を提唱〉），又提出請文聯勸誘邀請關心各種文學的人加入，關心臺灣文學的人都加入文聯，文聯幹部改掉自以為是和排外的態度，以嚴正的民主方式選出文聯的幹部等四項建議。[146]楊逵持續發言，呼籲建立文學者的統一戰線和民主的形式，顯示文聯派系化的問題遲遲未能獲得解決。

　　一九三五年十一月，楊逵在東京發表〈臺灣文壇近況〉（〈臺灣文壇の近情〉），公開指責文聯的組織鬆散，究竟是作家的組織或讀者的組織並不明確；並提及文聯曾經決議要整頓派系問題，卻一直未曾展開具體行動；為了要阻止文聯分裂，使全臺灣的作家或讀者恢復文學熱情的最好做法，即是藉由新雜誌的出刊在編輯和經營上彼此競爭。對於有人擔

---

[143] 楊逵，〈團體與個人——幾點具體的提案〉，《楊逵全集》「詩文卷」（上），頁 264。
[144] 趙勳達，《《台灣新文學》（1935～1937）的定位及其抵殖民精神研究》，頁 36。
[145] 楊逵說：「我這個編輯委員只不過是不折不扣的招牌而已。所以有關編輯事務，我的想法從未出現在以往的雜誌上。」見楊逵，〈關於 SP〉（〈SP について〉），原以日文發表於《臺灣新聞》，1935 年 6 月 22 日，引自《楊逵全集》「詩文卷」（上），頁 250。
[146] 原以「林泗文」筆名刊載於《臺灣新聞》，1935 年 7 月 31 日，收於《楊逵全集》「詩文卷」（上），頁 332。

心新雜誌的出現會造成和《臺灣文藝》間的爭端，楊逵樂觀地表示：不要相互謾罵與惡意中傷，即使任何一方先挑釁，只要另一方不回應即可避免。[147]十一月十三日，楊逵在《臺灣新聞》發表〈「臺灣新文學社」創立宣言〉，公開表示要在承認各黨各派的立場上，以臺灣新文學的開拓與建設為共同追求的目標創立新社團，並特別提及將聯合日本文壇同情、理解臺灣文學活動的作家，邀請全島文學愛好者信賴的人負責編輯其最擅長的部門，以及盡最大努力，將各種出版品推廣到大眾之中，一舉解決品質提昇和大眾化等問題。[148]這些宣示無疑是為革除文聯最被詬病的血的不同、經營的派系化和自以為是的編輯三項缺失而來的具體宣告。

次月，楊逵預告的新雜誌《臺灣新文學》正式創刊，然而《臺灣文藝》和《臺灣新文學》競爭對抗的態勢終究避免不了。例如張星建在一九三六年四月二十日出刊的《臺灣文藝》「編輯後記」中，宣稱楊逵公然散佈「謠言」說：「《臺灣文藝》沒收了好的原稿，有些沒有刊載的文章比登出來的文章還好」[149]，楊逵遂於六月五日出刊的《臺灣新文學》第一卷第五號中，刊登遭張星建拒絕採用的〈邁向紳士之道〉，要求讀者評鑑作品的優劣，隨即獲得回響。次號的《臺灣新文學》中，藤野雄士、秋山一夫、吳濁流和茉莉都給予正面的肯定，茉莉甚至盛讚這篇創作是「臺灣有始以來最棒的諷刺文學作品」。[150]同年五月十八日，楊守愚的日記中甚至有王詩琅說張深切告訴他，文聯東京支部絕對不寄稿給《臺灣新文學》，聲明書早已寄來了的記述。[151]楊逵另起爐灶之後，和

---

[147] 參見楊逵，〈臺灣文壇近況〉，《楊逵全集》「詩文卷」（上），頁409-411。

[148] 楊逵，〈「臺灣新文學社」創立宣言〉，原以日文發表於《臺灣新聞》，1935年11月13日，中文翻譯收於《楊逵全集》「詩文卷」（上），頁420-421。

[149] 譯自《臺灣文藝》第三卷第四、五號（1936年4月），頁68。

[150] 藤野雄士〈「紳士への道」には感服〉、秋山一夫〈「紳士への道」を推す〉、吳濁流〈「紳士への道」と「田園小景」〉及茉莉〈臺灣新文學六月號の作品について〉，見《臺灣新文學》第一卷第六號（1936年7月），頁54-64。

[151] 見許俊雅、楊洽人編，《楊守愚日記》（彰化：彰化縣立文化中心，1998年

文聯間的紛爭非但未因此消弭，反而是《臺灣文藝》和《臺灣新文學》之間互別苗頭的意味濃厚，形成兩者因相與爭鋒而形同水火的局面。同年八月二十八日，《臺灣文藝》在發行第三卷第七、八號後走向停刊的命運，《臺灣新文學》遂成為獨挑臺灣新文學運動重擔的唯一新文學刊物。

## 三、《臺灣新文學》的編輯風格

　　一九三五年十二月二十八日於臺中正式創刊的《臺灣新文學》雜誌，至一九三七年六月十五日發行第二卷第五號為止，共計十五期（其中第一卷第十號被禁止發行），並另行出刊《新文學月報》兩期。其中第一卷第八號（1936 年 9 月）至第二卷第四號（1937 年 5 月）這七期，由於楊逵夫婦雙雙病倒，編輯工作改由王詩琅負責，連同編輯後記也交由他來執筆。[152]除楊逵與王詩琅外，曾列名臺灣新文學社編輯部的包括：賴和、楊守愚、黃病夫、吳新榮、郭水潭、王登山、賴明弘、賴慶、李禎祥、高橋正雄、葉榮鐘、田中保男、藤原泉三郎、藤野雄士、陳瑞榮、黑木謳子、林朝培、林越峰；營業部則有莊明當、莊松林、徐玉書、謝賴登、蔡德音、葉陶、趙櫪馬，[153]地域涵蓋臺北、臺中、彰化和臺南等日治時期北、中、南三大文學陣營。

　　值得注意的是當時臺灣文壇日籍和臺籍重要左翼作家均被網羅其中，甚至文聯成立之初五位常務委員中的三名（賴和、賴慶、賴明弘）亦均加入臺灣新文學社的行列，其聲勢之浩大不難想見。尤其在臺灣文

---

12 月），頁 18。

[152] 王詩琅，〈臺灣新文學雜誌始末〉，原載於《台北文物》第三卷第三期（1954 年 12 月 10 日），收於李南衡主編，《文獻資料選集》，頁 403-404。

[153] 同仁名單初見於〈臺灣新文學社大綱〉，《臺灣新文學》創刊號（1934 年 12 月）。其後名單有些許異動，見《臺灣新文學》第一卷第二號（1936 年 3 月）至第一卷第十號（1936 年 12 月）之〈臺灣新文學社大綱〉。

壇有崇高地位的賴和不僅在財務上給予實際的支援，又率領彰化作家共同擔任漢文欄的編輯，臺灣新文學社成為賴和生前參與的最後一個新文學社團，《臺灣新文學》雜誌也成為賴和晚年發表創作的主要園地，同時間其文章未見於《臺灣文藝》。[154]賴和等文友的熱誠支持，對於楊逵的激勵自是不在話下。

　　從臺灣新文學社的組織型態來看，楊逵確實有心革除《臺灣文藝》少數編輯專權之弊，讓《臺灣新文學》雜誌不至於重蹈覆轍。在〈「臺灣新文學社」創立宣言〉中，楊逵已經預告了漢文詩、小說將由賴和、楊守愚、黃病夫（黃朝東）等彰化作家負責，日文詩由文聯佳里分部的諸位同仁負責，日文小說和評論則盡可能拜託日本文壇關心臺灣文學的作家、評論家，或委託給島內的適當人選。[155]《臺灣新文學》創刊號中載明漢文原稿送彰化市市仔尾的賴和醫院，日文詩送北門郡的佳里醫院，詩以外的日文原稿送大屯郡霧峰吳厝的楊逵，[156]顯示雜誌之編輯除楊逵外，彰化地區漢文作家及鹽分地帶詩人均負擔了部分事務。以近年出土的《楊守愚日記》證之，漢文欄的編務確實是由彰化地區的文人負責，[157]臺灣新文學社並曾舉行多次商討包含編輯事務的會議。[158]然而分

---

[154] 詳見拙文，〈楊逵與賴和的文學因緣〉，《台灣文學學報》第三期，頁151-152。

[155] 楊逵，〈「臺灣新文學社」創立宣言〉，《楊逵全集》「詩文卷」（上），頁422。

[156] 見《臺灣新文學》創刊號（1935年12月），頁100。後來楊逵因遷徙而地址變更，原送大屯郡霧峰吳厝者改送臺中市梅枝町五三，見《臺灣新文學》第一卷第四號（1936年5月），頁106。

[157] 參見楊守愚日記4月11日、4月22日、5月11日、12月12日，有關楊守愚參與編輯事務相關感言之記載，《楊守愚日記》，頁3、7、15、105。此外，筆者曾藉由《楊守愚日記》發現楊守愚負擔了最多的漢文編輯事務，然而因為他患有腎臟病，一方面要為貧血的漢文欄寫稿增加篇幅，另一方面又得兼顧編輯工作，分身乏術，一九三六年七月楊守愚萌生辭意，後以約定南北部同好者負擔責任稿件，做為楊守愚留任的條件。十月時楊守愚終於以「原稿難」的理由，向葉陶辭退一九三七年的編輯事務，漢文稿件全數交由葉陶帶回。請參見拙文，〈楊逵與賴和的文學因緣〉，《台灣文學學報》第三期，頁153-154。

[158] 《楊逵全集》中即收有〈把作家的培養和編輯工作交給大眾——本社第二次

層負責之執行是否徹底不無疑問，例如楊守愚一九三六年四月十一日的日記中有下列記載：

> 今天葉陶女士來要新文學五月號的稿子，使我有點不快，為甚？我總覺得逵君近來倒有些和文聯的深切君相像啦。像前二期的稿子，這裏送去的稿件，他偏把一部份抑留著，而把他接到的別的原稿刊上去。其實，他既然將漢文原稿囑托這裏審查，本該把一切原稿轉送這裏來，可是他竟連通知也不通知一聲，這叫我們怎樣把稿件備妥？何怪獻璋君要說他「獨斷」呢。

四月二十二日的日記中又說：

> 早上朱點人君寄來勸告我「捨小我而就大我」不要和楊逵君傷了和氣的信，使我覺得啞然。逵君把這裡送去的稿件任意取捨，這裏當然是很不滿，也的確是嚴重地向他抗議過，這不消說是怕的編輯上生出阻礙，致什誌誘致惡影響。那有什麼牽涉到感情上來？這或因讀到我寄與獻璋君信而生誤會吧。[159]

對於刊載文章的最後取決權由楊逵一人獨攬，楊守愚在字裡行間清楚傳達出不滿的情緒。事實真相如何雖尚未能確定，然王詩琅認為編輯群之龐大，「祇是名單的臚列，事實上一切業務則殆全部由楊逵和葉陶夫婦兩人辦理」[160]的說法，間接證實了楊逵對稿件做再次篩選的可能性

---

籌備會中決議的方針——〉、〈台灣新文學檢討座談會〉、〈臺灣文學界總檢討座談會〉三次會議紀錄，其中均有關於編輯事務的討論。見《楊逵全集》「資料卷」，頁100-139。

[159] 以上兩段引文分別見楊洽人、許俊雅編，《楊守愚日記》，頁3及頁7。

[160] 王詩琅，〈臺灣新文學雜誌始末〉，《文獻資料選集》，頁403。

極高；從另一方面來看，如果楊逵是藉此貫徹自我意志於《臺灣新文學》，那麼該雜誌的整體風格無疑可視為楊逵文學埋念的實踐。

首先，《臺灣新文學》反映出楊逵身為社會主義國際主義者的階級意識，和日本普羅文學界有極為緊密的聯繫。例如創刊號〈對臺灣新文學的期望〉（〈臺灣新文學に所望すること〉）中刊出日本籍的德永直、新居格、橋本英吉、葉山嘉樹、矢崎彈、前田河廣一郎、石川達三、中西伊之助、藤森成吉、貴司山治、平林たい子、細田民樹、平田小六、豐田三郎、槙木楠郎、柾不二夫，以及朝鮮籍的張赫宙等計十七名日本中央文壇作家的感言。《臺灣新文學》雜誌內可見那烏卡（ナウカ）社出版的《文學評論》、《社會評論》、《高爾基文藝書簡集》（《ゴリキイ文藝書簡集》）、《高爾基文學論》（《ゴリキイ文學論》），德永直、平田小六、葉山嘉樹、渡邊順三、林房雄、窪川稻子等作家的創作集，以及文學案內出版的《文學案內》與《詩人》，還有《時局新聞》週刊、《世界文化》、《土曜日》、《公民常識》、《太鼓》、《勞働雜誌》、《實錄文學》等內地書刊的廣告或銷售服務。[161]第一卷第八號（1936 年 9 月）之「高爾基特輯」，也被認為是追隨《文學評論》和《文學案內》之舉。[162]

再者，《臺灣新文學》第一卷第九號（1936 年 11 月）為紀念魯迅去世，同時刊登由王詩琅執筆的卷頭言〈悼魯迅〉（〈魯迅を悼む〉）與黃得時的〈大文豪魯迅逝世——回顧其生涯與作品〉（〈大文豪魯迅逝く

---

[161] 參考河原功，〈台灣新文學運動的展開〉，《台灣新文學運動的展開——與日本文學的接點》，頁 206-207；趙勳達，《《台灣新文學》（1935～1937）的定位及其抵殖民精神研究》，頁 61；尹子玉，〈楊逵《台灣新文學》與無產階級文學運動〉及其附錄《《台灣新文學》雜誌廣告一覽表》，《第一屆全國臺灣文學研究生學術研討會論文集》，頁 183-184 及頁 189-191。

[162] 河原功首提《臺灣新文學》之「高爾基特輯」乃追隨《文學評論》終刊號（第三卷第八號，1936 年 8 月）「高爾基哀悼」特集而來，趙勳達繼之發現與《文學案內》（1936 年 8、9 月號）兩期「高爾基紀念」特集也有關係。參見河原功，〈台灣新文學運動的展開〉，《台灣新文學運動的展開——與日本文學的接點》，頁 207；趙勳達，《《台灣新文學》（1935～1937）的定位及其抵殖民精神研究》，頁 79。

──その生涯と作品を顧みて〉），雜誌上還多次見到收錄有楊逵〈送報伕〉的《山靈──朝鮮台灣短篇小說集》[163]宣傳廣告，明顯可見臺灣新文學社對世界左翼文學的關注。而連載連溫卿〈世界語（Esperanto）初等講座〉（〈エスペラント初等講座〉）[164]，雖因遭讀者批判與印刷技術問題而中止，然構思推廣世界語以教育普羅階級，藉此促進世界無產階級聯合行動的可能性，更可見楊逵積極努力無產階級文化運動的用心。[165]

　　《臺灣新文學》雜誌創刊前後的一九三五至一九三七年間，藉由和內地文壇的密切合作，楊逵作品刊載於東京的《文學評論》和《文學案內》、《行動》、《新潮》、《社會評論》、《進步》、《時局新聞》、《土曜日》、《星座》、《人民文庫》、《現代新聞批判》和《日本學藝新聞》等報刊（詳見後附〈楊逵文學活動年表〉），其中有多篇是介紹臺灣新文學作家與作品，大為提高臺灣文學在日本中央文壇的能見度。[166]尤其不能忽視楊逵以日文親自翻譯賴和的〈豐作〉，以臺灣代表作之姿，由臺灣新文學社推薦給《文學案內》，與朝鮮的張赫宙、中國的吳組緗同場競技。不僅賴和因此被介紹到對其文學完全陌生的日本文壇，這也是臺灣新文學家的漢文創作被翻譯介紹到日本的第一篇。[167]為了將臺灣作家順利推向國際，楊逵還曾經打算以增刊形式發行「全島作家徵文觀摩號」，除了供

---

[163] 譯者為胡風，原本題為《山靈──朝鮮台灣短篇集》，由上海文化生活出版社於一九三六年四月初版。副標題名稱之異乃由於版本的不同，詳見許俊雅，〈關於胡風翻譯《山靈──朝鮮台灣短篇集》的幾個問題〉，《文學台灣》第四七期（2003 年 7 月），頁 6-22。

[164] 刊載於《臺灣新文學》第一卷第三號（1936 年 4 月）與第四號（1936 年 5 月）。

[165] 尹子玉，〈楊逵《台灣新文學》與無產階級文學運動〉，《第一屆全國臺灣文學研究生學術研討會論文集》，頁 179、181。

[166] 例如發表於《文學案內》的〈臺灣的文學運動〉、〈臺灣文學運動的現況〉、〈臺灣文壇的明日旗手〉（〈臺灣文壇の明日を擔ふ人々〉），以及發表於《文學評論》的〈臺灣文壇近況〉。

[167] 拙文，〈楊逵與賴和的文學因緣〉，《台灣文學學報》第三期，頁 162。

島內文學同好閱讀之外，還計畫請適當的譯者將優秀作品翻譯成日文或中文，分別發表在著名雜誌上加以介紹，[168]可惜因故未能實現。

由於楊逵「相信臺灣文壇的未來與其只有兩、三個有名的作家，不如讓眾多無名作家來擔負」[169]，因此拔擢本地的無名作家，以充實整個臺灣的文學環境，也是《臺灣新文學》雜誌的重要任務。限定只有新人才能參加的「懸賞原稿募集」，給予新秀登臨文壇的重要機會，影響深遠。例如客籍知名作家吳濁流即是由此崛起，處女作〈水月（海蜇）〉（日文原題〈海月〉）[170]發表於《新文學月報》第二號（1936 年 3 月），〈泥沼中的金鯉魚〉（〈とぶの緋鯉〉）入選臺灣新文學賞佳作，並刊登於《臺灣新文學》第一卷第五號（1936 年 6 月）。[171]

另外，相較於《臺灣新文學》上日籍作家以帝國觀點出發，認定日語為殖民地文學書寫工具的唯一選擇，[172]以及《臺灣文藝》轉型成以日文作品為中心的純文藝雜誌，坐視漢文作品被時代淘汰，不曾積極思索

---

[168] 楊逵，〈發布「全島作家徵文觀摩號」計畫之際〉（〈〝全島作家競作號〞の計畫發表に際して〉），原以日文發表於《臺灣新聞》，1936 年 3 月 6 日，中文翻譯收於《楊逵全集》「詩文卷」（上），頁 452。

[169] 譯自《臺灣新文學》第一卷第五號（1936 年 6 月）之「編輯後記」。

[170] 根據李魁賢的查考，〈海月〉原載於《新文學月報》時「海」字旁注「くら」，係刻意負載「くらげ」（水月，即「水母」）與「海上明月」雙重意義；作者依此原意譯成中文時題為〈水月（海蜇）〉，亦係兼備日文「水月」（水母，即「海蜇」）與「鏡花水月」雙重意義。一九六三年八月集文書局出版之《瘡疤集》上冊〈水月（海蜇）〉列為首篇，然目錄僅留〈水月〉。一九七七年九月張良澤編輯之《吳濁流作品集》第二冊《功狗》將題目改為〈水月〉，此後凡提及該篇者皆用〈水月〉。筆者碩論中雖查考得出日文篇名為〈海月〉，然以「〈水月〉（日文篇名為〈海月〉）」指稱這篇作品（《楊逵及其作品研究》，頁 87-88），也是犯了以訛傳訛之誤。〈海月〉篇名演變的過程，詳見李魁賢〈水月、水母及其他〉，原載於《文學台灣》第二一期（1997 年 1 月），頁 14-17，收於《李魁賢文集》第七冊（臺北：行政院文化建設委員會，2002 年），頁 149-152。

[171] 拙著，《楊逵及其作品研究》，頁 87-88。

[172] 詳見趙勳達，〈帝國觀點與左派思考的衝突——論《台灣新文學》（1935-1937）上臺、日籍作家對「殖民地文學」的歧見〉（張文環及其同時代作家學術研討會，臺南：國家臺灣文學館，2003 年 10 月 18、19 日），頁 118-120。

對策的放任態度；[173]《臺灣新文學》製作第一卷第十號的「漢文創作特輯」，致力於提昇漢文創作質量的努力值得讚賞。若再配合臺灣新文學社負責銷售李獻璋編《臺灣民間文學集》[174]來看，其中洋溢著楊逵堅持保存臺灣傳統文化的信念。[175]

## 四、報導文學的提倡與書寫

《臺灣新文學》一創刊即曾設置「鄉土素描」與「街頭寫真」欄，目的在於刊登介紹臺灣現實的報導文學，[176]儘管歷時短暫且成效有限，[177]仍可由此窺見楊逵積極提倡報導文學之用心。一九三七年二月至六月間，楊逵接連發表〈談報導文學〉（〈報告文學に就て〉）、〈何謂報導文學〉（〈報告文學とは何か〉）及〈報導文學問答〉（〈報告文學問答〉）三篇文章，五月出刊的《臺灣新文學》第二卷第四號上並有〈募集報導文學〉（〈報告文學を募る〉）的啟事，除為臺灣報導文

---

[173] 張深切在回憶錄中說：「文聯獲得了東京支部的大力支持，《臺文》的作品也隨著東京寄來的優秀作品而提高水準，島內作家的作品漸有落伍的形勢，尤其中文的作品和日文作品對照起來，相形見拙（按：「絀」之誤），《臺文》的編輯方針，在實力對比之下，不得不自動轉變，由民族性轉向政治性，再由政治性轉向純文藝性，初創的主旨逐漸無法維持下去了。」（陳芳明等人主編，《張深切全集》卷 2《里程碑》（下），頁 622）筆者認為張深切的辯解，正好突顯出《臺灣文藝》後期已經背棄原先反殖民的民族立場。

[174] 臺北：臺灣文藝協會，1936 年 6 月發行。發行人為王詩琅，臺灣新文學社為總販賣所。

[175] 參考河原功，〈台灣新文學運動的展開〉，《台灣新文學運動的展開——與日本文學的接點》，頁 209。

[176] 參見《臺灣新文學》第一卷第四號（1936 年 5 月）之「編輯後記」。

[177] 「鄉土素描」刊載篇目有創刊號的林泗文（楊逵）〈我的書齋〉（〈私の書齋〉），第一卷第三號的賴綠墅〈春之感傷〉（〈春の感傷〉）。「街頭寫真」刊載篇目有創刊號的〈屠場一瞥〉與〈選舉風景〉，第一卷第二號的〈賊呵〉與〈捉姦〉，第一卷第三號之〈遺產〉，第一卷第五號之〈做扣〉，第一卷第六號之〈好額一時間〉，七篇皆為街頭寫真師（楊守愚）一人之作。

學建立理論基礎外，楊逵並再度開放《臺灣新文學》的園地供刊載之用。[178]

　　當時楊逵借鏡已經象牙塔化的日本文學為了文學的社會性，而從報導文學再次出發，希望藉由最能反映時代的報導文學來充分描寫臺灣社會，以便從眼前、週遭踏實穩健地開墾臺灣文學的園地，提昇臺灣的文化，最終將臺灣作家推向世界文學的舞臺。[179]在理論建設方面，楊逵對報導文學所下的定義是「筆者以報導的方式，就其周邊、其村鎮，或當地所發生的事情所寫下來的文學」。楊逵認為報導文學和普通文學不同之處，在於它更強調以下幾點：第一、極為重視讀者。第二、以事實的報導為基礎，雖然允許對事實做適度的處理與取捨，但絕不容許憑空虛構。第三、筆者對應該報導的事實，必須熱心以主觀的見解向人傳達；僅羅列事實而缺乏作者感情，不算是文學藝術。[180]

　　雖然報導文學的生命在於寫實，楊逵也特別強調要廢除虛構及架空，以思考、觀察、生活的三位一體，考慮表裡兩面和歷史的變遷，確切掌握社會的真面目；[181]然而報導文學終究和新聞報導的通訊文不同，楊逵說：「新聞報導只要羅列事實就夠了，但是報導文學要作為文學的話，必須要有某種程度的形象。將某一事實或事件以生動的姿態，讓讀者深刻地印在腦海裡，這就是文學的生命。」[182]換句話說，報導文學是融合報導與文學兩種性質於一體，在報導社會的真實面貌之外，必須有文學的藝術價值。

---

[178] 有關楊逵如何藉由《台灣新文學》雜誌以提倡報導文學，首由趙勳達整理提出，並有較為詳細的描述。請參考其著，《《台灣新文學》（1935～1937）的定位及其抵殖民精神研究》，頁130-133。

[179] 楊逵，〈談報導文學〉，原載於《大阪朝日新聞》臺灣版，1937年2月5日；〈何謂報導文學〉，原載於《臺灣新民報》，1937年4月25日。以上分別參見《楊逵全集》「詩文卷」（上），頁470及頁504。

[180] 引自楊逵，〈何謂報導文學〉，《楊逵全集》「詩文卷」（上），頁503。

[181] 楊逵，〈報導文學問答〉，原載於《臺灣新文學》第二卷第五號（1937年6月），中文翻譯收於《楊逵全集》「詩文卷」（上），頁524、527、528。

[182] 引自楊逵，〈報導文學問答〉，《楊逵全集》「詩文卷」（上），頁525。

至於報導文學的形式方面，楊逵認為作者可依據題裁之不同，自行選擇小品文、小說、書信、日記、詩歌、紀行文等各種文類。[183]為了擴大報導的面向，楊逵並主張網羅各行各業人士來寫作，他說：

> 我們若能有系統地網羅各行各業的社會人士，則寫出來的作品必能成為最完備的社會地圖及文學地圖。這不僅對文學的社會性及紮實的文學基礎工作極為重要，也可以避免文學的「文壇化」，使其因密切結合人類與社會而達成社會任務，文學更會因此而具多樣性，其功能同樣會因為如此之培養而變得更多、更好。[184]

由此可見，楊逵之所以熱心提倡報導文學寫作，乃基於文學的社會性及大眾化的一貫主張。正如他在〈輸血〉[185]一文中對於文學遠離大眾與頹廢的批判，其所以極力提倡報導文學，即是欲藉此從地方和大眾輸入新血，以打破文學專業化的藩籬，建設健康的文學。

一九三七年才開始為報導文學建立理論基礎的楊逵，其實在此之前已先一步從事實際的創作。於東京工讀的一九二七年間，楊逵以「生活記錄」之姿發表小說體裁的〈自由勞動者的生活剖面——怎麼辦才不會餓死呢？〉，這是他在幫忙蓋帝國議會議事堂時被安排睡在工頭家的真實紀錄。[186]一九三五年四月二十一日的新竹州、臺中州大地震發生之後，楊逵又陸續發表〈臺灣地震災區勘察慰問記〉（〈臺灣震災地慰問踏查

---

[183] 楊逵，〈何謂報導文學〉，《楊逵全集》「詩文卷」（上），頁 503-504；楊逵，〈報導文學問答〉，《楊逵全集》「詩文卷」（上），頁 525。

[184] 引自楊逵，〈何謂報導文學〉，《楊逵全集》「詩文卷」（上），頁 504。

[185] 原載於《日本學藝新聞》（東京）第三五號，1937 年 7 月 10 日，收於《楊逵全集》「詩文卷」（上），頁 535。

[186] 參見楊逵，〈一隻螞蟻的工作〉（〈蟻一匹の仕事〉），原以日文發表於《興南新聞》，1943 年 8 月 30 日，中文翻譯收於《楊逵全集》「詩文卷」（下），頁 132。

記〉）和〈逐漸被遺忘的災區——臺灣地震災區劫後情況〉（〈忘れられ
ゆく災害地——臺灣震災地のその後の狀況——〉）[187]兩篇報導文學。
一九三五年十二月，在《臺灣新文學》創刊號的「鄉土素描」上發表〈我
的書齋〉（〈私の書齋〉）。一九三七年七月又發表〈攤販〉（〈行商人〉）[188]，
刊載時以日文標明「ルポルターヂユ」（Reportage），並與同樣是倡導報
導文學的〈輸血〉一同刊載，證明楊逵乃將之視為報導文學理論的實踐
之作。

　　〈臺灣地震災區勘察慰問記〉主要記述從地震發生當下到楊逵深入
災區，往北屯、豐原、屯子腳（位於今后里鄉內埔）、神岡、新庄子（今
神岡鄉新莊）、清水、沙鹿、梧棲等地探訪朋友，以及參與臺灣新報社、
臺灣文藝聯盟救援行動的親身見聞。為求真實傳達受災情況及災民的遭
遇，文後並羅列作者從四月二十三日到三十日間的實地調查日記。儘管
形式上本文與調查日記各自隔開，難以互相融洽，導致結構顯得鬆垮與
零碎，[189]本篇無疑是楊逵所言不限形式的具體展現。〈逐漸被遺忘的災
區——臺灣地震災區劫後情況〉則針對災後重建進行追蹤報導，揭露報
紙大幅刊載重建計畫，以及都市地區重建的快速進展背後，猶有未曾接
受救濟的災民，甚至濫用職權以私吞救援物資的惡劣保正，深刻傳達了
楊逵對於災區的持續關懷。

　　這兩篇對一九三五年大地震的記錄，不僅忠實地呈現災後情況，並
對地震災害之預防與事後救濟提出個人的觀察。在檢討政府單位救災行
動方面，直言批判豐原郡公所未以同情心對待缺乏糧食的災民，直到聽

---

[187] 〈臺灣地震災區勘察慰問記〉原載於東京的《社會評論》（1935 年 6 月），〈逐
　　漸被遺忘的災區——臺灣地震災區劫後情況〉〉原載於東京的《進步》第二
　　卷第七號（1935 年 7 月）。以上兩文分別收於《楊逵全集》「詩文卷」（上），
　　頁 204-228 及頁 267-275。

[188] 原載於《日本學藝新聞》（東京）第三五號，1937 年 7 月 10 日，收於《楊逵
　　全集》「詩文卷」（上），頁 538-540。

[189] 林淇瀁，〈擊向左外野——論日治時期楊逵的報導文學理論與實踐〉，《臺灣
　　史料研究》第二三號，頁 144。

說臺中州知事吩咐盡量供應缺乏的物資之後，才配合辦理的官僚作風。[190]還有「豐原市公所派來的慰問隊雖然送來飯糰，但在馬路上轉瞬即過，有的因為傷重沒法去拿，有的根本就不知道，抱著肚子挨餓」，指責官員敷衍了事的消極態度；有關愛愛村的情況，「雖然屯子腳並非所有的人都配給到食物，但已經配給了飯糰，這裡卻似乎任何東西也還沒配送」，「大概是因為地處偏僻吧，來幫忙挖掘屍體的人一個都見不到」，[191]斥責地方政府賑災行動的遲緩。另外，楊逵也趁機揭發有錢人藉由捐款沽名釣譽的可恥行徑，他說：「通過這次經驗，讓我確信窮人才會真心關懷窮人，有錢人之間，除了具有社會意識的少數人之外，幾乎都是極端自私自利之徒，拿出多少的義捐，就想獲取某種效用，真正關心災民處境的人少之又少」，「我深深體會到，一旦發生不測，真正擔心自己安危的人，其實正是與自己同樣受苦受折磨的人」[192]，楊逵身為社會主義者的階級意識從其中自然流露。

除了對災後情況的深入考察之外，楊逵也深入思索震災的原因，例如他在〈臺灣地震災區勘察慰問記〉中就表示：

> 雖說地震造成的嚴重災害是無法防範的，但如果國家力量真正代表國民大眾，加以整頓，地震的預測方式或預測機構更加充實，或者所有的建築都依專家充分考量過耐震結構才建造的話，即使蒙受同樣的災害，理應不致如此慘重。導致如此慘重災害的主要原因乃出於建築失當，這是一目瞭然的。雖然屯子腳全毀了，村公所和張信義的公館沒有倒塌的事實，就是最好的證明。現今，臺灣農村的許多房子都屬於危屋，不過因為生活困頓，應該改建也沒錢改建，臨時以棍柱頂撐，必須修繕的

---

[190] 參見楊逵，〈臺灣地震災區勘察慰問記〉，《楊逵全集》「詩文卷」（上），頁 226。

[191] 以上兩段分別見楊逵，〈臺灣地震災區勘察慰問記〉，《楊逵全集》「詩文卷」（上），頁 221、223。

[192] 楊逵，〈臺灣地震災區勘察慰問記〉，《楊逵全集》「詩文卷」（上），頁 225。

> 也無力補修，任其放置。我必須說住在這樣的破屋中，碰上這
> 種地震，不發生災難才是匪夷所思。[193]

受災情況之慘烈源於建築失當，然而建築失當又係肇因於貧窮的無奈，楊逵對殖民政府未善盡照顧之責，致使人民在天災來臨之際加重傷亡的撻伐不言可喻。

相對於〈臺灣地震災區勘察慰問記〉中以「我」塑造了關切災區，為災民奔走的社會主義行動者的正面形象；[194]一九三五年十二月發表的〈我的書齋〉，借遭地主壓榨而轉業為西裝師傅的佃農子弟之口吻，揭發勞工被資本家榨取勞力，老闆一家人則奢淫度日的社會面向。另外，發表於一九三七年七月十日的〈攤販〉，更是極為罕見的以臺灣人民頗為忌憚的警察為主角，透過警察取締攤販時兩人詼諧的對話，描繪無工作可做的攤販儘管前科累累，在無法另謀出路的困境下，也只能繼續過著被嚴酷的警察追捕的狼狽生活。這篇報導文學開頭特別提及「官方取締的理由是妨害交通，被取締的攤販則說是資助短缺的軍費」[195]，由於發表之際距離盧溝橋事變的發生不過短短三天的時間，日本對中國的全面性侵略行動正悄悄展開，殖民地物資被搜括以為軍備之所需的真相，就此被赤裸裸地暴露在日本讀者之前。

楊逵在〈我的書齋〉和〈攤販〉中分別化身為西裝師傅和警察，以第一人稱敘述故事，並刻意用「林泗文」的筆名發表，將作者的真實身分加以隱藏，應該是有意營造篇中所述為「作者」親身經歷的印象。這也證明楊逵為求報導文學藝術手法的提升，在要求真實之外，容許採用不同的體裁來表現。值得注意的是〈臺灣地震災區勘察慰問記〉、〈逐漸被遺忘的災區──臺灣地震災區劫後情況〉和〈攤販〉這三篇報導文學，

---

[193] 引自楊逵，〈臺灣地震災區勘察慰問記〉，《楊逵全集》「詩文卷」（上），頁223。

[194] 林淇瀁，〈擊向左外野──論日治時期楊逵的報導文學理論與實踐〉，《臺灣史料研究》第二三號，頁145。

[195] 楊逵，〈攤販〉，《楊逵全集》「詩文卷」（上），頁541。

都是發表在日本東京的報刊上（分別為《社會評論》、《進步》、《日本學藝新聞》），據此推論楊逵應懷有揭露殖民政府施政不當的黑暗面，直接向殖民母國進行抗議的政治動機。

## 五、漢文特輯的查禁與《臺灣新文學》的廢刊

　　《臺灣新文學》雜誌經營末期，隨著日語教育的推展，逐漸面臨漢文稿件日益稀少的窘境。為了提振漢文作家的士氣，楊逵提議策劃第一卷第十號的「漢文創作特輯」，一口氣刊登了賴賢穎〈稻熱病〉、尚未央（莊松林）〈老雞母〉、馬木櫪（趙啟明）〈西北雨〉、朱點人〈脫穎〉、洋（楊守愚）〈鴛鴦〉、廢人（鄭明）〈三更半暝〉、王錦江（王詩琅）〈十字路〉、一吼（周定山）〈旋風〉等八篇漢文創作及其他數篇日文作品，不料該輯竟被當局以「內容不妥當，全體空氣不好」為由禁止發行。[196]

　　「漢文創作特輯」遭查禁的真正原因至今不明，趙勳達的研究認為有下列四個原因：一、作品質量上，漢文作品明顯刻意勝過日文作品。二、作品表現上，批判殖民體制。三、檢閱制度趨嚴，而小說多觸犯禁忌。四、漢文創作的意義上，「漢文創作特輯」的存在，在文字使用的意義上就挑戰了「同化政策」，具有消極性的反殖民精神。[197]事實上，第二和第三種現象普遍存在於《臺灣新文學》雜誌各期刊載的作品當中，不獨漢文作品為然，顯然它們並非「漢文創作特輯」整本（非部分）被禁的特例之主要癥結所在。河原功在分析漢文欄廢止的時代因素時，曾經特別強調臺灣總督更迭與殖民政策之關聯，對此頗有值得參考之

---

[196] 見王詩琅，〈臺灣新文學雜誌始末〉，《文獻資料選集》，頁 404。另外，王詩琅曾經在參加座談會時表示被查禁的理由是：「內容表現得太陰森」，見〈傳下這把香火——「光復前的台灣文學」座談會〉，原載於《聯合報》，1978 年 10 月 22 日，收於《楊逵全集》「資料卷」，頁 197。

[197] 參見趙勳達，〈禁用漢文的前奏曲——談《台灣新文學》一卷十號被禁的「漢文創作特輯」〉，《文學台灣》第四一期（2002 年 1 月），頁 190。

處。一九三六年七月，「民風作興協議會」上決定了報刊雜誌均以國語發行的原則，九月就任臺灣總督之小林躋造將徹底謀求日語普及做為施政重點，因此原訂於一九三六年十二月發行的「漢文創作特輯」被禁止發行，主要應該是小林總督為貫徹「內臺如一」的基本方針，致力於普及國語（日語）以同化臺灣人，必須排除成為障礙的漢文之既定政策下的結果。[198]「漢文創作特輯」之被禁，實與漢文作品篇數明顯多過日文作品，展現出抵抗同化的強硬態度有極大的關係。這與後來殖民當局明令廢除公學校漢文課程、報社被迫配合漢文欄的廢止等，都是在皇民化前提下同條一貫的政治措施，預告了漢語新文學創作即將遭到全面壓制的時代命運。

　　一九三七年三月一日，《臺灣日日新報》刊登了〈有關漢文欄的廢止——島內四家日報的協議〉（〈漢文欄の廢止に就いて——島內四日刊紙の申合〉），聯合公告設有漢文欄的四家報社所擬漢文欄廢止時程表，內容如下：

　　　　這回下列四個報社對時勢發展有所考量，而已商定廢止漢文欄並決定分別付諸實行。是由於我們確信，領臺已達四十餘年，皇民化廣泛普及，文運遽然興起中的本地臺灣而言，縱使現在全廢漢文欄，也沒有任何障礙之故。至於廢止漢文欄的實施期間，臺灣新聞、臺南新報、臺灣日日新報三社決定自四月一日起全廢之，而臺灣新民報社則決定從四月一日起把目前四頁的漢文欄減成一半，且從六月一日起將其全廢。而代替此漢文欄並進行擴充日文欄，期望其內容充實，以覺悟為執行報導機關的使命而更盡努力。懇請諸位讀者諒察。[199]

---

[198] 河原功著，松尾直太譯，〈1937 年臺灣文化、臺灣新文學狀況——圍繞著廢止漢文欄與禁止中文創作的諸問題〉（「台灣文學史書寫」國際學術研討會論文，臺南：成功大學，2002 年 11 月 22～24 日），頁 8-9 及頁 14。
[199] 轉引自河原功著，松尾直太譯，〈1937 年臺灣文化、臺灣新文學狀況——圍

彼此有競爭關係的四家報社發表聯合聲明，將共同採取捨棄漢文欄讀者的立場，無疑是極為不尋常的舉動。河原功的研究顯示：儘管廢止報紙漢文欄不是以行政命令的形式來頒布，然而在總督府為求徹底普及國語，以及軍部謀求更加普及並徹底了解國防思想的前提上，各報社其實是承受了來自總督府的強大壓力，而不得不在表面上「主動」廢止漢文欄。[200]

　　一九三七年四月一日，三家報社率先廢止漢文欄的行動之後，《臺灣新民報》接著於六月廢除漢文欄。和報紙同樣受到「臺灣新聞紙令」約束的《臺灣新文學》雜誌受此壓迫，已然喪失刊載漢文創作的正當性，當局以審查制度刪除漢文創作或禁止發行的干涉舉動恐將難以避免。[201]楊逵自知停辦漢文欄之勢在必行，乃於一九三七年六月十五日發行之第二卷第五號「編輯後記」中公開表示：

> 漢文欄不得不到這一期截止，以後就要廢除了。這不僅是只會用漢文書寫和只會讀漢文人們的悲哀，我們也覺得無限的感慨。但是我想漢文作家不必因為這樣而退卻，如果還能像以前一樣繼續投稿，我們會尋找適當的譯者翻譯之後發表，使漢文創作更加精進。[202]

儘管楊逵在無奈中仍表現出對抗局勢的雄心壯志，勉勵漢文作家不要就此放棄創作；然而根據王詩琅的回憶，當時《臺灣新文學》雜誌的情況，

---

　繞著廢止漢文欄與禁止中文創作的諸問題〉，頁 1。另外，此報社通告亦刊載
　於《臺灣時報》第二〇九號（1937 年 4 月 1 日）。
[200] 詳見河原功著，松尾直太譯，〈1937 年臺灣文化、臺灣新文學狀況──圍繞
　　著廢止漢文欄與禁止中文創作的諸問題〉，頁 1-14。
[201] 參考河原功著，松尾直太譯，〈1937 年臺灣文化、臺灣新文學狀況──圍繞
　　著廢止漢文欄與禁止中文創作的諸問題〉，頁 14-15。
[202] 譯自《臺灣新文學》第二卷第五號（1937 年 6 月），頁 67。

「經濟上已弄到焦頭爛額，無法繼續經營」[203]，於是在出版這一期後劃下了永遠的休止符。

《臺灣新文學》雜誌的停刊，無疑是楊逵文學生涯的重大挫敗。為了雜誌的再生，楊逵火速赴日，會見《日本學藝新聞》、《星座》、《文藝首都》等雜誌負責人，建議設置臺灣新文學欄，為臺灣文學的發展積極尋求支援；並在東京見過宮本百合子，盼望她為《臺灣新文學》伸出義捐之手。[204]由於楊逵為《日本學藝新聞》臺中支局的人員，一向為其撰寫臺中地方文化介紹，七月一日該報特地報導楊逵到東京的消息。[205]並利用楊逵在東京之便，於七月十日製作「臺灣文化」特輯，做為介紹日本地方文化的第一輯，刊登甫獲得日本《改造》雜誌小說佳作獎，此刻正在東京的龍瑛宗與楊逵對談這篇得獎小說的紀錄〈談臺灣文學——植有木瓜樹的小鎮及其他〉（〈臺灣文學を語る〝パ〻イヤのある街〞その他〉），以及楊逵的兩篇文章——分別是以署名「楊」，發表於「地方文化人の言葉」欄的〈輸血〉，以及用「林泗文」筆名發表的報導文學〈攤販〉（〈行商人〉）。當日與楊逵有關的文章幾乎佔盡全版的篇幅，日本中央文壇對其重視之程度可見一斑。

值得注意的是楊逵和龍瑛宗的對談紀錄中，當龍瑛宗提到〈植有木瓜樹的小鎮〉中自己最喜歡的人物○○（指林杏南長子）時，楊逵表示：「你所喜歡的人物○○，他的死，無疑是灰暗的。然而我認為像這樣的人，縱使死了，在某些地方應該會留下他的精神。所謂有希望的作品不會遺漏這種成分：即使在虛無的現實中，也要在某些地方留下一些希望

---

[203] 見王詩琅，〈臺灣新文學雜誌始末〉，《文獻資料選集》，頁 405。

[204] 龍瑛宗，〈楊逵與《臺灣新文學》——一個老作家的回憶〉，《文學台灣》創刊號（1991 年 12 月），頁 23。

[205] 《日本學藝新聞》共設有十五個支局，其中臺灣地區有臺北、臺中兩個支局。臺中支局代表為楊逵，負責提供臺中地區文化消息。七月一日該報以〈本社台中支局　楊貴氏上京〉報導楊逵抵達東京的訊息。本節所用《日本學藝新聞》影本皆由塚本照和教授所提供，在此一併致謝。

的種子。」[206]龍瑛宗筆下這位早夭的青年以社會科學探究歷史的動向，留意日本社會的現象和海外思潮，對閱讀魯迅、高爾基等作家之作品有極大的興趣，也因恩格斯《家族、私有財產、國家的起源》而深受感動，是個不折不扣具有左翼思想的青年。這位青年之死預告了左翼作家艱困時代的來臨，然而楊逵認為這位青年之死雖然灰暗，但在某些地方可以留下他的精神，有希望的作品即使在虛無的現實中也會留下希望的種子，反映了楊逵自身將以無比信念迎向黑暗，藉創作揭示光明未來的理念。

　　隨後楊逵宿本鄉旅邸時被捕，經由《大勢新聞》主筆保釋後，為躲避警察的干預，匿身於鶴見溫泉，將〈田園小景──摘自素描簿〉（〈田園小景──スケッチ・ブックより──〉）擴充為〈模範村〉，並透過《文藝首都》保高德藏之介紹，交給改造社的《文藝》主編發表。不料楊逵停留東京期間國際情勢發生巨變，殖民當局在臺統治政策亦隨之調整。首先是七月七日盧溝橋事變爆發，中日進入全面戰爭，臺灣軍司令部對臺灣人民發表強硬警告，禁止所謂「非國民之言動」，皇民化運動從此揭開序幕。八月十五日臺灣軍司令部宣佈進入戰時體制，九月十日設立國民精神總動員本部，開始強召臺灣青年充作軍伕，運往中國戰區。因為現實環境的轉變，赤裸裸標榜階級鬥爭的作品已經喪失發表的機會。九月間楊逵返臺，十月二十日〈模範村〉因日本文化界大檢舉而遭到退稿，在東京原已談好的闢建臺灣新文學欄的計畫也成為泡影。[207]

　　但是楊逵的日本之行也並非全無收穫，就目前所能查考到的資料來說，一九三七年的下半年，楊逵的作品未見於臺灣的報刊，卻有多篇在日本東京陸續發表。[208]其中〈《第三代》及其他〉（〈『第三代』その他〉）

---

[206] 〈談臺灣文學──「植有木瓜樹的小鎮」及其他〉，原以日文刊載於《日本學藝新聞》第三五號「臺灣文化」特輯，1937 年 7 月 10 日，引自《楊逵全集》「資料卷」，頁 141。

[207] 廖偉竣訪問，〈不朽的老兵──與楊逵論文學〉，《楊逵全集》「資料卷」，頁 182。

[208] 除去上述的〈輸血〉與〈攤販〉刊載於《日本學藝新聞》之外，〈文學和生

是楊逵在東京接觸中國文學的感言，他還特別提及胡風所說日本文壇一直不願意承認中國現代文學，希望讓日本作家知道中國文學如何受到欺壓，如何努力站起來，如何在失敗與犧牲中改造自己，文學作品多多少少反映出水深火熱的中國社會，相信日本的先進讀者必然能產生共鳴，以及日本的先進讀者似乎對中國文學不太關心云云，發出殖民地人民多半也有相同的感慨，以及在地方上邊工作邊寫作的日本無名作家大概也有相同感慨之語，[209]藉機批判日本文學徒重技巧，卻輕視社會性與大眾化的意識。楊逵還推薦中國作家蕭軍（1907～1988）的長篇小說《第三代》，說它看不到紳士式的高尚意識，沒有一點想要欺騙、討好人的通俗性，讀完卻讓人印象深刻，又說：

> 故事描寫被凌虐的人接二連三地淪為馬賊的經過。可是所謂「馬賊」，也並不是我們常聽說的那種可怕的強盜，而是逐漸成長為一股和欺凌者敵對的勢力。日本也有「勝者為王，敗者為寇」的說法，根據這句話的含意來看，我們天天被灌輸的「土匪」、「共匪」、某某匪、某某匪，也只不過是──[210]

楊逵以官逼民反解釋統治者眼中的土匪，認為他們不過是起而抗暴的被壓迫者，卻因歷史撰寫權操控在統治者的手中而被污名化。楊逵一直對噍吧哖事件起義烈士被貶為匪徒不滿，這段感言隱約可見他有意向日本文壇揭發日本人所寫臺灣歷史的虛偽性。

---

活〉（〈文學と生活〉）發表於八月份的《星座》第三卷第八號，〈緩和考試壓力的方法〉（〈試驗地獄の緩和方法〉）發表於九月份的《人民文庫》第二卷第十號，〈《第三代》及其他〉（〈『第三代』その他〉）發表於九月份的《文藝首都》第五卷第九號，〈臺灣舊聞新聞集〉連載於十一月一日至次年一月一日的《現代新聞批判》第九十六號至第一百號。

[209] 楊逵，〈《第三代》及其他〉，《楊逵全集》「詩文卷」（上），頁560。

[210] 引自楊逵，〈《第三代》及其他〉，《楊逵全集》「詩文卷」（上），頁561。

　　除此之外，七七事變之後皇民化運動在臺灣如火如荼地推行起來，思想言論的箝制更加嚴厲之際，楊逵在日本陸續發表的這些篇章，對殖民政府的文化政策，諸如廢止漢文欄、查禁漢文私塾、推行國語（日語）運動、宗教改革等措施多所抨擊，並且對於教育體制的種族歧視發出不平之鳴，恰巧宣示楊逵抗拒被皇民化的堅定立場。然而這些義憤填膺式的吶喊，相對於以國家機器為後盾的霸權文化來說，總顯得虛弱而無力，終究被時代的巨輪輾壓而過，被迫沉默於皇民化運動的風潮之下。

## 第三節　皇民化運動初期的文化抗爭

### 一、對生活習俗日本化的看法

　　根據周婉窈的研究，臺灣的皇民化運動從一九三七年七七事變之後展開，其內涵約可概分為宗教與社會風俗的改革、國語運動、改姓名與志願兵制度四部分。[211]事實上，皇民化運動的本質就是同化主義，即把臺灣人同化為日本皇民；同化政策雖在不同時期有「日本人化」、「國民化」、「皇民化」等相異的名目，除了志願兵制度是因應戰爭而產生之外，其他各項的實際工作內容，例如：生活改善運動、正廳改善運動、國語（日語）運動等，在日本領臺之後就逐漸推展開來。其最終目的無非是透過教育和法令等方式，推動語言以及傳統習俗等各種變革，徹底清弭臺灣人的族群意識，使其從外而內直到心靈上完全認同日本，既而向日本天皇效忠。一九三七至三八年間皇民化運動甫開展時，楊逵一連串有關宗教及習俗改革的意見，以及對於國語運動與殖民教育的評論，具體宣示其身為臺灣人的文化立場。

---

[211] 周婉窈，〈從比較的觀點看台灣與韓國的皇民化運動（一九三七～一九四五）〉，《新史學》第五卷第二期（1994 年 6 月），頁 124。

　　首先來看遲至戰後才以中文翻譯版面世的〈模範村〉，全篇大要係講述純樸善良的老百姓被迫義務勞動建設，終於獲得模範村的榮譽，當地警察還為此迅速高昇；但是居民的生活素質非但沒有因此改善，反而是整理過程中的花費造成佃農極大的負擔，例如戀金福因為遭保甲不斷催繳鐵窗與水泥的款項，在無力清償下自殺身亡。故事中有一段描寫為了建設模範村，臭水溝要抹上水泥，竹林和果樹雜亂的樹枝均經過修剪，東倒西歪的房子被開個大窗戶，安上鐵柵欄，營造體面的外觀。為了保持屋外的整潔，沒有地方安置的農具、雜物和柴火全搬進家裡，滿屋子全是燃料、農具和破爛的東西，有時候連床上也堆得滿滿的。廳堂雖然換上日本式的神龕與日本國歌「君之代」的掛幅，一向供奉媽祖娘娘、觀世音菩薩的老年人還是時常把藏在床下，或者燃料堆裡的神像偷偷地搬出來焚香叩拜。模範村建設完成的結果反而是農民的災難增多，生病的人也一天一天多了起來。[212]在這裡楊逵注意到日本殖民當局對臺灣肆行的文化侵略，以來自統治者的霸權強制臺灣人在文化與信仰上認同日本人。

　　類似的敘述也可以在楊逵的〈"模範村"的本質——部落振興會的工作〉（〈"模範村"の實體——部落振興會の仕事〉）中看到，刊載於《日本學藝新聞》「地方文化」欄的這篇文章全文如下：

　　　　（臺中支局發）最近全島各村落組織了部落振興會，模範村激增是令人喜悅的事。最近在臺南州北港郡下看到的模範村堪稱佳作，在此介紹給大家認識——
　　　　一走進村子裏，路上沒有一片掉落的樹葉。連庭院的角落都清掃過，雜草、樹木、竹林像是通風十分良好般閃閃發亮。路上也看不到作為燃料用的甘蔗葉、稻草、柴薪。進入大廳（玄關），不見一般祭拜的佛像，取而代之的是圓形太陽的旗幟，寫著「君

之代」的紙，以及日本製的神龕。老婆婆若無其事地走了出來，用日文對我說「你好！」我以直覺研判她說的是「你好」這句話，如果是一般人的話大概很難判斷老婆婆到底說什麼，因為沒有一個國家有這樣的語言。我用臺灣話向她打招呼，老婆婆微笑著說：「原來你不是日本人啊！」

我跟她說：「這裡整理得很漂亮。」她對我說：「相反的，家裡面卻像個豬圈似的。」並展示給我看，只見燃料、農具以及其他原本應放置在庭院裡的破爛東西全給放進了房間裏。

我說：「這樣是會生病的呀！」

她回答我：「大人們說這樣才衛生。」接著說：「這種不值五十圓的土房子，卻要安裝價值超過五十圓的鐵窗，還要有浴室、浴槽，導致今天一貧如洗的地步。」說完便沉默不已。[213]

這篇諷刺性的短文並未署名，但是「臺中支局發」的字樣足資證明其為該報臺中支局代表楊逵所作。故事中提到的日本製神龕即是用以奉祀「神宮大麻」的神棚，所謂神宮大麻是用紙做成，代表伊勢神宮祭神天照大神的神符，這個神符必須放在神棚（神龕）裡早晚奉祀，這就是日本的國家神道。

事實上，日本本土從明治維新之後即已積極推展「神道國家化」，但因與日本近代化學習自歐美各國的信教自由相違背，推行時即造成與佛教、基督教的磨擦。中日戰爭和日俄戰爭的非常時期，政府將神社作為收攬民心的場所，國家神道的體制終於往前邁進一步。日本殖民政府在臺灣推行國家神道時，基本上分為寺廟的整理與家庭正廳改善運動兩種。寺廟的整理主要是設立神社令民眾參拜，以消滅傳統的佛教、道教和基督教等信仰；家庭正廳改善運動則將原是臺灣人家庭精神信仰中心

---

[213] 譯自〈"模範村"的本質——部落振興會的工作〉，《日本學藝新聞》「地方文化」欄，1937 年 6 月 10 日。

的正廳，以日本製神龕和日本國旗、國歌取代傳統祖宗牌位與神像。兩者的最終目的都是藉由剝奪臺灣人的信仰自由，消除其原有的民族認同，塑造效忠天皇的日本國民。

一九三三年十一月開始，臺灣總督府以政治力積極推展神宮大麻，從各級機關到地方士紳，密織推行網絡。一九三六年十一月，因總督小林躋造親自舉行大麻的頒布儀式，並發布無論任何宗教信仰都得奉祀的訓辭，讓國家神道凌駕一切宗教信仰之上，打破信教自由的藉口，使得神棚的推廣有很大的進展。十二月，正廳改善運動出現在臺南州東石郡，臺南也舉行焚燒牌位的儀式，要求百姓把牌位與神像燒毀，推展神棚及大麻的供奉。[214]前引〈〝模範村〞的本質──部落振興會的工作〉一文中，楊逵自稱曾經參觀過的臺南州北港郡，在一九三八年調查時就被列為實施正廳改善甚力的地方之一。宗教原有其安定心靈的重大力量，受日本教育成長的新一代對這樣的政策可能覺得無關緊要，但是篤信菩薩、媽祖的老年人被剝奪膜拜神像的自由之後，心靈上所受到的衝擊可能遠遠超乎我們所能想像。

另外，臺灣有其特殊的歷史、地理，與日本內地不同，也因此發展出一套迥異於日本人的生活習慣。兒玉源太郎總督及其民政長官後藤新平想必深深了解這個道理，於是在臺灣進行學術性的舊慣習調查，以便了解臺灣人的風俗習慣，建立統治的基礎。[215]一九三六年九月就任臺灣總督的小林躋造為軍人出身，為了發動戰爭之需要，對臺統治方針有了極大的變革。其施政的主要措施在於將臺灣人徹底皇民化，使其與日本

---

[214] 以上關於日本神道進入臺灣人正廳的敘述，綜合參考〈第八十五回臺灣研究研討會演講記錄〉蔡錦堂主講的〈日據時期台灣之宗教政策〉，《臺灣風物》第四二卷第四期（1992 年 12 月），頁 108-125；及其撰，〈日據末期台灣人宗教信仰之變遷──以「家庭正廳改善運動」為中心〉，《思與言》第二九卷第四期（1991 年 12 月），頁 65-83。

[215] 參考黃昭堂著，黃英哲譯，《台灣總督府》（臺北：自由時代出版社，1989年 5 月），頁 86。

有休戚與共的一體感，能為日本帝國所用，進而為日本發動的戰爭犧牲性命。因此改造臺灣人的生活方式，使其由外而內體現日本國民的精神，就成為必須採取的行動。臺灣式的房屋在過去為防範土匪侵襲，多是結構封閉、窗戶狹小，同時住屋周圍密佈刺竹。殖民當局要求增設大窗戶，使住宅變得明亮之外，禁止臺灣人於室內放置便桶，並鼓吹加蓋廁所和浴室，清掃住宅周圍環境。[216]前述楊逵作品裡描述的情形，都與推行時的實際情況相符。但文化本來就是民眾適應環境時自然醞釀的生活方式，日本與臺灣在地理、氣候、歷史發展的背景各有不同，無視於居民生活實際需要，強要在短時間內將日本人的生活模式移植到臺灣來，只是迫使居民陽奉陰違以免於「大人」（警察）的責罰。比方說以廁所取代慣用的便桶，雖然是基於衛生的考量，但要求毫無餘裕的貧民加蓋廁所，嚴重增加民眾的經濟負擔不說，結果是不適合臺灣的佈置反而陷民眾於不衛生的環境，影響身體健康，這就是楊逵在〈模範村〉中極力批判的地方。

　　〈模範村〉現存手稿中有不同顏色的筆跡加入「新體制」的字樣，所謂新體制是一九四〇年日本第二次近衛內閣組閣不久而擬定的國策要綱，決定為了建設大東亞新秩序，必須建立強而有力的新政治體制。可見創作於一九三七年的〈模範村〉雖因中日戰爭爆發，日本緊縮言論尺度而被退稿，但顯然楊逵並未因此灰心，一九四一年底復出文壇之後，曾經試圖以合乎國策之姿再次投稿，也證明楊逵文學不願為投時局所好，而改變其針砭社會與抵抗皇民化運動的基本精神。

　　至於楊逵在改姓名的態度方面，雖然置身於皇民化強勢的浪潮之下，為了下一代的教育問題，也有不得不讓就學中的小孩改為日本姓氏「伊東」的苦衷；[217]楊逵本人也曾以「伊東亮」的筆名發表文章，[218]不

---

[216] 參考洪秋芬，〈台灣保甲和「生活改善運動」──（一九三七─一九四五）〉，《史聯雜誌》第十九期（1991 年 12 月），頁 82。

[217] 楊逵次子楊建先生在接受筆者訪問時透露，由於皇民化運動時期規定學生必須改日本姓名，楊逵也不得不為他改名為「伊東建二」。見後附錄筆者訪問

過他終究不曾更改原有的漢族姓氏。尤其值得注意的是「伊東」的日本音讀為「いとう」，與「伊藤」相同，而伊藤恰巧是楊逵處女作〈自由勞動者的生活剖面〉與成名作〈送報伕〉中的重要角色。〈自由勞動者的生活剖面〉中的伊藤以餓了兩天的瘦弱身軀工作，勉強挑著一百多公斤的砂石上坡而不幸絆倒，終於被自己挑著的木桶重重撞擊致死；〈送報伕〉裡同樣被資本家壓榨的伊藤不但沒有向命運低頭，反而毅然奮起，帶領送報伕們以罷工行動促使老闆改善勞工的待遇，也啟蒙了主角楊君回故鄉臺灣奮鬥的決心。〈送報伕〉的伊藤成為群眾運動指導者的典型，往後這樣的形象一再於楊逵的筆下出現，例如〈死〉中的明徹、〈頑童伐鬼記〉的井上健作，和〈模範村〉裡與原來出身的地主階級相決裂，毅然投入革命行列的阮新民。楊逵為下一代改姓名時選擇與本姓沒有任何關係的「伊東」（いとう，音同「伊藤」），已然暗喻抵抗的意識在內。[219]另外，一九四二年發表的小說〈泥娃娃〉（〈泥人形〉）[220]中，一位改姓「富岡」的臺灣人跟在日本軍隊之後，趕赴中國發戰爭財的負面投機形象，其實也已清楚表明楊逵拒絕被日本同化的立場。

---

楊建先生之紀錄，臺中：東海花園，2003 年 4 月 7 日。

[218] 楊逵以「伊東亮」筆名共發表兩篇文章，發表情形如下：〈絕不貧乏——談時下的臺灣文學〉（〈貧困ならず——昨今の臺灣の文学は〉），《興南新聞》，1942 年 5 月 11 日；〈擁護糞便現實主義〉（〈糞リアリズムの擁護〉），《臺灣文學》第三卷第三號（1943 年 7 月）。兩篇分別收於《楊逵全集》「詩文卷」（下），頁 2-3 及頁 110-118。

[219] 根據周婉窈的研究，臺灣人改日本姓氏時通常選擇與原漢姓有關的日本姓氏，如原姓「林」改為「小林」，姓「張」則改為「長谷川」（〈從比較的觀點看台灣與韓國的皇民化運動（一九三七～一九四五）〉，《新史學》第五卷第二期，頁 140）。筆者探訪臺籍長輩的結果發現「楊」通常改為「柳」、「柳田」或「柳村」，大概因「楊柳」之詞而來，然而楊逵卻頗不尋常地替兒女改姓為與「楊」意義毫不相關的「伊東」，因此推測別有用意。

[220] 首刊於《臺灣時報》第二六八號（1942 年 4 月），收於《楊逵全集》「小說卷」（II），頁 311-329。

## 二、對國語運動與教育政策之意見

臺灣與日本的人種不同，語言文字相異，尤其漢人有私塾傳授漢文，無形中成為培養民族意識之溫床，殖民政府乃欲藉由統一的語文塑造劃一的思想，達到改變臺灣人民族認同之目的。一九三七年四月，取消公學校的漢文課程，並以政治壓力迫使報紙禁絕漢文欄，成為國語（日語）運動之先聲。楊逵對報社突然廢止漢文欄頗有微詞，四月二十日的《日本學藝新聞》即刊登他關於這項措施的意見說：

> 臺灣四日刊以及十餘種週刊雜誌為迎合當局消滅漢文欄的政策，將從四月一日起一同廢止漢文欄（只有《新民報》先削減一半的漢文欄，六月一日起再全面廢除）。所以只會漢文的臺灣人即使想了解社會上的情形，也會像眼睛被矇住一般。根據報導：在臺南市有些值得敬佩的六、七十歲老人家已經開始學習國語了。然而有些沒有口德，喜好挖苦人的人們便說：「六、七十歲開始學習ㄅㄆㄇ，為了要進墳墓之後看報紙用的嗎？現在的報紙盡是些歪曲的報導，大概很適合給那些進了墳墓的人去讀吧！」[221]

楊逵認為廢除漢文欄會妨礙民眾對於社會的了解，又說閱讀日文報紙將會接觸到歪曲事實的報導──看似矛盾的兩句話，其實是在批判那些主動配合政策廢止漢文欄的報社，為諂媚當局而拋棄對社會大眾的責任，絕不可能報導出社會真相，結果就只能提供給已經脫離真實人生，埋進墳墓裡面的人閱讀了！

由於漢文欄的廢止連帶使得雜誌漢文創作的存在失去正當性，楊逵創辦的《臺灣新文學》雜誌受此衝擊，原已稿源不足的漢語文學未來發展更是雪上加霜，五月時楊逵又在《臺灣新文學》上說：

---

[221] 譯自〈新聞漢文欄廢止〉，《日本學藝新聞》「地方文化」欄，1937 年 4 月 20 日。

> 由於時代潮流的關係，本刊正面臨一個不得已的命運，目前正
> 逐漸減少漢文的篇幅，而近期內則將之全部廢除。對於只習慣
> 使用漢文的作家及讀者們，我們深感抱歉，但也希望你們能夠
> 諒解。讓我們一起從ㄚㄧㄨㄝㄛ重新開始吧！[222]

對於習慣以漢文創作的人來說，要他們放棄以漢文為工具，等於要他們
放棄參與新文學運動的權利；另一方面，只懂漢文的人從此喪失了接觸
新文藝的機會，對臺灣整體新文化運動必然造成負面的影響。由於日文
是來自統治階級的語言，統治者以政策形成語言霸權，統治階級與知識
分子使用日語，一般人民則使用臺灣地區性的語言，因此以日文書寫，
大眾即被自然排拒在文學之外。楊逵提倡大眾文藝，也曾經試著以臺
灣話文創作〈貧農的変死〉與〈剁柴団仔〉，但未能產生佳作，可見語
言的學習絕非一蹴可幾。楊逵請大家一起從日語最基礎的五十音學起，
其實是以反諷的方式發洩強烈不滿的情緒。

　　消滅報紙漢文欄之後，為了加強國語運動的推行，自然必須有配套
措施，積極教導民眾日語。殖民當局乃於各地廣設國語傳習所，並在媒
體上不時吹噓成果卓著。一九三七年六月十日的《日本學藝新聞》刊登
由楊逵撰寫的〈給不會國語的人嚴厲訓誡〉（〈國語不解者に鐵鎚〉），痛
批說：

> 以前曾經報導過：連六、七歲的幼兒都必須接受入學測驗，剝
> 奪臺灣人接受教育機會的當局，另一方面卻又為了獎勵說國
> 語，在各地設置國語講習會，連六、七十歲的老人家都被召集
> 起來勵行哈欠連連的教育。

---

[222] 日文原刊於《臺灣新文學》第二卷第四號（1937 年 5 月）卷尾「編輯後記」，
引自《楊逵全集》「資料卷」，頁 303。譯文中的「ㄚㄧㄨㄝㄛ」指日文五十
音的「あいうえお」。

有些地方因為對缺席者科以罰金，所以出席人數接近百分之
百。諷刺的是，那些老年人最後記得的並不是國語，而是哈欠。
不過最能表現當局者聰明的地方是——雖然給予六個月的緩衝
期，官公署說六個月後仍然不說國語的人將被解僱……（按：
此處因字跡模糊，無法譯出其義）[223]

不思進行紮根的基礎教育，卻召集老年人來授與日文教育，並施以嚴厲
的處罰制度，企圖在短時間內強行灌輸日語，這就是總督府本末倒置的
國語推行運動。

　　顯然楊逵仍是火氣難消，在替《現代新聞批判》撰寫〈臺灣舊聞新
聞集〉[224]專輯時，又對此加以抨擊。〈臺灣舊聞新聞集〉主要是應內地文
壇邀請，介紹臺灣現況，楊逵則專門介紹報紙不報導，但卻是「比小說更
離奇的事實」，向日本本土揭發殖民地臺灣社會的實情。對於中日戰爭爆
發後，臺灣積極響應日本內閣發起的「國民精神總動員運動」而推動的
國語運動，導致成千上萬的國語講習所因此成立，報紙上經常可見「連
老公公也學國語」之類的大標題，以老年人也能說上一口流暢的日語大
肆誇耀其成效。楊逵批判殖民政府為臺灣人的初級教育設立入學考試，刷
掉一大部分想念書的人，奪走他們一輩子接受正常教育的機會，卻想在
一、兩個月內強行灌輸日本語，這種國語普及運動的教育方針極為危險。

　　其實早在二月十四日楊逵作的詩歌〈別傷心哪——寫給女兒——〉
（〈悲しむな——娘に与へる——〉）[225]、五月發表的〈小鬼的入學考試

---

[223] 譯自〈給不會國語的人嚴厲訓誡〉，《日本學藝新聞》，1937 年 6 月 10 日。

[224] 楊逵原定每月通信一次，讓東京的《現代新聞批判》刊登楊逵對臺灣的報導
　　與新聞評論，但從第九六號至一百號（1937 年 11 月 1 日～1938 年 1 月），
　　共僅刊載了五期。

[225] 收於《楊逵全集》「未定稿卷」，頁 437-439。然楊逵於〈小鬼的入學考試——
　　臺灣風景（一）——〉中提及這篇的內容，並說曾發表於報紙上。手稿上有
　　楊逵手書「大朝　1937　14/3」的文字，可能是發表於《大阪朝日新聞》，由
　　於編輯《楊逵全集》時沒能找到報紙原件而未收入「詩文卷」。

——臺灣風景（一）——〉（〈チビの入學試驗——臺灣風景（その一）
〉）[226]，以及九月份刊載的〈緩和考試壓力的方法〉（〈試驗地獄的
緩和方法〉）[227]中，就對殖民當局忽視臺灣兒童教育的歧視性政策感到
不平。〈別傷心哪——寫給女兒——〉應是楊逵用以安慰公學校升學考
試失利的女兒，世界知名豪傑人士之中不乏有失學經驗者，卻比大學畢
業生做著更了不起的工作，期許女兒今後在家學習，與父母親一同讀書
遊戲。〈小鬼的入學考試——臺灣風景（一）——〉就以女兒投考附屬
公學校落榜後，楊逵帶著她進入第二公學校考試寫起。陪考的楊逵四處
走動，發現由於上榜機率低，五百三十九人僅錄取三百人，其他陪考的
家長莫不十分緊張。文前楊逵有一段話說：

> 臺灣交通局為了招攬觀光客，使用各種服務手段，致力於臺灣
> 風景的介紹。我們有幸蒙受如此大自然和文明的賞賜。因此，
> 有機會我想將交通局還沒介紹的四海風光，介紹給喜愛《星期
> 六》的讀者諸君。臺灣是個培育日本文化的溫暖的地方。[228]

臺灣人連入學接受基本的知識教育都極為不易，又如何能夠使臺灣成為
「培育日本文化的溫暖的地方」？楊逵表面上的予以稱讚，其實是在譏
刺日本對臺灣風光的介紹有美化之嫌，充滿浪漫的想像，全然不顧現實
的情況。

　　另一篇〈緩和考試壓力的方法〉則以嚴厲的口氣批判殖民政府在臺
教育政策——為了讓日本人孩童接受義務教育，小學校的數量相當充

---

[226] 原載於《土曜日》（東京）第三二號（1937 年 5 月 5 日），收於《楊逵全集》
　　「詩文卷」（上），頁 506-508。
[227] 原載於《人民文庫》（東京）第二卷第十號（1937 年 9 月），收於《楊逵全集》
　　「詩文卷」（上），頁 563-564。
[228] 引自楊逵，〈小鬼的入學考試——臺灣風景（一）——〉，《楊逵全集》「詩文
　　卷」（上），頁 509。譯文中的《星期六》雜誌日文原名《土曜日》。

足；反觀臺灣人不僅沒有義務教育，公學校數量又不足，日本當局還不
准私設學校，並查禁教授漢文的書房，如此還敢說臺灣文化有發展，未
免太厚臉皮。對於當局以為中學入學考試只考歷史一科即可緩和升學壓
力，楊逵不以為然，並且認為對這一政策必須加以關注，他的理由是：

> 任何人都知道，數學、理科比較偏重理解，地理、歷史則比較
> 偏重記憶。尤其像歷史這種科目，幾乎都仰賴死背。我們明白，
> 選定日本歷史作為考試科目，是基於振興日本精神的政策，也
> 是防範科學精神的養成。[229]

歷史文本除了傳授知識以外，歷史事件可以為人生提供借鏡，史事的分
析與比較更有助於個人思考能力的培養，因此英國著名哲學家法蘭西
斯・培根（Francis Bacon，1561～1626）就曾經寫過「歷史使人有智慧」
的名言。楊逵反對的當然不是歷史知識本身，而是他看穿日本當局既不
重視也不鼓勵思辯能力的培養，反而藉由歷史教育灌輸忠君愛國的意識
型態，以培養一元化思想的愚民政策便利其統治。

　　雖然一九二二年起，臺灣本地中學以上教育均以「內臺共學」為原
則，但是當時初等教育仍採行種族隔離政策，分成日本人子弟就讀的小
學校和臺灣人子弟就讀的公學校，由於公學校的師資、設備均無法和小
學校相提並論，自然形成日本人學子幾乎獨占升學機會的不合理現象。[230]
研判日本歷史一科主義的政策也會在臺灣實施，屆時由於立足點的不平
等，臺灣人背頌無關的地名、人名，不只會讓神經衰弱，也將更不利於
和日本人競爭，升學壓力只怕會越來越大，因此楊逵不禁疾呼增設學校

---

[229] 引自楊逵，〈緩和考試壓力的方法〉，《楊逵全集》「詩文卷」（上），頁 565。
[230] 一九四一年實施國民學校制度，小學校與公學校名稱之異隨之消除，但課程
　　方面仍存在著差別性。有關殖民地臺灣教育制度的不平等，詳見何義麟，〈皇
　　民化期間之學校教育〉，《臺灣風物》第三六卷第四期（1986 年 12 月），頁
　　47-88。

才是當務之急。諷刺的是，一九二一年仍以財政困難為由，拖延義務教育在臺實施的殖民當局，為了加速臺灣人的皇民煉成，終於從一九四三年四月一日起正式在臺灣推行義務教育，強力沃灌皇道思想與軍國主義。[231]歷史對臺灣人的捉弄，只令人覺得啼笑皆非！

　　一九三七年七月三十一日，楊逵在東京閱讀中國作家蕭軍的《第三代》後，有感而發，提筆寫下自己對於日本當局文藝政策的不滿，他說：

> 說到《第三代》，這本書也是我這次來東京才能買來看的。在臺灣，不但不能去大陸，而且書籍、雜誌和報紙也都進不來，幾乎都買不到，所以比起東京更不容易了解那邊的情況。這也許是把漢文欄趕出報章雜誌的臺灣當局的政策，可是我並不認為那是賢明的政策。
>
> 日本政府當局就像喊口令似地。口口聲聲說「東亞東亞」，一直說到現在。而口裡這麼說的當局，卻設定了這樣的文化界線，說什麼也不能叫人苟同。[232]

楊逵一語道破日本當局連聲說東亞以拉攏中國，轉過頭來卻又防堵中國藝術繼續擴散的兩面手法。於是他感嘆藝術本應超越國界，如今藝術的國界卻越來越明顯真是可悲的事情，並且對文藝政策提出建言道：

> 我覺得，我們臺灣人的風俗習慣、生活方式，幾乎都和中國人一樣；也一直都使用著幾乎相同的文字，直到這回被禁用為止。而且，我們從小就學日本語，所以在理解日本語方面，和年紀大了才開始學的人們比起來，似乎多佔了各種優勢。如果這樣

---

[231] 參考何義麟，〈皇民化期間之學校教育〉，《臺灣風物》第三六卷第四期，頁51-55。

[232] 引自楊逵，〈《第三代》及其他〉，《楊逵全集》「詩文卷」（上），頁557。

的我們能做中間人，把中國文化介紹到日本，也把日本文化介
紹到中國，那真是再好不過的事了。[233]

文中不僅反對消極地禁絕中國文字、文學在臺灣的傳播，更認為臺灣能
積極地為日本、中國搭起溝通交流的橋樑。

　　其實在楊逵之前，蔣渭水也有過以臺灣做為中日兩國媒介的類似主
張，〈五個年中的我〉[234]就表示一九二一年創建臺灣文化協會，即是希
望能藉此治癒臺灣的智識營養不良症，使臺灣有人才去肩負起媒介日華
親善的使命，以促進亞洲民族聯盟，達到世界和平的最後目的。但這樣
冠冕堂皇的理由，不過是對日本殖民政府的障眼法。蔣渭水提倡民族運
動，不談階級鬥爭，設立文化協會之目的是用以從事文化啟蒙運動，推
廣世界新思潮與新知識，促使臺灣人早日醒覺以推翻日本殖民統治，最
終使臺灣重回中國懷抱。楊逵則強調臺灣原有的語言和傳統文化來自中
國，因接受日本教育亦熟稔日本語，由於涵攝中日兩國的文化內蘊，可
以為促進兩國的文化交流奉獻心力，與蔣渭水的立論有所不同。由此可
見，楊逵深知臺灣文化的特殊之處，即是對中、日兩國文化的兼容並蓄，
卻又與兩者不盡然相同的獨特性質。

## 三、與左翼青年入田春彥的交往

　　根據楊逵的回憶，從日本回臺之後一連串的厄運接踵而至。除了過
度勞累導致肺結核病惡化之外，還因米店的欠款未清被告上法院，走到
山窮水盡的地步。就在此時，一位日本警察入田春彥因為讀過〈送報伕〉
大受感動，央求《臺灣新聞》編輯田中保男介紹認識楊逵。後來兩人帶

---

[233] 引自楊逵，〈《第三代》及其他〉，《楊逵全集》「詩文卷」（上），頁558。
[234] 〈五個年中的我〉原發表於《臺灣民報》第六七號，1925 年 8 月 26 日，收
　　於王曉波編，《蔣渭水全集》（上）（臺北：海峽學術出版社，1998 年 10 月），
　　頁 87。

著酒菜登門拜會，彼此暢快飲酒。入田春彥得知楊逵的困境，慷慨解囊惠贈一百圓的鉅款[235]。楊逵在還清債務之後，以餘額租用兩百坪的土地，效法伯夷、叔齊隱居首陽山的典故，創辦「首陽農園」。楊逵雖與入田春彥結為知己，但生前從不知道他的真正來歷，僅聽說大概是九州熊本縣的人士。再從他每月訂的美國《新民眾》與英文版《莫斯科新聞》，猜測他應該是左翼的知識分子。相識不久，入田辭去警察職務，經常出入楊逵家。一九三八年被拘留三、四天後，強制遣返日本內地。返鄉之前入田服用安眠藥自殺，彌留時仍頻頻呼喚著楊逵長子資崩之名。楊逵將入田的遺體火化，並保管其骨灰，直到一九四九年被捕，才由楊逵家屬將骨灰壺寄存於臺中寶覺寺。楊逵生前曾試圖尋找入田家屬，未能如願。入田春彥身後留下一套《大魯迅全集》，因受託整理遺物，楊逵才有機會正式閱讀了魯迅，[236]進而在戰後翻譯刊行《阿Q正傳》。

關於入田春彥的身世，近年留學東京大學，接受藤井省三教授指導，主要研究楊逵與日本文壇關係的張季琳，經由日本報界的協助，終於尋訪到入田春彥小妹江藤タツ，再參考臺灣總督府《警察職員錄》後解開這個謎團。原來入田春彥是一九○九年（明治四十二年）三月五日生於宮崎縣知識階級的家庭，既非楊逵所說的籍貫熊本，也不是他推測的大學畢業生。入田春彥的警察生涯從一九三一年九月接受六個月的警官訓練開始，一九三二年三月二十八日結業即被派往臺中州任職巡查，並曾調任南投郡與新高郡。一九三七年十一月一日起擔任臺中警察署巡查，十二月十八日辭職獲准。[237]

---

[235] 根據張季琳的研究，入田春彥當時基本月薪不過約四十圓，每月還必須從中抽出一部分郵寄回日本家鄉，可見一百圓對他來說並不是筆小數目。參見張季琳，〈楊逵和入田春彥──臺灣作家和總督府日本警察〉，《中國文哲研究集刊》第二二期，頁10。

[236] 〈一個台灣作家的七十七年〉，《楊逵全集》「資料卷」，頁259-262。楊逵在接受其他人訪問時，也經常提及這段往事，內容大致相同。

[237] 詳見張季琳，〈楊逵和入田春彥──臺灣作家和總督府日本警察〉，《中國文哲研究集刊》第二二期，頁1-34。

從楊逵遺留的剪報資料可以發現，入田春彥也是文藝青年。[238]一九三七年十二月十七日，他以入田春彥本名發表〈日錄抄〉的同時，刊載該文的《臺灣新聞》「學藝消息」欄對他的介紹如下：

> 入田春彥，筆名鄉親良、鄉春子、高英、大伴英彥、洪春卿。已辭去六年的警察生涯，目前在彰化溫泉旅館靜養中，近日應該會歸省故里。[239]

由此可以推斷，除去上述的〈日錄抄〉與一九三八年四月一日刊登於《臺灣新聞》的〈新約異解〉之外，與〈新約異解〉同日刊載於《臺灣新聞》的〈斷片錄〉，應該就是他以「高英」為筆名發表的作品。在〈日錄抄〉中入田春彥還自行揭露，一九三七年十一月二十六日曾經以「鄉春子」（鄉はる子）的筆名發表〈マドルッドに於ける文化擁護國際作家會議〉於《臺灣新聞》。

此外，入田身後留下的幾張零散的手稿，目前被保存於位居臺南市的國立臺灣文學館。其中提及中國知名左翼作家魯迅、《大地》及其作者賽珍珠，還有一九二七年由中國共產黨所領導失敗的廣州武裝革命，都是和中國有關的人事物。其中，美國籍的賽珍珠（Pearl S. Buck，1892～1973）因父親傳教而成長於中國。一九三一年三月，她以中國農村

---

[238] 張季琳撰〈楊逵と入田春彥〉（《日本台灣學會報》第一號，1999年5月）中初步揭露入田春彥文學的片段，主要根據入田春彥的作品〈日錄抄〉、〈新約異解〉、〈斷片錄〉，及中山侑的追悼文〈入田春彥君〉（《臺灣新聞》，1938年5月18日），這些資料係得自楊逵遺物中的剪報，其後張季琳並將〈楊逵と入田春彥〉一文收入其博士論文《台湾プロレタリア文学の誕生──楊逵と「大日本帝国」──》。目前該篇論文已譯為中文，題為〈楊逵和入田春彥──臺灣作家和總督府日本警察〉，發表於《中國文哲研究集刊》第二二期。一九九○年，筆者從楊翠（楊逵孫女）處獲得這批當時尚未公開的剪報資料後，亦曾據以在碩士論文中對入田春彥略作介紹。請參閱拙著，《楊逵及其作品研究》，頁28-30。

[239] 譯自《臺灣新聞》「學藝消息」欄，1937年12月17日。

生活為題材的小說《大地》出版，一九三二年因該書獲頒普立茲獎而
成名。入田春彥自殺的一九三八年，賽珍珠復以此榮獲諾貝爾文學獎，
並因而聲名大噪。[240]從入田春彥曾經抒發對於第二回文化擁護國際作
家會議的感想，閱讀魯迅作品等關心國際左翼文學，以及關注中國的
命運等行為看來，[241]當初楊逵推論他是左翼知識分子的觀點無疑是極
為正確的。

　　一九三八年五月五日入田春彥突然自殺，遺書楊逵、葉陶夫婦。給
楊逵的內容為：

> 楊逵先生
> 我想我不說你也明白，已經沒必要再多寫什麼了。這是戰鬥！
> 請不要認為我窩囊。我的內心也存在著太多東西。但是，芥川
> 的虛無成分大概佔了三分，或者更多到四分吧！變成這樣的情
> 況，我有些放任芥川的虛無成分不管也是事實。但是我必須肩
> 負起在戰鬥中火上加油的責任，所以我不希望你將芥川的虛無
> 成分估計過高。

另一封給葉陶的遺書內容如下：

> 葉陶女士
> 我認為最能夠俐落為我處理事情的人就是妳，因此我就不客氣

---

[240] 參考梁元生，〈賽珍珠與中國〉，《歷史月刊》第五六期（1992 年 9 月），頁
47-57。徐天淦，〈吃中國奶水長大的美國女作家——賽珍珠中國戀〉，《中外
雜誌》第五三卷第三期（總號三一三，1993 年 3 月），頁 72-77。

[241] 附帶一提的是楊逵家屬保存有一張入田春彥的遺照（附錄於《楊逵全集》「翻
譯卷」圖片頁），雷驤以放大鏡觀察照片上入田身後的藏書，發現其中除《大
魯迅全集》六冊（原共七冊，缺一冊）之外，還有《支那》（「中國」之意）
一書，可見入田對中國事物的關注。參見雷驤，〈壯士入田〉，《聯合報》，1998
年 12 月 19 日。

地拜託妳了！我想在這個時代有這樣的鬥志也是好的。能夠了解一個士兵身懷炸彈欣然赴死的心情的人，大概也能夠了解我的心情吧！資崩小朋友為我唱「勝利歸來」吧！不知道資崩長到我現在這麼大時，世界會變成什麼樣子呢？[242]

　　遺書中，入田春彥自比出生於東京的日本小說家芥川龍之介（1892～1927）。芥川龍之介的作品以揭發資本主義社會的弊病為特色，由於望不見社會的出路，感到不安和絕望，三十五歲即服安眠藥自盡。一九二〇年間，芥川龍之介以中國南京的私娼為題材創作《南京的基督》。一九二一年赴中國旅行，回國後曾發表旅遊紀錄。[243]除了〈新約異解〉是鎔裁芥川匯集基督格言作品而來的創作，證明入田春彥為芥川龍之介的文學世界深深傾倒之外，[244]芥川的文學歷程與中國頗有淵源，可能也是對中國事物極有興趣的入田自比為芥川的原因之一。一九三七年七七事變之後日本全面揮軍中國，瞬間華北、華南多處重要城市陷落日本帝國主義之手。日軍侵華是否導致入田春彥不滿，並因此陷入芥川式虛無的心境，目前不得而知。[245]綜合這兩封遺書看來，字裡行間充分流露心

---

[242] 入田春彥遺書影本乃筆者擔任《楊逵全集》執行編輯時，才從新獲得的楊逵遺物中發現，目前已入藏國立臺灣文學館。這兩封遺書的譯文曾參考楊逵〈入田君二三事〉的中文翻譯，收於《楊逵全集》「詩文卷」（上），頁 589。

[243] 參考〈芥川龍之介年譜〉，收於芥川龍之介著，金溟若編譯，《羅生門·河童》（臺北：志文出版社，1974 年 10 月再版），頁 230-237；《日本文學詞典》（上海辭書出版社發行所，1994 年 11 月），頁 376-377。此外並參考網路資料，何麗霞，〈從中日心理分析小說比較探討宗教意向的翻轉——以施蟄存及芥川龍之介為例〉，網址為：http://www.srcs.nctu.edu.tw/joyceliu/mworks/mw-onlinecourse/Modernism/project/何麗霞.htm。

[244] 詳見張季琳，〈楊逵和入田春彥——臺灣作家和總督府日本警察〉，《中國文哲研究集刊》第二二期，頁 19。

[245] 楊逵〈光復前後〉一文目前所知有四種版本，收於《寶刀集——光復前臺灣作家作品集》（臺北：聯合報社，1981 年）以及《壓不扁的玫瑰》（臺北：前衛出版社，1985 年 3 月）中的兩種版本，提到入田春彥留給楊逵的遺書中都

靈上的苦悶與痛楚，赴死前雖然有著芥川式對當前社會的絕望，但似乎仍寄予未來世界無限的期待。

　　入田春彥自殺的真正原因至今不詳，楊逵在〈光復前後〉一文中回憶說：

> 入田常在我這裡進出，給我幫忙，又因為贈我一百圓而被抓去派出所關了好幾天。之後日方決定放他出去，放得遠遠的──限令他離臺返日。他在被釋放之前，託人拿了一個條子給我，要我次日晨七點到他住處去找他。
>
> 第二天我依約前往，七點鐘到達他的門外。房內傳來陣陣胡琴聲，叫門卻無人來應。門鎖著，胡琴聲斷續傳來。我感覺很奇怪，趕忙去住在不遠處的阿婆那邊拿鑰匙。回來時，胡琴聲已經止息；開門一看，入田已昏迷在榻榻米上，懷抱著那把瘦瘦的胡琴。原來他在知道要被遣返回日本之後，就已經決定要一死了啊。
>
> 他在身旁留了兩封遺書，一封是給我的，表明他對中國人的感情，一封留給我的妻子葉陶，請求葉陶替他整理遺物，並表示願將他的骨灰充作肥料，遍灑在我花園的泥土中。第二個要求我們並未遵命照辦。[246]

有「表明他對中國人的感情及對日本殖民統治與發動侵略戰爭的厭惡」的敘述，但分別發表於《聯合報》（1980 年 10 月 24 日）與《文學史話‧聯副三十年文學大系／評論卷二》（臺北：聯合報社，1981 年）中的該文第一、二版並沒有「及對日本殖民統治與發動侵略戰爭的厭惡」等文字。由於戒嚴時期的臺灣，「中國人」一詞的意義通常也指稱「臺灣人」，因此不能確定楊逵所說入田春彥對中國人的感情，所指「中國人」究竟是臺灣人或中國大陸地區人民；也無法確定入田春彥自殺是否與日本出兵中國有關。

[246] 由於《楊逵全集》「資料卷」有數個因排版導致的錯字，本文引自首刊版之《聯合報》，1980 年 10 月 24 日。關於入田春彥死亡當時的情況，根據張季琳的調查，文中所述只是多種不同說法其中之一，請參考張季琳的論文，本文不再贅述。

文中說入田遺書給葉陶，願將骨灰當作肥料，遍灑首陽農園，以及遺書中表明對中國人的感情一事，從前引遺書內容來看，若非楊逵記憶有誤，就是另有已不存世的遺書。至於為什麼入田選擇結束自己的生命，楊逵認為係由於不願被遣返日本，因而決心一死。一九八二年十月楊逵訪美，或同年十一月過境日本，接受戴國煇、內村剛介訪問時也都這樣表示。[247]內村剛介曾經根據楊逵所說，推測入田春彥曾經參與左翼運動的秘密組織，對日本現實狀況感到失望，來到殖民地臺灣之後更加絕望，碰巧讀到楊逵的〈送報伕〉，又遇見作者，終於控制不了情緒，無法緊急煞車。[248]事實上，入田春彥自殺之日正是原定返回日本的前一天，[249]不願意離開臺灣或許果真是主要原因所在。

## 四、入田春彥對楊逵的影響

從楊逵回憶錄與遺物中的剪報資料可以發現，入田春彥生前與日本在臺作家中的田中保男、中山侑、藤野雄士等三人時有接觸。[250]一九三

---

[247] 詳見〈訪台灣老作家楊逵〉與〈一個台灣作家的七十七年〉，分別收於《楊逵全集》「資料卷」，頁 228 及頁 260。

[248] 詳見戴國煇、內村剛介訪問，葉石濤譯，〈一個台灣作家的七十七年〉，《楊逵全集》「資料卷」，頁 260-261。

[249] 入田春彥五月五日自殺身亡，而他原定搭乘六日的定期郵輪返回日本內地。見〈元巡查自殺　前途を悲觀して　アパートで服毒〉之報導，《臺灣日日新報》，1938 年（昭和 13 年）5 月 7 日。

[250] 前文楊逵回憶中提及入田春彥與楊逵的初次見面由田中保男促成；吳新榮日記中提及藤野雄士對入田春彥的印象是「純情」；中山侑在入田春彥去世之後曾以〈入田春彥君〉為題撰文追悼，文中並談到中山侑、田中保男、藤野雄士三人與入田春彥的友誼，由此可知入田春彥生前在日本籍作家中與這三人有較密切的交往。見張良澤編，《吳新榮日記（戰前）》（臺北：遠景出版事業公司，1981 年 10 月），頁 113；中山侑，〈入田春彥君〉，《臺灣新聞》，1938 年 5 月 18 日。

七年下半年認識楊逵不久，入田春彥就在其帶領之下陸續拜訪多位臺籍作家，來自日本內地的他顯然對臺籍作家付出更多的友誼與關懷。比方說，一九三七年十二月二十二日兩人前往臺南拜訪吳新榮時，入田坦率地說出自己有神經衰弱的毛病，吳新榮則感覺到他有明朗的性情與徹底的志氣。當晚吳新榮不僅設宴款待入田春彥，並安排他與郭水潭、陳培初、黃炭等臺籍友人會面。[251]郭水潭日記裡也記下入田給他的印象是愛好文學，甚至同情本島籍的文學朋友。初次見面的入田一如對於楊逵的慷慨，願意從退休金中提交一百圓做為郭水潭刊行詩集之用，但郭水潭婉拒了他的好意。[252]一九三八年初，入田還與楊逵一同前往位居彰化八卦山腹的黃朝東家。[253]此外，筆者也發現早在一九三六年三月二日出版的《新文學月報》第二號「明信片」欄中，有他以「鄉親良」為筆名投書的一段文字，全文如下：

> 《臺灣新文學》的創刊讓人覺得很有信心。處在像現在這樣混亂的過度期，不管到那裡都必須要有強韌的生命力。尤其是擔任編輯的你們，想必是難以忍受殖民地的××××××吧！考量各種情況的話，可以想像得到，《臺灣新文學》的明日確實是滿佈荊棘之路。拜託忍耐著做下去。握手。（鄉　親良）[254]

這是入田對楊逵夫婦創辦的《臺灣新文學》伸出的友誼之手，由此可以看出他與楊逵結識之前即已開始注意楊逵的文學事業，並已預知這份左

---

[251] 見張良澤編，《吳新榮日記（戰前）》，頁56。

[252] 詳見羊子喬編輯，《郭水潭集》（臺南：臺南縣文化局，2001年12月初版二刷），頁207。

[253] 根據〈首陽園雜記〉的記載，楊逵與入田春彥在雜記寫作之前約兩個月左右拜訪過黃朝東，〈首陽園雜記〉發表於一九三八年三月三十日至四月二日的《臺灣新聞》，因此兩人到黃朝東家的時間大概是一九三八年一月底。參考楊逵，〈首陽園雜記〉，《楊逵全集》「詩文卷」（上），頁488。

[254] 譯自《新文學月報》第二號（1936年3月2日）「明信片」欄，頁10。

翼雜誌將在荊棘之路前進的坎坷命運。無怪乎他能與楊逵一見如故，惺惺相惜，原該是敵對的警察和異議份子竟從此成為知己。毫無疑問，入田春彥藉由投書鼓勵《臺灣新文學》雜誌，乃至後來捐助楊逵，並有意資助郭水潭作品的出版等，具體展現出積極支持臺灣新文學運動的誠意。極有可能就是源於這份對殖民地的特殊情感，促使他最終以死亡的方式確保永遠留在臺灣的土地上。

　　入田春彥死後楊逵深受打擊，一度陷入意志消沉的狀態，並為此發表〈入田君二三事〉（〈入田君のことなど〉）於一九三八年五月十八日的《臺灣新聞》，紀念兩人珍貴的情誼。對這位仰慕芥川龍之介，甚至步上其後塵而自戕的青年，楊逵有著無限的感嘆──原來品格高超的人思想多麼受到束縛，而且一但受到時代或制度的限制，會變得多麼的卑下。雖然兩人都是反資本主義的左翼知識分子，顯然楊逵對社會改造的看法較諸入田樂觀而積極。

　　值得一提的是入田春彥的死亡使其遺物《大魯迅全集》[255]為楊逵所擁有，間接促成楊逵深入認識魯迅的文學世界。如同前引楊逵回憶所言，這是楊逵「正式」閱讀魯迅的開始，所謂「正式」係指系統性的全面閱讀。事實上，楊逵首度接觸魯迅文學的時間，至少應上溯到一九二八年左右，由於領導社會運動經常出入賴和家閱讀書報。[256]楊逵晚年接受林瑞明訪問時，仍然清楚記得賴和診療室旁的客廳中擺有中國文藝雜誌。[257]筆者曾經查閱賴和紀念館藏書目錄，發現其中有許多魯迅編輯的文學刊物。一九二○年代臺灣新文學運動發展以來，島內報刊即經常轉

---

[255] 黃英哲指出這套日本版的《大魯迅全集》是改造社從一九三六年四月至一九三七年七月陸續刊行，共有七卷，分別由增田涉、佐藤春夫、井上紅梅、鹿地亙等人所翻譯，較中國最早的《魯迅全集》（二十卷，復社，1938 年 6 月）還早一年刊行。見黃英哲，〈楊逵與魯迅〉，《聯合報》，2001 年 12 月 13 日。

[256] 拙文，〈楊逵與賴和的文學因緣〉，《台灣文學學報》第三期，頁 158-159。

[257] 參見林瑞明，〈賴和與台灣新文學運動〉，《台灣文學與時代精神：賴和研究論集》，頁 59。

載魯迅作品，[258]曾經指導楊逵創作的賴和不管在文學或社會運動方面又以魯迅為榜樣，[259]因此楊逵經由島內報刊或賴和的仲介而接觸到魯迅文學是不難想見的。至於目前所見楊逵與魯迅直接相關的文學史料，則首見於魯迅日記一九三六年五月十八日的記載，胡風致贈的《山靈——朝鮮台灣短篇集》，不過魯迅並未對收入其內的楊逵成名作〈送報伕〉中譯版留下隻字片語的評論。[260]一九三五年十二月起，臺灣文藝聯盟機關誌《臺灣文藝》從第二卷第一號起，分五期連載頑銕翻譯的增田涉著〈魯迅傳〉，其間並曾因郭沫若投稿〈魯迅傳中的誤謬〉，引發增田涉的回應辯護。[261]當時楊逵是《臺灣文藝》的日文編輯之一，〈魯迅傳〉連載時楊逵也在《臺灣文藝》陸續發表作品。[262]如果說楊逵透過增田涉的〈魯

---

[258] 中島利郎首先研究魯迅文學在臺灣轉載的情形，林瑞明繼之予以查證，並提出一九二五年元月至一九二六年二月間，魯迅是《臺灣民報》作者出現頻率最高的結論。見中島利郎，〈日治時期的台灣新文學與魯迅——其接受的概觀〉，中島利郎編，《台灣新文學與魯迅》（臺北：前衛出版社，2000 年 5 月），頁 49-50；林瑞明，〈石在，火種是不會絕的——魯迅與賴和〉，《台灣文學與時代精神：賴和研究論集》，頁 305-306。

[259] 例如林瑞明的研究指出：賴和〈一個同志的批信〉的單邊會話體與同志遺棄同志的情節，係學習並創造性地轉化自魯迅的〈犧牲謨〉。楊守愚在刊載賴和〈獄中日記〉時的序文也說過：「先生々平很崇拜魯迅先生、不單是創作的態度如此、即在解放運動的一面、先生的見解、也完全和他『……所以我們的第一要著、是要在改變他們（國民）的精神、而善於改變精神的、當然要推文藝……』合致。」見林瑞明，〈石在，火種是不會絕的——魯迅與賴和〉，《台灣文學與時代精神：賴和研究論集》，頁 311-312；《政經報》第一卷第二期（1945 年 11 月），頁 11。

[260] 王景山，〈魯迅和台灣新文學〉，《中國論壇》第三一卷第十二期（總第三七二期，1991 年 9 月），頁 13。

[261] 郭沫若，〈魯迅傳中的誤謬〉，《臺灣文藝》第二卷第二號（1935 年 2 月），頁 87-88；增田涉，〈魯迅傳についての言分〉，《臺灣文藝》第二卷第三號（1935 年 3 月），頁 43-44。

[262] 〈魯迅傳〉連載期間，楊逵在《臺灣文藝》有下列作品發表：〈臺灣文壇一九三四年の回顧〉，第二卷第一號（1934 年 12 月）；〈難產〉，《臺灣文藝》第二卷第一號至第四號（1934 年 12 月至 1935 年 4 月）；〈藝術は大眾のものである〉，第二卷第二號（1935 年 2 月）；〈文藝批評の基準〉，第二卷第四號（1935

迅傳〉得以了解魯迅的精神，應當是極為合理的推測。一九三六年十月十九日魯迅去世，楊逵創辦的《臺灣新文學》雜誌迅於次月刊登王詩琅的〈悼魯迅〉，以及黃得時的〈大文豪魯迅逝世——回顧其生涯與作品〉，[263] 鄭重表達對於世界性大文豪辭世的追悼之意。以「卷頭言」刊載的〈悼魯迅〉執筆人王詩琅親口證實撰寫該文出自楊逵的主動提議，[264] 顯示楊逵在此之前已對魯迅的文學成就略有所悉。

一九三八年五月，入田春彥的自殺使《大魯迅全集》為楊逵所擁有，促成戰後翻譯刊行《阿Q正傳》之因緣。不過在全面性地正式閱讀魯迅文學之後，楊逵的寫作風格並未出現明顯變化，對魯迅作品的介紹也侷限在早已廣受推崇的《阿Q正傳》。有關魯迅文學與戰鬥精神的詮釋，以及在軍警槍砲下展開逃命式的游擊戰法等，楊逵的理解與臺灣前輩作家幾乎並無二致；反而是楊逵配合時代的脈動，經由轉化不斷賦予魯迅精神新時代的意義，使不同世代的臺灣人都能找到認同的基點。[265] 因此，與其說入田春彥仲介魯迅文學對楊逵造成重大影響，倒不如說楊逵對戰後魯迅文學在臺灣的傳播確實貢獻卓著。

入田春彥曾於楊逵最潦倒時義助他清償債務，並承租土地經營農園，在戰鼓頻仍的歲月中獲得安身立命之所。雖然入田春彥以未滿三十的英年自殺身亡，與楊逵的交往時間極為短暫，但他對於殖民地左翼文學以及楊逵文學事業的支持，卻對楊逵產生永遠無法抹滅的影響。葉石

---

年4月）。

[263] 這兩篇悼念文章分別刊載於《臺灣新文學》第一卷第九號（1936年11月），頁1及頁54-60。

[264] 王詩琅說：「我在編『臺灣新文學』時，剛好魯迅去世，楊逵說，魯迅死了，找人寫一篇卷頭語悼他吧。我說，你來寫好了。他說，你比較了解這方面的事情，由你來寫好了。因此，『臺灣新文學』那一期的卷頭語『悼魯迅』就是由我執筆的。」見下村作次郎編，蔡易達譯，〈王詩琅先生口述回憶錄〉，收於張炎憲、翁佳音編，《陋巷清士——王詩琅選集》（臺北：弘文館出版社，1986年11月），頁221-222。

[265] 詳情請見拙文，〈楊逵與日本警察入田春彥——兼及入田春彥仲介魯迅文學的相關問題〉，《臺灣文學評論》第四卷第四期，頁101-122。

濤相信這一份超越種族的友誼，證實了楊逵一向信仰的社會主義觀點是經得起考驗的哲學，使得楊逵能夠懷抱著一份恢宏的世界觀至於終老。[266]

## 五、暗喻抵抗意義的首陽農園

　　關於首陽農園開闢的時間，日本學者河原功〈楊逵的文學活動〉、林梵（林瑞明）《楊逵畫像》，[267] 與楊逵本人的說法都是在七七事變之後。至於命名的由來，楊逵本人所言則有些微差異。例如他在〈光復前後〉中說：

> 自從辦雜誌後，未從事體力的勞動，又染肺病在身。每次鋤幾坪地就吐血，只好休息幾天再來。在這情形之下，工作進展甚慢，又要為柴米油鹽操心。對前途毫無信心，隨時都有餓死可能，所以把農場取名為「首陽農園」。[268]

這裡說取名的由來係因隨時都有餓死的可能，與〈首陽園雜記〉日文版中的記述相符。但是一九八二年五月七日，楊逵應邀至輔仁大學草原文學社演講時，則表示：

> 七七事變後，整個台灣的文化活動幾乎被「皇民化」運動淹沒了，於是我只有放棄一切，全力墾殖（按：「植」之誤）首陽農場（取自首陽山典故，自勉寧可餓死也不為敵偽說話），一直堅持八年。[269]

---

[266] 葉石濤，〈日據時期的楊逵——他的日本經驗與影響〉，《聯合文學》第一卷第八期，頁 21。

[267] 林梵，《楊逵畫像》，頁 117-120。至於河原功〈楊逵的文學活動〉，原發表於《台灣近現代史研究》創刊號，《楊逵全集》已收錄此年表由河原功與筆者合編之修訂本，請參閱「資料卷」，頁 370-389。

[268] 楊逵，〈光復前後〉，《楊逵全集》「資料卷」，頁 9。

[269] 楊逵，〈日本殖民統治下的孩子〉，《楊逵全集》「資料卷」，頁 28。

另外他在〈沉思、振作、微笑〉中也說：

> 七七事變後，台灣的文化活動已被「皇民化」了。我只好放棄一切，全力墾植首陽農園（取自伯夷、叔齊的典故，自勉寧可餓死，也不為侵略者說話），並在報上發表「首陽園雜記」，公開表示我的反日態度，絕不改變。這期間，我用鋤頭和筆，整整堅持了八年，直到日本投降，得償「民族自決」的宿願。[270]

此外，楊逵生前多次接受訪問時也都如同所述，[271]宣稱當年係藉用伯夷、叔齊的故事，以表明其堅守民族氣節的立場，林瑞明的《楊逵畫像》亦採取此一觀點。[272]但是由於〈解除「首陽」記〉的被發現，證明楊逵在一九四四年六月即已宣布卸下「首陽農園」的招牌，因此所謂堅持八年到終戰為止並非實情。[273]至於〈首陽園雜記〉發表的時間，《楊逵全集》後的附註，以及「資料卷」內河原功與筆者合編的楊逵作品目錄，都是將首度刊載年代定為一九三七年的三月三十至四月二日。雖然時間僅差一年，究竟發表於七七事變之前或之後，對於楊逵的精神風貌則會因此產生不同的詮釋，不可不慎。

由於現存《臺灣新聞》一九三七、三八年的三月與四月份報紙原件皆未見有任何收藏，因此沒有直接證據足以斷定首陽農園開墾的年代。雖然〈首陽園雜記〉的中文版提到賴和（日文版稱「G 君」）在幾天前

---

[270] 引自楊逵口述，方梓記錄，〈沉思、振作、微笑〉，《楊逵全集》「資料卷」，頁 43。

[271] 例如楊逵在美國、日本的受訪紀錄都是如此表示，茲不贅述。請參考〈訪台灣老作家楊逵〉、〈一個台灣作家的七十七年〉，《楊逵全集》「資料卷」，頁 228、259。

[272] 林梵，《楊逵畫像》，頁 121-122。

[273] 張恒豪，〈超越民族情節，重回文學本位，楊逵何時卸下「首陽農園」？〉，《文星》第九九期（復刊號），頁 121-124。

於黃昏時來到，並帶來《臺灣新文學》編輯之一黃朝東[274]（病夫）病逝將近一週的消息，可以做為論斷的證據；但是筆者曾為追查此一線索前往彰化，希望能調閱日本時代戶籍資料，從黃朝東卒年確定首陽農園開闢的時間，因為不知其當年的確切住址而一無所獲。[275]賴和哲嗣賴洝先生也熱心協助追查其後人去向，希望能有所幫助而未果。目前也只能就其他間接性的證據詳加考證，尤其是首陽農園開闢的時間，如果真如楊逵生前所言在七七事變之後，那麼以首陽農園的命名表示不與侵略者合作立場的說法，就有極大的可信度。

　　首先，關於首陽農園開闢於七七事變前的理由，主要是楊逵生前保留的《臺灣新聞》剪報上，〈首陽園雜記〉連載的首日有其筆跡記為「1937　3/30」（一九三七年三月三十日），楊逵生前並曾向河原功表示這是發表的日期。[276]林瑞明編〈賴和先生年表〉記述一九三七年「春，先生遊台中楊逵『首陽園』」[277]，林瑞明教授曾經在電話中向筆者表示，這一條記事乃因賴和的題字而來。另外，〈首陽園雜記〉中楊逵說道：「去年，楊華君過世後，他太太來我家住了幾天」[278]，語意上似乎指稱楊華在楊逵寫成該文的前一年過世。根據《臺灣新文學》一九三六年六月號在「消習通」謂「詩人楊華氏五月三十日去世」，那麼〈首陽園雜記〉應該為一九三七年春的作品。

---

[274] 中文版將黃朝東之「東」字誤植為「棟」，見《夏潮》第一卷第七期（1976年10月），頁55。

[275] 《臺灣文藝》雜誌曾調查同仁住址，可惜黃朝東以賴和的地址「彰化市市仔尾」作為通訊聯絡處。見〈文藝同好者氏名住所一覽〉（續），《臺灣文藝》第二卷第一期（1934年12月），頁152。

[276] 〈首陽園雜記〉的剪報資料為河原功先生所提供，筆者已就其發表日期的相關問題向河原先生求證過。

[277] 林瑞明，《台灣文學的歷史考察》（臺北：允晨文化實業股份有限公司，1996年7月），頁194。

[278] 日文原文為：「去年のことであるが、楊華君の死後その妻君が數日間僕のところに泊つた」。見《楊逵全集》「詩文卷」（上），頁488。

　　但是戰後刊行的中文版《羊頭集》將〈首陽園雜記〉首次發表的日期標示為一九三八年。楊逵在〈首陽園雜記〉中說他為「臺灣新文學的最後」感到悲傷，[279]所指似乎是一九三七年六月之後《臺灣新文學》的停刊，如此則〈首陽園雜記〉不可能完成於七七事變之前。再者，〈首陽園雜記〉末段提及納粹的旗幟飄揚於奧國的維也納，顯然楊逵寫作該文的動機與此有關。翻閱奧地利的歷史，一九三三年納粹黨崛起；一九三四年七月納粹黨陰謀發動政變失敗，其總理在政變中被殺害；一九三八年三月十二日，德軍在奧國納粹黨的邀引下長驅直入奧地利，三月十三日德奧兩國正式合併。[280]〈首陽園雜記〉的發表年代雖然不明，但是於三月三十日開始連載應無可疑之處。一九三八年三月十三日德奧的合併，在時間點上與〈首陽園雜記〉對維也納的記述有相似之處。

　　事實上，筆者二〇〇〇年初曾就此問題提出若干疑點，以電子郵件與河原功先生互相討論。因為當時無法獲得結論予以判定，為求謹慎乃暫時存疑。編寫《楊逵全集》的楊逵作品目錄時，也採用河原功先前所編目錄一九三七年的時間未予更動。不過楊逵說他與入田春彥相識後不久，入田即辭去警察職務，依照前述張季琳查考的結果，入田春彥是在一九三七年十二月十八日辭職獲准，如此算來應該是在一九三七年底至三八年初之間才有首陽農園的開闢，那麼楊逵在〈首陽園雜記〉中引林幼春教導的東方朔〈嗟伯夷〉之詩句「窮隱處兮，窟穴自藏。與其隨佞而得志，不若從孤竹於首陽」，[281]就有可能是以伯夷、叔齊恥食周粟，

---

279 日文原文為：「臺灣新文學の最後を悲しみ」，《楊逵全集》譯為：「《臺灣新文學》的結束」。見「詩文卷」（上），頁481、489。

280 參考李俊秀等譯，《世界歷史百科》（臺北：牛頓出版社，1995年），頁688-689；袁傳偉等撰稿，《外國歷史大事年表》（上海：上海辭書出版社，1997年），頁623-635；王曾才等譯，《二十世紀歐洲史》（臺北：黎明文化，1984年），頁550-565。

281 根據楊逵的回憶，他認識林幼春大概在一九三七年左右碰壁灰心的時候。林幼春給楊逵一冊古詩選，並教導他東方朔的這首詩。見楊逵，〈幼春不死！賴和猶在！〉，原載於《文化交流》第一期（1947年1月），收於《楊逵全集》

隱居首陽山，終於因堅守理想求仁得仁自比，表明不與世俗同流合污的心態，而不僅是面臨餓死的命運。甚至可說其用典極可能是把日軍出兵中國的舉動，比擬為伯夷、叔齊對周武王興兵滅商紂王相同的評價，亦即「侵略」二字。如此一來，該文的發表可謂微言大意，寓褒貶於其中。

戰時嚴厲的言論控制令普羅文學家無法充分表達意見，[282]〈首陽園雜記〉發表之後，除了以〈入田君二三事〉紀念自殺身亡的知交外，楊逵暫時不在文壇發聲，就這樣緘默地度過成名後的第一個沉潛期。

# 結　語

楊逵成長於日本殖民地的臺灣，自幼目睹臺灣人被殖民政府壓迫與剝削的種種不平等待遇，因而了解到統治者的歷史不可靠與殖民地法律的不公道，遂立志以小說來糾正被統治者歪曲的歷史。一九二四年楊逵遠赴東京攻讀文學，在社會主義風潮的影響下，不僅信奉了馬克思主義，並且隨著日本的左翼團體實地參與社會問題的考察。一九二七年九月，帶著社會主義的知識與勞工運動的經驗返臺之後，楊逵立即投身領導農民組合與文化協會的行列。一九二八年六月，源於臺灣共產黨為搶奪社會運動領導權而排除異己，堅持合法路線鬥爭的楊逵遭到農民組合的開除。一九三一年，當所有社會運動因殖民當局的大力壓制，再也施展不開之後，楊逵曾經以翻譯出版馬克思主義文獻，繼續從事工農階級的啟蒙工作，其以積極行動企圖推展馬克思主義的熱誠由此可見。最後因所印書刊的一再遭禁，楊逵乃轉而將全部心力投注於文藝創作。

---

「詩文卷」（下），頁 237。

[282] 黃得時認為盧溝橋事變的勃發使臺灣的文學運動暫時停滯，受到普羅文學洗禮的作家無法充分發表意見也是原因之一。楊逵之所以選擇沉默，可能就是這個緣故。參見黃得時，〈輓近的臺灣文學運動史〉，《臺灣文學》第二卷第四號（1942 年 10 月），頁 7。

　　對楊逵來說，文學生涯的開啟序幕非但不是社會運動的結束，反而是社會運動舞臺的再開拓。因此從社會運動過渡到文學活動，楊逵無不站在臺灣無產階級民眾的立場，面向以軍隊和綿密的警察網維繫的國家機器，具體展現左翼知識分子勇於批判霸權的精神。例如以現實主義文學創作暴露臺灣在殖民體制下的悽慘景況，以及資產階級壓迫無產階級等各種不公不義的社會現象，深刻地揭發了殖民母國與資產階級對臺灣民眾進行盤剝與掠奪的共犯結構，作品洋溢著批判殖民體制與資本主義的抵抗精神。再者，楊逵刻意將社會運動時的親身經歷融入小說創作當中，並安排知識分子來啟發無產階級，領導群眾反抗鬥爭，將結局指向沒有傾軋的理想世界。〈貧農的変死〉和〈模範村〉中的無產階級團結抗爭以爭取美好的未來，〈送報伕〉和〈頑童伐鬼記〉裡不分民族的階級團結，更是將楊逵的抵抗哲學發揮到淋漓盡致。

　　除此之外，楊逵在文學理論的建樹方面亦頗有成就。輾轉從日本引進蘇俄的社會主義現實主義，成為揭發殖民地社會黑暗面的有力武器。報導文學的提倡與實踐，尤其楊逵對一九三五年臺灣中部大地震的兩篇紀錄，在檢討政府救災行動時對其未善盡職責的撻伐，意圖向日本本土控訴在臺殖民當局的失政，這些證明楊逵思考臺灣新文學運動發展路向時，無不從社會主義的觀點出發，文學的社會性格與社會責任成為最基本的考量。雖然自身臺灣話文書寫的失敗，迫使楊逵不得不接受殖民者的語言做為創作工具，但因創刊《臺灣新文學》雜誌而撐起的文學園地，採行日文、漢文並刊的編輯方針，以及策劃「漢文創作特輯」所展現扶植漢文創作的積極態度，具體說明楊逵以臺灣人民的視角為出發點的階級立場，以及對臺灣文化主體性的重視。

　　一九三六年年底，為發動戰爭與因應動員殖民地人力物資之需要，日本當局展開一連串國民精神動員準備，預告了殖民統治政策將有所調整，以及加速改造臺灣人為日本皇民的勢在必行。順應戰爭局勢的變化，殖民政府在臺的文藝策略也隨之修正，《臺灣新文學》雜誌「漢文創作特輯」遭到查禁的命運即是冰山之一角。一九三七年四月，臺灣總

督府取消小學的漢文課程，並以壓力迫使報紙自行禁絕漢文欄，雜誌也從此失去刊載漢文創作的正當性。以漢文為創作工具的作家受此衝擊最深，喪失發表園地之後，創作的熱情自然逐漸冷卻下來。又加以創作內涵受到文化政策的箝制，臺灣知名作家紛紛另尋出路，賴和從此未見新文學作品的發表，張深切與王詩琅移居中國，文壇生態與文學風尚為之丕變，《臺灣新文學》也在無奈中走向停刊的命運。

　　一九三七年七七事變之後，日本殖民當局以國家機器為後盾，雷厲風行地推行強制性的皇民化運動，臺灣傳統文化在與日本現代文化的二元對立之中，面臨文化主體被邊緣化的危機，導致語言文化因被貶低而相繼流失。由於楊逵一向藉由文學創作推展社會、文化運動，因此他也機敏地感知統治者藉由文化政策對人心進行的宰制，針對社會風俗的改異與國語運動等措施之弊病，對殖民當局提出強烈的抨擊。〈模範村〉中描述的日本神道信仰取代臺灣人原有的宗教進到客廳，形式上日照大帝佔據了臺灣人的正廳，其實逼不得已被藏匿起來的媽祖佛像與祖宗牌位還是供奉膜拜的對象。再者，當局連連誇耀國語運動推行的成功，連老年人都能將日語琅琅上口，卻刻意忽略國民教育的普及。如今日本神道早已從臺灣社會消失得無影無蹤，本土化潮流重視傳統民俗風氣推波助瀾的結果，每年大甲媽祖出巡所到之處總是萬人空巷。做為一個有遠見的社會運動家，楊逵早已洞悉政治控制力量之薄弱，強制性的政策無法永遠壓制庶民的文化精神。

　　總括來說，皇民化運動的本質就是要消滅臺灣固有的文化傳統，以政治力強迫臺灣人在語言風俗上認同日本人的同化主義。殖民政府運用國家強權肆行其文化侵略，楊逵則以不斷發表文章來抒發反對意見。尤其值得注意的是在批判文化政策的篇章中，日文原作提及日本都直接用「日本」而不是「內地」，帶有強烈的分離意識，充分反映楊逵堅持臺灣文化的主體性格，以及反對種族歧視與差別待遇的立場。但這樣正面攻擊殖民當局的文字，隨著皇民化運動的推行逐漸失去發表園地。由於日本警察入田春彥的資助，楊逵在艱難的時局中開闢首陽農園，暫時從

文壇退隱。一九四一年復出後，面對更為艱困的文學環境，楊逵就不再能振臂疾呼，而是改以呼應國策為手段，迂迴曲折地寄寓不能明說的文化立場。

# 第三章　迂迴前進：
## 文壇奉公與楊逵的抵抗

## 前言

　　中日大戰全面開打以後，隨著戰事的日益熾烈，日本當局積極動員文化界，開闢思想宣傳戰以協力戰爭，一九四二年二月更首度設置臺灣文化賞，獎勵文化報國。根據井手勇的研究，「皇民文學」一詞就出現在日本戰情開始惡化的一九四三年中旬，於文學者呼應臺灣文化賞的言論中萌生；不論是在臺日籍作家或臺籍作家，凡基於身為皇民的意識和思想，擁護大東亞戰爭的文學都可稱為皇民文學，並可廣泛地包含各種題材。[1]據此定義，只要是站在日本人的立場，正面回應戰爭或日本國

---

1　柳書琴曾以皇民文學有其做為「大東亞文學」一支的特殊性質，具有強烈的殖民改造與帝國擴張意圖，反映了大東亞共榮圈對殖民地臺灣的文化期待，是決戰時期文化動員的必要一環，以及皇民文學的主要統制、改造對象是臺人作家等理由，認為井手勇的定義包含日人作家犯了「對象」上的錯誤，提出皇民文學不應包括在臺日人作家書寫的戰爭文學，而應以臺灣作家有關「解決皇民化問題」的書寫為主的新見解。然從西川滿在《文藝臺灣》第六卷第四號（1943 年 7 月）刊出廣告，公開宣稱「文藝臺灣賞」是為樹立臺灣皇民文學而設立，同期中並公佈第二屆文藝臺灣賞授與日籍作家長崎浩與新垣宏一，以及井手勇所分析陳火泉的「皇民文學」概念為以「身為日本人的真誠」協助戰爭的文學，當時對於皇民文學的理解僅周金波將「解決民族問題」視為其擔負的最重要課題來看，井手勇對皇民文學的定義應是符合歷史脈絡的敘述。以上參考井手勇，《決戰時期台灣的日人作家與皇民文學》（臺南：臺南市立圖書館，2001 年 12 月），頁 164-174；柳書琴，〈誰的文學？誰的歷史？──論日治末期文壇主體與歷史詮釋之爭〉（台灣文學史書寫國際學術研討會，臺南：成功大學，2002 年 11 月 22～24 日），頁 22-23。

策，對戰爭宣傳有助益者即是皇民文學，並不限於探討國族認同的問題，創作時間亦可追溯至一九四三年之前。

一九九八年，張良澤輯譯決戰時期的皇民文學陸續發表，作者包括楊千鶴、楊雲萍、龍瑛宗、吳瀛濤、吳濁流、周金波、張文環……等人，[2]其中有歷來被定位成皇民作家者，也有一向被視為堅強抵抗日本殖民統治的作家。張良澤同時為文反省當年批判皇民作家的行為，自責「欠缺『將心比心』設身處地的了解他們的時代背景，欠缺以『愛與同情』去解讀作品的認真態度」[3]。不料此舉旋即於臺灣島內引發軒然大波，[4]陳映真批駁張良澤的呼籲是臺獨論的必然結果；游勝冠則痛斥陳映真的文章只見中國民族主義的註冊商標，皇民文學的評價與是否背離中國人的立場無關。顯然皇民文學的研究因為統獨意識形態的嚴重對立，而成為臺灣文學史上頗為棘手的難題。由於重刊的皇民文學引發激烈論戰，張良澤乃為此再度提筆，說明隨著日治時期文獻的出土，他「發現幾乎沒有一位台灣作家不說一兩句『皇民萬歲』之類的肉麻話」，包括被他「供奉為典範的『抗日作家』在內」[5]。就客觀事實而言，張良澤挖掘皇民文學作品出土，確實以文本做為證據，揭發臺灣文壇曾經有過的某個面向；然而依照井手勇的定義，「皇民文學」之作必須以出自

---

[2] 經由張良澤之手發表的這些皇民文學作品，見《聯合報》，1998 年 2 月 10 日、4 月 2 日；《民眾日報》，1998 年 5 月 10 日；《台灣時報》，1998 年 6 月 7 日。

[3] 張良澤，〈正視台灣文學史上的難題——關於台灣「皇民文學」作品拾遺〉，《聯合報》，1998 年 2 月 10 日。

[4] 此舉引發陳映真、馬森、陳建忠、游勝冠等人的相繼回應而爆發論戰，其間還引發被陳映真流彈波及的彭歌為自己當年寫作反共文學辯護。參與論戰的重要文章多發表於《聯合報》，包括陳映真，〈精神的荒蕪——張良澤皇民文學論的批評〉，1998 年 4 月 2～4 日；馬森，〈愛國乎？愛族乎？——「皇民文學」作者的自我撕裂〉，1998 年 4 月 27 日；陳建忠，〈徘徊不去的殖民主義幽靈——論垂水千惠的「皇民文學觀」〉，1998 年 7 月 8～9 日；游勝冠，〈在殖民者與被殖民者之間徘徊——又見一場以「皇民文學」為焦點的論戰〉，1998 年 7 月 24 日。

[5] 張良澤，〈贅言〉，《民眾日報》，1998 年 5 月 10 日。

皇民意識為前提，張良澤對所輯譯的皇民文學作品究竟是真心，亦或偽裝認同日本軍國主義，並未提供任何解答。

　　事實上，七七事變之後皇民化運動隨即籠罩全島，由於和政治體制的密切結合，其所形成的一元主義也成為自由創作的障礙。作家思想形之於文學作品，白紙黑字便成為檢驗其國族認同的最佳證據，遂一一被迫向日本政府交心表態。文學創作的母題也不得不有所改異，導致附和國策的作品一時之間蔚為風潮。不獨臺灣文壇為然，一九三九年時日本的另一殖民地朝鮮，以李光洙為首的二百五十餘名朝鮮文人（其中包括少數日本籍文人學者）組成「朝鮮文人協會」，成為謳歌時局與皇民化運動的文學團體。一九四一年，朝鮮在「改姓名」與強迫使用日語的皇民化政策下，文壇更陷入精神破產與絕望之境。[6]有鑑於戰爭時期幾乎無人可以逃脫被日本當局動員的命運，研究楊逵一九四一年底復出文壇後的作品，實應避免沿用「抗議文學」或「皇民文學」的二分法來劃分文類或定其評價。[7]因此本章將先順著時間先後，說明戰局牽絆下臺灣文壇朝奉公發展的歷史語境，以及楊逵文學活動遭逢政治干預的坎坷歷程；其次將藉由糞現實主義文學論爭歷史事件的剖析，探討發生在一九四三年的這場論爭所代表的文化意義，以及楊逵積極介入論爭的原因與目的；最後再將楊逵宣傳日本國策的作品置於歷史脈絡詳加考察，藉此探究潛藏在字面表象之下的深刻意涵與文化立場。

---

[6]　羅成純，〈戰前台灣文學研究之問題點——從與韓國文學之比較來看〉，《文學界》第七期（1983 年 8 月），頁 105。

[7]　筆者曾以楊逵戰爭期發表的小說與王昶雄、陳火泉等人的作品為例，說明同一篇作品因研究角度的不同，可能產生既是「抗議文學」又是「皇民文學」兩種截然不同的解讀方式，自相矛盾，因此歷來臺灣文學不是「抗議文學」即是「皇民文學」的二分法實有其偏限性。請參考拙文，〈抗議作家的皇民文學——楊逵戰爭期小說評述〉，《中華學苑》第五三期（1999 年 8 月），頁 167-188。

# 第一節　戰時文壇與楊逵的文學活動

## 一、文壇復甦與楊逵的復出

　　一九三七年六月之後《臺灣新文學》停刊，七月大眾雜誌《風月報》獲准以漢文創刊，並在一九四一年七月改名為《南方》，持續發行到終戰前夕的一九四五年五月。由於《風月報》編輯方針載明「若批評時事，議論政治，超越文藝範圍者，概不揭載，原稿廢棄」[8]，刊登之作品亦多屬舊文學的通俗小說，因此其順利創刊被認為與堅決不涉及政治的立場有關。[9]《臺灣新文學》與《風月報》的命運不同，以及殖民當局迫使報紙自行廢止漢文欄，卻不禁漢詩的政策，恰好刻劃出臺灣總督府以意識形態操作文藝政策之跡，證明當局亟欲壓制的是漢文新文學作品在形式與內容兩方面，所展現抗拒被殖民者同化的強硬姿態。當報章雜誌不再刊載漢文創作之後，僅能使用漢文的新文學作家便從臺灣文壇退場，四○年代前期幾成日文作家的天下，其影響之深遠實不難想見。

　　一九三八年一月，臺灣總督小林躋造發表臺民志願兵制度之實施，聲稱這一個制度是與徹底皇民化同一必要的行動。四月，日本政府又公佈於臺灣實施「中日事變特別稅令」，榨取殖民地資源以供軍備所需。五月，楊逵在發表〈入田君二三事〉之後從文壇退隱。當年八月，由日本內閣情報部的菊池寬、久米正雄號召「筆」的戰士到漢口最前線。文人以筆尖投入戰場，為戰爭作宣傳的風氣開始盛行。一九三九年六月，小林總督赴東京旅次時向記者提出「皇民化」、「工業化」與「南進化」三大治臺方針。這項宣示代表臺灣將從此轉型邁向工業社會，並且在戰略位置上成為前進南洋的基地，皇民化運動更加如火如荼地在臺灣推行。

---

[8]　《風月報》第五五號之〈編後語〉，1938 年 1 月 16 日。

[9]　柳書琴，《戰爭與文壇——日據末期臺灣的文學活動（1937.7－1945.8）》（臺灣大學歷史學研究所碩士論文，1994 年 6 月），頁 40。

　　《臺灣文藝》與《臺灣新文學》相繼停刊之後，臺中文壇幾乎呈現空白的狀況。由於時有日本著名作家，如：窪川稻子、豐島與志雄、村松梢風、林房雄等人來臺訪問，當時任職臺灣新聞社會部記者的巫永福乃與同仁田中保男發起組織中部文壇懇談會，迎接日本中央文壇來訪的作家。隱居中的楊逵與葉陶夫婦倆也經常參與這樣的文學盛會，[10]可見此時的楊逵依然注意文壇動向，並未完全斷絕與文學界的聯繫。

　　一九三九年，西川滿組織「臺灣詩人協會」，十二月創刊《華麗島》詩刊，然僅發行這一期。一九四〇年元旦，臺灣詩人協會改組成為「臺灣文藝家協會」，會址設於臺北市西川滿自宅。為配合日臺融合的政策，該會刻意結合《臺灣日日新報》與《臺灣新民報》學藝部，[11]並發行事變以來第一份綜合性的新文學雜誌《文藝臺灣》，而頗受各種文化團體的矚目，蕭條的臺灣文壇逐漸復甦。[12]

　　七月二十二日，日本第二次近衛文麿內閣成立，提倡大東亞新秩序的建設以及「新體制」的確立。所謂新體制運動是利用第二次世界大戰德國閃電戰的勝利，為製造出配合戰爭擴大的法西斯總決戰體制，以近衛為中心而推行的政治運動。新體制運動的結果，於當年的十月十二日設立「大政翼贊會」，義為「萬民翼贊，實踐臣道」。事實上，近衛內閣籌組大政翼贊會之初衷，原是要藉國民的輿論以對抗軍部的力量，以及動員全民應付可能一觸即發的對英、美之戰。雖然最後大政翼贊會僅淪為推動宣傳「國體意識」的機構，但它一改事變初期全面禁壓的文化政

---

[10] 巫永福，〈憶遠兄與陶姊〉，《文學台灣》第二期（1992 年 3 月），頁 14-15。

[11] 池田敏雄作，林彩美譯，〈張文環兄與其週遭諸事〉，《臺灣風物》第五四卷第二期（2004 年 6 月），頁 11。

[12] 龍瑛宗說一九四〇年是臺灣文壇值得紀念的一年，張文環也以為臺灣文學運動從這一年正式出發。見龍瑛宗，〈台灣文學的展望〉，原載於《朝日新聞》，1943 年，中譯見《聯合文學》第十二卷第十二期（1996 年 10 月），頁 131；張文環，〈從事文學的心理準備〉（〈文学するものの心構へ〉），原載於《臺灣新民報》，1941 年 1 月 1 日，中譯見陳萬益主編，《張文環全集》「隨筆集」（一）（豐原：臺中縣立文化中心，2002 年 3 月），頁 57。

策，轉而獎勵與資助文化及文學活動，對「地方文化」（都會之外地區的文化）與「外地文化」（殖民地與佔領區的文化）的提倡，成為對文化與文學活動有利的因素，殖民地臺灣的文藝界再度活躍起來。[13]十二月，日本中央文壇知名作家菊池寬、久米正雄、吉川英治、中野實、火野葦平等人來臺，以「文藝家銃後運動」為題展開演講，[14]文人協力戰爭的風氣已然成形。

　　一九四一年二月十一日，臺灣文藝家協會由總督府情報部策動，以協力文化新體制的目標進行改組，預定每月發行一期會報以聯絡會員。會長由臺灣大學教授矢野峰人擔任，西川滿任事務總長。《文藝臺灣》從三月發行的第二卷第一號（總號第七）開始由文藝臺灣社發行，並於第二卷第二號（總號第八）起改為月刊。雖然《文藝臺灣》內附〈臺灣文藝家協會準備號〉給雜社同仁的聲明，宣稱協會與雜誌社彼此是獨立的個體，希望外界切勿予以混淆，入會金也各有其帳號；不過實際負責雜誌編輯發行的西川滿是臺灣文藝家協會的核心幹部，協會的臺北參加團體包含文藝臺灣社，臺北準備委員會二十人中也有十六名為文藝臺灣社同仁，[15]兩者關係之密切具體說明總督府文藝統制政策著力之深。四

---

[13] 參考柳書琴，《戰爭與文壇──日據末期臺灣的文學活動（1937.7－1945.8）》，頁 59；藤井省三，〈「大東亞戰爭」時期台灣讀書市場的成熟與文壇的成立〉，頁 15；柳書琴，〈戰爭與文壇──事變後台灣文學活動的復甦〉，頁 6-11。後兩篇俱發表於「賴和及其同時代的作家：日據時期台灣文學國際學術會議」（新竹：清華大學，1994 年 11 月 25～27 日）。

[14] 十二月二十一日，這些日本作家在臺南演講，內容不外乎呼籲文藝家要以文藝處理戰爭問題，展開文藝家的銃後運動。參考張良澤編，《吳新榮日記（戰前）》，頁 104。

[15] 以上敘述綜合參考分別於一九四○年十二月、一九四一年三月、一九四一年五月發行的《文藝臺灣》總號第六、七、八之〈文藝臺灣同人名單〉與版權頁說明，及第八號 18、19 兩頁中夾頁的〈臺灣文藝家協會準備號〉。臺灣文藝家協會的臺北準備委員會二十人名單中，張文環與黃得時當時仍是文藝臺灣社同仁，五月份另創啟文社後退出該社；萬波おしえ即是「萬波亞衛」。因此除去磯部都心、柏田喜代藏、平井二郎、山本孕江四人之外，共有十六位屬於文藝臺灣社。臺灣文藝家協會臺北準備委員會的臺籍作家則有黃得

月十九日，「皇民奉公會」作為大政翼贊會的分支機構在臺成立，並發行宣傳雜誌《新建設》，臺灣島全體居民都是會員。

五月，張文環和中山侑脫離《文藝臺灣》陣營，另組「啟文社」，創辦《臺灣文學》季刊。創刊號中呂赫若公開呼籲包括楊逵等知名作家投入《臺灣文學》的行列，[16]後來楊逵果然以啟文社為蟄居多年後首度參與的文學社團。九月七日午後，啟文社同仁陳逸松、張文環、黃得時、王井泉、巫永福五人走訪鹽分地帶文友，楊逵也趕赴臺南佳里吳新榮家共襄盛舉。臺籍重量級作家齊聚一堂，談論《臺灣文學》雜誌的編輯方針、眾人的期許與展望，[17]誠可謂戰時臺灣文壇一大盛事。

臺籍文友的再出發顯然激發楊逵重燃文學的熱情，消聲匿跡多年的楊逵終於在十月發表〈會報的意義與任務〉（〈會報の意義と任務〉）[18]於《臺灣文藝家協會會報》第六號。文中以會員的身分期許改組後的臺灣文藝家協會，應肩負起文化啟蒙，與促使會員彼此砥礪以追求進步的任務。而為達成上述任務則必須報導地方文化活動的狀況，刊登讀者對作家的希望與要求，並且以一般民眾為發行對象，切莫僅限於會員。這是楊逵退隱之前所謂「文藝大眾化」理念的再發抒，此後楊逵對文學的看法也大致遵循這樣的基調，顯見其文學見解在復出前後並未因時局之遞嬗而變化。楊逵在這篇文章中自稱會員，然而翻閱《文藝臺灣》所附名錄[19]，改組前的臺灣文藝家協會未見楊逵之名，改組後顧問群中包括總督府的文書課長（西村高兄）、警務局長（荒木義夫）、情報部事務官（森田民夫、福澤清）、文教局長（梁井淳二）、圖書館長（山中樵），顯示

---

　　時、張文環、楊雲萍、龍瑛宗等四位。
[16]　呂赫若，〈想ふま、に〉，《臺灣文學》創刊號（1941年5月），頁108。
[17]　見吳新榮日記一九四一年九月七日的記載，張良澤主編，《吳新榮日記（戰前）》，頁115。
[18]　楊逵，〈會報的意義與任務〉，原以日文發表於《臺灣文藝家協會會報》第六號（1941年10月），收於《楊逵全集》「詩文卷」（上），頁591-592。
[19]　參考《文藝臺灣》之總號第三（1940年4月）及第三卷第二期（1941年11月）所附會員名錄。

總督府介入極深；幹部名單中則有臺籍作家周金波、龍瑛宗、黃得時、楊雲萍兼任各部理事，仍未見楊逵在列。推測應是當局對楊逵普羅文學家的身分頗有忌憚，因此該協會不願予以重用，楊逵只是掛名其中罷了！

## 二、〈父與子〉和〈無醫村〉的社會關懷

　　七七事變之後日本當局全面禁絕排演具有中國色彩的戲曲，復起用日本人經營的臺語話劇團「南進座」和「高砂劇團」，並改組為「皇民奉公會指定演劇挺身隊」，深入民間灌輸皇民意識。一九四二年一月又設置「臺灣演劇協會」，做為皇民奉公會的外圍團體，負責管理演藝的相關事務及演劇挺身隊的營運，宣傳軍國主義的思想。[20] 三幕話劇〈父與子〉（〈父と子〉）於此時開始連載於《臺灣藝術》，蟄伏首陽農園多年的楊逵終於發表全新的創作。故事內容是遭陳不治始亂終棄的女人不纏，本來在不治的公司任職工友，因從陳不治處傳染梅毒而毀容，又在懷孕期間垂直感染給腹中胎兒，生下了天生智障的兒子私生。不纏被拋棄之後未曾接受陳不治的任何津貼，全靠一己之力賺取生活所需。在身體日漸衰弱，連原本洗衣煮飯的工作都無力負擔之後，不纏和缺乏謀生能力的私生淪落至貧民窟，私生還曾經為了要填飽肚子而偷竊蕃薯。一天，不纏與私生母子倆赴陳不治的住處，原只是想拿些錢治療不纏的病，豈料不治非但避不見面，還斥責母子倆為乞丐，唆使門房將他們攆走。偶然撞見這一幕的記者劉通原想揭發陳不治的真面目，但在不治承諾以女兒下嫁之後作罷。不纏病重過世之後，私生滿懷悲憤縱火燒毀陳家，卻在無意間巧遇不治之子鼎文。鼎文從門房處獲知兩人本是同父異母的手足，允諾將要照顧因父親造孽而受苦已久的弟弟。五年後，陳家於豪華的新宅為不治舉行盛大的慶生會。席間兩位記者私下批判陳不治

---

[20] 詳見呂訴上，〈七七抗戰後的臺灣劇運〉，《臺北文物》第三卷第二期（1954年 8 月），頁 86-90。

將私生送入監獄的冷酷，以及鼎文從私生入獄後即與他一刀兩斷的絕情。最後原門房攙扶著甫出獄的私生出現時，鼎文竟藉口忙碌，拿出幾張鈔票，打發門房將已病爛的私生立刻帶走。

　　故事中的不纏是勞工出身，不治則為資本家。不纏被不治玩弄後慘遭遺棄，毫無疑問是用以象徵資本家對弱勢勞工的壓迫，有極為明顯的階級意識。祝壽宴中一位客人致詞說：

> 本人得以參加這個盛會，感到非常光榮。現在在這個慶祝會上，回顧陳不治過去五十年歲月時，我對他的各種德行，衷心欽佩。他勤儉力行，用自己的雙手掙了偌大財產，但他決不同於世上的吝嗇漢。他的義行包括對公共事業的捐獻等，總是成為報上的頭版，由此可知他是個高德之士，這是不容置疑的。我衷心希望他老當益壯。[21]

不治因缺乏情義而被焚毀房舍，但財力雄厚的他轉眼間又蓋起更為豪華的宅邸，並成為媒體和賓客們一致盛讚的「高德之士」，資本主義社會金錢之萬能由此可見。因此不治以女兒作為賄賂，記者劉通乃協助隱瞞事情真相；鼎文從學校畢業後有了家庭的拖累，終於也屈服在財富的威力之下。其中雖有明白事情原委的記者，但報紙上只見謳歌陳不治的文章。劇中一位記者說道：「拜金思想將會滅絕人情和道德」[22]，楊逵藉此劇批判資本主義社會的不公不義，良知竟也可以輕易被金錢收買，導致輿論界終究只能錦上添花，而不足以制裁失德之人。

　　〈父與子〉的內容令人不禁憶起楊逵生前未發表的遺稿〈菜鳥新聞記者〉（〈新聞記者一年生〉）。這篇寫作時間不詳的短篇小說，敘述主角

---

[21] 楊逵，〈父與子〉，原文連載於《臺灣藝術》第三卷第一號至第三號（1942年1～3月），引自彭小妍主編，《楊逵全集》「戲劇卷」（上）（臺北：國立文化資產保存研究中心籌備處，1998年6月），頁54。

[22] 引自楊逵，〈父與子〉，《楊逵全集》「戲劇卷」（上），頁54。

在付了父親抵押房屋所得的一百圓手續費後，終於找到新聞記者的工作。第一大上班，負責社會新聞的主角即四處找尋報導的題材。在掛著「東洋××株式會社」招牌的宏偉建築物上，偶然發現大學同窗至交陳欽貴的名牌。因懷念之情作祟而主動登門造訪，不料卻被誤以為是得知陳欽貴強暴女職員，以新聞報導相威脅來索取賄賂。主角後來才得知因為強暴的消息走漏，前後已有二十多位記者以訪問為由獲得好處，同報社的某記者也是其中之一。日文原題稱呼主角為「一年生」（一年級學生），暗示他初出社會，還不懂人情事故。為了月薪僅有三十圓的工作，甘心繳付一百圓手續費的情節，用來嘲諷記者可藉由職務獲取暴利。和〈父與子〉對照來看，不思揪出社會敗類的記者，終究不過是和資本家一同壓迫弱勢的共犯結構。

　　如果把〈父與子〉與楊逵在皇民化運動之前的〈豬哥仔伯〉（〈知哥仔伯〉）[23]相比，可以發現題材和手法上有極為近似之處。例如兩劇都以富人遺棄親生骨肉為主軸；又例如〈豬哥仔伯〉的豬哥不知秀子為自己親生女，見其年幼可欺而垂涎美色，〈父與子〉的陳不治對不纏的始亂終棄，都有資本家凌辱（或意圖凌辱）無產階級女子的情節。劇中角色的命名亦皆採用諧音的手法——〈豬哥仔伯〉以日文原題的「知哥」諧音「豬哥」，明指主角為好色之徒。〈父與子〉中的「陳不治」暗示其人泯滅良知，已不能救治；「不纏」則是遭陳不治拋棄後自力更生，不曾和陳家糾纏不清；「私生」的名字也符合其私生子的身分。以角色命名直接傳述作者的價值判斷，兩劇有異曲同工之妙。由〈父與子〉的風格直接上承作於一九三六年的〈豬哥仔伯〉，顯示楊逵調整腳步再出發之後，社會主義的思想內涵並沒有因時局之不同而有所改變。

　　一九四二年二月間，睽違五年之久，楊逵發表皇民化運動推行以來最新的小說創作〈無醫村〉。〈無醫村〉的主角劉醫師是一位以預防醫為

---

[23] 原以日文發表於《臺灣新文學》第一卷第八號（1936 年 9 月），原文及中譯收於《楊逵全集》「戲劇卷」（上），頁 1-22。

職志的文學青年，甫畢業即借貸開業，但因門可羅雀，終於被沉重的利息負擔所拖垮。某天夜半時分突然傳來一陣陣急促的敲門聲，原來是有極為嚴重的病人等待出診。劉醫師急忙收拾妥當，跟著像僵屍一樣來敲門的男子走出門，心中並暗自期盼這會是人生的轉捩點，因救活瀕臨死亡的病人之後聲名大噪，從此成為賺錢的醫師。誰料抵達病患家裏，還未及診治，病人在輕微的痙攣之後就輕易地斷了氣。詢問在場的家屬之後，劉醫師判斷死者應是罹患致死率不高的傷寒，家貧無力延醫治療，只得濫用民間藥草，終於病入膏肓，無藥可救。這才恍然大悟──原來窮人是要證明書時才叫醫師的。

　　故事中醫師到達時病人已被移到地上，從臺灣傳統習俗看來，這代表家屬已經放棄希望，準備為病人籌辦後事。因此請來醫師不過是希望開立死亡證明書，以便呈報戶籍單位。這篇作品表面上批評一般的醫師只以賺錢為目的，置貧困病人於不顧，呼籲醫師應該具備醫德，有救人為先的使命感，但顯然楊逵另有批判的對象。文中有一段關於醫師的職責說道：

> 國家把人民的寶貴的身體放在此種狀態而不顧，是對的嗎？
> 不，我們醫師也有責任的！醫師是一種職業，職業便是生意，生意除了賺錢之外，什麼都不管，這樣的態度是對的嗎？
> 然而，實際上我們又能做些什麼呢？
> 我以為須把民間藥草集中起來，加以分析，究明其中的成份，然後綜合起來，詳加註明其適應症與使用方法，必要時也得實地指導。這豈是我們的力量所做得到的呢？
> 常聽到替鄉村偏僻地方的無醫村而呼籲，而這小巷裏的無醫村為什麼卻沒有人顧及？[24]

---

[24] 楊逵，〈無醫村〉，原以日文發表於《臺灣文學》第二卷第一號（1942 年 2 月），引自《楊逵全集》「小說卷」（Ⅱ），頁 298。

醫師也是一種職業，既然是職業就必須能夠負擔養家活口的責任，所以不可能總是免費奉送病人昂貴的西藥。楊逵認為以醫師的專業知識，為傳統藥草做科學性的分析，研究其中的成分與療效，並實地指導人民如何使用，使民眾有便宜的醫藥可用，這是醫師能為貧困病患貢獻的心力。可是從事學術性的研究曠日費時，研究過程中又必須耗費相當大的人力、物力，並非少數人所能負擔，醫師如何能在不影響家庭溫飽的情形下專心投入？因此楊逵在此提示：「國家把人民的寶貴的身體放在此種狀態而不顧，是對的嗎？」緊接著說：「不，我們醫師也有責任的！」看似把人民健康的責任託付給醫師，否定國家有其義務；但在提示醫師所能為民眾做的是民間藥草研究，又弔詭地質疑以醫師微薄之力根本無法成事，之後話鋒一轉，借主角之口感嘆說：「然而，實際上我們又能做些什麼呢？」終究又把焦點回應到先前的疑問，將照顧人民的重責大任歸之於政府，希望政府以其雄厚的財力、物力，聘請專業醫師從事民間藥草研究，以便提供價廉又有效用的藥物給貧民。

　　這篇小說的場景發生於城市，楊逵借劉醫師的雙眼描述病患住處一帶的情形，說他跟著像僵屍一樣來敲門的男人出診後的不久——

> 　我們走進一條胡同，再拐幾個彎，終於走進一間半傾的草屋。這完全是另外一種世界啦。前面是這麼漂亮的高樓大廈，後面竟有這麼骯髒的聚落，這是我從來所未曾察覺到的。燈籠的微光所照出來的屋內，完全和小說上描寫的洞窟一樣，黑沉沉、陰氣森森的，地上鋪著木板，那上面躺著一個人動都不動一下。[25]

---

[25] 引自楊逵，〈無醫村〉，《楊逵全集》「小說卷」（Ⅱ），頁296。

光明美麗的外表後面經常暗藏悲慘的社會現實，這是楊逵小說中常用的手法。[26]一般人往往只注意到事物的表象，見到滿街林立的醫院，必定以為都市中的醫療資源不虞匱乏。但若人民連維持基本生存的能力都沒有，醫藥費也無法支付時，只能任由病魔摧殘，直到死亡的那一刻到來，有無醫療設施其結果又有何不同？還不是和在缺乏醫療資源的鄉下沒兩樣！這就是為什麼故事場景發生在城市而非偏僻的鄉村，題目卻訂為「無醫『村』」的原因。

蝸居於惡劣環境中的臺灣人僅有一具枯槁的身軀，除了呼吸與說話之外毫無餘力維持自己的生存，楊逵藉此迂迴曲折地批判日本殖民者，雖然帶來現代化的醫療設施，卻只能為貧病的百姓開立死亡證明書，根本無力照顧他們的健康，延續他們的生命。另外，值得注意的是主角具有醫師與文藝創作者的雙重身份，卻慨嘆「與其寫稿，不如追打在診察室裏嗡嗡地飛著的蚊蟲還比較對得起社會」[27]。如果說這是作者心靈的反映，那麼以文學為職志，期許自己寫出歷史真相，為社會找尋出路，並因此困窮終生的楊逵，豈不是否定自身存在的意義與價值？想來楊逵必定另有所指！若考察〈無醫村〉發表的一九四二年，謳歌日本軍國主義與侵略戰爭的作品不勝枚舉，楊逵的文學無用論正是針對這些作品而發，這是他對當前文壇的不滿與感嘆，也是身為作家的自省與良知。[28]

雖然相對於〈送報伕〉、〈頑童伐鬼記〉等篇，知識份子以果決的行動力啟蒙並帶領民眾抗爭的場面，〈無醫村〉的劉醫師顯得充滿無力感，似乎在艱難時局中，楊逵也有著「時不我與」的無奈。然無論就皇民化

---

[26] 筆者曾舉例論證楊逵小說經常以美麗的表象對照悲慘的社會現實，請參考拙文，〈楊逵小說中的土地與生活〉，「臺灣的文學與環境」研討會論文，收於江寶釵等編，《臺灣的文學與環境》（高雄：麗文文化事業股份有限公司，1996年6月），頁169-172。

[27] 楊逵，〈無醫村〉，《楊逵全集》「小說卷」（Ⅱ），頁294。

[28] 參考林燕珠，〈冰山底下綻放的玫瑰——楊逵的抵抗精神與〈無醫村〉〉，《聯合文學》第十五卷第十二期（總第一八〇期，1999年10月），頁90-95。

運動期間的文學風尚，或就楊逵個人在當時的創作而論，〈無醫村〉和〈父與子〉依然關注社會底層掙扎於貧困中的家庭，儘管不見昔日赤裸裸提倡階級鬥爭時激昂抗議的神采，所隱藏的階級意識及反皇民化風潮的抗議精神，與楊逵事變之前的創作風格極為類似。可見楊逵已經摸索到一種既符合言論檢查制度的要求，又可以不違背良心的寫作手法，這就是楊逵的智慧。

## 三、民俗書寫與《三國志物語》

一九四〇年十月十二日「大政翼贊會」設立之後，文藝政策轉而提倡外地文化，臺灣殖民當局的文化政策亦隨之調整，總督長谷川清改弦易轍，對皇民化政策做出若干調整，「容許臺灣傳統宗教、祭祀、慣習、鄉土藝能、生活方式等，在不違反統治主旨的原則下存在」[29]，臺灣的傳統文化也從此得到復甦的機會。一九四一年七月《民俗臺灣》創刊，以皇民化運動原欲消滅的臺灣民俗為對象，做忠實的記錄與學術性的研究之外，亦接受大眾投稿，兼有娛樂性的民俗介紹，因為不論政治、不說戰爭而受到臺灣人的歡迎，[30]臺籍作家楊雲萍、廖漢臣、江肖梅、張文環、吳新榮、楊千鶴、陳逢源、黃得時、郭水潭、巫永福、龍瑛宗、周金波等人都曾投稿。一九四二至四四年間，楊逵也有〈民眾的娛樂〉（〈民眾の娛樂〉）、〈土地公〉、〈納鞋底〉、〈再婚者手記〉（〈再婚者の手記〉）四篇文章在《民俗臺灣》陸續刊出。[31]

---

[29] 原載於長谷川清傳刊行會，《長谷川清傳》（東京：財團法人水交會，1972 年 1 月），譯文引自柳書琴，《戰爭與文壇——日據末期臺灣的文學活動（1937.7 －1945.8）》，頁 61。

[30] 參考吳新榮，《吳新榮回憶錄》（臺北：前衛出版社，1991 年 6 月臺灣版第二刷），頁 159-160。吳新榮並且說該雜誌是文化人的逃避處，日本人留給臺灣人最大的文化之禮。

[31] 這四篇依序分別發表於《民俗臺灣》之第二卷第五號（1942 年 5 月）、第二卷第十號（1942 年 10 月）、第三卷第二號（1943 年 2 月）、第四卷第二號（1944

楊逵在〈民眾的娛樂〉中主張提倡職域奉公（「為公盡職」之意），要人民盡自己職業本分為國家社會服務之時，應該注意到有適當的休閒活動才可以提高工作效率。回想過去臺灣「元宵暝」、「天公生」等傳統節慶時，會有許多慶祝活動和戲劇表演，但是那些活動都沒有了之後，許多人沉迷於賭博甚或涉足風月場所。楊逵認為布袋戲和講古的花費少，任何地方都可欣賞得到，是民眾娛樂的最佳形式，如果有不好的地方應該是糾正後，再加以引導改進。對於皇民奉公會打算組成演劇班票戲演出，楊逵表示贊同之意，但強調其做法只有立足於臺灣民俗，才能令人寄予厚望。楊逵並且對《民俗臺灣》提供建言，請其製作專輯報導或連載，刊登向大眾徵求來的有關娛樂指引之類的文章。

〈土地公〉敘述楊逵某天因寫稿需要寧靜，從喧囂的城市躲到自己在十六份（今苗栗三義勝興）經營的農場。插秧工作完成後，楊逵和工人們代替土地公，將祭拜的酒菜拿來大吃大喝一番。工人們熱鬧地說著廣東話（指「客家話」），楊逵也因為心情開朗，忘卻鄉愁與寂寞而多停留了一個晚上。這才恍然大悟──平凡的人生總是要有些變化才是，也體會到工人把生病歸咎於未曾給土地公拜拜的心理因素。藉由這一次的經驗，楊逵自然地闡釋出民俗有安定人心與調劑生活的積極性作用，以自身的體會重申〈民眾的娛樂〉一文中的相關主張。當皇民化運動如火如荼地推行開來之際，日本神道信仰取代佛像進入臺灣人的正廳，傳統文化在與日本文化對立的二元論中逐漸喪失主體性時，做為被支配階級殖民地知識菁英的楊逵以此展現他的文化抗爭。

〈納鞋底〉主要是因為目睹妻子深夜一個人蹲在火爐旁，將十層、二十層抹布疊在一起縫製鞋底，回憶到年少時期覺得穿手縫的鞋子太

---

年 2 月）。在此必須說明的是《楊逵全集》將〈再婚者の手記〉譯為〈離婚者手記〉，邱若山已指出「再婚」與「離婚」意義不同，因此本文改以〈再婚者手記〉做為題名。參見邱若山，〈日治時期台灣文學的翻譯問題──以《楊逵全集》為例〉（楊逵文學國際學術研討會，臺中：靜宜大學，2004 年 6 月 19、20 日），頁 4。

丟臉，故意把母親辛苦縫製的鞋子穿壞，辜負慈母的愛心，轉眼間母親已去世四年，如今只覺得悔不當初。楊逵以懷念亡母對照自己當下的生活情境，以充滿懷舊的風情，把民俗意義落實到臺灣社會的現實層面。

〈再婚者手記〉是楊逵真誠的告白，敘述十二歲時家中為他找來童養媳，準備日後長大「送作堆」。因為遭到玩伴的取笑而自尊心受損，楊逵強烈排斥這樁被安排的婚姻，中學未畢業即逃往東京。由於擔心誤了對方的婚期，也不同意父母所說收之為妾的權宜之計，楊逵以一輩子不回家要脅父母解除婚約。這位已是第二度送人收養的女子，[32]由於未結婚即被貼上離過婚的標籤，心理負荷沉重，終於陷入半瘋狂的狀態。藉由自身的經驗，楊逵批判「飼查某囝別人的」重男輕女的傳統觀念，表現他一貫反封建、反陋習的立場。

一九四三年三月開始，楊逵改編自中國歷史小說的《三國志物語》也陸續發表，[33]雖然實際只佔《三國演義》一百二十回中的前二十三回，然從第四卷書末預告第五卷的精采內容來看，楊逵原先有將全書都加以改寫的計畫，可惜因故未能完成。《三國志物語》的出版可以說是時代性的產物，當時由於「振興地方文化」口號下對外地文化與地方文學的提倡，以及中國文學翻譯的盛行，[34]臺灣作家找到一個創作的新路徑，一時之間與傳統文化相關的故事紛紛改編出版，例如黃得時加工的《水

---

[32] 根據楊翠在臺南新化訪查的結果，這位童養媳因為被送來楊逵家前曾一度被人收養，因此有兩個不同的姓名。楊翠說：楊逵「父親友人、也是鎮上頗有財勢的地主梁宗琴次女梁盒（陳氏金盒），進門成為楊逵的童養媳，並於1921年以婚姻理由，納入楊家戶籍。梁盒從小就被送往陳家做養女，後來又因某些因素回到生家，戶籍上仍保留養家名字陳氏金盒。」引自楊翠，《楊逵評傳》，未刊稿。

[33] 分成四卷發行，由臺北的盛興出版社分別於 1943 年 3 月、8 月、10 月以及 1944 年 11 月出版。

[34] 參考張文環，〈從事文學的心理準備〉，《張文環全集》第七卷「隨筆集」（一），頁 57。

滸傳》譯本不僅在《興南新聞》連載八百多回，欲罷不能，單行版還至少發行了兩卷；[35]吉川英治的《三國誌》也有不錯的銷路；[36]一九四二年二月，西川滿也曾以「劉氏密」之名於《國語新聞》上連載〈西遊記〉。[37]除此之外，日文譯本中國小說至少還有《木蘭從軍》、《繪話三國志》，以及改編自梁山伯、祝英台愛情故事的《杭州記》，[38]中國歷史故事在全島掀起的熱潮可想而知。

根據楊逵在序文中的說法，三國故事在趣味性之外有更深刻的意義，就是劉備、張飛和關羽三傑的忠烈義勇，為完成大業而團結到底，以及做錯事不怕改錯的誠實精神，最後他說：

> 目前正處在大東亞解放戰爭的血戰之中。
> 活在東亞共榮圈裡的每個人喲，讓我們也效法三傑的精神，同舟共濟吧！
> 我要把這部大東亞的大古典贈送給諸君，作為互相安慰、規勸、鼓勵的心靈食糧，以衝破這條苦難之路。[39]

一九四三年間正值日本侵華戰爭情勢逆轉的緊要關頭，從上述文字看來，《三國志物語》之刊行，具有在逆境中安慰及鼓舞日本臣民之意，然而實際情形可能並非如此。

---

[35] 參考楊逵作〈談水滸傳〉與〈作家與熱情〉兩篇文章，《楊逵全集》「詩文卷」（下），頁 39 及頁 61。

[36] 參考黃得時，〈輓近の台灣文學運動史〉，原以日文發表於《臺灣文學》第二卷第四號（1942 年 10 月），中譯收於葉石濤編譯，《台灣文學集 2：日文作品選集》（高雄：春暉出版社，1999 年 2 月），頁 107。

[37] 陳藻香，〈台灣時代的西川滿文學〉，收於西川滿著，葉石濤譯，《西川滿小說集 1》（高雄：春暉出版社，1997 年 2 月），頁 129。

[38] 這幾本都由臺北的盛興書局出版，參見楊逵著《三國志物語》第一卷書末的販書廣告。

[39] 楊逵，《三國志物語》〈序〉，引自彭小妍主編，《楊逵全集》「小說卷」（III）（臺南：國立文化資產保存研究中心籌備處，1999 年 6 月），頁 157。

一九四二年八月二十四日，楊逵在《臺灣新聞》發表〈談水滸傳〉（〈水滸傳のために〉）時也提到了《三國志》，他說：

> 讀了桑原武夫氏的〈談三國志〉，知道這部小說流傳得這麼廣，在內地也擁有許多讀者的事實，我著實吃了一驚。在臺灣，當然事實也是這樣；只不過臺灣情況特別。也就是說，對我們本島人來說，這部小說在內容和形式上，都和我們的風俗、習慣、民族有關連。例如，關羽手上握著那把青龍刀的肖像畫，受到各方膜拜，奉為「關公」。雖然現在《三國志》被禁演，但是在臺灣傳統的戲劇表演中，向來都會打出這個戲碼。而「講古先」又天天講，百年如一日。因此，我們甚至可以說，本島人之中也許有人不知道《三國志》，卻沒有人不知道關公、曹操、劉備、張飛等，這部小說裡的主要人物和場景等等，都儼然是屬於民眾的一部分了。
>
> 像這樣，從老人到孩童都愛看，口耳相傳而流傳下來的小說，真是古今少有。而像這樣子從知識份子到一般大眾都一樣愛看，也是一大驚奇。這種現象簡直不可思議，幾乎不可能發生在現代小說上。
>
> 我認為，對目前從事文學工作的人們來說，這個無法掩蓋的事實需要一番深切的反省。到目前為止，我們對這個如此切身、如此司空見慣的事實，既不關心也不注意，現在必須改正這種不當的態度。追究這部小說為什麼有那麼多人愛看、愛聽的緣由，在填補現代小說無法大眾化的鴻溝上，能發揮很大的功效，則不言自明。[40]

---

[40] 楊逵，〈談水滸傳〉，原以日文發表於《臺灣新聞》，1942 年 8 月 24 日，引自《楊逵全集》「詩文卷」（下），頁 38-39。

楊逵晚年曾在回憶裡說自己幼年喜歡聽賣藝人說書，《三國演義》早已是耳熟能詳的故事之一。[41]在殖民者企圖以皇民化運動改變臺灣人集體心靈的重要時刻，上述引文透露了楊逵認知到三國故事無論在內容或形式上，均與臺灣的風俗、習慣、民族關聯的事實，以及中國歷史故事也能在日本廣為流傳，如此不分國度的「大眾化」所能提供文學創作者借鏡的關注。

　　由於讀書慾的普遍提高帶動臺灣出版事業的日益蓬勃，漢文民俗讀本的廣受歡迎，連殖民當局也不得不注意可能對大眾帶來的影響。臺灣總督府保安課事務官國弘政一在「決戰下臺灣的言論方針・座談會」[42]中，就針對檢閱一事發言說：

> 最近引起我們注意的動向，是出版了漢文的單行本，申請檢閱的問題，有越來越增加的趨勢。看這種現象，心底可以感覺到最近本島大眾對讀書的一種欲求。這有各種原因，其中因本島人的娛樂變少了，結果拿漢字書來代替排解娛樂的欲求。像車夫在等待客人或等待主人的時候，他們就會拿出漢字的小冊本看著。出版商以他們為對象，出版漢文通俗的民俗讀物，這是值得注目的動向。我們需要考慮如何指導他們。到今天看了那些出版物都非常低調，過分鄙俗完全缺乏時局認識，從檢閱的立場來看我也不能贊成。不過像這種讀書慾是不能抑壓的，所以必須要慎重檢討，儘量引導他們向好的方面走。譬如不准他們看漢文，這種事從地方的實情看來是不能不說過份了。[43]

---

[41] 戴國煇、內村剛介訪問，葉石濤譯，〈一個台灣作家的七十七年〉，《楊逵全集》「資料卷」，頁245。

[42] 座談會發言紀錄原刊於《臺灣時報》，1943年4月號，中譯收於陳萬益主編，《張文環全集》「隨筆集」（二），頁168-187。

[43] 陳千武譯，收於《張文環全集》「隨筆集」（二），頁178-179。

閱讀上述國弘政一的發言後，楊逵即向全島有識之士提出請求，寫下：

> 要是為民眾的文化著想，就不應該壓抑民眾這種讀書慾；如果
> 您這麼想，而您又真的不喜歡通俗小說，就請您自告奮勇地寫
> 出一些能取代它們的作品。我相信，到那一天，劣質作品將會
> 被各位寫出來的作品趕走。到最後，一如各位所希望的，品質
> 差的通俗小說就會銷聲匿跡。
> 我相信，只有這樣才能夠驅逐通俗小說。
> ——指導階級和文學工作者要記得，在本島的閱讀階級中，喜
> 愛《水滸傳》和《三國志》的階層佔有一定的比例。我們不妨
> 說，如果寫出新的小說，而且能抓住這類閱讀階級，那麼，身
> 為社會一份子，文學工作者的存在才會受人尊重。（摘自本誌六
> 月號圖書介紹）[44]

了解殖民當局希望引導閱讀民俗讀物的大眾往認識時局發展的意圖，楊逵藉此建議領導階級應以新的小說形式改寫《水滸傳》與《三國志》，以驅逐品質粗糙的通俗小說。

　　從四卷《三國志物語》漢字旁幾乎全附假名讀音，還有第二卷後盛興出版部的徵稿啟事來看，《三國志物語》之出版乃藉由迎合日本當局的日語運動及建設新大東亞的政治口號，向臺灣民眾介紹中國歷史與文化。再從第二卷書末所附徵文廣告來看，當時主持「臺灣文庫」編輯部的楊逵以「提昇大眾文化是文化人的文化使命」為題向外界公開募稿，預計出版廉價好書，以改正出版品內容與形式皆嫌粗糙現象之目的，《三國志物語》無疑也是臺灣文庫相關成果之一。其敘述語句的淺顯易懂，具體說明銷售策略是以婦孺皆曉、老少咸宜為原則，所設定的讀者對象

---

[44] 楊逵，〈臺灣出版界雜感——談通俗小說〉（〈臺灣出版界雜感——特に赤本に就て〉），原以日文發表於《臺灣時報》第二八三號（1943 年 7 月），引自《楊逵全集》「詩文卷」（下），頁 108。

在廣大的社會群眾。因為要利用通俗的愛情小說形式吸引大眾，進而扭轉文學風尚，《三國志物語》中對於男女情愛的刻劃比原著更為細膩，例如王允設下美人計，利用貂蟬離間董卓、呂布一段，就比原著更加以細微的描寫，甚至貂蟬和呂布在花園偷情的相關情節，極有可能就是因為描寫得太露骨，未能通過檢查才被刪除，[45]楊逵藉此展現了和以往截然不同的創作風格。

戰後的一九四八年間，林曙光回顧日治時期的臺灣文學時，提及黃得時曾從事翻譯《水滸傳》，楊逵從事翻譯《三國志》，「致力於介紹祖國名作，不但可以由於日寇極力鼓吹的奉皇文學逃避，且使臺灣青年，甚至於日人也瞭解中國文學的偉大，不無貢獻。」[46]由此可見皇民化運動熱烈推行之際，改寫臺灣民間傳統文化的三國故事，表面上是配合日語運動與建設大東亞的國策；其實四卷《三國志物語》以文字與插畫[47]傳述中國歷史文化，隱約可見在時局性口號背後維繫傳統文化以對抗皇民化運動的深意。

## 四、對當局收編文壇的反應

一九四二年三月及四月，楊逵分別於《臺灣文學》及《臺灣藝術》刊登廣告，徵求愛好園藝及從事文學的勤勉人士，保證將提供寫作事業及生活所需。[48]可見楊逵此時正想重整旗鼓，積極培植新秀領導文學運動。但緊接著遭逢日本當局有計畫地推行皇民文學，楊逵的雄心壯志只得無疾而終。

---

[45] 彭小妍，〈楊逵的《三國志物語》〉，《中央日報》，2000 年 1 月 6 日。

[46] 林曙光，〈臺灣文學的過去、現在與將來〉，《臺灣新生報》「橋」第一〇二期，1948 年 4 月 12 日。

[47] 第一卷繪圖者為蔡雪溪，第二卷之後為林玉山。

[48] 廣告標題為〈徵求園藝見習人士〉（〈園藝見習募集〉），原刊登於一九四二年三月的《臺灣文學》第二卷第二號，及四月份的《臺灣藝術》第三卷第四號，中譯見《楊逵全集》「資料卷」，頁 305。

　　一九四二年五月二十六日，日本內地設立日本文學報國會，以確立顯現皇國傳統與理想的日本文學，與翼贊皇道文化的宣揚為目的，對文學界進行全面性的控制。[49]從川端康成和左翼的反戰文學家秋田雨雀、宮本百合子均赫然在列，即可窺見知名作家充任宣傳工具的身不由己。同年七月，臺灣文藝家協會以文藝報國為目的再進行改組。八月，臺灣皇民奉公會設置文化部，臺灣文藝家協會會長矢野峰人就任文藝班班長。日本政府為拉攏殖民地與佔領地作家，曾經舉辦三次大東亞文學者會議。[50]一九四二年十一月三日起，第一回的「大東亞文學者大會」在東京舉行，臺灣派出西川滿、濱田隼雄、龍瑛宗及張文環四人與會。當月楊逵發表〈寫於大東亞文學者會議之際〉（〈大東亞文學者會議に際して〉）於臺灣總督府的《臺灣時報》，抒發自己對於會議的期待。文章一開始，楊逵先強調文學工作者在時局下肩負重大的社會使命與團結合作的重要性，接著說：

> 雖然我們現在的理想是以共存共榮為目標，但是，自古以來，只要是關於政治，任何人都不能忽視支配與被支配這種明顯的事實。就算支配的形態各色各樣，底下流動的本質多半都不是一體同心，也不是共存共榮，這是不容忽視的一點。追求東亞共存共榮的日本，不能是這個樣子，而必須創造出一種新的形態。[51]

---

49　高橋新太郎解說，《社団法人日本文学報国会会員名簿》（昭和 18 年版）（東京：新評論株式会社，1992 年 5 月），頁 310。以下會員名單亦見於該書，頁 3-69。

50　第一回大東亞文學者大會召開時間及臺灣代表見下文；第二回則於一九四三年八月二十五日起在東京舉行，臺灣派出長崎浩、齊藤勇、楊雲萍、周金波為代表；第三回於一九四四年十一月十二日起在中國南京舉行，僅有日本、滿洲國、中國代表出席，這次臺灣與朝鮮均未如前兩次般派人參加，第一次曾派員參加的蒙古亦未有代表出席。詳見櫻本富雄，《日本文學報國會——大東亞戰爭下の文学者たち》（東京：青木書店，1995 年 6 月），頁 224、230、272、275-276。

51　楊逵，〈寫於大東亞文學者會議之際〉，原以日文發表於《臺灣時報》第二七

假借呼應共存共榮的口號，談支配與被支配的狀態之下，日本應該追求大東亞人民真正的一體同心。接著對《時局雜誌》十月號中福田清人〈談大東亞文學者大會〉所提的，讓各地挑選出來的文學工作者了解日本文化的真正姿態，商討要用什麼方式互助合作去建設大東亞文化，楊逵說：

> 這確實是這次會議的一項重大任務，可是我認為他忘了還有一件更重大的工作。不錯，讓這次聚集在這裡的各地的文學工作者們，各自把日本的真面貌普遍地告知各地的人們，這是很重要的工作之一。而進一步讓這些文學工作者們坦率地寫出各地的民眾心聲，寫出他們的喜怒哀樂的真正樣貌，日本的一億國民就能和他們一起分享他們的喜悅與悲傷；只有這樣，才能期待獲得他們的協助，這是建設大東亞不可或缺的。我們應該要理解，當大東亞幾億人個個都不是被迫而是志願貢獻心力時，那將多麼美好！[52]

在日本當局千方百計拉攏文學界人士，展開宣傳戰的同時，楊逵認為作家的坦率還是最重要的，應該真誠地描寫被支配者的心聲直通日本當局。然後楊逵還呼籲當局嚴格挑選會議代表，必須避免利慾薰心之徒，看清部分文藝工作者為求個人榮顯，背離民意以附和日本當局的醜態，充分展現文化人的良知與勇氣。

最後楊逵又提到《文藝》十月號刊登有關東亞文藝復興的座談會上，片岡鐵兵對日本、中國文化考察的心得。關於片岡建議要在日本文學報國會內設立東亞部，翻譯並於日本刊載中國作家的作品，而且致贈

---

五號（1942 年 11 月），引自《楊逵全集》「詩文卷」（下），頁 53-54。
[52] 引自楊逵，〈寫於大東亞文學者會議之際〉，《楊逵全集》「詩文卷」（下），頁 55。

稿酬，爭取還在猶豫的文學工作者加入和平陣營的意見。楊逵呼籲此一提案不應只限於中國，還應該努力推行到整個東亞的各個地區。所謂東亞的各個地區當然絕對不能排除臺灣，換句話說楊逵表面上贊同片岡的提議，其實又一次以迎合的姿態謀求臺灣新文學與文化之發展。如果中國的中文作品能翻譯登上日本文壇，臺灣的漢文創作當然沒有理由被永遠埋沒。那麼從一九三七年四月報紙廢止漢文欄以來，消沉已久的白話漢文作家就能重新出發，對於日文作家的成長將會產生良性競爭，也會在創作品質的提昇方面提供莫大的助力，或許可望重現皇民化運動前蓬勃的文學環境，再創臺灣新文化運動的另一次高潮。不過大東亞文學者會議終究只是日本政府的權謀，目的僅在收編和利用文學界，楊逵的期盼最終還是落空了！

　　一九四三年二月，皇民奉公會主辦的第一回臺灣文化賞揭曉，得獎者為西川滿、濱田隼雄與臺籍作家張文環。四月二十九日，臺灣文藝家協會解散，「臺灣文學奉公會」旋即成立，皇民奉公會事務組長山本真人擔任會長，楊逵與西川滿、濱田隼雄、中山侑、池田敏雄、張文環、黃得時、呂赫若、周金波、龍瑛宗等人也列名其中。至此，臺灣文壇已被完全吸納進政治的體制當中，臺籍作家無一倖免。六月，「日本文學報國會臺灣支部」成立。日本當局一連串以政治干涉文學的行動，終於將文學全面引領到國策宣傳的路上，為「皇民文學」一詞的萌發營造成熟的環境。

　　一九四三年十一月十三日，「臺灣決戰文學會議」召開，中心議題為「本島決戰文學態勢的確立，文學工作者的協力戰爭——其理念與實踐方法」（「本島決戰文學態勢の確立　文學者の協力戰爭——その理念と實踐方策」）。與會的作家有西川滿、濱田隼雄、島田謹二、田中保男、郭水潭、黃得時、吳新榮、周金波、張文環、張星建、陳火泉、龍瑛宗、呂赫若以及楊逵……等五十八位，皆為臺灣文壇一時之選。楊逵首度發言時提出為了感謝皇軍，要向文學家募款購買書籍，捐贈給陸軍醫院表示慰問之意。這項動議獲得全場鼓掌通過。

會中為了配合文藝雜誌的戰鬥配置，西川滿、齊藤勇、田淵武吉紛紛獻上自己的文藝雜誌。接著主席詢問關於合併雜誌的意見時，黃得時表態沒有必要統合雜誌。楊逵亦發言支持黃得時，認為抽象的皇民文學理論與雜誌的合併乃完全不同的兩個問題，遂因而導致神川清不滿，強烈批評兩者分離將導致國家的滅亡。眼見針鋒相對的情勢一發不可收拾，張文環乃說出沒有非皇民文學，如果有寫出非皇民文學作品者一律槍殺的話，收拾殘局。日本學者野間信幸認為張文環的這段話是臨危陳言，使臺灣作家不至於被視為「非皇民」，強調這是張文環為了堅守臺灣鄉土文學的委曲求全。林瑞明雖然說野間信幸從決戰文學會議的片段紀錄，歸納出如此令人深思的一幕，有其個人的「歷史想像」（historical imagination），卻也肯定張文環的發言是獅子吼，殖民地人民的悲哀盡在此一聲之中。[53]決戰文學會議的最後，總督府保安課長後藤吉五郎還是明確地表達：對決戰無益的文學作品都不可發表。[54]這樣肅殺的氣氛等於宣告當局的文學政策將更為嚴苛，此後作家必須負擔更為沉重的政治責任，創作自由必然完全淪喪。

一九四四年一月，《文藝臺灣》與《臺灣文學》相繼停刊。五月，臺灣文學奉公會負責發行的《臺灣文藝》創刊。聲名顯赫的文藝工作者被日本當局一網打盡，令他們撰寫為國策服務的皇民文學。楊逵復出文壇的代表作就是刊載於「臺灣文學奉公會」發行的《臺灣文藝》，被總督府情報課派往基隆石底煤礦實地考察的報導文學〈增產之背後──老丑角的故事〉（〈增產の蔭に──呑氣な爺さんの話〉），以及先前發表於臺灣總督府官方刊物《臺灣時報》的〈泥娃娃〉（〈泥人形〉）和〈鵝媽媽出嫁〉（〈鵞鳥の嫁入〉）[55]。後來〈泥娃娃〉及〈增產之背後──老丑

---

[53] 參見野間信幸作，涂翠花譯，〈張文環的文學活動及其特色〉，《台灣文藝》創新十號（1992年5月），頁36；林瑞明，〈騷動的靈魂──決戰時期的台灣作家與皇民文學〉，《台灣文學的歷史考察》，頁296-297及頁322。

[54] 會議名單及發言紀錄見《文藝臺灣》第七卷第二號（終刊號，1943年12月）「臺灣決戰文學會議特輯」，頁32-38。

[55] 〈泥娃娃〉和〈鵝媽媽出嫁〉分別發表於《臺灣時報》二六八號（1942年4

角的故事〉分別被收錄於《臺灣小說集 1》與臺灣總督府情報課編輯的《決戰臺灣小說集（坤卷）》[56]，作為日本當局的宣傳品，使其無法擺落「皇民文學」的色彩。然而這三篇作品並非楊逵主動執筆，而是被動回應臺灣總督府情報課的邀約。再就內容來看，〈泥娃娃〉的譏刺投機人士利用戰爭大發橫財，〈鵝媽媽出嫁〉的醫院院長利用職權強索母鵝作為回扣，〈增產之背後──老丑角的故事〉的歌頌勞動，似乎都不僅用來宣傳國策，是否該視為皇民文學實有疑問。

　　同樣的情形也發生在楊逵的〈解除「首陽」記〉，這篇文章刊登於一九四四年六月臺灣文學奉公會發行的《臺灣文藝》「臺灣文學者總蹶起」專輯，除楊逵之外，執筆的臺籍作家還有呂赫若、張文環、高山凡石（陳火泉）、吳新榮，作為對奉公會於五月份發起的「全臺民眾總蹶起」的具體回應。楊逵雖在文章中明白宣稱從五月十九日起卸下「首陽農園」的招牌，但是其中不凡反面寄意，例如他說：

> 我在某高級特務家喝酒，一面聽著他安慰我、勸我改過自新，一面喝得酩酊大醉，就那樣睡著了。想起來自己真沒出息，給人家添了很大的麻煩；同時，想到那溫馨的情誼，便感動得哽咽起來。
>
> 為了我的新生，有學者送書給我，有的雜誌編輯放下《昭和國民史》就走了；有官方的人借我《讀書人》雜誌，甚至還劃上紅線。[57]

---

月）與第二七四號（1942 年 10 月）。〈增產之背後──老丑角的故事〉發表於《臺灣文藝》第一卷第四號（1944 年 8 月）。

[56] 《臺灣小說集 1》一九四三年十一月由臺北的大木書房編輯出版，《決戰臺灣小說集（坤卷）》由臺北的臺灣出版文化株式會社於一九四五年一月出版。

[57] 楊逵，〈解除「首陽」記〉，原以日文發表於《臺灣文藝》第一卷第二號（1944 年 6 月），引自《楊逵全集》「詩文卷」（下），頁 150。

文中楊逵就這樣一再強調溫馨的情誼是如何拯救了他，如何為他的新生發揮了作用，顯示該文的寫作是壓力之下不得不然。由此可見表面上的呼應國策，其實不過是應付當局的違心之論。

## 五、以創作針砭時局

　　相對於被動員去寫作國策文學，楊逵在一九四四年原擬自行出版小說創作選集《萌芽》（《芽萌ゆる》），卻在排版中遭到查禁更值得注意。該書共收錄〈萌芽〉（〈芽萌ゆる〉）、〈不笑的小伙計〉（〈笑はない小僧〉）、〈無醫村〉、〈鵝媽媽出嫁〉、〈犬猴鄰居〉（〈犬猿鄰組〉）五篇小說創作。其中〈鵝媽媽出嫁〉是總督府邀約之作，曾在《臺灣時報》發表；然而《萌芽》版將整個結構做了極大的調整，突出以真正共存共榮為理想終至犧牲的林文欽，對照假公濟私的醫院院長，傳達出楊逵共有共享的社會主義理念，嘲諷日本「共存共榮」口號的背後實以掠奪為本質。[58]〈萌芽〉則以一個等待丈夫病癒歸來的女子為主角，呼喊「國語運動」與「增產報國」、「滅私奉公」的政治性宣傳口號之餘，藉機批判了當時炙手可熱的皇民劇劇本。〈不笑的小伙計〉描寫農家人失去土地的哀傷與重獲土地的歡笑，傳達出以花農為業的楊逵對母土的深深依戀。〈無醫村〉附和注意偏僻鄉下醫療資源缺乏的呼籲外，突顯現代化醫院林立的城市，仍有因窮困而無法得到適當醫療照顧的人民。〈犬猴鄰居〉以一個獨居老太太的孤苦無依，揭發戰時物資配給制度的不公。這些作品雖不免在表面上帶有唱和日本國策的姿態，仍可從架設的故事情節讀出作者有意暴露日本軍國主義侵略戰爭的本質，與大東亞共榮圈宣傳口號的欺騙和虛妄。生平的第一本作品選集被禁止出版，正足以證明楊逵的作品不受殖民當局歡迎，其意涵當然也不是符合日本國家利益的皇民文學。

---

[58] 詳見拙著，《楊逵及其作品研究》，頁 134-135。

　　一九四四年下半年起楊逵接連發表數篇作品，對日本當局提出諫言。九月二十七日，楊逵於《臺灣新報》發表〈眾神開眼〉（〈汎神開眼〉）[59]，談臺灣為神明開光點眼的傳統文化，象徵人民希望有神明透視宇宙及人心各個角落的雙眼，能看清真實的生活。楊逵以此解析民眾的心理，其實是莫不期盼領導階層也能睜開眼睛，以便看清楚國土的各個角落，使民意暢通無阻地傳達到在位者，如此百姓才能安身立命，喜樂地將一切奉獻給國家。

　　一九四五年三月，楊逵發表〈喚醒美感〉（〈美しき心情を〉），批評當時的繪畫與文學只令人覺得無趣，因為其中並沒有扣人心弦的美感或深刻的感動。他並且坦率地批判決戰文學說：

> 為了因應決戰的備戰狀態而提倡決戰文學，高喊決戰美術，結果畫面上出現了戰場景象，出現了揮動著鐵鎚、丁字鎬的生產戰士，也出現了滿身泥濘的農夫。這是理所當然的慾求，我們也深覺有趣，把它當成新的趨勢。但是，如果那些畫作沒有靈魂，只有形骸的話，會怎樣？如果沒有美感和剛毅，沒有令人震撼的吶喊，又會怎樣？難道這些不會褻瀆決戰美術之名嗎？我想起許多褻瀆了決戰文學之名的作品，同時也在思考這些問題。用決戰服和教條代表決戰生活，這種取巧膚淺的生活態度，正受到皇民奉公運動嚴屬的批判，然而，我深深感到，決戰美術和決戰文學方面卻還批判得不夠。藝術不能虛張聲勢，而是要觸動靈魂，喚醒美感才行。我想，現在就應該立刻展開嚴格的批判和反省。[60]

---

[59] 本篇收於《楊逵全集》「詩文卷」（下），頁177-178。

[60] 楊逵，〈喚醒美感〉，原以日文發表於《臺灣美術》第四、五號合併號（1945年3月），引自《楊逵全集》「詩文卷」（下），頁204。

決戰文學會議之後，臺灣的文化界已被當局全數羅織進入翼贊國策的體制，為戰爭搖旗吶喊。這些文字明確表達楊逵對於決戰文學徒有形式，僅落得成為宣傳品的口號文學極端不滿，期待能有真正感人肺腑的作品出現。

一九四五年四月，楊逵再以〈民心〉（〈たみの心〉）苦口婆心地勸諫日本當權者應注意東亞十億人心的歸向，因為民心向背如流水，可以隨意撥弄，卻又難以掌控；做為領導者應如太平洋，有兼容並蓄的雅量。他說：

> 領導者要和人民同甘共苦，生死與共。換句話說，領導者要時時刻刻和民眾在一起。領導者切勿自認偉大不凡，對人施以高壓。唯有能將民心比我心，和民眾一起哭泣一起歡笑有血有淚的領導者，這種極為平凡的領導者，才能將民心組織成一注水流。[61]

接著楊逵再以曹操雖然偉大不平凡，卻沒有得到民眾的愛戴，反而集民怨於一身，勸告那種以為民眾愚昧無知，以為和民眾相處會玷污自己的統治者，必須三思有關曹操的事實。楊逵並以日本清和天皇（850～880）的「皇天無親，以民為親」作結，忠告日本當局天意以民意為依歸，擁有權勢者應貼近百姓，了解民眾的需要，符合人民的期待。當日本的侵略戰爭漸露敗象之際，楊逵以日本當局為對象的這些文字透露出敏銳的時局觀察，以及堅持不被當局收編的立場。

就在戰爭最為熾烈之際，楊逵與一批青年合組「焦土會」，每週在楊逵家集會一次，並以閩南語重新排演《怒吼吧！中國》，演出計畫後來因日本投降而中止。[62]其間楊逵還經常請託鍾逸人北上洽公時，赴大

---

[61] 楊逵，〈民心〉，原以日文發表於《臺灣公論》第十卷第四號（1945年4月），引自《楊逵全集》「詩文卷」（下），頁209。

[62] 參考楊資崩，〈我的父親楊逵〉，《聯合報》，1986年8月7日；楊逵，〈日本殖民統治下的孩子〉，《楊逵全集》「資料卷」，頁29。關於「焦土會」的由來，

稻埕王添燈經營的文山茶行打探消息。昔日文化協會與農民組合的戰友一連溫卿、王萬得、林日高、蕭來福、潘欽信等人經常躲在內院二樓房間裏偷聽收音機播報時局，楊逵就根據這些人提供的消息了解臺灣的前途。[63]對於臺灣的主權將交付給中國一事，楊逵很可能已經獲悉，並且對這個新時代的來臨懷抱著期望。

## 第二節　楊逵與糞現實主義文學論爭

### 一、論爭的引爆與蔓延

一九四三年的臺灣文壇爆發了文學論戰，歷時數月，楊逵也捲入其中，表明擁護現實主義的文學傾向。這段歷史在經過鍾美芳的〈呂赫若創作歷程初探——從「柘榴」到「清秋」〉，柳書琴的〈再剝〈石榴〉——決戰時期呂赫若小說的創作母題（1942-1945）〉與《荊棘之道：旅日青年的文學活動與文化抗爭——以《福爾摩沙》系統作家為中心》、曾健民〈評介「狗屎現實主義」論爭——關於日據末期的一場文學鬥爭〉，以及垂水千惠〈「糞realism」論爭之背景——與《人民文庫》批判之關係為中心〉相繼發表之後，[64]已經有了清晰的輪廓。不過上述研究不

---

上述資料中楊資崩（楊逵長子）的解釋是「寧願變為焦土也不願皇民化」，楊逵則說是「以焦土抗日的心情」。以史實衡之，應是來自蔣介石決定對日焦土抗戰的典故。

[63] 鍾天啟（鍾逸人），〈瓦窰寮裡的楊逵〉，《楊逵的文學生涯》，頁299。

[64] 五篇論文發表時間依序是：鍾美芳，〈呂赫創作歷程初探——從「柘榴」到「清秋」〉（「賴和及其同時代的作家：日據時期台灣文學國際學術會議」，新竹：清華大學，1994年11月25～27日）。柳書琴，〈再剝〈石榴〉——決戰時期呂赫若小說的創作母題（1942-1945）〉，收入陳映真等著，《呂赫若作品研究——台灣第一才子》（臺北：聯合文學，1997年11月），頁127-169。曾健民，〈評介「狗屎現實主義」論爭——關於日據末期的一場文學鬥爭〉，收於其編，《噤啞的論爭》（臺北：人間出版社，1999年9月），頁109-123。

是從呂赫若個人的創作歷程，就是從張文環的立場或論爭整體的意義立說；楊逵部分都僅僅提及他在〈擁護糞現實主義〉（〈糞リアリズムの擁護〉）中的論辯策略及言說要旨，引證也只有公開發表的這一篇文章。筆者以為：皇民化運動期間言論尺度緊縮，當一切以日本國家利益為考量之際，楊逵奮不顧身地介入論爭，與推動文學奉公而位居要職的西川滿、濱田隼雄成為論敵，不論是要研究楊逵在戰爭時期的思想，或是當時臺灣作家坎坷的文學歷程，都是重要的參考依據，值得再次深入剖析。[65]

　　研究顯示，論爭起於一九四三年的四月八日，由濱田隼雄的評論〈非文學的感想〉（〈非文學的な感想〉）[66]點燃戰火。濱田自稱在獲得第一屆臺灣文化賞之後，因覺得愧不敢當而思索臺灣文學相關問題。文中他稱頌芭蕉（松尾芭蕉，1644～1694）、蕪村（与謝蕪村，1716～1783）兩位作家俳句中的風雅和離俗，既生動又兼具氣韻。除了反省自身創作之外，還同時批判現實主義與浪漫主義的文學，其最終目的不過是用以宣揚文學奉公的立場。原為共產主義者轉向而來的濱田，[67]曾經在一九四一年發表作家須把握臺灣文藝政治意義的言論，[68]因此〈非文學的感

---

柳書琴，〈1943 年的一場文學論爭〉，《荊棘之道：旅日青年的文學活動與文化抗爭——以《福爾摩沙》系統作家為中心》（清華大學中國文學系博士論文，2001 年 7 月），頁 328-334。垂水千惠，〈「糞 realism」論爭之背景——與《人民文庫》批判之關係為中心〉，收於鄭烱明編，《越浪前行的一代：葉石濤及其同時代作家文學國際學術研討會論文集》（高雄：春暉出版社，2002 年 2 月），頁 31-50。筆者撰寫本節時，深受上述柳書琴〈1943 年的一場文學論爭〉之啟發。

[65] 在此必須聲明：本節〈楊逵與糞現實主義文學論爭〉曾先行發表於《台灣文學學報》第五期（2004 年 6 月），趙勳達的〈大東亞戰爭陰影下的『糞寫實主義論爭』——析論西川滿與楊逵的策略〉則幾乎同時發表於楊逵文學國際學術研討會（臺中：靜宜大學，2004 年 6 月 19、20 日）。兩文同樣注意到楊逵與西川滿論辯的策略，論點或有雷同之處純屬巧合，彼此未曾受到對方的影響。

[66] 發表於《臺灣時報》第二八〇號（1943 年 4 月），頁 74-79。

[67] 根據井東襄的說法，濱田隼雄原為共產主義者，見其著，《大戰中に於ける台湾の文學》（東京：近代文學社，1993 年），頁 97。

[68] 詳見濱田隼雄，〈二千六百一年の春——臺灣文藝の新體制に寄せて〉，《臺

想〉不過是同一意見的重申。只是文中抬出大東亞理想的大帽子，明確指責臺灣作家只會描寫現實的否定面，提及的永遠是決戰下本島人皇民不積極、不認同的一面，隨即引發臺灣作家的反擊。

　　五月一日，張文環在《臺灣公論》上發表〈臺灣文學雜感〉[69]，承認臺灣文學被批評為消極讓他感到心痛，但心痛的真正原因來自於臺灣文學創作品質的低落。順勢再譏刺臺灣也還並未產生像樣的文學批評，作為對濱田隼雄的回應。最後再以文學不是逃避現實的精神作業，必須站在做為皇民的立場肩負其任務結束。柳書琴認為張文環將文學與國民精神總動員、皇民化意味在內的精神運動混為一談，聲明自己的文學不違反國策，以技巧性的手法撇清指控。[70]但是相對於加入論爭的其他作家，張文環的出拳顯得軟弱而無力。

　　就在〈臺灣文學雜感〉刊出的同時，西川滿於《文藝臺灣》發表〈文藝時評〉，他首先歌頌日本作家泉鏡花（1873～1939），再以極為輕蔑的文字批評本島作家說：

> 大體上，向來構成台灣文學主流的「糞現實主義」，全都是明治以降傳入日本的歐美文學的手法，這種文學，是一點也引不起喜愛櫻花的我們日本人的共鳴的。這「糞現實主義」，如果有一點膚淺的人道主義，那也還好，然而，它低俗不堪的問題，再加上毫無批判性的生活描寫，可以說絲毫沒有日本的傳統。
>
> 我認為這對本島人作家而言更是如此；真正的現實主義絕對不是這樣的；在本島人作家依舊關注「虐待繼子」的問題或「家族葛藤」的問題，只描寫這些陋俗的時候，下一代的本島青年早已在「勤行報國」或「志願兵」方面表現出熱烈的行動了。

---

灣日日新報》，1941 年 1 月 3 日。
[69] 陳千武之中文翻譯收於《張文環全集》第六卷「隨筆集」（一），頁 156。
[70] 參考柳書琴，《荊棘的道路：旅日青年的文學活動與文化抗爭》，頁 328。

對於無視這種現實又缺乏自覺的現實主義作家來說，這是多麼諷刺的事啊！[71]

　　泉鏡花是尾崎紅葉的得意門生、日本知名小說家，反對自然主義，是唯美文學的代表。身處歐化風潮最為興盛之際，他的作品仍被另一位日本小說家古崎潤一郎（1886～1965）評為「純粹日本的鏡花世界」。[72]西川滿在文中極力推崇泉鏡花的偉大，以及他在「藝」與「雕琢」上的成就，並且一再將臺灣作家與泉鏡花對比，既要大家學習泉鏡花，又批評臺灣作家背離日本文學的傳統，要求把帶有英美色彩的東西從文學世界中排除出去。西川滿的邏輯很清楚──臺籍作家慣用的現實主義是根源於歐美的文學手法，而當前英美與日本處於對峙的情勢；大東亞戰爭既是要剷除西方勢力，便應該分清敵我分際，以日本文學為師，力圖樹立「皇國文學」，這才是所謂符合日本傳統精神的文學。其中有他自覺身為日本皇民的責任與義務，對於臺籍作家不願正面回應戰爭一事表現忿怒與怨懟，顯然不是一時情緒性的謾罵。文中雖未指明批判的對象，

---

[71] 西川滿，〈文藝時評〉，原以日文發表於《文藝臺灣》第六卷第一號（1943年5月1日），引自曾健民譯文，《瘖啞的論爭》，頁124。其中曾健民原將「糞リアリズム」譯為「狗屎現實主義」，其因乃認為日文的「糞」字當形容詞有輕蔑、罵人之意，譯為「狗屎現實主義」較能表達原義。不過楊逵以一篇〈糞リアリズムの擁護〉參與論戰，文中一再以「糞」舉例說理；而「糞」即是「屎」，臺灣話中的「屎」本就可以當形容詞使用，並且也兼有輕蔑之意，如「屎色」即表示很差勁很難看的顏色。因此《楊逵全集》譯為「糞便現實主義」不僅能忠實傳達其本意，也符合楊逵論辯的主要精神。然由於論戰中「糞現實主義」與「偽浪漫主義」被作為相對的兩個語詞，字數相同更能表現兩者的對照性，為求翻譯統一與論述之方便，筆者將「糞リアリズム」譯為「糞現實主義」，以下引自曾健民譯文與《楊逵全集》者亦皆改為「糞現實主義」，不再一一注釋。另外，「リアリズム」有「寫實主義」與「現實主義」兩種不同中譯，由於楊逵的文學觀著重反映現實，本論述中也統一譯為「現實主義」。

[72] 參見古崎潤一郎，〈純粹に「日本的」な「鏡花世界」〉，收於津島佑子等著，《泉鏡花》（群像日本の作家5）（東京：小學館，1992年1月），頁12-13；《日本文學詞典》（上海：上海詞書出版社，1994年11月），頁309。

但不滿係針對張文環、呂赫若而發殆無疑義。同時「臺灣文學奉公會」甫於四月二十九日正式成立，這篇文章發表的時機極為敏感，想必絕非巧合。

## 二、「世外民」的回應及反響

　　五月十日，〈糞現實主義與偽浪漫主義〉（〈糞リアリズムと偽ロマンチシズム〉）於《興南新聞》發表，用以批駁西川滿的假浪漫主義。相對於濱田隼雄和西川滿分別標舉芭蕉、蕪村及泉鏡花為表率，以「世外民」署名的這篇文章也提出唯美派的代表作家永井荷風（1879～1959）作為楷模，採取以子之矛攻子之盾的策略，否認臺籍作家違反日本傳統文學精神。

　　永井荷風是生於東京的知名小說家與散文家，一九〇二年發表深受左拉影響的知名小說《地獄之花》（《地獄の花》），描寫女子因失去貞操意志消沉，最後終於衝破世俗的道德觀念，找到自立之路。永井一九〇三年留學美國，一九〇七年赴法國，任職於銀行。一九〇八年回國後陸續發表享樂主義的短篇小說集《美國的故事》（《あめりか物語》）、《法國的故事》（《ふらんす物語》）。三〇年代的創作大多以妓女和女招待的生活為題材，戰爭期間這些作品遭到查禁的命運，戰後則以反戰的態度為世人所重視。[73]

　　永井雖然與泉鏡花同以文筆優美著稱，但是作品中勇於揭露社會的黑暗面，對社會底層人民的生活境遇大表同情。因此世外民的論辯從世界名著談及文學創作的態度，批評虛偽的作品一文不值，並呼籲應該學習永井荷風，絕不降低作家格調，作品中要有正義的吶喊，建立明確的人生觀與世界觀。接著他再大力抨擊西川滿的言論說：

---

[73] 參考瀨沼茂樹，〈永井荷風——初期作品の思想〉，收於其著，《明治文學研究》（東京：法政大學出版局，1974年），頁112-116；《日本文學詞典》，頁329-330。

我承認西川氏的審美式的作品的底流是對純粹的美的追求；同時，我也不得不說本島人作家的現實主義也絕對不是可以任意冠之以「糞」之名的；因為他是從對自己的生活的反省以及對將來懷抱希望這一點出發的，這些作品描寫了台灣人家庭的葛藤，是因為這些現象都是處於過渡期的當今台灣社會的最根本問題。西川對於這樣的台灣社會的實情忽於省察，只陷泥於酬應辭令的表象，專指責別人的不是，這種作為，除了曝露他的小人作風外，別無他。還有，就算是挑語病吧！西川氏指責本島人沒有一點日本傳統精神，這不禁使人懷疑他到底懂不懂傳統的真義；所謂的傳統，只有在促進歷史或現實的社會進步上起作用的東西才可說是傳統；依此而論，現實主義作為現代社會最有力的批判武器，是一點也不容被忽視的。而且，真正的浪漫主義也應該是在現實主義的根柢貫流的東西，沒有明確的理想的浪漫主義，只不過是一種感傷主義罷了，它無自覺的膚淺之處，只不過是單純的幻想。[74]

文中反指西川滿不懂傳統的真意，沒有明確的理想；並且肯定現實主義是批判社會最有力的武器，可以促進社會的進步。作者極力推崇反對軍國主義的永井荷風堅持真理和正義，結尾復強調時間是最正確的裁判者之信念，無疑是藉此闡述作家維持自覺與良知的重要性，反對西川滿所提志願兵之類配合時局的文學精神。

　　這篇文章作者借佐藤春夫《女誡扇綺譚》中的主角「世外民」為筆名，其真實身分至今未明。根據葉石濤〈日據時期文壇瑣憶〉的記載，

---

[74] 世外民，〈糞現實主義與偽浪漫主義〉，原以日文發表於《興南新聞》，1943年5月10日，引自曾健民譯文，《噤啞的論爭》，頁129。曾健民將篇名譯為「狗屎現實主義與假浪漫主義」。

西川滿一直認定世外民即是邱炳南（邱永漢）。[75]垂水千惠以為一九二四年生的邱永漢當時止就讀日本東京帝國大學，而西川滿的文章發表於五月一日甫出刊的《文藝臺灣》，邱永漢是否來得及在五月十日發表評論，《興南新聞》又是否會向原為西川滿陣營的邱永漢邀稿，都值得懷疑，遂間接詢問邱本人，結果得到世外民不是邱永漢的答案。垂水乃轉而推測可能是楊逵、呂赫若，或與張文環、呂赫若極為親近的人士。認為是楊逵的理由主要係因楊逵出身臺南，其以「伊東亮」筆名發表的〈擁護糞現實主義〉與世外民的〈糞現實主義與偽浪漫主義〉，在論述內容上和寫作手法上有相似之處。[76]但是從世外民以當時臺灣的文學仍未能產生具永恆生命的藝術作品，或許西川滿稱之為糞現實主義是說對了這一點，與楊逵後來在論爭中發言積極擁護現實主義看來，兩人的立場有矛盾之處。要推論世外民即是楊逵本人，恐怕還需要更多足以服人的證據。

世外民究竟是誰還有其他推論，例如彭瑞金原以為最有可能的依序是張文環、楊逵、呂赫若，不過因為楊逵當時也捲入筆戰，以「伊東亮」筆名表態擁護糞現實主義的立場，彭瑞金乃又將他排除在外。葉石濤則認為以張文環當時在皇民奉公會的地位[77]，及其一向的筆調來說，可能性不大；若邱永漢確定不是，應以王育德最有可能。[78]不過王育霖、育德兄弟倆當時都在東京，[79]是否有機會得知發生在臺灣的這場論爭，又

[75] 葉石濤，〈日據時期文壇瑣憶〉，收於其著，《文學回憶錄》（臺北：遠景出版社，1983 年 4 月），頁 38。

[76] 垂水千惠，〈「糞 realism」論爭之背景——與《人民文庫》批判之關係為中心〉，《越浪前行的一代：葉石濤及其同時代作家文學國際學術研討會論文集》，頁 42-44。

[77] 張文環在皇民奉公會中曾擔任臺北州支部參議，以及中央本部事務局文化部的委員。參見柳書琴，《荊棘的道路：旅日青年的文學活動與文化抗爭》，頁 300。

[78] 彭瑞金與葉石濤兩人的推論見〈「糞寫實主義事件」解密——訪葉石濤先生談〈給世氏的公開信〉〉，《文學台灣》第四二期（2002 年 4 月），頁 31-32。

[79] 王育德（1924～1985），一九四二年赴東京，一九四三年十月進入東京帝國大學文學部支那哲文學科就讀，當時其兄長王育霖（1919～1947）為東京大

能否對西川滿的文章即時做出回應也是一大問題。因此世外民究竟是誰，目前都還只是未經證實的假設而已。

　　既然世外民是以《女誡扇綺譚》中的角色為名，或許也可以從《女誡扇綺譚》來思考其真實身分。佐藤春夫在臺期間，曾以客員（非正式社員）身分在《臺南新報》工作，當時未滿十二歲的楊熾昌（1908～1994）因父親楊宜綠於該報漢文部擔任編務，而得以結識佐藤春夫本人，並成為佐藤遊賞赤嵌樓、媽祖宮等地的嚮導。[80]楊熾昌回憶說：

> 佐藤春夫在台南新報走動時，曾和一位岡山籍的漢詩人世外民有過親密的來往，兩人到台南各地蒐集寫作材料。[81]

另外，根據新垣宏一的訪查，與佐藤春夫同遊臺南者為曾任岡山郡左營庄長的陳聰楷，世外民即是佐藤春夫以陳聰楷為範本描摹而成，[82]與楊熾昌所說世外民為岡山人士的親身見聞吻合。《女誡扇綺譚》描述世外民出身於從臺南搭火車約需一個小時車程的龜山，其家為富豪，因代代出秀才而遠近馳名。[83]龜山位於左營旁，可見當初陪同佐藤春夫遊歷安平者必為陳聰楷無疑。但小說有其虛構的特質，佐藤春夫自己即曾明白表示：「《女誡扇綺譚》的建築物、安平的風景，可以說是實景描寫。其

---

　　學法學部學生。見王育德著，吳瑞雲譯，《王育德自傳》（臺北：前衛出版社，2002 年 7 月），頁 202-208，及書後附〈王育德年譜〉。

[80] 參考呂興昌，〈楊熾昌生平著作年表初稿〉，《水蔭萍作品集》（臺南：臺南市立文化中心，1995 年 4 月），頁 378；楊熾昌，〈女誡扇綺譚與禿頭港──赤嵌時代取材臺南的故事〉，《臺南文化》新十九期（臺南市政府，1985 年 6 月 30 日），頁 50。

[81] 楊熾昌，〈女誡扇綺譚與禿頭港──赤嵌時代取材臺南的故事〉，《臺南文化》新十九期，頁 51-52。

[82] 新垣宏一，〈『女誡扇綺譚』──斷想ひとつふたつ──〉，《文藝臺灣》第一卷第四號（1940 年 7 月），頁 269-270。

[83] 佐藤春夫著，邱若山譯，《佐藤春夫──殖民地之旅》（臺北：草根出版社，2002 年 9 月），頁 232。

他情節是參雜中部地方的見聞與想像而創作的」[84]，因此現實生活中的陳聰楷不必然等同於《女誡扇綺譚》中的世外民。仔細閱讀楊熾昌敘述上下文的肌理脈絡，他將世外民描述為陳聰楷的筆名是從《女誡扇綺譚》而來的概念，並非真實的記憶。邱若山分析佐藤春夫的作品時也發現：「世外民」、「世外の人」、「世外の民」、「世外人」幾乎都是用來描述藝術家（小說家、詩人）的身分；以及《女誡扇綺譚》中世外民所贈惜別詩之「溫盟何必酒杯」為日文的表現法，認定「世外民」是佐藤春夫自己的分身。[85]從上述詩句不合漢詩「上四下三」的句法，此詩應為佐藤春夫自作，然而世外民是佐藤春夫分身的推論則還有疑義。從〈殖民地之旅〉以「世外人」稱呼深具抗日意識的洪棄生而言，[86]「世外民」視為佐藤春夫用來代稱虛構的一個漢詩作家的角色較為妥當。

因此若從《女誡扇綺譚》思考〈糞現實主義與偽浪漫主義〉作者是誰，僅能得知他熟悉佐藤春夫的作品，實不必侷限於籍貫臺南。再由〈糞現實主義與偽浪漫主義〉中提到《源氏物語》，以及《包法利夫人》、《戰爭與和平》、《少年維特的煩惱》等作品，透露出作者對於日本古典文學和世界文學頗有涉獵，也提供另一種思考方向。由於論爭當時在臺灣文壇既熟悉佐藤春夫的創作，又兼具日本古典文學與世界文學素養者不乏其人，[87]在缺乏直接證據之下，筆者亦不敢妄自揣測〈糞現實主義與偽

---

84 引自佐藤春夫著，邱若山譯，〈彼夏之記〉，《佐藤春夫——殖民地之旅》，頁343。另外，佐藤春夫在〈殖民地之旅〉一篇中也提及，〈女誡扇綺譚〉中有一部分是利用從中部旅行時的嚮導聞知的故事，見《佐藤春夫——殖民地之旅》，頁314。

85 邱若山，《佐藤春夫台湾旅行関係作品研究》（臺北：致良出版社，2002年9月），頁181-182。

86 見《佐藤春夫——殖民地之旅》，頁295。然〈殖民地之旅〉小說中並未說出這位漢詩人的姓名，根據河原功的研究，此人為洪炎秋之父洪棄生。參見河原功作，葉石濤譯，〈佐藤春夫的「殖民地之旅」〉，收於葉石濤，《沒有土地，哪有文學》（臺北：遠景出版社1985年6月），頁300。

87 例如楊熾昌與新垣宏一在大學都主修日本文學，也熟悉某些西洋文學理論與作品。黃得時畢業於臺北帝國大學文政學部文學科，專攻中國文學與日本文

浪漫主義〉作者的真實姓名。《女誡扇綺譚》是佐藤春夫浪漫主義的代表作，西川滿〈赤嵌記〉在結構上與其有近似之處，顯係以該篇為模仿對象，〈糞現實主義與偽浪漫主義〉作者借《女誡扇綺譚》的世外民發表意見，頗有向西川滿昭示浪漫主義的真諦，以及嘲諷西川滿的強烈意味。

　　五月十七日，《興南新聞》刊載署名「葉石濤」的〈給世外民的公開書〉（〈世氏へ公開狀〉）為西川滿辯護。[88]文中指稱世外民不但不懂日本文學的傳統，還受到外國文學的毒害。並且責備在當前要實現崇高理想、貫徹偉大戰爭之時，世外民的思想是有問題的，他說：

> 以積喜慶、蓄光輝、養正道的建國理想為基礎而建立起來的當
> 前的日本文學，現在正是清算自明治以降從外國輸入的糞現實
> 主義，進而回歸古典雄渾的時代的絕好機會。因此，對於裝出
> 一幅不識時代潮流的嘴臉，得意地叫喊什麼「台灣的反省」啦、
> 「深刻的家庭糾紛」啦等等，抬出令人想起十年前的普羅文學

---

學。又，楊熾昌曾在一九二八年讀完〈女誡扇綺譚〉之後，實地走訪故事中所說的沈家廢宅；新垣宏一（1913～2000）在邂逅《女誡扇綺譚》之後，喜好徘徊於臺南古街道，兩人都曾經坦言對於佐藤春夫作品的喜愛。參見楊熾昌，〈女誡扇綺譚與禿頭港──赤嵌時代取材臺南的故事〉，《臺南文化》新十九期，頁53-54；新垣宏一，〈自傳〉，收於其著，張良澤、戴嘉玲譯，《華麗島歲月》（臺北：前衛出版社，2002年8月），頁48；呂興昌編，〈黃得時生平著作年表初編（未定稿）〉，台灣文學研究工作室，1999年5月20日上網，網址為：http://ws.twl.ncku.edu.tw/hak-chia/l/li-heng-chhiong/ng-teksi-nipio.htm。

[88] 根據葉石濤在〈「文藝臺灣」及其周圍〉中的回憶，他是在心高氣傲的心態之下投稿痛罵糞現實主義，極力擁護浪漫主義。當時該文受到一連串猛烈的圍剿，他還洋洋得意，不以為忤。張文環、呂赫若曾為此事連袂上門理論，但因葉石濤外出而未碰面。在〈日據時期文壇瑣憶〉一文中，葉石濤還以「劣跡」來形容撰寫這篇文章的往事。不過近年間接受訪問時，葉石濤則否認這篇文章是自己的作品，表示當初乃西川滿借他之名發表。參考葉石濤，《文學回憶錄》，頁16-17與頁38-39；〈「糞寫實主義事件」解密──訪葉石濤先生談「給世氏的公開信」〉，《文學台灣》第四二期，頁22-36。

的大題目而沾沾自喜的那伙人，給他們一頓當頭棒喝一點也不
為過。
　譬如、在張文環的〈夜猿〉、〈閹雞〉中到底有什麼世界觀呢？
而且，張氏用台灣式的日語所寫的那種他獨家的、非現實的文
學，真令人難懂，害得我重複讀了好幾遍才懂；讀後，讓我感
受到的是，它只不過是一個回不來的夢──一個只有殘存在記
錄中的往昔的台灣生活罷了！這果真是世外民所稱的現實主義
嗎？至於呂赫若的〈合家平安〉、〈廟庭〉，也的確像鄉下上演的
新劇。只要想到這些作品居然會在情面上被稱譽為優秀作品，
就覺得可笑。就這一點，世外民也很難辯解吧！[89]

文中重批張文環、呂赫若的創作不算優秀，復以西川滿所追求的純粹的
美是立足於日本文學傳統，其詩作熱烈地歌頌做為一個日本人的自覺，
點名張、呂兩人的作品中就沒有像這樣的皇民意識，因此下了西川滿基
於悲壯的決意，對本島作家發出警告是理所當然的結論。
　五月二十四日，《興南新聞》刊載臺南雲嶺的〈投稿給批評家〉(〈批
評家に寄せて〉) 以及吳新榮的〈好文章‧壞文章〉(〈良き文章‧惡し
き文章〉)，再反駁西川滿與葉石濤。臺南雲嶺一方面撻伐西川滿將現實
主義冠上「糞」字，暗示自己的作品才是真文學，其度量太過狹小；另
一方面，也嘲諷葉石濤之所以批評張文環和呂赫若，乃是為了還西川滿
的人情，簡直把讀者當作傻瓜。吳新榮則批判葉石濤的文章沒有「八紘
一宇」的日本精神，他說張文環以〈夜猿〉、〈閹雞〉獲得皇民奉公會的
臺灣文化賞，葉石濤對他的質疑已侮辱到皇民奉公會的權威，才是首先
應該面對有無皇民意識的質疑。對於葉石濤指張文環的作品是回不來的
夢，是往昔臺灣的生活，吳新榮反質疑臺灣依附日本而存在，否定過去

---

[89] 原以日文發表於《興南新聞》，1943 年 5 月 17 日，引自曾健民譯文，《噤啞
的論爭》，頁 132。

的臺灣亦即否定當前的臺灣，葉石濤的說法是「非國民」的行為。他因此反問：如果張文環的作品記錄了臺灣過去的生活是不應該的，那麼西川滿的〈赤嵌記〉、〈龍脈記〉也應同樣被指責為回不來的夢；大家應該為張文環以日本語的用法書寫臺灣話，證明日語偉大的發展性與包容性覺得高興才對。吳新榮還以飽含譏刺的話語說，自己曾經在幾年前以「象牙塔的鬼」臭罵藝術至上主義者，但如今卻覺得有這樣藝術至上論也不壞，然而「西川滿早已不知在何時拋棄了『美的追求』，而以『悲壯的決意』再出發了！」[90]，強烈譏諷西川滿在第一回大東亞文學者大會後發表〈一個決意〉（〈一つの決意〉）[91]，誓言為建設大東亞奉獻心力，已徹底轉向成為御用文人。

## 三、楊逵表態擁護現實主義

　　一九四三年七月，楊逵於《臺灣文學》發表了〈擁護糞現實主義〉，掀起論戰的最高潮。文中楊逵首先強調糞便的功用，他說沒有糞便，稻子就不會結穗，蔬菜也長不出來，這就是真正的糞現實主義。人人別開臉，摀著鼻子躲開的糞便並不浪漫，但是施肥後閃著光澤的蔬菜、欣欣向榮的植物充滿浪漫風情。換句話說，真正的浪漫是根源於現實，從現實的黑暗面中找到希望。楊逵也藉此批判自然主義只描寫黑暗面，整天翻攪著腐臭的東西，唉聲嘆氣；浪漫主義則一開始就用蓋子蓋住腐臭的東西，別開臉、摀住鼻子，不願意正視現實，他說：

> 浪漫主義者們（其實才不是什麼浪漫主義者，而是逃避現實主義）就算別過臉不看，摀住鼻子不聞，現實還是以現實的型態

---

[90] 語出〈好文章・壞文章〉，原以日文發表於《興南新聞》，1943 年 5 月 24 日，引自曾健民譯文，《噤啞的論爭》，頁 135。

[91] 原文發表於《文藝臺灣》第五卷第三號（1943 年 1 月）的「大東亞文學者大會特輯」，其後西川滿並以此篇名為題，於一九四三年六月出版詩集。

存在。他們遮住的，不是存在的現實，只是他們自己的眼睛、鼻子罷了。

如此一來，就算他們雲遊西方淨土，和媽祖沉醉在戀愛故事裏又怎樣？——那是什麼話？那是癡人說夢。

真正的浪漫主義不應該是那樣的。真正的浪漫主義必須從現實出發，對現實抱著希望，遇到惡臭就除去惡臭，碰到黑暗就多少給它一點兒光明。對於人人別開臉，人人搗著鼻子躲開的糞便，必須看出它的肥料價值，看到它讓稻米結穗、讓蔬菜肥大的功效。必須把希望寄託在糞便上，喜愛它，活用它。從社會的角度來說，就是不要由於優點的迷惑而掩蓋了缺點，不要見到了缺點就看不清優點。

也就是說，要正視現實，找出隱藏在正面中的負面因素，努力克服它們。同時也培育沉澱在負面中的正面因素，藉此讓它們自行把負面轉換成正面。

這才是健全而不荒謬的浪漫主義。[92]

這段話清楚說明了楊逵面對現實，從現實中找尋出路的寫作態度，也闡明了現實主義對於社會生活的積極性意義。並將其與自然主義者陷溺現實生活之中，只能整日坐困愁城、束手無策的消極，或浪漫主義者根本撇開頭去的逃避方式做了明顯的區隔，巧妙地回擊了西川滿的輕蔑。

相對於先前參加論爭的文章均從日本文壇尋找精神指標，楊逵則以臺灣文壇的日籍作家坂口䙀子與立石鐵臣為例，強調現實主義的作品自然流洩出對於群眾的大愛與關懷。針對西川、濱田批評本島作家拼命描寫虐待繼子或家族紛爭，說他們喜愛描寫缺點一事，楊逵認為這是有意曲解作者從黑暗的現實面往前跨一步，努力奮鬥的建設性意志。並以「我

---

[92] 楊逵，〈擁護糞現實主義〉，原以日文發表於《臺灣文學》第三卷第三號（1943年7月），引自《楊逵全集》「詩文卷」（下），頁121-122。

們孜孜不倦地努力體認日本精神」[93]作結，企圖擺脫西川滿陣營對於臺灣作家不具有皇民精神的指摘。文中不管說理或舉證，所有論述均落實到臺灣本島實際層面，展現臺灣文壇有別於日本的主體性格。

其實楊逵的回應不僅於此，他還為此創作了〈插秧比賽〉（〈田植競爭〉）[94]闡述自己的理念，批駁西川滿等人。這篇楊逵生前未能發表的遺稿是極短篇的寓言故事，描寫劉、田兩位老師正要前往擔任領導群眾的工作，途中兩人認真討論究竟是「各位島民」、「各位國民」、還是「各位皇民」的稱呼對農民最為恰當。抵達現場後，劉、田兩位老師先後對著農民呼喊「各位皇民！」。只見參加插秧競賽的農民們目不轉睛地拼命幹活，水牛揚起尾巴，爛泥巴夾雜著牛糞瞬間四處飛濺，農民們則不顧垂掛在眼瞼的泥巴繼續沉默地工作。接下來楊逵描寫同被糞便噴到的劉、田兩人的反應是：

> ──一群沒有皇民意識的傢伙！
> 在回程的二等車廂裡，劉老師很介意沾滿泥巴的衣服上的惡臭，怒氣沖沖。
> ──好了，好了，如果我們不是光嘴巴上說增產，而是有沾滿汙泥的決心，一頭跳進去幫忙，即使笨手笨腳，成為笑柄，至少他們也會說聲謝謝呀。因為聽說農人是很現實的呢。
> 田老師這麼勸慰著，劉老師就搖頭說：
> ──不行，我是弄文學的，我可不敢領教糞現實主義。[95]

據說西川家的先祖出自漢高祖劉邦，[96]西川滿並曾以「劉氏密」為筆名；[97]濱田隼雄姓氏中有一「田」字，因此楊逵的意圖很明顯，故事

---

[93] 楊逵，〈擁護糞現實主義〉，《楊逵全集》「詩文卷」（下），頁125。
[94] 楊逵在手稿上標明本篇為「辻小說」，「極短篇」之意。收於《楊逵全集》「未定稿卷」，頁601-602。
[95] 引自楊逵，〈插秧比賽〉，《楊逵全集》「未定稿卷」，頁603-604。

中擔任指導者的劉、田兩位老師分別影射西川滿與濱田隼雄。西川與濱田同時跨足文學與政治，一方面，他們都是《文藝臺灣》的編輯，以編輯刊物揀選作品，左右臺灣文學前進之路；另一方面，兩人均為臺灣文學奉公會委囑編輯會常務理事，西川滿並身兼日本文學報國會臺灣支部的理事長，濱田隼雄任理事兼幹事長，都是皇民文學的重要推手。[98]楊逵藉此譏諷兩人雖然領導皇民化運動，卻不知想結出美麗的稻穗必須要有肥料，和著糞便的泥巴儘管臭味四溢，卻是不可缺的養分來源。那些被糞便噴濺後，依然緘默地在現實生活中努力拼鬥的勤奮農民，以實際的勞動體現增產報國的意義，才是真正的日本皇民。當然楊逵係以此反指西川滿等人不能體察皇民意識的真意，其文學作品不敢正視現實，根本不符合皇民文學的精神，企圖重申現實主義的文學理念。

## 四、論爭的緣起

　　垂水千惠認為糞現實主義論爭應視為中央文壇《日本浪漫派》對《人民文庫》之爭的延續，又謂論爭肇因於工藤好美對張文環的讚賞，刺激到濱田隼雄與西川滿，關鍵語「現實主義」與「浪漫主義」的對照關係亦由

---

[96] 西川滿自云：「我家西川家的先祖，依據族譜世系圖，出自漢高祖姓劉」。見西川滿，〈關於〈劍潭印月〉〉，收於其著，陳千武譯，《西川滿小說集２》（高雄：春暉出版社，1997 年 2 月），頁 45。

[97] 西川滿筆名共有二十三種，「劉密」為其中之一。一九四二年二月，西川滿曾以「劉氏密」之名於《國語新聞》上連載〈西遊記〉。見陳藻香作，葉石濤譯，〈台灣時代的西川滿文學〉，收於《西川滿小說集１》，頁 129；中島利郎，〈「西川滿」備忘錄──西川滿研究之現狀〉，原載於聖德學園岐阜教育大學《国語国文學》第十二號（1993 年 3 月），中文翻譯收於黃英哲編，涂翠花譯，《台灣文學研究在日本》（臺北：前衛出版社，1994 年 12 月），頁122。

[98] 兩人在日本文學報國會臺灣支部、臺灣文學奉公會的職務見《文藝臺灣》第六卷第五號(1943 年 9 月) 後附「財團法人日本文學報國會臺灣支部」之「支部役員」；〈文奉會報〉，《臺灣文藝》第一卷第五號（1944 年 11 月），頁 82。

此而起。[99]由於垂水尚無法對分別發生於日本和臺灣的兩場文學論爭提出關聯性的有力解釋，兩者相關的推論恐怕還有待更多資料的佐證。至於工藤特別讚許張文環直接引發論爭一事，或許呈現了事實的某一個面向。

工藤好美當時任職臺北帝大文政學部教授，一九四三年三月份的《臺灣時報》刊登由其撰寫的〈臺灣文化賞與臺灣文學——特別是關於濱田、西川、張文環三氏〉（〈臺灣文化賞と臺灣文學——特に濱田、西川、張文環の三氏について〉）[100]，評論甫於二月份公佈，由皇民奉公會主辦的第一回臺灣文化賞得獎作品。工藤以讓人覺得做作評論濱田隼雄的〈南方移民村〉，又以頹廢的浪漫主義暗諷西川滿，其中不乏貶意；[101]卻對〈夜猿〉的作者張文環極力推崇。文中指稱張文環是一位徹底的現實主義作家，認為他因為有這樣的優勢，將來的發展極具潛力；並且將張文環的現實主義詮釋為自然主義的現實主義，惋惜自然主義太早且太輕易地和日本文學分離，否則代之而興的文學能在與它鬥爭中遭遇困難的經驗，後來的日本文學必然會更加地厚重堅實。如此說來，濱田隼雄與西川滿的聯手出擊似乎是根源於瑜亮情結，對張文環的嫉恨之意。從呂赫若的日記亦可追尋些蛛絲馬跡，例如他在一九四三年五月七日的記事說：

> 對西川滿的「文藝時評」的拙劣，俄然批評四起。西川氏總歸無法以文學實力服人，才會想用那種惡劣手段陷人入其奸計

---

[99] 垂水千惠，〈「糞 realism」論爭之背景——與《人民文庫》批判之關係為中心〉，《越浪前行的一代：葉石濤及其同時代作家文學國際學術研討會論文集》，頁 31-50。

[100] 原以日文發表於《臺灣時報》第二七九號（1943 年 3 月），評論張文環部分的中文翻譯收於陳萬益主編，《張文環全集》第八卷「文獻集」，頁 45-48。

[101] 工藤好美對濱田隼雄與西川滿的貶抑，為垂水千惠分析歸納所得，參考《越浪前行的一代：葉石濤及其同時代作家文學國際學術研討會論文集》，頁 34-35。垂水千惠所說工藤以讓人覺得做作評論濱田隼雄的〈南方移民村〉，又以頹廢的浪漫主義暗諷西川滿，原文見工藤好美，〈臺灣文化賞與臺灣文學——特別是關於濱田、西川、張文環三氏〉，《臺灣時報》第二七九號，頁 110 及頁 102-104。

也。文學陰謀活動家也。不知道什麼時候金關博士說過「妨礙
台灣文學成長的乃是文學家」是至言。濱田氏也是卑鄙傢伙。
文學總歸是作品。要寫出好作品！[102]

五月十七日又記述：

今早的《興南新聞》學藝版上有個叫葉石濤的，斷言本島人作
家無皇民意識，舉張氏和我為例立說。立論、頭腦庸俗，不值
一提。氣他做人身攻擊。中午在榮町的杉田書店和金關博士、
楊雲萍碰面，一同在「太平洋」喝茶。談及葉石濤的事，有人
說出他是西川滿的走狗，一座愕然。金關博士說：「西川是下流
傢伙。」自己只要孜孜不倦地創作就好，寫出好作品來就好，
其他則待諸天命。[103]

顯然呂赫若與金關丈夫等人認定西川滿與濱田隼雄是無法以文學實力
服人，才會用文學陰謀的惡劣手段公報私仇。

　　事實上，參與論戰的人馬並不只有西川滿、濱田隼雄和張文環三
人。原不在暴風圈內的吳新榮與楊逵等人奮不顧身地投入，顯示論爭並
不單純源起於臺灣文化賞而來的私人恩怨。再從參與的人員大致可以劃
歸為兩大文學雜誌——《文藝臺灣》同仁指責本島作家沒有皇民精神，
《臺灣文學》陣營又小心翼翼引用體察日本精神來維護自己，彼此壁壘
分明的態勢來看，牽涉到的問題可能更為複雜。其間被論爭波及的呂赫
若，在六月十三日的日記中有這樣的記述：

---

[102] 引自呂赫若著，鍾瑞芳譯，《呂赫若日記（一九四二－一九四四年）中譯本》
　　（臺南：國家台灣文學館，2004年12月），頁339-340。
[103] 引自呂赫若著，鍾瑞芳譯，《呂赫若日記（一九四二－一九四四年）中譯本》，
　　頁344。

我並不是不會寫以人的個性美為對象的小說。而是一直更想以
社會為對象，描寫人的命運的變遷。[104]

六月十五日又說：

我討厭把輕薄的時代性塞進去。我堅持真實地、藝術性地，我
要寫永恆的作品。（中略）晚上繼續創作。塞進了太多時局性之
故，情節感到不自然，苦惱。[105]

這些文字雖是出自於本身創作的檢討，但由於論爭正如火如荼地進行當
中，也暴露出呂赫若在矛盾徬徨的心境之後，依然堅持文學不為政治服
務的原則。早在論爭開始之前的二月二十八日，呂赫若就寫過「文學家
不該涉足政治方面」，「要用力的生產作品」[106]的文學理念，論爭期間的
日記正是他一貫文學態度的延續。
　　反觀濱田隼雄與西川滿兩人跨足政治及文學兩界，《文藝臺灣》七
月號刊登陳火泉的〈道〉，濱田隼雄與西川滿並以〈關於小說「道」〉（〈小
說「道」について〉）為題，同聲讚賞其為感人的傑作，欲藉此樹立本
島人皇民文學典範的意圖極為明顯。在關乎日本民族存亡絕續的決戰關
頭，濱田與西川不遺餘力地倡導呼應時局的文學，其中不僅有身為日本
皇民的自豪，也有覆巢之下無完卵的焦慮。當然濱田與西川也因為高舉
「皇民文學」的大旗，在臺灣文壇搶得有利的發言位置，並在論爭期間
成立的臺灣文學奉公會，以及日本文學報國會臺灣支部位居要職，全力

---

[104] 引自呂赫若著，鍾瑞芳譯，《呂赫若日記（一九四二－一九四四年）中譯本》，
頁360。
[105] 引自呂赫若著，鍾瑞芳譯，《呂赫若日記（一九四二－一九四四年）中譯本》，
頁361。
[106] 引自呂赫若著，鍾瑞芳譯，《呂赫若日記（一九四二－一九四四年）中譯本》，
頁300。

推動皇民文學。因此文學理念的分殊導致文人相輕，與是否要以文學翼贊國策的立場相左，可能都是論爭產生的原因之一。

## 五、西川滿的地方主義浪漫文學

　　從論爭中的發言看來，西川滿無疑是焦點人物，《臺灣文學》作家對他浪漫主義唯美文風攻擊得最為嚴厲。出身於殖民地統治階級頂層的西川滿，由於父親西川純來臺工作，一九一○年滿兩歲時和家人遷居臺灣。西川純後來擔任昭和炭礦社長，也是臺北市議員。由於家世顯赫，西川滿自然難以體驗民間生活的疾苦；加以大學畢業於早稻田的法文科，深受藝術至上主義的薰陶，對耽美文學的熱情投注因此根深蒂固。大學畢業後在恩師吉川喬松的啟發下，西川滿決定以臺灣文化為特色，開創地方主義的華麗島文學。[107]他在自剖創作態度時曾經說過：

> 討厭寫實主義的我，提筆寫一篇故事時，頂多是查閱文獻資料，決不會親自走一趟去調查。憑一知半解寫作之前，如果先看到什麼或聽到什麼，就會削弱想像力，喪失詩情畫意。[108]

這真是「藝術至上」最真實的自我告白。正如同偏愛以精美裝幀出版著作的個性，[109]西川滿的文學觀也始終執著於個人美感的追求。而重視美

---

[107] 根據西川滿的自述，他在大學畢業後決心回到臺灣，乃因恩師吉江喬松希望他回臺「樹立獨特的南方文學」，吉江並贈贈「南方為光明之源／給我們秩序、歡喜、華麗」的文句。啟程回臺那天起他稱呼臺灣為華麗島，並在船上立志將樹立這島上誰都未曾寫過的華麗文學。見西川滿作，洪金珠譯，〈我與台灣文學的結緣〉，《中國時報》，1995 年 2 月 22、23 日；另參考中島利郎，〈「西川滿」備忘錄──西川滿研究之現狀〉，《台灣文學研究在日本》，頁 123。

[108] 轉引自中島利郎，〈「西川滿」備忘錄──西川滿研究之現狀〉，《台灣文學研究在日本》，頁 128 之註 12。

[109] 西川滿晚年對於臺灣即將出版其小說選集一事，曾致葉石濤書函表示：「台

感勝於一切的結果，往往會使作品背離醜惡的人生現實。以收錄戰前所作原題「臺灣風土記」、「臺灣顯風錄」的《華麗島顯風錄》[110]為例，十七篇作品中描寫到妓女的就有八篇，[111]佔臺灣人口極少數的妓女出場比例超過四成七，明顯偏高。此外，全書充斥著與民間信仰有關的詞語，占卜、符水、乩童、金紙等宗教意象不時出現。除〈林本源庭園賦〉外，每一篇均有廟宇或祭祀的場面。清楚標明寺廟名稱的有城隍廟、龍山寺、凌雲禪寺、慈聖宮（媽祖廟）、宜蘭新興天神宮：祭祀的對象包括媽祖、觀世音菩薩、真武大帝、祖先、孤魂野鬼……等。即使〈林本源庭園賦〉一篇不談廟宇、祭祀，亦有三度提及亡魂，分別為怨情郎不歸而憂思至死的淒豔美女、祖先亡靈、歷代故人的魂魄，全書滿布一種瑰麗而詭異的特殊氣息。因此該書美其名為「顯風錄」，卻根本不是表現庶民生活的采風實錄；充其量只能視為西川滿發揮個人想像力，將臺灣民俗加以改造後的奇幻故事。

---

灣的出版品花費很多經費，卻多是庸俗不堪，實在令人遺憾，因此由衷希望沒花費多少錢起碼也要做成有個性，人人都想買的裝幀書籍才好。」由此可見其堅持追求美感的獨特個性。見〈西川滿先生致葉石濤函〉譯文，《西川滿小說集1》，頁5。

[110] 本文所指《華麗島顯風錄》為中文譯本，由陳藻香監製，一九九九年九月臺北市的致良出版社發行。收錄篇章包括先後發表於《臺灣汎論》的「臺灣風土記」（1935 年 6 月～1937 年 3 月）、《臺灣時報》的「臺灣顯風錄」（1935 年 12 月～1936 年 12 月），以及原刊於《臺灣風土記》第一卷（1939 年 2 月）的〈天上聖母〉等，去其重複者，共十七篇。本書書名係由戰後在日本發行的日文版《華麗島顯風錄》（東京：人間の星社，1981 年 1 月）而來。筆者以真理大學麻豆校區台灣文學資料館所藏日文版《華麗島顯風錄》目錄比對之後，發現日文原版共收十四篇作品，未收錄〈十二娘〉、〈天上聖母〉、〈林本源庭園賦〉三篇。在此謹向提供《華麗島顯風錄》日文原版的張良澤教授，以及協助查詢的好友錢鴻鈞致謝。

[111] 這八篇是：〈城隍廟〉、〈江山樓附近〉、〈栽花換斗〉、〈十二娘〉、〈普度——基隆媽祖廟中元祭〉、〈中秋節〉、〈送神‧辭年〉、〈燈爺〉。對這些風塵女郎的稱呼除了一般常見的「妓女」之外，還有「流鶯」（〈江山樓附近〉）、「藝妓」（〈普度——基隆媽祖廟中元祭〉）、「花妓」（〈普度——基隆媽祖廟中元祭〉）、「花娘」（〈中秋節〉、〈燈爺〉）四種名稱。

　　戰後於日本創設媽祖信仰的西川滿，戰前即把對媽祖熱烈的情感表現在《華麗島顯風錄》中。〈媽祖廟〉一文在描繪媽祖的圖像時說：

> 華蓋之下，聖母率領著烏面分身，由二魔保護著。一貫地半睜著眼。隱藏在窈窕慈顏下的絕世微笑，即使是蒙娜莉莎也無法與之相比。[112]

以西洋名畫中的俗世美女形容崇高的神明，大概是虔誠信徒無法想像的創舉。另外，〈天上聖母〉更把世間的情愛比喻人、神的關係，在描繪自己偶然間邂逅的美女時，西川滿說：

> 我發現一名身著長衫的妙齡女子，眼睛微微地閉著，跪坐在正廳前。說也奇怪，我竟能一根根數出她那長長的睫毛，端詳她那線條修長而美麗的臉龐。女子一動也不動。透過彩繪玻璃的方形燈罩瀉下的光線，慵懶地拂過黃色長衫，把她白皙的手指照得有如浮雕般清晰。蒼白的指甲，是多麼地潔淨。[113]

接著他繼續描述自己如何思念、憐愛著那名女子，在無法抑制想念的情緒下四處探尋她的芳蹤，才終於發現那是天上聖母借用世間女子的形體來指引人心。除了更細部刻劃媽祖的美貌之外，字裏行間洋溢著男女愛戀的情愫。西川滿將「意淫」[114]的魔爪伸向媽祖，堪稱前所未有的大膽舉動。

---

[112] 西川滿，〈媽祖廟〉，首刊於《臺灣時報》（1936 年 12 月）「臺灣顯風錄」，後復刊載於《臺灣汎論》（1937 年 3 月）「臺灣風土記」。引自許文萍譯文，收於西川滿，《華麗島顯風錄》（臺北：致良出版社，1999 年 9 月），頁 77。

[113] 西川滿，〈天上聖母〉，原刊於《臺灣風土記》第一卷（1939 年 2 月），引自黃絹雯譯文，《華麗島顯風錄》，頁 139。

[114] 「意淫」一詞係借用陳芳明對〈天上聖母〉的評論，見〈殖民地傷痕及其終結〉，《聯合文學》第十六卷第十一期（總號一九一，2000 年 9 月），頁 130。

　　《華麗島顯風錄》部分篇章甚至還提供物慾幻想的滿足，〈江山樓附近〉（〈江山楼付近〉）就充分展現西川滿這樣的文學風格：

> 入夜後，這條街上便綻放了胴體婀娜的花朵，宛如在豹眼的監視下，那些穿著紅紅綠綠絲質長衫的流鶯們在暗淡小路旁的騎樓下，等待著尋歡客的到來。苦惱與貧困早已被忘得一乾二淨，只為陶醉在那一刻的神會，讓肉體為之燃燒，眼光為之閃爍。用紅線繡上「君子愛花」的枕頭，鑲著鏡子的藤床，以及那散落在桌上的白茉莉花──它們共同點綴著這間污穢的閨房。但對這些女人們來說，卻是獨一無二的聖母樂園，是愛的蓮華境。短髮任風吹拂，盤著大腿，隨著那湧現的激情，浮現出淫蕩的笑容；女人們信手玩弄著黃紙牌。大概是為了準備明天的祭祀吧，到處都點上了慶讚的黃燈，餐館裏也隱約傳來了藝妓演奏胡琴的聲音。[115]

引文雖然是中文翻譯，但忠實的譯筆仍可傳達出原作風貌──全文以華麗的詞語、充滿激情的筆觸刻劃妓女的生活，將性交易昇華為人間極端的享樂。臺灣民間傳統信仰的媽祖有「天上聖母」的封號，西川滿筆下的妓院卻成為獨一無二的「『聖母』樂園」。當然我們無由得知他選用這個詞彙的理由，但將「神女」（娼妓）等同於「女神」（聖母），對於媽祖信仰虔誠的人來說，大概難脫公然褻瀆媽祖的責難吧！即使以臺語標音的漢字隨處可見，連篇累牘的情色肉慾又怎能代表臺灣文化？臺灣社會的真實面目著實已被西川滿偏執的彩筆剝奪殆盡。

---

[115] 西川滿，〈江山樓附近〉，原以日文發表於《臺灣汎論》（1935 年 6 月）「臺灣風土記」，引自曾淑敏譯文，《華麗島顯風錄》，頁 19-20。

## 六、本土文學觀對決外地文學論

　　然而七七事變後沉寂已久的臺灣文壇終於呈現復甦的跡象，卻是從一九四○年西川滿結合日臺知名作家創辦《文藝臺灣》開始。雜誌參與者在日本人方面除西川滿外有：赤松孝彥、池田敏雄、石田道雄、川平朝申、北原政吉、高橋比呂美、中村哲、長崎浩、中山侑、濱田隼雄等人；臺灣作家有郭水潭、邱炳南（邱永漢）、黃得時、周金波、張文環、楊雲萍、龍瑛宗等人。但《文藝臺灣》同仁名單列名委員的十三人中，僅有黃得時與龍瑛宗兩人是本島籍的作家，[116]顯然是由日本人主導雜誌的發展方向。刊載的作品以日文為主，間有漢詩。從創刊號刊登的作品來看，其內容多是日本人在臺灣的生活經驗，或者池田敏雄〈臺灣民間故事〉（〈臺灣の民話〉）、黃鳳姿〈臺灣糕餅〉（〈臺灣のお餅〉）之類臺灣民俗的介紹，並附有與臺灣歷史、民俗相關的圖片與繪畫，洋溢著濃厚的臺灣民俗風。西川滿生前毫不諱言《文藝臺灣》可以充分發揮其個性，[117]經過他染指後映照出來的本島文化，自然是再製後扭曲的變形體，民眾生活的真實情形已被隔離在浪漫唯美的風格之外。

　　其中值得注意的是島田謹二〈外地文學研究的現狀〉（〈外地文學研究の現狀〉）也在創刊號發表，開門見山地提出當一個國家領有外地（即殖民地）之後，到當地去甚至生活於其間，以當地的自然、生活等為素材，用國語創作的文學，現代學界給它什麼樣的名稱？用什麼方法研究？有什麼樣的成果？三大問題，[118]提出關於日本的外地文學相關論述。島田將被殖民的臺灣作家及其作品摒除在外，統稱日本人在臺文學為外地文學，並將之涵括進入日本文學史的意圖顯而易見。

---

[116] 參考〈「文藝臺灣」同人〉，附於《文藝臺灣》第一卷第六號（1940 年 12 月）的目錄之後。

[117] 見中島利郎，〈「西川滿」備忘錄──西川滿研究之現狀〉所引〈年譜十〉，《台灣文學研究在日本》，頁 121。

[118] 原文見〈外地文學研究の現狀〉，《文藝臺灣》第一卷第一號（1940 年 1 月），頁 40。

隨後《文藝臺灣》陸續刊登島田一系列關於外地文學的專論，例如第二卷第二號刊登〈臺灣的文學的過去、現在和未來〉[119]（〈臺灣の文學の過現未〉），將日本領有臺灣四十六年來的文學分成：一、明治二十八年（西元一八九五年）領臺開始到日俄戰爭後的十年間；二、明治三十八年（西元一九〇五年）至昭和初年約二十五、六年間；三、滿洲事變（一九三一年九一八事變）以來至當時（西元一九四一年）的十年間，共分為三期。島田並特別標舉出外地文學做為未來文學的展望，得到他青睞的只有日籍作家及其作品，外地文學的內容並被定義為表現殖民地特殊性的文學。

雖然島田指出光有土俗風物描寫的異國情調是不夠的，還必須運用心理的現實主義，把握住當地居民的心理特性，但他也強調：

> 不過，說現實主義却不可和所謂普羅列塔利亞的現實主義一以視之的。那是完全或向特別的政治目標所做的宣傳和唆使和曝露為志向的，脫離著文藝領域的。不是那種偏頗的，而是真正覺醒於文藝獨自的任務，把共同居住於內地不同的風土之下的民族的想法的感覺方式，的生活方式的特異性，讓它栩栩如生的「就著生命」描寫出來的話，那裡就會完成一種生之縮圖，就會產生所謂「政治的態度」以外，深深植根於文學獨特之領域的一種嶄新的現實主義吧。這種文學才是不可求之於沒有那種環境的內地（尤其是東京）文壇的，外地的可以說是獨占的特色。[120]

---

[119] 葉笛譯文將題目翻譯為〈臺灣文學的過去、現在和未來〉，橋本恭子的研究指出島田使用「臺灣の文學」與「臺灣文學」有不同的意涵，由是之故，此處採用橋本恭子的譯題〈臺灣的文學的過去、現在和未來〉。參考其著，〈島田謹二《華麗島文學志》研究──以「外地文學論」為中心〉（清華大學中國文學系碩士論文，2003 年 1 月），頁 68-82。

[120] 島田謹二，〈臺灣的文學的過去、現在和未來〉，原載於《文藝臺灣》第二卷

這段話充分表現對以文學從事政治抗爭的輕蔑，也解釋了為什麼島田在談臺灣文學時僅提及少數幾位臺籍漢詩人的文學成就，卻對臺灣新文學運動極力貶抑。不能認同臺籍作家以文學創作抗議殖民體制的政治性格，島田謹二的現實主義最終不過是對於殖民地的悲慘現實視而不見、充耳不聞的異國情趣而已！橋本恭子就明白指出：「順應國策」也是外地文學的方向，島田謹二提倡「文學獨特領域」嶄新的現實主義確實有其政治目的。[121]然而島田的論述對於日本在臺作家無疑具有指導性的原則，尤其西川滿的地方主義文學與外地文學論在內涵上頗有契合之處，因此《文藝臺灣》也就成為將外地文學觀具體展現的文學雜誌，始終無法跳脫以殖民者俯視臺灣民眾的視角，雜誌越來越傾向殖民當局也就不足為奇了！

　　《文藝臺灣》中包括西川滿在內的日本作家漠視殖民地人民的苦難，這種「貴族性的存在」[122]逐漸不能滿足關懷臺灣的讀者，遂引起人道主義的內地人非議，臺籍知識分子尤為不滿。因此先有陳逸松、張文環等人創刊《臺灣文學》與之抗衡，[123]後有金關丈夫與池田敏雄創辦《民俗臺灣》。《文藝臺灣》同仁相繼離開而另起爐灶，就是源自於彼此關注的角度不同。

　　從《臺灣文學》編輯的內容不難發現，整體風格較《文藝臺灣》貼近臺灣社會生活的真實層面。一九四二年十月份的第二卷第四號，從〈輓近臺灣文學運動史〉（〈輓近の臺灣文學運動史〉）的刊載為起點，黃得

---

第二號（1941 年 5 月），頁 19，引自葉笛譯文，《文學台灣》第二三期（1997年 7 月），頁 181。

[121] 詳見橋本恭子，〈島田謹二《華麗島文學志》研究——以「外地文學論」為中心〉，頁 132-135。

[122] 「貴族性的存在」是吳新榮與郭水潭等文友在接待大阪朝日新聞記者藤野雄士，彼此談論文學時，臺灣作家對西川滿的評語。見張良澤主編，《吳新榮日記（戰前）》一九四一年八月十五日之記事，頁 113。

[123] 陳逸松口述，吳君瑩記錄，林忠勝撰述，《陳逸松回憶錄》（臺北：前衛出版社，1994 年 11 月修訂版第一刷），頁 264。

時一系列「臺灣文學史」的論述陸續面世，[124]將臺灣新文學運動上接明鄭時期的古典文學，並提及中國五四新文學運動對臺灣文壇的影響，以本土視野對抗《文藝臺灣》外地文學論的態勢極為明顯。[125]尤其《臺灣文學》在賴和去世之後，於一九四三年四月的第三卷第二號製作專輯，刊登賴和作品〈我的祖父〉（〈私の祖父〉）、由張冬芳翻譯的〈高木友枝先生〉，並請來楊逵、朱石峰（朱點人）、楊守愚分別發表〈憶賴和先生〉（〈賴和先生を憶ふ〉）、〈回憶懶雲先生〉（〈懶雲先生の思ひ出〉）、〈小說與懶雲〉（〈小說と懶雲〉）鄭重表示紀念之意。賴和被尊稱為「臺灣新文學之父」，黃得時〈輓近臺灣文學運動史〉就以「臺灣的魯迅」封號表示對其崇高的敬意，[126]《臺灣文學》雜誌的在地文學觀不言可喻。其中楊逵是第一位成功進軍日本中央文壇的臺灣作家，他在回憶賴和時談自己如何受到賴和人格與文學的雙重影響，賴和當初又是如何為他修改創作，指導其寫作技巧，以賴和為首的臺灣文學系譜，以及臺灣文學現實關懷的創作精神就這樣自然地呈現出來。

　　《臺灣文學》能與西川滿的《文藝臺灣》在文壇分庭抗禮，無疑和一九四〇年日本「大政翼贊會」設立之後，文藝政策轉而提倡外地文化

---

[124] 黃得時臺灣文學史相關論述共四篇，發表在《臺灣文學》，依序是〈輓近の臺灣文學運動史〉（第二卷第四號，1942 年 10 月）、〈臺灣文學史序說〉（第三卷第三號，1943 年 7 月）、〈臺灣文學史（二）〉「第一章　鄭氏時代」（第四卷第一號，1943 年 12 月）、〈臺灣文學史（三）〉「第二章　康熙雍正時代」（第四卷第一號，1943 年 12 月），中譯文俱收於葉石濤編譯，《台灣文學集2：日文作品選集》。第三章乾隆、嘉慶時代以後的臺灣文學史因《臺灣文學》廢刊而無法面世。

[125] 詳情可參考陳芳明，〈黃得時的台灣文學史書寫及其意義〉，收於其著，《殖民地摩登：現代性與台灣史觀》（臺北：麥田出版社，2004 年 6 月），頁161-187。

[126] 黃得時，〈輓近臺灣文學運動史〉，《臺灣文學》第二卷第四期（1942 年 10月），頁 9。根據林瑞明的研究，這是賴和被稱為「臺灣的魯迅」行之於文字的開始。參考林瑞明，〈石在，火種是不會絕的──魯迅與賴和〉，《台灣文學與時代精神：賴和研究論集》，頁 314、頁 317 之註 11。

有關。由於這個保護傘的撐起，殖民地的臺籍作家找到創作的新方向，繼而克服時局的艱難成長茁壯。從龍瑛宗認為外地文學既非模仿本土的文學，也不是異國情調的文學，而是要提高當地文化的文學，[127]即可知大多數臺籍作家表面上附和國策以發展外地文學，私底下卻一直在和《文藝臺灣》陣營的外地文學論努力對抗。[128]

　　楊逵在糞現實主義論爭之前，也曾經委婉表達對於西川滿外地文學的負面評價，例如〈作家與熱情〉（〈作家と情熱〉）在評論其以臺灣歷史為本的創作時說：

> 西川氏發表了〈火車〉（《臺灣時報》）、〈龍脈記〉（《文藝臺灣》），兩篇都是所謂的報導文學，我們對他的辛苦應該大加讚賞。但是，既然寫成小說形式發表，我們希望他能完全消化、吸收那些調查來的史料，把它們化成鮮血，栩栩如生地傳達給讀者。與其把史料當成一種知識，還不如透過感情去親近史料。〈龍脈記〉寫到後半部，那種調查的成份不再令人讀得很厭煩，這表示他有進步，我覺得很高興。[129]

---

[127] 龍瑛宗，〈台灣文學的展望〉，原載於《大阪朝日新聞》臺灣版，1941 年 2 月 2 日，林至潔譯文發表於《聯合文學》第十二卷第十二期（總一四四期，1996 年 10 月），頁 131-132。

[128] 王昭文在探討《臺灣文學》與《文藝臺灣》兩雜誌陣營分立的原因時，曾經指出對「外地文化」看法的歧異是重要因素，並說明雙方陣營重要的差異在於：中村哲在《臺灣文學》推崇寫實主義精神的作品，島田謹二則在《文藝臺灣》提倡以外地人鄉愁、當地特殊景觀，及解釋土著人民和外地人生活為主題的外地文學；島田謹二的外地文學論強調外地特殊性的題材是引起中央文壇注意的策略，黃得時〈臺灣文壇建設論〉則認為應該專心建立臺灣獨立的文壇。見其著，〈臺灣戰時的文學社群——《文藝臺灣》與《臺灣文學》〉，《臺灣風物》第四十卷第四期（1990 年 12 月），頁 77-78。

[129] 楊逵，〈作家與熱情〉，原以日文發表於《興南新聞》，1942 年 11 月 16 日，引自《楊逵全集》「詩文卷」（下），頁 63。

楊逵在這裡暗示西川滿的創作不帶真情，讀之令人厭煩。同一篇文章後，楊逵也提到他讀了臺灣文壇新發表的一些作品，他說：

> 這些作品讓我強烈感覺到，只憑雕蟲小技寫出來的作品何其多！而真的用熱情，用不吐不快的心情寫出來的作品出乎意外地少。在生活中，我期待著充滿鬥志、不屈不撓的人；同樣地，在文學上，我也憧憬著努力傾注有建設性之熱情的作品。而且，我相信，恐怕只有那樣的作品才能感動千萬人，才是不朽之作。[130]

把這兩段引文對照來看，西川滿的作品徒有文學技巧，只是堆砌史料而未能透過感情親近史料，正是楊逵不表讚許之處。

那麼真正的外地文學應該具備什麼樣的精神？楊逵也藉著評論提出解釋，反對島田謹二的論調。例如〈臺灣文學問答〉談到當前優秀的作品時，推崇坂口䙥子的〈鄭一家〉、張文環的〈夜猿〉具有寫實精神，都是臺灣文學的大收穫。楊逵特別花了超過全篇一半的篇幅來評論〈鄭一家〉[131]，其中有一段說：

> 中村哲氏在《臺灣文學》中說：「外地文學的萌芽時期，最重要的就是寫實精神。」基於這層意義，我給予這部作品很高的評價。荒唐無稽和牽強附會是禁忌。這部作品網羅許多臺灣特殊的風俗和習慣（雖然有兩、三處過於冗長）但是藉由寫實手法而獲得某種程度的補救，因此不是負面的「異國情調」。[132]

---

[130] 引自楊逵，〈作家與熱情〉，《楊逵全集》「詩文卷」（下），頁64。

[131] 首刊於《臺灣時報》第二六一號（1941年9月1日），一九四三年九月與〈春秋〉、〈微涼〉、〈黑土〉、〈時計草〉、〈灯〉一同收於《鄭一家》小說集，由臺北的清水書店出版。

[132] 楊逵，〈臺灣文學問答〉，原以日文發表於《臺灣文學》第二卷第三號（1942

中村哲和島田謹二同為臺北帝國大學的教授，在文化圈中同樣具有影響力。這裡引中村哲發表於《臺灣文學》的〈談當前的臺灣文學〉（〈昨今の臺灣文學について〉）中所說：「外地文學的萌芽時期，最重要的就是寫實精神」[133]，作為給予〈鄭一家〉高評價的原因，並藉機批判「荒唐無稽」、「牽強附會」等負面的異國情調，就是楊逵極力對抗外地文學論的表現。

〈鄭一家〉以「新舊思想的對立」貫串全篇主題，鄭家三代主人性格的描寫，從鄭家第一代梧桐為保全船貨，祈求媽祖保佑時承諾捐獻黃金燈籠，最後僅以巴掌般大小的尺寸還願。第二代鄭朝在皇民化運動時代率先接受日本事物，日常生活食衣住行各方面樣樣遵行日本習俗。一次在宴請高官的酒席上，因為不滿客人肆無忌憚地以臺語高談闊論，鄭朝忍不住大吼要大家以國語（日語）交談，結果衝口而出的竟也是臺語。第三代的樹虹是長年留學內地的法學士，也是總督府的官員，又娶內地人小夜為妻，孕育了四個孩子，但無法和內地人心連心始終是他最大的苦惱。楊逵在花了一些篇幅敘述鄭一家的故事內容後說：

> 從上面這些敘述中，我們看到鄭家三代一貫的心態，並不是什麼正義感，也不是誠信，而是換湯不換藥的奴隸根姓。對主人察言觀色，拼命逢迎諂媚。可是一旦名譽、財產都安全了，他們一個個捐獻的都是巴掌大小的燈籠！鄭家三代逢迎諂媚的奴隸根姓，已經到了可笑之至，甚至不要臉的地步。如果說皇民運動的成果是塑造出這樣的人物，這實在是很大的錯誤！不誠實、沒正義感，算什麼皇民？算什麼新體制？這不只是文學的問題，在政治層面上也是很重大的問題。我希望有關當局會注意到這一點。[134]

---

年 7 月），引自《楊逵全集》「詩文卷」（下），頁 25-26。

[133] 中村哲，〈談當前的臺灣文學〉，原以日文刊載於《臺灣文學》第二卷第一號（1942 年 2 月），頁 3。

[134] 引自楊逵，〈臺灣文學問答〉，《楊逵全集》「詩文卷」（下），頁 29。

〈鄭一家〉中以寫實的手法深刻反映臺灣人面對皇民化的心態，不乏對於皇民化運動的揶揄和嘲弄。對楊逵等臺籍作家來說，這樣揭發殖民地黑暗面的現實才是外地文學的真意，後來坂口䙥子也因此而受邀加入《臺灣文學》陣營。

　　事實上，「外地文化」一詞的定義與內涵在臺灣文壇曾有幾番轉折，臺灣文化傳給日本中央文壇的訊息，也因為時局的影響，在七七事變前後有所不同。一九三四年起，楊逵、呂赫若的小說創作先後刊載於東京的《文學評論》，龍瑛宗獲得《改造》雜誌文學獎，三人都是以殖民統治下臺灣的真實社會為書寫對象而打進中央文壇；一九三六年起楊逵為《日本學藝新聞》撰寫地方文化消息，也是以暴露殖民統治的相關問題為主。七七事變之後臺籍作家喪失日本的舞臺，內地來臺作家紛紛竄起，妄想以異域風味的作品反攻中央文壇，既用帶有歧視的所謂「外地文化」標明臺灣殖民地被支配者的地位，復以獵奇的眼光建構出神秘的臺灣，唯美浪漫的筆調粉飾太平。但是位居被統治階級的臺籍作家不同，他們從民間來，親身體會到殘酷統治的壓迫與剝削，不可能無視於民眾的苦難，對脫離現實的唯美文學自是難以認同。與西川滿同為《文藝臺灣》成員的龍瑛宗就曾經指出：從西川滿的文學看不見日本文學主流黑暗而素樸的日本現實主義，而是充滿著南方的光輝與幻想。他並提醒西川滿不應滿足於現狀，應該以文學去捕捉人生的現實。[135]和西川滿一直站在敵對立場的《臺灣文學》，其不滿程度當然更為加劇。

　　因此楊逵正面迎向論爭，站出來駁斥浪漫主義一派，其實是他普羅文學家正視現實的一貫理念。前述〈擁護糞現實主義〉引文中，楊逵說浪漫主義是對糞便別過頭，摀著鼻子不聞的逃避現實主義，即是指西川滿的耽美風格把殖民地予以美化，未能凝視臺灣人的苦難。西川滿曾創

---

[135] 龍瑛宗，〈「文藝臺灣」作家論〉，以日文發表於《文藝臺灣》第一卷第五期（1940 年 10 月），頁 403。

辦《媽祖》雜誌，以《媽祖祭》為名出版詩集，又有散文詩題為〈媽祖廟〉、〈天上聖母〉，[136]和媽祖的淵源極深。因此楊逵兩度提及和媽祖沉醉在戀愛故事裡是癡人說夢，正是對西川滿作品的強烈批評。楊逵的創作從不曾刊載於《文藝臺灣》，也顯示出他和西川滿兩人文學觀點的歧異。由此可見，《臺灣文學》與《文藝臺灣》的文學旨趣與品味分殊之爭，才是糞現實主義文學論爭的根源；論爭本身可以說是對《文藝臺灣》長期不滿的瞬間引爆，而不僅僅是臺籍作家對於文學翼贊國策的抗拒。

## 七、以翼贊國策為目的之外地文學

從論爭中雙方的發言也可以發現，這兩大文學陣營對於「現實主義」的觀念存在著相當大的歧異。與楊逵等人將現實落實於庶民生活不同，西川滿以為「勤行報國」或「志願兵」等皇民精神才是真正體現現實的意義。因此一九四二年六月，《文藝臺灣》頒發第一屆文藝臺灣賞予川合三良的〈出生〉和周金波的〈志願兵〉，即是以獎勵志願兵題材企圖主導文壇走向。一九四二年十一月三日，大東亞文學者大會在東京召開，臺灣派出西川滿、濱田隼雄、張文環與龍瑛宗與會。十二月份的《文藝臺灣》刊出「大東亞文學者大會特輯」，〈卷頭言〉中要求即日起改造臺灣文學，它說：

> 臺灣並不是被過分評價其地域特殊性，用狹小的氣度將自己囚禁起來的未成年文學。是保有大東亞文學一翼的氣宇與力量的成人文學，而且不是徐徐地前往成人文學之路，是要飛躍式地前進。[137]

---

[136] 《媽祖》雜誌發行於一九三四年十月至一九三八年三月，共十六集。一九三四年四月出版詩集《媽祖祭》。〈媽祖廟〉與〈天上聖母〉均收錄於《華麗島顯風錄》。

[137] 譯自〈卷頭言〉，《文藝臺灣》第五卷第三號（1942 年 12 月），頁 5。

《文藝臺灣》自許做為肩負文化戰的尖兵，正式將臺灣文學從地方主義
帶往大東亞文學之路前進。從此除了周金波、陳火泉等少數人之外，臺
籍作家與《文藝臺灣》漸行漸遠。一九四三年開始，原為《文藝臺灣》
同仁的龍瑛宗開始將作品發表於《臺灣文學》，[138]冀現實主義論爭發生
的七月之後，更是沒有任何作品發表於《文藝臺灣》，殖民地支配階級
與被支配階級在文化基本立場上的相異之處由此可見。

　　事實上，西川滿本人的小說創作也一直力行結合時局的國策文學，
例如一九四〇年創作的〈赤嵌記〉，故事內容取材於江日昇的《臺灣外
記》第二十三卷「盛天福克塽監國　坂尾寨吳淑喪身」，至二十五卷「錫
范為壻弒克塽　啟聖保題請施琅」中，有關鄭克塽任監國一職，原應於
鄭經死後接掌權位，但因眾人誣陷其為螟蛉子（異姓養子）的身分終遭
殺害一事。〈赤嵌記〉本之於小說體的野史固然淒美絕倫，但比對《臺
灣外記》之後，即可發現西川滿〈赤嵌記〉有多處加油添醋之跡，且大
多是時局性的呼應。例如在鄭經同意陳永華奏請以經長子克塽監國之
後，〈赤嵌記〉突然跳脫《臺灣外記》的記載說：

> 履任監國的克塽，即刻採納了永華的意見，施行台灣新體制，圖
> 謀風紀振肅，首先提倡公益優先的庶政一新，近親的人也不放
> 鬆。[139]

---

[138] 一九四三年起，龍瑛宗有三篇作品發表於《臺灣文學》，分別是〈道義文化
的優位〉（第三卷第一號，1 月 31 日）、〈蟬〉與〈蓮霧的庭〉（以上兩篇皆為
第三卷第三號，7 月 31 日）。詳見龍瑛宗著作目錄，台灣客家文學館，
http://literature.ihakka.net/hakka/author/long_ying_zong/default_comlist.htm。王
昭文指出大東亞文學者會議之後，原為《文藝臺灣》陣營的龍瑛宗與楊雲萍
開始為《臺灣文學》寫稿，使臺灣人作家幾乎全集中於《臺灣文學》。見其
著，〈臺灣戰時的文學社羣──《文藝臺灣》與《臺灣文學》〉，《臺灣風物》
第四十卷第四期，頁 75。

[139] 西川滿，〈赤嵌記〉，原以日文刊於《文藝臺灣》第一卷第六號（1940 年 12

〈赤嵌記〉於一九四○年十二月首度發表，這一段描述無疑是響應同年七月份第二次近衛內閣的新體制政治運動，將臺灣歷史與當前的日本政局相結合。

　　另外，西川滿花了更多篇幅來刻劃鄭克壓的雄才大略，例如：

> 監國克壓，為了補救父親的對岸抗戰失敗，而和永華相談，決定放棄靖國本土的反攻，專心營運內部富國強兵的實績，俟到有成果了，再和西班牙締結軍事同盟，征服安南、緬甸，而建設以台灣為中心的大明帝國。由於祖父鄭成功曾經計劃過攻擊呂宋（菲律賓），而實現南進策略。克壓認為清軍既與荷蘭艦隊聯合，那麼對呂宋的不戰條約，甚至攻守同盟是萬不得已的趨勢。[140]

又有一段敘述眾人正在密謀殺害克壓，以便篡奪權位，對悲劇即將臨頭毫無所悉的克壓此時陷入了回憶，〈赤嵌記〉中說：

> 當時克壓正在承天府望樓，俯瞰著湧來腳下的怒濤，海水延伸的地方有安南、緬甸，回想祖父的偉業，多情的十八歲青年真感到興奮。跟岳父永華查看海圖，計劃遠征的期望，也在這個望樓，那時和今天一樣晴空藍海，只有孤雲一朵漂泊到海的遠方，像大魚游泳形狀的七鯤身的一端，安平鎮的紅毛砦，為鎮撫南海似地聳立著，啊！祖父曾經攻下的鹿耳門紅毛砦，當子孫的自己必須從祖父所獲得的地方重新出發，在這渺茫的台灣當一個統治者，有什麼稀罕？明國的再興才是重要。把大明帝國建

---

月），引自陳千武譯文，收於《西川滿小說集2》，頁24。
[140] 引自西川滿，〈赤嵌記〉，《西川滿小說集2》，頁25。

立在南方，對！必須跳出鹿耳門這個地方，到廣大的海上南方
去。思念不忘的是童年時，聽祖母講的祖父成功義烈與勇武的
故事。祖父的母親是日本人，是祖父感到得意的，而自己五尺
體內，也有日本人敢於冒險的血液流著，到南方去吧。[141]

明鄭一直是臺灣史上最受漢人敬愛的政權，西川滿特地描寫鄭氏以擁有
日本血緣為榮，不僅把日本在臺的統治合理化，也把日本南進政策上連
鄭氏家族，強調臺灣作為南進基地的正當性，顯然是借古喻今、別有
目的的寫作方式。一九四二年十二月，西川滿以書物展望社版的《赤
嵌記》[142]獲頒皇民奉公會的臺灣文化賞，與其中切合時局之姿不無關係。

　　一九四二年九月，西川滿發表〈龍脈記〉於《文藝臺灣》第四卷第
六號。故事以劉銘傳在臺修築鐵路，終於成功開通獅球嶺隧道的歷史為
主軸，講述在民眾風水觀念作祟下，工程毫無進展，德籍工程師被迫必
須與迷信陋習長期對抗的經過。其中有多處批判中國人的文字，例如：

　　機器局的德國工程師別克爾的倒霉來自於他所測量而將要敷設
　　的鐵路，遇上了這樣的龍脈。在風俗習慣不同的眼裡，映出的
　　清國人的日常生活幾乎都是頑劣的迷信罷了，所謂龍脈，頂多
　　只是既無害又無益的迷信中的一項。（中略）
　　向來別克爾所苦的是，清國軍隊素質的惡劣，以及不為公益先
　　要飽肥私壞（按：「壞」疑為「囊」之誤）的軍官赤裸裸的收賄，
　　使此次雪上加霜地幾乎不可抗力的龍脈問題從正面囂張起
　　來。[143]

---

[141] 引自西川滿，〈赤嵌記〉，《西川滿小說集2》，頁33。
[142] 本版重刊〈雲林記〉、〈採硫記〉、〈朱氏記〉、〈元宵記〉、〈稻江記〉、〈赤嵌記〉
　　六篇小說，由東京市的書物展望社於一九四二年十二月發行。
[143] 西川滿，〈龍脈記〉，原以日文載於《文藝臺灣》第四卷第六號（1942 年 9
　　月），引自《西川滿小說集1》，頁92。

以批判中國人對於現代化的不理性抗爭，與只重私利的惡劣行徑，呼應了「滅私奉公」的口號，並以中國人素質之低下反襯日本人情操之可貴。故事中的別克爾因中國官吏作梗被迫卸下職務，鐵路商務總局的張士瑜為架空機器局總辦劉朝幹的權勢，暗中使計將別克爾的職務改由英國的麥迪遜擔任。西川滿對這位英國人的描述是：

> 年長的麥迪遜比別克爾更世故。比起別克爾什麼都要硬幹到底不同，他用英國人特有的黏性，採取巧妙地利用民族風習的做法。當他曉得別克爾的沒落來自於龍脈時，麥迪遜在調查獅球嶺以前就去訪問當時艋舺著名的地理師——風水先生的高金雞。本來這個人是挖墓工人，以魁偉的容貌和巧妙的收攬人心術，不知不覺中成為風水先生，利用在獅頭上發現金雞的傳說，如今已是艋舺有勢力的人。麥迪遜把這風水先生從龍山寺旁胡同的住居帶出來搭乘火車，載到獅球嶺，別克爾所查漏的人情的微妙，這英國人巧妙地掌握了。[144]

麥迪遜請來風水先生安定人心，並採用鋸齒形鐵路攀登的計畫取代隧道鑿通。又以自學的醫學知識，替工人士兵拔牙、止瀉的小恩小惠贏得愛戴，卻因排水工程不完備而導致山崩，功虧一簣。德國的別克爾重新被起用，終於克服萬難，鑿通獅球嶺隧道。

　　翻閱有關臺灣鐵路史的相關記載，就會發現與西川滿所記載有些出入。劉銘傳在臺主政期間，基於調撥軍隊與商業興盛之需要，奏請修築鐵路。獅球嶺隧道為大清帝國第一條鐵路隧道，因土質複雜，北段為堅硬的岩石，不易鑿通；南段又為潮濕的軟土，易於崩塌，從一八八七年七月開工修築，到一八九〇年五月開通完工，歷時近三年，工程備極艱

---

[144] 引自西川滿，〈龍脈記〉，《西川滿小說集1》，頁107-108。

辛。為節省修築時的經費，多徵調兵士為工匠。遇酷暑及疾病流行時，死傷慘重。另又聘請數位英、德籍的工程師擔任顧問，曾因水平校正不準，測量錯誤而無法貫通。[145]〈龍脈記〉中未曾追究外籍工程師測量錯誤之責，反而極力營造工程之延宕係肇因於中國官兵的落後與腐敗。此外，德國、英國工程師分別被塑造為正面、負面的形象，必與一九四〇年九月二十七日德國、義大利與日本簽署三國同盟，英國時為中國盟友的國際情勢有關。劉銘傳在臺推行洋務、厲行新政而招致民怨，後託病辭歸，臺灣鐵路也僅修築基隆至新竹一段。日本治臺後接通縱貫鐵路，獅球嶺隧道因被日本人改建的隧道所取代，一八九八年起走入歷史。西川滿重寫鐵路歷史，既批評中國人的蒙昧無知與政治鬥爭的惡習，無形中也歌頌日本殖民統治繼續劉銘傳未竟之功，為臺灣帶來現代化文明進步的貢獻。由此可知，參加一九四二年底的大東亞文學者大會之前，西川滿已經力行撰寫其所謂的皇國文學。

　　西川滿晚年在中文版的《西川滿小說集》刊行時，對臺灣讀者自陳創作這一系列歷史小說時說道：

> 自從盧三歲就在台灣生長，在台北念過小學、中學，當時我有個最大的疑問，就是在學校，一點也不教台灣的歷史。是不是台灣沒有歷史？連美術的課程上，都能夠拿出富士山或隅田河邊櫻花樹的畫帖，看著學畫的時代。
>
> 感到奇怪的我，跑去圖書館尋找台灣的歷史，卻看到好多資料

---

[145] 關於獅球嶺隧道的修築經過，根據《臺灣通史》〈郵傳志〉的記載，劉銘傳為建築鐵道，「設鐵路總局於臺北，以記名提督劉朝幹為總辦，從事招股，應者甚多。以德人墨爾溪為監督，英人馬禮遜為工程長，測量路線，自臺北至基隆二十英里，是年六月，自大稻埕起工。以余得昌所帶昌字四營為工役。中經獅球嶺，開鑿隧道，是十八鎮。」見連橫，《臺灣通史》（臺北：幼獅文化事業公司，1979 年 8 月四版），頁 409。此外亦參考吳小虹等撰，《篳路開基——基隆鐵道之創建與發展》（基隆：基隆市立文化中心，2001 年 12 月），頁 12-21。

> 而驚喜、被壓倒，遂決心要以自己的力量編綴未開拓的台灣歷
> 史。這一決心，到東京遊學，在早稻田法文科就學期間，也未
> 曾減弱。畢業同時立志回到台灣樹立台灣文學，成為社會人，
> 有一天，訪問台南赤嵌樓、大天后宮，為鄭氏一族的悲劇而流
> 淚，日以繼夜寫成了〈赤嵌記〉一篇。這是我冀望的成就之一，
> 幸而成為在台灣時代的我的代表作。[146]

文中極力表露寫作臺灣歷史小說背後，為臺灣重塑歷史的初衷。但是所舉〈赤嵌記〉藉江日昇的《臺灣外記》構築鄭氏王朝宮廷內鬥的悲劇，以鄭克𡒉懷念日本籍的曾祖母（即鄭成功之母），把日本在臺統治連繫到鄭成功的歷史正統，並將企圖攻取呂宋島的鄭克𡒉與日本的南進政策相重疊。[147]充分證明西川滿為了要摻進時局性意義，可以任意犧牲歷史的真相，又如何能完成其編綴臺灣歷史的雄心壯志？自始至終西川滿都是在撰寫虛構的小說，也無意為歷史失真負責，若想藉其作品重建臺灣歷史的記憶，則無異緣木而求魚。如果研究者總是對他晚年說過，曾經決心以一己之力編綴臺灣歷史的話信以為真，就無法理解西川滿歷史小說的本質，終究只是粹取歷史事件中的浪漫情愫，去編織響應國策的故事，歷史之名不過是妝點門面的素材罷了！

　　一九四三年六月，西川滿以《一個決意》為題發表最新詩集，出書廣告中明言自己是：

> 以源源不絕的信念，藉由文學把皇民奉公的誠心凝結為這一卷
> 高邁的詩集。蓋以樹立臺灣皇民文學為目標的臺灣文學奉公會
> 員之作者，值此新起點之際率先表明的一個決意由此可見。[148]

---

[146] 引自西川滿，〈序〉，《西川滿小說集2》，頁1-2。

[147] 參考陳芳明，《台灣新文學史》之第八章〈殖民地傷痕及其終結〉，《聯合文學》第十六卷第十一期（總號一九一），頁129。

[148] 譯自出書廣告，原文附於《文藝臺灣》第六卷第二期（1943年6月）封底。

藉此，向四月甫成立的臺灣文學奉公會宣誓輸誠的決心。緊接著論爭最激烈的七月又推出長篇小說〈臺灣縱貫鐵道〉[149]，藉著日軍接收臺灣時沿著縱貫鐵路進攻南下，至北白川宮能久親王去世為止的戰爭故事，重塑臺灣歷史以配合日本南進政策，並以此具體展現皇民文學的意圖極為明顯。這就是西川滿與國策相結合的文學，也是不折不扣的皇民文學。做為實踐島田謹二外地文學論的西川滿文學，其實就是以統治者視野出發，與統治者意志相結合的殖民地文學，西川滿最後會走上戰爭協力之路誠屬歷史之必然。因此論爭中西川滿陣營一再以皇民精神這種冠冕堂皇的帽子，指責本島作家的創作，即是已經深切洞悉臺灣作家假地方文化之名提倡傳統文化，用以反制皇民化運動的用心。特別是呂赫若對臺灣舊式家族的描寫，自然形成以家庭史抗拒日本國族史的態勢。[150]而張文環描繪臺灣民俗風的創作，居然還能在以文化報國為目的而設置的臺灣文化賞中得獎，並在工藤好美面前贏得崇高的評價，西川滿亟欲大力打壓張、呂兩人的心態可想而知。

## 八、楊逵反對以文學協力戰爭

　　西川滿《一個決意》上梓的同時，以〈文藝時評〉對臺籍作家發出攻訐，自居文學奉公指導者的心態昭然若揭。臺籍作家在極力抗拒淪為政治工具的前提之下，也有不得不隨之起舞的苦衷。糞現實主義論爭之

---

[149] 從《文藝臺灣》第六卷第三號（1943 年 7 月）開始連載，《文藝臺灣》廢刊後，繼續連載於臺灣文學奉公會的《臺灣文藝》至第一卷第七號（1944 年 12 月）。

[150] 參考林瑞明，〈呂赫若的「台灣家族史」與寫實風格〉，《呂赫若作品研究——台灣第一才子》，頁 57-78；陳芳明，《台灣新文學史》之第七章〈皇民化運動下的四〇年代文學〉，《聯合文學》第十六卷第七期（總號一八七，2000 年 5 月），頁 160。

前的一九四二年底、四三年初，楊逵面對一九四二年七月臺灣文藝家協會以文藝報國為目的再進行改組，八月份的臺灣皇民奉公會設置文化部，以及文藝臺灣賞等文學獎的設立，在遺稿〈建設的文學——昭和十七年臺灣文學界的回顧〉（〈建設の文学——十七年台湾文学界の回顧〉）[151]中擔心地說：如果按照現況繼續擴大生產，可能會種下臺灣文學不可救藥的病根；文壇的活絡將使得文學工作者得意忘形，而忘卻自己立足的大地。楊逵因此期待有值得矚目的批評發人深省，他說：

> 《臺灣文藝》和《臺灣新文學》的時代尤其有活潑的批評。批評是反省的糧食，不管當時這些批評是否正確，都曾帶給我們一個反省的機會。而反省是一種努力，讓我們看清自己所立足的大地。為了使我們所建立的不致於流為空中樓閣，批評就不可或缺。然而昭和十七年度中，到底有幾篇值得矚目的批評呢？我們必須前進，確實如此。我們也勢將前進。但是如果我們不是每次都看清自己的立足之地，我們的前進最後可能不是前進。那麼一來，無疑就是隨波逐流、毫無目標漂流海上的遇難之船。臺灣文學目前正是如此。
> 我們曾經一步步摸索地走了過來，然而如今凶猛的風浪襲擊著，一副要把得意洋洋的我們沖走似的態勢。我之所以不得不特別強調這點，原因就在此。[152]

這裡所說的《臺灣文藝》是指臺灣文藝聯盟的機關誌，它與《臺灣新文學》先後創立，兩雜誌出刊的一九三四年十一月至一九三七年六月間，正是臺灣作家積極揭發社會弊病，以文藝創作對抗殖民統治，締造臺灣

---

[151] 該日文遺稿主要評論昭和十七年（1942 年）的臺灣文學界，應作於一九四二年底或四三年初。遺稿全文收於《楊逵全集》「未定稿卷」，頁 590-593。

[152] 引自楊逵，〈建設的文學——昭和十七年臺灣文學界的回顧〉，《楊逵全集》「未定稿卷」，頁 595。

新文學發展的輝煌時代。然而昔日自由品評文學的風氣蕩然無存，臺灣文壇轉眼成為文學奉公的一言堂，字裏行間流露出楊逵無限的感慨。文中一再強調作家應看清自己所立足的大地，所謂的「大地」語帶雙關，一方面指我們站立的這座島嶼；一方面也可指作家的立足點，意即從事文學創作的初衷。那麼臺灣文學到底是為誰而寫？楊逵的答案很清楚——為了我們立足的這片土地；相對說來，不是為了日本本土，也不是為了往中國或南洋前進。

有鑒於作家若沒有確定前進的目標，將會被時代的狂瀾捲走，臺灣文學也必將走入死胡同，楊逵展望臺灣文學未來的走向說：

> 許多人說要建設大東亞文學，那麼，我們應該建設的大東亞文學又是什麼？
> 不像從前某個時代的文學，現代文學絕不是文壇小圈圈的專屬品。不像從前某個時代的文學，現代文學絕不是文壇小圈圈自慰下的產物，也不是迷幻藥。現代文學應該是產生自大眾、啟發大眾、讓人感動的建設性精神的產品。
> 大東亞戰爭已經轉向一場建設之戰。政治家、軍人為了這場戰爭刻正全力以赴，所以文學也必須協力合作……，這是理所當然的。然而，從這個理所當然的說法出發，就會發生如下理所當然的結果：如果我們投機行事，成為政治家、軍人的傳聲筒的話，最後我們的文學就不再是文學，則結果既非大東亞文學，也不能協助大東亞建設。
> 文學工作者應該擁有自己的耳朵和眼睛。文學工作者應以他獨特的耳目、獨特的感性來致力於文學的表達，如此才會有力量，才能感動讀者。如果以膚淺和投機取巧的態度來從事文學，不但違反了文學本來的目的，對大東亞建設似乎也沒有幫助。[153]

[153] 引自楊逵，〈建設的文學——昭和十七年臺灣文學界的回顧〉，《楊逵全集》「未

「大東亞文學」正是當紅的時局性標語，楊逵對於日本當局利用文學者以協力戰爭，發揮思想總體戰的態勢已經嗅出端倪，其提筆時的憂心忡忡不難理解。因此本文主旨係反對作家投當權者所好，成為政治人物或軍方的傳聲筒。縱使文學的環境再艱困，楊逵都堅持為大眾而寫，這是一個文學工作者良知的展現。由此清楚可見楊逵對西川滿等人甘為政治利用的看法，亦可明白促使楊逵主動介入糞現實主義論爭的背景因素。

　　遺稿中，楊逵提到臺灣文學發展的關鍵在一九四三年以後，走回歷史來看——臺灣文學奉公會成立於一九四三年的四月二十九日，緊接著日本文學報國會臺灣支部在六月設立，十一月十三日「臺灣決戰文學會議」召開，同年底《文藝臺灣》與《臺灣文學》先後廢刊，文藝雜誌進入戰鬥配置。糞現實主義論爭不過是政治操弄文學的先聲，用以批鬥臺籍作家對於文學翼贊國策的抗拒。在此之前，楊逵已事先預見臺灣文學即將淪為政治附庸的命運，不禁令人讚嘆其睿智與遠見。

　　《臺灣文學》陣營雖然成功避開《文藝臺灣》的指控，但是兩本雜誌對峙的局面已然形成，並在同年十一月十三日召開的「臺灣文學決戰會議」中白熱化。吳新榮在當天的日記裡真實地記述著會議的情形與感想，他說：

> 今天為「臺灣文學決戰會議」正式會議的第一天。上午主要為理念之陳述，我便下午再去。會議中，池田敏雄君特地來會面。會議上，突然西川一派的陰謀，提議合併文藝雜誌，滿場沸騰，形成『臺灣文學』與『文藝臺灣』兩陣營。張文環、黃得時、楊逵諸君極力奮鬥。瀧田貞治、田中保男諸氏亦大力支援。我不禁義憤，提出新提案，結果不了了之。在時局決戰下，此會議具有歷史意義。為了戰爭，文學不得不奉獻決戰的決意。會

定稿卷」，頁 596-597。

後於蓬萊閣舉行懇親會。大學教授、職業作家熱論文學。郭水潭君稱此會極富「時色」。懇親會後，『臺灣文學』同仁皆到張文環家，商議今後方針。散會各自回家，我亦搭夜車南下。車中疲勞未眠，反省自己：文學之路值得走下去嗎？

次日，吳新榮日記又這樣寫著：

> 此時感到與其社會，不如家庭來得真切；與其文學，不如職業來得切實。而且在這時局緊迫之下，想起從事文學的困難，倒不如先守住家庭，盡力職業，才是首務。[154]

雖然我們無法得知楊逵此時的心境，但吳新榮這樣不願被政治利用、想當文學逃兵的無奈，很可能即是大多數臺籍作家參加會議後的心情寫照。

　　雖然張文環等《臺灣文學》同仁在會後亟思對策，但在西川滿主動獻出《文藝臺灣》後，《臺灣文學》終於還是在一九四三年十二月，發行第四卷第一號後被迫遭到停刊的命運。一九四四年一月之後《民俗臺灣》也宣告結束。五月，臺灣文學奉公會主辦的《臺灣文藝》創刊，形成政治決策全面主宰文壇的局面。同時，臺灣文學奉公會發起「全臺民眾總蹶起」，並動員有影響力的知名作家撰寫文章以響應運動。六月，《臺灣文藝》刊出「臺灣文學者總蹶起」專輯，楊逵、呂赫若、張文環、吳新榮均發表相關作品。同樣在六月，臺灣總督府與臺灣文學奉公會合作，派遣十三位作家前往各地實地考察，撰寫增產報國的報導文學作品，楊逵、呂赫若、張文環等人亦赫然在列。以文學協力戰爭的前提之下，臺灣作家的自主權完全喪失，再也無處迂迴逃避被動員操控的命運了！

---

[154] 兩段引文分別引自張良澤主編，《吳新榮日記（戰前）》，頁 148、149。

# 第三節　左翼作家的「皇民文學」

## 一、揭開楊逵「皇民小說」的真面目

　　七七事變爆發後，為割斷臺灣人與大陸之間的血脈，九月十日臺灣總督府設立「國民精神總動員本部」，加強推行「皇民化運動」，強迫臺灣人改日本姓名，摧毀臺灣民間之舊習俗與舊信仰。於戰時艱難的生活困境中，更以增加配給物資為籌碼，恩威並施，務期消弭臺灣人的族群意識，使其全心全意為日本天皇效力。隨著戰爭的日益熾烈，一九四一年二月十一日，《臺灣新民報》正式改稱為《興南新聞》。四月十九日「皇民奉公會」成立，各地也普遍設置「藝能奉公會」，全力動員藝文界為日本發動的侵略戰爭從事宣傳工作。一九四三年四月二十九日「臺灣文學奉公會」成立，楊逵亦列名其中。六月，社團法人「日本文學報國會臺灣支部」在皇民奉公會及總督府情報部指導支援下成立。奉公會與文報會臺灣支部幾將全島重要文藝工作者網羅在內。[155]一九四四年三月，日本軍部將全臺六家報紙──《興南新聞》、《臺灣日日新報》、《臺灣日報》、《臺灣新聞》、《高雄新報》、《東臺灣新報》合併為《臺灣新報》一家，這個臺灣唯一的新聞媒體僅具有宣傳的任務，已經完全喪失輿論的功能。九月實施「臺民徵兵制度」，驅策臺灣同胞上戰場充當砲灰。

　　在被當局嚴格管制的文藝環境中，一九三八年五月十八日發表〈入田君二三事〉之後，楊逵的文學創作幾乎呈現停頓的狀態。一九四一年復出文壇後，創作風格丕變。從存世作品來看，像〈送報伕〉、〈頑童伐鬼記〉這一類以積極抗爭的姿態，赤裸裸標榜階級鬥爭的作品，由於時勢的轉移幾乎從楊逵筆下消失殆盡；相對來說，作品風格反而

---

[155] 柳書琴，《戰爭與文壇：日據末期臺灣的文學活動（1937.7－1945.8）》，頁145-147。

有某種迎合日本國策的意味。例如發表於臺灣總督府官方刊物《臺灣時報》的〈泥娃娃〉與〈鵝媽媽出嫁〉，以及〈增產之背後——老丑角的故事〉。後來〈泥娃娃〉及〈增產之背後——老丑角的故事〉分別被收錄於《臺灣小說集1》[156]與臺灣總督府情報課編輯的《決戰臺灣小說集（坤卷）》[157]，作為日本當局的宣傳品，使其「皇民文學」的意味更加濃厚。這三篇作品和張恒豪發掘再度面世的〈解除「首陽」記〉，都是臺灣總督府情報課邀約下的產物，因此是否出自楊逵本人的自由意志是一大問題。

　　根據楊逵自述，〈泥娃娃〉與〈鵝媽媽出嫁〉是回應《臺灣時報》編輯植田的邀稿之作。在創作〈增產之背後——老丑角的故事〉之前：

> 植田就曾找過我幾次，要我替「臺灣時報」寫稿。當時，我很坦白的和他討論這個問題。我對他說：「如果要我們作家合作，必須讓我們報導實在的情形，在文學方面，也是描寫實情。如要我們歌功頌德，那是不可能的事。」他一口答應了。所以我寫了一篇「泥娃娃」給他。泥娃娃的主題是武力不可仗恃。另一方面在指責日本軍部不該在幼兒稚嫩的心靈裏，灌輸好戰的思想。和他們所主張的「東亞共存共榮」完全背道而馳。兒童製作的戰車、大礮、軍艦、飛機，像模像樣，非常威風，但是，經過一夜的大雨，就化成一灘爛泥了。
>
> 這篇文章登出後，他很感滿意，又來邀稿。我就寫一篇「鵝媽媽出嫁」給他。主題是指責他們，所謂的「東亞共存共榮」完全是騙人的。這篇在同年十月號「臺灣時報」發表以後，就受到日本警察方面的干擾。[158]

---

[156] 臺北：大木書房編輯與出版，1943 年 11 月。
[157] 臺北：臺灣出版文化株式會社發行，1945 年 1 月。
[158] 引自楊逵，〈光復前後〉，《楊逵全集》「資料卷」，頁 11-12。

另外，一九七四年一月〈鵝媽媽出嫁〉以中文重刊於《中外文學》時，篇末有一篇楊逵執筆的〈後記〉，其中從一九三七年開始的記述有一段與此類似：

> 七七事變後戰線一直擴大，延伸到東南亞，日本軍閥陷入泥沼不可自拔，才知道人民力量的不可欺；這隻狼便穿上羊皮，假慈悲起來了。高唱「東亞共榮圈」，高唱「打倒英米帝國主義」，動員文化界提倡「共存共榮」。有些人投機，有些人被騙入彀，而大唱「共存共榮」調。
>
> 一九四一年四月九（按：應為「十九」）日「皇民奉公會」成立，當年十二月八日太平洋戰爭開始，台灣總督府官方雜誌「台灣時報」編輯植田君找我要稿，我給他寫了「泥娃娃」和「鵝媽媽出嫁」，我的意圖是剝掉牠的羊皮，表現牠這隻狼的真面目。植田君贊成我的意思，一一照登，遂引起日本警察局的不悅，發生了殖民政府內部的磨擦。
>
> 一九四四年「鵝媽媽出嫁」等小說集成書時又遭禁。
>
> 一九四五年台灣光復後，小說集「鵝媽媽出嫁」（日文版）才與讀者見面。[159]

　　所謂「東亞共存共榮」一說的由來，最早源自於七七事變之後，日本右翼團體呼籲對英國及美國作戰，倡議將白色人種驅逐出亞洲，建立大東亞新秩序。日本軍部也以為欲使中國政府屈服，必須先切斷英美兩國的支援，因此計畫奪取英美在南洋的殖民地。如此一來即衍生出扶植

---

[159] 楊逵，〈後記〉，原載於《中外文學》第二卷第八期（1974 年 1 月）〈鵝媽媽出嫁〉全文後，引自《楊逵全集》「小說卷」（Ⅱ），頁 430。其中所指一九四四年〈鵝媽媽出嫁〉等小說作品集結成書時又遭禁，係指印刷中被查扣的《萌芽》小說集，收錄篇章與楊逵在此所說一九四五年戰後出版的小說集《鵝媽媽出嫁》（日文版）有出入之處。

中國新政權，以與英美支持下的國民政府相抗衡的局面。一九三八年十一月三日，日本發表建設「大東亞新秩序」的重大宣言，表明樹立中國、日本、滿洲三國互相提攜，建立互助連環關係的意願。一九三九年德國入侵波蘭，導致第二次世界大戰爆發。歐洲的動亂更助長日本帝國主義，想要把和中國、滿洲互助連環的關係擴充到南方。十二月底，日本擬定建設東亞新秩序的對外政策。一九四○年三月三十日，汪精衛在日本策略下建立南京政府。七月，日本明白宣示對於中南半島及南洋一帶的政治指導權，並承認德國與義大利指導下的「歐洲新秩序」。八月，日本近衛首相說出「大東亞共榮圈」的名稱。一九四一年初更明確表態為了建設大東亞共榮圈，勢將無法免除與英美的對決。期以地域主義為號召，假扮將亞洲從歐美殖民壓榨下營救出來的解放者，最終目的無非是自私地想把亞洲變成日本自己的殖民地。[160]前引楊逵兩段話同指〈泥娃娃〉和〈鵝媽媽出嫁〉之主旨在揭穿日本所謂「東亞共存共榮」的謊言，重刊的中文版確實能給予印證。但是查閱戰爭結束前登載的日文版，讀者大概會對作者的說法表示懷疑。尤其是結尾泥巴做的戰車、大砲等玩偶，經過一夜的大雨化成一灘爛泥，在日文版中根本不存在。那麼作者的創作意圖究竟如何？

　　就內容來看，〈泥娃娃〉以一個投機人士利用戰爭大發橫財，譏刺臺灣人跟在日本軍隊前進只有隨著腐化。其中最可能被懷疑有宣揚日本軍國主義之處，在於主角「我」提到次子正在讀宣傳軍國主義的《三槍手》漫畫，有威武的英雄氣概；又當其就讀小學四年級的長子聲稱要參加志願兵役時，主角回答：「哦！那很好！」以及長子說自己要愛護弱小的人，懲罰欺負弱小的壞傢伙，有呼應日本「打倒英米（美）帝國主義」的姿態。但就整體而言，附和日本所謂「聖戰」的意味並不濃厚，反而是以兒童玩泥塑的軍備影射日軍，有頗堪玩味之處。

---

[160] 參考林明德，〈大東亞共榮圈的興亡〉，《歷史月刊》第九一期（1995 年 8 月），頁 74-80。

　　〈鵝媽媽出嫁〉安排了兩條主線，一個是「我」賣花木給公立醫院院長，遭其利用職權強索母鵝作為回扣；另一則是「我」的朋友林文欽以全體利益為目標，考察出一個共榮經濟的理想，卻在你爭我奪的時代家破人亡，貧困以終。林文欽父子以為自家的傾家蕩產是由於未透徹「滅私奉公」所致，正是深刻地反諷醫院院長的假公濟私。如此剖析，在表面上強調滅私奉公之重要，其實篤信儒家的林文欽父子相繼死亡，正揭穿日本要與中國等東亞各國共存共榮的虛偽謊言。這篇小說運用了絕妙的文字技巧，是楊逵在戰爭期中極為精彩的一篇創作。

　　一九四四年，總督府情報課派遣知名作家前往各地考察，撰寫報導文學作品，楊逵以被派往基隆石底煤礦的經驗寫成小說〈增產之背後──老丑角的故事〉，八月刊載於「臺灣文學奉公會」發行的《臺灣文藝》。小說發表前，被派遣作家受邀參與座談會，敘述實地考察的經驗時，楊逵說：

　　　　我去了石底煤礦坑，在那裡有一位來自內地，專門照顧工人的老爺爺。原本他已在那裡工作了三十多年，到了退休的年紀便辭去工作。老爺爺為了過悠閒的生活於是退休回到家鄉，但後來兒子們去了軍隊，家裡只剩老婆一人，這樣的生活雖然悠閒卻也過於乏味，於是又再度回到煤礦坑來。老爺爺照顧工人的衣、食、住……各方面的生活，個性相當地親切、有趣。四歲、五歲的小孩子們對老爺爺問候：「你好」、「晚安」，當小孩子們在白天對老爺爺道：「晚安」時，老爺爺卻說：「不對喔！現在要說『你好』」。從這些事情來看，不就是為「國語普及」發揮很大的效益嗎？老爺爺和小孩子們一起遊戲、天南地北的聊天，從這些事情，也就是說從這些小地方，教導小孩子們許多事情。由於物資缺乏，對面的宿舍非常狹小，每個家庭隔著兩個榻榻米的距離，只擁有一個榻榻米大小、沒鋪地板的房間，這對單身的人來說倒也還好，但對二、四人的家庭來說就太過

擁擠。再加上那是個多雨的地方，一年當中約有三分之二的日
子是雨天。我待在那裡一個禮拜，只有兩天左右看得見陽光。
即使漏雨，但沒有煤焦油（coal tar）也沒法修理，感到相當地
困擾。在增加生產、增強戰力兩方面喊著各式各樣的命令與口
號，但這些幕後的無名英雄不也相當重要嗎？[161]

楊逵強調自己親身見證日籍老爺爺對國語（日語）運動的貢獻之後，就
圍繞著工人物資匱乏的窘境發言，並隱約指責當局在增加生產、增強戰
力的口號背後，對默默出力的工人生活權益之漠視。

〈增產之背後——老丑角的故事〉日文原題〈增產の蔭に——吞氣
な爺さんの話〉，即以上述的日籍老爺爺為本，塑造出佐藤金太郎的角
色而開展其情節。中文題名副標題的「老丑角」譯自日文「吞氣な爺さ
ん」，原義應為「悠閒的老爺爺」，並不帶有負面的意義。由於翻譯當年
皇民文學仍是禁忌性的話題，中文題名以「老丑角」做為評價，推測乃
由於譯者鍾肇政出於善意，唯恐有損楊逵歷來形象，並希望藉此突出作
品中的「反面寄意」[162]而曲為之筆。

故事中佐藤金太郎的義女原是在他家當下女的本島人姑娘，被佐藤
收為乾女兒後從日本主人家庭出嫁，從此傳為佳話一件。楊逵藉著主角
「我」之口說道：

乾女兒的孝順固然感人，但是把一個下女培養成孝順女兒，卻
更令人欽佩。到內地人家去幫傭，通常都會學好「國語」，這正

---

[161] 譯自〈台灣は斯く戰ふ人——從軍作家座談会〉，《臺灣新報》，1944 年 7 月
18 日。

[162] 〈增產之背後——老丑角的故事〉中文版首次刊行時（《臺灣文藝》第九四
期，1985 年 5 月），文後有編者按語說明創作背景，並解說本篇作品「因是
應邀之作，不乏反面寄意」，由此亦可見當年譯者與編者謹慎的態度。前述
編者按語收於《楊逵全集》「小說卷」（V），頁 87-88。

和上海、香港等地的拉車，司機一類人物能操英語，道理是一
樣的，一點不稀奇，可是我們這位令人敬愛的老人誇耀的孝女，
卻是個本島人農夫的女兒，到十五歲還沒受過任何教育。結婚
時是十九歲，已經可以看報紙，也愛讀小說，還開始看早稻田
的文學講義。當然啦，這也還不算多麼了不起，老人最喜歡提
的是這女孩已經學會了日本姑娘的所有優點。她十八歲那年，
有一次回京都，把她也帶去了，故鄉的人們還交口稱讚她是個
好姑娘。老人反反覆覆地提了不少次這件事。
——女學校已經唸完了是嗎？
老人說，很多都這麼問過哩。[163]

殖民地子女被同化成日本皇民，孝順來自殖民母國的義父，楊逵以這位
女子的形象呼應皇民化運動以及內臺融合的口號；從另一方面來看，將
臺籍下女教化成完全合乎內地女性的標準，顯然日籍老人也對此頗為得
意，殖民者的優越感在此具體顯露。同為日本人的下女，佐藤義女和〈蕃
仔雞〉中的素珠有著截然不同的命運，本島人與內地人的關係從對立變
為和諧，深刻反映出三○年代與四○年代時代氛圍的變化。

　　關於小說的主題含有配合決戰政策，鼓吹日臺融合、增產報國，以
及頌揚大和精神的意味，卻選擇一個日本老人佐藤及「被徵召」的臺灣
人老張為主要描述對象，還不時穿插些生活環境惡劣的描寫，王曉波另
有評論究明其本質絕非單純呼應時局的皇民文學，茲不贅述。[164]除此之

---

[163] 引自《楊逵全集》「小說卷」（Ⅴ），頁67。
[164] 王曉波於〈把抵抗深藏在底層——論楊逵的「『首陽』解除記」和「皇民文
　　學」〉一文，已詳細辨析這篇小說並非皇民文學，本文不再贅述。僅更正一
　　點：中文版楊逵聽到昔日為自己工作的老張批評其最近的作品：「開頭的地
　　方不太有趣。好像是捏造的」——「開頭」應為「最後」，當初是鍾肇政誤
　　譯（見《楊逵集》，臺北：前衛出版社，1991年2月，頁167。），《楊逵全
　　集》已經予以改正。關於王曉波論點，參見《文星》第一○一期（復刊三號），
　　頁126。

外，故事中昔日為「我」（楊逵）工作的老張批評其新近之作時說：「最後的地方不太有趣，好像是捏造的」[165]，為結尾處老張下定決心留在礦場，「我」則為礦工跟在日本人之後前進而感動與欽佩，並稱頌美麗的日本精神等描述埋下伏筆，等於自我否定了這段話是作者真實的心境。

最後再看楊逵當時用來抒發考察心得的散文〈勞動禮讚〉（〈勤勞禮讚〉），文中批判鄙視勞動的錯誤思想，屢次為勞動者叫屈，例如：

> 大家常說，米和煤炭是決定這場戰爭的物資，是國家的命脈。因此，尊重米和煤炭的風氣已經明顯可見；可是，這決非等於農夫和礦工也因此受到了同等的尊重。
>
> 為什麼呢？
>
> 大家認為，他們是沒有知識的文盲，穿破衣打赤腳，髒兮兮的。然而，如果用這些條件來蔑視勞動者，那就是最極端的英美思想，就好比濃妝豔抹的女人取笑臉孔素淨的村姑一般。誰擁有豐富的國民資質？對國家而言，誰是美好的存在？我想，已經不必等到驟雨來臨的時候吧。

又說：

> 如果要找出他們居於劣勢的地方，只有一點，就是他們沒有受到關懷。然而，他們藉著勞動接受千錘百鍊，就像被雨水澆淋的煤炭一般，散發出黯沉的光輝。總督府情報課的目的固然是為了宣傳與啟發泝（按：「泝」為衍字），而我自己也是為了蒐集寫小說的題材才會去那裡，可是我還是很感謝經過了這一週的生活，在做人的態度上、在作為國民的人生態度上，我都得到了很多的啟示。[166]

---

[165] 楊逵，〈增產之背後——老丑角的故事〉，《楊逵全集》「小說卷」（Ⅴ），頁 54。
[166] 以上兩段原發表於《臺灣文藝》第一卷第四號（1944 年 8 月），引自《楊逵

這段文字明白宣告〈增產之背後〉乃應總督府情報課要求的宣傳品，並表明作者真正希望能據以啟發民眾的，其實是文中提及的勞動者經由工作鍛鍊出強健的體魄，以及在面臨險境時忘我地護衛同伴那種美麗的心，同時作者對英美社會以知識水準與外表裝扮決定高下，導致勞動者遭輕蔑而深表不平。換句話說，楊逵要批判的，正是資本主義社會重外表而不重實質的膚淺價值觀。這篇文章與〈增產之背後〉同時間發表於同一刊物，楊逵用之以詮釋〈增產之背後〉的用意是極為明顯的。施淑在檢討一九四○年代左翼作家的皇民文學小說時，認為〈增產之背後〉是知識分子上山下鄉、自我改造的表現；可以被解釋為皇民文學，也可以說是記錄日據末期重新踏上荊棘之路的左翼知識分子，透過勞動改造，在「皇民」的偽裝下，努力朝向「人民」轉化的心靈秘史。[167]對照前述《臺灣新報》中的座談紀錄，以及〈勞動禮讚〉中楊逵對工人生活實情的重視，這樣的見解頗值得參考。

## 二、高呼國策宣傳口號的數篇小說

除上述三篇來自官方邀稿或徵召的作品之外，楊逵還曾在其他數篇小說創作中配合時局，呼喊過政治性的宣傳口號。一九四二年十一月，楊逵發表以三封書信串聯的小說創作〈萌芽〉[168]，描述一位女子素香因丈夫肺病入院休養，獨自在家養育稚子的故事。素香曾經在父親經商失

---

全集》「詩文卷」（下），頁 163、164。

[167] 這段評論其實是對楊逵〈增產之背後〉，呂赫若〈山川草木〉、〈風頭水尾〉等皇民文學文字背後所代表的時代意義之總結。參見施淑，〈書齋、城市與鄉村──日據時代的左翼文學運動及小說中的左翼知識分子〉，原發表於《文學台灣》第十五期（1995 年 7 月），收於其著，《兩岸文學論集》（臺北：新地文學出版社，1997 年 6 月），頁 83。

[168] 原載於《臺灣藝術》第三卷第十一號（1942 年 11 月），收於《楊逵全集》「小說卷」（Ⅱ），頁 431-442。

敗破產的陰影下，被生活逼迫而從女學校三年級輟學，當過酒家女。此時則以積極的態度面對艱苦的生活，每天清晨帶領其子建兒勵行由「奉公會」主辦的廣播體操，刻正準備擔任講師，為「奉公班」開辦的國語（日語）書塾教授文盲。同時在兩百坪大的花園中辛勤耕種，懷著喜悅與夢想，希望不久之後與社會上的人們分享美麗的花和新鮮的蔬菜；並期待來日能在這園子裏，創造出勞動者精湛的戲劇，將夢中的感動傳達給勞動的人們。

　　這個故事表面上以「國語運動」、「增產報國」與「滅私奉公」呼應了皇民化運動及戰時體制，若再深一層看，素香透過勞動重獲新生一事歌頌了勞動的神聖。其中批評臺灣的劇本因行情看俏，便流於粗製濫造一段，由於皇民化運動時期已禁絕漢族傳統戲劇活動，取而代之的是宣揚軍國主義的「皇民劇」，則所謂「行情看俏」的劇本非為戰爭宣傳，脫離百姓真實生活甚遠的皇民劇莫屬。從〈無醫村〉的文學無用論，到遺稿〈建設的文學──昭和十七年臺灣文學界的回顧〉勸諫作家莫成為軍人與政客的傳聲筒，〈萌芽〉的完稿時間正在上述兩篇章中間，由此足可斷定是對當時劇作的批評，同樣是楊逵對一九四二年臺灣文壇提出的反省。故事中主角希望創作的戲劇能夠受到勞動者的歡迎，這和楊逵一向主張的文藝大眾化相符合，由此可見楊逵在迎合國策的假面下，暗藏對藝文界的批判和時局的不滿。

　　一九四二年十二月起，《臺灣藝術》分四期連載楊逵的幽默小說[169]〈紳士軼話〉（〈紳士連中の話〉）。[170]其中有一段敘述空襲警報響起，林天和帶著主角「我」的子女們堆砂袋，確實擺放防空器材，並教導小孩子躲避空襲的正確方式。雖然帶有呼應國策的姿態，反省奉公班員平日只顧形式、敷衍了事的態度；事實上，只是農場小販的林天和，卻印有

---

[169] 發表時標題右上角有日文「ユーモア」，表示本篇為「幽默小說」。

[170] 連載於第三卷第十二號至第四卷第一號（1942 年 12 月～1943 年 4 月），第四卷第三號未刊載。另外尚有第五部分手稿，題為〈破舊的鞋子〉（〈老朽の靴〉），然楊逵生前從未發表。

「外勤主任」頭銜的名片，他以「紳士」譏諷列名《紳士錄》的社會名流，還有專說實話的他因以犀利的言語嘲弄上司，被先後革除教師、鄉公所職員、信用合作社書記的職位等，都在傳述楊逵對世人重視外表而非實質這種錯誤價值觀的批判。

〈犬猴鄰居〉則是刻劃一位因兒子參加臺灣志願兵役，獨自守住家園的老母親勤奮增產，因為戰時配給制度的不公平，以及少數承辦人員的中飽私囊，而飽受生活的折磨。暴露出壯丁被徵調從軍之後，田園的荒蕪和物資匱乏的窘境。故事中提及這位老太婆年輕時家園被盜匪侵入，遭逢襲擊而眼盲，多虧有一位日本醫師親切的治療。末了以其獨生子出征，願意為「國」戰死做結束。這篇小說目前所能發現的版本以《萌芽》[171]版為最早，全文前有作者的一段話說道：

> 當一億人口堅定為一條心，發揚滅私奉公的鄰居精神，並且漸漸親切相待，守望相助的時候，作者寫〈犬猴鄰居〉這篇文章就太大逆不道了。但是這種犬猴相爭的事實，如果在任何一個角落鬧開的話，那就比作者更不像話了，這是絕對無法容許的。而作者之所以敢寫出這個大逆不道的東西，是因為希望在我們所有的鄰居當中，全部國民都抱持嚴峻精神反省，將盤據在我們內心角落的桀傲（按：「驚」之誤）不馴趕出，以便貫徹真正的鄰居精神。因此，我們要感激從像這樣的〈犬猴鄰居〉中慢慢毅然站起來的本島青年之母，也就是被橫田參謀大人譽為「日本之母」的林堅的母親。[172]

---

[171] 一九四四年印刷中被查扣而禁售，收錄〈萌芽〉、〈不笑的小傢伙〉、〈無醫村〉、〈鵝媽媽出嫁〉、〈犬猴鄰居〉。筆者經由楊逵孫女楊翠之協助，得自楊逵遺物中，已印刷完成，然尚未加上封面。

[172] 楊逵，〈犬猴鄰居〉，原以日文收錄於《萌芽》小說集，引自《楊逵全集》「小說卷」（Ｖ），頁161。

戰後在《一陽週報》首次重刊的日文版[173]，內容已有部份更動，〈後記〉
中說：

> 這個短篇是兩年前寫的。為要逃避檢查，費了很大的苦心，卻
> 終於難逃，被禁止發表。在自由的青天白日下，也許有點可笑。
> 就請懷著那樣的心情讀吧。[174]

雖然《萌芽》版的故事中有與內（日）臺親善、志願從軍相關的描寫，
為諷刺時局而將作品塗抹上一層偽裝的迷彩，此即作者所費的苦心。

　　與〈犬猴鄰居〉同收於《萌芽》小說集的〈不笑的小伙計〉，主要
描寫天恩為救治染患瘧疾的獨生子生旺，在萬般不得已中犯法，出獄後
因好心人提供租地種花，父子倆終於展露許久不見的笑顏。故事中地主
賴三和寧可任由名下的土地閒置，亦不願出租給曾經觸法而尋求重生的
天恩，主角不禁怒罵：「這些向英美看齊，自私自利的守財奴，故意踐
踏我們萬眾一心的決心，竟然如此得意洋洋！」並以奉公班負責人的身
分，批評對土地不加利用的行為「違反擴大的生產國策」[175]。除此之外，
全篇並無任何為國策宣傳的意味，反而極力刻劃佃農的辛勤與看天吃飯
的無奈，以及農民對於土地的深刻依賴。

　　戰後收錄於三省堂版《鵝媽媽出嫁》（《鵞鳥の嫁入》）中的〈種地
瓜〉與〈歸農之日〉，[176] 都以後方辛勤勞動響應「增產報國」為主題，

---

[173] 連載於《一陽週報》第七號（1945 年 10 月 27 日）至第九號（1945 年 11 月
17 日）。

[174] 原以日文刊載於《一陽週報》第九號（1945 年 11 月 17 日），引自《楊逵全
集》「小說卷」（V），頁 173。

[175] 原以日文收錄於《萌芽》小說集，引自《楊逵全集》「小說卷」（V），頁 141、
142。

[176] 根據楊逵在三省堂版《鵝媽媽出嫁》（1946 年 3 月）日文小說集〈後記〉中
的說法，收錄於其中的小說都是〈無醫村〉發表之後刊登在報章雜誌上的創
作，一九四五年八月十五日戰爭結束之前連發行都不准。（參見《楊逵全集》

然與〈犬猴鄰居〉同樣可見戰時體制下百姓生活之艱辛與困苦。〈種地瓜〉描述家中做為主要勞動力的父親被徵召至南洋當軍屬，以往常來幫忙的堂兄也因當了義務奉公隊隊員而遠征南方，家中花圃遂一天天荒廢下來。正準備中學入學考試的林清輝不忍見母親辛勞，決定放棄升學夢想，幫忙下田種地瓜。戰爭期間與楊逵有密切往來的日本女作家坂口襖子認為這篇作品以少年放棄升學，傳達楊逵對當時中學可悲的教育內容——學徒動員、勤學奉仕、軍事教練、空襲下的退避疏散而連續停課的否定，[177]深入闡述了故事背後的微言大意。

〈歸農之日〉則敘述原為雜貨店雇員的李清亮，因企業整頓而失去工作，不得不帶領妻兒歸農的故事。途中李清亮夫婦推著載滿家當與兩個小孩的拖車，越過陡峭的山坡時險些發生意外，幸虧一個山賊似的農人不顧自身安危，從山坡上飛奔下來相助而僥倖獲救。繼續上路的李清亮夫妻聊著農人的勤勞與樸實，還有即將定居的村內一位老太太如何珍惜限量供應的豬肉，以此回應戰時物資的配給制度。故事中李清亮回憶受雇雜貨店時的自己是「天天玩弄著鈔票，人真的會變得腐敗，儘管是人家的錢。真的會忘了人的本性而變成守財奴，為了錢幾乎可以殺人。不論睡著醒著都在想錢！錢！」又說：「健全的精神來自健全的身體，利己主義不健康的精神往往發生在想偷懶、想奪利的不健全的身體上。」[178]藉由對利己主義的批判，一方面回應了滅私奉公的宣傳標語，另一方面也重申了楊逵重視勞動階級的觀念。

從〈萌芽〉、〈不笑的小伙計〉、〈種地瓜〉到〈歸農之日〉，可以發現楊逵筆下土地的意象，與三○年代相較已經有了明顯的轉變。過去楊逵小說中的土地多是引發農民抗爭的根源，復出文壇後的楊逵以花農為

---

「資料卷」，頁307。）目前雖尚未找到〈種地瓜〉和〈歸農之日〉在戰前發表的資料，由此可確定其為戰爭期的作品無疑。只是缺乏史料而無法比對戰前、戰後版本的不同，僅能約略考察呼應日本國策之迹。

[177] 坂口襖子，〈楊逵與葉陶〉，《楊逵的人與作品》，頁44-45。

[178] 引自楊逵，〈歸農之日〉，《楊逵全集》「小說卷」（Ｖ），頁217-218。

業，土地在轉眼間成為安身立命之所。雖然此時猶可見貧富差距的描寫，或地主與佃農的階級對立；然因外在政治環境的改變，作者持續關懷低下階層民眾之餘，昔日激情控訴殖民統治的悲情不再，反而表現出自身對於土地的無盡依戀，這應該是楊逵種花生涯中對土地產生依賴之情的一種投射。[179]

　　另外，約作於一九四四年的〈紅鼻子〉（〈赤い鼻〉）[180]將場景置於中國，是楊逵作品中極少見的現象。故事敘述臺灣青年王毅在福建行醫期間，目睹英國軍艦上的紅鼻子水兵丟下紙鈔，未獲中國農夫同意即將耕牛強行帶走，因而激起眾憤。不料紅鼻子水兵與牛從船上一起跌落海中，幸賴中國人民不計前嫌搭救上岸。英國軍鑑則在迎接獲救的紅鼻子時故意放出炮彈，表示威嚇之意，顯示不久中國人民將遭到另一波的欺侮和麻煩。故事不僅批判英國帝國主義，也藉由歌頌中國人民身上還保有東洋人的美德，對比西洋人的惡行惡狀。毫無疑問，本篇是用以回應「保衛東亞」、「打倒英米」的時代性標語。不過仔細分析之後，仍可見楊逵另有深意，例如故事中提及一株千年榕樹時說：

> 那裡聳立著一棵巨大的榕樹，枝葉舒展，茂密的氣根垂延而下，它穩如泰山的形象，宛如無所懼怕的巨人。他走在綠葉燦然的濃蔭底下，克制自己的軟弱與性急。
> 這棵榕樹的樹圍有好幾尋，據說有千年以上的樹齡，他心想，在這千年之間，它應該遭逢過無數的暴風雨與乾旱，但仍堅忍卓絕勇敢地存活了下來，讓他覺得這榕樹象徵著大陸。
> 小鎮的居民對這棵榕樹的崇敬之心遠勝過神佛。連續三年，他看過這裡盛大熱鬧的慶典，聽說關於這棵榕樹的各種傳說。譬

---

[179] 拙文，〈楊逵小說中的土地與生活〉，《臺灣的文學與環境》，頁 181。

[180] 本篇是從楊逵剪報資料中發現，發表於一九四四年的《臺灣新報》，詳細時間仍無法確定，《楊逵全集》收於「小說卷」（Ｖ），頁 249-271。

> 如，某人要鋸這棵樹時，就摔落下來啦、或某人站在這裡撒尿
> 染上重病啦、洋鬼子的軍艦因炮轟這棵樹便沉沒了等軼聞。[181]

千年榕樹的悠久歷史與堅苦卓絕象徵中國，洋鬼子軍艦因砲轟中國而遭
到沉船的命運，即是影射外來侵略者必然覆滅。

　　但是緊接著的情節發展，村民面對水兵無理搶奪耕牛的袖手旁觀，
以及阻止王毅趨前理論之後，在水兵示威槍聲下的四處逃竄，這種種軟
弱的態度都讓王毅感到悲哀，於是王毅懷疑自己對碼頭角落那棵千年榕
樹懷抱好感是否錯了，因為他覺得：

> 凡事不為所動，固然有好的一面，可是哪有人竟吵吵嚷嚷容忍
> 這群海盜胡作非為的呢？這雖然只是被拉走一頭牛，要是這般
> 任其擺佈的話，最後連國家豈不也要被佔領？！印度就是個前
> 例。不，香港不是已經被拿走了嗎？！
> 他自己來這個國家已經三、四年，一心一意關切當地居民的健
> 康，但把這些人照顧得像牛一般健壯，又有何用呢？
> 他憎恨這個政府。
> 他擔心，這個無能的執政者只會課徵租稅，有一天這同樣的政
> 府是否也會把國家賣給洋鬼子們？[182]

然後故事描述王毅心底發出這些感慨時，因為鎮上官員沒有一位出面，
他猜想那些官員刻正躺在陰暗房間裡午睡或吸食鴉片，更覺氣憤非常。
　　這段敘述其實充滿想像空間——中日戰爭全面開打之後，國民政府
節節敗退而遷都重慶，固守內陸；日本在一九四○年的三月底扶植汪精
衛南京政權。〈紅鼻子〉故事背景設定在中國沿海，那麼所指無能的中

---

[181] 引自楊逵，〈紅鼻子〉，《楊逵全集》「小說卷」（V），頁 276。
[182] 引自楊逵，〈紅鼻子〉，《楊逵全集》「小說卷」（V），頁 286。

國政府應是和日本合作的汪政權，因此故事主旨其實是假借英國欺凌中國以暗批日本政府。由於楊逵自註這是長篇小說《侵略者》的其中一節，可知本故事有再發展、再擴充的計畫。由於目前只知其他四節的標題為「犧牲」、「侵略」、「若人」、「新生」，內容則未見，在無法了解情節的確切走向之下，這篇小說的用意還難以遽下結論。

## 三、附和時局的散文

一九四三年一月，楊逵在皇民奉公會機關誌《新建設》上發表〈常會團圓論〉（〈常會團欒論〉），以奉公班班長的身分談召集常會的感想。由於奉公班每月一次的常會是義務性質，規定每家必須派出一位代表參加，楊逵認為由於常會本身無法吸引人，男人們就算閒著沒事，也是經常窩在店舖門口，形成只有女人出席的情況。來楊逵家訪問的友人則認為常會是身負大決戰重任的每一位國民的義務，不應該將輕鬆愉快的聚會混為一談。朋友的常會義務論與楊逵的常會團圓論完全相反，楊逵說：

> 這位朋友的一席話，使我深刻反省。我想，身負這場決戰重任的不只是常會。在每位國民的日常生活中，有什麼事能不受到戰爭的影響，也不影響這場戰爭的？光是把責任推給一個月一次的常會，豈不是極端的形式主義？我認為，常會之所以採取這種形式，就是要透過常會來擴大充實每一位國民的日常生活。如果常會也像向來的保甲會議那樣，參加的人都偷偷地哈欠連天，指示、傳達事項當耳邊風，然後作鳥獸散，那麼常會的意義究竟何在？
> 奉公會打出「臺灣一家」的口號，這麼一來，奉公班也必須是其中的一個小家庭。如果一家人二十四小時都被義務觀念綁得死死的，會造成什麼結果？一個家庭裡，最重要的不就是和諧的氣氛嗎？不就是相互扶持的互助合作精神嗎？

> 家裡的每個分子，如果完全沒有這種精神，只有當家長吩咐時，
> 才像個機器人一樣只做交代的事，其他的人則一個個躺在那
> 裡，一副事不關己的樣子，這種結果豈不令人寒心？
>
> 對一個家庭來說，最重要的應該是，每一個組成分子都把一家
> 的命運視為自己的命運，順著這一家的大方針發揮各自的才
> 能，進而發現、創造各自的工作，為這一家的興盛貢獻心力。
> 不是嗎？
>
> 我是這麼想的，而且，我相信，結合每個人的獨創性就能做得
> 到，我甚至相信「整齊畫一」主義會扼殺獨創性。[183]

楊逵以皇民奉公會班長的角度提出針砭，好像是談例行常會之重要，盡
到公開推展義務為國服務奉獻的觀念；然而皇民化運動之目的乃藉以改
造臺灣人的心靈，使其同心協力投入戰爭以爭取勝利。批判表面上臺灣
一家的形式主義，極力主張維持個人的獨特性，無異是在支持異質性文
化的共存，和皇民化運動一元主義的思想背道而馳。

　　一九四一年十二月八日，珍珠港戰艦主力遭日軍突襲擊沉之後，美
國於十日正式對日宣戰。起先日軍在東南亞勢如破竹，馬尼拉、新加坡、
爪哇、仰光相繼陷落。一九四二年四月，第一梯次臺灣陸軍志願兵入伍。
六月，中途島之役日軍大敗，戰況轉趨不利。南洋的日軍節節敗退，戰
情告急，兵員的補充更加急迫。一九四三年一月，臺灣各地開會宣傳「志
願兵」趣旨。一九四三年五月十七日，楊逵在《興南新聞》上發表〈鴉
片戰爭的畫冊〉（〈阿片戰爭の繪本〉）。篇尾註明這是海軍特別志願兵制
度實施日當天所作，以一個畫家製作鴉片戰爭畫冊時，對兒子阿健解釋
畫作的內容乃因中國拒買鴉片，導致英國興起戰爭，中國人民在炮彈發
射之下像螞蟻般滿地散落。阿健覺得英國人十分可惡，也想購買軍艦。

---

[183] 楊逵，〈常會團圓論〉，原以日文發表於《新建設》第二卷第一號（1943 年 1
月），引自《楊逵全集》「詩文卷」（下），頁 70-71。

爸爸答覆他：將會用造軍艦的基金買，期許阿健快些長大，然後坐著軍艦，徹底清除英國人無法無天的世界。呼應了日本驅逐白種人英美帝國主義的論調，並且肯定海軍志願役的實施。

八月三十日，〈一隻螞蟻的工作〉（〈蟻一匹の仕事〉）在《興南新聞》發表，回憶處女作〈自由勞動者的生活剖面〉中描寫的幫忙蓋帝國議會議事堂的生活，對照六年後二度遊東京時第一次看到已完工的宏偉建築，楊逵說：

> 當我讀到眾議員們在這裡互毆的報導時，覺得泫然欲泣；而當民意被聽取時，就覺得格外愉快。
> 偉大的工作總是艱鉅的。我的處女作，和那篇小說中所描述的當時的我的生活，都是我畢生難忘的事。可是從幾千、幾萬勞工身上來看這件事，我的工作就渺小得像一隻小螞蟻而已。但是，這一隻小螞蟻也很重要。
> 在建設大東亞這項偉大的工程中，我也願意像當時那樣做一隻小螞蟻，不怕吃苦，努力工作。做一個老百姓也好，做一個爬格子的小人物也好。
> 這麼一來，我相信幾年後，比帝國議會議事堂高幾億層的大東亞殿堂，將會使人們由衷喜悅——這就是我的生活，我的文學。[184]

在表面的唱和建設大東亞之外，藉由描繪勞工爭取權益的處女作和對民意殿堂的關注，楊逵展現重視自由民主的絃外之音。

十二月九日，〈比腕力〉（〈腕くらべ〉）以小孩玩種菜遊戲，不料有瘋狗過來攻擊，鄰家男孩拿著木棍追趕撲過來的狗，發現遭狗攻擊的小孩被嚇得哭了起來，於是鼓勵他說：這樣哭是不能當軍人的。兩人就

---

[184] 引自楊逵，〈一隻螞蟻的工作〉，《楊逵全集》「詩文卷」（下），頁133。

互相比起腕力，一起相親相愛地遊戲。故事似乎比喻亞洲人站起來，攜手抵禦外來的侵略者。但是篇章起首有楊逵自稱：

> 有人要求我寫決戰作品，為了構思，我抽掉了三根煙。偉人的英勇功勳，當然是應該大書特書的主題。但是，我缺乏那方面的知識。因此，我想寫像螞蟻一樣孜孜矻矻勤於工作的國民，和那些化身為犧牲的棋子、默默做戰爭行列的基石的國民的生活。也有人走在這些人前面，為他們開路，除去一切的障礙物。我還想寫那些人的生活。[185]

由此看來，楊逵真正想描繪的是一般國民的生活，這篇又是在被動員要求撰寫決戰文學時，心不甘情不願的應付之作。

　　一九四四年四月一日，《興南新聞》與全島五家報紙被合併為《臺灣新報》，作為軍部的傳聲筒。隨後，楊逵有七篇作品發表於《臺灣新報》的青年版。首先是六月二十一日的〈思想與生活〉（〈思想と生活〉），楊逵以五月號《臺灣公論》上津久井龍〈我的思想戰〉相關論點為中心，闡述建設臺灣為要塞時，應將思想戰落實到生活中，才能徹底保護臺灣、日本和大東亞。文中提到津久井龍所說要直接把國家體制作為批判政治主張、經濟主張的標準時，必須有最慎重的準備，不能草率云云，楊逵認為在臺灣尤須特別重視，並語重心長地說到臺灣當時的情況：

> 被貼上〇〇主義、╳╳主義的標籤也就罷了，可是對從未嚐過失敗也不曾受異族統治的大日本帝國的臣民，對身為陛下子民的這些國民，因為主張和意見不同，就草率地說他們不是皇民，不是國民。如此輕易下結論，算什麼呢？甲說乙是非國民，乙

---

[185] 楊逵，〈比腕力〉，原以日文發表於《興南新聞》，1943 年 12 月 9 日，引自《楊逵全集》「詩文卷」（下），頁 135。

就說甲是非皇民。像甲乙這樣相互反駁，各說各話的情形持續
下去，將會造成多嚴重的影響？所謂的言論，在彰顯天下大一
統的日本大理想時，應該探究它必須具備什麼具體的內容或應
該有什麼樣子的表現，而不是製造非國民。
要對抗敵人的謀略戰時展開的思想戰，只有把國民都當成國
民，彼此切磋，努力找出具體的內容，才能期待有好的戰果。[186]

　　上文「天下大一統」的思想，楊逵日文原文用「八紘為宇」，即日
本始祖神武天皇建國的理想，亦即世界一家、天下大一統之意，或謂
「八紘一宇」。一九四〇年（日本皇紀二六〇〇年）時近衛內閣發表〈基
本國策要綱〉，宣示日本國策乃基於「八紘一宇的肇國大精神」，從此
「八紘一宇」成為大東亞共榮圈的口號。[187]日本以此作為思想戰的中
心，強調其世界觀的根柢就是天下大一統的思想。楊逵乃據此引申，
要求日本推行皇民化運動時要有真正一家人的觀念，包容不同的主張
與理念；而不是以此為準繩，在臺灣製造出更多違反國策的非皇民、
非國民。

　　楊逵也認為必須將思想戰予以具體化，才能跟英美思想劃清界線，
亦即期許日本切勿重蹈歐美資本主義、帝國主義侵略他國之覆轍。文中
也諷刺地說道，越是高喊缺乏具體內容的世界觀，就越是缺乏真正以世
界觀為基礎的生活，世界觀和思想終究只淪為吶喊用的口號。同時指出
臺灣人生來具有漢人血統，但自從出生即被當成皇民而養育，蒙受天皇
的教化。一位日本內地來的警察雖然種族不同，卻被東石村民自動自發
雕塑成神像，奉為義愛公，證明不需用詞彙來耍花招，而是要以生活體
現天下大一統的生活。結尾時，楊逵以為只有滅私奉公、鄰組精神、增
強戰力等精神出現在中國和南洋時，東南亞的解放才得以完成。也就是

---

[186] 引自楊逵，〈思想與生活〉，《楊逵全集》「詩文卷」（下），頁157。
[187] 參考林明德，〈八紘一宇與皇道主義〉，《歷史月刊》第九一期（1995年8月），
　　 頁75。

說，楊逵認為大東亞共存共榮的理想不能僅是口號，必須落實到真正生活中去實踐，並且是出自大東亞不同民族的自願而非逼迫。

八月二十日，臺灣全島進入戰場狀態，臺籍民徵兵制度開始實施。就在這個月，楊逵發表了〈蕃薯的饗宴〉（〈お薩の饗宴〉），以一群學生各自帶來買自黑市的豐美食物，歡送即將入伍的藤田老師時，老師反而嘉許帶來自家所種蕃薯的林清泉，表現日臺融合的景象以及對於物資配給制度的支持。

十月起盟軍轟炸臺灣各地頻率增高，死傷慘重。十月二十五日，日本神風特攻隊首度進攻美國軍艦。隨著戰情的愈加緊急，楊逵的作品密集發表，這些短篇也多能反映戰情的進展。十一月十三日發表的〈自戒、自戒〉，以日記體例說明聽聞五百架美國軍機轟炸馬尼拉近郊，心中甚急，希望自己也能有在炮火下神態自若的士兵們的膽識。由於一堆作品與演講稿還沒整理，焦急之餘自戒必須沉得住氣，還要在田裡工作一整天，千萬不要光說不練。十一月十九日，〈老鷹與油條〉（〈鳶と油揚〉）發表。故事中的阿清五歲時曾被老鷹搶走正吃著的油豆腐，當時大他一歲的玩伴阿亮拿起竹竿揮動著，卻老是搆不著停在芒果樹上的老鷹，烤老鷹肉吃不成，還反被老鷹拉了鳥糞在他頭上。十年後，當年還想像著如果自己會開飛機的阿亮，和阿清兩人一起填寫少年航空兵志願書，打算把破壞鄉土的飛機當作獵物。二十一日，〈瞧！拉保爾的天空〉（（ラバウルの空を見よ））發表，篇頭有「軍報道部提供」六字，說明這是軍報導部動員楊逵宣傳的作品。內容是擁有馬拉松選手與游泳健將的六年櫻班，由於導師去當航空兵，學生們因班上陸海空精銳齊全而大為開心。老師寄來一封信，告訴學生們是由天空保護臺灣。當時臺灣雖已被捲入戰場，但本島並無地面作戰的情形發生，只有與來轟炸的盟軍飛機空中作戰，這篇的內容正符合當時的情勢。二十六日，〈騎馬戰〉發表，以某青年學校的騎馬戰，白隊騎士因亂踢擔任馬首的隊員，使其疼痛無法架起騎士，自己才從馬上摔了下來，扭傷了手。老師告誡騎士，這是大家攜手合作的戰鬥，只有在後方堅實的基礎上才可靠。

一九四四年間，楊逵還在臺灣文學奉公會發行的《臺灣文藝》上發表了兩篇散文。六月，在第一卷第二號「臺灣文學者總蹶起」專輯上發表〈解除「首陽」記〉，宣稱從五月十九日起卸下「首陽農園」的招牌。正如本章第一節所分析，楊逵已經在字裡行間暗示卸下首陽農園的招牌並非出於自願，而是肇因於高級特務、學者、雜誌編輯、官方人士等不停地勸說，顯示這是壓力下不得不配合表態的作品。尤其結尾說：

> 當我必須放下筆和鋤頭，在千里之外為臺灣奮戰的那一天來臨時，我應該也會很高興，也會勇敢地踏上征途。[188]

以「應該」之類推測而不是堅定做下決定的語氣，再強調從軍的前提是為自己的鄉土臺灣而奮戰，楊逵不願意支援日本侵略戰爭的意圖豁然顯露。另一篇十一月時發表在第一卷第六號的〈小鬼群長〉（〈チビ群長〉），以敵機空襲為背景，原防空群長因公出差，國民學校六年級的王清文子代父職，協助家裏發著高燒的母親和三歲的妹妹躲入防空洞，又幫忙隔壁阿婆祖孫三人成功避難，躲過敵機的轟炸。

戰時物資缺乏，紙張管制，作品無法長篇大論，「辻小說」的文體乃應運而生。但它並不能算是小說，而是完成度低的極短篇散文創作。楊逵發表於《興南新聞》、《臺灣新報》上的一系列短文，就有〈鴉片戰爭的畫冊〉、〈老鷹與油條〉、〈瞧！拉保爾的天空〉三篇標明辻小說。前述包含辻小說在內，刊載於報紙和《臺灣文藝》上的篇章絕對稱不上優秀。由於不是楊逵的代表作，戰後就輕易地被世人遺忘，但是它們對楊逵抵抗的形象卻有著最大的殺傷力。楊逵生前從來不曾說過這些作品的存在，想必是在國民黨政府白色恐怖統治下選擇性地遺忘。但是臺灣與日本成為命運共同體的決戰時期，楊逵排拒英美勢力的言論不也正合乎

---

[188] 引自楊逵，〈解除「首陽」記〉，《楊逵全集》「詩文卷」（下），頁151。

臺灣當時的情勢？更何況其中絕大部分的言論都在呼籲保衛鄉土，而不是入侵他國。這樣看來，楊逵並不是全然同意皇民文學的立場，而是在被動員時不得不採取部分贊同的書寫策略。陳芳明在《台灣新文學史》提出「皇民化文學」的名詞，以取代襲用的「皇民文學」，就是認為被殖民者的臺籍作家在主動、被動的角度上有所不同——臺籍作家是在強勢霸權的驅使下，被動地對皇民化要求提出具體回應，而不是主動去配合日本國策，[189]楊逵對時局的唱和又何嘗不是這樣？

## 四、兩篇劇作的再詮釋

一九四二年一月，楊逵以一齣充滿階級意識的劇作〈父與子〉重新出發，此後又以附和時局之姿陸續發表兩篇劇作。一九四三年一月，楊逵以「演劇報國隊」的名義發表其重要劇作〈撲滅天狗熱〉（〈デング退治〉）[190]。敘述老農夫林大頭一家五口陸續病倒，因家貧只得借貸來治病。時值即將收穫的農忙時節，唯一的兒子也已出征，幸有鄰居春生、阿銀夫婦和村民伸出援手，既照顧大頭等人的身體健康，也解決了割稻時人手不足的問題。陳少聰醫師因了解大頭家的處境，乃免費為這一家人義診，並研判五人均染患到天狗熱（今稱登革熱），建議村人合力撲滅病媒蚊以杜絕傳染源，防止疫情繼續蔓延；另一方面，大頭曾為了兒子的婚約向李天狗借款二百圓當聘金，當初約定每月從兒子的薪水中扣款十圓，分期償還債務。無奈兒子出征，以至於無法按約清償。債主李天狗不但對這家人艱困的處境沒有絲毫同情，還不斷放話要帶走大頭的女兒用以抵債。故事在眾人撲滅蚊子後一起載歌載舞，將驚懼戰慄的李天狗團團包圍時落幕。

---

[189] 陳芳明，《台灣新文學史》第七章〈皇民化運動下的四○年代文學〉，《聯合文學》第十六卷第七期（總號一八七，2000 年 5 月），頁 157。

[190] 原載於《臺灣公論》第八卷第一號（1943 年 1 月），收於《楊逵全集》「戲劇卷」（上），頁 57-83。。

　　本劇的「天狗熱」無疑是影射「李天狗」，暗示專放高利貸的李天狗如傳染病害人不淺，理當被眾人撲滅。表面上順應了日本國策，呼籲農村全體總動員以消除流行病，其實是要打倒放高利貸、壓迫貧苦村民的李天狗。李天狗最終折服於眾人團結的氣勢之下，印證無產階級攜手合作足以產生龐大的鬥爭力量，頑固的資本家也要低頭。

　　一九四三年十月，臺中藝能奉公隊將楊逵改編的劇本《怒吼吧！中國》（《吼えろ支那》）搬上舞臺，以舞臺劇的方式，在臺中、臺北、彰化三地公演。此劇原為俄國劇作家 Tretyakov（1892～1939）一九二六年的作品，一九四三年南京劇藝社周雨人等曾改編公演。一九四三年五月，日本學者竹內好（1910～1977）根據中文版節譯成日文，刊載於改造社發行的《時局雜誌》。楊逵的劇本即是據此日譯版再改編而成。當時臺中藝能奉公隊提議巡迴演出，然因成員各有其他工作而胎死腹中。為了全島各地藝能奉公隊和演劇挺身隊能活用而刊行原劇本，楊逵在作了包括刪除第二場的修訂之後，[191]於一九四四年十二月上梓，出版商是楊逵擔任編纂委員長[192]的臺北盛興書店。

　　根據楊逵的回憶，本劇是以英美欺凌中國影射日本侵略中國的真相，找來在中山公園（臺中公園）毆打林獻堂的日本浪人賣間做劇中的主要角色，更是明顯地反映了日本侵略者的嘴臉。當年於臺中、臺北、彰化三地演出時，曾經受到廣大民眾熱烈的支持。[193]把日本軍國主義與清末壓迫中國的西方國家的侵略性劃上等號，這些話如今看來順理成章，的確輕易地說服了一向批判殖民地歷史的臺灣學界。可惜日本學者星名宏修找出上演當時的史料，證明楊逵的說法違反史實，賣間並不曾擔任重要角色，也極有可能不曾扮演任何角色。同時星名宏修的研究也發現，楊逵的改

---

[191] 參考《怒吼吧！中國》（《吼えろ支那》）（臺北：盛興出版社，1944 年 12 月）之〈後記〉，中譯見《楊逵全集》「戲劇卷」（上），頁 214。

[192] 楊逵在盛興書店擔任編纂委員長，係根據吳新榮的說法。見張良澤主編，《吳新榮日記（戰前）》，頁 148。

[193] 楊逵，〈光復前後〉、《楊逵全集》「資料卷」，頁 13。

寫增添了竹內好日譯版所沒有的一些情節，例如在〈序幕〉中自行加入
一段〈參戰歌〉，而楊逵版的最大特徵是著重強調英美兩國的殘忍。[194]

　　其實〈參戰歌〉後來又有了不同的風貌，原歌詞為：

　　　　打倒英米　　打倒英米
　　　　中華獨立　　是我們的生命根
　　　　為保衛東亞　　大家猛進
　　　　世界和平　　懸在我們雙肩

　　　　擁護參戰　　擁護參戰
　　　　日旗周邊　　盡是東亞衛星
　　　　為逐侵略者乾淨　　大家猛進
　　　　東亞泰平　　即是中華安寧

從楊逵遺物中發現的日文原版上，有楊逵的筆跡將其修改為：

　　　　打倒霸權　　肅清漢奸
　　　　中華獨立　　是我們的生命根
　　　　為保衛東亞　　大家猛進
　　　　世界和平　　懸在我們雙肩

　　　　打倒英米　　剷除特權
　　　　日軍壓陣　　盡是東亞奴隸兵
　　　　為掃清侵略　　大家猛進

---

[194] 參考星名宏修，〈中国・台湾における「吼えろ中国」上演史－反帝国主義
の記憶とその変容〉，《琉球大学法文学部紀要　日本東洋文化論集》（1997
年3月），頁48-52；〈楊逵改編「吼えろ支那」をめぐって〉，《台湾文学研
究の現在》，頁80。

### 自主自立　才有真正和平

這次的修改應該是戰後為了刊行中文版而作，由於歌詞的更改導致前後文彼此矛盾，無法連貫。一九八二年三月發行之《大地文學》第二期，由黃木翻譯的中文版，應該是在楊逵授意之下，索性將〈序幕〉全部以及〈尾聲〉、〈後記〉，和其中一些呼應日本國策的姿態一同刪去。原有呼應日軍所謂「擁護參戰」、「保衛東亞」、「打倒英米」的皇民劇意味減低，搖身一變批判日軍為侵略者。

　　若把時空環境還原到戰爭時期的歷史脈絡——日本的大東亞共榮圈以亞洲地域主義的一體性，號召中國共同促進大東亞的共存共榮；強調進出中國不是為爭奪領土，而是為了促使中國自覺，與日本並肩作戰，共同為解決亞洲的問題而奮鬥，建立大東亞新秩序。[195]《怒吼吧！中國》以親日的汪精衛南京政府對英美宣戰為故事背景，與蔣介石重慶政府結盟的英美兩國在劇中被描述為侵略者。將侵華戰爭合理化為驅逐歐美帝國主義，拯救中國的義行，在皇民奉公會眼中，無論如何是符合體制的思維，不折不扣為日本軍國主義宣傳的皇民劇，才會交由臺中藝能奉公隊演出。[196]但是作者本身以及當年欣賞演出的觀眾，又是如何解讀這齣戲？是否和日本當局採取相同的觀點？

---

[195] 參考林明德，〈大東亞共榮圈的興亡〉，《歷史月刊》第九一期，頁74-80。

[196] 楊逵曾經在〈我的老友徐復觀先生〉中說：「在那個日本侵華戰爭瀕臨敗亡的時刻，在臺灣的日本人當中，在日本官員，文化人，記者當中，出現了不少厭惡戰爭，反對日本軍閥戰爭政策的人們。『怒吼吧，中國！』獲得了他們的同情和支持。當時一個負責臺中地區日本特工工作的田島大尉，也同情了我們。不但批准第一次用日語演出，甚至也准許用臺語排練演出。」原載於《中華雜誌》第二二六期（1982年5月），引自《楊逵全集》「資料卷」，頁17-18。另外，楊逵在〈日本殖民統治下的孩子〉中也有類似說法（見《楊逵全集》「資料卷」，頁28-29），不過目前並沒有證據顯示皇民奉公會的藝能奉公隊演出該劇，與厭惡戰爭的動機有關。

從〈當面的國際情勢〉一文來看，早在一九二八年時楊逵就已經把日本與歐美帝國主義劃上等號，洞悉日本帝國主義即將侵略中國的陰謀，例如他說：

> 日本是因為鄰近中國、印度、近東、太平洋諸島蘇俄勞農聯邦的地理上、經濟上、政治上的關係、因為其資本主義的急激的發展。因為強大的兵力、所以是占在極東的一個重要的帝國主義國家。
>
> 因為欠缺重工業原料的日本、不可無對中國買來的關係上、而且中國是日本國主要的工業市場日本國主要的投資地、的關係上、更是中國革命的發展就會直接影響日本的殖民地、××、××、××、所以日本是絕對不能無干涉中國的××的。隱然用狡獪的外交手段、或是公然用武力的干涉來抑壓中國××。是大家總知道的事實。
>
> 為著要彈壓中國××和包圍攻擊蘇俄勞農聯邦日本是會與英米結合的。
>
> 總是日英的利害關係是在著中國很迫切的對立對美國是為著太平洋問題、近來其對立越愈迫。[197]

上引文有「×」的地方是因為無法通過日本的檢查制度而被挖除，推測「日本的殖民地、××、××、××」應是「日本的殖民地、臺灣、朝鮮、樺太[198]」，「中國××」可能是「中國革命」或「中國民主」。基於上面的理由，楊逵在文中認為日本因為要彈壓中國的民主革命，將會與英國、美國結合，其命運越來越接近世界資本主義，並將使階級鬥爭發展的客觀條件越大。因此楊逵在最後呼籲全世界無產階級必須集中全

---

[197] 楊貴（楊逵），〈當面的國際情勢〉，原載於《臺灣大眾時報》創刊號（1928年5月7日），引自《楊逵全集》「詩文卷」（上），頁81。

[198] 指庫頁島南部及附近島嶼，日俄戰爭後（1905年9月）俄國將其割讓予日本。

力，徹底鬥爭帝國主義戰爭的危機。當然歷史證明楊逵所說日本會與英國、美國結合的預言並沒有實現，反而是因為英美支持中國國民政府導致日本偷襲珍珠港，然後美國投入戰場並擊敗日本。不過楊逵確實是將日本與英國、美國等帝國主義等同視之，《怒吼吧！中國》劇本演出時，中國正在日本帝國主義之下備受欺侮，這樣的劇本正合乎其一貫反對帝國主義的思想。這不正是利用皇民文學的外衣反刺殖民當局一劍嗎？

　　另外，楊逵日文改編版係依據一九四三年竹內好的日譯本而來，而此日譯本係根據一九四三年春天「南京劇藝社」演出時的中譯版而來。[199] 竹內好本人是日本著名的文學評論家，一九三四年於東京帝國大學中國文學科畢業後，即從事中國現代文學的研究，尤其致力於研究和翻譯魯迅的作品。一九三四年參與創辦日本的「中國文學研究會」，一九三五年起主編該會出版的《中國文學月報》。一九三七年至一九三九年留學中國兩年。一九四二年日本政府召開「大東亞文學者大會」之前，代表中國文學研究會表達不予支持之意。一九四三年起該會被迫解散，不久即被徵召入伍，隨軍隊至中國戰場。[200] 大東亞文學者大會是日本當局為羅致文化界人士而舉辦，竹內好的斷然拒絕顯示其有為有守的氣節。楊逵是《中國文學月報》的讀者，[201] 對於竹內好的為人應當有所了解，《怒吼吧！中國》以竹內好的譯作為藍本，充分反映楊逵對於竹內好的正面肯定。

　　至於觀眾又是如何理解這部作品？根據林莊生（莊垂勝之子）關於日治末期的回想：七七事變發生時，大部分的臺灣人雖不敢露出反國策的心態，其實內心都很憤慨，知道這是場侵略戰爭。葉榮鐘在事變後兩個月的九月二十五日所寫〈生涯〉一詩說：「無地可容人痛哭，有時須

---

[199] 參見編輯部說明，原載於《時局雜誌》1943 年 5 月號，收於《楊逵全集》「戲劇卷」（上），頁 215。

[200] 參考《日本文學辭典》，頁 518。

[201] 楊逵在〈《第三代》及其他〉中透露閱讀的書籍包括《中國文學月報》。見《楊逵全集》「詩文卷」（上），頁 559。

忍淚歡呼」，就是這種心情的反映。但是太平洋戰爭爆發之後，臺灣人的心態有了極大的轉變。以往仇日、反日的氣焰大大降低，反而有「東洋對西洋」、「黃種人對白種人」這類同仇敵愾的情緒。這樣的轉變和總督府對臺灣人政策的改變，以及皇民化運動的拉攏有關，特別是對年輕一代。[202]尤其當時臺灣在美軍的密集轟炸下，全島各地飽受蹂躪，地面戰隨時可能爆發，臺灣人眼見自己的親友因戰爭而傷亡，不可能毫無仇視美軍之意。因此當時臺灣人對《怒吼吧！中國》的理解，究竟是真正認同這部作品表面上的批判英美之意，或者像楊逵所說認為本劇是用以諷刺日本，可能因人而異吧！

## 五、文意曖昧的未定稿

　　楊逵生前有多篇戰爭期間的創作因故未能發表，這些遺稿包括戲劇、小說和散文。其中〈都是一樣的呀（獨幕劇）〉（〈御同樣なんですよ（一幕）〉）[203]，目前仍未能找到發表過的資料。故事發生在某天早上，場景是一個名叫呂沒卓的市議員家裏。作者特別寫明場景的佈置，面對觀眾席的牆壁上匾額之間，貼著兩、三張時局性的海報和標語，其中「囤積、大量收購，就是國民公敵」的字樣格外醒目。故事大綱是說地主兼市議員，並以臺灣文化史研究者自居的呂沒卓一天到晚花天酒地，導致妻子楊其女的不滿。楊其女經常歇斯底里地大喊大叫，埋怨丈夫不曾為自己著想。每次先生帶客人回家，她總是擺起難看的臉色，甚至曾經當面斥責客人，使得先生在外被傳說為老婆當家，面子掃地。楊其女對丈夫表示羨慕姪子啟文夫婦勤奮工作之意，呂沒卓答應今後盡量避開遊手好閒之輩，但希望太太考慮他的立場，免得被外界渲染成為懼內。兩人

---

[202] 林莊生編著，《兩個海外台灣人的閒情心思》（臺北：前衛出版社，2000 年 12 月），頁 202-203。

[203] 本劇楊逵手稿有兩種，另一題為〈喜劇デマの正體〉，為殘稿。完稿之日文原文與中文翻譯並收於《楊逵全集》「未定稿卷」，頁 2-38。

說著說著，薛魯漫、吳六仙來邀呂沒卓外出尋歡。不一會兒，呂啟文獨自一人意志消沉地進來了。薛、吳兩人邀請呂啟文一同去見歡場新來的美女，為他寫篇感人的戀愛故事。呂啟文因為專寫有嚴正主題的小說，志趣不合，並且當晚必須趕完編輯校對的工作而拒絕邀約。在找不到說出來意的機會，坐立不安下只好決定告辭離開。薛、吳兩人也另外呼朋引伴，召集晚上玩樂的夥伴去了！呂沒卓送走客人，正想繼續臺灣文化史的研究，又被一通找他為新來副市長接風的電話叫出門。還沒踏出門口，佣人遵照楊其女的吩咐，上街搶購民生物資回來。因為每一個販售點都大排長龍，最後只買到一大堆鹽。此時啟文的太太彩雲急急忙忙地進來，呂沒卓夫妻才知道原來啟文是來借錢買米的，上學的孩子還等著送便當吃呢！由於米的買賣配給管制當中，沒有買米的簿子有錢也買不到，呂沒卓連忙叫佣人包點米，並將早晨的剩飯交給彩雲做成飯糰，送到學校給孩子吃。彩雲走後，呂沒卓感慨地對太太說：她羨慕不已的啟文為了追錢，可能從午飯到晚飯都忘了吃。像她這樣為囤積糧食而時時焦慮不安，佣人李鹽也為此跑得團團轉，彩雲等米也焦躁不堪，都是一樣的！楊其女反唇相譏道：沒卓老是和酒肉朋友談些荒唐事，也因此忘了吃飯，不也都是一樣的！沒卓計畫中的《臺灣文化史》和啟文未完成的《開拓中的臺灣》，大概都不會有見天日的時候到來。

　　故事中的呂沒卓是有身分地位的紳士，每天不是齊藤氏的錢行、東亞興會的董監事會、防空演習的慰勞會，就是林家的喜酒、副市長的歡送會……等等忙不完的應酬，有高級的物質享受，從來不知民生疾苦。因此楊逵為他命名「呂沒卓」，諧音「ロボット」，「機器人」之意，意思是說他對於物資的缺乏，像機器人一樣全然不懂緊張。而「楊其女」則諧音「ヤンキー女」，「美國女人」之意，說她像美國女人一樣整天吱吱叫個不停，指其個性緊張兮兮，明明家中不愁吃喝，卻總是想盡辦法囤積食物，也暗喻批判日本戰時的敵人──美國之意。這兩夫妻對於時局反應的過與不及，都不是應有的態度。此外沒卓的朋友「薛魯漫、

吳六仙」被楊其女指責為「死魯鰻、娛樂仙」，意即「死流氓、貪玩的人」[204]，也都是諧音雙關的命名法，含有作者自己的價值評斷。

最值得注意的是楊其女抱怨因生活煩悶而寧願當農人的老婆時，呂沒卓回答說：

> 不過，嗯，還是得忍耐呀。不可能全都按理想來呀。我現在也想脫離這伙人，一個人獨處的。這是你嫁過來以前的事了，當市議員以前，我這個人也是個相當的學者，種種理想也還是有過的——。我以前研究台灣文化史的時候，真是不曾在十二點以前上床睡覺的。可是，如今卻變成像你說的宴會人啦。總之，說到這個階級的人，滿嘴文化、文化，卻一點也沒有文化。湊在一塊，除了談酒和女人以外，就沒有什麼可說的。實際上，我對這種生活厭煩的很。對這樣的生活吶，由於這種生活影響，台灣文化史的研究，如今完全變得不行啦！[205]

呂沒卓原也是個對文化有理想的人，但在擁有權勢之後即走向墮落，雖然滿嘴文化卻沒有絲毫文化氣息。生活中只有酒和女人——這就是當時所謂文化紳士的真實生活告白。呂沒卓對臺灣文化的未來不抱希望，他預計從事的《臺灣文化史》研究工作，和呂啟文正撰寫的《開拓中的臺灣》大概都沒有面世的機會，這就是楊逵對皇民化運動時期推行的新文化政策最尖銳、最露骨的嘲諷。

該劇寫在印有「臺中市梅枝町一九　首陽農園」文字的稿紙上，可確定是一九四○年楊逵把首陽農園遷移到梅枝町十九號以後的創作，可惜手稿上並未註明完稿時間。不過以劇本的形式編排故事，無非是希望能公開演出，那麼上演時劇中人物必須使用日語對話，戰後國民政府接

---

[204] 見《楊逵全集》「未定稿卷」之註解，頁39。
[205] 引自楊逵，〈都是一樣的呀（獨幕劇）〉，《楊逵全集》「未定稿卷」，頁28。

收臺灣滿一年的一九四六年十月即明令禁絕日文，因此本劇之創作時間
應以戰爭末期的可能性較高。由此推測楊逵以舞臺的佈置呼應戰時物資
配給的嚴格管制，假借擁護國策的姿態演出，其實是用以諷喻皇民化運
動終將讓臺灣的文化暗無天日，無怪乎這篇諷刺性的喜劇在當時無法得
到發表的機會！

　　小說遺稿〈螞蟻蓋房子〉（〈蟻の普請〉）則以知識分子「我」為主
角，金池爺爺幫忙主角找到一塊良田，但是主角一家人只會編織夢想，
時光就在老籌不出錢的困境中蹉跎過去，一家人仍然住在漏水的小屋子
裡。反觀曾經負債一百圓的金池爺爺卻像辛勤的螞蟻一般，用一點一滴
存下的錢買下一塊價值二百圓的土地，還親手蓋了新房子。這篇創作表
面上是以增產報國為題旨，卻也和〈增產之背後〉一樣有歌頌勞動的用
意。金池爺爺雖然不是知識分子，豐富的人生經驗使其從螞蟻傾巢而
出，明確判斷大雨的即將來襲。相對於有著優越感、虛榮、體弱的讀書
人，金池爺爺的踏實不虛偽更顯得可敬可愛。

　　另一篇小說〈波莫之死〉（〈ポーモの死〉）是敘述一位叫「波莫」
的原住民青年的故事。波莫原本是派出所巡查木村的左右手，雖不支薪
但工作勤奮，卻在一次查緝平地人私藏稻米的行動中，因寡不敵眾，頭
部遭重擊而當場斃命。根據葉榮鐘的回憶，米穀配給制度實施之後，農
民便將收穫量隱匿少報，由於保甲人員暗中維護，警察逐戶搜查藏匿稻
穀的成效不彰，乃動員山地原住民同胞下山搜查。山地的糧食仰賴平地
農村供應，原住民由於和平地人之間彼此利害對立而格外認真。[206]日本
的殖民統治一直非常善於利用臺灣原有的族群矛盾，一九二〇年梨山一
帶泰雅族原住民反抗時，日本人以霧社一帶賽德克原住民為先鋒進行鎮
壓；一九三〇年霧社事件爆發時，日本當局又找來道澤群、土魯閣群等
賽德克原住民，用「以夷制夷」的策略成功壓制反抗。楊逵創作的主要

---

[206] 葉榮鐘著，李南衡、葉芸芸編註，《台灣人物群像》（臺北：時報文化出版企
　　業有限公司，1995 年 4 月），頁 397。

背景應該就是要藉不支薪的波莫賣力查緝，暗示其中牽扯到平地與山地糧食分配的相關問題，暴露日本當局利用並操控米配給制度引發的族群矛盾而遂行其政策。但是波莫與木村的關係友善，其家人又能以流利的日語和木村對談，顯然是個服膺皇民化運動的「國語家庭」，結果本篇反成為一篇唱和皇民化運動的作品。

葉石濤曾經評論〈螞蟻蓋房子〉雖然有逆境中求上進、勞動神聖的概念，讚揚無知識的農民才是最偉大的勞動人民，可惜所透露出的訊息卻變成替殖民者呼喊「增產報國」的宣傳品，並不符合楊逵的世界觀。而〈波莫之死〉的本意可能是要揭露苛酷的糧食管制，以及原住民純樸的性格，結果卻變成頌揚原住民的認同日本人，若當時發表可能使楊逵蒙上「三腳仔」（意指日本人的走狗）之嫌。[207]也就是說，葉石濤一方面認為這兩篇作品的意涵屬於皇民文學，另一方面又肯定作者有更深一層的寓意。葉石濤本人的文學活動始於日本殖民時代，皇民化運動與國策文學的當道，絕對是他個人歷史經驗的一部分。曾經身歷其境的研究者對皇民文學之判定都有如此曖昧的表現，皇民文學界定之困難由此可見。

除此之外，〈賣狗肉的人們〉（〈狗肉を賣る人々〉）上有歌頌日本政府、唱和時局的詞句。楊逵在文中抨擊法西斯黨羽以不法手段中飽私囊，終於使其領導下的義大利被英美反攻，種下陷入苦境的惡果，又說：

> 二十幾年來，法西斯黨一直掌控義大利，一副若非法西斯，就不是愛國者的姿態。然而該黨一旦瓦解，聽說民眾即把法西斯黨的徽章摔在地上，狠狠踐踏。終於因為前述弊端的揭發，法西斯黨二十幾年來所累積的惡行即將真相大白。面對這個事實，全世界法西斯的讚美者大概都會啞然無言。[208]

---

[207] 葉石濤，〈關於楊逵未發表的日文小說〉，收於其著，《台灣文學入門》（高雄：春暉出版社，1997 年 6 月），頁 227-228。文中葉石濤將〈螞蟻蓋房子〉譯為〈螞蟻起厝〉。

[208] 引自楊逵，〈賣狗肉的人們〉，《楊逵全集》「未定稿卷」，頁 647。

雖然楊逵話鋒一轉，以英國邱吉爾、美國羅斯福就是金權政治的大本營，它們身邊可能也有法西斯領導者都自嘆弗如的事實，並以「世界雖然遼闊，擁有廉潔政治家的卻只有日本。日本國民幸甚，當引以為傲」[209]作結，但是對日本同盟國義大利敗戰的興奮之情溢於言表，對法西斯政權的抨擊也指向日本軍國主義。

至於遺稿〈木蘭從軍〉中描繪滿四歲的么女學木蘭騎馬的英姿，讓身為父親的作者覺得有所依靠；〈滿州豬〉（〈滿洲豚〉）中偶遇趕著豬群過馬路的滿洲小孩，貨車司機以侮辱的口吻大聲怒斥，車上校長則以安慰體貼的言行感動言語不通的少年；〈落葉集〉呼籲要以冷峻堅毅的態度、萬眾一心凝聚成像日本武士刀一般發出寒光的火球，去面對英國首相邱吉爾宣佈落葉飄滿地之前結束戰爭一事。約創作於一九四三年以後的這些篇章，由於是未曾公開發表之作，很可能是楊逵尚未完成的初稿，尚難以論斷其真正用意。

從上述分析來看，決戰時期楊逵創作的篇章在呼應國策的背後，大多隱含對時局的諷喻之意，論者的詮釋亦多模稜兩可之處，因此作者是否將皇民意識內化為心靈的認同，甘於被擺佈、被操弄，替日本軍國主義服務，就不該以少數篇章來論定；相對地，作家當年的行事風範更應該被用來相互參照，才能對創作目的下最好的評斷。

## 六、決戰下的楊逵與戰後作品的改寫

楊逵未發表的遺稿中有一篇評論題為〈論〈道〉──文藝時評──〉（〈この「道」あり──文芸時評──〉）[210]，內容在評論當時被譽為皇

---

[209] 引自楊逵，〈賣狗肉的人們〉，《楊逵全集》「未定稿卷」，頁647。

[210] 原稿寫在 20×19 的稿紙上，共四頁。紙上印刷「臺中市梅枝町一九　首陽農園」的字樣，可知作於首陽農園遷移到梅枝町一九號以後（1940 至 1944年間），然未註明確切寫作時間。由於本文是對陳火泉小說〈道〉的評論，〈道〉

民文學典範的〈道〉。令人遺憾的是文章極為簡短，僅對於作者陳火泉的身份、作品中的人物與場景有一番簡略的介紹，可能是未完之作。不過其中楊逵引陳火泉自評的「通常銳氣十足，又富於感情，因此多少有些幼稚極端」[211]做為評論，對於小說中所揭示的皇民煉成之道並未採行正面肯定的態度。幸運的是楊逵生前未發表的遺稿〈建設的文學——昭和十七年臺灣文學界的回顧〉完整保存了下來，使我們有機會窺見楊逵對於皇民文學的立場。這篇大約完成於一九四二年底、四三年初的評論，回顧一九四二年的臺灣文學界，也展望未來的臺灣文學發展，期許有「產生自大眾、啟發大眾、讓人感動的建設性精神的產品」[212]，並且也勉勵作家在建設大東亞文學之際，切莫因投機行事而成為政客與軍人的傳聲筒。有鑑於一九四二年底，第一屆大東亞文學者大會在日本召開，臺灣派出西川滿、濱田隼雄、張文環與龍瑛宗四人與會，文學界再也無法逃避被日本當局利用以協力戰爭的命運，楊逵乃亟欲發出反對的呼聲。

　　從同時代人物對楊逵的評語，亦可證明楊逵創作這些篇章的真實動機，絕非向統治者屈服。例如吳濁流曾經讚嘆太平洋戰爭末期，「唯有楊逵是硬漢，從不向日本帝國主義投降或屈服」[213]。另外，根據楊逵故舊鍾逸人於〈瓦窯寮裏的楊逵〉所述，他與楊逵結識於一九四三年底，當時居住在首陽農園裏的楊逵以廢棄的瓦窯搭出簡陋的屋舍，其生活水準低於一般人家。他說：

---

発表於一九四三年七月的《臺灣文藝》第六卷第三號，據此可斷定寫作時間當在這之後不久。《楊逵全集》「未定稿卷」已收錄此文及中文翻譯於頁648-651。

[211] 引自楊逵，〈論〈道〉——文藝時評——〉，《楊逵全集》「未定稿卷」，頁 650。

[212] 引自楊逵，〈建設的文學——昭和十七年臺灣文學界的回顧〉，《楊逵全集》「未定稿卷」，頁 596。

[213] 見葉石濤，〈回憶吳濁流先生〉，收於其著，《台灣文學的悲情》（高雄：派色文化出版社，1990 年 1 月），頁 130。

貴兄那時的生活很苦，都是依靠葉陶賣花的收入維持生活。其
實，如果他願意與日人妥協，甚或先充當御用文人的話，生活
一定可以有很大的改善。

又說：

貴兄當時很困擾的一件事就是，日本當局以及「皇民奉公會」
有時會要他寫些迎合當時的文章，這違反他的個性，當時有些
台人作家，為生活所逼，而成為御用文人的也不是沒有。
至於御用文人如何為日人所利用呢？這可以舉一個例子來說。
當時在苗栗公館有一個少年因為生病而去逝（按：「世」之誤）。
據說，他在斷氣前還唱著「君世代」的日本國歌。這樣一個事
例，當然是「皇民化」最好的故事題材，而被御用文人拿來當
作報章雜誌宣揚再三的新聞。
貴兄生活固然艱困，又有肺病，但一直拒絕這種充當御用文人
的要求，真的無法拒絕，也頂多是虛應故事應付一番。[214]

楊逵本名楊貴，這裏的「貴兄」即指楊逵而言。鍾逸人在此披露楊逵
屢遭日本當局逼迫，雖然不願意妥協，卻也不得不有應付之作以交差
了事。同一篇文章中，亦提及楊逵在知識分子以及地方人士中具有相
當高的地位，他在生活上堅不為貧困所移的原則也是原因之一。近年
鍾逸人接受柳書琴訪問時，也提到楊逵與曾任皇民奉公會臺北州支部
參議、文化部委員，以及日本文學報國會臺灣支部理事張文環[215]的關
係時說：楊逵提起呂赫若、張文環時好像無多誇獎，他對兩人投入皇

---

[214] 引自鍾天啟，〈瓦窯寮裏的楊逵〉，《自立晚報》「楊逵先生追思專輯」，1985
　　年3月29日。
[215] 見柳書琴，《荊棘的道路：旅日青年的文學活動與文化抗爭》，頁294、298、
　　300。

民化運動不以為然，甚至有時語帶諷刺。[216]以楊逵這樣的行事風格來看，若說他是一個屈從於高壓統治的奴顏屈膝之輩，實在是令人難以置信。

一九四三年，楊逵的重要劇作〈撲滅天狗熱〉發表，以天狗熱（今稱登革熱）影射專放高利貸的李天狗。表面上是順應日本國策談消除農村的流行病，其實是要打倒吸血鬼李天狗。日本的尾崎秀樹在〈決戰下的臺灣文學〉（〈決戰下の臺灣文學〉）一文中認為：以「演劇報國隊」的名義編排帶有階級意識的內容，楊逵的批判同時指向高利貸與日本的殖民統治。[217]在全臺灣被皇民化運動席捲之時，勇於抗拒這股浪潮與統治者相抗衡，這是楊逵文學的特殊之處。由統治者階級陣營內的學者公開讚揚，楊逵對於皇民文學的態度不言可喻。也就是因為楊逵的作品時有絃外之音，經常藉機反批殖民當局，因此當年總督府保安課課長後藤才會特別提醒《民俗臺灣》的編輯池田敏雄：「要刊登楊逵的原稿時，必須十分小心」[218]。由前述所討論的楊逵作品看來，的確在創作中反映戰時體制的社會現況，體現其本人所強調的文學的獨立自主性格，若要將其與一般皇民作家相提並論，無疑是違反實情的。

但是除了近年間編輯完成的《楊逵全集》之外，戰後坊間曾經通行的楊逵作品集，凡是日治時期的作品在戰後且楊逵生前重刊者，在翻譯成中文的過程中，都有將原先塗抹皇民意識色彩之處轉化為中華民族主義意識形態的現象，也更強化了對日本所謂「東亞共存共榮」謊言的批判。楊逵並不是唯一的特例，其他作家對自己被懷疑為「皇民小說」者，通常也是採取辯解與迴避的立場，例如王昶雄的〈奔流〉就被發現有不同的版本出現。呂興昌的研究指出，《臺灣作家全集》（前衛版，1991 年）所收之〈奔流〉，原作者已根據林鍾隆的中譯本，

---

[216] 柳書琴，〈附錄（一）：張文環親屬故舊訪談〉之〈鍾逸人先生訪談錄〉，《荊棘的道路：旅日青年的文學活動與文化抗爭》，頁 22、24。

[217] 尾崎秀樹，《舊植民地文學的研究》（東京：勁草書房，1971 年），頁 193。

[218] 池田敏雄，〈張文環兄與其週遭諸事〉，《臺灣風物》第五四卷第二期，頁 14。

將大部分曾經引起爭議的字句、段落加以改寫。[219]又如陳火泉戰後將有「皇民小說」封號的自身創作〈道〉[220]解釋為：「將悲憤與苦澀，隱藏於字裏行間，希望能運用巧妙的象徵技巧，隱喻出抗日的意識」，並稱它係經「皇民奉公會」別有用心地捧為「皇民文學」；但也有很多臺灣同胞，甚至有心的日本人把它看成「為臺灣人請命」的「抗議文學」。[221]

　　過去在一片褒揚「抗議文學」與貶抑「皇民文學」的呼聲中，臺籍作家面對當年寫作的「皇民文學」出土，總是無法免除被奚落與被責備的難堪境遇，因此作品的重新修訂，帶有配合政治情勢變遷之意味，應不難想像。尤其楊逵曾因一九四九年起草〈和平宣言〉，呼籲政府防止大陸上的國共內戰波及本省，並釋放二二八事件中的政治犯，與民間共謀和平建設，誰料一片誠心未能見容於政府當局，遭判處十二年徒刑。這對一個畢生為臺灣人民福祉奮鬥不懈的社會運動家來說，不啻為最沉重的打擊。晚年楊逵在各種場合不斷重提與日本殖民政府相周旋的往事，卻避談二二八與白色恐怖時期，因筆禍而來的政治恐懼症可能是最主要的原因。[222]在沉重的心情負擔下將作品改頭換面，正摻雜著規避對歷史總清算的複雜因素。

---

[219] 呂興昌，〈文章千古事，得失寸心知——評王昶雄〈奔流〉的校訂本〉，《國文天地》第七卷第五期（1991年10月），頁18-20。

[220] 原載於《臺灣文藝》第六卷第三號（1943年7月），後被收錄於《皇民文學叢書》第一種。

[221] 陳火泉，〈被壓靈魂的昇華——我在台灣淪陷時期的文學經驗〉，《文訊》月刊第七、八期（1995年2月），頁126。

[222] 楊逵一九八三年接受專訪時，曾經吐露他在訪美期間精神愉快，回到臺灣想說想寫的太多，可是沒有辦法拿捏分寸，心裡的話不能講，歌功頌德的謊言不願說，因此常常不知如何下筆。其心中因文字獄而導致抑壓之情緒由此可見。參見陳春美，〈追求一個沒有壓迫，沒有剝削的社會——訪人道的社會主義者楊逵〉，《楊逵全集》「資料卷」，頁267。

# 結　語

　　一九二○年代以來為啟迪民心以對抗殖民統治，新文化運動蓬勃發展，做為其中之一環而開展的臺灣新文學運動，無論在理論建樹或實際創作方面，都在一九三○年代開花結果。但是好景不常，一九三七年日本對中國發動全面戰爭，皇民化運動接踵而來，戰爭時期整體文壇遂籠罩在政治干預文學的凝重氣氛當中。一九四○年七月日本第二次近衛內閣成立，以提倡文化活動積極引導文學創作方向，知名作家由於在文化界的聲望及影響力，逐一被驅策被動員，以文學開拓思想戰的場域。一九四三年四月二十九日臺灣文學奉公會成立之後，臺灣作家被如數羅織進入文學奉公的網絡。一九四三年十一月，臺灣文學決戰會議結論對決戰無益的作品都不可發表，從此文學創作更無法避免以呼應日本國策姿態面世的命運，以國家認同為主題及以翼贊國策為目的之作品紛紛出籠，所謂皇民文學盛極一時。

　　皇民化運動的最終目的雖是改造臺灣人成為日本皇民，甚而願意赴戰場為日本天皇捐軀，但因運動為向來被歧視的臺灣人揭示一條被日本民族接納，似乎可以從此擺脫差別待遇的新路徑，為求揮別被殖民、被歧視的自卑感，部分臺灣人趨之若鶩，臺灣文化的主體性也因而逐漸淪喪。一心一意想跟日本人平起平坐，總以為只要脫離臺灣人的社群，說一口流利的日語，以日本人的外表裝束活得像個日本人，就是出人頭地的心態，極可能從日本殖民之初就已開始。文學作品中就有不少篇章揭露臺灣人的這種渴望，例如：陳虛谷〈榮歸〉裡文官考試中第，娶日本女子為妻，滿口日語還洋洋自得的王再福；朱點人〈脫穎〉中同樣娶日本女子，被收養（實則為「入贅」）後改姓犬養的陳三貴。一九三七年龍瑛宗在東京《改造》雜誌獲獎的作品〈植有木瓜樹的小鎮〉中，臺灣知識青年陳有三努力進取的目標即是居住於日本人乾淨、衛生的社區。陳火泉的〈道〉、王昶雄的〈奔流〉與周金波的〈水癌〉中，也都可以發現朝夕夢想蛻變成為真正日本皇民的臺灣人。相對於這些追求日本式

的現代化生活，鄙夷自己臺灣人出身的題材，楊逵的作品中從來沒有，由此更深刻地映照出這位社會主義信奉者潛在的思想型態——國家認同從來就不是他最關切的議題，正義與公理才是心目中普世追求的永恆價值；或者也可以說楊逵在國族身分認同上早就胸有定見，因此不需多花無謂的時間與精力質疑自己臺灣人的身份，或與其他人一般為此終日惶惑不安。

　　不過隨著文壇被全面收編進入翼贊國策的網絡之中，文學協力戰爭的風氣日漸成形，楊逵雖極力抗拒淪為政客或軍人傳聲筒的宿命，然亦無法倖免被殖民當局擺佈之命運，而有多篇創作展現時局之姿，呈現出迥然於以往的文學風貌。然而相對於龍瑛宗〈山本元帥悼歌〉，哀悼在所羅門群島上空殉職的聯合艦隊司令山本五十六有盡忠報國之熱誠，以及張文環的〈不沉的航空母艦臺灣〉（〈沉まぬ航空母艦臺灣〉）[223]，呼籲群起響應海軍特別志願兵制度的實施；楊逵筆下不但沒有如此露骨謳歌皇軍及正面回應從軍的作品，反倒是不斷以明白指出是接受當局徵召才從事寫作的立場，或以願意率先從軍「保衛臺灣」的態度，甚或讓還沒有資格上戰場的學童做為故事中的主角，消極地回應支持侵略戰爭的時代風潮。在當局逼迫之下，楊逵雖有不得不虛應故事的所謂「皇民文學」，實際上篇章內容大多意在言外，迂迴曲折地隱含批判當局之意。由此可見決戰時期被徵召撰寫的國策文學僅僅是形式上的屈從而已，抵抗才是楊逵文學最根本的精神。藉由文學創作，楊逵展現了他與同時代作家間不同的人格特質。

　　再從另一方面來看，一九四〇年日本當局文化政策大轉彎，積極提倡地方文化與外地文化，雖然促使臺灣文壇獲得復甦的機會，卻是日本內地來臺作家逐漸掌握優勢，進而主宰臺灣文壇，導致島田謹二的外地文學論盛極一時。在文學翼贊政治的網絡逐漸成形之際，西川滿扶植周

---

[223] 張文環〈不沉的航空母艦臺灣〉與前述龍瑛宗〈山本元帥悼歌〉俱發表於《臺灣公論》第八卷第七號（1943 年 7 月）。

金波、陳火泉等新一代的臺籍作家，以體現皇民意識的內容領導創作方向，文壇呈現世代交替的現象。具有抗爭思想的臺籍作家不僅無法再主導新文學之發展，更因被驅趕到邊緣而喪失主體性。為了與外來的支配者相抗衡，楊逵引用中村哲的主張，以凝視臺灣民眾生活的現實主義，建構屬於自己的外地文學表述，力圖排除浪漫主義的耽美文風。一九四三年間，濱田隼雄與西川滿聯手打擊臺灣作家陣營，發動糞現實主義文學論爭，形成《臺灣文學》與《文藝臺灣》陣營兩方人馬隔空激戰的局面，楊逵也積極介入，表明擁護現實主義，反對以文學協力戰爭的立場，而與西川滿陣營針鋒相對。當殖民者透過國家機器的運作形塑其文化霸權，用以宰制被殖民者時，要在如此艱困的環境中維持創作的獨立自主並不容易，楊逵則以堅強的意志力和統治者進行一場歷時長久的拉拒戰，堅持從政治控制的縫隙中找尋出路，以文學創作反映真實人生。

　　此外，楊逵也利用日本當局提倡外地文化之機會，書寫臺灣傳統民俗。投稿《民俗臺灣》的四篇作品，除正面肯定舊慣習提高工作效率的休閒娛樂功能，也毫不留情地批判童養媳等落後的惡習，既不盲目推崇也不至於詆毀本土風習，維持一貫有所選擇的批判性視野。而假借響應日本國策，順勢改編民眾耳熟能詳的三國歷史故事，以高品味的《三國志物語》驅逐劣質的通俗小說，矯正日益沉淪、低俗的文學風氣，仍然持續一向在提升大眾文化上的努力。尤其值得注意的是〈民眾的娛樂〉裡以臺灣閩南語直接書寫「元宵暝」、「犬公生」，和《三國志物語》的藉機傳述中國歷史文化，在皇民化運動全力推展日語與日本文化，禁絕與中國文化相關的民間遊藝、傳統戲劇等藝文活動之後，藉由民俗、諺語的記錄與中國歷史故事的改寫，臺灣文學展現有別於日本內地的文化內涵，由此更見楊逵堅強抵抗的性格，以及在霸權蹂躪之下堅守本土文化的立場。

# 第四章　跨越與再出發：
## 戰後初期楊逵活動概況

## 前言

　　一九四五年八月十五日，日本因廣島、長崎遭美軍以原子彈轟炸而無條件投降。殖民母國的敗戰為臺灣開啟全然不同的政治新局，擺脫皇民化運動的桎梏之後，沉寂已久的社會運動自此重新展開，文壇也呈現朝氣蓬勃的新氣象。然而新政權來臨之後各種貪污腐敗的政治亂象，終令臺灣人由原本的滿懷希望轉為極度失望。外在環境的種種因素，諸如政治社會的變遷、語言文字的轉換等，對於戰後萌發新芽的文學界都帶來嚴苛的試鍊。其中尤以向來使用日文為創作工具，對於中文並不熟悉的所謂日文作家為然，戰後第二年即禁用日語，無異於逼他們丟盔棄甲，退出文藝工作的行列。但是臺籍作家們以堅毅的決心克服種種障礙，戰後不久即開始嘗試以北京話文書寫，逐漸轉型為中文作家者不乏其人，楊逵就是其中最為知名的一位。除了創作與編輯活動之外，他更積極投入社會改造與新文化運動。縱使在二二八事件之後曾有瀕臨死亡的恐怖經驗，並因而繫獄近四個月，楊逵還是勇往直前活躍於文化界，積極參與報章雜誌的編輯活動。不料一九四九年四月六日，臺灣政治史上的白色恐怖揭開序幕，距離戰爭結束僅僅短短的四年，在臺灣本島漸趨熾熱的文學火炬瞬間熄滅，一個臺灣民眾熱切期盼的新時代就此走向沉寂。楊逵也在四六事件中被捕，刑期長達十二年。

　　楊逵生前時常津津樂道日治時期對抗殖民政府的事蹟，卻鮮少提及二二八事件前後的經歷，就連記述其生平事蹟最為詳盡的《楊逵畫像》，有關戰後初期楊逵活動的記載也極為簡略，牽涉到政治敏感話題的部分

更是幾近空白。[1]其中原因不外乎楊逵曾經身為政治思想犯的特殊遭遇，雖然因緣際會得以在鄉土文學尋根熱潮中復出，威權體制之下還是盡量避免觸及禁忌性的話題，以免招來無謂的政治干預。[2]由是之故，楊逵在回憶中觸及二二八事件前後經歷者，只有王麗華筆記的〈關於楊逵回憶錄筆記〉，與何晌錄音整理的〈二二八事件前後〉兩篇口述紀錄而已，並皆遲至楊逵去世之後才公開發表。[3]慶幸的是近年來臺灣研究日益蓬勃，過去被認為佚失的文獻資料相繼挖掘出土，對於考察楊逵在戰後初期的活動狀況有極大的助益。本章主旨即在藉由第一手史料撥開迷霧，深入以往研究的禁區，勾勒楊逵在戰後初期的社會運動與文學創作之歷程，填補以往學界在楊逵研究的疏漏之處。

---

[1]　林瑞明（林梵）在《楊逵畫像》中，將有關楊逵二二八事件中的遭遇簡短描述為：「臺灣是光復了，然而不幸新的現實矛盾亦逐漸形成。三十六年楊逵與葉陶一度在歷史的悲劇中被捕下獄」（頁147）；接著，一九四九年楊逵被捕入獄一事，則以「三十八年全省動亂，楊逵的文學生涯亦因之不幸中斷」（頁153）輕輕帶過。之後，楊逵拘繫綠島監獄一事甚至隻字未提，而以「民國五十年四月六日楊逵終於解脫了一場長久的夢魘，葉陶懷著興奮的心情去接他回到熟悉的故土」（頁155-156），來形容楊逵服刑滿回到臺灣。

[2]　楊逵生前雖然曾經表示：「二二八事件以來的種種事情，漏掉沒有寫的，還有許多許多。我既然特意搞的是文學，通過文學，我來把要說的話說出來。四十到八十之間的事情，我想一定要把它的一切寫出來。」（戴國煇、內村剛介訪問，陳中原譯，〈楊逵的七十七年歲月──一九八二年楊逵先生訪問日本的談話記錄〉，《文季》第一卷第四期（1983年11月），頁30）戰爭結束時楊逵正值四十歲，雖然晚年有心要把戰後發生過的事以文學的方式公諸於世，但在他生前始終未能寫成。一九八二年楊逵接受何晌訪問時，暢談二二八事件前後的遭遇，提及戰後兩度入獄都有法官神秘註銷他的罪證，始能逃過殺身之禍，並說如果再公布這些事情，他會再去坐牢。楊逵去世後約有兩個月的時間，何晌才公佈三年前整理的這篇訪談紀錄。另外，如前引楊逵接受陳春美訪問時所說，他在訪美期間精神愉快，回到臺灣卻常常不知如何下筆，這些都證明楊逵在國民黨威權體制之下格外謹慎的態度。參見〈二二八事件前後〉與〈追求一個沒有壓迫，沒有剝削的社會──訪人道的社會主義者楊逵〉，《楊逵全集》「資料卷」，頁98及頁267。

[3]　楊逵去世於一九八五年三月十二日，兩篇口述紀錄均發表於一九八五年五月。

# 第一節　社會運動及政治參與

## 一、參與建設臺灣的戰後新生活

　　一九八二年，日本學者若林正丈訪問楊逵時，曾經提起他聽到一位任職於日本陸軍特務系統，在海南島從事訓練工作者的真實經歷：戰爭一結束，位居下屬的臺灣青年立即滿口的三民主義，並且十分了解其內容，令人訝異。[4]其實當年臺灣人對三民主義的熟悉，正深刻地反映出臺灣民眾在戰局中對時事的關注，和滿腔對於國民政府的熱烈期待。日本宣布投降後，雖然未來的不確定性使部分臺籍知識分子在迎接和平的雀躍之外，還雜揉著些許不安的複雜情緒，[5]不過很快地，茫然被積極歡迎國民政府的歡欣鼓舞所取代，地方菁英結合組織「三民主義青年團」，作家主動或被動加入者不乏其人，葉榮鐘、張星建、巫永福、吳新榮、呂赫若即是著名的例子。為了與中國文化順利接軌，各地紛紛成立學習北京話的國語講習所，《三民主義》的研讀瞬間蔚為風潮。

　　為迎接三民主義新時代的來臨，臺灣人一窩蜂地湧入三民主義青年團，或積極參與，或探問情勢。楊逵曾經在回憶中說自己當時雖然也經常在臺中的三青團露面，但根本無意參加；而是「想根據自己的想法來建立自己的組織，採取自己的方針」[6]。關於此事楊逵所言不假，事實上早在距離戰爭結束不過僅八天的八月二十三日，楊逵就和李喬松帶著「解放委員會」的宣傳單連袂往訪林獻堂，林獻堂勸導兩人勿輕舉妄

---

[4]　戴國煇、若林正丈訪問，〈台灣老社會運動家的回憶與展望──楊逵關於日本、台灣、中國大陸的談話記錄〉，《楊逵全集》「資料卷」，頁282。

[5]　吳新榮在一九四五年八月十六日的日記上說：「自今日雖說是和平之第一日，但難免有一種的不安，無限的動搖。」又說：「此數日中要謹慎，而靜觀世界之大勢」，這真是臺灣知識分子面對終戰時的心境最真實的告白。見張良澤主編，《吳新榮日記（戰後）》，頁3。

[6]　見戴國煇、若林正丈訪問，〈台灣老社會運動家的回憶與展望──楊逵關於日本、台灣、中國大陸的談話記錄〉，《楊逵全集》「資料卷」，頁282。

動，並說道：「所謂解放者，對何人而言也，舊政府已將放棄，新政府尚未來，而解放云云對誰而言也，此時惟有靜觀，切不可受人嗾使以擾亂社會秩序也。」[7]然而楊逵並未接受林獻堂的建議，根據池田敏雄日記的記載，楊逵在此之後的九月四日仍著手組織解放委員會。[8]

　　因缺乏史料，目前有關解放委員會之詳情尚無法得知。一九八二年楊逵訪美回程過境日本，接受戴國煇與內村剛介訪問時，對該委員會之始末有過簡略的敘述，他說：

> 臺灣總督府向國民政府正式投降的日期是十月二十五日，在這一天以前，我組織了解放委員會，意思是要總督府的統治權停止，我們的要求，特高課長（譯註：指的是臺中州廳警察內的特別高等刑事課課長）是以默認的方式接受了，當他向上面呈報時，上面卻回說不行，因此才想從文化方面做點事，也就是我剛才說的，出版了「阿Q正傳」。[9]

---

[7] 楊逵與李喬松攜帶「解放委員會」宣傳單往訪林獻堂一事，見於《灌園先生日記》一九四五年八月二十三日之記載（尚未刊行），並首度被揭露於許雪姬〈二二八事件中的林獻堂〉（《20世紀臺灣歷史與人物——第六屆中華民國史專題論文集》，頁1004）。筆者曾就此事請教目前參與《灌園先生日記》註解的友人何義麟，何義麟在給筆者的電子郵件（2004年9月8日）中指出許文將「解放委員會」稱為「解放聯盟」的錯誤，並據下日記所載林獻堂對楊、李兩人的這段說辭提供參考。何義麟認為：「這樣的想法反應出，他所代表的資產階級地方仕紳與楊逵等左翼人士，雙方對戰後台灣的前途看法有明顯的落差。」

[8] 池田敏雄在九月四日的日記裡說：「楊逵（作家）取得臺中州當局的諒解，正在組織『臺灣解放委員會』」。見池田敏雄著，廖祖堯摘譯，〈戰敗後日記〉，《臺灣文藝》第八五期（1983年11月），頁180。

[9] 引自陳中原譯，〈楊逵的七十七年歲月——一九八二年楊逵先生訪問日本的談話記錄〉，《文季》第一卷第四期，頁28。《楊逵全集》「資料卷」雖然收有這篇訪問稿，然因採用的葉石濤譯文僅節錄前半，故此處引文並未收入其中。附帶一提的是在接受戴國煇與內村剛介訪問的兩日前，戴國煇與若林正丈共同訪問了楊逵，當時戴國煇曾就此事詢問過楊逵，楊逵的回答則是：「沒有『解放委員會』那樣的名稱，我確實在著手組織團體，日本警察也對此默

可見楊逵原有意藉由解放委員會參與政治活動，受挫之後乃轉而從事文化事業，並以魯迅文學之傳播為主要工作內容。[10]再者，從未及發展就宣告結束的解放委員會，恰可窺見楊逵等左翼人士反應之迅速，迫不及待要有一番積極性的作為，此與林獻堂靜觀時勢之變的態度大相逕庭。

　　從戰爭結束到十月份中國軍隊接收臺灣，二十五日臺灣行政長官公署成立，行政長官陳儀代表接受日軍受降為止的兩個多月間，臺灣島呈現無人領導的政治空窗期。根據吳濁流自傳體小說《無花果》的記錄，由於青年自動自發組織起來維持無政府狀態時的秩序，臺灣地區反而締造了治安史上的黃金期。[11]八月三十一日，面對政治真空帶來的社會亂象，在臺中的楊逵也集合關心社會的青年男女，組成團隊清掃街道，並負責維持臺中市街的秩序。由於在中國的蔣介石委員長曾經號召「新生活運動」，當時的臺灣民眾對其仰慕萬分，楊逵領導組織的這支隊伍乃取名為「新生活促進隊」。楊逵之妻葉陶擔任新生活促進隊的宣傳，被其演說帶動的民眾紛紛加入，隊伍的聲勢越來越浩大。促進隊行動之前，楊逵擬定兩項原則：

---

　　認」。(見戴國煇、若林正丈訪問，〈台灣老社會運動家的回憶與展望——楊逵關於日本、台灣、中國大陸的談話記錄〉，《楊逵全集》「資料卷」，頁281)由於「解放」兩個字的敏感性，筆者推測楊逵的反覆其詞，應該是顧慮到戒嚴體制下國民黨政權對左翼人士的迫害所致。

[10] 除了引文中提到的《阿Q正傳》(「中國文藝叢書」第一輯，中日文對照，臺北：東華書局)由楊逵翻譯，於一九四七年一月出版之外。在此之前，《臺灣評論》第一卷第二期(1946年8月1日)封底有楊逵譯《魯迅小說選》的廣告，標明「中日文對照‧革命文學選」及「近日刊行」(該書未見，疑未曾出版)，顯見楊逵當時熱衷於魯迅文學之介紹。有關楊逵在戰後初期傳播魯迅文學之詳情及目的，請參考拙文，〈楊逵與日本警察入田春彥——兼及入田春彥仲介魯迅文學的相關問題〉，《臺灣文學評論》第四卷第四期，頁101-122。

[11] 吳濁流，《無花果》(臺北：前衛出版社，1988年8月)，頁160-161。

> 一、「新生活促進隊」要清掃的，不只是路上垃圾，而是想更進
> 一步掃除台人的奴隸劣根性，要臺灣人醒覺，不要因為沒有統
> 治者日本人的壓制，而無法自覺無法自理，以至公德敗壞，社
> 會日益混亂。
> 二、「新生活促進隊」的隊員，絕不可收受分文報酬，才不致使
> 這個有意義的「新生活促進隊」淪為一般「清潔隊」。[12]

從自備清掃工具且不收任何報酬看來，楊逵組織新生活促進隊實兼有改
造社會的神聖使命。可惜少數成員居心不良，私下向民眾索取清潔費
用，導致其他成員不滿，造成內部的摩擦。在這些不肖之徒還錢之後，
才終於平息了眾怒。[13]

因為領導新生活促進隊，楊逵在百姓之間頗有聲望。活動結束之
後，以廖金和（外號「阿狗」）為首的一些黑道分子主動找上楊逵，表
示願意在政府尚未接管之前，組織臺中市內所有道上兄弟，維持治安和
社會秩序。楊逵將他們組織為「民生會」，並接管已沒有警察的錦町派
出所（今中正路、和平路口）做為本部。眾人約定以地主和商人的捐獻
解決生活問題，任何人不得私自接受市民捐獻或索取酬勞。自他們整頓
攤販，在街道巡邏站崗之後，市街恢復原有的秩序。與新生活促進隊一
樣美中不足的是部分會員公報私仇，或以該會作為掩護，暗中進行不法
勾當。[14]

---

[12] 引自鍾天啟（鍾逸人），〈瓦窰寮裡的楊逵〉，《自立晚報》，1985 年 3 月 29
日。《辛酸六十年》也有同樣的記載，僅有幾個字的差異，見頁 285。

[13] 鍾天啟，〈瓦窰寮裡的楊逵〉，《自立晚報》，1985 年 3 月 29 日；鍾逸人，《辛
酸六十年》，頁 284-287；鍾逸人，〈我所認識的楊逵〉，收於路寒袖主編，《台
灣文學研討會：台中縣作家與作品論文集》（豐原：臺中縣立文化中心，2000
年 12 月），頁 518-519。

[14] 鍾天啟，〈瓦窰寮裡的楊逵〉，《自立晚報》，1985 年 3 月 29 日；鍾逸人，《辛
酸六十年》，頁 287-290；鍾逸人，〈我所認識的楊逵〉，《台灣文學研討會：

一九四五年八月底，前臺灣農民組合成員張士德（原名張克敏）[15]由中國返臺，籌組三民主義青年團臺灣區團部，獲得熱烈迴響，各縣市分團籌備處陸續成立，至一九四六年三月為止，所屬團員已達三萬人之多。[16]一九四五年十一月，中國國民黨臺灣省黨部成立。由於三青團搶先一步吸收了進步份子和熱血青年，加入國民黨者多是保守份子和有力紳士，形成三民主義之下有兩大派別的畸形現象。[17]根據陳逸松的說法，他在被任命為三青團臺灣區團部主任之後，隨即運用人脈成立各地分團，臺中負責人為張信義與楊逵。[18]但當時曾加入臺中分團，後赴嘉義分團擔任幹部的鍾逸人則以親身見聞指出：楊逵夫婦不但未曾加入三青團，其後還參與籌組中國國民黨臺中市黨部。在前文協、農組與臺共等左翼人士多選擇參加三青團時，楊逵為何做出極為不一樣的決定，反而加入與三青團呈現對立態勢的中國國民黨？鍾逸人認為此係源於和農組同志張信義之間的「瑜亮情結」，並有以下的闡述：

> 一九四五年大戰結束後的九月，張士德由上海回台灣籌備三民主義青年團。等楊逵摸清張士德即為前「農組」本部工友張克敏時，張士德已經委託他的小同鄉張信義，擔任中部地區推廣團務的負責人。
> 當楊逵獲悉此消息後，儘管張士德與張信義想盡辦法禮聘楊逵，希望他能參加「三青團」，共為建設台灣打拼，楊逵還是表

---

台中縣作家與作品論文集》，頁 517。

[15] 張克敏，臺中大甲人，原臺灣農民組合成員，早年赴中國，進黃埔，入軍統，戰後以臺灣義勇隊副隊長名義返臺。參見陳逸松口述，吳君瑩記錄，林忠勝撰述，《陳逸松回憶錄（日據時代篇）》，頁 301。

[16] 王世慶，〈三民主義青年團團員與二二八事件（初探）〉，《史聯雜誌》第二一期（1992 年 12 月），頁 6-8。

[17] 吳新榮，《吳新榮回憶錄》，頁 191。

[18] 陳逸松口述，吳君瑩記錄，林忠勝撰述，《陳逸松回憶錄（日據時代篇）》，頁 301。

> 示他沒興趣，始終拒不接受。然而不久後，楊逵和葉陶，卻找
> 我幫忙接收一棟日本人的「信用組合」建築（現在的台中「三
> 信」總社），以做國民黨台中市黨部籌備處。
> 至此我才知道，楊逵盼任「三青團」中區負責人不成，心中已
> 非常不快，還要他在「大個子信義」麾下做事，更使他無法忍
> 受。於是他便自動加入朱炎（東勢人「半山」）正在台中招兵買
> 馬，卻乏人問津的中國國民黨台中籌備處，擔任執委，葉陶則
> 任台中市黨部婦運會副主委。[19]

除了和張信義個人的意氣之爭外，筆者推測由於一九二八年間楊逵和農組同志曾經有過派系鬥爭，當年主導將楊逵逐出農組的幹部派成員簡吉、陳崑崙時任三青團重要幹部，與楊逵、葉陶夫婦向來不合的謝雪紅掌管三青團婦女隊，[20]楊逵拒絕參加三青團很可能與這些歷史宿怨不無關係。

　　一九四六年春，莊遂性擔任省立臺中圖書館館長，有意以之為基地推展民眾教育運動，協助政府建設新臺灣，乃聘請葉榮鐘任編譯組長，兩人合作聘請臺灣大學留用的日籍教授講學，創設婦女講座，並將閱覽室開放，由會員輪流作東準備茶點，集合臺中市內知識分子，每日下午四點起舉行談話會，直到二二八事件發生為止。會中一半的時間請臺中師範北平籍的老師朗讀國語課本或新聞社論，另一半的時間自由談話，內容包羅萬象，無所不談。由於關心臺灣將來的建設，

---

[19] 引自鍾逸人，《辛酸六十年（下）》（臺北：前衛出版社，1995 年 1 月），頁 400。楊建先生（楊逵次子）接受筆者訪談時也說楊逵夫婦戰後初期曾一同加入中國國民黨，據此推斷鍾逸人上述說法應當可信。

[20] 簡吉時任三青團高雄分團部幹事與書記，陳崑崙擔任屏東分團部書記，謝雪紅為中央直屬臺灣區團部臺灣省婦女隊隊長。三青團幹部名單見王世慶，〈三民主義青年團團員與二二八事件（初探）〉，《史聯雜誌》第二一期，頁 7-10；陳翠蓮，〈三民主義青年團與戰後台灣〉，《法政學報》第六期（1996 年 7 月），頁 76-78。

政治經濟仍是中心話題。從一九四七年的談話室茶會每月定日值東表來看，臺中文化界知名人士幾乎都參與其中，除了主辦的莊遂性與葉榮鐘外，尚包括霧峰的林獻堂及其家族，以及張煥珪、張深切、張星建、吳天賞、何集璧、周定山、許乃邦、藍更與、廖繼春、莊垂勝、謝雪紅……等人。楊逵也參與其事，每月二日固定與高兩貴、王金海、徐成三人輪值作東。[21]

　　其間目睹中國軍隊登臺之後一連串違法犯紀的行為，民眾對於新政府的熱情逐漸澆息。楊逵總以為和「祖國」隔閡太久，臺灣人民對其政治文化未能深入了解，不相信三民主義的祖國會如此令人失望，於是打算以農場的兩座廢窯籌辦政治學校。鍾逸人詳述楊逵這個計畫的構想是：利用金關與中井兩位教授相贈有關新中國藍圖與三民主義學術論著為教材，招訓鄉村青年，施以六十天的勞動兼政治訓練，課程修畢暫時遣返鄉下，以教育當地民眾。等第二批、第三批分別修業回鄉，再招第一批學員授以進級課程。直到接受過三次，共一百八十天的訓練之後，便正式結業，可以成為各鄉鎮的基層幹部。至於經費來源，一方面來自於社會捐獻；一方面由學員包辦全臺中市的水肥，向市政府請求清潔費，再把水肥賣給大戶農民。學員既體會勞動神聖的意義，也籌措了政治學校的經費，可謂一舉兩得。如果計畫順利推行，結業的鄉村青年都是建設理想社會的「種子」，藉此可往建設社會主義的烏托邦逐步邁進。然而因為二二八事件的爆發，該計畫終究未曾付諸實行。[22]

---

[21] 參考葉榮鐘著，李南衡、葉芸芸編註，《台灣人物群像》（臺北：時報文化出版企業有限公司，1995 年 4 月），頁 426，及頁 433 與 434 之〈中華民國三十六年省立臺中圖書館談話室茶會每月定日值東表〉。

[22] 關於楊逵的這個計畫是否真正推行過，鍾逸人在一九八五年發表的〈瓦窯寮裏的楊逵〉明白表示因二二八事件發生而未曾施行；但十五年後演說的〈我所認識的楊逵〉中則是說已經付諸實現。恐怕因事隔多年，鍾逸人先生的記憶有誤。詳見〈瓦窯寮裏的楊逵〉，《自立晚報》，1985 年 3 月 29 日；〈我所認識的楊逵〉，《台灣文學研討會：台中縣作家與作品論文集》，頁 521-522。

　　除此之外，大約在一九四六年間楊逵曾創辦民眾出版社，[23]預計出版「小說故事篇」有賴和《善訟的人的故事》、周定山《憨光義‧王仔英》、林荊南《鴨母王》與胡風翻譯的楊逵《送報伕》四冊，「歌謠俚言篇」有《謝賴登歌集》、《陳君玉歌集》、《蔡德音歌集》三冊，以及「常識論說篇」有《憲政問答》、《民主問答》、《自治問答》三冊。[24]從出版書名之篇目與內容來看，文學部分多為臺灣民間的故事歌謠，常識論說篇則以民主素養的培育為主，楊逵在推廣民眾教育上的努力由此可見一斑。然上列書籍目前僅見《善訟的人的故事》（1947 年 1 月）一本，其餘可能是因為二二八事件爆發後楊逵被捕而未能發行。[25]

## 二、臺灣革命先烈事蹟調查及遺族的救援

　　戰爭結束後，為重建臺灣社會的熱望，各地迅即掀起一波關心政治、參與政治的熱潮。除了三青團的成立與中國國民黨在臺灣設立黨部之外，昔日被殖民政府彈壓而消聲匿跡的抗日團體亦紛紛展開重組。一九四五年九月二十日，臺共謝雪紅在臺中組織「臺灣人民協會」籌備會，十月五日於大華酒家正式成立。十月二十日，「臺灣農民協會」也在臺中組成，當日參加代表一百三十餘人，不到一個月的時間，就因各地自動成立支部，會員成長到一萬人以上。十月間，臺北學生發起組織的「臺

---

[23] 《善訟的人的故事》（1947 年 1 月）版權頁註明發行人為葉陶（楊逵之妻），負責出版業務之民眾出版社地址「臺中市大同路新北里存義巷十二號」為楊逵住處，因此可知民眾出版社為楊逵所創立。

[24] 民眾出版社發行計畫所列篇名與書名，係得自於楊逵主編《善訟的人的故事》封底廣告。

[25] 根據林曙光的說法，楊逵為善編歌謠的好友謝賴登結集成《謝賴登民謠集》（書名應為《謝賴登歌集》），出書廣告上報後，因二二八事件爆發楊逵被補而無下文。參見林曙光，〈趕上日本「大正德模克拉西」尾班車的文藝評論家──劉捷〉中之回憶，附錄於劉捷，《我的懺悔錄》（臺北：九歌出版社有限公司，1998 年 10 月），頁 208。

灣學生聯盟」在臺北中山堂成立。十月二十日，工人階級在臺中討論組成「臺灣總工會籌備處」。[26]中國政府來臺辦理接收之前，各階層民眾重建臺灣的政治熱情瞬間點燃。十一月十七日，陳儀頒布〈臺灣省人民團體組織暫行辦法〉，勒令所有民間團體全數解散，重新登記。官方對蓬勃的政治活動大力壓制，使得臺灣人民以為戰爭結束即獲得解放，從此可以自由參政的美夢橫生阻礙。

　　其中「臺灣農民協會」的組成以昔日臺灣農民組合幹部為中心，並包括文化協會與臺灣共產黨員在內。成立不久，原農組成員侯朝宗改名劉啟光[27]，以軍事委員會臺灣工作團少將團長頭銜衣錦還鄉，隨即積極介入臺灣農民協會的活動。二二八事件後逃亡大陸的蘇新對此事評論說：

> 恰好此時，日治時代曾參加過台灣農民運動的侯朝宗由國內回來。他在國內改名為劉啟光，轉向為國民黨的黨徒，甚至成為「軍統」的台灣首魁。他帶了一批特務人員返台工作。他看見「台灣農民協會」帶有左傾的色彩，可能成為中共的活動地盤，就利誘一部分幹部出來做官，陰謀瓦解這個組織；一方面他又威嚇農民說「農民協會」是共產黨的組織，一定會受到政府的干涉，不如趁早改為「農會」，以避免將來必然到來的不幸云云，以破壞農民的團體。

---

[26] 蘇新，《憤怒的台灣》（臺北：時報文化出版企業有限公司，1994 年 5 月初版三刷），頁 112-118。

[27] 劉啟光（1905～1991）原名侯朝宗，生於嘉義縣六腳鄉，一九二三年臺南師範學校結業。一九二六年被解除在蒜頭公學校的教職後，專心投入農民運動。一九三〇年潛往廈門，一九四五年協助中國接收臺灣的工作，衣錦返鄉。一九四六年，劉啟光負責籌備將日治時期的華南銀行與臺灣信託公司合併改組為華南商業銀行，次年被選為董事長。參見韓嘉玲編著，《播種集：日據時期台灣農民運動人物誌》（臺北：簡吉陳何文教基金會，1997 年 1 月），頁 107-113。

這樣，農民協會竟被一部分不堅定的機會主義者所欺騙和出賣，以致無形中陷於停頓，後來也被當局解散了。這些事件後來竟造成了台灣農民運動的許多障礙，「二二八」民變時，不能動員農民起來參加，這也是其原因之一。[28]

共產黨員的蘇新與國民黨員的劉啟光分屬敵對的陣營，因此所謂劉啟光站在國民黨立場陰謀瓦解農民運動的說法並不見得可信。就目前已知的史料來看，〈臺灣省人民團體組織暫行辦法〉頒布後，農民協會即主動將本部更名為「臺灣省總農會籌備處」，各地分會則正名為該地農會籌備處，[29]然而次年一月十八日仍被民政處以不合法規之由宣布不准辦理。[30]另一方面，官派組織臺灣省農業會辦理日治時期農業會組織接收事務完畢之後，於一九四六年四月二十日召開改稱臺灣省農會的全省代表大會，[31]取得農民團體的合法地位。可見農民協會之潰散實肇因於陳儀的統治政策，因而徹底喪失農民代表權與活動的空間，尚無證據足以顯示劉啟光從中設計破壞；反而是劉啟光先後參與組成的「臺灣革命先烈事蹟調查會」與「臺灣革命先烈遺族救援委員會」，促成昔日農組成員在陳儀政府的箝制之下依然活躍一時。

一九四五年十月三十日，原臺灣文化協會、農民組合、民眾黨、工友會等幹部二十餘人群集劉啟光寓所舉行座談會，討論臺灣革命先烈事蹟調查紀念及遺族撫恤等事宜。會中決議組織臺灣革命先烈事蹟調查

---

28 引自蘇新，《憤怒的台灣》，頁 116-117。

29 〈農民籌組臺灣農會〉，《臺灣新生報》，1945 年 11 月 18 日。

30 〈整訓本省人民團體　民政處報告目前之情形〉，《臺灣新生報》，1946 年 1 月 19 日；何義麟，〈台灣省政治建設協會與二二八事件〉，收於張炎憲、陳美蓉、楊雅慧編，《二二八事件研究論文集》（臺北：吳三連台灣史料基金會，1998 年 2 月），頁 171。

31 廖學義，〈台灣農業會之發展與現狀〉，《民報》，1946 年 4 月 20～21 日；〈農業會を農會に改稱　きのふ代表大會開幕典禮〉，《臺灣新生報》，1946 年 4 月 21 日。

會，由連溫卿擔任總會會長，鄭明祿為秘書，劉啟光、王萬得、張邦傑、李萬居、張士德、張晴川、廖進平及各區主任為總會常任調查員，並推舉蔣渭川、李傳興、張信義、李曉芳、簡吉、張天送分別擔任臺北、新竹、臺中、臺南、高雄（含澎湖）、臺東（含花蓮港）各區分會主任，各區主任再函聘常任調查員五名及非常任調查員若干人，調查五十年來因反抗日本統治而犧牲的先烈事蹟及遺族情況。預計六個月的時間調查完成後，編印紀念冊，發動全島追悼會。該會並請求政府促成在臺灣神宮舊社建築先烈祠，行春秋兩祭，設立先烈遺族教育基金以獎助遺孤升學，與撫恤先烈遺族等。[32]

根據報載，討論組成臺灣革命先烈事蹟調查會的同一天，上述各日治時期革命團體成員亦召開創設「臺灣民眾聯盟」的磋商會，席上選出七名起草委員，緊接著於十一月四日的起草委員會中議決籌備事宜，並擬定籌備委員四十五人的名單。[33]其中張邦傑、張信義、李曉芳、劉啟光、鄭明祿、簡吉、廖進平、張晴川、王萬得、潘欽信、連溫卿、蔣渭川等十二人，亦同時出現在前述報導參與臺灣革命先烈事蹟調查會的人員當中，由此可見兩團體關係之密切。然而民眾聯盟籌備委員名單刊出翌日，劉啟光旋即刊登概不參加任何政團或社團的啟事，[34]表明無意參加。一九四六年一月六日，民眾聯盟改組為「臺灣民眾協會」正式成立。[35]四月七日，再度更名為「臺灣省政治建設協會」。[36]何義麟比對改組前後幹部名單研究指出：民眾協會因批判執政當局，遂與陳儀政府形成對立的態勢，並因而遭致當局的刻意干擾，曩昔抗日各團體終於走向

[32] 〈光復聲中追念先賢 先烈事蹟調查加緊進行〉，《臺灣新生報》，1945 年 10 月 31 日。

[33] 〈各團體大同團結 將組織台灣民眾聯盟 本三民主義宗旨〉，《民報》，1945 年 11 月 7 日。

[34] 〈劉啟光啟事〉，《民報》，1945 年 11 月 8 日。

[35] 〈台灣民眾協會 第一次改組典禮 討論島內重要問題 對蔣主席等致謝電〉，《民報》，1946 年 1 月 8 日。

[36] 〈熱血熱情而發足 台灣政治建設協會成立〉，《民報》，1946 年 4 月 8 日。

分裂，原先參與籌組民眾協會的新文協與農民組合成員，大多未能擔任政治建設協會的理監事職。[37]

　　一九四六年一月二十五日，曾表態不參加民眾聯盟的劉啟光被派任新竹縣長，[38]爾後他不僅延攬連溫卿、簡吉等日治時期社會運動左翼人士進入縣府工作，並召集前農組與新文協成員策劃組織「臺灣革命先烈遺族救援委員會」，於同年四月二十一日正式成立。[39]民政處根據該會主任委員劉啟光檢附的組織大綱、工作計畫書及委員名冊，五月間准予備案。[40]從呈請備案時所附會章與事業計畫來看，其宗旨為救助在日本統治下為解放臺灣而犧牲之革命先烈遺族，與受刑殘廢或年老失恃的志士；工作內容主要有獎助先烈子弟升學、指導先烈遺族或革命志士就職就業、協助建立生活基礎、救濟非常災害、補助必須之生活等項，無疑是接續臺灣革命先烈事蹟調查會的任務而來。

　　另從呈請備案的委員名冊來看，參與組成的人員依其職務共分成主任委員、常務委員、委員、顧問等四種。除主任委員由劉啟光一人擔任外，常務委員有簡吉、楊貴（楊逵本名）、張行、鄭明祿、王萬得、李傳興等六人；委員有李喬松、周井田、趙欽福、陳鵠、謝賴登、周坤棋、李天生、鄭有文、陳啟瑞、陳崑崙、林阿鐘、林建才、黃石順、周天啟、張道福、溫勝萬、謝武烈、陳標中、洪石桂、莊孟候、廖進平、李振芳、謝娥、楊元丁、顏石吉、賴通堯、林碧梧、謝雲（疑為「雪」之誤）紅、盧炳欽、劉溪南、林糊、李曉芳、周渭然、張信義、張庚申、楊春榮、林永棟、林萬振等三十八人；顧問有丘念臺、林獻

[37] 詳見何義麟，〈台灣省政治建設協會與二二八事件〉，《二二八事件研究論文集》，頁172-176。

[38] 新竹縣文獻委員會編，《臺灣省新竹縣志》（一）（出版者不詳，1976年），頁100。

[39] 〈臺灣革命先烈遺族　救援委員會を設立　新竹で發起人會開催〉，《臺灣新生報》，1946年4月21日。

[40] 詳見國史館檔案450-162〈台灣革命先烈遺族救援會〉，民政處。本資料和以下註腳中提及的國史館檔案影本皆為友人何義麟所提供，謹此致謝！

堂、李翼中、周一鶚、李友邦、王甘棠、李萬居、王添燈、林忠、林
茂生、宋斐如、盧冠群、陳旺成、邱德全、楊金虎、黃朝琴、陳純仁、
林瑞西、石錫勳、許嘉種、陳逢源、韓石泉、蔡培火、李明家、黃呈
聰、羅萬俥、陳敏生、楊老居、施江西、廖西東、洪水治、柯水發、
蔣渭川、連震東、郭雪湖、陳澄波、黃啟瑞、楊倉庫、楊佐三、張兆
煥、李友三、林日高、杜聰明、游彌堅、連謀、黃克立、韓聯和、石
延漢、郭紹宗、陳東生、王一麐、龔履端、陸桂祥、謝東閔、劉存忠、
袁國欽、謝真、張文成、傅緯武等五十九人。

　　根據報載，成立後的第一次委員會中選出簡吉為總幹事，楊逵為副
總幹事，張行、林建財、李傳興分別擔任救援組、總務組、調查組主任
幹事，另外選出協助委員九十二名。[41]該會眾多成員雖然涵括外省與本
省籍，但從名冊的排序即可窺知係由過去活躍在左翼運動，尤其是原臺
灣農民組合的成員主導整個行動。從官報的《臺灣新生報》於其成立後
密集報導相關活動，甚至在六月十七日忠烈祠奉安典禮當天大篇幅報導
典禮進行細節來看，將任職國民黨黨部的丘念臺與李翼中、三青團臺灣
區團部的李友邦，以及長官公署民政處長周一鶚與各縣市長等黨政要員
列為顧問，極有可能就是為了成功爭取官方支持的策略運用。

　　根據該會公佈的標準，所謂「臺灣革命先烈」即曾為解放臺灣從事
反日運動而業績卓著或壯烈犧牲者。[42]五月十八日，第二次常務委員會
議召開時，決議將桃園神社改建為忠烈祠，定六月十七日臺灣淪陷紀念
日舉行奉安大典，奉祀諸先烈入祠，以鄭成功為奉祀主神，並印就捐款
名冊，為救濟先烈遺族籌募基金。[43]此外，該會幹部亦分赴各地調查先

---

[41] 〈先烈の遺族救濟へ　五月一日から義獻金募集〉，《臺灣新生報》，1946 年
　　4 月 26 日。
[42] 見〈新竹縣忠烈祠本年度　入祀先烈芳名〉之報導，《民報》，1946 年 6 月
　　1 日。
[43] 〈崇祀先烈撫恤遺孤　桃園神社改建忠烈祠〉，《臺灣新生報》，1946 年 5 月
　　27 日；〈革命先烈遺族救援會　崇祀先烈撫卹遺孤　桃園神社改建忠烈祠〉，
　　《民報》，1946 年 5 月 28 日。

烈及遺族近況，並保送趙港遺孤趙炳煌就讀省立桃園農林學校。[44]六月十七日，劉啟光率新竹縣各局科人員與各機關學校團體代表，會同國民黨臺灣省黨部林炳康、丘念臺，以及遺族代表共五千多人舉行奉安典禮，丘念臺另以遺族身分代表答詞。禮成後並有藝閣、獅陣等大遊行，場面盛大且莊嚴隆重。[45]

當天入祀桃園忠烈祠先烈除鄭成功外，抗日烈士共計七十二名。根據新竹縣政府官方的介紹，其姓名及參與之革命團體或事蹟如下：臺灣民主國的丘逢甲、劉永福，北埔事件首領蔡清琳，林杞埔事件首領劉乾，密謀驅逐日人被處以死刑的黃朝，東勢角事件首領賴來，大甲事件首領張火爐，苗栗事件的羅福星、江亮能、黃光樞、傅清鳳、謝德香、黃員敬，大甲支廳館內派出所襲擊事件首領羅嗅頭，西來庵事件首領羅俊、余清芳、江定，臺灣黑色聯盟幹部周和成，霧社大革命事件的花岡一郎、花岡二郎，文化協會及民眾黨領導人物蔣渭水，臺灣勞働互助社幹部蔡秋宗，文化協會、農民組合、勞働互助會幹部潘盧，農民組合幹部劉千、董抱（蒼）、陳結、林龍、陳神助、吳久、邱天送、趙港、陳德興、劉双鼎、劉慶雲、徐阿番、吳盛連、劉喜順、劉俊木、莊垂郎、林銳、黃信國，文化協會及農民組合幹部黃春生、李明德、郭常，文化協會及反帝同盟幹部張茂良、吳拱照，工會幹部王細松，船員工會及反帝同盟幹部劉纘周，廈門臺灣青年反帝同盟幹部康纘（至誠），廈門臺灣青年反帝同盟及上海臺灣青年團幹部高水生、董文霖，上海臺灣青年團幹部陳麗水、翁澤生、陳炳譽、蔣文來，眾友會組織者曾宗，曾參加西來庵事件的眾友會幹部呂清池，眾友會幹部蔡双加、楊馬，農民組合幹部因大湖事件被捕的黃雲漢、陳盛麟、陳天麟，中國國民黨臺灣黨部籌備處組織科長陳哲生，文化協會幹部賴和、王敏川，黑色青年聯盟幹部洪朝生，中國國民黨臺灣黨部主任委員翁俊明，文化協會協理及民報發行人林幼

[44] 〈新竹縣忠烈祠本年度入祀先烈芳名〉之報導，《民報》，1946 年 6 月 1 日。
[45] 〈民族精神昭彰史冊　新竹忠烈祠昨奉安典禮〉及〈藝閣獅陣が總進軍　桃園終日空前の大賑ひ〉，《臺灣新生報》，1946 年 6 月 18 日。

春，臺北工友協助會領袖薛玉虎，臺北工友協助會文化協會幹部盧清潭，噍吧哖事件的蘇有志、謝成。[46]

新竹縣奉安典禮籌備期間，官方與民間其他團體亦積極展開臺灣革命先烈的紀念行動。例如省民政處將原日人之護國神社改建為省忠烈祠，並於一九四六年五月中旬修理完竣。[47]五月二十五日，臺灣民主國五十一週年紀念，國民黨臺灣省黨部由宣傳處長林紫貴與委員丘念臺聯名，邀請各界於省黨部大禮堂舉行座談會。根據《臺灣新生報》的報導，臺灣省黨部紀念臺灣民主國之緣由乃因：

> 鑒於此係臺灣重要之民族革命運動，臺胞之祖國愛與向心力，在當時曾有具體表現。值茲臺灣光復之後，對此光榮歷史實應予以擴大宣傳，灌輸三民主義，俾臺胞深切認識黨國，從以加強此祖國之愛與向心力，以共策建國大業。[48]

以「祖國愛與向心力」詮釋臺灣民主國，清楚可見國民黨藉由臺灣抗日運動史的強調，意圖將臺灣人統攝在和中國人共同的中華民族主義情緒之下。

另外，奉安典禮進行的同一日，由臺灣省政治建設協會主辦，國民黨省黨部贊助之臺灣革命先烈追悼及紀念大演講會，假臺北延平路第一劇場舉行。蔣渭川擔任主席，與會者有川康國大代表呂超等三人，省黨部主任委員李翼中、市府代表黃啟瑞、警備總部代表張裕華及王添灯暨各界共約一千餘人。會中演講者及其講題有林紫貴的「三民主義與臺灣

---

[46] 見〈新竹縣忠烈祠入祀先烈及其遺族姓名〉，桃園林照像館攝影，《新竹縣忠烈祠奉安典禮紀念留影》（新竹：出版者不詳），1946 年。筆者研究用影本係由林柏燕先生提供，原件所有人為入祀先烈吳拱照遺孀葉煒妹女士，謹此致謝！

[47] 〈紀念本省革命先烈　護國神社改建忠烈祠〉，《臺灣新生報》，1946 年 5 月 21 日。

[48] 〈省黨部宣傳處召開座談會　紀念臺灣民族運動〉，《臺灣新生報》，1946 年 5 月 24 日。

革命」、呂伯雄「革命精神」、黃朝生「追憶蔣渭水先生」、張晴川「臺灣革命先烈之血淚」、蔣渭川「臺灣革命二百年史」。[49]在「爭奪抗日權威正統性」[50]上，遺族救援委員會的聲勢顯然較此略勝一籌。

　　遺族救援會為統一祭祀辦法，提高人民對先烈的崇敬之心，曾經呈請民政處明令規定臺灣各地忠烈祠每年舉行春秋兩祭，而以四月十七日馬關條約紀念日與十月二十五日本省受降紀念日為祭日，由當地最高行政首長主祭，並規定各地忠烈祠以鄭成功為主祀，合祀本省因從事反日革命運動而壯烈犧牲之先烈，或畢生奮鬥始終不屈之先賢。臺灣抗日菁英在政權更迭之際，經由紀念先烈與遺族救援的行動，迫不及待為昔日反抗殖民政府的同志進行平反，藉此擺脫日本殖民統治影響的象徵意義極為重大。不過民政處呈請在南京的內政部裁示之後，仍維持中央政府所定之三月二十九日與九月三日為祭日。[51]戰後初期臺灣本地自動自發積極展開的去殖民化行動，不久即被中央政府全盤中國化的政策所扼殺。[52]

## 三、楊逵與革命先烈遺族救援會等團體

　　根據鍾逸人的回憶，返臺後的劉啟光曾經親自登門拜訪楊逵，想說服楊逵擔任新竹縣的社會科長或民政局長。[53]雖然婉拒出任公職，楊逵

---

[49] 〈革命先烈追悼會　諸士紳登場紀念演講〉，《臺灣新生報》，1946 年 6 月 18 日。

[50] 何義麟認為遺族救援委員會工作目標雖與政治建設協會紀念先烈之活動有所差異，但無疑地，遺族救援委員會活動也具有「爭奪抗日權威正統性」之意味。見〈台灣省政治建設協會與二二八事件〉，《二二八事件研究論文集》，頁 188。

[51] 〈提高人民崇敬之心　忠烈祠應春秋二祭　反日運動犧牲先烈當合祀〉，《臺灣新生報》，1946 年 6 月 11 日；國史館檔案 051-013〈革命志士功績案〉。

[52] 臺灣抗日菁英紀念臺灣革命先烈日期與國府所定紀念日不同，其意義正如何義麟所言：「台灣抗日菁英透過紀念先烈建構自主性去殖民化的行動，自始即遭國府的漠視與壓制。」見〈台灣省政治建設協會與二二八事件〉，《二二八事件研究論文集》，頁 188。

[53] 鍾天啟（鍾逸人），〈瓦窯寮裡的楊逵〉，《自立晚報》，1985 年 3 月 29 日。

參加了以劉啟光為中心的兩個左翼社團——臺灣評論社與臺灣革命先烈遺族救援委員會。[54]前者是臺灣旅居京滬人士以股份有限公司的型態所組成，一九四六年一月八日於上海成立的股東大會上選出劉啟光為董事長，丘念臺為董事兼社長。同年七月一日該社在臺北創刊《臺灣評論》月刊，主編為李純青，臺灣廣播電臺臺長林忠擔任發行人。該雜誌為大陸左翼文人與臺灣左翼勢力合作的產物，由於出現親共產黨與批判國府統治等言論，一九四六年十月發行第四期後即遭國民黨中央宣傳部下令停刊。[55]楊逵針砭陳儀政府的〈傾聽人民的聲音〉（〈人民の聲を聽け〉）即在該雜誌刊出。[56]此外，更值得注意的是楊逵在劉啟光領導的臺灣革命先烈遺族救援委員會中列名常務委員，報載他並曾以該會副總幹事的身分出發各地慰問先烈遺族。[57]奇怪的是楊逵生前從不曾提起和該會相關之事蹟，幸而《楊逵全集》編輯期間由於新聞界的報導與協助，有王之相先生主動聯絡編輯委員之一的陳芳明教授，請其代為轉交給楊逵全集編譯委員會楊逵遺物一批，其中有一疊「調查表」與標明「臺灣革命先烈遺族救援委員會」的名冊，[58]對了解該會之運作和楊逵參與的情形頗具貢獻。

---

[54] 根據《楊逵畫像》的說法，楊逵於一九四六年加入臺灣評論社；不過楊逵參加臺灣革命先烈遺族救援委員會一事該書並未記載。參見林梵，《楊逵畫像》，頁 145。

[55] 何義麟，〈《政經報》與《台灣評論》解題——從兩份刊物看戰後台灣左翼勢力之言論活動〉，《台灣史料研究》第十期（1997 年 12 月），頁 29-31。

[56] 原載於《臺灣評論》第一卷第二期（1946 年 8 月），收於《楊逵全集》「詩文卷」（下），頁 226-227。

[57] 〈新竹縣忠烈祠本年度入祀先烈芳名〉，《民報》，1946 年 6 月 1 日。

[58] 王之相先生送回的物品包括楊逵及其文友的手稿，以及部分從未出土的史料。據陳芳明教授轉述王先生本人的說法，這些物品係一九八二年散步至東海花園外所拾獲。不過楊翠（楊逵孫女）在《楊逵全集》編輯會議召開時私下向筆者表示：王先生撿到的時間應為一九八一年。當時楊逵移居大甲次子楊建家，東海花園有一批楊逵物品失竊。如此看來王先生送回的應該是竊賊遺落於東海花園外的，很可能還有部分楊逵遺物如今不知流落何方！

　　上述楊逵遺物中發現的「調查表」共三十九頁，右下方均有印刷字樣標明「臺灣革命先烈事蹟調查會」。表格內含先烈姓名、性別、籍貫、出生年月日、死亡年月日、出身經歷、革命事蹟、犧牲地點經過狀況、調查參考資料、遺族姓名與生活狀況、調查人住所姓名，以及再查人姓名等，並已用手寫方式填入資料，推測是臺灣革命先烈事蹟調查會殘存的調查報告。目前尚無證據顯示楊逵曾經加入該會，這份資料應該是提供遺族救援委員會工作參考之用。其中曾被調查的抗日份子有鄭芳春、陳阿仿及其部下、謝德茂、簡大肚及其部下、黃阿丑、簡義及其部下、劉永福、張臨、柯鐵及其部下、賴成、蔡輕云、簡其才、陳朝宗以下大鞍事件被囚禁同志、賴文興等人，其中多位或因仍存於世，或因有其他考量，並未在入祀忠烈祠的名單之中。其實奉安典禮當天入祀的七十二名抗日烈士，除了參與武裝革命者之外，「其他大多為農民組合與左傾後文化協會之成員，臺灣民眾黨幹部僅蔣渭水列名；當然其中也有一些掛名其他政治團體，但實為共產黨員的抗日烈士，例如翁澤生等」。[59]因此雖然劉啟光在臺灣廣播電臺報告該會使命時特別聲稱：只要是參加反日運動受了犧牲或現尚生存的志士，該會將一視同仁予以援助救濟，對於革命同志以往的派別絕無歧視，[60]實際上提報入祀紀念者仍以左翼抗日陣營為主。

　　「臺灣革命先烈遺族救援委員會委員名冊」亦為手寫填入的表格，共二十三頁。從名冊的最後一頁填滿看來，很可能是份殘稿。其中有成員在該會的職務、籍貫、通訊處等介紹，格式與呈請民政處備案的文件近似，推測應為「臺灣革命先烈遺族救援委員會」的原始名冊。該資料與備案名冊不同之處在於林獻堂及各縣市長原列為「委員」，後於民政

[59] 引自何義麟，〈戰後臺灣抗日運動史之建構——試析羅福星抗日革命事件〉，《臺灣教育史研究會通訊》第七期（2000 年 1 月），頁 6。筆者引用已獲作者同意，謹此致謝！

[60] 劉啟光，〈臺灣革命先烈遺族救援委員會的使命——五月三日在臺灣廣播電臺廣播詞——〉，《臺灣新生報》，1946 年 5 月 9 日。

處備案時改列為閒差性質的「顧問」，由此隱約可見抗日勢力派別介入工作安排的考量。另外，職務方面還有協助委員的基本資料，從名冊上地址相同的人名扣除重複者，現存資料共計一百四十三名，較《臺灣新生報》報導增設協助委員時選出的九十二人數目為多，據此可窺見當初列為被選舉人與報載缺乏被選出實際參與者之名單。依其順序有張健民、林岸、葉陶、林港、陳竹興、黃永鳳、黃綿官、吳仁和、柳德裕、江天來、詹木枝、陳文俊、馮清波、蔡溪惟、李得義、洪麟兒、林章梅、林隆獻、莊心、張金鎗、郭耀南、溫祿煌、張戊申、陳貫世、陳金城、姜林小、陳窓、曾龍尾、陳清涼、馮進財、馮慶、詹振泰（恭？）[61]、劉茂成、高石海、蔡德音、林月珠、呂寶、陳惟童、陳荊山、趙淇秀、邱芹右、施石青、簡娥、張玉蘭、侯春花、蘇清江、翁來成、孫右平、郭秀宗、林清海、陳總、曾得志、蕭來福、潘欽信、顏永賢、廖瑞發、蘇新、徐春鄉、黃天鑑、顏錦華、姚敏宣、許乃昌、陳煥圭、王白淵、黃朝生、林水旺、林樑材、王師郎（應為「琅」之誤）、劉傳來、周榮華、尤明哲、莊守、孫□蘭（□表字跡無法辨識）、余進才、藍煥呈、陳越、黃梱、張文環、張深切、謝伯齡、黃師樵、莊春火、彭宇棟、莊泗川、劉松甫、盧新發、林襟之、高兩貴、陳坎、林明德、張阿犁、李金祿、黃聯登、吳海水、蘇泰山、黃賜、陳玉瑛、林兌、黃阿乖、楊克煌、陳金波、劉守鴻、蘇德興、謝少塘、江水得、黃對、歐陽得水、吳新榮、施禎祥、李振東、湯接枝、呂新進、褚沅進、楊順利、馬有岳、蔣源盛、游金泉、林榮振、蔡葛、許嘉裕、吳文身、鄭聯捷、蔡狄木、廖九芎、林海成、王天強、許碧珊、周宗河、賴明煌、張士德、鄧阿鳳、林万根、楊春榮、廖□□、徐金湖、林營輝、周營福、陳培初、陳百合、李木芳、廖弈炎、廖亦富、黃溪。由名單可見遺族救援委員會幾乎網羅當時遍布臺灣各地，曾經活躍於社會運動與文化活動的抗日菁英。

---

[61] 由於手稿上有幾個人名重複的地方，「詹振泰」、「詹振恭」兩個名字恰巧也在重複之處，因此研判為同一人。但究竟正確寫法應為「泰」或「恭」，目前無法判定。

　　為替奉安典禮宣傳，楊逵執筆〈六月十七日前後──紀念忠烈祠典禮〉（〈六月十七日の前後──忠烈祠典禮を紀念して〉）[62]，自六月十七日起分兩日連載於《臺灣新生報》。文章一開始，楊逵即以日本殖民統治者所謂的「始政紀念日」是抗日志士內心哭泣的紀念日，將之稱為「死政紀念日」。楊逵說每當他回想起六月十七日這個日子，首先浮現腦海的便是清國官員把臺灣人連同其山河出賣給日本，以及祖先創建東洋第一個民主國，對抗日本不屈不撓的抗爭行動等事蹟；除此之外，就是臺灣第一號漢奸辜顯榮的名字。楊逵引據日本政府文獻，詳細說明辜顯榮請求日軍鎮壓臺北附近蜂起的土匪，自願擔任日軍進入臺北城的嚮導，日後從殖民當局獲得許多利益，包括被救選為日本貴族院議員一事。楊逵又說當時一些外國人與辜顯榮等漢奸很快地追隨日軍，充當日本人的間諜，調查並計誘猖獗的「土匪」，楊逵對此特別解釋說：

> 這裡所指的「土匪」是誰呢？
> 事實上，就是五十年來用鮮血染紅臺灣革命史的革命先烈與志士。他們對那些逃得快的清朝文武官員相當失望，想要憑藉自己的力量以及現成的武器捍衛山河，他們是悲壯人民的自衛軍。在日本有所謂「勝者為官軍，敗者為賊」的諺語。在臺灣稱之為「土匪」或「匪賊」。為了屠殺革命志士，侮辱革命志士，連「匪徒刑罰令」都創立出來。不過此等事並不只是日本軍閥的專利，這和滿清把太平天國的革命稱之為「長毛賊之亂」，把孫國父稱之為「賊」，到了現代，軍閥將人民革命的勢力稱為某匪、某賊……是共通的，這是大家都知道的事。
> 在此，我們「冒死揭開」這些事蹟，紀念先烈之際，首先必須著手處理的事情就是將被冠上某某匪、某某賊的名字□□（字

---

[62]　由於筆者撰寫博士論文期間才發現這篇文章，因而未及收入《楊逵全集》，在筆者博論之前該文亦未曾見諸其他研究。

跡模糊，無法辨識），公開那些被屠殺者的事蹟，藉此將人民被扭曲掉的認知匡正過來。[63]

這段文字說明了忠烈祠奉安典禮的意義，首先在於以人民的立場替被稱為「土匪」的先烈進行平反。在訴諸民族主義的表象背後，更值得注意的是提及現代軍閥亦將人民革命勢力貶為「匪」或「賊」，其中深藏楊逵個人對當權者的批判與抗爭的意識。

如果把楊逵該文中提到因武力抗日被處死刑的吳得福、周扁、王祿、王清等四名，與前述「調查表」中亦有被調查先烈未在六月十七日當天入祀桃園忠烈祠配合來看，顯然得否入祀是經過臺灣革命先烈遺族救援委員會以某種標準再次評選的結果。由此看來，入祀的七十二名先烈與黃花崗七十二烈士在數字上的雷同可能並非巧合。果真如此，那麼把致力於將臺灣從異族手中解放的志士，與中國民主革命過程中犧牲的革命黨人等同類比，並且以抗日左翼運動陣營者為主要對象，進行隆重的追思與紀念，其所突顯的臺灣主體性歷史意義不言可喻。

奉安典禮進行完畢之後，遺族救援會的任務告一段落。同年年底劉啟光離開新竹縣府，轉任華南商業銀行籌備處主任委員，並於一九四七年二月二十六日當選華南商業銀行理事長。[64]從此遺族救援會未見任何活動，形同解散。一九四六年九月二十七日政治建設協會臺中分會成立，[65]楊逵加入並擔任監事一職，[66]這是戰後初期楊逵最後參與的政治團體。

---

[63] 譯自楊逵，〈六月十七日の前後——忠烈祠典禮を紀念して〉（上），《臺灣新生報》，1946 年 6 月 17 日。

[64] 〈各縣市長部份更調　劉啟光辭職・劉存忠免本職等　省公署日昨正式發表〉，《民報》，1946 年 12 月 14 日；〈華南商業銀行開董監事會議　劉啟光當選理事長〉，《民報》，1947 年 2 月 28 日。

[65] 〈政治建設協會臺中分會成立〉，《民報》，1946 年 9 月 27 日。

[66] 見何義麟，〈台灣省政治建設協會與二二八事件〉，《二二八事件研究論文集》，頁 180 之表格「政治建設協會台中分會理監事一覽」。

## 四、投身武裝革命

　　戰爭結束僅約一年的時間，臺灣社會在不當統治下漸漸陷入民生凋弊、經濟混亂的局面。一九四六年八月，楊逵一連發表兩篇文章抨擊陳儀政府。八月一日，他以〈傾聽人民的聲音〉呼籲當權者切莫陶醉於被製造出來的虛假輿論，必須從茶餘飯後、路邊田裡和街頭巷尾中細心找尋，傾聽人民真正的心聲，從健全的輿論當中建立健全的政治。八月十五日，戰爭結束正好屆滿一年，楊逵再以〈為此一年哭〉清楚描述失望悲痛的心情，他說：

> 在此一年間，我們做些什麼呢？記得去年的今天，我聽著日皇投降的電訊，感動到汗流身顫。是覺著我們解放了，束縛我們的鐵鎖打斷了，我們都可以自由的生活。
>
> 我相信我們心未死，有所為，很多的朋友都說：我們要同心協力建設一個好々的新臺灣，但是結局如何呢？
>
> 很多的青年在叫失業苦，很多的老百姓在吃「豬母乳」炒菜補，死不死生無路，貪官污吏拉不盡，奸商倚勢欺良民，是非都顛倒，惡毒在橫行，這成一個什麼世界呢？
>
> 說幾句老實話，寫幾個正經字却要受種々的威脅，打破了舊枷鎖，又有了新鐵鍊。結局時間是白過了，但是回顧這一年間的無為坐食，總要覺著慚愧，不覺的哭起來，哭民國不民主，哭言論，集會，結社的自由未得到保障。哭寶貴的一年白費了。[67]

　　回顧戰爭甫結束時曾經以無比興奮激動的情緒，立志與眾人同心協力建設臺灣；一年後卻要面對失業率居高不下、貪官污吏與奸商橫行的世

---

[67] 原載於《新知識》創刊號（1946 年 8 月），引自《楊逵全集》「詩文卷」（下），頁 229。

界。於是在對當局極端失望的心情之後，楊逵立下以實際行動自動爭取民主的新誓約。

一九四六年底，楊逵藉魯迅名著〈阿Ｑ正傳〉中的阿Ｑ畫圓圈，小心翼翼地縫合圓圈以免成為行狀上的汙點，結果圓圈還是少了一角，就像禮義廉恥之邦少了一個「信」字，諷刺陳儀政府失信於民。他說：

> 禮義廉恥之邦，在這一年來給我們看到的，已經欠少了一個信字，圓圈欠了這一角，在阿Ｑ總要一抖一抖的使其合縫，不幸向外一聳，畫成瓜子模樣，是他生怕被人笑話，以為「行狀」上的一個污点的。
>
> 禮義廉恥之士的靈魂與思想，比不上阿Ｑ的生怕被人笑話，在欠少做人條件的我們看來，却有点心酸。打倒敵人以來，時間已經過了不短的一年餘了，我們總願結束了一番武劇，來編排一齣建設的新戲，拖來拖去總難得使這個圈畫得圓々的。我們平民凡夫都是要看々所謂「幸福結尾」的大團圓，一齣劇要演到大團圓，總不得在「路絲腳」的戲台上演，雖有幾個禮義廉恥欠信之士得在此大動亂之下再發其大財，平民凡夫在飢寒交迫之下總會不喜歡他們的。[68]

楊逵以飢寒交迫的平民對比亂世中發財的欠信之人，已經明確表達對執政當局的不滿。兩個月後，臺灣因二二八事件爆發而陷入更大的動亂，楊逵毅然選擇站在人民的一邊對抗政府。

一九四七年二月二十七日晚上，臺北大稻埕因查緝私煙不當，造成毆傷煙販林江邁，並射殺青年陳文溪的不幸事件，次日民眾為此到行政長官公署示威抗議，不料竟又遭到機關槍無情掃射，全島性的反抗運動

---

[68] 楊逵，〈阿Ｑ畫圓圈〉，原發表於《文化交流》第一輯，引自《楊逵全集》「詩文卷」（下），頁231-232。

旋即引爆，史稱「二二八事件」。為盡快弭平紛爭，臺灣仕紳成立「二二八事件處理委員會」。當緝煙血案的消息傳到臺中，楊逵與莊垂勝、葉榮鐘、何集璧等人決定利用政治建設協會臺中分會擬在三月二日舉辦的「憲法推行大演講會」，擴大召開市民大會，共商對策。三月一日，楊逵等人於中央書局二樓設「輿論調查所」，製作意見調查小卡以測知民意，並通知臺中地區民眾，次日將於臺中戲院擴大召開市民大會，[69]當天也就是「二二八事件處理委員會」成立之日。

關於市民大會召開當時的情形，楊逵的回憶說：

> 二日上午，許多民眾湧往會場，但見戲院大門緊閉，門板上貼告示一張：市民大會暫停召開。民眾失望、抗議；後來人群愈聚愈多，有人撕下告示，猛擊門板，威脅如不開門，就要踐破門板；僵持一會，戲院一方讓步，打開大門，群眾湧入。（事後才得知，那告示是市政府派人貼的。）我雜在會場門外人群中，見大會順利召開後，才離去。[70]

鍾逸人對這一段往事則有全然不同的記憶——他記得群眾進入戲院後，上臺的人中「謝雪紅及她們『人民協會』的人也有五、六個」；而演講一事，「楊逵是當然要出來的人」，至於楊逵站在臺上演講的情形是：

> 他講了半天，到底講些什麼？大部分的人都聽不懂，因為場裡人多嘈雜，他的嗓音又很低，尤其當時是還未有裝設擴音機的時代。[71]

---

[69] 王麗華記錄，〈關於楊逵回憶錄筆記〉，《楊逵全集》「資料卷」，頁82；鍾逸人，《辛酸六十年》，頁434。楊逵回憶中將「政治建設協會」誤記為「政治建設促進協會」。另根據《臺灣新生報》一九四七年三月一日的報導，三月二日擬進行之演講會為「憲法推行大演講會」，楊逵回憶中誤記為「憲政研討會」。

[70] 引自楊逵口述，王麗華記錄，〈關於楊逵回憶錄筆記〉，《楊逵全集》「資料卷」，頁82。

[71] 以上鍾逸人回憶的段落引自《辛酸六十年》，頁450-451。

鍾逸人並詳細追憶當天人民協會派的人馬刻意安排，導引群眾將謝雪紅推為主席的情形，而此時——

> 楊逵冷眼旁觀此景，雖然明知這是「人民協會」的一貫手段，早已習而不怪，臉上卻仍不免露出一點鄙視和輕蔑的表情。
> 楊逵發現我站在舞台左側銀幕後面，便示意我到後面，找一個可以談話的地方。剛找來兩個凳子坐下，商議一些大會結束後，如何遊行，抗議書由誰起草抄寫等問題時，忽然間聽到外面一陣急迫怒叫的聲音，整個會場開始騷動。[72]

鍾逸人對兩人商談過程有如此清楚的記載，楊逵上臺演說應該是歷史事實。曾為楊逵回憶錄擔任筆記的王麗華也提到：楊逵的某位老友堅持市民大會上楊逵曾經上臺演說，因此她懷疑楊逵本人堅決的否認，不知是記憶失真或仍有忌諱？[73]眾所皆知，陳儀政府後來將二二八事件的責任推給共產黨，戒嚴時期只要與共產黨扯上關係，通常會落到槍斃的下場。而當天人民大會由共產黨的謝雪紅擔任主席，會後民眾包圍臺中市警察局，解除警察武裝。謝雪紅以警察的武器編組學生起義軍，緊接著宣布「人民政府」成立。[74]楊逵晚年可能擔心因此再度入獄，於是在自我保護的前提下不得不隱瞞真相，並非記憶失真。

　　三月二日市民大會召開當天下午，臺中縣市、彰化市參議會及仕紳代表們齊聚臺中市參議會，成立「臺中地區時局處理委員會」，並編組青年學生為「治安隊」。晚間因風聞陳儀從臺北派兵南下，處委會的仕紳紛紛走避，臺中市議長黃朝清乃下令解散處委會及治安隊。而謝雪紅

---

[72] 引自鍾逸人，《辛酸六十年》，頁453。

[73] 筆者懷疑王麗華所說楊逵的某位老友即是鍾逸人。有關王麗華的說法見〈關於楊逵回憶錄筆記〉，《楊逵全集》「資料卷」，頁87。

[74] 參見薛化元主編，李永熾監修，《台灣歷史年表　終戰篇Ⅰ（1945～1965）》（臺北：業強出版社，2001年4月初版三刷），頁32。

把尚未離去的學生組織起來，收繳警察的武器，並佔領廣播電臺，向中部地區廣播各地起義的情形，呼籲民眾群起響應。[75]當晚，楊逵撰寫〈大捷之後〉，原擬在《和平日報》刊載，遭編輯陳洗（陳正坤）拒絕。鍾逸人從編輯處取回稿件，交給工務課排版，改以「號外」方式沿街叫賣。[76]該文長約一千多字，內容主要是「苦勸民眾不可得意忘形，必須理智團結」[77]。可惜這篇作品亡佚，無法得知更為詳細的內容。但顯然楊逵已有了重大抉擇，毅然踏上武裝抗暴之路。

三月三日，鍾逸人成立「民主保衛隊」。三月四日，臺灣仕紳及人民團體代表獲悉中部地區已在民軍控制之下，重新組織「臺中地區時局處理委員會」，並設有保安委員會負責作戰。但因其目標在於改革省政，與謝雪紅訴求臺灣自治的步調不一，逐漸趨於消極與妥協。[78]三月六日在臺中干城，原有的武裝部隊重新編整，為紀念緝煙血案發生於二月二十七日，取名為「二七部隊」，[79]由謝雪紅任總指揮，鍾逸人為部隊長。截至三月八日為止，臺中市的官方機構都在民兵的控制之下。

---

[75] 賴澤涵總主筆，《二二八事件研究報告》（臺北：時報文化出版企業股份有限公司，1997 年 6 月初版七刷），頁 86-87。

[76] 楊逵的回憶說：「文章原擬在某報刊登，但被編輯拒絕，後來改以油印發送。」（王麗華記錄，〈關於楊逵回憶錄筆記〉，《楊逵全集》「資料卷」，頁 83）根據鍾逸人的說法，所謂「某報」即是《和平日報》，楊逵被編輯拒絕刊登之後，鍾逸人藉口要求退稿，從編輯處取回稿件，交給工務課排版。接近清晨兩點時已印好一千五百多份，鍾逸人以「號外」方式叫賣，約四點半賣完（《辛酸六十年》，頁 459-461）。筆者在臺南市立圖書館找到《和平日報》原件，三月二日照常出刊四版，並未見〈大捷之後〉一文，可見此「號外」確為另外發送。為此，和平日報社以「編輯部」名義於事件平定後的三月十五日刊登〈緊要啟事〉，宣稱「自三月二日起因編輯人員被集中保護，不能外出，直至十二日下午五時始恢復自由行動，其間二日所出號外及八日至十二日報帛中，間有跡近反動言論，皆由外方自行刊入，在編輯部人員失去自由行動期間，該項言論，本報自不負任何責任」。

[77] 見鍾逸人，《辛酸六十年》，頁 459。

[78] 賴澤涵總主筆，《二二八事件研究報告》，頁 89-91。

[79] 另鍾逸人宣稱：二七部隊為他本人於三月四日成立。陳芳明已根據史實，證明鍾逸人記憶有誤。參見鍾逸人，《辛酸六十年》，頁 480；陳芳明，《謝雪紅

約三月五日或六日左右，楊逵赴《和平日報》辦公室，向王思翔等人傳達臺中「處理委員會」的意見，要求已停刊的《和平日報》恢復出刊。王思翔對這一段歷史的回憶是：

> 當時李上根和韋佩弦不在台中，報社由副社長張煦本和總編輯陳洗（即陳正坤）負責，我同張、陳二人商量後再和楊逵研究決定：暫時出版《和平日報（台灣版）》半張，即對開二大版，由我和楊逵共同負責，吸收自願參加工作的編輯、校對和電訊室人員，以刊載省市新聞為主要內容，在市內發行。此後數日，楊逵每天來報社主持工作，經常帶來一些代表群眾組織具有一定指導性的文稿（有些是他自己化名寫的）交編輯人員編發，儼然是受謝雪紅或某一位不公開出面的群眾組織領導人的委託來負責宣傳工作。他對我友好如前，曾把他化名刊登在《自由日報》上的一篇長文和一篇呼籲開闢農村工作的文章給我看，徵求我的意見。他在文章中呼籲建立和擴大「除貪官污吏猙獰惡霸之反對派外的民主統一戰線」，並且提出「必須以武力為後盾」。我以為，他的這些論點與謝雪紅等共產黨人是一致的，但不過書生的紙上談兵而已。[80]

上述王思翔提到的呼籲開闢農村工作的文章即是〈從速編成下鄉工作隊〉，楊逵因擔任臺中起義群眾組織工作而起草這份文件。由於記者缺乏經驗，署名「楊逵」，發表於三月九日的《自由日報》。除了在報紙公開發表之外，也印成單頁傳單散發，作為指導性的文件。[81]文中楊逵

---

評傳》，頁 327-328。

[80] 引自王思翔，〈台灣一年〉，收於周夢江、王思翔著，葉芸芸編，《台灣舊事》（臺北：時報文化出版企業有限公司，1995年4月），頁35。

[81] 參考王思翔的回憶，原收入陳芳明編，《臺灣戰後史資料選──二二八事件專輯》（臺北：二二八和平促進會發行，1991年3月），頁289，《楊逵全集》

建議當務之急在於組成下鄉工作隊，從事宣傳、組織與訓練的工作，以保持無盡的預備軍，發揮人民的力量。在分項敘述工作原則時，第一條主要是呼籲市民控制下的都市地區須包容各種黨派，擴大民主統一戰線，團結一致以追求民主自由。從第二條開始，楊逵針對組訓方法提出實際執行之道，內容如下：

> 第二，下鄉工作隊可以三人─五人為一組，分發各區，在地聯合當地智識分子，進步而有熱血的青年，開始宣傳、組織、訓練工作。進而與鄉鎮公所與警察合作，推行自由無限制的選舉，產生鄉鎮區自治。
>
> 第三，在此工作的第一對象，就是鄉鎮中堅青年，以十人為一小隊，五小隊為一中隊，二中隊以上為一大隊，這可以叫做鄉民或鎮民保衛隊，而保衛隊須要準備隨時可以趕到他鄉鎮以至都市去應援。但，平時須要協助農家生產或是合作生產，以圖自食其力。
>
> 第四，第二的對象就是以鄰里或是村鄉鎮為基礎地域的自衛團，這自衛團，原則上不移動，只要自衛自己的鄰里，或是村鎮。這鄰里或村鎮須要附屬合作工作或是相互工作，以增加生產與防衛。
>
> 第五，第三就是婦女、工人、學生、教員等各界的組織，進而取得各界可以聯合起來，互相幫助，互相看顧。[82]

文中提出經由下鄉培訓青年的方式達到臺灣自治的最終目的，這是做為社會主義信奉者的楊逵又一次將理念付諸於社會實踐。楊逵並身體力行這樣的理念，與葉陶攜手走入鄰近鄉鎮組訓農村青年，再把他們一批批

---

收入「詩文卷」（下），頁241。
[82] 引自楊逵，〈從速編成下鄉工作隊〉，《楊逵全集》「詩文卷」（下），頁240。

地送到二七部隊。[83]楊逵沒有半點知識分子的驕氣，真心誠意與民眾站在一起，不愧是一位行動派的社會運動家。

　　至於王思翔所說另一篇刊登在《自由日報》上的長文則是〈二‧二七慘案真因──臺灣省民之哀訴〉，實際上是三月八日、九日同時刊載於《自由日報》與《和平日報》。本篇亡逸已久，二〇〇三年八月曾健民等人在北京圖書館發現原件，二〇〇四年二月二日於南寧召開的「楊逵作品研討會」上首度公開，後並收錄於當月出版的《文學二二八》一書中[84]。本篇在《自由日報》發表時，三月八日署名「臺中區時局處委會稿」，九日則署名「一讀者」；《和平日報》發表時，三月八日署名「一讀者」，三月九日部份尚未出土。全文要點在於說明以二二七緝煙慘案為導火線，全臺民眾崛起義舉完全出自愛國心，控訴政府迷誤不醒，以暴動之說掩飾罪行，推諉責任於臺灣人民要做外國的殖民地；並強調民眾義舉之目的並非要反抗國民政府，也不是要離叛祖國或做外國的殖民地。根據王思翔的說法，楊逵曾親口告訴他本篇為楊逵所作；[85]然以日文創作揚名文壇的楊逵當時中文能力不佳，同年一月間發表於《文化交流》的〈台湾新文學二開拓者〉仍需仰賴王思翔為其改稿，[86]〈二‧二七慘案真因〉文辭之洗鍊、排比句型之眾多，以及成熟順暢的北京話

---

[83] 楊逵口述，王麗華記錄，〈關於楊逵回憶錄筆記〉，《楊逵全集》「資料卷」，頁82。鍾逸人亦有同樣的回憶，證明楊逵所言不假，見「楊逵原來潛鄉組訓去」的一段記載，《辛酸六十年》，頁512。

[84] 曾健民、橫地剛、藍博洲合編，《文學二二八》（臺北：台灣社會科學出版社，2004年2月），頁344-345。

[85] 曾健民在〈關於楊逵和〈二二七慘案真因〉〉一文中曰：「據當時在台中《和平日報》任編輯工作，楊逵的友人張禹（原名王思翔）的回憶，和楊逵本人的回憶，楊逵在二二八期間曾有二篇文章刊載於報刊上，一是〈從速編成下鄉工作隊〉，另一是〈二二七慘案真因──台灣省民之哀訴〉。」（《文學二二八》，頁344）然筆者遍查史料，均不見楊逵提過〈二‧二七慘案真因──台灣省民之哀訴〉這篇文章，或說過這是由他所作之類的話。而王思翔說楊逵曾親口告訴他本篇為楊逵所作，則見諸〈從速編成下鄉工作隊〉一文後王思翔的按語，《臺灣戰後史資料選──二二八事件專輯》，頁289-290。

[86] 王思翔，〈楊逵‧《送報伕》‧胡風〉，《台灣舊事》，頁93。

語句，實非楊逵當時能力所及，很可能是楊逵起草後交由他人代為潤飾而成。

## 五、楊逵與人民協會的路線之爭

　　二二八事件原是民變，並非由那一個黨派所策劃與領導，但是謝雪紅掛名二七部隊的總指揮，參與者有共產黨重要幹部絕對是不爭的事實。被王思翔視為與謝雪紅等共產黨人意見一致的〈從速編成下鄉工作隊〉，其實恰好透露出楊逵和謝雪紅在戰術運用方面有其差異。例如楊逵在文章的起始處說：

> 因台中市民起義，掃蕩貪官污吏奸獰惡霸而鬥爭，義民四起，踴躍馳援，員林隊、彰化隊、豐原隊、埔里隊、大甲隊等，均已趕到參加戰列。這樣實情可以看出普遍人民已經不能再忍下去了。
>
> 另有消息可以相信其他各地也在陸續編隊以待，我們雖須要集中勢力，但過度集中於一據點者，在工作上有點不利，自今天起，我們須要組織下鄉工作隊，到鄉鎮去從事宣傳，組織與訓練工作，這樣去做我們才能保持無盡的預備軍，才可以展開高度普遍工作，發揮我們的力量。[87]

　　查考歷史記載，三月三日上午謝雪紅在臺中市參議會成立「臺中地區治安委員會作戰本部」，並組織「人民大隊」的民軍，臺中市成為中部地區反抗運動的重要據點。三日下午，共有彰化隊、大甲隊、豐原隊、埔里隊、東勢隊、員林隊、田中隊、太平隊等先後到達臺中，增援民軍。[88]在

---

[87]　引自楊逵，〈從速編成下鄉工作隊〉，《楊逵全集》「詩文卷」（下），頁239。
[88]　綜合參考賴澤涵總主筆，《二二八事件研究報告》，頁87；蘇新，《憤怒的台

各地民眾踴躍奔向謝雪紅，人民力量集中到城市的同時，楊逵卻為文反對過度集中於某一據點，極力呼籲下鄉工作，等於向謝雪紅領導的陣營潑一盆冷水。與共產黨員的謝雪紅同樣站在武裝抗暴、爭取臺灣自治的一邊，為什麼楊逵會和謝雪紅唱反調？楊逵在武裝革命路線扮演什麼樣的角色，是否接受共產黨的指揮？尤其他在事變中與謝雪紅，及與共產黨的關係究竟如何？凡此種種，無不令人感到好奇。

戰後初期臺灣地區的共產黨活動大約可分成兩派，一派是以蔡孝乾為主的中國共產黨；另一派是以謝雪紅為主的原臺灣共產黨員。不僅蔡孝乾、謝雪紅是楊逵舊識，當時在臺灣活動的這兩派成員亦大多為楊逵社會運動時期的同志。關於楊逵是否共產黨員的問題一直眾說紛紜，葉石濤曾多次問他，被問急了的楊逵總是以「看《警察沿革誌》不就得了」來回答。[89]《警察沿革誌》成書於一九三九年，其中第二編《領臺以後的治安狀況》中卷，為臺灣總督府警務局所編臺灣社會運動的相關紀錄。事實上該書並沒有明確記載楊逵有否具備共產黨員的身分，但葉石濤始終認定楊逵是臺灣共產黨員；而與楊逵在戰後初期有密切往來的周夢江則是說，據他所知當時的楊逵不是臺灣共產黨員，[90]楊逵好友鍾逸人也有楊逵不是共產黨員的說法。[91]楊逵生前亦曾一再公開宣稱自己並非共產黨員，例如他曾在訪談中解釋與臺共的關係時說過：當年他大約知道農民組合中誰是臺共，但未與他們密切接觸，因為他對文學懷抱著一種使命感，不能轉入「地下」；[92]在提及自己與蔡孝乾的關係時，楊逵也說：

灣》，頁 129-130。

[89] 葉石濤，〈楊逵與台共的關係〉，《走向台灣文學》（臺北：自立晚報社，1990年 3 月），頁 93。

[90] 周夢江，〈記楊逵二、三事〉，《台灣舊事》，頁 105。

[91] 鍾逸人，《辛酸六十年（下）》，頁 399。

[92] 參見楊逵口述，王麗華記錄，〈關於楊逵回憶錄筆記〉，《楊逵全集》「資料卷」，頁 79。

> 孝乾在台灣是做地下工作，我不是共產黨員，是公開的，我們
> 互相稍微知道一點點，但並不知道他的實在情形，因為我公開，
> 隨時會被抓，因此他有事也不讓我知道。[93]

雖然近年間藍博洲調查發現戰後初期楊逵與中共在臺地下黨人有所接觸，[94]吳克泰也以楊資崩的回憶，大膽推論楊逵跟蔡孝乾有正式的組織關係，[95]但目前並沒有任何史料足以證明楊逵曾經加入臺共或中共。

　　一九四五年九月二十日，謝雪紅在臺中市組織「臺灣人民協會」籌備會，冀望以之對抗國民黨政權。十月五日「臺灣人民協會」在大華酒家正式成立，十一月十七日陳儀頒布〈臺灣省人民團體組織暫行辦法〉，以眾多的人民團體中有不良份子藉口聚眾，荼毒鄉里者，使社會治安益形紛亂，勒令所有民間團體全數解散，重新登記。不過臺灣人民協會仍維持運作，謝雪紅並藉此散播其政治影響力。[96]根據鍾逸人的說法，謝

---

[93] 引自楊逵口述，何昀錄音整理，〈二二八事件前後〉，《楊逵全集》「資料卷」，頁95。

[94] 根據藍博洲的調查研究，除目前已知的蔡孝乾、張志忠外，與楊逵曾經有所往來的中共臺灣地下黨人還有韋金良、賴瓊煙、張金爵、張彩雲、許分、蔡鐵臣、施部生、呂煥章、何集淮與「民生會」會長廖金和。其中韋金良與楊逵相識於楊逵蟄居高雄內惟期間，一九三六年曾與許分前往臺中協助《臺灣新文學》雜誌社相關事務；其餘年輕人大多從日治末期的首陽農場時代便圍繞在楊逵身邊，後來成為《一陽週報》到「新生活促進隊」的核心成員。詳見藍博洲，〈楊逵與中共台灣地下黨的關係初探〉，《批判與再造》第十二期，頁44-52。

[95] 吳克泰說楊資崩生前曾經告訴他，楊逵臨終之前蔡孝乾曾赴桃園大溪見楊逵，並對楊逵說：「老楊啊，我沒有出賣你呀！」吳克泰據此以為：「這不是說明蔡孝乾1950年被捕以前同楊逵之間有正式的組織關係嗎？」然而筆者認為這樣曖昧不清的話語，尚不足以證明楊逵為中共黨員。引文見吳克泰，〈楊逵先生與"二・二八"〉（楊逵作品研討會論文，廣西南寧，2004年2月2～3日），頁3。

[96] 史明，《臺灣人四百年史》（臺北：草根文化出版社，1998年4月），頁770；蘇新，《憤怒的台灣》，頁114-116；陳芳明，《謝雪紅評傳》，頁253-290。

雪紅的人民協會曾經邀請楊逵擔任某個職務，但遭到婉拒。一九四七年二月間，來自東北的中國共產黨員陳本江[97]曾向鍾逸人詢問楊逵與謝雪紅交惡的經過，試探是否有辦法促使兩人合作。[98]古瑞雲（後改名周明）也聽說人民協會籌辦期間楊逵是籌備委員之一，後因意見分歧而退出，詳細原因不明。[99]葉石濤則回憶楊逵從不否認和謝雪紅很熟，但他埋怨謝的個人英雄主義傾向濃厚，缺乏務實的態度，太虛榮，似乎兩人在性格上有格格不入之處。[100]至於楊逵本人對他光復後不在大華酒家（人民協會）走動的解釋是：

1. 我和雪紅仔那批人的路線，本來就不合。
2. 有回在公開場合，謝雪紅向我批評葉陶「草地查某一個」，無啥氣質—。我聽後覺得雪紅仔伊別有用心。[101]

　　另外，謝雪紅曾親口對古瑞雲說：三月一日，楊逵和鍾逸人印發傳單倡議召開市民大會，由於傳單未署名，謝雪紅並不知是楊逵等人所為。同一日，謝雪紅與楊克煌召集人民協會幹部的林兌、謝富、李喬松等人研究對策。三月三日，自發性組成的武裝部隊攻克臺中市黨政軍憲各機關，臺中地區時局處理委員會重新組織起來，並邀謝雪紅加入擔任委員，企圖控制武裝部隊。謝雪紅在負責嘉義地區武裝工作的張志忠勸說下與處委會合作，想借助其中部分人士的聲望與影響力籌措糧食及款項，但私底下則盡力防止處委會妥協和投降，甚至視其為絆腳石。和鍾

---

[97] 時任《中外日報》編輯，參見古瑞雲（周明），《臺中的風雷》（臺北：人間出版社，1990 年 9 月），頁 41。

[98] 見鍾天啟，〈瓦窰寮裏的楊逵〉，《自立晚報》，1985 年 3 月 29 日；鍾逸人，《辛酸六十年》，頁 424。

[99] 古瑞雲（周明），《臺中的風雷》，頁 22。

[100] 葉石濤，〈楊逵與台共的關係〉，《走向台灣文學》，頁 95。

[101] 引自楊逵口述，王麗華記錄，〈關於楊逵回憶錄筆記〉，《楊逵全集》「資料卷」，頁 82。

逸人欲以武力迫使陳儀接受處委會的條件不同，謝雪紅是想建立全島性的人民軍隊，進而建立自治聯合政府。二月三日，謝雪紅致函臺中各報社，要求以「人民政府」名義發佈安民告示，楊克煌並著手起草人民政府的宣言、政治綱領、組織法等相關文稿。[102]

　　楊逵自述二二八事件期間被處委會派任負責宣傳部，隨時印發傳單。臺中的局勢被處委會控制期間蔡孝乾曾與他連絡，打算辦「人民日報」或組織游擊隊。楊逵以國民黨大軍開來眾人就會散去的理由表示反對，建議辦流動性的週刊或半月刊，乃撰寫〈從速編成下鄉工作隊〉，呼籲下鄉以擴大控制面。雖然兩人意見不合，蔡孝乾仍有一個小組織做通訊員，與楊逵保持聯絡。[103]從這樣看來，當時楊逵與蔡孝乾之間的來往，實較與謝雪紅之間密切得多。雖已預見武裝反抗終將歸於失敗，楊逵仍盡力為二七部隊開拓兵源，無非是想藉此逼使國民政府改善政治，促成臺灣的自治，並不想以武力長久對峙，這就是楊逵晚年回憶說自己始終反對以武力解決問題的主要原因所在。[104]以上種種跡象都顯示楊逵與謝雪紅意見相左，武裝抗暴當時並非同一路的人馬。不過楊逵既未和蔡孝乾等共產黨人士完全合作，也不是完全聽命於處委會，應該說他是一方面和同樣反對陳儀政府的人士或組織有條件合作，另一方面和葉陶夫婦倆依自己判斷行事，這也就是他所說的包容各界，擴大民主統一戰線的實際做法。

　　毫無疑問，楊逵與謝雪紅確實因彼此間的嫌隙而未能合作無間，其中原因則應追溯至日治時期，謝雪紅領導對連溫卿、楊逵的鬥爭，導致

---

[102] 古瑞雲（周明），《臺中的風雷》，頁51-59。

[103] 楊逵口述，何晌錄音整理，〈二二八事件前後〉，《楊逵全集》「資料卷」，頁90。

[104] 楊逵說：「不管在從事反對日人的社會運動，抑或是在二次大戰結束後發生的一次事件中，我始終反對以武力、暴力來做為解決問題的意圖。」戒嚴時期有關二二八事件的討論是觸犯政府禁忌的話題，因此楊逵以「二次大戰結束後發生的一次事件」代稱「二二八事件」。見楊逵口述，王世勛記錄整理，〈我的回憶〉，《楊逵全集》「資料卷」，頁53。

楊逵被逐出農民組合。再者，戰爭甫結束時部分日本軍人與臺灣仕紳密謀宣佈臺灣獨立，風聞林獻堂也捲入其中的楊逵前往霧峰林家求證，卻遭人民協會派的人馬誣指參與其中，楊逵認為這是與他之間有個人恩怨的簡吉藉機打擊他。雖然不久即真相大白，楊逵與人民協會派本已不睦的關係從此更形惡化。[105]另外，鍾逸人回憶到二二八事件爆發後，當他離開二七部隊，潛逃二林，與楊逵夫婦訴說謝雪紅在埔里拋頭露面，引起當地居民不安，情勢已不可為，說明未完，葉陶即已暴跳如雷，破口大罵謝雪紅「風頭主義，敗事有餘成事不足」，[106]顯示葉陶與謝雪紅也關係不睦。不過，根據謝雪紅與楊逵週遭人士的回憶，楊逵一家人與謝雪紅當時來往雖不熱絡，事實上也並非毫無往來。例如楊建（楊逵次子）還清楚記得葉陶曾經帶他去過大華酒家；[107]王思翔也記得葉陶曾經到過謝雪紅住處，兩人關係尚好；一九四九年楊逵因〈和平宣言〉入獄之後，當時已在中國的謝雪紅還曾經遺憾沒能幫助楊逵逃亡大陸，[108]對楊逵有著一份惺惺相惜之情。因此可以確定楊、謝兩人二二八事件前後無法合作，係肇因於思想路線與性格的不合。

## 六、從逃亡到被捕入獄

　　三月八日，南京政府的援軍抵達基隆，立即進行瘋狂大屠殺。九日，見大勢已去，楊逵、葉陶夫婦展開逃亡生涯。根據楊逵的回憶，他們先在后里山上藏匿十餘天，隨後逃往二水、林內一帶山區。因為這一帶是過去農民組合活躍之地，人事熟悉，便於藏匿。不久風聲更緊，楊逵夫婦沿著山線逃向海岸，希望偷渡出海。時值三月下旬，海岸線已遭到封鎖。由於兩人一共被懸賞十萬圓，失望又疲憊的夫婦倆返家之後，因鄰

---

[105] 鍾逸人，《辛酸六十年》，頁517-518。
[106] 鍾逸人，《辛酸六十年》，頁596。
[107] 筆者訪問楊建先生之紀錄，臺中東海花園，2003年4月7日。
[108] 見王思翔寫給陳芳明的書信，收於陳芳明，《謝雪紅評傳》，頁268。

人通報警方，遂立即遭到逮捕。[109]或許是因為回溯逃亡生涯時，擔心因此傷害落難時接濟過他們的同志，楊逵對這一段歷史頗多保留之處。然藉由其親友的回憶，倒是可以為楊逵的逃亡歷程拼湊出些許輪廓。

曾經是葉陶擔任家庭教師時的學生林曙光，當時就讀於省立師範學院（今臺灣師範大學），因為被警總追捕而投靠居住彰化市仔尾的呂江水，並因其引介而得以見到正躲藏於呂家附近的楊逵夫婦，三人還同床共眠了一晚。楊逵當時向林曙光表示，他參加了謝雪紅的臺中起義，戰敗逃亡，並獲知謝雪紅已脫險逃出島外的消息。[110]謝聰敏在〈楊逵和他的同志〉中則描述說：「當國民黨的軍隊登陸臺灣，民主鬥士撤退，楊逵舉家走避，先是投向南投，繼則隱藏二林。他們在二林求助於農民運動和文化協會的志士林菲和蕭玉衡。」「他在二林避難三星期。然後，由於『南港西』的朋友高××的安排，他們移到清水岩的草棚隱藏。逃難四十多天，他才返回臺中。當天晚上，特務逮捕了楊逵夫婦。」[111]根據楊建的回憶，二二八事件後楊逵在彰化縣的二水、二林、社頭、田中等地逃亡一個多月。剛開始時楊逵是與葉陶分開逃亡，楊逵並曾帶楊建到二水朋友家同住，三天後楊建回臺中。後來楊資崩（楊逵長子）也曾帶著楊建找過楊逵夫婦。楊逵與葉陶原先計畫從鹿港偷渡大陸而未果，最後是從彰化縣社頭鄉的清水巖返家。[112]

二七部隊長鍾逸人則記得自己逃亡至二林，暫時在二林高農任教時，三月底的某一天，在蕭玉衡醫師安排下，於二林高農實驗林場後面農舍見到楊逵，屋主林芬[113]是楊逵原農民組合的同志。鍾逸人描述與楊逵見面時的情形如下：

---

[109] 楊逵口述，王麗華記錄，〈關於楊逵回憶錄筆記〉，《楊逵全集》「資料卷」，頁83。

[110] 林曙光，〈烽火彰化邂逅楊逵〉，《文學台灣》第五期（1993年1月），頁20-22。

[111] 謝聰敏，〈楊逵和他的同志〉，原載於《臺灣文化》第六期（1986年6月），收於陳芳明編，《楊逵的文學生涯》，頁239。引文中的「清水岩」原應稱為「清水巖」。

[112] 筆者於臺中東海花園訪問楊建先生之紀錄，2003年4月7日。

[113] 前引謝聰敏文稱為「林菲」，究竟何者正確則有待查考。

楊逵對我的突然出現，對我的離開埔里，當初似乎很不原諒。
他責備我「身為部隊長怎麼可以隨便離開基地？」我被問得啞
口無言。接著他又告訴我：現在台灣全島都看好二七部隊，南南
北北受陳儀軍追殺，通緝的人，正苦無處藏身，都準備到埔里投
靠二七部隊。他們夫妻倆也打算一兩天中到埔里跟我們會合，我
卻反而跑出來。他又說：各地人馬。各種人材齊聚在埔里基地，
我們在那裡，將有一番轟轟烈烈的事業可以做……。（中略）
次日傍晚林芬帶著楊逵和葉陶越過「二農」實驗農場籬柵，悄
悄到學校宿舍找我。他們是為了進一步求證埔里基地果真已無
挽回餘地？因為他們都一致強調埔里基地是我們現在唯一避風
港，二七部隊是亡命者的燈塔。如果經大家努力能使山城住民
稍微改變其對我們的排擠心理和杯葛傾向，我們也許仍可以考
慮回埔里。（中略）
大概是一個春寒料峭的晚上，楊逵夫婦悄悄離開二林，轉往社
頭、清水巖另一位蕭姓舊「農組」的同志家求庇護。他們臨走
時留下一封信給我，主要內容還是希望我忖度情勢，如果可能
的話，仍返埔里照顧那些正陷入困境，走頭（按：應為「投」）
無路的同志。要我把他們重新武裝起來。我能體會楊逵此刻的
心境，我自己又何嘗不作這麼想。然而事態却已經演變到無法
想像的地步。[114]

　　二七部隊在三月十二日退守埔里，三月十六日宣佈解散，謝雪紅離
開部隊，成員亦紛紛四散奔逃。遇到鍾逸人對楊逵是一大打擊，部隊長
的逃亡等於宣告革命的徹底失敗，其失望沮喪的心情不難想像。然而當
時的楊逵猶不願放棄夢想，對鍾逸人尚且存有一份深切的期許。

---

[114] 引自鍾逸人，《辛酸六十年》，頁595-596。

　　四月二十日，楊逵與葉陶夫婦同遭逮捕，專車送往臺北警務處偵訊。五月初押返臺中，隨後被拘禁於已被國民黨軍隊控制的二七部隊干城營區馬棚中。幸而罪證〈從速編成下鄉工作隊〉被神秘註銷，以及張志忠派火車駕駛員送信給楊逵，要求代轉蔡孝乾一事不了了之，在原定槍斃十七人名單中的楊逵與葉陶經歷了面臨死刑的恐怖經驗，由於新任臺灣省主席魏道明政策轉變，非軍人者改以司法審判，而於八月份釋放，繫獄一百零五天。[115]後來楊逵夫婦因黨費未繳而自然退出中國國民黨。[116]儘管對國民黨政府已沒有任何期望，死裡逃生的楊逵不僅沒有被這次的挫敗擊倒，反而在出獄後更加活躍於文化界。

## 七、楊逵與麥浪歌詠隊

　　二二八事件後出獄的楊逵因為積極參與藝文活動，而與外省人士的來往日益密切。由於不諳北京話，應邀參加座談會和演講會時就由大學生擔任翻譯，以此與外省知識分子重新展開交流，也因而促成楊逵與學生運動頗有淵源，尤其是當時名聲大噪的「麥浪歌詠隊」。

　　麥浪歌詠隊的前身是成立於一九四六年，以演唱「黃河大合唱」而著稱的黃河合唱團，由臺灣大學的學生與青年軍共十幾人組成，二二八事件之後擴充為約有三、四十人（或說八、九十人）的學生文藝社團。因為隊員中有許多人來自北方，看過隨風浮動的麥浪，而取名為麥浪歌詠隊。一九四八年十二月底，為了替臺大全校學生自治會聯合會籌募福利基金，曾連續三天在臺北中山堂演出。演出曲目有〈黃河大合唱〉、〈祖國大合唱〉、歌劇〈農村曲〉（三幕），大陸民間歌謠與流行歌曲〈王大

---

[115] 楊逵口述，王麗華記錄，〈關於楊逵回憶錄筆記〉，《楊逵全集》「資料卷」，頁83；楊逵口述，何昀錄音整理，〈二二八事件前後〉，《楊逵全集》「資料卷」，頁91-95；鍾逸人，《辛酸六十年》，頁631。楊逵為二二八事件坐牢一百零五天係根據他自己的回憶，參見楊逵口述，楊翠筆記，〈我的心聲〉，原載於《自立晚報》，1985年3月29日，收於《楊逵全集》「資料卷」，頁67。
[116] 筆者於東海花園訪問楊建先生的談話紀錄，2003年4月7日。

娘補缸〉、〈在那遙遠的地方〉、〈康定情歌〉、〈朱大嫂送雞蛋〉、〈團結就是力量〉、〈一根扁擔〉，以及當年大陸學生運動中風行一時的〈跌倒算什麼〉、〈你是燈塔〉、〈光明組曲〉、〈青春戰鬥曲〉等。由於當時的臺灣充斥著日本歌曲與西方音樂，這些學生用樸實的聲音唱出中國與臺灣本地的曲調，舞出人民真正的生活，促成大陸與臺灣文化的相互交流，遂因而在文化界激起熱烈的迴響。[117]

　　一九四九年二月四日起，麥浪歌詠隊從臺北出發，展開巡迴表演，九日起在臺中國際戲院接連兩天表演三場。[118]二月八日，臺中地區發行的《台灣民聲日報》在「新綠」欄第一三九期製作專輯，為麥浪歌詠隊的臺中之行預做宣傳，共刊出張朗〈麥浪舞蹈〉、蘇榮燦（黃榮燦）〈歌謠舞蹈做中學〉、塞兒〈關於「控訴」〉，以及未署名作者的〈你就是王大娘〉四篇文章。其中對於麥浪歌詠隊的介紹，多著重在來自民歌民舞的演出曲目如何反映人民的心聲，例如〈麥浪舞蹈〉說人民的舞蹈「可以訴出自受的不幸，可以表達出迫切的願望」，基於這種原因，作者說他：「相信舞蹈在爭取民主運動的過程中會成為一支極有力的利器」；〈關於「控訴」〉提到唱民歌是因為「民歌能表現人民的生活、思想、感情，在這激變的時代裏，人民的願望將是民主的唯一的準則」；〈你就是王大娘〉介紹演出節目之一的河南民謠「王大娘補缸」，作者認為王大娘遭受封建和內戰的雙重桎梏，而她所說的「物價再漲，老百姓遭災殃」顯示了人民因戰爭而產生的恐慌和焦急。上述這些文字都足見麥浪歌詠隊之大受歡迎，實有其反對中國內戰和追求民主的現實意義。

---

[117] 綜合參考藍博洲〈秧歌・台北——台灣新文藝運動的青春之歌〉、方生（陳實）〈楊逵與臺大麥浪歌詠隊〉（於雜誌發表時改題〈楊逵與台灣學生民主運動〉），「台灣新文學思潮（1947−1949）」研討會論文（2000 年 8 月 16～20日），收於北京的《新文學史料》（2001 年 2 月），頁 18-25 及頁 68-71；以及藍博洲《麥浪歌詠隊——追憶一九四九年四六事件（台大部分）》（臺中：晨星出版有限公司，2001 年 4 月）。以下有關麥浪歌詠隊的論述亦同。

[118] 〈台大麥浪歌詠隊在台中表演〉，《臺灣新生報》，1949 年 2 月 9 日；〈台大麥浪歌詠隊在臺中市演出觀眾擁塞〉，《中華日報》，1949 年 2 月 11 日。

　　此外，「新綠」在該專輯中特地刊出臺大麥浪歌詠隊的〈我們到臺中來〉，藉由這篇文章，學生們說明演出之目的在於介紹並且推廣各地的民間歌舞，文宣中還說：

> 我們知道民間歌舞是人民勞動動作的影響和表徵，它的情調原是健康，熱情，而充滿活力的，但隨著時間的推移，民間歌舞便被有閒的資產階級的淫蕩，萎靡，頹廢的音樂和舞蹈排斥而傍落而終尤默ㄅ無聞，而在今天這種音樂郤（按：「卻」之誤）反而毒害著廣大的人民意識了！我們認為健康的歌和舞是健康人民生活中不可缺少的部分，它的意識必須更有勞動的積極性，它必須鼓勵起人民勞動的熱情，鍛鍊人民的集體勞動意識，能更高度的激發人民進取創造的精神，我們熱誠希望臺中各界熱心的人士們，各校的同學們，靠攏起來，組織起來，共同為推廣民歌民舞而努力，同時我們更希望大家對於我們這次演出給予我們熱烈的批評和教訓。[119]

藉此，麥浪歌詠隊充分表現對於民間歌舞勞動性與社會意義的重視，以及團結組織各校學生共同推廣民歌民舞的誠意。

　　楊逵不但對麥浪赴臺中演出表達熱情歡迎之意，並聯合當地文化界人士協助解決隊員在臺中、臺南的表演場地和住宿等問題。由於演出曲目缺少臺灣本地歌謠，楊逵建議增加臺灣民謠的表演，並推薦長子楊資崩與許肇峰兩位本地籍學子共同演唱〈補破網〉，麥浪的臺籍團員林達文也另外表演了〈收酒矸〉，於是在臺中的演出曲目除了中國民歌之外，又加進了本地歌謠，從此臺灣本地民歌被包含在該社團固定表演的曲目之內。[120]麥浪在臺中表演的〈收酒矸〉與〈補破網〉兩首臺灣歌曲皆為

---

[119] 引自臺大麥浪歌詠隊，〈我們到臺中來〉，《台灣民聲日報》「新綠」第一三九期，1949年2月8日。

[120] 〈陣陣春風吹麥浪——張以淮的證言〉，《麥浪歌詠隊——追憶一九四九四

戰後初期全新的創作，前者由張邱冬松作於一九四六年，敘述一位十多歲的臺灣少年收購破銅爛鐵廢紙維生的悲苦，因為充分反映民眾建設臺灣理想幻滅的心情而流行許久，大街小巷傳唱不絕；[121]後者的歌詞部分則由李臨秋作於一九四八年，作者自述創作動機是希望與鬧翻的女友彌補破碎的愛的希望，不過因為歌詞「漁網」與「希望」臺語音相近，被視為二二八事件後臺灣民眾期盼修補殘破的社會之象徵。麥浪歌詠隊臨時增加這兩首歌謠，使其演出更為貼近臺灣民眾的生活。

　　二月十日上午，楊逵又另外安排銀鈴會成員朱實、林亨泰、蕭翔文等人在臺中圖書館，舉辦名為「文藝為誰服務」的歡迎座談會。會中楊逵結合自身經歷，闡述了文藝必須為人民服務，必須反映人民心聲的理念，還即興朗誦詩歌一首。可惜當時在現場的麥浪領隊，同時也是臺大自聯會主席的陳實（後逃回大陸，改名方生），以及隊員林達文兩人都僅記得最後的內容為：「麥浪、麥浪、麥成浪；救苦、救難、救飢荒。」[122]根據報載，會中並針對「王大娘補缸」之舞蹈提出討論，結論它係民間舞蹈，「獨具樸實無華的風格，不能與一般貴族的狐步或華爾滋舞等同日而語」[123]，區別了麥浪歌詠隊的民間性與社交舞蹈貴族性的不同。

　　十五日，楊逵發表〈介紹「麥浪歌詠隊」〉，向臺南文化界推薦即日起麥浪在當地展開的表演。[124]文章起始，楊逵就開門見山地推崇麥浪的

---

六事件（台大部分）〉，頁55。

[121] 參考吳濁流，《臺灣連翹》（臺北：前衛出版社，1988年9月），頁173-174。

[122] 以上論述係綜合參考方生（陳實）的〈楊逵與臺大麥浪歌詠隊〉（又題〈楊逵與台灣學生民主運動〉），「台灣新文學思潮（1947－1949）」研討會（2000年8月16～20日）論文，《新文學史料》（北京）（2001年2月），頁68-71；以及〈陣陣春風吹麥浪──張以淮的證言〉與〈一生漂泊兩岸間──林達文的證言〉，《麥浪歌詠隊──追憶一九四九年四六事件（台大部分）》，頁54-55及頁187-190。

[123] 見〈台大麥浪歌詠隊在臺中市演出觀眾擁塞〉之報導，《中華日報》，1949年2月11日。

[124] 楊逵發表〈介紹「麥浪歌詠隊」〉的二月十五日起，麥浪歌詠隊一連三天在臺南的南都大戲院演出四場。見〈臺大麥浪歌詠隊今起在本市演出　本市文

口號「從人民中間來，到人民中間去」不但是正確的路，也是新文藝該走的路，接著又說：

> 「麥浪歌詠隊」這一次的表演是把全國各地（如西藏，新疆，東北，山西，河南等地）的民歌民舞紹介給我們的，當然不是創作，可是這正如播種的人們一樣，為開拓臺灣人民文化是很有意義的，由這個鼓勵很久很久被大家忘記了的真正的人民思想與感情的純真，樸素與活潑的表現，形已使大家重新關心起來了。（中略）
> 這是人民文化的開拓，只有堅忍耐勞耕耘，播種，光明才能來臨。[125]

從這段文字可以發現，楊逵之所以熱烈支持麥浪歌詠隊的行動，無非因其演出的曲目以來自民間的歌舞為主，藉由民間文化的形式傳遞人民的感情與思想，為廣大的人民服務，而這確實符合楊逵社會主義者文藝大眾化的想法，也與他正積極提倡建設臺灣新文學的理念相合。

　　當年參加與麥浪歌詠隊成員座談的蕭翔文曾經表示：後來楊逵熱衷於民謠的創作，可能即是有感於民謠的演出在啟蒙大眾思想及改善社會風氣方面，有其不可忽視的力量。[126]繫獄綠島期間，楊逵確實有多篇文章強調民間文學與民歌民舞的重要性，諸如對於人民生活的意義、民眾心聲的自然流露，及所具備的戰鬥性等各方面都有所闡發；[127]同時他也

---

化界舉行歡迎會〉之報導，《中華日報》，1949 年 2 月 15 日。
[125] 引自楊逵，〈介紹「麥浪歌詠隊」〉，《中華日報》「海風」第三九七期，1949 年 2 月 15 日。
[126] 參考蕭翔文，〈楊逵先生與力行報副刊〉，收於林亨泰主編，《台灣詩史「銀鈴會」論文集》（彰化：臺灣磺溪文化學會，1995 年 6 月），頁 85。
[127] 例如楊逵綠島時期文章〈諺語與時代〉、〈談諺語〉、〈春天就要到了〉、〈談街頭劇〉等，都在提倡民間文學或民歌民舞，這些文章均收於《楊逵全集》「詩文卷」（下）。

勤於收集記錄臺灣各族群的諺語、歇後語，以及民間歌曲等民間文學，又自創〈房子失修〉、〈一陽來復〉等歌謠；[128]以及在中文劇作〈赤崁拓荒〉、〈勝利進行曲〉、〈光復進行曲〉、〈豐年〉裏多次穿插〈駛犁歌〉、〈四季紅〉、〈思想起〉等民歌民舞，[129]以大眾耳熟能詳的民間樂曲加強情境的塑造。但事實上，楊逵在麥浪巡迴演出之前，即已開始進行母語歌謠的收集與寫作。以筆者目前所掌握的資料來說，楊逵戰後的第一篇臺灣話文歌謠發表於一九四八年八月二日，詩題為〈臺灣民謠〉，內容是敘述李鴻章簽約割讓臺灣給日本，以及臺灣人自行成立臺灣民主國以對抗日本的相關歷史。隨後楊逵又創作了多篇批判當前政治現實的簡短歌謠，陸續發表於《臺灣新生報》「橋」副刊、《台灣力行報》「新文藝」欄與《臺灣文學叢刊》，也在自己創辦的《臺灣文學叢刊》第三輯（1948年12月15日）中收錄了來自民間的〈農村曲〉[130]。甚至早在一九四七年初就有出版《謝賴登歌集》、《陳君玉歌集》、《蔡德音歌集》之計畫，然因二二八事件入獄而中斷。由此可證，楊逵創作臺灣話文歌謠與蒐集民歌謠諺，並非來自麥浪歌詠隊的影響；然而相信當年麥浪歌詠隊普受

---

[128] 楊逵以小筆記本收集記錄的民間諺語和詞曲集，及其個人之詞曲創作成果等，均收錄於《楊逵全集》「謠諺卷」（臺南：國立文化資產保存研究中心籌備處，2000年12月）；〈房子失修〉、〈一陽來復〉等自創歌謠收於「謠諺卷」，頁224-228。

[129] 詳情請參閱拙著，《楊逵及其作品研究》，第六章〈楊逵的戲劇作品〉之「民歌民舞的運用」，頁175-179。

[130] 〈農村曲〉與陳達儒作詞、蘇桐作曲，至今仍流行不墜的臺灣同名歌謠第一段內容相近。黃哲永的民間採集與研究顯示：陳達儒所作歌詞係引早期民歌為藍本，再予以潤飾而成。韓嘉玲編著的《播種集：日據時期台灣農民運動人物誌》也曾引用首段歌詞幾乎相同的〈農民謠〉，可見叢刊所收應為民間的集體創作，因此在別處出現時有〈農村曲〉或〈農民謠〉的不同名稱，內容亦有各種不同的版本。參見黃哲永，〈嘉義沿海地區歌謠特色初探〉，收於胡萬川總編輯，《台灣民間文學學術研討會論文集》（南投：臺灣省政府文化處，1998年6月），頁155-156；韓嘉玲，《播種集：日據時期台灣農民運動人物誌》，頁69。

民眾歡迎一事，還是促使楊逵體驗到音樂強大的感染力，並印證了民間歌謠啟迪民心的教育意義。

## 八、〈和平宣言〉的歷史背景及其意義

　　一九四九年楊逵與外省文友組織文化界聯誼會，希望藉由彼此的精誠合作，消除二二八事件以來不同省籍間的歧見，緩和本省與外省籍人士間感情的對立，並由楊逵起草〈和平宣言〉，共油印二十多份，寄給關心的朋友。這份宣言之所以名為「和平宣言」，在於它的基本精神就是「和平」二字——請政府還政於民，釋放政治犯，實施地方自治，並呼籲防止大陸上的國共內戰波及本省；希望在和平的基礎上，建設臺灣為中華民國內民主、自由的示範區。當時上海《大公報》的記者正巧來訪，從《臺灣新生報》「橋」副刊的主編歌雷（本名史習枚）處看到，隨即以新聞報導的方式刊載在一九四九年一月二十一日的《大公報》上，[131]標題為「台灣人關心大局　盼不受戰亂波及　台中部文化界聯誼會宣言」。不料這篇內容在今天看來理所當然的短文，竟觸怒了即將走馬上任的臺灣省政府主席陳誠，為楊逵埋下十二年牢獄之災的禍因。

　　四月六日警備總部整頓學潮，於凌晨拘提臺灣大學及師範學院（今國立臺灣師範大學）約兩百名學生到案，後有百餘名被釋放，十九名接受審判，其中包括為楊逵擔任過翻譯，並參與《臺灣新生報》「橋」副刊臺灣文學論爭的孫達人，以及麥浪歌詠隊的隊員陳錢潮、王耀華、王惠民、藍世豪……等人。[132]平日與這些學生有過往來的楊逵也遭到逮捕，[133]交付軍法審判後，刑期十二年。楊逵負責主編「新文藝」欄的《台

---

[131] 楊逵回憶多次提及這件事的始末，例如〈關於楊逵回憶錄筆記〉、〈二二八事件前後〉，參見《楊逵全集》「資料卷」，頁 75、92。

[132] 參見《中央日報》、《公論報》的報導，1949 年 4 月 7～9 日。

[133] 《公論報》引《大公報》訊報導指出，楊逵是在四月七日下午二時被捕。但根據楊逵的回憶，他是在四月六日當天被捕。當時就讀師院的林亨泰在大逮

灣力行報》從社長到工友，《臺灣新生報》「橋」副刊主編歌雷與臺中辦事處主任鍾平山亦均遭逮捕。[134]由此推測，楊逵被捕並不單單肇因於筆禍，而是當局欲以嚴厲手段弭平學生運動，並趁機清除左翼人士，以加強對言論思想的控制。〈和平宣言〉成為叛亂罪唯一的罪證，[135]是楊逵始料所未及的。

二二八事件中投入武裝抗暴遭判刑一百零五天，呼籲和平卻招致更大的橫禍，這對楊逵無疑是極大的諷刺。楊逵晚年一直希望自己蒙受的冤屈能夠得到平反，期盼政府重新深入調查，給予公開的澄清。[136]對於草擬後來成為唯一罪證的〈和平宣言〉，深自檢討後楊逵怪自己對當時的情勢判斷錯誤。[137]究竟當時的政治情勢如何，楊逵又因何錯判形勢？陳映真在一九九九年時特別撰文〈楊逵和平宣言的歷史背景——紀念「宣言」發表五十周年〉[138]，詳細列舉國共內戰的發展，以說明楊逵撰寫該宣言的歷史背景。一九四六年六月，政府以配備精良武器的六十萬大軍向中共根據地發動總攻擊，國共內戰全面展開。但一九四八年的秋天開始情勢逆轉，廣大華北地區失守。一九四九年一月二十一日，上海

---

捕行動的四月六日南下，於臺中火車站親眼目睹雙手被綁的楊逵被帶上往北的火車離去，也證明楊逵確實是在四六事件當天即遭逮捕。見〈被捕學生已送地院 史習枚董佩璜二人移檢察處 作家楊逵記者鍾平山亦被捕〉之報導，《公論報》，1949 年 4 月 12 日；《楊逵全集》「資料卷」，頁 93；林亨泰，〈銀鈴會與四六學運〉，原發表於《台灣春秋》第十期（1989 年 7 月），收於其著，《見者之言》（彰化：彰化縣立文化中心，1993 年 6 月），頁 226。

[134] 歌雷於四月六日被捕，鍾平山（新生報臺中辦事處主任兼臺中市新聞記者公會理事長）於七日下午被捕。見《公論報》之報導，1949 年 4 月 7、12 日。

[135] 楊逵獲罪的原因不僅在於呼籲局部地區的和平，而是當局藉機控制言論。請參考拙著，《楊逵及其作品研究》，頁 55-56。

[136] 例如他參加「賴和先生平反講演會」時發表的〈希望有更多的平反〉，以及講演會完回家後當晚由孫女楊翠筆記的〈我的心聲〉，都透露他心底希望得到平反的呼聲。參見《楊逵全集》「資料卷」，頁 46、67。

[137] 楊逵在王麗華記錄的〈關於楊逵回憶錄筆記〉中說：「只怪我自己對當時的情勢判斷錯誤」。見《楊逵全集》「資料卷」，頁 76。

[138] 發表於《中國時報》，1999 年 4 月 7～9 日。

《大公報》刊登〈和平宣言〉的當天，國共和談再起。楊逵的〈和平宣言〉一開始說：

> 陳誠主席在就任當日的記者招待會宣布，以人民的意志為意志，以人民的利益為利益，這是我們認為正確的。但是人民的意志是什麼呢？須要從人心坎找出的，不能憑主觀決定。據吾人所悉，現在國內戰亂已經臨到和平的重要關頭，台灣雖然比較任何省分安定，沒有戰，□沒有亂，但誰都在關心着這局面的發展。究其原因，就是深恐戰亂蔓延到這塊乾淨土，使其不被捲入戰亂，好好的保持元氣，從事復興。我們相信台灣可能成為一個和平建設的示範區，可是和平建設不是輕易可以獲致的，需要大家協力推進。

所謂「人民的意志」、「臨到和平的重要關頭」，與史實相對照的結果，即是經歷過八年抗戰之後，國內民意普遍傾向以政治協商建立民主聯合政府。一月八日，臺灣省參議會通過臨時動議，分別致電蔣介石與毛澤東，呼籲和平，[139]證明臺灣民眾也希望國共內戰立即停止，不要蔓延到臺灣島內。

　　接著楊逵針對建設臺灣為一個「和平建設的示範區」[140]，發出建言說：

> 第一，請社會各方面一致協力消滅所謂獨立以及託管的一切企圖，避免類似「二二八」事件的重演。第二，請政府從速準備

---

[139] 參見李永熾監修，薛化元主編，《台灣歷史年表　終戰篇 I（1945～1965）》，頁 72。

[140] 經查上海《大公報》原件，《楊逵全集》誤排為和平建設的示範「國」（見「資料卷」，頁 315），恐怕會引起讀者誤解，因為當時楊逵撰寫〈和平宣言〉之目的，並不在於臺灣的獨立建國。

還政於民，確切保障人民的言論集會結社出版思想信仰的自由。第三，請政府釋放一切政治犯，停止政治性的捕人，保證各黨派循政黨政治的常軌公開活動，共謀和平建設，不要逼他們走上梁山。第四，增加生產，合理分配，打破經濟上不平的畸形現象。第五，遵照國父遺教，由下而上實施地方自治。[141]

文中首先提到的：「請社會各方面一致協力消滅所謂獨立以及託管的一切企圖」，根據陳映真前述文章的歷史考察，這是楊逵反對外國勢力插手兩岸事務的國際性陰謀，其中包括一九四九年元月之前，美國與臺獨聯盟廖文毅等有關臺灣獨立或聯合國託管的主張。

　　就楊逵一向社會主義國際主義者的立場，以及在二二八事件中的言論來看，〈和平宣言〉訴求以臺灣自治為前提的民主自由，與楊逵一向的政治立場相符；另一方面，楊逵內心深處或許有更大的期望。鍾逸人回憶楊逵始終未曾放棄在瓦窰寮對青年施以政治訓練的規劃，一九九八年十二月接受柳書琴訪問時，他說：

> 事實上，楊貴普羅意識很重。他終戰後把首陽農場改為一陽農場，並發行一陽周（按：「週」之誤）報，在下油寮訓練勞動青年。他希望以東海花園為據點，見到紅旗飄揚，台灣被解放，若此他們就要接收東海大學，在那裡發揚他的理想。這是他一貫的想法，始終沒變，這事他只告訴我，不敢告訴別人。[142]

在〈楊逵擇偶〉一文中他又提到：

---

[141] 以上兩段〈和平宣言〉的引文出自上海《大公報》，《楊逵全集》收於「資料卷」，頁315-316。

[142] 引自柳書琴，《荊棘的道路：旅日青年的文學活動與文化抗爭——以《福爾摩沙》系統作家為中心》，附錄之頁23。

> 貴兄曾經悄悄地向我透露他的心願，祇要現在能夠在「東海花園」培訓幾批有意識的幹部，有朝一日「台灣變天」，即可以讓他們到對面那家大學（意指東海大學）陪學生們一面體驗勞動，一面接受政治訓練，使每一學員將來都能成「人民戰將」、「社會棟樑」，而不是光會「喊口號」，老被人牽著鼻子走，毫無做人尊嚴、沒有意識的「行屍走肉」。[143]

以東海花園為據點，等待中共解放臺灣的一天，再接收東海大學，訓練新一代年輕人，發揚社會主義的理念，這就是楊逵的夢想。

楊建也證實楊逵晚年之所以選定東海大學對面開闢農場，乃因為他相信共產黨在民國五十年代必定解放臺灣，屆時守在東海大學的他便可以捷足先登，接收東海大學，並將其改為農工大學。直到文化大革命開始，從報紙獲知相關訊息，楊逵才對中共失望，也明白解放無望。[144]因撰寫《楊逵畫像》，一九七七年左右曾經住在東海花園，與楊逵朝夕相處的林瑞明，在出席《楊逵全集》編輯會議時也提到：楊逵一直對中國共產黨懷有好感，二二八事件逃亡時曾想偷渡大陸；在四人幫被捕的那段時間，楊逵臉上卻總是有著茫然的神情，這也間接證實了楊逵對中共曾經寄予厚望。直到一九七六年毛澤東死後，一向對文化大革命持肯定態度的楊逵看到中國的亂象，對中共嚮往的滿腔熱情立刻冷卻下來，才決定將東海花園捐獻出來，做為青年朋友參與文學藝術的園地。[145]所以楊逵晚年屢談要「統一」不要「一統」，認為真正的統一必須建立在人民自由意願上，例如一九八二年他在東京接受若林正丈、戴國輝訪問時說：

---

[143] 引自鍾逸人，〈楊逵擇偶〉，《台灣新文學》第十六期（2000 年 6 月），頁 98。

[144] 參考筆者訪談紀錄，東海花園，2003 年 4 月 7 日；王署桂，〈尋找楊逵——重回東海花園的楊建兄妹〉，《台灣新聞報》，2001 年 8 月 6、7 日。

[145] 楊逵生前接受訪問時，屢屢談到他建構文學藝術村的夢想，在〈我有一塊磚〉中也明白表示願意捐獻土地，從事有益文化傳播的事業。《楊逵全集》「詩文卷」（下），頁 398-401。

> 我表明反對把台灣和中國大陸的關係以「一統」的形式來統一
> 合併。因為，所謂的「一統」是小團體及個人把基於自己獨斷
> 的主張和主觀意志強加給一般民眾，用武力或別的什麼形式強
> 加給一般民眾，這完全是獨裁，所以我反對。而通過說服和了
> 解，大多數人自發地參加到一起的那種形式的統一，才是真正
> 的統一，才是通過民主的統一，我贊成。[146]

也就是說楊逵表面上不拒絕臺灣與大陸統一，但強調任何形式的統一都
應尊重人民的意願；換句話說，統一只是臺灣未來前途中的一個選項，
而不是必然非如此不可的結局。當然統一與楊逵國際主義者的立場不相
違背，並不足以代表他是個主張統一的民族主義者。如果強要以今日統
獨意識形態衡量當時的楊逵，無疑是犯了時空倒錯的毛病。

　　如此說來，據楊逵表示陳誠對〈和平宣言〉的第一反應是：「臺中
有一支共產黨第五縱隊」，當他聽說之後就心裡有數，知道這是針對他
而說，果然幾個月後就被捕，[147]或許這正是楊逵自己的心理投射。二二
八事件之後，原本對中國接收臺灣有著熱切期待的楊逵，因為對國民黨
的失望而不再熱衷三民主義；由於青年時期開始對馬克思主義的研讀，
對社會主義的信仰，楊逵夢想共產主義的烏托邦在臺灣實現，自然將理
想社會的美夢轉而寄託於中國共產黨。不過，前述各點也僅能解釋〈和
平宣言〉的時代背景，從文中一再呼籲政府應防止戰亂波及臺灣來看，
楊逵對和平的前景抱持悲觀的態度，極度憂心國共內戰隨時可能蔓延到
臺灣來，再從楊逵自己歸納〈和平宣言〉的內容有兩點：

---

[146] 引自戴國煇、若林正丈訪問，〈台灣老社會運動家的回憶與展望——楊逵關
　　於日本、台灣、中國大陸的談話記錄〉，《楊逵全集》「資料卷」，頁286。
[147] 〈關於楊逵回憶錄筆記〉與〈二二八事件前後〉中楊逵都有如此的回憶，參
　　見《楊逵全集》「資料卷」，頁75、93。

（1）二二八事件責任在政府，不在人民，要求釋放政治犯。

（2）開放言論、出版、結社等自由，因為台島並無共產黨的勢力。[148]

可以確定楊逵起草〈和平宣言〉的首要目的，在於建設臺灣成為民主自由、經濟平等的理想社會。

# 第二節　編輯活動與文學寫作

## 一、介紹三民主義與中國政情的《一陽週報》

　　戰後領導新生活促進隊與民生會的同時，楊逵注意到教育民眾的需要。由於慶祝「一陽來復」（光復），楊逵把農場更名為「一陽農場」。九月間在朋友們資助下購買手轉輪印機，創刊《一陽週報》，每週六出刊一期。[149]楊逵並將其分送給昔日農民組合與文化協會的朋友，提供討論的素材，希望能盡快重建工農等人民的自主團體。[150]目前收藏於臺南新化楊逵文學紀念館，有楊逵具名的一陽週報社邀稿信函中說：

---

[148] 引自楊逵口述，王麗華記錄，〈關於楊逵回憶錄筆記〉，《楊逵全集》「資料卷」，頁75。

[149] 從第九號封面的「每週一期星期六」，可知《一陽週報》出刊時間為每週的星期六。

[150] 參考戴國煇、若林正丈訪問，〈台灣老社會運動家的回憶與展望——楊逵關於日本、台灣、中國大陸的談話記錄〉，《楊逵全集》「資料卷」，頁281。另外，根據許分的口述紀錄，「《一陽週報》主要出資者是林幼春之子林培英與李崇禮之子李君晰，其他便是小額捐款」，「在有錢的出錢，有力的出力下，以刻鋼版、油印的方式，於9月22日出刊。」（見藍博洲，〈楊逵與中共台灣地下黨的關係初探〉，《批判與再造》第十二期，頁44）由於筆者手中《一陽週報》第九期影本為鉛印三十六開本，池田敏雄十月十日的日記中也有「『一陽週報』最近要改成印刷版」的記述（〈戰敗後日記〉，《臺灣文藝》第

> 臺灣光復、當以民為主、新建設多端、而頭腦空虛、深懼作（按：
> 「做」之誤）事不得適正、以致禍誤茲、擇左記切實問題、期
> 之公達、盼望先生賜稿示教

由此可知，提供一個公開的版面徵求眾人的意見，集思廣益以謀求臺灣的民主建設，是楊逵創刊《一陽週報》的目的之一。

不過筆者唯一掌握的《一陽週報》第九號（1945 年 11 月 17 日），[151]雖然中、日文並刊，但轉載自中國的篇章為多，並未見到專門討論戰後臺灣建設的相關作品，其刊載篇目與作者如下（以日文刊載者為第 9、10、11 三篇）：

1. 紀念　總理誕辰　　　　　　　　　　　　　　　　　楊逵
2. 紀念　總理誕辰　　　　　　　　　　　　　　　　　蕭佛成
3. 如何紀念　總理誕辰　　　　　　　　　　　　　　　鄧澤如
4. 紀念　總理誕辰的感想　　　　　　　　　　　　　　陸幼剛
5. 紀念　總理誕辰的兩個意義　　　　　　　　　　　　胡漢民
6. 孫文先生略傳（下）
7. 中國工人解放途徑（二）　　　　　　　　　　　　　孫文
8. 農民大聯合（二）　　　　　　　　　　　　　　　　孫文

---

八五期，頁 186），可見《一陽週報》原為油印，後改為印刷出版；然這樣的改變究竟始於那一期尚無法得知。

[151] 靜宜大學主辦楊逵文學國際學術研討會期間曾辦理「楊逵文物展」，展期自二○○四年六月十八日至三十日。筆者從臺灣文學館提供的楊逵文物專櫃中發現有《一陽週報》第八期原件，當天在場的文學館研究員表示：展出資料來自中央研究院中國文哲研究所，在《楊逵全集》編輯完畢之後，因楊逵家屬捐贈而轉交給國家臺灣文學館籌備處收藏。二○○六年三月至五月間，筆者為臺灣文學館整理楊逵文物時，曾見過館藏目錄有《一陽週報》第七至第九期。然筆者擔任《楊逵全集》執行編輯期間，並未在中研院文哲所內看過除第九期以外的任何一期。

    9.中國革命史綱要（三）             孫文

    10.三民主義大要（三）           達夫

    11.犬猿鄰組（下）              楊逵

    12.創造（二）                  茅盾[152]

    其中茅盾的〈創作〉敘述叫君實的青年，因尋覓不到性情見解與自己一樣的女性為妻，決定娶進一塊可供琢磨的璞玉，以自己的手來「創造」心目中的理想伴侶。可是在誘導妻子嫻嫻閱讀自然科學、歷史、文學、哲學、現代思潮等書籍，以及接觸唯物論思想後，嫻嫻的女性自覺與政治意識逐漸被啟蒙；滿腦子只想把自己的思想灌輸給妻子的君實，最終只能空談理論而無行動能力，反倒落在不斷前進的妻子之後。故事中對男性沙文主義的深刻嘲諷，反映楊逵傳布民主新思潮與反對中國封建思想，從左翼觀點出發以仲介中國文學的立場。

    從前引篇目可知，《一陽週報》第九號的內容以介紹孫文思想及三民主義為主，兼轉載楊逵自身與大陸五四以來的文學創作。另外，從第九號中可發現一陽週報社也兼售《三民主義解說》、《第一次、第二次合刊中國國民黨全國代表大會宣言》、包爾林百克《孫中山傳》、孫文《民權初步》（附〈五權憲法地方自治實行法〉）與《倫敦被難記》，以及蔣介石著《新生活運動綱要》等書。[153]同年十一月二十八日，楊逵又以「一陽週報社」的名義發行《三民主義是什麼？》[154]一書，一九四六年復發行孫文的《三民主義演講》與《倫敦遭難記》、包爾‧林百克《中國國民黨全國代表大會宣言》與《孫中山傳》，以及金曾澄的《民族主義解

---

[152] 《一陽週報》誤植為「『矛』盾」。

[153] 《一陽週報》第九號（1945 年 11 月 17 日），頁 9。

[154] 《三民主義是什麼？》一書筆者未見，而是從賴澤涵總主筆的《「二二八事件」研究報告》書前所附圖片頁得知此書，封面註明「初學必讀」，發行所是一陽週報社，地址「臺中市梅枝町一九」係楊逵住處。

說》，[155]熱烈傳達了對於中國接收臺灣的興奮之情，以及三民主義研讀熱潮的回應。

根據楊逵自述，他與三民主義的首次接觸應溯及到東京留學時期，當時是經由日文翻譯來閱讀，由此了解中國的國民革命與第一次世界大戰後的民族自決運動。[156]楊資崩記得楊逵在戰爭末期組織焦土會時，曾經以中井淳贈送的三民主義原版書教育青年；[157]根據鍾逸人的說法，《一陽週報》中刊行的有關三民主義的學術論著，是金關丈夫與中井淳兩位教授戰時從華南各地的學校與圖書館取得，離臺前因無法攜回日本而贈送楊逵；[158]池田敏雄一九四五年十月十日的日記明確記載，當日他帶著有關三民主義的書籍交給楊逵妻子葉陶，葉陶大喜。[159]目前尚無法確定楊逵何時開始傳布三民主義，可確定的是戰後楊逵出版《一陽週報》等和三民主義相關的書刊，確曾仰賴日籍友人提供資料。而當時的楊逵之所以會對三民主義充滿信心，據他自己解釋係由於國民黨第一次代表大會強調「扶助農工」而來。[160]從《一陽週報》第九號同時選錄孫文的〈中國工人解放途徑〉與〈農民大聯合〉，足以印證社會主義者的楊逵接受三民主義的原因，與工農階級獲得孫文重視有極大的關係。換言之，楊逵是把三民主義作為一種重視無產階級的社會主義來接受，[161]基於以社

---

[155] 見國家圖書館採訪組編，〈臺灣光復初期（1945-1949）出版品書目（初稿）〉，2003 年 4 月 7 日。該資料公佈的網址為 http://www.ncl.edu.tw/bbs/920609.htm。以上各書除金曾澄的《民族主義解說》現收藏於國家圖書館臺灣分館外，其餘筆者均未見。

[156] 廖偉竣訪問，〈不朽的老兵〉，《楊逵的人與作品》，頁 189。

[157] 參考楊資崩，〈我的父親楊逵〉，《聯合報》，1986 年 8 月 7 日。

[158] 鍾逸人，〈我所認識的楊逵〉，《台灣文學研討會：台中縣作家與作品論文集》，頁 521；鍾天啟（鍾逸人），〈瓦窯寮裡的楊逵〉，《自立晚報》，1985 年 3 月 30 日，文中將「中井淳」誤植為「中井享」。

[159] 池田敏雄作，廖祖堯摘譯，〈戰敗後日記〉，《臺灣文藝》第八五期，頁 186。

[160] 楊逵說：「當時我對三民主義有『信心』。是因國民黨的第一天代表大會強調『扶助農工』，我在『一陽週報』予以介紹。」見陳俊雄訪問，〈壓不扁的玫瑰花——楊逵訪談錄〉，《楊逵全集》「資料卷」，頁 222。

[161] 楊逵晚年曾經在〈「日據時代的台灣文學與抗日運動」座談會書面意見〉上

會主義改造臺灣社會的深切期待，乃熱衷投入孫文思想與三民主義的介紹。

　　楊逵面對中國政府接收臺灣時的心理狀態，以及對於中國政情的理解程度究竟如何，《一陽週報》的選編方向提供了頗為值得參考的資料。《一陽週報》第九號中刊載的〈如何紀念　總理誕辰〉，作者鄧澤如在敘述孫文的志業與偉大人格思想精神之後，提到負黨國之責者不但不能繼志述事，反而與三民主義背道而馳，不只不能發揚黨國之光榮、反而陷黨國於分崩殘破之局，對不起孫文與同志同胞。又說：

> 然而中國國民黨為領導國民革命之集團、吾人自不能任彼元惡大兇、陽假黨國之名、陰行其毀黨禍國之事、吾人為救國、救黨計、惟有秉　總理組黨建國之初衷、一致團結、務必芟除此敗類而後已。[162]

　　這篇文章之後，緊接著刊載作於孫文誕辰六十八週年（約一九三四年）的〈紀念　總理誕辰的感想〉，作者路幼剛在歌誦孫文的革命功業之後，也嚴詞批判獨裁政權，痛斥當時擁有軍權政權的最高份子為一己之權勢屈膝於外敵，不僅斷送東北四省的領土主權，還壓迫國內抵抗敵人的民眾，他說：

---

說：「今日台灣要建設『民有民治民享而均富』的三民主義模範省，就要切實記住孔子在『大同篇』所表現的福利社會的構想与『不患貧患不均』的觀念，也要切實記住孫中山先生的『三民主義就是社會主義就是共產主義』的教示。」「孫中山先生的社會主義——共產主義，雖然不同於馬克司主義——列寧主義，卻是繼承孔子的大同思想，以達到均富，福利社會為目標的中國式社會主義——共產主義。」由此可見，楊逵當初是把三民主義作為一種科學的社會主義（共產主義）來接受。引文見《楊逵全集》「詩文卷」（下），頁390。

[162] 引自鄧澤如，〈如何紀念　總理誕辰〉，《一陽週報》第九號，頁5。

> 三民主義是　總理所殷囑我們同志繼續努力以求貫澈（按：「徹」
> 之誤）的。現在做到怎麼樣呢？最高當局既媚外抑內墮毀國家
> 的人格、摧殘民族的精神、國際地位益有日益低落、民族的自
> 由平等、不知何時可期！軍閥獨裁、支配一切、大有「朕即國
> 家」的氣概！近便組織所謂什麼中國法西斯蒂的結社、以發展
> 獨裁政治、中央黨部及政府且不能自由行使職權、更有什麼民
> 權可言！人民外受帝國主義的經濟壓迫、內受軍閥的剖（按：
> 「剝」之誤）削、加以貪官污吏的搾取、土匪的蹂躪、不特農
> 村經濟已形崩潰、即都市經濟益日趨於衰頹！民日窮、而國家
> 財政愈困、賦斂愈急、挺（按：「鋌」之誤）而走險者愈多、互
> 為因果、而民生愈不可救藥。建設的話、更不用說了！[163]

接著作者呼籲全黨同志團結一致制裁獨裁軍閥，消滅革命障礙的殘餘，
完成三民主義的建設。

　　《一陽週報》刊載〈紀念　總理誕辰的感想〉時，題目之下有楊逵
以「編者」身分所加的按語：「此篇系（按：「係」之誤）十二年前之作、
今日時勢已經不同、但為自肅自勉之戒轉載之」[164]，由此可見楊逵洞悉
當時國民黨中央集權的根本問題，並深刻了解戰後欲展開新建設，必先
對抗獨裁政權。因此他在〈紀念　孫總理誕辰〉一文中說：

> 未戰而得勝的臺灣光復、雖是可慶可祝、總是因此若抱著中
> 國革命為如桌頂拿柑之安逸感、那就慘了。光復了後的新建
> 設目前多難、民權民生的徹底解決尚有多端、孫中山先生的
> 思想與主義的完善發展全掛在我們肩上。夙夜少刻都不可撒
> 謊、不可偷懶、不可揩（按：「揩」之誤）油、始終一貫以總

---

[163] 引自路幼剛，〈紀念　總理誕辰的感想〉，《一陽週報》第九號，頁 6-7。
[164] 引自《一陽週報》第九號，頁 5。

> 理的思想、鬥志及為人當做羅針自檢自規奮鬥、才得達到美
> 滿的社會。[165]

以此呼應陳儀十月二十四日初抵臺灣，在臺北松山機場廣播時所說「不
撒謊、不偷懶、不揩油」[166]的勗勉之詞；同時也藉此提醒臺灣民眾必須
深切體認民權、民生建設之不易，對戰後臺灣的命運懷抱憂慮。可見當
時雖然接受三民主義，也成為中國國民黨黨員，對以三民主義為號召的
國民黨內反民主的現象，楊逵必然有一定程度的了解。

　　二二八事件之後三民主義熱潮迅速退燒，楊逵由朋友資助印刷的五
千本《三民主義》盡成廢紙，[167]宣傳三民主義的書籍大部分售予臺中圖
書館，[168]楊逵對國民黨政權的失望之情由此不難想像。

## 二、編輯《和平日報》「新文學」與《文化交流》

　　戰爭結束後探訪楊逵的外省人很多，其中原因很可能是因為胡風
（原名張光人，1902～1985）的〈送報伕〉中文譯本在大陸曾廣被閱讀。
根據目前所知，〈送報伕〉的胡風譯本首度發表於一九三五年六月出刊
的《世界知識》（上海）第二卷第六號，隨後分別收錄於胡風譯《山靈
——朝鮮台灣短篇集》[169]與世界知識社編《弱小民族小說選》[170]；但實

---

[165] 引自楊逵，〈紀念　孫總理誕辰〉，《楊逵全集》「詩文卷」（下），頁 211-212。

[166] 陳儀廣播內容見《臺灣新生報》，1945 年 10 月 25 日。

[167] 陳俊雄訪問，〈壓不扁的玫瑰花——楊逵訪談錄〉，《楊逵全集》「資料卷」，
頁 222。

[168] 根據鍾逸人的說法，中井淳、金關丈夫致贈楊逵的書籍，後來除了文學的之
外，大部分售予臺中圖書館。由於這些書的內容有些載入《一陽週報》，推
測應該是在三民主義熱潮褪去後，這些書幾成廢物，才被楊逵出售。參見鍾
天啟，〈瓦窰寮裡的楊逵〉，《自立晚報》，1985 年 3 月 30 日。

[169] 許俊雅的研究指出，《山靈——朝鮮台灣短篇集》曾多次重刊，至少到第五
版（1951 年上半年印刷）。與首刊本（上海：文化生活出版社，1936 年 4 月）
相較，最大的差異在於收錄作品缺少原附錄的楊華中文小說創作〈薄命〉一

際刊載情形可能更多。[171]近年間《楊逵全集》日文編輯清水賢一郎透過中國友人協助，發現另一種在大陸刊行過的〈送報伕〉中譯版。[172]該版一九三七年四月三十日至六月十日連載於開封的《河南民報》副刊《文藝畫刊》（週刊）第三期至第十期，作者署名「JANE KUI」，即「楊逵」的羅馬拼音。發表時有「華南漢譯」、「心河插圖」並列的兩行字，由此得知譯者為「華南」，真實姓名則不詳。清水賢一郎將之詳細比對胡風譯本後，斷定該版係參照胡風譯本改訂而成，譯者極有可能不懂日文。[173]這偶然間發現的譯本證明〈送報伕〉在大陸刊行的情況與造成的影響，可能超乎學界原先所知。與楊逵曾同為《和平日報》編輯的王思翔（張禹）[174]就提過，因為〈送報伕〉中文譯本在大陸的刊行，楊逵的名字在三〇年代即廣為當地讀者所知。一九四六年春天，當他以報社記者身分到臺灣時，便託人設法邀約見面。[175]由於在大陸時即因閱讀〈送報伕〉中文譯本而對楊逵仰慕許久，外省知識分子來臺後紛紛前往一見楊逵的

---

篇，同時刪去胡風序文介紹〈薄命〉的一段文字。參見其著，〈關於胡風翻譯《山靈——朝鮮台灣短篇集》的幾個問題〉，《文學台灣》第四七期，頁 6-10。

[170] 目前並不清楚《弱小民族小說選》（上海：生活書店，1936 年 5 月初版）一共刊行幾版，筆者手上的〈送報伕〉是收錄於一九三七年三月再版書中。初版不到一年即再版，可見該書受歡迎之程度。

[171] 根據胡風在中國北京舉行的楊逵紀念會上致詞時表示，由他所翻譯的〈送報伕〉曾由文字研究會譯成拉丁字化新文字本，介紹給中國的工友們。雖然目前尚無法得知此一版本刊行的時間，〈送報伕〉在中國文壇受到的重視不難想像。見胡風，〈悼楊逵先生〉，《台聲》（北京）「楊逵先生紀念專輯」，頁 12。

[172] 該版由清水賢一郎之中國友人以簡體字抄寫，標題為〈送報夫〉。

[173] 清水賢一郎考訂的過程請參考其撰，〈臺、日、中的交會——談楊逵日文作品的翻譯〉，頁 3-4。

[174] 王思翔（1922～　），浙江平陽人，後改名為其筆名之一的張禹。一九四五年秋，因在杭州《東南日報》撰文揭發平陽縣長貪污罪行，被指為共產黨頭目而逃亡。一九四六年春天與周夢江、樓憲一同來臺，後三人均任職於臺中的和平報社。參見王思翔（張禹），〈台灣一年〉，《台灣舊事》，頁 11-15；另亦參考《台灣舊事》之〈作者介紹〉。

[175] 王思翔（張禹），〈憶楊逵〉，《台灣舊事》，頁 95。

廬山真面目。藉由合編刊物，楊逵也和大陸來臺知識青年展開彼此間的文化交流。

　　一九四六年，楊逵擔任《和平日報》特約撰述，並曾短期參與包括「新文學」欄在內的編輯事務。[176]《和平日報》是國民黨軍方報紙，由《掃蕩報》擴充而成，總部設於南京。臺灣版《和平日報》由臺中駐軍的《掃蕩簡報》改組而成，一九四六年五月出刊，然未獲得南京總社的認可或支援，因此該報編輯王思翔、周夢江[177]、樓憲[178]陸續拜訪臺中當地知名人士林獻堂、黃朝清、張信義、張煥珪、張文環、莊垂勝、葉榮鐘、楊逵、謝雪紅等人尋求支持與合作，並聘為特約撰述。謝雪紅藉此機會安排身邊的楊克煌、林西陸、蔡鐵城（蔡金城）等進入報社工作，散播其影響力。除了編輯部成員王思翔、周夢江、樓憲曾參與大陸東南文藝運動，[179]本身即為左翼青年外，臺中地方左翼人士與報社關係匪淺，社長李上根[180]又與陳儀分屬國民黨不同派系，使得該報因勇於抨擊時政而受到民眾歡迎。[181]

---

[176] 楊逵年表與《楊逵畫像》都說楊逵曾參與《和平日報》「新文學」欄的編輯；另根據周夢江和鍾逸人的回憶，楊逵、葉榮鐘等人被聘為該報「特約撰述」，楊逵並曾短期參與報社編輯工作，其中應包含「新文學」欄的編輯。參見河原功與筆者合編，〈年表〉，《楊逵全集》「資料卷」，頁381；林梵，《楊逵畫像》，頁145；鍾逸人，《辛酸六十年》，頁355；王思翔，〈台灣一年〉，《台灣舊事》，頁16。但《台灣舊事》將楊逵為誤排為楊「達」。

[177] 周夢江（1922～　）本名周大川，浙江平陽人，與王思翔為表兄弟。參見《台灣舊事》之〈作者介紹〉。

[178] 樓憲（1908～　）筆名尹庚，曾參加中國左翼作家聯盟。原為《和平日報》副總編輯，該報正式創刊時已轉任臺中二中校長。參見王思翔，〈台灣一年〉，《台灣舊事》，頁13、23。

[179] 東南文藝運動以浙江金華為中心，在中國對日抗戰時期於大陸東南省份展開，目的是在建立東南文藝的戰鬥堡壘。詳情參見周夢江，〈戰時東南文藝——一篇流水帳〉，《和平日報》「新世紀」第八期，1946年5月20日；唐湜，〈回憶：抗日戰爭時期的東南文壇〉，《新文學史料》（1990年4月），頁131-136及頁139。

[180] 李上根為浙江東陽人，抗日初期中央軍校三分校十六期畢業，曾任軍事記者及臺中駐軍七十師「掃蕩簡報」班負責人，後以簡報擴充為臺灣版《和平日

　　《和平日報》原編輯主任周夢江回憶楊逵赴該報任職的經過時說：
當時楊逵堪稱家徒四壁，其妻葉陶以沿街叫賣小百貨維持生計。因為僅
懂得閩南話和日語，楊逵與周夢江對談時必須經由稍諳北京話的葉陶翻
譯。起初楊逵以中文程度差而拒絕工作機會，在周夢江極力邀請與葉陶
遊說下才勉強同意一試。擔任中文編輯一晚之後，楊逵即因無法勝任而
請辭。周夢江改安排他白天工作，編日文版並兼校對。因為中文社論有
些句子無法用日文妥切譯出，甚至譯錯，需要另一位日文編輯協助改
正，一個星期後楊逵自覺不適任而堅決辭職，拋下足可支應兩、三人生
活的工資。[182]楊逵寧願清貧，也不願意違背良心的個性由此可見。然由
他所主編的「新文學」欄是否即在如此短暫的時間內完成，周夢江的這
段回憶並不能提供任何解答。

　　目前《和平日報》「新文學」欄已全部出土，[183]自一九四六年五月至
同年的八月九日在無預告情形下刊出最後一期，前後共出刊十四期，[184]歷
時約三個月，中、日文並刊。刊載內容除當代文學創作之外，可大致分
為中國文學與文化、世界文藝、臺灣新文學運動之回顧與展望三類，其
概略內容如下：

　　(一)中國文學與文化之介紹：例如選刊豐子愷、老舍、茅盾、郭沫
若、許傑、艾青等人之作品，刊出〈中華全國文藝協會上海分會成立宣
言〉、中華全國文藝界抗敵協會總會〈慰問上海文藝界書〉與上海文藝
界〈覆書〉，節錄蘇聯戈爾巴托夫欲與中國文藝界合作的信件，介紹安

---

　　報》。參見王思翔〈台灣一年〉與周夢江〈舊事重提──記《和平日報》〉，《台
　　灣舊事》，頁 12、59。
[181]　詳見王思翔〈台灣一年〉與周夢江〈舊事重提──記《和平日報》〉，《台灣
　　舊事》，頁 15-22 及頁 59-62。
[182]　詳細經過請參見周夢江，〈記楊逵二、三事〉，《台灣舊事》，頁 102-103。
[183]　筆者從臺南市立圖書館尋獲第九期以後各期，第一至第八因徐秀慧之協
　　助，轉請曾健民先生提供印自北京圖書館的影本以供研究，謹此致謝！
[184]　《和平日報》「新文學」欄編號雜亂，筆者根據出刊日期不同而計算出共十
　　四期，各期刊載篇章請見後附：《和平日報》「新文學」欄刊載作品一覽表。

徽立煌文壇的〈山城文壇漫步〉，為紀念中國詩人節而刊登之〈紀念屈原〉，以及在「藝文消息」中介紹茅盾、沈從文、翦伯贊的近況等，可促進臺灣民眾對中國文學與文化之認識，並明瞭中國文藝界未來之發展方向。

(二)媒介世界文藝：包括轉載英國詩人雪萊（Percy Bysshe Shelley，1792～1822）和霍斯曼（Alfred Edward Housman，1859～1936）、保加利亞的伊凡・威左夫（Ivan Vazoff，1850～1921）、俄國的托爾斯泰（Leo Tolsto，1828～1910）、拉甫涅列夫[185]（Boris Lavrenev，1891～1959）與葛洛斯曼（Vasily Grossman，1905～1964）等人的文學創作，又介紹法國的紀德（Andre Gide，1869～1951）、俄國的高爾基（Maksim Gorkiy，1868～1936），以及德國女版畫家珂勒維支（Kathe Kollwitz，1867～1945）等。除雪萊與紀德外，取材偏向批判性的社會主義現實主義文學。其中與俄國無產階級文學家高爾基相關之作品即有五篇，[186]深刻反映楊逵信奉社會主義與愛好普羅文藝的傾向。

(三)臺灣新文學運動之回顧與展望：例如〈一個開始・一個結束〉、〈應該來個文學運動〉（〈來るべき文學運動〉）、〈關於臺灣文學〉（〈臺灣文學に就いて〉）等篇同樣回溯日治時期臺灣新文學運動，並倡議繼承優秀傳統，以推動新時代臺灣文學之發展。尤其這些篇章對日治時期臺灣新文學運動均抱持正面肯定的態度，即使是樓憲和張禹兩人共同執筆的〈一個開始・一個結束〉，公開呼籲清算和反省殖民統治五十年間的臺灣文學，但仍表示由於日本當局強制灌輸軍國主義，以出版檢查等手段

---

[185] 以「蘇・B・甫列涅夫」之名刊出其作品〈勇敢的心〉，見《和平日報》「新文學」第六期，1946 年 6 月 14 日。

[186] 分別為塔斯社訊〈蘇熱烈舉行「高爾基紀念週」〉與〈高爾基之家〉，《和平日報》「新文學」第七期，1946 年 6 月 21 日；茅盾，〈高爾基的作品在中國〉，《和平日報》「新文學」第十期，1946 年 7 月 12 日；艾蕪〈高爾基的小說〉與〈關於寫作〉（高爾基語錄），《和平日報》「新文學」第十三期，1946 年 8 月 2 日。

進行壓迫，對於著作有若干歪曲現象的作者應該「寄予同情」[187]，比較當時官方動輒污衊臺灣人接受日本奴化教育的高姿態來說，展現了外省作家對臺灣歷史和文學難得的同情與理解。

　　總括來說，「新文學」欄處處可見藝文界迎接戰爭結束，準備採取有組織的集體行動，以現實主義建立民主文藝的積極性意義。所刊載篇章不僅有助於中國、臺灣兩地文學之交流，對世界知名作家及作品之介紹亦可擴大戰後臺灣文壇的視野。值得注意的是楊逵在第二、三期陸續發表的〈文學重建的前提〉（〈文學再建の前提〉）和〈臺灣新文學停頓的檢討〉（〈臺灣新文學停頓の檢討〉），指出臺灣文藝停頓的主要原因在於包辦主義、語言問題、缺少發表的園地、缺少文化交流，以及文藝工作者缺少大團結等五項因素，並號召文藝工作者自動自發團結，以組成自主、民主的團體，同時和全國性的文聯組織匯合，以建設臺灣新文學。由此不難發現楊逵迫不及待欲藉此重振臺灣文壇，以左翼的現實主義在戰後推動新一波臺灣文學運動的用心。

　　退出《和平日報》編輯行列之後，楊逵仍持續與該報編輯群合作。一九四六年八月十五日，樓憲、周夢江、王思翔等人在謝雪紅贊助下合編《新知識》月刊，[188]發行人由張星建掛名。除選載大陸報刊的文章與資料外，並採用時在臺灣的省內外知識分子文稿。楊逵在此發表批判陳儀政府的〈為此一年哭〉，誓言追求民主自由。《新知識》甫創刊即因觸犯當局禁忌而遭查封，未能正式出刊，僅有部分賴印刷廠協助得以流入市面。[189]同年底臺中市一家新的報社成立，楊逵由原《和平日報》同事

---

[187] 見樓憲、張禹，〈一個開始‧一個結束〉，《和平日報》「新文學」第一期，1946 年 5 月 10 日。

[188] 依據周夢江的說法，謝雪紅變賣了一副金首飾做為《新知識》的出版經費；秦賢次則說出資者為中央書局負責人張煥珪。見周夢江，〈緬懷謝雪紅〉，《台灣舊事》，頁 123；秦賢次，〈《新知識》月刊導言〉，《臺灣史料研究》第十期（1997 年 12 月），頁 49。

[189] 周夢江，〈緬懷謝雪紅〉，《台灣舊事》，頁 124。

周夢江介紹應徵編輯工作，奈何因過去從事社會運動的資歷，當局對他不信任而未被錄用。[190]

　　一九四七年元月十五日，《文化交流》雜誌創刊於臺中，主辦人藍更與[191]，編輯與發行題為文化交流服務社，實際負責主編為王思翔與楊逵。雜誌正如其名，肩負中國、臺灣兩地文化交流的重責大任，企圖為隔絕五十年的兩岸建立彼此交流認識的管道。封面為耳氏[192]所繪的漫畫「奶！奶！」，以一個小孩（背上寫著「台灣」）投入母親（胸前寫著「祖國」兩字）的懷抱，清楚傳達出創刊的時代背景。介紹大陸文化方面的重要篇章有許壽裳〈國父孫中山先生和章太炎先生〉、管明〈老莊學說的分析〉、謝燕堂〈介紹中國現代作家──茅盾〉，以及于人對《抗戰八年木刻選集》的新書評介。負責主編臺灣文化部分的楊逵除發表〈阿Q畫圓圈〉，又策劃「紀念臺灣新文學二開拓者」專輯，介紹林幼春、賴和的生平大要及創作，並為此親自撰寫〈幼春不死！賴和猶在！〉。楊逵以被梁啟超譽為海南才子的林幼春，以及被推尊為臺灣新文學之父的賴和為專輯人物，並刊載文友悼念篇章以突顯兩人在臺灣文壇的地位，可見楊逵積極仲介臺灣文學給大陸來臺知識分子，使其了解臺灣新文學運動左翼傳統的用心。可惜《文化交流》創刊不久即遭逢二二八事件，編輯群中的王思翔、周夢江、樓憲相繼逃回大陸，共僅出版這一輯。[193]

---

[190] 參考周夢江，〈記楊逵二、三事〉，《台灣舊事》，頁105。

[191] 本名藍運登（1912～1997），臺中人，臺中師範學校畢業後赴日習畫，曾任《興南新聞》文教新聞記者，戰後一度從事製藥事業，晚年重拾畫筆。參見謝里法，《日據時代台灣美術運動史》（臺北：藝術家出版社，1995年10月四版），頁156。

[192] 本名陳庭詩（1916～2002），生於福建長樂官宦世家，八歲因病而失聰。戰後隨軍來臺，曾服務於報社及圖書館，一九五八年後專心從事創作，為臺灣著名現代版畫藝術家。參見林銓居，〈大音希聲──無言的畫家陳庭詩〉，《典藏藝術》第十三期（1993年10月），頁179-185；鄭功賢，〈大律希音──陳庭詩縱橫現代藝術領域數十年〉，《典藏藝術》第五六期（1997年5月），頁166-172。

[193] 根據鍾逸人的說法，由於藍運登「看不慣葉陶推銷『貧窮』，又漸與楊逵疏

## 三、「中國文藝叢書」與中國新文學的介紹

一九四七年左右，楊逵為臺北的東華書局策劃中、日文對照版「中國文藝叢書」，包括楊逵自身的創作《送報伕》（胡風譯），以及中國知名作家之作品《阿Q正傳》（魯迅作，楊逵譯）、《大鼻子的故事》（茅盾作，楊逵譯）、《微雪的早晨》（郁達夫作，楊逵譯）、《龍朱》[194]（沈從文作，黃燕譯）、《黃公俊的最後》（鄭振鐸作，楊逵譯）等六輯，除《黃公俊的最後》疑未曾出版外，[195]其餘確定於兩年間陸續上梓。[196]該叢書每輯前均附有蘇維熊所擬發刊序，序文中他首先肯定戰後臺灣同胞以認真的態度學習國語，獲得豐富的成績，在全中國普及國語運動上的確值得炫耀和安慰。接著又說：

> 但是，一切的一切正由今日開始。因為受了五十年的隔絕，今後要真正理解祖國的文化，或者使我們學習得更為正確，我們六百萬同胞，不能不加緊努力學習。不但要真確地理解認識祖

---

離，因而創刊不久的《文化交流》便告夭折」（《辛酸六十年》，頁293），不過目前並沒有任何資料可茲證明。

[194] 筆者研究用《龍朱》影本係由友人陳建忠提供，謹致謝忱！

[195] 《臺灣文學叢刊》第一、二輯（分別為一九四八年八月十日、九月十五日發行）後附該叢書廣告處，各輯初版均註明已發行或近日內發行，唯《黃公俊的最後》是「印刷中」，筆者以此推測它可能是最後一本出版者。雖然楊逵生前接受訪問時說中國文藝叢書一共出了六輯，下村作次郎在楊逵生前致函請教實際上共出版幾輯時，也得到六輯的回答，然而後來下村陸續獲得其中五輯，只有《黃公俊的最後》始終未見，筆者亦未曾聽聞有人見過該書，因此懷疑可能未曾出版。參見戴國煇、若林正丈訪問，〈台灣老社會運動家的回憶與展望〉，《楊逵全集》「資料卷」頁283；下村作次郎著，邱振瑞譯，《從文學讀台灣》，頁138-139。

[196] 實際發行時並未按照輯數先後順序，各輯之出版時間如下：《阿Q正傳》，1947年1月；《送報伕》，1947年10月；《大鼻子的故事》，1947年11月；《微雪的早晨》，1948年8月；《龍朱》，1949年1月。

國的文化，而且要哺育它，使它更為高尚，更為燦爛，使其真
正的精華宣揚全世界。（中略）

我希望各位讀者就文學及語學兩方面，能夠同時仔細用功，那
麼雖是微小的冊子，不但有裨益於讀者諸君，即是對整個國家
文化的提高，亦大有所補。

可見東華書局以中、日文對照出版該叢書之目的，在於普及國語和提高
臺灣的文化，其中自然亦帶有藉此重建戰後臺灣文化之意。

楊逵個人參與策劃的動機，則可由他晚年的訪談紀錄中獲知一二，
例如他在美國接受陳俊雄訪問時說：

當時許多團體被破壞了，大多活動走入地下了，與共產黨有些
接觸。我當時心想不能進入地下，否則文學活動會丟掉；另外
我不願離開台灣，應該繼續貢獻家鄉，所以我創辦『中國文藝
叢書』，翻譯魯迅、老舍、郁達夫、沈從文的作品。我希望以翻
譯改進漢文能力，並以日漢文對照，使我們這輩人有學習機會，
並接觸先進作家作品。[197]

在接受戴國煇與內村剛介等人訪問時，他也有過類似的談話：

我在十二年的坐牢生活中學了中國的標準語，又從孫兒學習。
此外，光復不久我立刻出版了中國語原文和日文翻譯並列的
書，魯迅的「阿Q正傳」。這也是為了學習標準語的目的起見所
刊行的。[198]

---

[197] 引自陳俊雄訪問，〈壓不扁的玫瑰花──楊逵訪談錄〉，《楊逵全集》「資料
卷」，頁223。

[198] 引自戴國煇、內村剛介訪問，葉石濤譯，〈一個台灣作家的七十七年〉，《楊

另外，他還說過：

> 光復後我翻譯了一些魯迅、老舍、巴金、沈從文等幾位作家的
> 作品，刊行了中日文對照的小冊子，目的是為了使像我一樣受
> 日文教育的朋友們，一面接觸到大陸的文藝作品，一面又可以
> 學學中文，尤其是使我自己熟習中文，以改變我過去用日文寫
> 作的畸形現象。[199]

除了目前未見有翻譯老舍、巴金創作之史料，相關說法可能是記憶有誤
外，綜合上述引文可知楊逵當時雖然中文能力不佳，但仍不畏艱苦親自
翻譯其中四輯，一方面是希望該叢書提供臺灣民眾透過日文以學習國語
之憑藉；另一方面，亦兼有磨練自身中文能力及配合國語運動之目的。

　　有關楊逵日文翻譯的優劣問題，日本學者下村作次郎曾經針對第二
輯《大鼻子的故事》進行研究，肯定其日語譯文除稍嫌生硬外，整體而
言是忠實原著的直譯法。同時他也指出楊逵用來對照的中文原文有誤植
和漏字的現象，然而所採用的版本卻始終未能確定。[200]由於戰後初期大
陸文藝書刊的輸入極為缺乏，楊逵翻譯所據何來更加令人好奇。筆者認
為鍾逸人所說楊逵戰後曾經熱衷於楊克培從上海寄來，以及中井淳餽贈
的魯迅、茅盾、老舍等人的文學作品，[201]應該就是楊逵所賴以翻譯的文
本。而發現自楊逵遺物中抄寫沈從文〈龍朱〉的手稿，也提供另一條重
要線索。該手稿並非楊逵筆跡，稿紙上印有「臺灣映畫演劇配給社」字
樣，執筆者可能與戰後由其改組而來的臺灣電影戲劇股份有限公司有

---

逵全集》「資料卷」，頁 264。

[199] 引自譚嘉記錄，〈訪台灣老作家楊逵〉，原載於《七十年代》總第一五四期（1982
年 11 月），收於《楊逵全集》「資料卷」，頁 229。

[200] 下村作次郎著，邱振瑞譯，《從文學讀台灣》，頁 137。

[201] 鍾逸人，《辛酸六十年》，頁 296。

關。文末有「選自《沈從文子集》」標註謄寫所用版本；抄寫內容原有錯誤之處皆經過仔細校對，並被改以正確文字，推測應是交付翻譯與排版印刷第四輯之用。果真如此，則下村作次郎無法判定《大鼻子的故事》中文原作使用的版本，可能即是抄寫過程中產生筆誤而導致判別的困難。

至於獲得楊逵青睞而入選的中國「先進作家作品」計有魯迅（1881～1936）的〈阿Q正傳〉，茅盾（1896～1981）的〈雷雨前〉、〈殘冬〉和〈大鼻子的故事〉，郁達夫（1896～1945）的〈出奔〉和〈微雪的早晨〉，沈從文（1902～1988）的〈龍朱〉和〈夫婦〉；鄭振鐸（1898～1958）《黃公俊的最後》雖未見出版，然由書名可知至少收錄〈黃公俊之最後〉一篇。入選作家均為五四新思潮以來中國知名的現代作家，其中魯迅、茅盾、郁達夫三人都是中國左翼作家聯盟成立時的重要創始會員。

再就揀選的作品內容來看，〈阿Q正傳〉深刻諷刺在被列強欺凌之際仍以「精神勝利」法自我麻醉的中國民族性，早已在國際間享有盛譽。茅盾的〈雷雨前〉是運用象徵的手法，傳達作者期待新社會誕生的短篇散文名作；〈殘冬〉則是敘述鎮上的張財主倚仗官府勢力作威作福，又有三位帶槍的兵士組成三甲聯合隊，向鄉民收取為數不小的保衛團捐，備受壓迫的貧農將希望寄託於道士所言真命天子的解救，最後幾位鄉民合力瓦解三甲聯合隊的邪惡勢力，並驅逐被利用來假扮真命天子以欺騙鄉民的少年；〈大鼻子的故事〉以上海一二八戰役（1932年）時失去家庭的孤兒為主角，集中刻畫這位流浪兒的心理，連帶描寫大上海約三十萬至四十萬的孩子們，如何在各式各樣的工廠裡被壓榨，以養活睡香噴噴被窩的孩子及其父母，揭發了帝國主義與資本主義對絕大多數中國民眾的壓迫。故事最後主角在街頭偶遇反日示威遊行，決定追隨隊伍以追求全體中華民族的解放。郁達夫的〈出奔〉以夫妻的決裂影射國民革命軍北伐後的國共分裂，敘述一個懷抱革命志向的有為青年與資產階級獨生女結婚不久，終於識破妻子娘家藉三民主義之名，假意要為佃農工人犧牲，卻仍舊使用苛刻手段欺壓貧苦百姓之本質，終於在暗夜親手放火

燒死妻子全家;〈微雪的早晨〉則描述一個勇於批判政情與社會陋習,痛恨軍閥官僚的大學青年,雖然鍾情於青梅竹馬的私塾同學,卻在父母親做主之下與童養媳送作堆,由於心愛的女人即將被軍閥強娶為妻而發瘋,最後在服錯藥的情形下斷送年輕的生命。沈從文的〈龍朱〉訴說白耳族王子龍朱愛上花帕族美麗的女子,但他拒絕以家族的權勢強娶入門,終於以真誠獲得女子的芳心;〈夫婦〉敘述一對年輕的鄉下夫妻路經某地,由於露天燕好而被鄉人綑綁,作者以鄉眾在商議如何動用私刑時的各懷鬼胎,深刻批判了中國偽善的傳統道德觀。

　　另外,鄭振鐸的〈黃公俊之最後〉是描寫太平天國時期,黃公俊隻身前往說服曾國荃的湘軍倒戈,卻反遭囚禁的歷史故事。這篇作品既非中國新文學的知名篇章,亦非鄭振鐸的代表作品,之所以雀屏中選,想必與故事中敘述黃公俊為臺灣人後代有極大的關係。故事描述黃氏先祖因參與抵抗清廷的起義行動,事敗被捕後流放至湖南長沙。由於家族曾經慘遭滿清異族的報復性屠戮,子孫用不求仕進來表示消極的抵抗。黃公俊為復興民族而自願加入太平軍的行列,既透徹了解鄉紳為保護自身財產利益,以冠冕堂皇的保衛鄉土號召民眾組織鄉勇對抗義軍,也見識到兼負民族復興和經濟鬥爭雙重任務的義軍首領,絕大多數在掌握權勢後立即腐化。堅持理念的他最終只能一死以求仁得仁,深刻揭發了人性虛偽醜惡的一面。故事中借黃公俊之口對和尚、道士假借宗教名義混口飯吃,旗人加諸於漢族的歧視和壓迫,以及外國勢力藉機圖謀利益等都有所刻劃。楊逵欲藉此以歌誦臺灣人具有堅強的抵抗性格,及自身對於宗教迷信、帝國主義、殖民主義之批判,實不難想見。

　　總括來說,楊逵篩選出來的篇章有著強烈的反抗精神——針對帝國主義以及封建社會之反抗,表現了楊逵一貫反帝、反封建、反壓迫的立場。叢書實際銷售業務由臺中的平民出版社負責,楊逵曾自述成立該出版社之目的在於「推廣平民文學,提昇大眾知識水平」。[202]若從選錄的

---

[202] 從《臺灣文學叢刊》後附廣告可知總經售為臺中的平民出版社。筆者在負責

標準與現實社會有密切關係看來，當時楊逵所謂的「平民文學」即是戰前「大眾文藝」的理念，是反映民眾真實生活情況和表現抗爭姿態的創作，並不是通俗文學；其所賴以「提昇大眾知識水平」者，亦即是批判現實的文學與文化之植入。戰後初期臺灣社會在日本文化影響驟然褪去之後，此舉正顯示出楊逵對中國化政策採取選擇性接受的立場。

　　特別值得注意的是叢書原作者中的魯迅與茅盾兩人，或被楊逵以專文的方式屢次介紹，或者作品在楊逵其他主編的刊物中被多次轉載，顯然楊逵對這兩位作家有特別的偏愛。茅盾方面除叢書收錄的三篇創作之外，由楊逵另外轉載的作品有〈創造〉、〈高爾基的作品在中國〉和〈馬爾夏克談兒童文學〉，分別見於《一陽週報》、《和平日報》「新文學」及《台灣力行報》「新文藝」欄。[203]然而所有被楊逵選上的作品僅有〈雷雨前〉這一篇短文做節錄，由於缺乏原有最後巨人將幔劃破，以及讓大雷雨沖洗出乾淨清涼的世界之描述，[204]幔內的人終究等不到巨人的再度

---

拣選《楊逵全集》每卷所附圖片頁與撰寫其內容說明時，將該廣告頁置於《翻譯卷》之前，請自行參照。另就目前所知，平民出版社除經銷中國文藝叢書外，亦包括由楊逵自行創刊於一九四八年八月十日的《臺灣文學叢刊》（見《臺灣文學叢刊》第一、二輯版權頁）。楊逵在提到平民出版社創辦之目的時還說：「不過還未實施就因事被捕」，可見他對於經營成效並不滿意。參見楊逵口述，許惠碧筆記，〈臺灣新文學的精神所在——談我的一些經驗和看法〉，《楊逵全集》「資料卷」，頁37。

[203]〈創造（二）〉，《一陽週報》第九號，1945年11月17日；〈高爾基的作品在中國〉，《和平日報》「新文學」第十期，1946年7月12日；〈馬爾夏克談兒童文學〉，《台灣力行報》「新文藝」第十期，1948年10月4日。另外，由《一陽週報》第九號刊載的〈創造（二）〉可推測《一陽週報》第八號刊出〈創造（一）〉。

[204]短少的部分為最後的結局，其內容如下：
你跳起來拿著蒲扇亂撲，可是趕走了這一邊的，那一邊又是一大群乘隙進攻。你大聲叫喊，它們只回答你個哼哼哼，嗡嗡嗡！
外邊樹梢頭的蟬兒卻在那裏唱高調：「要死喲！要死喲！」
你汗也流盡了，嘴裏乾得像燒，你手裏也軟了，你會覺得世界末日也不會比這再壞！
然而猛可地電光一閃，照得屋角裏都雪亮。幔外邊的巨人一下子把那灰的

進攻，只能陷於蒼蠅、蚊子肆虐的痛苦之下。這樣處身黑暗始終不見光明的結局，究竟是翻譯時所用版本遺漏而造成的無心之過，或是影射臺灣在中國接收後不見原先期盼的民族解放，反而因國府統治而墮入更為痛苦的深淵？實在啟人疑竇！由於《大鼻子的故事》出版時間恰是二二八事件爆發後的同年十一月，如果綜合收錄其中的〈殘冬〉敘述農民由原本寄望真命天子出現，轉而以自身力量對抗壓迫者，和臺灣社會對中國政府的態度由殷切期盼轉為徹底失望有契合之處，就不禁令人懷疑楊逵有意藉以反映臺灣當時的民心向背。同樣地，楊逵之所以會在戰後初期臺灣的魯迅熱潮中佔有一席之地，亦可謂別具深意。

## 四、楊逵與魯迅文學的在臺傳播

　　一九四六年六月二十五日，許壽裳應陳儀之邀來臺，為肅清日本文化的影響，引進魯迅文學與思想，希望透過心理的改造重建臺灣文化，使得介紹魯迅文學的風氣在戰後初期盛極一時。根據黃英哲的調查統計，一九四五至一九四八年間有關魯迅作品中、日文對照單行本即有五種；若雜誌不算，單是刊載在臺灣三大報《臺灣新生報》、《中華日報》、《和平日報》有關魯迅的文章就有三十二篇之多；官方或私人編輯出版的國語教科書亦均採錄魯迅作品。[205]臺灣本地作家在這一波魯迅熱潮中

---

慢扯得粉碎了！轟隆隆，轟隆隆，他勝利地叫著。胡——胡——擋在慢外邊整整兩天的風開足了超高速度撲來了！蟬兒噤聲，蒼蠅逃走，蚊子躲起來，人身上像剝落了一層殼那麼一爽。

霍！霍！霍！巨人的刀光在長空飛舞。

轟隆隆，轟隆隆，再急些！再響些吧！

讓大雷雨沖洗出個乾淨清涼的世界！

原載於《漫畫生活》月刊第一號（1934 年 9 月 20 日），收於茅盾著，《茅盾全集》第十一卷（北京：人民文學出版社，1986 年），頁 278。

[205] 參見黃英哲，〈戰後魯迅思想在台灣的傳播（一九四五～四九）〉，《台灣新文學與魯迅》，頁 175。

的重要性不容忽視，例如中、日文對照版魯迅著作經由臺籍作家譯介的有楊逵翻譯的《阿Q正傳》和藍明谷翻譯的《故鄉》[206]兩種；[207]另外，一九四六年十月十九日魯迅逝世十週年忌日，臺灣文化界有《和平日報》「新世紀」和「每週画刊」兩副刊，以及《中華日報》與《台灣文化》陸續製作紀念專號，除相關木刻作品外，總計刊出分別由十九位藝文界人士執筆的二十三篇文章，[208]其中臺籍作家龍瑛宗、楊雲萍、楊逵三人共發表了四篇作品，分別表現了臺灣本地知識分子對魯迅的不同理解。

龍瑛宗的〈中國近代文學的始祖──於魯迅逝世十週年紀念日〉（〈中國近代文學の始祖──魯迅逝世十週年記念日に際して〉）純就白話文運動的先驅實踐，以及推動木刻畫普及的歷史性地位評價魯迅。藍明谷〈魯迅與〈故鄉〉〉（〈魯迅と「故鄉」〉）[209]以中國在當時仍受到帝

---

[206] 臺北：現代文學研究會，1947 年 8 月。承蒙黃美娥教授提供影本以供研究，謹此致謝！

[207] 實際情形可能更多，例如本章第一節「參與建設臺灣的戰後新生活」中提及的由楊逵翻譯之《魯迅小說選》。

[208] 一九四六年十月十九日的《中華日報》刊載龍瑛宗〈中國近代文學の始祖──魯迅逝世十週年記念日に際して〉，以及楊逵〈魯迅を紀念して〉。十月十九日的《和平日報》「新世紀」第六八期刊登胡風〈關於魯迅精神的二三基點〉、許壽裳〈魯迅和青年〉、楊逵〈紀念魯迅〉、穎瑾〈魯迅先生傳略〉；十月二十日的「新世紀」第六九期刊登金溟若〈追念魯迅〉、景宋〈忘記解〉、柳亞子〈卅五年九月廿五日為魯迅先生六十六歲生朝紀念敬獻一律〉、楊蔓青〈田漢先生的「阿Q正傳」劇本〉、秋葉〈我所信仰的魯迅先生〉；十月二十一日的「新世紀」第七十期刊登許壽裳〈魯迅的德性〉、樓憲〈斯くの如き戰鬥〉；十月二十日的《和平日報》「每週画刊」第七期刊出黃榮燦〈中國木刻的褓姆──魯迅──石在・火種是不會滅的；〉、吳忠翰〈讀「魯迅書簡」後感錄──為紀念魯迅先生逝世十週年而作──〉。十一月一日的《台灣文化》第一卷第二期刊登楊雲萍〈記念魯迅〉、許壽裳〈魯迅的精神〉、陳烟橋〈魯迅先生與中國新興木刻藝術〉、田漢〈漫憶魯迅先生〉、黃榮燦〈悼魯迅先生：他是中國的第一位新思想家〉、謝似顏〈魯迅舊詩錄〉、雷石榆〈在臺灣首次紀念魯迅先生感言〉、萬歌翻譯的〈斯茉特萊記魯迅〉，共計二十三篇紀念文章。

[209] 為中日文對照版《故鄉》日文序言，曾健民所主編《復現的星圖》（臺北：人間出版社，2000 年 12 月）中收有王惠敏中文翻譯，頁 19-21。

國主義與封建勢力的雙重桎梏，回顧五四以來率領反帝、反封建運動者多已變節，只有魯迅至死不渝，推崇魯迅以文字與民眾共同進行鬥爭的精神。楊雲萍在〈記念魯迅〉裡提到中國民眾至今仍過著流離顛沛、慘無天日的生活之後，緊接著說：

> 臺灣的光復，我們相信地下的魯迅先生，一定是在欣慰。只是假使他知道昨今的本省的現狀，不知要作如何感想？我們恐怕他的「欣慰」，將變為哀痛，將變為悲憤了。[210]

訴諸於民族情感的這段文字，藉機抒發了臺灣人對時局的失望之情。另外，楊逵也同樣藉由緬懷魯迅，提及臺灣被中國接收的處境；不同的是他特別標舉魯迅對抗蔣介石專政的相關歷史，並用之以批判戰後負責接收臺灣的國民黨政權。

　　一九四六年十月十九日，楊逵在《和平日報》「新世紀」副刊與《中華日報》，分別以中文和日文發表題為〈紀念魯迅〉（日文原題〈魯迅を紀念して〉）的詩作。這兩篇同樣歌頌魯迅為尋求真理，勇敢針對惡勢力前進的精神，日文詩作並更進一步提到魯迅的至誠與熱情有其繼承者，展現了對現實環境積極戰鬥的意志。一九四七年一月，楊逵在《文化交流》雜誌發表〈阿Q畫圓圈〉，比較一九四五年十月二十四日陳儀抵達臺灣時發表「不撒謊、不偷懶、不揩油」的勗勉之詞，[211]楊逵以從事新建設「夙夜少刻都不可撒謊、不可偷懶、不可揩油」[212]，熱情傳達了自己的回應與期待；一年半後目睹陳儀政府的貪污舞弊，楊逵藉《阿Q正傳》中的阿Q畫圓圈一事，以「禮義廉恥欠信之士」抨擊來臺辦

---

[210] 引自楊雲萍，〈記念魯迅〉，《台灣文化》第一卷第二期「魯迅逝世十週年特輯」，頁1。

[211] 見《臺灣新生報》，1945年10月25日。

[212] 語出楊逵〈紀念　孫總理誕辰〉，原載於《一陽週報》第九號，引自《楊逵全集》「詩文卷」（下），頁212。

理接收的中國官員，對陳儀政府榨取臺灣資源，置百姓生死於不顧的激憤溢於言表。

〈阿Q畫圓圈〉發表的同一時間，「中國文藝叢書」第一輯的《阿Q正傳》正式發行，書前附有楊逵執筆的〈魯迅先生〉說：

> 一直到一九三六年十月十九日上午五時二十五分，結束五十六年的生涯為止，他經常作為受害者與被壓迫階級的朋友，重複血淋淋的戰鬥生活，固然忙於用手筆耕，有時更是忙於用腳逃命。說是逃命，也許會令人覺得卑怯，但是，筆與鐵砲戰鬥，作家與軍警戰鬥，最後，大部份還是不得不採取逃命的游擊戰法。
>
> 如此，先生通過這種不屈不撓的戰鬥生涯，戰鬥意志更加強韌，戰鬥組織也更加團結鞏固。[213]

楊逵以魯迅是「受害者與被壓迫階級的朋友」，巧妙地將魯迅和臺灣人民同置於被壓迫階級，而與壓迫階級對立起來。

楊逵以社會主義的階級立場詮釋魯迅，介紹生平時著重其反抗蔣介石政權的一面其來有自。一九三五年十二月起，臺灣文藝聯盟機關誌《臺灣文藝》從第二卷第一號開始，分五期連載頑銕翻譯的增田涉著〈魯迅傳〉，當提到魯迅不把自己的相片無端揭出於報紙雜誌的緣故時，增田涉解釋說：

> 就是一九二九年末、要向白色暴力化的國民黨的政府爭些言論、出版、罷工等的自由、特地組織「自由大同盟」、很嚴厲地起了反政府的大運動。在這篇重大宣言的簽名者、他是列在第

---

[213] 楊逵，〈魯迅先生〉，原以日文發表於東華版《阿Q正傳》，引自《楊逵全集》「翻譯卷」，頁31。

二的。不消說、國民政府是馬上對那同盟、下了一大彈壓的、同時對同盟員發了逮捕令了。這密令中魯迅就排在首位呵！[214]

文中，增田涉還不只一次提到魯迅因攻擊政府被追殺，只得生活在「以腳逃亡甚忙於以手寫」[215]的情況之下。

　　魯迅逝世時臺灣作家也提到這件事，例如王詩琅就認為在「逃避徘徊的腳比執筆的手更忙碌」的時候，更能顯出魯迅真理的存在，又說：

在蔣介石統治之下，他和他所領導的一群進步作家，處在今日永無止息的壓迫下，要走過苦難的荊棘道路，其中之艱辛程度，也是我們可以預料得到的。[216]

黃得時也說：

有一次林守仁（把《阿Q正傳》譯為日文的人），問了魯迅為什麼最近作品很少時，魯迅回答說：「比之用手去寫，倒不如用腳逃亡來得忙」。由此一句話可以窺見魯迅晚年過著怎樣的生活。[217]

　　臺灣新文學運動原是做為文化運動之一環，為抗議日本殖民體制而發展，紀念魯迅時強調他在當權者壓迫之下的艱難處境，其中多少投射

---

[214] 引自增田涉著，頑銕譯，〈魯迅傳（一）〉，《臺灣文藝》第二卷第一號，頁31。

[215] 〈魯迅傳（三）〉中「以腳逃亡甚忙於以手寫」即出現兩次，分別見諸《臺灣文藝》第二卷第三號，頁6、7。

[216] 王詩琅作，張炎憲譯，〈悼魯迅〉，引自張炎憲、翁佳音編，《陋巷清士──王詩琅選集》，頁148。

[217] 黃得時作，葉石濤譯，〈大文豪魯迅逝世──回顧其生涯與作品〉，改題為〈回顧魯迅的生涯與作品〉，收於葉石濤編譯，《臺灣文學集2：日文作品選集》（高雄：春暉出版社，1999年2月），頁114。

出臺灣新文學作家的自我形象。值得注意的是楊逵生前保存的入田春彥手稿中，也寫著類似的一段話說：

> 魯迅晚年在蔣介石政權的嚴密追捕下，以他的話來形容就是：與其說是過著執筆書寫的日子，倒不如說是過著忙於拔腿逃命的日子來得恰當。[218]

入田春彥對魯迅的關注點與同時代的臺籍作家相同，證明左翼知識份子的觀點有其共通之處。閱讀過這些篇章之後，楊逵對魯迅的認識自然呈現出相同的視角。

　　除此之外，黃得時〈大文豪魯迅逝世〉中提及《阿Ｑ正傳》林守仁日文譯本隸屬國際普羅列塔利亞叢書，[219]很可能啟發了楊逵從階級立場對這篇名作進行詮釋。而楊逵會在魯迅眾多創作中選擇譯介《阿Ｑ正傳》的原因，增田涉〈魯迅傳〉的評論也提供了一些線索，他說：

> 阿Ｑ是失業的襤褸農民——日傭——却很瘋氣、好騷擾、聽著革命覺得很愉快。也隨時付（按：「附」之誤）和的喊革命、就加入暴動去搗亂。結果是吹牛的空元氣。不能做出什麼來？遂被疑為掠奪事件的暴徒而銃殺了。像阿Ｑ這麼性格同時是中國人的共通性格。阿Ｑ的思想行動、優柔不斷、全無確定的精神。很愚弱而空高傲、受人家侮辱時沒有反抗的能力。然而碰著弱者時就用殘虐的對待。魯迅就把文藝的迫真力赤裸裸的暴露了阿Ｑ那種的行動。當阿Ｑ正傳發表時、平素和魯迅有些不和的人們、都以為是欲罵倒他們才故意寫這作品的。像阿Ｑ這種人物乃封建時代的遺物、不但農村、那是同時社會的縮影。[220]

---

[218] 譯自入田春彥日文手稿。
[219] 葉石濤編譯，《臺灣文學集2：日文作品選集》，頁117。
[220] 引自增田涉著，頑銕譯，〈魯迅傳（三）〉，《臺灣文藝》第二卷第三號，頁6。

這段話揭示中國革命是毀在如阿Q之流揮舞革命旗幟的封建勢力手裡，對照楊逵在〈魯迅先生〉文末所說：

> 這裏我所譯的「阿Q正傳」是先生的代表作，它向該詛咒的惡勢力與保守主義宣告死刑。懇請仔細吟味品嚐。只要惡勢力與保守主義不揚棄，吾人就連一步也無得前進。[221]

追求進步必定要與保守的惡勢力決一死戰，毫無疑問，〈阿Q畫圓圈〉中所謂「惡勢力與保守主義」即是指陳儀政府。楊逵刊行《阿Q正傳》顯然是藉古喻今，明確宣告向封建腐敗政權宣戰的決心。一個月後二二八事件爆發，楊逵身體力行自己的信念，毅然走向武裝反抗之路。

　　二二八事件之後臺灣政治局勢丕變，陳儀被調離臺灣，受其庇護以宣揚魯迅精神的許壽裳被害身亡。在國民黨官方的高壓政策之下，宣揚魯迅之學的情況漸趨停頓。[222]一九四八年六月，面對沉寂的臺灣文壇，楊逵積極介入以《臺灣新生報》「橋」副刊為中心而展開的臺灣新文學重建論爭，並因此引發杜從、段賓等人的批判。[223]被迫為自己辯護的楊逵發表〈現實教我們需要一次嚷〉，提到世間充滿著阿Q，但如果這些阿Q的工作「對臺灣的文學，對中國的文學有點貢獻，那麼我們就可以不必反對了」[224]，以阿Q精神自比努力進行臺灣新文學重建的真心誠意，賦予魯迅小說中的著名人物阿Q正面的新形象。

---

[221] 引自楊逵，〈魯迅先生〉，《楊逵全集》「翻譯卷」，頁31-32。

[222] 陳芳明，〈魯迅在台灣〉，《台灣新文學與魯迅》，頁18。

[223] 批判楊逵的文章發表於《中華日報》「海風」副刊──杜從，〈所謂「建設臺灣新文學」臺北街頭的甲乙對話〉，1948年6月23日；段賓，〈所謂「總論臺灣新文學運動」臺北街頭的甲乙對話〉，1948年6月26日。兩文俱收於陳映真、曾健民編，《1947-1949台灣文學問題論議集》（臺北：人間出版社，1999年9月），頁219-225。

[224] 楊逵，〈現實教我們需要一次嚷〉，原載於《中華日報》「海風」，1948年6

　　一九八二年，楊逵接受愛荷華國際寫作坊邀請赴美，在美國接受訪問時被問及是否喜歡魯迅的抗議文學，反叛文學，以及是否傾向於這一類的文學時，楊逵回答：

> 對。我比較接近。如果對社會的不合理毫不關心的，我就沒興趣，馬屁文學更不用說了。對國外作家的看法也是如此，我學生時代最喜歡看的是挖掘社會病態的作品，如英國的狄更斯，蘇俄及法國十九世紀前後的作品。[225]

戒嚴體制之下，向當權者謳歌諂媚的文章不知凡幾，楊逵以此表明他不但反對「馬屁文學」，而且欣賞站在人民的立場，對社會的不合理付出關心，挖掘社會病態的作品，站穩社會主義者追求理想世界的基本立場。由此間接可證楊逵在戰後初期積極仲介魯迅文學的主要原因，實乃欲藉此批判統治階級的腐敗。

## 五、主編《台灣力行報》「新文藝」欄

　　一九四八年間，戰爭結束以來臺灣文壇長久醞釀的文學重建，以《臺灣新生報》「橋」副刊為主要論述場域而展開。同年間，楊逵的文學活動主要表現在《台灣力行報》[226]「新文藝」的編輯，以及創辦《臺灣文學叢刊》兩方面。其中《臺灣文學叢刊》可完全視為楊逵對「臺灣文學」相關理念的具體實踐，將在下一章另行討論。而《台灣力行報》為外省

---

　　月 27 日，收於《楊逵全集》「詩文卷」（下），頁 251。

[225] 引自譚嘉記錄，〈訪台灣老作家楊逵〉，《楊逵全集》「資料卷」，頁 232。

[226] 根據該報刊頭，全名應為《台灣力行報》，舊稱《力行報》實為簡稱。另外，本文所用《台灣力行報》（含「新文藝」欄）所有資料，除一九四八年五至七月份來自國立臺中圖書館舊報紙資訊網外，其餘均為筆者參與《楊逵全集》編輯計畫期間，由河原功先生所提供，內含其個人與橫地剛先生、黃英哲教授之收藏，謹此致謝！

籍人士所創辦，楊逵負責主編「新文藝」副刊，與楊逵在《和平日報》主編「新文學」欄的省內外合作模式相仿，在世界文學與中國新文學介紹方面也同樣有其貢獻。一九四九年四六事件中，報社自發行人以下連同楊逵均遭逮捕，「新文藝」欄在該報停刊之下亦隨同廢止。就戰後初期楊逵最後一項編輯活動而言，其特殊意義自不待言。

　　《台灣力行報》為青年軍出身的張友繩頂讓北遷復刊的和平日報社而創辦，工作人員也以青年軍第一期的同學為主。[227]一九四七年十一月十二日，以四開三日刊的型式創刊於臺中市。創刊當天第一版刊出記者晨曦的〈理想之邦〉（上）與〈創刊献詞〉兩篇文章。〈理想之邦〉以美國政治民主而經濟放任，蘇聯雖經濟平等卻政治獨裁，世界兩大政治體制各有優缺點，盛讚三民主義為理想之治；並批判中共集團打著民主旗幟欺騙人民，所作所為盡是掠奪行徑的土匪勾當。〈創刊献詞〉則歌頌蔣介石（原文尊稱「蔣公」）統一國家並領導抗日勝利，批評中共（原文貶稱「共匪」）背叛三民主義，為全民公敵，並敘述該刊之立場與態度如下：

> 我們將不憚煩（按：「繁」之誤）重，協助政府檢舉不法人員，糾正社會種種不合理現象，使奉公守法者得到保障，國家人才得以重用，同時我們既為民間報紙！人民有隱痛有不平，我們有代為洩露提供政府參攷之必要，政府政令有所窒碍，我們亦有廣為宣揚復暢下達的義務，我們將確實肩起政府與人民之間橋樑的責任。我們在這裡重申願望：誠意祈求三民主義新中國之早日實現。[228]

---

[227] 張友繩（1922～　）為浙江浦江人，抗戰時參加青年軍，曾響應國民黨政府號召，赴新疆推動文化建設而遭逢伊黎事變。後聽聞臺灣發生二二八事件遂來臺，於臺中辦《台灣力行報》。四六事件時被請至警總偵訊，兩年後出獄，始發現報社早已不存。參見張友繩，〈「力行報」是怎樣辦的？〉，《台灣力行報》，1948 年 6 月 3 日；徐秀慧，《戰後初期台灣的文化場域與文學思潮的考察（1945～1949）》（清華大學中國文學系博士論文，2004 年 7 月），頁 105。

[228] 引自〈創刊献詞〉，《台灣力行報》，1947 年 11 月 12 日。

　　從國立臺中圖書館所保存該報兩個月份（一九四八年五全七月份）的數位化資料來看，報紙內容正如創刊詞般具有鮮明的反共色彩。然而其所標榜的三民主義信仰與和平建國信念，不見得只能指向支持國民黨；再者，部分外省籍員工有左翼思想，臺中當地左翼人士的楊逵負責主編「新文藝」欄，使得該報雖非左翼報刊，仍被學者視為「延續左翼思潮的地方小報」[229]。不過南部的鳳山、屏東與北部的基隆等各地陸續成立分社，[230]顯示該報在擴張為全國性報紙上展現了強烈的企圖心。

　　一九四八年八月一日起《台灣力行報》改為日刊，先前並已預告將有藝文論著及青年習作等十三種副刊輪番上陣。[231]八月二日，楊逵主編的「新文藝」欄正式登場，文類涵蓋評論、方言歌謠、新詩、小說、書信等。從第一期到第十一期為每逢星期一出刊，接著不定期出刊，直到第十六期（1948 年 11 月 1 日）開始改為每逢星期一、四出刊，第三十期（1948 年 12 月 19 日）之後又改為不定期出刊。每期刊頭有主編楊

---

[229] 何義麟針對《台灣力行報》的研究指出：「創刊詞與許多表明該報立場的言論都強調，該報表明自身為三民主義信徒，反對共匪作亂的行徑，呼籲為和平建國努力之重要。其言論顯示，國民黨潰敗之前，尚存一些模糊空間，三民主義信徒可左可右，和平建國信念轉換空間更大。因此，力行報社具有左翼人士活動的空間，但這也不表示該社為左翼報刊。」在附錄《台灣力行報》的簡介部分，何義麟給予該報「延續左翼思潮的地方小報」之歷史定位。見何義麟，〈媒介真實與歷史想像——解讀 1950 年代台灣地方報紙〉之附錄〈國立台中圖書館珍藏十八種報刊簡介〉，《臺灣史料研究》第二四號（2005 年 3月），頁 18。

[230] 究竟有多少分社目前尚不清楚，除中部地區的彰化與豐原設有分社外，至少還有臺灣北部的基隆與南部的鳳山與屏東分社。參見〈彰市電廠招待記者　本報記者陳述意見〉與〈豐原記者公會開籌備會　本報分社黃主任為籌備主任〉，《台灣力行報》，1948 年 7 月 4 日；〈慶祝力行報鳳山分社成立紀念〉來自各界的賀詞，《台灣力行報》，1948 年 7 月 22 日；〈臺灣力行報屏東分社主任張王反駁『巫啟川駁斥力行報記者荒謬緊急啟事』之啟事〉，《台灣力行報》，1948 年 10 月 19 日；以及各界慶祝基隆分社成立的廣告，《台灣力行報》，1948 年 10 月 24 日。

[231] 〈為副各方殷望　本報即改出日刊〉，《台灣力行報》，1948 年 7 月 28 日。

逵具名的〈歡迎投稿〉曰：「歡迎各種投稿，沒有內容的空洞美文不要。反映臺灣現實，而表現着臺灣人民的生活，感情，思想動向的有報告性的文字，特別歡迎。」內容和《臺灣文藝叢刊》收錄創作的原則一致，可見楊逵當時有意藉著編輯活動，以文學再現臺灣社會現實。由於筆者所掌握的「新文藝」欄僅有第一至二十期（缺第十八期），另有殘缺的第二十六期部分，因此尚無法了解該欄何時廢除。據悉一九四九年一月二十三日仍刊出第三十八期，[232]研判極有可能持續到一九四九年四月楊逵被捕為止。目前僅能就有限的資料分析楊逵之編輯策略。

　　首先在執筆人方面，除翻譯自《時代週刊》的文章外，有轉載自中國、香港而來的茅盾、徐中玉（1915～　　）、姚理、石火、嘯風、適夷（樓適夷，1905～2001）等人的作品，本地投稿者與楊逵同輩的有吳新榮（史民）、楊啟東、蔡秋桐（愁洞）、蔡申發[233]，出生年代尚無法確定的痕[234]、鐵[235]，年輕世代的有葉石濤、林曙光、志仁[236]、金秋[237]，銀鈴

---

[232] 從銀鈴會的《潮流》後附「文藝動態」，可知「新文藝」至少出刊到第三十八期（1949 年 1 月 23 日）。見《潮流》春季號，1949 年 4 月。

[233] 蔡申發在「新文藝」發表〈救救孩子〉，以眼科醫生的角度談臺灣兒童因營養不良導致角膜軟化症，因此筆者懷疑他就是東港第一位眼科開業醫師蔡申發先生。

[234] 痕所發表的小說都與本省籍同胞生活經驗有關，由此推測他是臺灣人。

[235] 以筆者目前所見資料，鐵在「新文藝」上發表的都是監獄文學。王之相先生提供的楊逵遺物中有鐵的手稿〈被囚記〉（完稿於 1948 年 11 月 25 日），寫在印有「省立臺中女子中學」的稿紙上，其中清楚記載他從中國接收臺灣的雀躍之情，到對政府極度失望而參加二二八起義，以及事件後被捕，被以「內亂嫌疑」審判的心路歷程。由此推測他是本省籍知識分子，可能曾經任教於臺中女中。

[236] 志仁曾參與並負責記錄於一九四八年八月十四日召開，由《台灣力行報》主辦的第一次新文藝座談會；當他在「力行」第六十六期發表〈寫作與生活〉，回應楊逵公開徵求文學者的意見時，編者在文末介紹他是「本省青年作家」，見《台灣力行報》，1948 年 6 月 1 日。

[237] 金秋生平不詳，但從他在作品中自述生活景況，以及和「力行」編者之間的紙上對話，可推知他約生於一九一九年左右，曾遭逢牢獄之災，一九四八年時還只是臺中地區的文藝新秀。參見金秋，〈一封信〉，《台灣力行報》「力行」

會的朱實、蕭金堆、許育誠（子潛）、張有義、張彥勳（紅夢）[238]、高田[239]，以及外省籍青年作家揚風……等。根據張友繩的回憶，「新文藝」欄是為回應「橋」副刊上的論爭而闢建，用以培養臺灣的青年作家，[240]從上述羅列的名單看來，新生代作家確實佔了極高的比例。

再就作品內容而言，介紹外國作品者僅有三篇：〈法國文化界一瞥〉批評法國在資本主義支配下，出版商藉控制出版品保障反動派的階級利益，抵抗運動的出版物反受到迫害；〈文學出版在蘇聯〉簡介蘇聯作家協會機關誌《旗幟》月刊一九四七年第十一期，有關蘇聯文學近三十年發展狀況的統計結果，並以此勉勵臺灣文壇；〈馬爾夏克談兒童文學〉是茅盾訪問蘇聯著名兒童文學作家馬爾夏克（Samuil Yakovlevich Marschak，1887～1964）的紀錄，從其創作以日常口語做為文學語言的形式美，到作品內容如何呈現蘇維埃的現實世界，並述及馬爾夏克提議將中國現代詩譯為俄文，與出版中國民歌、民間故事選本，以加強中蘇文化交流的期待。雖然譯介世界文學的比例明顯減少，但仍維持一貫的現實主義精神。

所刊載的創作方面，風格較諸以往顯得更為多樣化。〈林湖大隊〉講述林湖村民被日本兵壓迫，受到游擊隊憑藉智慧以寡敵眾擊退日本兵的鼓舞，村民紛紛投入抗敵行列，並在往後立下顯赫戰功；〈榮歸〉敘述經歷八年抗戰而榮昇少尉排長的王田金返鄉後，赫然發現由於戰爭中音訊不通，家人在誤以為他已經死亡的情況下，將他的妻子改嫁給無力另付聘金的弟弟田銀，無法承受這種亂倫悲劇的田金憤而舉槍自盡；〈選

---

第六六期，1948 年 6 月 1 日；金秋致「力行」編者的信件〈作者・讀者・編者〉與編者的回信，《台灣力行報》「力行」第七三期，1948 年 6 月 22 日。

[238] 筆者手邊的「新文藝」雖然不見張有義和張彥勳發表的文章，但從一九四九年春季號《潮流》後附之「文藝動態」，可確知兩人都有作品在此刊載。

[239] 高田在「新文藝」發表以臺灣話創作的歌謠〈大老爺〉，並出席銀鈴會第一次聯誼會（1948 年 8 月 29 日），由此推測他是本省籍的銀鈴會成員。

[240] 徐秀慧，《戰後初期台灣的文化場域與文學思潮的考察（1945～1949）》，頁105。

舉〉講述經由威脅利誘等手段，一向魚肉鄉民的惡霸在保長選舉中勝出，當選後立即向反對他的人展開報復行動，逼得良民在絕境中起而反抗，深刻暴露了民主制度的弊病，這些都是以中國社會為題材的小說創作。

以臺灣社會為題材的小說創作方面，〈福？〉暴露戰後臺灣的民生困頓，連美術教師都難以使家人獲得溫飽的窘境；〈歸鄉〉敘述因抗日而流亡在外十二年的人回到臺灣的故鄉當日，迎接他的妻子已是一具投河的死屍；〈扁頭那裏去？〉中一個在天主教堂工作，年約十四歲的少年最後行蹤成謎，這三篇都在表現國民政府接收後臺灣經濟蕭條的狀況。而〈受難的人們〉敘述一群大陸難民變賣所有家當逃難來臺，甫入高雄港即被政府當局遣返，並命令他們不要再來；〈腐魚群〉中的政府官僚以舞弊所得上妓院花天酒地，兩篇都是將批判焦點瞄準政府當局。〈星在地獄〉敘述半山景星攜北京籍的老婆回臺，父母做主娶的童養媳見之大為嫉妒，在鄰里的三姑六婆協助下如願獲得大筆賠償，然後改嫁小康之家；〈魯嫂〉中的魯嫂迷信鬼神沖煞之說而延誤兒子的病情，終於使他枉送寶貴的生命，這兩篇或者批判童養媳的傳統習俗，或者批判宗教迷信的觀念，其中都蘊含反封建的現代化思想。至於〈轉學生〉以一名在排球隊中受到排擠的轉學生，比喻臺灣接受日本五十年統治後由中國接收，卻遭到具有優越感的外省人歧視，檢討個中原因與中國歷來排他主義的文化有關，並藉此呼籲不分省籍的團結，頗能反映二二八事件後臺灣省籍對立的社會矛盾。

新體散文詩方面，〈詛咒〉痛斥忠厚者飢寒，而奸邪者保暖無憂的社會怪象；〈颱風——給一個澎湖人〉描述澎湖漁家婦女在颱風侵襲時於港口遠眺，盼望丈夫和兒子早日回來的堅強；〈囚徒〉以一個貧窮的菜販在物價飛騰中虧蝕本錢，無法生活，終因偷竊而入獄兩年，對照某警長查獲走私案，將贓物據為己有，卻因賄賂法官而得以免除牢獄之災；〈從軍哀別詩〉表達亂世炮火中從軍，被迫夫妻離別的哀傷；〈乞婦〉描寫蘇州河邊不願自力更生，寧可向外國夫婦伸手乞討的婦女；〈黑夜〉

中的苦命人在崎嶇的路上邁進；〈鳳凰木的花〉以枝上的鳳凰花比喻青年堅強抵擋外界考驗之後，仍然望不見光明的未來；〈荒野哀歌〉表現二次大戰期間百姓無以維生的慘況，以及因戰爭而家破人亡的痛苦與悲哀；〈推輕便車的〉在軌道上為生活而奮鬥的身影；〈哭〉中發自牢獄的啜泣聲等，上述各篇都帶有深刻的社會意義。而〈潮流〉謳歌銀鈴會青年將以《潮流》創造出新的時代，〈蟄伏〉談為著將來的飛躍必須忍受暫時的蟄伏，勉勵臺灣跨語一代文學青年不畏艱難勇往前進，以樂觀昂揚的姿態展望未來。

　　值得注意的是楊逵在「新文藝」欄增加民謠類的作品，尤其筆者掌握的資料中，由楊逵自行執筆仿製民謠的創作就有六首。雖然這是他在戰後初期報紙副刊編輯活動中前所未有的創舉，實際上則可以說是一九四七年初預計出版《謝賴登歌集》、《陳君玉歌集》、《蔡德音歌集》，卻因故而未能實現的計畫之延續。以所刊載的歌謠作品內容來說，〈浙西民謠〉來自中國浙西，反映失去生母的兒童慘遭後母虐待的心聲；未署名作者的〈臺灣美麗島〉對有錢有勢者的結黨營私大加撻伐，呼籲民眾團結抵抗；高田的〈大老爺〉則揭發臺灣走後門送禮，有錢判生，沒錢即死的司法亂象；蔡秋桐的〈飼豬双暢〉描繪養豬戶懷抱著將小豬仔養大賺錢的願望；〈普度〉感嘆普渡僅針對鬼魂，因窮困而行乞之人反得不到幫助的社會怪象。而楊逵的創作〈臺灣民謠〉敘述割讓之際的歷史，歌頌臺灣人民成立民主國以爭取民主自治，並痛批李鴻章與唐景崧等外省官僚出賣臺灣；〈上任（民謠）〉譏諷靠裙帶關係任職的官僚體系；〈童謠〉（太太抱狗坐車跑……）反映社會的貧富不均；〈童謠〉（臺灣真正好……）敘述美麗寶島臺灣民不聊生的近況；兩首題為〈民謠〉的作品，一首以醫生的經驗揭發臺灣社會因貧富不均嚴重，窮人普遍罹患營養不良症而無法可醫，另一首則悲嘆生養子女不如養豬賺錢，這些作品揭開國民政府統治之下臺灣社會最真實的一面。

　　隨筆雜文與評論方面，〈北平通訊〉描述北平（今之北京）在軍隊嚴密控制下的缺乏自由，是揚風寄自北平的親身見聞；〈飄泊記〉是二

次大戰結束後，揚風從杭州轉往南京、上海謀求發展的生活紀錄；〈救救孩子〉[241]則是描繪臺灣小孩因為營養不良，導致罹患角膜軟化症者日益增多的社會實情；〈消夏點滴〉諷刺戰後臺灣天花、霍亂、賭博、殺人等各種天災人禍，以及「揩油」之風的流行；〈瘋女〉敘述一位愛上大學畢業男子的臺灣女性，因為承受不住男友為走私賺錢與日本女子結婚而精神異常；〈兩個世界〉描述嘉義初中與嘉義監獄僅一路之隔，卻各自代表自由的佔有者與飢渴者，形成殘忍的對照；〈夏蟲兩題〉以歌詠飛蛾撲火的悲壯和螢火蟲的光明，象徵新時代需要在黑暗中指引前路的英雄；〈給寶妹妹〉勉勵女性衝破資產階級的舊道德枷鎖，與窮苦的人們共同接受新的命運；〈鼓手〉從中國歷史上著名的鼓手談到鼓手的作用，結論戰場上其實需要的不是鼓手，而是更多勇猛的戰士；〈芥川比呂志中尉〉介紹芥川龍之介長子比呂志認為日本敗戰的原因，在於盲目地相信天皇的神威必勝，與日本精神文化超越世界的自傲之見解。

　　此外，就是數篇對臺灣文學發展的相關意見，例如〈談青年〉批判昔日五四的驍將變成反動份子，阻礙時代的進步，並表達對於臺灣新一代文藝青年的深切期許；〈勇往邁進吧〉反駁建立臺灣文學是分離、對立、別有用意的說法，鼓勵攜手同心推動臺灣的文學運動；〈紙上種蕃薯〉以對人生無用的作品如紙上種的蕃薯不能充飢，比喻文學必須通過實地考察而得來的正確知識為基礎，才能貢獻於人生與社會；〈人民的作家〉談做為人民的作家，必須整理人民的生活體驗，使人民了解其生活環境與出路；〈關於「青雲話劇舞踊研究會」公演〉介紹該文化社團在朴子的公演活動，包括中國大陸戲曲和舞踊，用臺灣話演出大陸作家的話劇等，並暴露當地督學藉機強索捐稅與招待券的內幕；〈民謠小論〉肯定民間歌謠來自民間，幫助民眾認識生活與出路的積極性意義；〈只有在污泥中才成長著蓮花〉是給蕭金堆的信件，其中有外省籍青年對臺灣新文學傳統的歌頌，及對本省新一代文學青年的祝福。

---

[241] 由於報紙影印效果不佳，篇名〈救救孤子□〉，□字模糊不清；另就內容來看，「孤」字應為「孩」字，可能是排版時誤植。

　　再就刊載作品來源而論，志仁的長篇小說〈覺醒〉原在「力行」副刊連載（始於第 71 期，1948 年 6 月 16 日），只有第十五部分轉至「新文藝」刊登；葉石濤短篇小說創作〈歸鄉〉上半在「新文藝」發表，下半則轉至「力行」第一○二期（1948 年 8 月 17 日）刊完。而「力行」不僅刊出楊逵徵求發展健全臺灣文學相關意見的公開信〈尋找臺灣文學之路〉，並刊出回應的篇章（如第六十六期由志仁撰寫的〈寫作與生活〉），顯示楊逵編輯「新文藝」時與《台灣力行報》其他副刊編輯間有所聯繫，並在稿件上互相支援。而嘯風的〈選舉〉轉載自《大學評論》（南京），〈法國文化界一瞥〉譯自《時代週刊》，〈馬爾夏克談兒童文學〉選自茅盾的著作《蘇聯見聞錄》，表現出楊逵持續譯介世界文學與中國新文學的努力。

　　另外，橫地剛的研究指出：適夷的《林湖大隊》轉載自《大眾文藝叢刊》（香港）[242]，徐中玉、姚理、石火的評論文章則是從《展望》（南京）[243]轉載而來，「實在的故事」徵稿企劃也是和他們齊一步伐而展開。[244]雖然尚未有資料證明楊逵的轉載係與南京、香港左翼文人合作的結果，[245]不過雙方文學理念相近的確是事實。這也可以看出當時的楊

---

[242] 《大眾文藝叢刊》為雙月刊，由邵荃麟主編，香港大眾文藝叢刊社發行，生活書店經售。自一九四八年三月起至次年三月為止，共出版六期，書名依序為《文藝的新方向》、《人民與文藝》、《論文藝統一戰線》、《魯迅的道路》、《論主觀問題》、《新形勢與文藝》。內容偏重文藝理論和批評，並具有鮮明的政治傾向，宣傳無產階級革命文學之同時，亦針對當時各種文學傾向進行批評。參見《中國文學大辭典》2，頁 303-304。

[243] 《展望》由南京展望雜誌社出版，創刊於一九四七年。

[244] 參見橫地剛，〈范泉的台灣認識——四十年代後期台灣的文學狀況〉，收於陳映真等編，《告別革命文學？——兩岸文論史的反思》（臺北：人間出版社，2003 年 12 月），頁 119 及頁 126-127。不過筆者認為目前並沒有證據證明橫地剛所說，楊逵在當時召開文藝座談會，以及推展反映臺灣現實的文學是受到香港與中國文壇影響的說法。事實上，「反映現實」是楊逵從日治時期以來長期推動的文學理念。

[245] 楊逵收集的剪報資料中有王澍的〈我看『臺灣新文學運動』的論爭〉（《臺灣新生報》「橋」第一二二期，1948 年 6 月 4 日），其中說道：「最近香港出版

逵不僅與臺灣本地的外省籍左翼文人合作，同時密切注意中國大陸及香港地區無產階級文學之發展，很可能有意藉由作品之交流，在推動現實主義文學上形成聯合的統一陣線。

整體來說，「新文藝」上的臺灣文學創作不僅在比例上明顯增多，製作「實在的故事」特輯，刊載臺灣話文歌謠創作，全文刊出《台灣力行報》所主辦的第一次文藝座談會紀錄等，都能緊扣時代脈動，體現楊逵所說副刊要與時代或是地方相關的理念。再者，該欄幾乎毫無時差地引進外地新文藝思潮，在文藝風氣的提倡方面更為積極，展現了楊逵所謂副刊編者要對文化消息靈通和主動積極的做法。[246]而楊逵在該欄發表的〈人民的作家〉、〈「實在的故事」問答〉、〈論「反映現實」〉與〈論文學與人生〉四篇文章，呼籲文藝工作者以科學精神綜觀世界與整個歷史的演進，在鬥爭中表現正確的姿態等，在在顯示楊逵以主編副刊之便推動現實主義文學運動，在黑暗中為臺灣光明前景找尋出路的努力。

## 六、跨越語言障礙的文學創作

楊逵以編輯人的姿態活躍於戰後初期的文化界，相對來說，創作成果就顯得比較單薄。就筆者目前所掌握的資料來看，一九四五年八月至一九四九年間，楊逵發表的小說和戲劇除了舊作重刊之外，並未曾有全

---

了一本『文藝的新方向』，荃麟寫了一篇很長的東西，說明現階段文藝的路向」。《文藝的新方向》為一九四八年三月發行的《大眾文藝叢刊》第一期，楊逵是否因此而注意到香港對文藝路向的相關論述與最新的文學創作，目前不得而知。

[246] 楊逵在第一次新文藝座談會上說：「很多人以為副刊沒有時事性與新聞性，我想這是錯的，副刊比消息在時事性與新聞性上當然寬著一點，但與時代或是地方完全無關的文章，一定不能把握讀者的。」又說：「副刊的編者應該要對文化消息靈通一點，主動一點，積極一點，不要把副刊成為無靈魂的字紙簍，過去很多的討論都太不切合實際了」。見〈第一次新文藝座談會記錄——八月十四日下午二時假臺中圖書館舉行〉，原載於《台灣力行報》「新文藝」第三期，1948 年 8 月 16 日，收於《楊逵全集》「資料卷」，頁 154。

新的創作。散文方面則內容駁雜——與推動戰後臺灣新文學運動相關者，有呼籲儘速重建臺灣新文學之〈文學重建的前提〉與〈臺灣新文學停頓的檢討〉；「橋」論爭期間用以發抒其文學理念的〈如何建立臺灣新文學〉、〈尋找臺灣文學之路〉[247]、〈「臺灣文學」問答〉、〈現實教我們需要一次嚷〉、〈夢與現實〉、〈人民的作家〉、〈「實在的故事」徵稿〉（附：「實在的故事」問答）、〈論「反映現實」〉、〈論文學與生活〉；介紹臺灣文學作家之〈紀念林幼春先生・賴和先生——台湾新文学二開拓者〉之賴和傳略部分、〈幼春不死！賴和猶在！〉，還有收錄於賴和《善訟的人的故事》中的〈編者的話〉；以及分別收錄於自身作品集《鵝媽媽出嫁》（《鵞鳥の嫁入》）與中日文對照版《送報伕》的〈後記〉（〈あとがき〉）和〈序〉。媒介中國、臺灣兩地文化交流部分，有與政治相關之〈紀念　孫總理誕辰〉；收錄於中國文藝叢書，介紹中國五四作家的〈魯迅先生〉、〈茅盾先生〉和〈郁達夫先生〉；評介臺大學生社團的〈介紹「麥浪歌詠隊」〉。與個人社會運動相關或表達對當前政情的意見，則包括為桃園忠烈祠奉安大典而作的〈六月十七日前後——紀念忠烈祠典禮〉，呼籲陳儀傾聽輿論的〈傾聽人民的聲音〉，哀痛臺灣人民擺脫日本殖民舊枷鎖後又來了新鐵鍊的〈為此一年哭〉，譏諷陳儀政府失信於民的〈阿Q畫圓圈〉，及作於二二八事件中的〈大捷之後〉、〈二・二七慘案真因——台灣省民之哀訴〉和〈從速編成下鄉工作隊〉，國共內戰期間呼籲保持臺灣地區和平的〈台中部文化界聯誼會宣言〉（又稱為〈和平宣言〉）等。

　　詩歌部分有稱頌魯迅精神不死的兩篇〈紀念魯迅〉詩作，歌詠在自私頹廢慾海中以熱情誠實相承的〈血脈〉，呼籲勇敢面對黑暗現實的〈給朋友們〉，鼓舞銀鈴會成員的〈寄《潮流》——卷頭詩〉。此外，尤其值得注意的是仿效自「民謠」或「童謠」的臺灣話文歌謠十首。其中〈臺灣民謠〉圍繞著臺灣割讓日本的歷史，將爭取民主自治的臺灣人民對比

---

[247] 在《臺灣新生報》「橋」刊出時題為〈給各報副刊編者及文藝工作者的一封公開信〉，並僅節錄部分內容，未全文刊出。

出賣臺灣的滿清官僚；〈黃虎旗（民謠）〉以臺灣民主國藍地黃虎旗為代表東亞民主的第一面旗幟，兩首史詩所展現臺灣人民主自治的精神，正是楊逵個人政治理念之發抒。其他八首則多在反諷被中國接收後的社會現象——〈上任（民謠）〉將當時走後門攀關係以謀求公職的怪象，生動活潑地描繪出來，嘲諷才學不稱其位者為「爛鹹菜」、「臭豆腐」。〈生活〉（或題為〈童謠〉）則以無米可食的瘦弱車夫使盡力氣拉到市場口，車內手抱愛犬的太太買肉來餵狗，傳神地刻劃出貧富差距的懸殊，令人不禁要感慨窮人的價值終究敵不過有錢人的一條狗。〈營養學（童謠）〉以消瘦如白鷺鷥一般的老師教導一群乾瘦的學生，諷刺黑板上寫著的「營養」二字竟有如畫餅，不得充飢。〈却糞搜（童謠）〉（或題為〈却糞掃〉）以簡短詩句描繪出身寒門的兒童，因為無力就學而放棄學業，轉而替佃農養牛以賺錢貼補家用，不料農人為還清佃租而出賣牛隻，只好又轉到工廠，卻因無工可做而淪落到撿拾垃圾維生的命運；在《臺灣文學叢刊》二度刊出時搭配邱陵〈失學之日〉的版畫，以一個身背籮筐的落寞身影呈現家計陷入困境，卻只能束手無策的窘況。〈民謠〉（某醫學博士嘆曰……）描述臺灣人民只能以草根配蕃薯果腹，終於導致營養不良，又因無法負擔醫藥費用，只能向女巫求取偏方治病。〈不如豬〉（或題為〈民謠〉）以生養子女的家庭日常花費太多而無法度日，感嘆不如節省米糧來養豬，等到豬肥尚可變賣賺錢，充分反映民生的凋敝。〈童謠〉（臺灣真正好……）以美麗寶島中有飢餓人民的強烈對照，深刻反應民不聊生的社會現狀。〈勤〉則是諷刺不肖商人專事勾結貪官污吏，以搶購囤積物資為生財之道，日日夜夜挖空心思，為積累財富奮不顧身。

　　從作品使用的語言來看，國語文（北京話文）、日文與臺灣話文三種並用的情況，具體展現殖民地語言多樣化的風貌。若再從發表時間仔細分析，戰後甫結束的一九四五年八月十五日至十二月底，新作中文篇章只有〈紀念　孫總理誕辰〉一篇，一九四六年發表的九篇作品中僅有〈為此一年哭〉與〈紀念魯迅〉兩篇以中文書寫，一九四七年發表的九篇裡日文作品只有〈魯迅先生〉和〈茅盾先生〉兩篇，中文作品比例已

明顯增多。一九四八年間僅有〈如何建立臺灣新文學〉原作為日文，並在經由孫達人翻譯後發表。值得注意的是該篇最初以中文撰寫，因歌雷之建議而改用日文。[248]就楊逵寫作生涯整體而言，戰後初期呈現日文作品遞減而中文作品漸增，並在一九四八年間突然密集出現臺灣話文歌謠的現象。

　　楊逵初登文壇時曾經嘗試以臺灣話文寫作，然因未能獲致成功而放棄。一九四〇年代的日治時期，楊逵不曾發表任何形式的漢文作品；換句話說，四〇年代前半的楊逵是個純粹的日文作家。戰後政權的變革造成國家語言的變更，北京話的學習熱潮瞬間展開。一九四六年十月二十五日禁止報紙日文欄實施之後，以中文書寫發表成為臺灣作家的必要條件。目前所知戰後最遲到一九四五年十一月十七日，楊逵即在《一陽週報》第九號刊載過以北京話為主體，略帶臺灣話用詞的〈紀念　孫總理誕辰〉，展現以中文從事寫作的主觀意願。然而對從未受過漢文教育，又曾經以臺灣話文創作嘗到失敗經驗的楊逵來說，想要跨越語言的鴻溝實非易事。二二八事件後逃回大陸的王思翔（張禹），回憶戰後初期與楊逵相處的經驗時說：

> 我那時還很年輕，不懂事，有一次和他談起《送報伕》的譯文深受祖國讀者所歡迎的情況後，希望他寫出更多更好的新作品。他淒然苦笑了一下，沉默了許久，說：他正在自學中文。但拿起筆來就像阿Q畫圓圈，總是畫不圓！[249]

這段敘述傳神地描繪出年過四十的楊逵跨越語言時的困難。

　　從一九四七年一月發表的〈紀念林幼春先生‧賴和先生─台灣新文学二開拓者〉還必須經過王思翔的修改，[250]還有一九四八年三月十五日

---

[248] 參見《臺灣新生報》「橋」第九十期，1948 年 3 月 15 日。

[249] 引自王思翔（張禹），〈憶楊逵〉，《台灣舊事》，頁 97。

[250] 王思翔在〈楊逵‧《送報伕》‧胡風〉中說：「楊逵在光復後寫的第一篇中文

《臺灣新生報》「橋」副刊主編歌雷以公開啟事，建議楊逵將投稿的中文作品以日文重新書寫，便可窺見楊逵歷經多年努力後，仍無法純熟地運用中文。雖然在就讀小學一年級的次女楊素絹教導下，楊逵也從「ㄅㄆㄇ」（注音符號）學習起新的創作工具，然不久即因一九四九年四月六日入獄而中斷。[251]直到繫獄綠島時期，以隨身一本國語字典持續不懈地認真學習，[252]楊逵才有能力以較為流利的中文從事創作。

戰後初期的文學創作主要表現在臺灣話文歌謠上，對以小說成名的楊逵來說，在日文作品發表機會不多，中文能力又有問題的情況下，從事用字精簡的母語歌謠寫作，相對於較長篇幅的小說和劇作而言，確實有比較容易克服語言障礙的優點。但由於臺灣話長久以來未曾建立標準的書寫系統，用字時必須仔細斟酌，還有假借字的使用也必須加註說明，證明即便是以母語創作也不盡然就能駕輕就熟。例如：在不同篇章中「濟」（音同「己」，意為「多」）有「齊」和「多」兩種不同的寫法，[253]〈却糞搜〉收錄於《臺灣文學叢刊》時改題〈却糞掃〉，出現同

---

稿件是《台灣新文學的二位開拓者》一文，經我做了少許修改後發表在我們兩人合編的《文化交流》雜誌第一期。從這篇中文稿的語言表達水平上可以看出，他當時還遠沒有能力翻譯小說。」然從楊逵著作目錄可以發現王思翔所指的〈紀念林幼春先生‧賴和先生──台灣新文學二開拓者〉並非楊逵戰後發表的第一篇中文作品，王思翔在〈憶楊逵〉中說〈台灣新文學運動的開拓者──賴和〉（指〈紀念林幼春先生‧賴和先生──台灣新文學二開拓者〉中介紹賴和的部分）是他「所曾見到的」楊逵的第一篇中文作品，才是比較符合實情。亦即王思翔未見，並不表示楊逵在此之前不曾有中文作品發表。引文見《台灣舊事》，頁93、98。

[251] 楊逵在〈我的小先生〉中，對當年隨著次女學習國語的情形有詳盡而生動的描述。原載於《新生活》壁報，1956年1月，收於《楊逵全集》「詩文卷」（下），頁301-305。

[252] 胡子丹在〈楊逵綠島十二年〉中說楊逵：「一定用了不止一本國語字典，每次看到他，他隨身佩戴中，破爛的一本國語字典總是少不了的。」這段話具體說明楊逵在學習國語（北京話）方面的努力。見《傳記文學》第四六卷第五期（1985年5月），頁73。

[253] 如〈臺灣民謠〉中寫成「騙去若『齊』錢」，〈民謠〉則寫成「所費『多』」，見《楊逵全集》頁23、35。

一辭彙在不同篇章或版本時用字不同的現象。甚且「却糞搜」和「却糞掃」諧音的臺語意義，由於和漢字本身差距甚遠，亦皆須附註「即拾垃圾」於後。而〈民謠〉（某醫學博士嘆曰……）後註「『賣曉治』即不曉得怎麼醫治」，以文字意義毫不相關的「賣曉」諧音臺語的「不會」；以及〈不如豬〉附註「『多』讀『坐』」，〈童謠〉（臺灣真正好……）註明「『七桃』即玩玩」，均是採用同音通假的便宜措施。再者，〈不如豬〉後註「『後代』讀『後地』」、「『真哭父』即太慘」，其中「後代」實因押韻關係而讀為「後地」，「真哭父」意「太慘」為臺語獨特用法，歌詞中的「紅夷」（今寫成「尫姨」）係指西拉雅平埔族的女巫，這些隸屬臺灣本地的特殊性文化，外省讀者並不容易了解其所指涉的意義，由此推論楊逵臺灣話文歌謠所設定的讀者群，應是通曉臺語及臺灣文化的本地籍人士。據此亦不難推想，楊逵以琅琅上口的臺灣話文歌謠暗喻政府施政之不當，不但能反映臺灣人民的心聲，並易於深入民間啟蒙民眾的思想。

## 七、日治時期舊作的重刊與改寫

　　戰後初期楊逵的作品文類眾多，惟獨不曾發表新的小說與劇作。不過日治時期具有批判性的創作，因新時代的來臨迅速得到重刊的機會。一九四五年十月二十七日起，〈犬猴鄰居〉分三次連載於《一陽週報》。日治時期出版作品集的夢想也終於實現，在戰爭結束大約三個月左右，楊逵已經發行日治時期的日文小說創作《新聞配達夫》、《模範村》與劇本《撲滅天狗熱》（《デング退治》）三冊，[254]可惜原書至今未見。一九四六年三月，《鵝媽媽出嫁》日文小說集由臺北的三省堂出版，收錄〈無

---

[254] 從《一陽週報》第九號（1945 年 11 月 17 日發行）與《三民主義是什麼？》（11 月 28 日發行）一書封底販書廣告來看，最遲到一九四五年十一月為止，楊逵已經正式發行這三部作品。廣告中分別以中日文標明這三本著作都是被日本官憲禁刊之書。就定價各冊二圓來看，並不是東華版或臺灣評論社版，而這極可能就是楊逵作品最早的單行本。

醫村〉、〈鵝媽媽出嫁〉、〈種地瓜〉、〈歸農之日〉四篇小說，楊逵終於有了生平第一本原創作品合集。一九四六年七月和一九四七年十月，採用胡風譯本的中、日文對照版《送報伕》兩種，分別由臺灣評論社與東華書局發行。一九四八年七月至一九四九年一月間，林曙光譯〈知哥仔伯（獨幕劇）〉、李炳崑譯〈無醫村〉、陸晞白譯〈萌芽〉中文版陸續發表於《臺灣新生報》「橋」副刊。[255]一九四八年十二月十五日，蕭荻譯〈模範村〉發表於《臺灣文學叢刊》第三輯。總計日治時期作品在戰後初期重刊者，共有小說七篇與劇作兩篇。

　　就單篇作品而言，成名作〈送報伕〉重刊三次，次數佔所有創作之冠。由於一九四五年版《新聞配達夫》亡佚，僅能推測應是採用日文刊行，但究竟與《文學評論》版有無差異則無從得知。臺灣評論社版《新聞配達夫（送報伕）》和東華書局版《送報伕（新聞配達夫）》內容完全相同，唯一的差異在於臺灣評論社的中日文排版為左右對照，東華版則上下對照。這兩版附上同一篇日文自序，說明本篇過去在臺灣僅有《臺灣新民報》連載過前半部，爾後無論是《文學評論》版、上海《世界知識》版、《山靈──朝鮮台灣短篇集》，或是《弱小民族小說選》均被禁止攜入，「因此，島內同胞可能很少見過這部作品，而今『光復』，得以跟諸位讀者見面，作者的喜悅，莫此為甚。」[256]傳達了楊逵對〈送報伕〉問世十多年之後，終於能在臺完整面世的歡欣之情。但是這篇作於一九四六年七月一日的序文將「光復」兩字加上引號予以特別強調，以及臺灣評論社版用「臺灣青年決不奴化，請看這篇抗日血鬥的故事」[257]作為宣傳，即可知該書之出版兼有為臺灣人受到日本奴化教育的偏見辯駁之用。楊逵對臺灣人又遭到歧視的不滿，在微言大義中具體顯現。

---

[255] 這三篇發表期號及時間如下：〈知哥仔伯（獨幕劇）〉，「橋」第一三八期，1948年7月12日；〈無醫村〉，「橋」第一七六期，10月20日；〈萌芽〉，「橋」第二百期，1949年1月13日。

[256] 引自楊逵，〈序〉，《楊逵全集》「資料卷」，頁309。

[257] 見《臺灣評論》第一卷第二期封底「革命文學選」的廣告，1946年8月1日。

　　目前〈種地瓜〉和〈歸農之日〉尚未找到日治時期發表的資料，無法和最初刊載的版本進行比對。其他作品部份則從塚本照對〈送報伕〉和〈模範村〉版本的細密研究，筆者碩論比對小說的日文原作與中文翻譯，[258]繼之以清水賢一郎與彭小妍編輯《楊逵全集》期間進一步探究的版本問題，[259]乃至於《楊逵全集》逐篇條列同一作品各版本間的差異，或把差異較大的版本附錄以供對照，已足可看出戰後重刊的作品，無論在用詞的琢磨、細節描寫的強化與結構的安排上，均經過相當的功夫予以改訂，筆者在此不擬贅述。當然不斷修改自己的作品，可以說是創作者力求完美個性的表現；若就完整表達作品內容與創作思想而言，類似臺灣評論版與東華書局版《送報伕》補足了《文學評論》版未通過檢查而被刪除的日文部分，實亦有其需要。[260]然而淡化首刊版中濃厚的階級意識，甚至將先前塗抹上的「皇民文學」色彩轉化成民族意識的姿態，其間關乎國族認同（National identity）的深刻議題，不可等閒視之。

　　對於作品的改寫，楊逵生前有過一番解釋：

1. 在未死之前，我有權修改自己的作品，因為我的思想一直在
　 成長。
2. 為了發表，如果當時說得較激烈些，根本無發表的機會。
3. 為了使現代的讀者更加了解我作品中的精神，所以有必要修
　 改。[261]

---

[258] 當時比對用的版本雖以《楊逵集》（前衛版）為主，然旁及於其他版本，而前衛版所收〈無醫村〉實為原載於「橋」副刊的李炳崑譯文。請參閱拙著，《楊逵及其作品研究》，頁132-140。

[259] 相關成果見清水賢一郎，〈臺、日、中的交會——談楊逵日文作品的翻譯〉，中央研究院中國文哲研究所籌備處座談會論文；彭小妍，〈楊逵作品的版本、歷史與「國家」〉，收於其著，《「歷史很多漏洞」：從張我軍到李昂》，頁27-50。

[260] 楊逵在臺灣評論社與東華書局兩版的《送報伕》序文中說：「原文被刪除之部分決定儘量再補上，但譯文則不予改動。」（《楊逵全集》「資料卷」，頁309）不過《楊逵全集》編輯群比對後發現，有時補上的字數與被刪除的字數不符。參見《楊逵全集》「小說卷」（Ⅰ），頁103。

[261] 引自楊逵口述，王麗華記錄，〈關於楊逵回憶錄筆記〉，《楊逵全集》「資料卷」，

楊逵曾在《一陽週報》刊載〈犬猴鄰居〉的後記中說：

> 這個短篇是兩年前寫的。為要逃避檢查，費了很大的苦心，卻終於難逃，被禁止發表。在自由的青天白日下，也許有點可笑。就請懷著那樣的心情讀吧。[262]

《鵝媽媽出嫁》書後附錄的〈後記〉中也說：

> 《臺灣新文學》停刊，我在首陽農園沉寂了很久，筆端不曾動過。受邀著手寫〈無醫村〉，是拜《臺灣文學》之賜。
> 收集在本書中的雜文，都是那篇小說以後在報章雜誌上刊登的部分作品。為了通過嚴苛的檢查，我苦心孤詣、慘澹經營，這是唯一可取之處。雖然用今天青天白日的眼光來看，會看到一些很怪異的地方，我還是把作品當成避免餓死的糧食，有人來邀稿，就厚著臉皮寫。這些雜文，在八月十五日以前是連發行都不准的。回想起那些日子，真是感慨無限。[263]

　　為了逃避或通過嚴苛的檢查，而「費了很大的苦心」或「苦心孤詣、慘澹經營」，充分表現楊逵在殖民當局嚴厲的言論尺度下，為求發表而耗費的心思。隨著時局的遞嬗，日治時期為求發表必須拿捏分寸、自我克制的部份，因改朝換代，自是有了忠於原創精神的機會予以改正；為求不同世代的讀者了解而修正某些過時的語彙亦無可厚非。然從清水賢一郎研究發現〈模範村〉完稿（另有一殘稿存在）第一次修改時加入的「新體制」三個字，其背景與一九四〇年日本近衛內閣基於戰爭之需

---

要，而積極實施的「新體制運動」有關，[264]顯示作品思想內涵的演變，不只是源於作家本身的進步或成長，更極有可能是配合政治情勢變遷的必然結果。然與往後楊逵親自執筆的中文譯本相比，戰後初期委由他人翻譯的中文版與日治時期首刊版不僅差異較小，也較能呈現作者社會主義的思想背景。[265]以〈模範村〉中陳文治與青年們翻閱阮新民派人送來的一箱書之相關描寫為例，日文手稿與《臺灣文學叢刊》版（第三輯，1948 年 12 月）的蕭荻譯文差異不大，《文季》版（第二期，1973 年 11 月）則是加入前述兩版本都沒有的，與日本侵略中國相關的各種描寫，以及青年們研讀《三民主義》與《中國革命史》的部分，[266]將原先濃厚的階級意識轉變為中華民族主義的型態。再者，戰後初期楊逵標註寫作時間保持日治以來西元紀年的習慣，到一九七○年代重刊〈模範村〉時把手稿原先寫上的「一九」劃去，改為民國紀年的謹慎其事，[267]可見在風聲鶴唳的白色恐怖政治開始以前，戰後初期的作家相對來說擁有較大的創作空間與自由。

---

[264] 見清水賢一郎，〈臺、日、中的交會——談楊逵日文作品的翻譯〉，頁 11。

[265] 張恒豪針對〈送報伕〉版本的研究發現，相對於楊逵本人修改翻譯的版本來說，胡風的譯本較忠於原作的精神；筆者進一步的研究也發現，戰後初期的〈送報伕〉中文版還頗能反映出楊逵的階級意識，其他作品亦有相同的現象；亦即後來經由楊逵本身翻譯的版本，「不僅在事件的描寫上更為細密，甚至在思想內容方面也存在著極大的出入」。以上參見張恒豪，〈存其真貌——談「送報伕」譯本及延伸的問題〉，《臺灣文藝》第一○二期，頁 139-149；拙著，《楊逵及其作品研究》，頁 132、139。

[266] 這三種版本小說原文分別見《楊逵全集》小說卷（II），頁 143、189、246。

[267] 蕭荻譯《臺灣文學叢刊》版後標明寫作時間為「一九三七年八月」，〈模範村〉完稿上楊逵手述則註明「民國二十六年口溝橋事件直後」，由於《臺灣文學叢刊》版刊行於一九四八年十二月，隔年四月六日楊逵即遭逮捕而入獄服刑十二年，一九七○年代才又從臺灣文壇復出，筆者認為手稿上的完稿時間應是一九七三年為再一次重刊於《文季》而寫。另外，清水賢一郎注意到〈模範村〉完稿末尾原有「一九」字樣，與日治時期毫無例外用公元表示完稿日期一致，因此推測楊逵是一不小心照舊記下「一九」，後覺不妥而塗抹掉，改以民國紀年，並由此認為：「楊逵寫此一段時，已經認同、不得不認同、或被迫表現認同於中華民國。」詳見清水賢一郎，〈臺、日、中的交會——談楊逵日文作品的翻譯〉，頁 13。

# 結　語

　　一九四五年八月十五日戰爭結束後，楊逵立即著手建立自己的組織，從參加解放委員會到領導新生活促進隊和民生會，定期輪值臺中圖書館協助民眾教育之推廣等，無不是為建設新臺灣而奉獻心力。一九四六年，楊逵復與昔日左翼運動戰友組成臺灣革命先烈遺族救援委員會，藉由紀念先烈及其遺族之撫恤，為日治時期抗日左翼分子進行平反，以臺灣人民的立場重建臺灣歷史，展開以臺灣為主體性的去殖民化行動。另一方面，從楊逵參與籌組中國國民黨臺中市黨部，編輯《一陽週報》以介紹三民主義與中國政情，到加入政治建設協會臺中分會與省內外左翼勢力結盟之臺灣評論社，以及發表〈傾聽人民的聲音〉呼籲陳儀政府重視民眾真實的心聲，〈為此一年哭〉所表現對新政府統治不當的失望悲痛之情，〈阿Q畫圓圈〉諷刺陳儀政府失信於民，清楚傳達楊逵原先以無比歡欣鼓舞之情歡迎國民政府接收臺灣，熱情散播三民主義與孫文思想，終至在二二八事件中步上武裝反抗之路，爭取臺灣人自治的心境轉折。

　　由於〈送報伕〉中文譯本在中國曾廣被閱讀，戰後來臺的外省左翼青年藉此認識楊逵，開展彼此間的合作與交流。一九四六年五月開始，楊逵負責主持或參與編輯《和平日報》「新文學」欄、《新知識》月刊、《文化交流》雜誌，並策劃中、日文對照版「中國文藝叢書」。二二八事件之後，日治時期成名的臺籍作家多在動盪的時局中引退，張文環停筆，呂赫若成為中共地下黨員，巫永福絕口不說北京話，楊雲萍以學術機構為安身立命之所，楊逵則繼續事件之前中國文藝叢書的出刊計畫，並主編《台灣力行報》「新文藝」副刊，創辦《臺灣文學叢刊》。藉由活躍的編輯活動，楊逵除轉載世界左翼文藝思潮與作品外，並介紹中國內地的文藝動向與創作，回顧日治時期臺灣新文學運動，居中媒介中國與臺灣間的文化交流，為隔絕五十年的兩岸建立溝通認識的管道。

　　分析楊逵編輯篩選刊載的中國新文藝作品，不難發現多數具有強烈的批判精神，維持其一貫反帝、反封建、反壓迫的立場，顯示他在戰後中華民族主義瀰漫全島的氛圍當中，對中國化政策有所選擇的批判性立場。尤其在戰後初期介紹魯迅文學的熱潮中，楊逵把原本對抗封建腐敗國民精神的《阿Q正傳》挪用來撻伐貪官污吏，甚至一向信奉社會主義的他還從階級立場出發，特別側重魯迅晚年對抗蔣介石政權的一面，稱魯迅為「被迫害者與被壓迫階級之友」，把魯迅跟被壓榨的臺灣人連結起來，從中投射與國民黨政府周旋時的自我圖像；[268]又以魯迅文學類比林幼春、賴和以降的臺灣新文學運動，尋求戰後中國來臺左翼知識分子的認同與結盟，傳承臺灣新文學抗議性的傳統，以筆和掌控國家機器的國民黨專制政權宣戰，擘畫真正自由民主的理想社會。楊逵在新時代賦予魯迅文學新的意義，對戰後魯迅文學在臺之傳播可謂居功厥偉。

　　二二八事件之前由於熱心領導社會運動，並積極投身文藝活動，創辦報刊雜誌，楊逵的創作量銳減，僅有幾篇與社會運動相關或抒發政局意見的散文發表。二二八事件之後，楊逵努力跨越語言的鴻溝，漸漸能以中文從事創作。總括來說，戰後初期楊逵的作品多篇幅短小，文類方面則以詩歌、散文為多，內容多在傳達對時局的感慨，或建設臺灣新文學的相關意見。雖然以小說創作成名的楊逵可能是源於語言轉換的障礙，此時未見任何小說新作發表；然而日治時期數篇小說與戲劇舊作則在改寫後重刊，使外省來臺知識分子得以透過文學認識日本時代的臺灣

---

[268] 張季琳雖然也認為楊逵有將自己的生涯與魯迅重疊的部分，但她認為楊逵是對過去（日治時期）自己感慨的投影，她並進一步對此評論說道：「光復後不久，楊逵從魯迅身上找到做為自我延伸的理想圖像。但是楊逵將魯迅視為一己的投影的看法是否妥當，則仍有商榷餘地。魯迅的最大敵人是舊中國傳統社會的愚昧、因襲、不正；而楊逵的首要敵人則是日本總督府的殖民統治。兩大敵人雖都是壓迫者，但是舊中國並不等同於日本帝國主義。」筆者認為這樣的分析輕忽了楊逵在戰後初期對抗國民黨政府，與魯迅晚年的經歷有相似之處的另一個面向。張季琳的說法參見〈楊逵和入田春彥——臺灣作家和總督府日本警察〉，《中國文哲研究集刊》第二二期，頁27。

歷史，與臺灣人英勇抵抗殖民統治的艱辛歷程，為官方所謂臺灣人接受日本奴化教育的誣衊與偏見，做了極為有力的辯駁。

　　值得注意的是在國語（北京話）運動強力推行的當時，一九四八年間楊逵突然密集創作多篇臺灣話文歌謠，以寫實的手法揭發統治階級施政之不當，及因而導致的經濟蕭條與民生困難。配合楊逵主張以文學反映社會實情與人民心聲，及用實際行動支持麥浪歌詠隊「從人民中間來，到人民中間去」的理念，可以發現楊逵以民眾的語言與民間歌謠的形式從事文學創作，顯示其仍維持先前文藝大眾化的理念，企圖推動左翼的現實主義文學運動，以達到啟蒙民眾團結追求自由民主的最終目標。不幸的是正因為建設臺灣為理想社會的熱切追尋，促使他負責起草〈和平宣言〉而觸怒當局，一個行動主義派的文學家從此被隔離封鎖於監獄十二載，而這無疑是臺灣文化界的一大損失！

# 第五章　承先與啟後：楊逵與戰後初期臺灣新文學的重建

## 前言

　　戰後擺脫日本殖民當局的箝制，揮別皇民文學的陰影，臺灣新文學運動獲得重新出發的契機。一方面，日治時期成名的臺籍作家楊雲萍、龍瑛宗、楊逵迅速活躍於文壇，分別出任《民報》、《中華日報》、《和平日報》的文藝副刊主編，呂赫若、張文環、蘇新、吳濁流、鍾理和、葉石濤……等人也以一枝健筆迎向新時代；另一方面，由於併入中國領土的結果，日本作家黯然退場，眾多大陸作家湧向臺灣文壇。曾經以抵抗日本殖民體制為主要任務，深具批判性格的臺灣文學將走向何方，不僅是臺灣島內的大事，中國文化界亦不免對此矚目。

　　一九四六年一月，大陸作家范泉與臺籍作家賴明弘接連在《新文學》(上海)發表文章，從海外具體傳達了對臺灣文學未來前途的關心。此後至一九四七年二二八事件爆發之前，臺灣本島則有楊逵、楊雲萍、巴特（歐陽明）、王白淵等人先後針對此一議題發表相關意見。[1]一九四六年八月，王育德在龍瑛宗主編的《中華日報》「文藝」欄，以「王莫愁」筆名發表〈徬徨的台灣文學〉（〈徬徨へる台灣文學〉），指出臺籍作家已經面臨從日語轉換到國語的困境，若是政府當局不尊重言論

---

[1]　橫地剛曾依時間先後列出當時討論臺灣文學的篇目，並對此一議題有過概略的論述，不過在《和平日報》「新文學」連續發表兩篇相關文章的楊逵並未列名其中。見橫地剛，〈范泉的台灣認識——四十年代後期台灣的文學狀況〉，《告別革命文學？——兩岸文論史的反思》，頁109-116。

與出版自由，臺灣文學的發展將會遭遇雙重障礙。不料這樣的擔憂竟然一語成讖——為配合全盤中國化的政策，一九四六年十月二十五日即廢止報紙日文欄，日文作家在喪失表達工具的情形下啞然失聲；二二八事件後當局展開殘酷而恐怖的報復行動，代表臺灣社會輿論力量的多家報社被迫關閉，臺灣社會領導階層菁英或被屠殺或遭投獄，僥倖逃過劫難的朱點人、呂赫若棄文投向地下組織，張文環、龍瑛宗、巫永福等人從文壇引退，外省作家順勢掌控文壇，未及重建的臺灣文學界益見荒涼與沉寂。

　　一九四八年間，以《臺灣新生報》「橋」副刊為中心，省內外作家針對二二八事件後噤聲緘默的臺灣文壇，以訴求臺灣新文學的重建再次進行對話。楊逵不僅在「橋」副刊指名邀請下參與座談，[2]並陸續發表〈如何建立臺灣新文學〉、〈「臺灣文學」問答〉、〈現實教我們需要一次嚷〉等篇章，積極介入論爭。論議如火如荼進行期間，楊逵創辦以「臺灣文學」為題的《臺灣文學叢刊》，並在第一輯清楚交代創辦這份刊物的動機說：

> 本刊的立場採取無黨無派，而同人等最討厭度量狹小的宗派主義。雖是這樣說，本刊的立場也決不是無原則的馬虎主義。最近的論爭所得到的「認識臺灣現實，反映臺灣現實，表現臺灣人民的生活感情思想動向」這原則，本刊認為建立臺灣文學當前的需要，而且是最堅強的基礎。所以凡合這原則的作品我們都歡迎，不僅是未發表過的，已發表的作品也希望大家推薦出來，以便收錄，介紹。[3]

---

[2]　主編歌雷在「橋」副刊第九五期的〈編者・讀者・作者〉中預告，將於下期刊出楊逵的〈如何建立臺灣新文學〉，並提出有好幾位作者盼望楊逵參加第一次作者茶會的願望。見《臺灣新生報》，1948 年 3 月 26 日。

[3]　引自《臺灣文學叢刊》第一輯（1948 年 8 月 10 日），頁 26。

所謂「最近的論爭」即是於「橋」副刊展開，有關臺灣文學路向的眾多討論。由此可見《臺灣文學叢刊》是楊逵在親身經歷論爭之後，做為理念的履行而創辦。

本章探討楊逵重建戰後臺灣新文學的努力，將從傳承現實主義的臺灣本土文學系譜，介入「橋」副刊的論爭，以及《臺灣文學叢刊》的內容與精神三方面分別進行。

# 第一節　楊逵與臺灣文學系譜

## 一、日治時期文學遺產的重估

戰後臺灣被中國政府接收，新文學運動在重新出發之際終於面臨總清算的時刻。戰爭結束不久的一九四五年十一月二十日，龍瑛宗發表〈文學〉，當提及戰前的臺灣文學時說：

> 回顧台灣的情形，台灣是一個殖民地，這是無庸置疑的。世界史上，文學在殖民地大放異彩的情形史無前例。因為殖民地與文學無緣。
>
> 儘管如此，台灣還是有文學，不是嗎？是的，有像文學的文學。不過那不是文學。諸位能瞭解我的意思吧！
>
> 在虛假的地方是沒有文學的。那是披上文學假面具的偽文學。我們應該姑且否定自己。我們必須再出發。必須走正確之路。[4]

---

[4] 龍瑛宗，〈文學〉，原以日文發表於《新新》創刊號（1945 年 11 月 20 日），頁 11，引自林至潔譯文，台灣客家文學館網路資料，網址為 http://literature.ihakka.net/hakka/author/long_ying_zong/default_online.htm。

　　相較於龍瑛宗以「偽文學」之說全盤否定的態度，戰前曾經針對賴和在病榻前所謂臺灣新文學運動全都白費的感慨，說出後代的人們總會記起這一輩作家的楊雲萍，[5]則在十二月二日以無比自信的口氣回顧道：

> 從文學界說、我們的語言的大部分、是被日人掠奪、失去我們的表現手段。這是致命的。可是一面卻因為由「日語」的媒介、得接觸世界的一流的文學。所以我們雖是其數不多、卻對於文學的鑑賞、或是評價、自信較祖國人的一部份、正確些。[6]

楊雲萍從一九二○年代即參與臺灣新文學運動，龍瑛宗崛起時恰逢七七事變，後曾赴東京參加大東亞文學者會議，戰前的文學生涯幾乎全盤籠罩在皇民化運動的陰影之下。雖然上述楊雲萍的正面肯定係針對「批評」，而非「創作」的水準，但他與龍瑛宗相異的態度背後，透露出對各自文學活動迥然不同的兩種評價。

　　一九四六年八月，王育德在評論日治時期的臺灣文學時說：

> 包括王白淵、楊雲萍、龍瑛宗、呂赫若、張文環與楊逵等人，都是極優秀的作家，但這些作家都有一個共同特點，他們幾乎不大處理台灣特殊的、活生生的人情事物，而總是選擇比較沒有爭議的題材。當然，在恐怖統治之下，這也是沒有辦法的選擇，這些作家可以說「全都戰戰兢兢，如臨深淵、如履薄冰」。（中略）不巧後來大東亞戰爭爆發，日本政府更結合日本人作家，拚命鼓吹皇民文學。於是台灣作家面臨兩種選擇，一種是走皇民文學的路線，寫一些「虛假文學」、冒瀆自己的民族？不

---

5　賴和與楊雲萍對談的內容詳見楊雲萍，〈賴和氏追憶〉，《民俗臺灣》第三卷第四號（1943 年 4 月），頁 31。

6　引自楊雲萍，〈我們的等路（上）——臺灣的文藝與學術〉，《民報》，1945 年 12 月 2 日。

然就是乾脆完全放棄文學創作。結果發現，除了極少數無節操的御用文人之外，大多數台灣文學工作者都選擇了第二條路。換言之，即使有非常豐富的創作材料，創作動機也很強烈，他們還是只能悲嘆弱小民族的不幸命運並且放棄創作。[7]

　　新生代作家王育德雖然對楊雲萍、龍瑛宗、楊逵等人當年的文學表現不甚滿意，但他以七七事變為界的評論，與前述楊雲萍、龍瑛宗的發言相對照，同樣呈現肯定前期與貶抑後期的現象；從他批判皇民化運動時期的文學是「虛假文學」，可以看出戰後臺籍知識分子去殖民化的努力。

　　在臺灣作家紛紛檢討日治時期文學成果的同時，介紹本地知名前輩作家的盛況一度湧現。已逝的「臺灣新文學之父」賴和由於在文壇上的崇高地位，及對抗日本殖民政府的人生經歷，迅速獲得重新出土的機會。一九四五年十一月十日起，距離戰爭結束不到三個月的時間，楊守愚就在《政經報》分四期刊出賴和遺稿〈獄中日記〉。[8]這是該作的首度公諸於世，序文中楊守愚還特別交代寫作的背景說：

> 這一篇獄中記、是大東亞戰爭勃發當時、先生被日本官憲拘禁在彰化警察署留置場、所寫成的。可以說是先生獻給新文壇的最後的作品。在這裏頭、我們能夠看出整個的懶雲底面影、這一篇血與淚染成的日記、就是他高潔的偉大的全人格的表現、也就是他潛在的熱烈的意志的表現。
>
> 身犯何罪？姑勿論先生自己不知道、試一問當時發拘引狀的州高等課長、怕也挪不出明確的答案吧！「莫須有」、還不是宋時

---

[7] 原以日文發表於《中華日報》「文藝」欄，1946 年 8 月 22 日，引自蕭志強譯文，收於王育德著，邱振瑞等譯，《創作＆評論集》（王育德全集 11）（臺北：前衛出版社，2002 年 7 月），頁 110。

[8] 連載於《政經報》第一卷第二號（1945 年 11 月 10 日）至第一卷第五號（1945 年 12 月 25 日）。

> 三字獄的巴（按：「把」之誤）戲？因為先生々平對於殘虐的
> 征服者、雖然不大表示直接抗爭，但是他卻是始終不講妥協
> 的。即當時一般人士所採取的、所謂「陽奉陰違」的協力。他
> 都不屑為的。他這一種冷嚴的態度、我想、就是他被拘的理由。
> （中略）
> 楚雖三戶、亡秦必楚。因為先生覺得：只要民族意誠不滅、只
> 要大家能夠覺醒起來、不怕他帝國主義者的強權怎樣厲害、他
> 是相信我們總有一天是會得到出頭的。
> 不是麼？臺灣已經是光復了！被壓迫的兄弟都得到自由了！
> 在這萬眾歡呼之中，反而使我不禁流出眼淚來。很遺憾的、著
> 力於改變民眾的精神的懶雲先生、他不能等着這光明的日子到
> 來、他不能和我們一齊站在青天白日旗下額手歡呼、便被凶暴
> 的征服者壓迫而死了！
> 雖然、我相信他在天之靈、一定在慰安地微笑著啊！[9]

文中屢次強調賴和的民族意識，以對日本征服者毫不妥協的態度介紹
賴和，深刻反映出戰後中華民族主義瀰漫的歷史情境。這篇序文後註
寫作時間為「中華民國三十四年光復慶祝後二日」，字裡行間除洋溢著
迎接新政局的喜悅之外，也有對於賴和無緣躬逢臺灣「光復」的遺憾
與感慨。

　　隨後《民報》「學林」也連載了賴和的小說〈辱〉，[10] 主編楊雲萍在
「編者記」中以同樣出自於反抗日本帝國的角度說道：

> 先生不只是台灣的代表的文學作家而已、他生前對日本帝國的
> 卑鄙殘暴、沒有絲毫妥協、反抗到底。尤令人敬佩。

---

[9]　引自《政經報》第一卷第二號，頁11。
[10]　〈辱〉分成三段，以「台灣小說選」的名義連載，見《民報》「學林」，1945
　　年12月4、5、7日。

他的創作以「小說」為多。此篇「辱」是曾經在某報發表過、
後被選入「台灣小說選」（李獻璋氏編）時、他自己再推敲了好
幾處可是「台灣小說選」、在組版甫成時、即被日本政府禁止刊
行。終於沒有印成單行本。今據當時的「校樣」、刊載以廣流傳。
嗚呼台灣光復、而斯人已逝。奈何。[11]

曾經遭到查禁的賴和作品在戰後迅即刊載，象徵與日本當局對抗的臺灣
新文學運動終於獲得最後的勝利，臺灣作家以此迎接嶄新時代來臨的象
徵意義不言可喻。

一九四六年十一月，《民報》社論〈文藝家在那裏？〉則除了新文
學家的賴和之外，亦追溯至沈光文以降的舊文學成就：

本省固非無文藝也，自斯庵沈光文在荷蘭統治時代的末期渡臺
以後，只就日本強佔時代說，我們已有很值得紀念的作家和作
品：例如洪棄生，林南強，胡南溟，林小眉，連雅堂，林癡仙
等的詩詞，或是賴和（即懶雲）的創作，皆可以佔相當的評價
的。而這些作家的大部分的憤時疾俗的心事，尤值得我們的同
情和仰慕。可是，臺灣已光復了一年有餘的現在，文藝家先生
們，却大部分還不知在那裏！[12]

若慮及當時離戰爭結束已超過一年的時間，臺灣人民親眼目睹國民
政府接收官員的貪污舞弊，及因統治不當所引發的經濟蕭條而導致民不
聊生的慘況，就不難理解這篇社論介紹深具漢民族意識的幾位作家，並
以其作品中蘊含反抗日本統治的心情，鼓舞本地文藝界勇於抒發「憤時
疾俗」的情緒，其中暗藏對於時局的失望與不滿。由此可見，戰後政權

---

[11] 引自〈台灣小說選　辱（一）〉之「編者記」，《民報》「學林」，1945 年 12
月 4 日。
[12] 引自〈文藝家在那裏？〉，《民報》，1946 年 11 月 25 日。

的遞嬗使得中華民族主義沛然興起，在當局亟欲將臺灣全面中國化的前提之下，固然連帶使得反對日本殖民體制的作家首先獲得正面的評價；[13]從另一方面來說，面對戰後的政治亂象以及本省文學界的衰微不振，回顧日治時期臺灣文學遺產的同時，讓深具抗議精神的作家與作品重新出土，其中也帶有重振臺灣新文學運動，以批判當前政治現實的抗爭性意義。

一九四六年五月，面對文化與文學停頓的狀態，楊逵於主編的《和平日報》「新文學」欄發表〈文學重建的前提〉，呼籲展開正確的文學運動，並以繼承祖先的遺產作為具體可行的方案之一。緊接著在〈臺灣新文學停頓的檢討〉中，楊逵回顧了臺灣新文學運動在日本殖民體制下的發展時說：

> 五四運動是中國新文化運動（新文學運動為其重要部份）的巨大起步。這是以「民主」和「科學」為目標的巨大起步。當時的孤島臺灣受到日本帝國鐵蹄的蹂躪，日本帝國主義者為了切除中國文化，以「內臺融合」等名義嘗試臺灣的日本化。但此種嘗試，卻無法抵擋第一次世界大戰後民族自決和民權思想的洪流。
>
> 五四運動後不久，以《民報》為祕密基地，白話文運動與新文學運動也在臺灣熱烈展開，就是上述事實的明證。這可說是臺灣新文學運動的第一波。爾後，新文化運動的波瀾雖有起伏，但其傳統卻能克服各種考驗。一九三五年召開全島文藝大會，在此契機下組織了臺灣文藝聯盟，其機關雜誌《臺灣文藝》及

---

[13] 陳建忠認為戰後初期引介臺灣新文學傳統者幾乎毫無例外地強調現實主義作家，其理由乃因為他們（如賴和、楊逵、林幼春）可以輕易找到或被詮釋成「民族精神」、「抗日意識」的作品，這樣才能與當時（指追求「中國化」）的文化氣圍相接軌。詳見陳建忠，〈戰後初期現實主義思潮與台灣文學場域的再構築──文學史的一個側面（1945-1949）〉（「台灣文學史書寫」國際學術研討會論文，臺南：成功大學，2002 年 11 月 22～24 日），頁 9。

後來我們所出刊的《臺灣新文學》都在正視殖民地臺灣的現實，
團結了全島的文藝工作者。雖然這第二波在七七前夕被粉碎，
而且就在報紙的漢文欄被廢止的同時，白話文又遭到強權的壓
制，但是《臺灣文學》卻成了第三波的預備軍。若將第一波和
第二波比喻為正攻戰法，則第三波可說是游擊戰。我們使用日
本人所期望的日文，甚至侵入總督府的雜誌，揭發並諷刺他們
所謂的「一視同仁」和「東亞共榮」的本質。在槍劍之下，我
們確信日本會瓦解、臺灣會解放，也在預做準備。[14]

文中特意標舉臺灣新文學以各種方式反抗日本強權的統治，顯示楊逵心
目中發展戰後文學運動所應繼承的祖先遺產，即是勇於和統治階級戰鬥
的現實主義文學，後來楊逵也明確地指出林幼春與賴和是值得後輩紀念
與效法的對象。

## 二、楊逵對林幼春、賴和文學精神的詮釋

一九四七年一月十五日，楊逵在《文化交流》創刊號製作「紀念林
幼春先生‧賴和先生──台灣新文學二開拓者」專輯，引介臺灣新文學
運動的特殊成就。除了以「讚言」為題，刊出虛谷（陳滿盈）、少奇（葉
榮鐘）、南都（陳逢源）、蘅秋（吳蘅秋）、笑儂（楊樹德）、渭雄（陳英
方）、雲鵬（楊添財）、莊幼岳（莊銘瑄）等人悼念林幼春的詩作，以及
陳虛谷（陳滿盈）、笑儂、石華（楊子庚）、克士（王卻士）、雲鵬、守
愚（楊松茂）、渭雄（陳英方）等應社同仁紀念賴和的詩篇，突出兩人
在文壇的崇高地位之外，並刊出分別由莊幼岳、楊逵書寫的林幼春與賴
和傳略，推崇兩人的民族氣節及抗日的相關經歷。例如莊幼岳提到梁啟
超對林幼春的器重，又說他：

---

[14] 引自楊逵，〈臺灣新文學停頓的檢討〉，《楊逵全集》「詩文卷」（下），頁222。

> 中歲以往益致力於「臺灣文化協會」民國十三年三月一日，為「臺灣議會設置期成同盟會」遭苛虐之日警以「治安警察違反」為口實加罪下獄三閱月，然先生忍辱含冤，不稍退畏，其汲汲於抗日之志，其惓惓於祖國之情，每流露於字裏行間，故其詩多諷刺嘲訕，託意精深，而島內學界仰為泰斗。[15]

明顯是以寄託抗日之志彰顯林幼春作品的意涵與價值。

無獨有偶的，楊逵介紹賴和時也從同一視角出發，例如他說：

> 賴和先生字懶雲，為避免日本特務的貓目爪牙，還有很多的筆名，如甫三，走街先等。民國前十八年生於彰化市，十六歲時入臺北醫學校學醫，畢業後即在其故鄉開業「賴和醫院」，醫德很高，一生為窮苦群眾所仰望。凡臺灣文化運動與社會運動，先生無不公開參與或是秘密援助。
> 民國十三年因從事解放運動被捕入獄，民國三十年十二月八日再入獄；先生的身体原是相當健康，在這次入獄中完全弄壞了，竟於民國三十二年一月三十日長逝，行年五十。
> 光復後由彰化市政府提請，與王敏川先生同被列為革命先烈。[16]

文中以賴和因解放運動二度被捕入獄，由於不屈服於日本當局的迫害，終被置於死地的人生經歷，具體強化了賴和做為「革命先烈」的形象。

該專輯中楊逵還另外發表〈幼春不死！賴和猶在！〉一文，再次強調兩位前輩的思想與氣節。他說：

---

15 莊幼岳，〈林幼春先生簡介〉，原載於《文化交流》第一輯，引自《楊逵全集》「詩文卷」（下），頁234。
16 楊逵，〈紀念台灣新文學二開拓者〉，原載於《文化交流》第一輯，引自《楊逵全集》「詩文卷」（下），頁233。

> 他們還活在世間的時候，因為處境的重壓，雖未得十分發揮其
> 才能，但他們遺留給我們的斷篇殘蹟，都是在叫我們認識他們
> 的偉大的思想和氣節。我每次回憶到幼春賴和這四個字，我便
> 明顯的看到這二位開拓者在鼓勵着我們，光燦的燈塔似的誘導
> 着我們。[17]

接著楊逵說像他自己這樣「又瘦又乏」的角色，在暴風雨的二十年間未
曾餓死或投降的氣力與耐性，大半都是從林幼春與賴和而來。然後又在
提到林幼春教給他東方朔〈嗟伯夷〉的詩句時說：

> 八年的抗戰中，在日本特務的貓目爪牙下，我藏於首陽園種花
> 以免餓死或是投降，全是由於先生們的感化來。他們教示我們
> 後輩，未曾用過一條的訓令或是一場的說教，他們總是這樣的，
> 以他們全人格誘導着我們。[18]

楊逵以民族氣節介紹林幼春與賴和，展現臺灣新文學抵抗日本殖民政權
方面獨特的歷史意義。

二二八事件之後，楊逵持續向外省來臺文化界人士介紹林幼春與賴
和，例如參加《臺灣新生報》「橋」副刊作者茶會時，在對臺灣新文學
運動的成就做概要陳述時說：

> 當時為這運動發出先聲的是由東京留學生組織的「臺灣青年」。
> 這「臺灣青年」發展到「臺灣民報」再發展到「臺灣新民報」
> 日刊是臺灣人經營的唯一日刊紙。兩個臺灣新文學開拓者林幼

---

[17] 楊逵，〈幼春不死！賴和猶在！〉，原載於《文化交流》第一輯，引自《楊逵
全集》「詩文卷」（下），頁236。
[18] 引自楊逵，〈幼春不死！賴和猶在！〉，《楊逵全集》「詩文卷」（下），頁237。

春先生是「臺灣民報」第一代社長，賴和先生當選「臺灣民報」
副刊主編。此後很多的文藝刊物就前伏後繼的出現了。[19]

由於當時大陸來臺作家對過去臺灣新文學運動的輝煌歷史並不了解，楊
逵在此重申林幼春與賴和做為「臺灣新文學開拓者」，分別在創辦與編
輯文藝刊物的先驅性地位。

　　值得注意的是楊逵還以中國的魯迅類比臺灣的賴和與林幼春，一九
四七年一月，楊逵在〈幼春不死！賴和猶在！〉裡寫下：「我曾說過魯
迅不死，現在我還要以萬分的確信再說，幼春不死，賴和猶在！」[20]將
林幼春、賴和兩人與中國左翼作家魯迅並列。當然楊逵並不是以魯迅文
學精神形容臺灣作家的第一人，一九二○年代臺灣新文學運動蓬勃發展
以來，魯迅文學不僅被介紹到臺灣，也經常被拿來與賴和相提並論。王
詩琅〈賴懶雲論〉在評論賴和作品時給予〈惹事〉最高的評價，認為「這
一篇作品所給予我們的感動，是夏目漱石『少爺』中的幽默，加上略為
沖淡了的魯迅的辛辣所混合的味道」[21]，直指賴和文筆有近似魯迅之
處。一九四二年十月，黃得時〈輓近的臺灣文學運動史〉在介紹當前活
躍的作家時首提賴和，並謂其被稱為「臺灣的魯迅」[22]。一九四三年
賴和逝世，朱點人在《臺灣文學》雜誌「賴和先生悼念專輯」發表〈回
憶懶雲先生〉，說自己「願意像魯迅先生之死初傳之時，天下的文學同

---

[19] 〈如何建立臺灣新文學──第二次作者茶會總報告〉發言紀錄，原刊於《臺
灣新生報》「橋」百期擴大號及一○一期，1948 年 4 月 7 日、9 日，引自《楊
逵全集》「資料卷」，頁 146。

[20] 引自楊逵，〈幼春不死！賴和猶在！〉，《楊逵全集》「詩文卷」（下），頁 236。

[21] 王錦江（王詩琅），〈賴懶雲論──臺灣文壇人物論──（4）〉，《臺灣時報》
第二○一號（1936 年 8 月），頁 111。中文翻譯收於李南衡主編，《賴和先生
全集》（日據下台灣新文學　明集 1）（臺北：明潭出版社，1979 年 3 月），
頁 402。

[22] 黃得時，〈輓近的臺灣文學運動史〉，《臺灣文學》第二卷第四號（1942 年 10
月），頁 9。

志以亡親之情，痛惜一代宗師之逝的同樣的心情，悼惜敬愛的懶雲先生」[23]。

一九四三年，楊逵〈憶賴和先生〉也在「賴和先生悼念專輯」發表。楊逵說自己只要透過照片回憶賴和往日的容顏，就會浮現出魯迅一樣的印象，這是他首度公開將魯迅與賴和並列。文中並且回憶賴和曾經為楊逵修改創作的往事，談賴和對其人格與文學方面的雙重影響，將自己成功進軍日本中央文壇歸因於賴和的指導。[24]發表於日本官方強力動員作家撰寫國策文學之際，楊逵的這篇文章以賴和為首，勾畫出以抗議為傳統的臺灣新文學系譜。戰後楊逵發表的〈幼春不死！賴和猶在！〉則除了賴和之外，還加上林幼春與魯迅同時並列，顯見先前楊逵把魯迅與賴和並提，並不在於兩人蓄髭鬚的外貌神似，或者習醫的背景相同，而是別具更深一層的意義。

一九四八年九月，楊逵在自己創辦的《臺灣文學叢刊》中刊載了史民（吳新榮）的〈賴和在臺灣是革命傳統〉說：

> 賴和在臺灣，正如魯迅在中國，高爾基在蘇聯，任何權威都不能漠視其存在。賴和路線可說是臺灣文學的革命傳統，談臺灣文學，如無視此一歷史上的事實便不足瞭解臺灣文學。有人說臺灣的過去沒有文學，其認識不足才是笑話呢。[25]

林瑞明在解釋這段話時說過：

---

[23] 以「朱石峰」筆名發表於《臺灣文學》第三卷第二號（1943 年 4 月）。此處引用收於李南衡主編《賴和先生全集》（頁 420）的中文翻譯，然該譯文將日文原文的「魯迅先生」譯為「一位文學導師」，筆者已在此處的引文中予以更正。

[24] 楊逵，〈憶賴和先生〉，《楊逵全集》「詩文卷」（下），頁 87-91。

[25] 引自史民（吳新榮），〈賴和在臺灣是革命傳統〉，《臺灣文學叢刊》第二輯（1948 年 9 月 15 日）「文藝通訊」，頁 12。

> 每個作家所處的環境不一樣，所反映的問題也不一樣。吳新榮
> 的說法，宜將這三位文學健將等量其觀。「台灣的魯迅」不應做
> 「小魯迅」解，正如「中國高爾基」的魯迅，絕非「小高爾基」，
> 如果不這樣看，就忽視了作家的主體性。[26]

　　魯迅被稱為「中國的高爾基」，代表魯迅在中國文壇與高爾基在俄
國文壇有同等的地位，因此賴和被稱為「臺灣的魯迅」，也應被視為賴
和在臺灣文壇的地位，與魯迅在中國文壇的崇高地位相當。吳新榮〈賴
和在臺灣是革命傳統〉發表當時，正是重建臺灣新文學論爭如火如荼進
行期間，經由楊逵之手刊載的這段話，不僅顯示臺灣本地作家對於臺灣
文學主體性的堅持，也具體宣示臺灣新文學就橫向而言，與中國新文學
同屬世界左翼文學之一環的歷史洞見。另外，楊逵以魯迅精神詮釋林幼
春與賴和文學的內蘊，賦予臺灣新文學和魯迅文學相同的革命性質，明
白揭示戰後臺灣文學接續抗議性的傳統，與國民黨封建政權鬥爭的現實
意義。

## 三、林幼春、賴和作品的重刊與介紹

　　除了介紹林幼春與賴和的文學精神，楊逵也以刊載文學創作具體展
現兩人的文學成就。《文化交流》的「紀念林幼春先生・賴和先生——
台灣新文學二開拓者」專輯中有「林幼春先生遺稿集」，刊載〈獄中十
律〉、〈洞簫曲〉三絕、〈遠因——瀋陽事變時作〉、〈大廈——瀋陽事變
時作〉、〈雨中排悶〉、〈再作——雨中排悶〉、〈愛鄉曲〉等詩歌作品。所
刊登者無一新文學創作，卻以「臺灣新文學的開拓者」稱呼林幼春，莊

---

[26] 引自林瑞明，〈石在，火種是不會絕的——魯迅與賴和〉，《台灣文學與時代
精神：賴和研究論集》，頁 315。

幼岳以「先生思想新穎，復能新詩，惜所作輒棄，存稿殊少，然為臺灣
新文學界可謂闢一新畦徑矣」[27]，簡略交代了其中原因。由林幼春曾以
略帶生澀的白話文為《臺灣民報》書寫兩篇社論，[28]以及近年間出土的
三封白話文家書中大致流暢的文句，[29]足資證明林幼春確實兼具白話文
書寫能力。另外，林幼春曾經擔任新文學運動重要刊物《臺灣民報》的
社長與主編，並曾典出《左傳》為《南音》命名，取意代表臺灣的漢文
字與文學，暗中寄寓發揚臺灣文學以對抗日本同化之意，[30]又資助《臺
灣文藝》雜誌之刊行，[31]贊助楊逵創辦《臺灣新文學》的資金等，[32]這
種種事蹟足以證明林幼春在推展臺灣新文學運動方面頗有貢獻。一九四
八年，楊逵參加以「如何建立臺灣新文學」為主題的「橋」副刊作者茶
會時，也特別提及林幼春是《臺灣民報》第一代社長，賴和當選該報副
刊主編，臺灣的文藝刊物在此之後前仆後繼出現的過往。[33]把臺灣新文
學系譜從新文學之父賴和上連漢詩人林幼春一事，清楚傳達楊逵透視臺
灣新文學從漢詩縱向發展而來的歷史進程。

---

[27] 引自莊幼岳，〈林幼春先生簡介〉，《楊逵全集》「詩文卷」（下），頁234。

[28] 這兩篇社論是〈同床異夢之內臺人〉與〈這是誰的善變呢？〉，以「南強」
筆名分別發表於《臺灣民報》一九二四年的七月和八月。詳見廖振富，〈林
幼春、賴和與台灣文學〉，《文學台灣》第十七期（1996年1月），頁193-194。

[29] 三封白話文家書是林幼春嫡孫林中堅先生提供給廖振富研究之用，書信內容
及初步研究結果見廖振富，〈發現林幼春往來書札初探（大綱）〉（櫟社成立
一百週年紀念學術研討會，臺南：國家台灣文學館暨文化資產保存研究中心
主辦，2001年12月8日），頁3-7及頁11-13。

[30] 詳情參見廖振富，〈林幼春研究（附生平事蹟年表）〉，《台灣文學學報》第一
期（2000年6月），頁147。

[31] 張深切著，陳芳明等編，《張深切全集》卷2《里程碑》（下），頁614。

[32] 楊逵接受廖偉峻（宋澤萊）訪問時，提及《臺灣新文學》雜誌贊助者時說：
「林幼春曾贊助三百元，足以使新文學出版三期」。見〈不朽的老兵——與
楊逵論文學〉，《楊逵全集》「資料卷」，頁181。

[33] 見〈如何建立臺灣新文學——第二次作者茶會總報告〉，原載於《臺灣新生
報》「橋」百期擴大號，1948年4月7日，收於《楊逵全集》「資料卷」，
頁146。

　　「紀念林幼春先生・賴和先生──台灣新文學二開拓者」專輯的「賴和先生遺稿集」則刊載了〈查大人過年〉、〈溪水漲〉及題為〈賴和先生絕筆〉的漢詩一首。〈查大人過年〉的題目為楊逵所擬，該作即〈不如意的過年〉，是楊逵發現自賴和手稿中的無題殘稿而予以刊載。整體故事架構並無二致，唯文字與賴和生前發表過的版本有許多差異。另外，題為〈賴和先生絕筆〉的漢詩，全詩內容為：

　　　日漸西斜色漸昏，發威赫々意何存。
　　　人間苦熱無多久，回首東天月一痕。

其後並有楊逵註云：「此詩大概是日本對美開戰時之作，也可以說是先生對日本的運命的預言。」然經筆者調查，賴和紀念館中留有賴和書法真跡，寫於丁丑年（西元 1937 年）春天，與上列「賴和先生遺稿集」的詩句共有五個字的差異，全詩為：

　　　影漸西斜色漸昏，炎威赫赫更何存。
　　　人間苦樂無多久，回首東山月一痕。

賴和手稿中也有此詩，題目為〈夕陽〉，與賴和書法真跡僅一字之差，即「炎威赫赫更何存」之「更」改為「竟」字。[34]而陳虛谷次子陳逸雄回憶父親生前經常吟誦的這首詩篇，以「日」象徵日本，是賴和多次修改之後的定稿，[35]全詩與經楊逵之手所刊登的完全一樣，證實賴和晚年確實有臺灣即將脫離日本殖民統治的預言。

---

[34] 林瑞明編，《賴和漢詩初編》（彰化：彰化縣立文化中心，1994 年 6 月），頁124。
[35] 陳逸雄，〈賴懶雲與陳虛谷〉，收於李篤恭編，《磺溪一完人》（臺北：前衛出版社，1994 年 7 月），頁 73。

　　值得特別注意的是〈溪水漲〉這首新詩，僅楊逵刊行的這個版本，與賴和曾經發表在《臺灣新民報》的〈流離曲〉[36]意蘊完全相同。反映一九二五年起，臺灣總督伊澤多喜男以極低廉的價格，將農民費盡千辛萬苦開墾的三千八百八十六甲土地，准予三百七十位退職官員承購，罔顧百姓生死的歷史。[37]但是〈流離曲〉長達二百九十一句，〈溪水漲〉僅四十三句。就描寫的藝術手法來說，〈流離曲〉更為深刻，尤其它使用許多的疊字與疊句，將百姓與大自然爭地，失去土地後流離失所的吶喊躍然紙上，其氣勢之磅礡足以震撼人心。

　　約在《文化交流》創刊號出版的同時，賴和的《善訟的人的故事》由楊逵主編，並由楊逵自行創設的民眾出版社負責發行，[38]這是賴和作品首次以單行本出現。這篇作品其實是脫胎自清朝流行的民間傳說，敘述一位林先生渡海遠赴省城興訟，控告劣紳霸佔土地，為百姓請命的故事。比較現存於世的各種版本，民眾版的《善訟的人的故事》在結尾部份也有與其他版本相異之處。本版復原了《臺灣文藝》版[39]的開頭與結尾被《臺灣民間文學集》[40]刪去的故事背景說明，其中除了故事主角非為爭取自身利益而興訟之外，賴和對法律與社會正義有一段精闢的看法，他說：

> 雖然任你怎樣善訟，也須是正理有威嚴的時候，纔能得到公平的判決；若是在武力或金錢支配著一切的世界裡，縱怎樣善訟，也不能使是非明白。這故事裡的主人，會得到後世的人所感念，

---

[36] 發表於《臺灣新民報》第三二九至第三三二號，1930 年 9 月 6～27 日。

[37] 參考〈流離曲〉的解說，《賴和先生全集》，頁 162。

[38] 《文化交流》中附「文化消息」曰：「賴和氏遺作『善訟的人的故事』由臺中市民眾出版社預定一月十五日出版。」（見《文化交流》第一輯，頁 40）《善訟的人的故事》版權頁註明的出版時間則為民國卅六年（1947 年）一月十日。

[39] 發表於《臺灣文藝》第二卷第一號（1934 年 12 月），頁 60-69。

[40] 李獻璋編，臺北：臺灣文藝協會，1936 年 6 月初版。

> 猶幸是生在正理尚有些威嚴的時代；不然，我想不僅々徒勞無
> 功，且要負担着擾亂安寧秩序的罪名，去受刑罰。[41]

從賴和創作的〈一桿秤仔〉中主角秦得參因警察索賄不成，即被誣指違
反度量衡法則而入罪，由此得知賴和有意藉《善訟的人的故事》以諷喻
日本殖民體制，隱含統治者制定的法律無法維持社會正義的言外之意。

民眾版的不同處，還有結尾多出「但這也是人民自主團結纔得爭取
來的」[42]一句。雖然這篇小說的賴和手稿僅存兩頁，未能見到手稿上的
結局，但以文氣上的不能連貫，推測最後一句應該是楊逵回應時勢，倡
議團結抗爭的言論，與〈豐作〉楊逵日譯版結局加上添福揮舞拳頭的反
抗姿態有相同的用意。[43]只不過反抗對象不同，一為陳儀政府，一為殖
民當局及其扶植的資本家。另外，該版還增加了楊逵的序言「編者的
話」，一開頭就說：

> 民主共和國國民，應有言論，信仰，集會，結社等的自由；生
> 存，工作，請願，訴願，選舉，罷免，創制，複決等的權利。
> 為要做好々的人，好々的生活，大家有話就要說，有歌就要唱，
> 團圓來講故事。
> 好事大家做，好人大家褒，歹事不要做，歹人趕伊走，痛々快
> 々助成民族的正氣興隆，把「嫖，賭，飲，欺，騙，術」滾出
> 去；這是人民的責任。[44]

---

[41] 引自賴和，《善訟的人的故事》（臺中：民眾出版社，1947 年 1 月），頁 1。
　　本書影本由林瑞明教授提供，謹此致謝！

[42] 引自賴和，《善訟的人的故事》，頁 1。

[43] 〈豐作〉是描寫製糖會社在甘蔗採收時，以各種方法壓低收購價錢，並在磅
　　秤上造假，剋扣斤兩，導致農民血本無歸的故事。結尾部份楊逵翻譯的日文
　　版加上主角添福像要打架似地揮動雙手，大聲怒罵兼甘蔗委員的保正伯，強
　　化了反抗的姿態。參見下村作次郎著，邱振瑞譯，《從文學讀臺灣》（臺北：
　　前衛出版社，1997 年 2 月），頁 122-123。

[44] 楊逵，〈編者的話〉，原載於賴和，《善訟的人的故事》，引自《楊逵全集》「資

　　兩段文字恰好回應楊逵一九四六年八月發表的〈為此一年哭〉中，對民生凋弊、貪官污吏橫行、民主自由未獲得保障的不滿，以及「自今天起天天是爭取民主日，今年是爭取民主年」[45]的呼籲。可見楊逵在戰後選擇刊行這篇作品也是出自借古喻今的動機，用來批判當前的統治政權，呼籲民眾團結爭取民主自由的權利，因此賦予了賴和舊作新時代的意義。

　　《善訟的人的故事》上梓不久的一月三十日下午三時，賴和逝世四週年紀念文藝座談會假省立臺中圖書館談話室舉行，楊逵與張煥珪、莊垂勝、葉榮鐘、藍更與、楊國喜等十多位當地的文化界人士參加，楊逵並在會中負責介紹賴和的作品。[46]雖然目前缺乏史料，無法得知詳細的內容，楊逵對賴和及其文學介紹之不遺餘力實不難想像。當時與楊逵有密切往來的王思翔也說：「作為賴和的同志和後繼者，楊逵以極大的熱情，介紹了賴和的思想和作品，介紹了這一段歷史實況。他還搜集了許多史料，準備深入研究並系統地予以論述。」[47]據此可以發現，楊逵當時確實擁有部分賴和手稿。若再從《文化交流》上刊載的〈夕陽〉一詩的版本情形來推測，楊逵手中的遺稿很可能只是賴和當年不停修改過程中的某一個版本而已。可惜這一批賴和手稿在二二八事件之後被一位法官搜查帶走，事後不僅該名法官失蹤，該批遺稿也不知去向。[48]

---

料卷」，頁 310。

[45] 楊逵，〈為此一年哭〉，《楊逵全集》「詩文卷」（下），頁 229。

[46] 見《和平日報》「文教短波」之報導，1947 年 1 月 31 日。

[47] 王思翔，〈憶楊逵〉，《台灣舊事》，頁 98。

[48] 楊逵說他手上的是賴和未曾發表的原稿，不過以楊逵刊載〈查大人過年〉（即〈不如意的過年〉）時，註明是未曾發表的遺稿來看，這批手稿是否皆未曾發表尚難確定。關於賴和的手稿被搜查帶走一事，見楊逵口述，何昫錄音整理，〈二二八事件前後〉，《楊逵全集》「資料卷」，頁 91。

## 四、提攜新生代作家進攻文壇

　　戰後初期楊逵致力於介紹林幼春與賴和，使得曾經因日本當局強力動員撰寫國策文學，而幾乎斷絕的批判性現實主義文學，得以被接引到戰後的臺灣文壇。二二八事件後因為客觀環境的改變，日治時期成名作家在政治陰影下紛紛退隱，臺灣文壇逐漸被外省作家所把持。一九四八年八月起，楊逵負責主編《台灣力行報》「新文藝」副刊，並自行創辦《臺灣文學叢刊》，吸納了仍未息筆的本省籍作家——蔡秋桐（1900～1984）、楊守愚（1905～1959）、吳新榮（1907～1967）、王詩琅（1908～1984）、廖漢臣（1912～1980）、楊啟東（1906～2003），以及致力於本省戲劇介紹的呂訴上（1915～1961），[49]為臺灣文學的重建點燃生機。

　　與相同世代作家的合作之外，楊逵並努力提攜新世代作家，本地文學青年因而崛起，適時填補臺籍作家幾乎呈現斷層的現象。銀鈴會成員林亨泰就認為：楊逵建議《臺灣新生報》「橋」副刊主編提供臺灣作家的日文創作與翻譯雙份稿費，讓以日文寫作的臺灣作家有發表園地，對銀鈴會「跨越語言的一代」非常重要。[50]此外，楊逵運用自己在文化界的影響力，提高這些方才嶄露頭角的後起之秀在文壇的能見度，對於推動臺灣文學重建工程尤具貢獻。就筆者目前所掌握的資料來看，當時在

---

[49]　蔡秋桐以「愁洞」的筆名在《台灣力行報》「新文藝」發表〈飼豬双暢〉（第五期，1948 年 8 月 30 日）與〈普度〉（第九期，1948 年 9 月 27 日）兩首臺灣話文歌謠，又以〈愁桐〉筆名在《臺灣文學叢刊》第二輯（1948 年 9 月 15 日）「文藝通訊」發表〈春日猪三郎搖身三變〉。楊守愚（守愚）的〈同樣是一個太陽〉和王詩琅（王錦江）的〈歷史〉兩篇新詩，同在《臺灣文學叢刊》第一輯（1948 年 8 月 10 日）發表。吳新榮以「史民」之名在《台灣力行報》「新文藝」第一期（1948 年 8 月 2 日）發表〈談青年〉，在《臺灣文學叢刊》第二輯「文藝通訊」發表〈賴和在臺灣是革命傳統〉。廖漢臣在《臺灣文學叢刊》第一輯發表〈臺灣民主歌〉。楊啟東在《台灣力行報》「新文藝」第一期發表〈消夏點滴〉，在《臺灣文學叢刊》第二輯「文藝通訊」發表〈怎樣看現實才是問題〉。呂訴上在《臺灣文學叢刊》第二輯「文藝通訊」發表〈提高臺灣的戲劇文化〉。

[50]　林亨泰，〈銀鈴會文學觀點的探討〉，《台灣詩史「銀鈴會」論文集》，頁 37。

楊逵編輯的刊物發表作品的本省籍文學青年，可確定與楊逵之間有密切往來或受到楊逵直接影響的，除了葉石濤之外，林曙光、張彥勳（紅夢）、朱實（朱商彝）、蕭翔文（蕭金堆；淡星）、許育誠（子潛）、張有義、高田等人，[51]都是在日治時期沒沒無聞的文學新秀。

　　臺南市籍的葉石濤（1925～2008）成名較早，一九四二年就讀臺南州立二中（今臺南一中）時，即因投稿獲得西川滿賞識，畢業後以未滿十八歲之年協助《文藝臺灣》雜誌編務。[52]一九四三年間，曾經和楊逵在糞現實主義文學論爭中成為論敵。戰爭末期由於民族意識越來越明確，和西川滿之間發生磨擦，開始反省與批判浪漫主義文學觀而決定離開《文藝臺灣》。[53]戰後初期葉石濤先以《中華日報》日文版「文藝」為發表園地，二二八事件後在《臺灣新生報》「橋」副刊、《中華日報》「海風」，以及《公論報》「日月潭」發表創作與評論。[54]一九四八年起逐漸轉型為中文作家，由於家道中落，幾乎淪為赤貧，促使其文學創作揮別浪漫主義的美夢，逐漸走向現實主義之路。重新認識楊逵文學成就的葉石濤，此時與楊逵有斷斷續續的書信往來，兩人前嫌盡釋。當楊逵為推銷《臺灣文學叢刊》赴臺南時，葉石濤曾主動邀集文友十多人歡迎他的到訪。[55]葉石濤在楊逵主編的刊物上刊載的創作有發表於《臺灣文學叢刊》第一輯的〈復讎〉，這篇小說創作曾經發表於《中華日報》「海風」；[56]還有一九四八年八月十六日出刊的《台灣力行報》「新文藝」第三期刊載了〈歸鄉〉上半部，未刊完的下半應該也是經由楊逵推薦，刊

---

51　在《台灣力行報》「新文藝」發表作品的痕、鐵、志仁、金秋四位，可能也　　都是戰後新崛起的青年作家（見上一章「主編《台灣力行報》『新文藝』欄」　　部分），但目前無法確定他們與楊逵間的文學關係。

52　葉石濤，〈府城之星‧舊城之月──「陳夫人」及其他〉，《文學回憶錄》，頁　　4-8。

53　葉石濤，〈日據時期文壇瑣憶〉，《文學回憶錄》，頁 39。

54　詳情見彭瑞金，《葉石濤評傳》（高雄：春暉出版社，1999 年 1 月），頁 115-124。

55　葉石濤，〈楊逵先生與我〉，《文學回憶錄》，頁 56。

56　〈復讎〉原載於《中華日報》「海風」第三一二期，1948 年 6 月 24 日。

登於次日的《力行報》「力行」第一○二期。另外，葉石濤又在九月十五日發行的《臺灣文學叢刊》第二輯「文藝通訊」欄發表〈作家的生命在於創作〉。

林曙光（1926～2000）為高雄人，七歲時成為楊逵妻子葉陶家教的學生。在日本求學七年時接受過漢文訓練。曾在《國聲報》擔任採訪記者，一九四六年秋進入師範學院史地系就讀，一九四七年因二二八事件被警總追捕而逃亡。二二八事件後結識歌雷，開始在「橋」副刊發表文章，並翻譯本省作家的日文創作。一九四八年十月在上海《文藝春秋》第七卷第四期發表〈台灣的作家們〉，介紹日治時期臺灣新文學運動及賴和、楊逵等八位臺籍作家。[57]其作品〈受難的人們〉刊載於《力行報》「新文藝」第七期（1948 年 9 月 13 日）；又發表〈翻譯工作我要幫忙〉於《臺灣文學叢刊》第二輯（1948 年 9 月 15 日）「文藝通訊」欄。

筆名紅夢的張彥勳（1925～1995）為臺中后里人，父親張信義是日治時期激進的左翼社會運動者。張彥勳就讀臺中一中期間創辦「銀鈴會」，先後負責主編其同人雜誌《邊緣草》與《潮流》。在《臺灣文學叢刊》第二輯「文藝通訊」中發表〈「做」才有進步批判是養料〉；日文新詩〈葬列〉則由蕭荻譯為中文，刊載於《臺灣文學叢刊》第三輯；民謠〈搶購〉、〈選舉〉及小說〈校務會議〉發表於《力行報》「新文藝」。[58]

朱實（1926～ ）原名朱商彝，彰化人。師範學院教育系求學期間，為學習中文而閱讀《魯迅全集》，受魯迅精神感染極深。[59]一九四八年

---

[57] 綜合參考林曙光下列作品：〈楊逵與高雄〉，收於陳芳明編，《楊逵的文學生涯》，頁 245-256；〈相逢何必曾相識──回憶投稿上海《文藝春秋》〉，《文學台灣》第二期（1992 年 3 月），頁 17-19；〈烽火彰化邂逅楊逵〉，《文學台灣》第五期，頁 20-22；〈一逢永訣呂赫若〉，《文學台灣》第六期（1993 年 4 月），頁 17-21；〈難忘的回憶──記台語劇運先驅蔡德本〉，《文學台灣》第九期，頁 15-24；〈感念奇緣弔歌雷〉，《文學台灣》第十一期（1994 年 7 月），頁 20-33。

[58] 依序分別發表於第十八期（1948 年 11 月 8 日）、第二四期（1948 年 11 月 29 日）、第三六期（1949 年 1 月 17 日）。

[59] 參見藍博洲，《天未亮：追憶一九四九年四六事件（師院部分）》（臺中：晨

以日文撰寫〈本省作家的努力與希望──新文學運動在台湾的意義〉，介入臺灣文學重建論爭，由林曙光譯為中文後於四月二十三日發表在《新生報》「橋」副刊。同年間開始用中文在楊逵主編的《力行報》「新文藝」上發表作品，前後共發表〈關於「青雲話劇舞踊研究會」公演〉、〈潮流〉、〈蟄伏〉、〈民謠小論〉、〈探究〉五篇，[60]其中〈民謠小論〉又重刊於《臺灣文學叢刊》第三輯。

　　蕭金堆（1927～1998）筆名淡星，後改名蕭翔文，彰化田中人，時為師範學院史地系學生。與朱實合寫的〈關於「青雲話劇舞踊研究會」公演〉，及其個人撰寫的〈瘋女〉、〈兩個世界〉、〈芥川比呂志中尉〉、〈鳳凰木的花〉、〈轉學生〉、〈命運（外三章）〉、〈從意志的火炬〉、〈矛盾〉、〈師院戲劇社的暗影〉發表於《力行報》「新文藝」。[61]其中〈瘋女〉原作為日文，由李炳昆譯為中文發表。另外，根據《臺灣文學叢刊》第一、二輯中關於下輯的主要內容預告，〈死影〉均在第二與第三輯的刊行內容之列，然後來均未見刊載，[62]其原因不得而知。

---

星出版有限公司，2000 年 4 月），頁 304。

[60] 這五篇作品刊登於《台灣力行報》「新文藝」的情形為：〈關於「青雲話劇舞踊研究會」公演〉，第六期，1948 年 9 月 6 日；〈潮流〉與〈蟄伏〉，第七期，1948 年 9 月 13 日；〈民謠小論〉，第十二期，1948 年 10 月 19 日。〈探究〉原件筆者未見，根據朱實〈潮流澎湃銀鈴響──銀鈴會的誕生及其歷史意義〉，刊出時間為 1948 年 11 月 29 日，由此推算應發表於第二四期，見《台灣詩史「銀鈴會」論文集》，頁 22。

[61] 〈瘋女〉、〈兩個世界〉、〈芥川比呂志中尉〉、〈鳳凰木的花〉、〈轉學生〉、〈命運（外三章）〉、〈從意志的火炬〉、〈矛盾〉、〈師院戲劇社的暗影〉九篇分別發表於《台灣力行報》「新文藝」第七期（1948 年 9 月 13 日）、第十一期（1948 年 10 月 11 日）、第十三至第十四期（1948 年 10 月 22、24 日）、第十六期（1948 年 11 月 1 日）、第二十期（1948 年 11 月 15 日）、第二四期（1948 年 11 月 29 日）、第二九期（1948 年 12 月 16 日）、第三五期（1949 年 1 月 15 日）、第三八期（1949 年 1 月 23 日）。又，〈師院戲劇社的暗影〉筆者未見，依《潮流》後附之「文藝動態」（自 1948 年 12 月 15 日至 1949 年 3 月 14 日之三個月間）而編，原文標題為〈師院劇劇社的暗影〉，「劇劇社」疑為抄寫於《潮流》時所產生的筆誤，應為「戲劇社」。參見《潮流》春季號，1949 年 4 月。

[62] 《臺灣文學叢刊》前兩輯中預告的下輯主要內容，分別見第一輯的頁 20 與

　　本名許育誠的子潛一九四六年九月考入師範學院體育專修科，一九四八年春因朱實之邀而加入銀鈴會，同年七月開始在《潮流》上發表作品。[63]有新詩〈推輕便車的〉刊載於《力行報》「新文藝」第十六期（1948年 11 月 1 日）。張有義為彰化人，當時是留學廈門大學的臺灣學生，小說〈農民〉發表於《力行報》「新文藝」第二十九、三十期（1948 年 12月 16、19 日）。高田曾參加銀鈴會第一次聯誼會，並發言建議擴大銀鈴會以鼓勵各地青年，希望銀鈴會做為臺灣文學的前鋒，目前其作品僅見臺灣話文歌謠〈大老爺〉一首，發表於《力行報》「新文藝」第八期（1948年 9 月 20 日）。

　　這些作家在楊逵主編刊物上發表的創作較少小說，而以簡短的詩歌與散文為多，並且有多篇原作為日文，充分反映當時臺籍青年作家在語文轉換上面臨的困境。內容方面，〈復讎〉以荷蘭統治時期為背景，講述臺灣的一位年輕農夫為了心愛的女人，斷然離開朋友們的革命工作，躲避在愛情的羅網裡，極力忍耐荷蘭人的虐待之後，因為荷蘭收稅官趁機強暴他美麗的妻子，終於忍無可忍，以斧頭將其砍殺。農夫雖然被荷蘭士兵齊發的槍彈射穿肉體，但他的不幸犧牲卻因而激發群眾勇敢奮起的鬥志。一六五二年的中秋月夜，郭懷一反抗運動以爭取自由解放為目的波瀾壯闊地展開。〈歸鄉〉則以一個因為被日本殖民當局追捕而逃離臺灣的男子，戰爭結束後返鄉，十二年來日夜期待重逢的妻子卻在他抵達前不久投水自盡，投射出臺灣人對於戰後新時代的到來，從滿懷希望到極度失望的負面情緒。〈受難的人們〉以逃難來臺的大陸人士被政府下令遣返，質疑大陸與臺灣為自家人之說根本是謊言，並批判政府施政措施。〈轉學生〉則以被排斥的轉學生比喻臺灣的省籍情結。〈鳳凰木的花〉傾訴抵擋外在環境嚴苛考驗的臺灣青年，望不見光明未來的痛苦心

---

第二輯的頁 6。

[63] 許育誠，〈一群誠實謙虛的朋友——參與銀鈴會之回憶〉，收於林亨泰主編，《台灣詩史「銀鈴會」論文集》，頁 124。

聲。還有〈大老爺〉所揭發的法院貪污現象，〈兩個世界〉中學校和監獄被一條路分隔成兩邊的殘忍對照，〈瘋女〉中被利慾薰心的男友拋棄而精神異常的女子，〈關於「青雲話劇舞踊研究會」公演〉暴露當地督學藉機強索捐稅與招待券的內幕，〈推輕便車的〉描繪低下階層民眾為求溫飽的辛苦等，獲得楊逵青睞的這些創作，頗能反映當時臺灣社會面臨的問題，洋溢著現實主義的精神。

而〈民謠小論〉肯定民謠是反映人民生活與感情最忠實的一面鏡子，認為民謠的作者做為人民的藝術家，應該注重人民的語言、生活及思想動向，並且強調感傷主義和軟弱的亡國論調應該消盡，人民才得以向光明的前途邁進。〈葬列〉則以出殯行列的浮誇與做作，嘲諷中華文化拘泥於虛榮的儀式。〈芥川比呂志中尉〉批判日本人自認精神文化超越世界的驕傲。這三篇作品代表臺灣知識青年在戰後面臨臺灣、日本與中國三種不同文化碰撞時，對於臺灣文化未來發展的深層思考。

至於朱實的〈潮流〉對創造新時代的期盼，〈蟄伏〉勉勵自我忍受飛躍之前的暫時蟄伏，都清楚表達了跨語一代文學青年奮力前進的渴望。而發表在《臺灣文學叢刊》第二輯「文藝通訊」的幾篇短文——張紅夢的〈「做」才有進步批判是養料〉介紹文學青年合辦的《潮流》，歡迎大家給予批評；林曙光的〈翻譯工作我要幫忙〉表示願意翻譯臺灣過去值得紀念的作品，使臺灣文學發展獲得較好的基礎；葉石濤〈作家的生命在於創作〉針對文學運動只剩下武斷與空洞的論爭，提出應該重新檢討文學動向的呼籲；以及張紅夢、林曙光分別在創作與翻譯領域等不同崗位上，展現出願意為臺灣文學與文化奉獻的熱情。這些短文在重建臺灣文學方面有其積極性的意義，緊緊扣住現實社會與時代的脈動。

值得注意的是上述的林曙光與朱實、蕭金堆、許育誠分別為師範學院學生鉛印刊物《龍安文藝》[64]的編輯或撰稿人，在推動大學校園文藝

---

[64] 一九四九年四月二日，師院台語戲劇社創刊《龍安文藝》，由於四日後即遭逢四六事件，執筆人朱實為當局亟欲逮捕的六大要犯之一，為免牽連無辜，

風氣方面無疑是重要人物。此外，朱實、蕭金堆、張彥勳、許育誠、張有義、高田等人均隸屬於以學生為骨幹的「銀鈴會」文學團體，而楊逵對銀鈴會進行指導一事已廣為學界所知，在此有必要就其與楊逵的文學關係再加以說明。

## 五、指導銀鈴會成員文學創作

　　做為戰後初期與楊逵關係最為密切的青年文學社團，銀鈴會其實是跨越終戰前後臺灣中部唯一由本省青年組成的文學團體。其成立必須追溯至一九四二年，尚在臺中一中就學的朱實、張彥勳與許清世（或云許世清）等人，以傳閱評論彼此手寫稿件的方式切磋創作技巧開始。因參加者日增而創辦油印的日文同仁雜誌《邊緣草》（日文原名《ふちぐさ》，又譯為《緣草》），取義「種在花壇四周的一種不顯眼的花草，默默奉獻，襯托百花爭艷的花壇」，表示戰爭期苦難的年代裡，願在這小小的園地找到心靈的綠洲。[65]戰爭末期，由於陣容漸趨龐大，乃設立「銀鈴會」文學社團。戰後《邊緣草》因語言轉換的問題一度停刊，一九四八年春改名為《潮流》，以中日文並刊的油印刊物重新出發，並商請楊逵擔任顧問。此時銀鈴會成員除中部地區藝文界人士，也有遠在臺北與廈門就讀的大學生以及銀行職員等。[66]

　　一九四八年銀鈴會重整旗鼓，當時臺灣文壇經歷過二二八事件的動盪，正陷入低迷不振的氣氛當中，日治時期成名的作家紛紛停筆，外省

---

師院同學乃自行將之銷毀。近年間《龍安文藝》重新出土，已重刊於《文學台灣》第四六期（2003 年 4 月）。

[65]　朱實，〈潮流澎湃銀鈴響——銀鈴會的誕生及其歷史意義〉，《台灣詩史「銀鈴會」論文集》，頁 13；亦見於藍博洲，《天未亮：追憶一九四九年四六事件（師院部分）》，頁 299。

[66]　林亨泰，〈銀鈴會與四六學運〉，《台灣詩史「銀鈴會」論文集》，頁 66。

作家順勢主導臺灣文壇的發展。以《潮流》重新出發的銀鈴會必須跨域政治和語言的雙重障礙，所面對的挑戰格外艱鉅。從蕭翔文以「淡星」筆名發表的〈臺灣青年對文學創作上的苦惱〉[67]，即可透視該會成員在創作上面臨的兩種苦惱。首先是環境方面，蕭翔文提出文學反映現實的重要性，但苦於校內生活佔據生活範圍的大部分，不能徹底了解社會問題，總覺得自己好像是站在學校的瞭望臺上看社會，寫的東西跟社會總發生隔膜；第二是表現方面，他提出語言轉換的問題與解決方法，自我期許在國文（北京話文）使用困難時用日文寫，同時更加努力研究國文，以縮短國文、日文表現技巧的距離。文章的最後，蕭翔文並懇切地提出青年需要長輩指導的呼聲。

　　楊逵與銀鈴會的結緣始於《潮流》的主編張彥勳，而張彥勳係因父親張信義參與日治時期的社會運動，得以認識經常出入自己家的楊逵夫婦，楊逵與銀鈴會的密切關係也因此而來。[68]從楊逵特別保存該會成員蕭翔文的〈臺灣青年對文學創作上的苦惱〉，並收入有關臺灣新文學重建論爭的剪報資料中，可以窺見他對銀鈴會成員未來在文壇發展的關注與重視。[69]當時的楊逵已在文壇享有盛譽，他以文學前輩的身分積極介入銀鈴會，適時提振這批新生代作家們的創作士氣，也指引他們未來努力的方向，在青黃不接的窘況中延續了臺灣本地的文學血脈。

　　一九四八年七月，楊逵在《潮流》夏季號中發表〈夢與現實〉（〈夢と現実〉），勉勵年輕人走出夢境，面對現實。楊逵說：

> 為了擔負未來重任，發揮自己，年輕人必須毅然決然地遠離夢境，面對現實，對腐蝕社會的根源，追根究底，進而給予矯正。

---

[67] 發表於《臺灣新生報》「學習」第二期，1948 年 5 月 15 日。

[68] 參考楊翠等撰，《臺中縣文學發展史：田野調查報告書》，頁 263-264；〈流亡的銀鈴——朱實〉，《天未亮》，頁 295-323；施懿琳、許俊雅、楊翠，《臺中縣文學發展史》（豐原：臺中縣立文化中心，1995 年 6 月），頁 209-215。

[69] 這份剪報資料係從楊逵遺物中發現，原件已入藏國立臺灣文學館。

> 為了達成這個目標，必須培養洞悉社會的能力，深刻檢討現實，
> 以確定理想社會的指標，同時為民前鋒，勇於奮鬥。
> 能夠表達這種生活需求和鬥爭意識，以及深刻檢討並表現其發
> 展過程的，莫過於健康的、具有發展潛力的文學。正面挑戰現
> 實、和現實鬥爭的生活，加上從這種生活所產生的生氣勃勃的
> 作品，以便充實銀鈴會的潮流，進而匯聚世界各地的潮流，形
> 成推動時代的怒濤。我期待這個日子早日來臨。[70]

文中屢次強調青年的社會責任，希望青年勇於挑戰現實的黑暗面，以健
康的文學建設理想的社會。

十月間，楊逵又在秋季號中發表〈寄「潮流」──卷頭詩〉，內容
如下：

> 星星之火可燎原
> 燒盡荊棘虎打完
> 潮流到處新芽萌
> 滿面春風光燦爛[71]

再度鼓勵銀鈴會成員以文學檢討現實，匯聚成一股推動時代進步的潮流。

稍早之前的八月十四日，《台灣力行報》主辦的第一次新文藝座談
會在臺中圖書館舉行，由主編該報「新文藝」欄的楊逵擔任主持人。會
前該報「力行」副刊以「文藝通訊」刊載相關消息，[72]預告會中討論重

---

[70] 楊逵，〈夢與現實〉，引自《楊逵全集》「詩文卷」（下），頁256-257。

[71] 楊逵，〈寄「潮流」──卷頭詩〉，引自《楊逵全集》「詩文卷」（上），頁38。

[72] 《台灣力行報》「力行」第八六期預告舉辦時間為八月七日下午一時，不過
後來真正舉行時間為八月十四日下午二時。由於本次文藝座談會乃配合《臺
灣文學叢刊》正式創刊之宣傳而舉辦，推測改期原因在於叢刊因印刷不及，
將出刊時間延至八月十日，座談會時間亦隨之往後延。另外，有關楊逵創辦
的刊物名稱，「力行」副刊上稱之為「文藝叢刊」。相關報導見《台灣力行報》，

心有三點：一、以往各報副刊（尤其《新生報》「橋」）上有關臺灣新文學運動爭論的總檢討，並決定確定性的路線；二、實踐文藝新路線的技術與批判觀念的建立；三、參閱楊逵編輯的《臺灣文學叢刊》創刊號，對刊載作品進行檢討與批評。從設定的議題可見這是確立臺灣新文學重建運動路線的一次重要會議，張彥勳不僅獲邀參加座談，楊逵並在會上公開推薦張彥勳（張紅夢）所屬的銀鈴會時說：

> 張先生那裡有個文學研究集團，也出油印的文藝雜誌「潮流」。
> 張先生，他因國文寫不來，就用日文寫作了。文學是為現實的
> 描寫，生活意志的表現，不要限定於什麼語文而中斷這工作。
> 像他們那個地方，三個五個，十個二十個集合起來，共勉共勵
> 繼續工作，我想，這於文學運動該是很堅實的基礎。[73]

當時張彥勳還不能以中文創作，不過楊逵說：「此後的文藝工作要靠這班青年人，年紀大一點的，在語文方面的轉換上有着很大的困擾，而最壞的。就是已經缺少了學習的熱情」，又說：「老先輩已經老了，沒有元氣，沒有熱情」[74]，顯然他對張彥勳等人跨越語言的能力很有信心。楊逵也透過這次的會議，公開宣稱有意結合銀鈴會與《臺灣文學叢刊》，藉由團體的力量發展文學運動。

　　八月二十九日銀鈴會第一次聯誼會正式召開，楊逵親自出席參與檢討及擬定有關該會發展的方針時說道：

> 我從一個星期的南部旅行剛回來，深感到青年人對於台灣新文
> 學運動有點大的期待與努力。現在四十歲以上的人過於消

---

1948 年 8 月 1 日。

[73] 原載於《台灣力行報》「新文藝」第三期，1948 年 8 月 16 日，引自《楊逵全集》「資料卷」，頁 150。

[74] 引自《楊逵全集》「資料卷」，頁 151-152。

> 極，此後青年所担任的責任極大，所以我對「銀鈴會」有莫
> 大的期待。自光復以來，新知識、文化交流、台灣評論只出
> 了二、三期就停辦了，在台灣從事文化工作是困難的，所以應
> 有相當的覺悟。為了收錄對台灣人民生活有密切關係，描寫台
> 灣現實的作品起見，我們創辦台灣文學來，我相信應有堅實
> 的基礎，空洞的文學並沒有貢献，希望青年們努力來開拓這
> 條路。[75]

當時楊逵創辦的《臺灣文學叢刊》第一輯已經正式發行，楊逵在話中透露自己有意以銀鈴會為班底，開拓現實主義文學的道路，推動戰後新一波的文化運動，這應該就是他積極參與銀鈴會顧問工作背後的趨力。

　　會中楊逵並且針對蕭翔文（淡星）提出反映現實作品七，抒情作品三的「七三主義」，明確指出：「不必這樣，抒情作品也要立腳於現實，我們要反對用頭腦想出來的抒情，但要尊重用足──『經驗』領會的抒情」[76]，對創作進行實際指導。銀鈴會有四、五位成員還利用暑假期間住宿在楊逵家裡一個星期，聆聽楊逵以自身的創作〈無醫村〉作為教材，親自教導寫作的技巧。《潮流》秋季號也轉載了楊逵在《力行報》「新文藝」欄發表過的民謠兩首，[77]其中一首描寫人民以草根配番薯果腹的生活窘境，以致於連醫學博士都感嘆無法救治營養不良的病人；另一首則是以生養子女只會製造家庭的經濟負擔，倒不如養豬賺錢，大有人不如豬之嘆。銀鈴會在所屬刊物上刊載這兩首描繪社會現實的作品，作為同仁創作典範的用意是極為明顯的。

---

[75] 原載於《銀鈴會第一次聯誼會特刊》（臺中：銀鈴會，1948 年 8 月 29 日），引自《楊逵全集》「資料卷」，頁 158。

[76] 見《楊逵全集》「資料卷」，頁 159。

[77] 《潮流》上標題為〈民謠兩首〉的這兩首詩歌分別轉載自《台灣力行報》「新文藝」第六、七期，1948 年 9 月 6、13 日。

　　直到晚年，蕭翔文依然清楚記得楊逵當時「用腳」去寫，以顯現作者個性的一番話；並表示當年會為《力行報》「新文藝」寫稿，只是一心一意想像楊逵一樣，「藉著文學的方式來改善當時愈來愈腐敗的社會風氣」。[78]同為銀鈴會成員，曾經因為楊逵的呼籲而投稿《新生報》「橋」副刊的林亨泰，[79]在近年發表的文章中還指出：淡星在《聯誼會特刊》發表歡迎詞，《潮流》一九四八年冬季號中有「楊逵先生御作品介紹」[80]專欄，冷視在《潮流》一九四九年春季號發表〈論楊逵《送報伕》〉；以及銀鈴會同仁的創作有對殖民地統治的懷疑和痛恨，與現實主義的文學傾向，證明楊逵確實被銀鈴會同仁視為仰慕與學習的對象。[81]林亨泰並且認為由於楊逵擔任顧問和指導，銀鈴會延續了戰前「反帝反封建」的臺灣文學精神。[82]楊翠的研究也指出，經由楊逵指導的《潮流》所展現的現實性與批判性，和《邊緣草》時代著重詩文之美呈現不同的風格。[83]這些都足以顯示楊逵的文學理念深刻薰染了銀鈴會的成員，其中尤以崇尚現實主義、關心社會現實的張彥勳、朱實、蕭翔文等幾位作家，與楊逵因為理念相同而關係益形親密，臺灣文學批判性傳統的香火亦賴之得以延續。

---

[78] 蕭翔文，〈楊逵先生與力行報副刊〉，《台灣詩史「銀鈴會」論文集》，頁81-82。

[79] 參見許詩萱，《戰後初期（1945.8-1949.12）台灣文學的重建——以《台灣新生報》「橋」副刊為主要探討對象》（中興大學中國文學系碩士論文，1999年7月）之附錄五〈林亨泰訪談〉，頁244。

[80] 該專欄以表格方式列出一九四八年十月十五日至十二月六日，楊逵在《臺灣新生報》「橋」、《公論報》「日月潭」與《台灣力行報》「新文藝」上發表的作品，共有短篇小說〈無醫村〉、詩〈美麗之島〉，以及評論〈論反映現實〉、〈論文學與生活〉，共四篇。見《潮流》一九四八年冬季號，頁20。

[81] 綜合參考林亨泰〈銀鈴會文學觀點的探討〉及〈跨越語言一代的詩人們——從《銀鈴會》談起〉兩篇論述，《台灣詩史「銀鈴會」論文集》，頁42及頁75。

[82] 林亨泰，〈銀鈴會文學觀點的探討〉，《台灣詩史「銀鈴會」論文集》，頁62。

[83] 施懿琳、許俊雅、楊翠，《臺中縣文學發展史》，頁210。

## 第二節　楊逵與《新生報》「橋」上的論爭

### 一、從「文藝」到「橋」的數次爭論

　　二二八事件之後不久，針對文藝界的荒涼與沉寂，以《臺灣新生報》「文藝」欄為園地，展開一場有關臺灣文學的論議。「文藝」創刊於一九四七年五月四日，同年七月三十日停刊，共出刊十三期，八月一日起原版面由「橋」取代，因此「文藝」上的討論被視為「橋」論爭的前奏。[84]相關討論肇因於讀者覺得「文藝」版「不夠潑辣，沒有積極的反映現實，『學院』氣味太濃厚」，並有人建議「在臺灣這沉寂的文藝界，『文藝』應該盡一部份『提倡』的責任，造成臺灣的『文藝空氣』」，主編何欣乃刊出沈明的〈展開臺灣文藝運動〉，藉以拋磚引玉。[85]接著「文藝」又陸續刊載《中華日報》「新文藝」主編江默流的〈造成文藝空氣〉，以及沈明的另一篇文章〈我們要這樣的新文藝——再論展開臺灣新文藝運動〉，後者並具體提出以新現實主義為發展的道路。[86]然而由於沈明說臺灣文藝是「一片未被開墾的處女地」、「真空的文藝界」，[87]江默流也以臺灣曾經被日本統治五十餘年，沒有機會接受五四新文藝運動影響的理由，認定臺灣還是一塊「文藝的處女地」，[88]兩人所表現對於臺灣新文學運動的無知，終於迫使臺籍作家站出來為自己辯護。

---

84　李瑞騰認為《新生報》本身將「橋」的內容定位為文藝與綜合，因此其版面實乃接續「文藝」與「新地」兩者而來，「文藝」上的論議可視為「橋」論爭之前奏。參見其著，〈《橋》上論爭的前奏〉，《新文學史料》（北京）（2001年1月），頁52-53。

85　何欣，〈編後記〉，《臺灣新生報》「文藝」第四期，1947年5月25日。

86　沈明〈展開臺灣文藝運動〉、江默流〈造成文藝空氣〉、沈明〈我們要這樣的新文藝——再論展開臺灣新文藝運動〉分別發表於《臺灣新生報》「文藝」第四期（1947年5月25日）、第七期（6月18日）、第九期（7月2日）。

87　沈明，〈展開臺灣文藝運動〉，《臺灣新生報》「文藝」第四期，1947年5月25日。

88　江默流，〈造成文藝空氣〉，《臺灣新生報》「文藝」第七期，1947年6月18日。

　　首先是由王錦江（王詩琅）執筆的〈臺灣新文學運動史料〉，文中著重介紹日治時期臺灣新文學運動的成就，以反駁臺灣是一塊文藝處女地的偏見；並將臺灣新文學定位為「被壓迫者的呼聲和掙扎的反映」。[89]接著廖漢臣以「毓文」筆名發表〈打破緘默談「文運」〉，以大陸知名作家胡風曾經介紹的數篇臺灣作品，證明臺灣文藝絕非尚未開墾的處女地；並揭露戰後臺灣文壇沉寂的諸多原因，除了發表園地稀少等客觀環境不利於發展文藝，與文藝作家忙於生活而無暇從事創作之外，還特別指出本省作家對社會政治失望而趨於消極，以及外省作家未盡到鼓勵或指導作用的主觀因素。[90]兩人的現身說法，在促進外省文化界人士了解過去臺灣新文學運動的蓬勃發展，以及當前阻礙文藝重建的諸多因素方面，應當有所助益。

　　一九四七年夏天，歌雷（本名史習枚）從上海來臺，旋即於八月一日接任「橋」副刊主編。[91]「文藝」雖然走入歷史，但因停刊而中斷的討論復於「橋」上演，[92]自一九四八年三月間持續到次年四月中旬，因歌雷被捕而廢刊為止。目前以「橋」副刊論爭為主題進行研究的，在臺灣已有彭瑞金〈記一九四八年前後的一場台灣文學論戰〉、游勝冠〈戰後的第一場台灣文學論戰〉、劉孝春〈「橋」論爭及其意義〉、許詩萱《戰後初期（1945.8～1949.12）台灣文學的重建——以《台灣新生報》「橋」副刊為主要探討對象》、石家駒（陳映真）〈一場被遮蔽的文學論爭——

---

[89]　王錦江，〈臺灣新文學運動史料〉，《臺灣新生報》「文藝」第九期，1947 年 7 月 2 日。

[90]　毓文，〈打破緘默談「文運」〉，《臺灣新生報》「文藝」第十二期，1947 年 7 月 23 日。

[91]　歌雷畢業於上海復旦大學新聞系，一九九四年去世。參見孫達人，〈《橋》和它的同伴們〉，《噤啞的論爭》，頁 4；林曙光，〈感念奇緣弔歌雷〉，《文學台灣》第十一期，頁 20-21。

[92]　「文藝」的廢刊雖然使該版面的討論暫時休止，然一九四七年九月一日出刊的《台灣文化》第二卷第六期刊出夢周〈文藝大眾化〉（按：誤植為「文藝眾大化」），足以證明文化界對於臺灣文藝的持續關心。

關於台灣新文學諸問題的論爭（一九四七－一九四九）〉……等多篇論文發表。[93]相關文學史料最早是在葉石濤的指引下，由林瑞明、彭瑞金等人於一九八三年間從臺南市立圖書館挖掘出土，[94]部份史料並自一九八四年五月起在《文學界》雜誌分兩次重刊。[95]一九九九年九月，陳映真、曾健民等人收錄編輯更多資料，題為《1947-1949台灣文學問題論議集》正式出版。次年的八月十六至二十日，陳映真等人又與中國蘇州大學合作，以長達四天的時間隆重舉辦了一場「台灣新文學思潮（1947

---

[93] 上述論文發表情形依時間先後列舉如下：彭瑞金，〈記一九四八年前後的一場台灣文學論戰〉，原載於《文學界》第十期（1984年5月），收於其著，《台灣文學探索》（臺北：前衛出版社，1995年1月），頁221-239。游勝冠，〈戰後的第一場台灣文學論戰〉，《臺灣史田野研究通訊》第二七期（1993年6月），頁26-41。劉孝春，〈「橋」論爭及其意義〉，《世界新聞傳播學院人文學報》第七期（1997年7月），頁291-320。許詩萱，《戰後初期（1945.8-1949.12）台灣文學的重建—以《台灣新生報》「橋」副刊為主要探討對象》（中興大學中國文學系碩士論文，1999年7月），頁65-88。石家駒，〈一場被遮蔽的文學論爭——關於台灣新文學諸問題的論爭（一九四七－一九四九）〉，收於曾健民主編，《噤啞的論爭》，頁14-31；另亦收於陳映真、曾健民編，《1947-1949台灣文學問題論議集》（臺北：人間出版社，1999年9月），頁9-27。此外，亦有論文雖不以「橋」論爭為主題，然論述層面涵蓋此一議題者，例如：葉石濤，〈接續祖國臍帶之後——從四○年代台灣文學來看「中國意識」和「台灣意識」的消長〉，《走向台灣文學》，頁1-43；彭瑞金，〈《橋》副刊始末〉，原載於《臺灣史料研究》第九期（1997年5月），收於其著，《驅除迷霧找回祖靈：台灣文學論文集》（高雄：春暉出版社，2000年5月），頁163-183；許南村（陳映真），〈台灣文學是增進兩岸民族團結的渠道——讀楊逵〈台灣文學問答〉〉，《噤啞的論爭》，頁32-44；彭瑞金，〈戰後初期「台灣文學路向之爭」的真相探討〉，《文學台灣》第五一期（2004年7月），頁230-259。

[94] 林瑞明〈讓他們出土——台灣新生報『橋』副刊小說選介〉中對挖掘史料的過程有簡短的介紹，同時出土的還有從《中華日報》資料室影印而來的日文版文藝欄作品。見《文學界》第十期（1984年5月），頁215。

[95] 這些文章由彭瑞金選輯，共分兩次重刊於《文學界》第十期（1984年5月）及第十三期（1985年2月），除了直接參與「橋」論戰的十三篇論述外，還有論戰正式展開之前刊登於《臺灣新生報》「文藝」副刊，討論臺灣文藝運動的四篇文章。

－1949）」研討會，有近三十篇論文發表，其中多篇以「橋」的論爭為主題。[96]然而相對於臺灣學界呈現的多元觀點，這場研討會正如劉紅林的論題〈一個前提：台灣是中國的一部份；台灣文學是中國文學的一環〉，在中國文學收編臺灣文學的濃厚政治意味中進行。

　　「橋」上討論臺灣新文學的議題眾多，駱駝英（羅鐵英）在〈論「臺灣文學」諸論爭〉[97]中，根據三月二十六日揚風的文章發表之後，一直到七月七日之間《新生報》上相關的內容分成──臺灣過去的文學是怎樣的？臺灣有無特殊性及「臺灣文學」一口號對嗎？五四到現在中國的社會變了沒有？新現（寫）實主義中容許浪漫主義否？新現實主義的文藝中有無「個性」？是否可以偏向浪漫主義？臺灣應該建立怎樣的文藝？如何建立臺灣的文藝？等八個主要問題。然而在此之後，對於建設臺灣文學的關心與討論，實亦展現在臺灣劇運與創作工具等零星的問題上，可惜這些篇章均未收入《1947-1949台灣文學問題論議集》。例如陳大禹〈臺北酒家〉[98]劇本發表後，有林曙光的〈文學與方言──「臺北

---

[96] 主題在於論述「橋」論爭的有：劉登翰，〈歷史的警示──重讀《橋》關於"建設台灣新文學"的討論〉；樊洛平，〈遮蔽與發現──關於40年代後期台灣文學問題的論爭〉；上村優美，〈簡論台灣新文學論爭之收穫與意義〉；王宗法，〈不僅僅是文學走向的選擇──談1948年"橋"的文學論爭〉；劉紅林，〈一個前提：台灣是中國的一部份；台灣文學是中國文學的一環──讀《1947-1949台灣文學問題論議集》〉；曾慶元，〈關於馬克思主義文論及其應用的問題──簡析1947-1949台灣文學問題論爭中的一些理論偏失〉；葉芸芸，〈個人的傷感主義──1947-1949台灣文學問題論議中的一個議題〉；古繼堂，〈深刻的總結，堅穩的奠基──1947年台灣"新寫實主義"論爭〉；曾慶瑞，〈從"社會主義現實主義"到"新寫實主義"──20世紀40年代末台灣文壇關於文學創作方法的論爭〉；趙遐秋，〈從"文學大眾化"到"人民的文學"──20世紀40年代末台灣文壇關於台灣新文學路線、方向的論爭〉；李瑞騰，〈《橋》上論爭的前奏〉；曾健民，〈在風雨飄搖中綻開的文學花苞──「台灣新文學論議」的思想和時代〉等篇。筆者所掌握該會議論文資料為友人陳建忠所提供，謹此致謝！

[97] 連載於《臺灣新生報》「橋」第一四六期至第一四九期，1948年7月30日～8月6日。

[98] 《臺灣新生報》「橋」第一三九期至第一四〇期，1948年7月14、16日。

酒家」讀後〉、麥芳嫻〈文學的語言——兼評「臺北酒家」〉、蕭荻〈讀
「臺北酒家」的序幕〉、朱實〈讀「臺北酒家」後〉等多篇評論；[99]後來
索默〈綠島小曲〉[100]劇作促使林曙光發表〈臺語與文藝——評「綠島小
曲」〉[101]，再度闡述自己反對方言文學的理念。不久之後，又有外省籍
的宋承治[102]以〈發展本島方言文學的文字問題〉[103]，積極提倡以羅馬字
拼音的地方語來寫作臺灣的方言文學。

尤其值得注意的是《1947-1949 台灣文學問題論議集》將一九四七年
十一月七日刊載的歐陽明〈臺灣新文學的建設〉[104]置於首篇，透露編者

[99] 林曙光，〈文學與方言——「臺北酒家」讀後〉，《臺灣新生報》「橋」第一四
一期，1948 年 7 月 19 日；麥芳嫻，〈文學的語言——兼評「臺北酒家」〉，「橋」
第一四三期，1948 年 7 月 23 日；蕭荻，〈讀「臺北酒家」的序幕〉，「橋」第
一四四期，1948 年 7 月 26 日；朱實，〈讀「臺北酒家」後〉，「橋」第一四四
期，1948 年 7 月 26 日。

[100] 《臺灣新生報》「橋」第二一一期至第二一二期，1949 年 2 月 10、12 日。

[101] 發表於《臺灣新生報》「橋」第二一五期，1949 年 2 月 21 日。

[102] 宋承治原為師範學院英語系學生，籍貫浙江紹興，一九四九年四月六日被捕
當天割腕自殺未遂。四六事件之後院奉令整頓學風，並要求學生重新登記
學籍，宋承治因未重新登記而被除名。參見藍博洲，《天未亮：追憶一九四
九年四六事件（師院部分）》，頁 63-69 及頁 333-344；張光直，《蕃薯人的故
事》（臺北：聯經出版事業公司，1999 年 1 月初版第二刷），頁 77。

[103] 發表於《臺灣新生報》「橋」第二〇三期，1949 年 1 月 22 日。

[104] 原載於《臺灣新生報》「橋」第四十期，1947 年 11 月 7 日。正如作者歐陽明
在文末附註該文乃改寫而來，橫地剛的研究指出，一九四六年十二月發表於
《人民導報》，署名巴特所作，以及一九四七年十二月二十一日發表於《南
方周報》創刊號的同一題名篇章，分別為該篇的第一、三版，充分展現作者
歐陽明對於此一議題的關切；又說：歐陽明的論文是在范泉〈論台灣文學〉
與賴明弘〈重見祖國之日——台灣文學今後的前進目標〉基礎上發表。由上
述可知歐陽明另有筆名巴特，然而歐陽明是誰則未有定論。橫地剛猜測其為
臺灣南部出身，懷疑可能即是賴明弘，陳映真則認為是藍明谷，曾健民原先
懷疑是藍明谷，後又以為可能是賴明弘，然這些推測迄今皆未能提出足以說
服學界的有力證據。以上參見橫地剛，〈范泉的台灣認識——四十年代後期
台灣的文學狀況〉，《告別革命文學？——兩岸文論史的反思》，頁 110、114
及頁 114-115；橫地剛，《南天之虹：把二二八事件刻在版畫上的人》，頁
298-299；曾健民，〈為它的復活歡呼！〉，《1947-1949 台灣文學問題論議集》，
頁 29；曾健民，〈在風雨飄搖中綻開的文學花苞——"台灣新文學論議"的思

認為「橋」論爭由此開啟序幕的觀點。然而必須澄清的是該文發表後並未立即引發回響，將其定位成論爭的首篇作品其實有待商榷。劉孝春的研究指出，在此之前由稚真發表的〈論純文藝〉，[105]引發與揚風、凌風等人「為藝術而藝術」或「為人生而藝術」的理念之爭，才是「橋」上爆發的首場爭戰。[106]而〈臺灣新文學的建設〉發表時間不僅較〈論純文藝〉為晚，並且遲至次年的三月二十六日，方有揚風的〈新時代，新課題——台灣新文藝運動應走的路向〉予以回應；三日後楊逵發表〈如何建立臺灣新文學〉，呼籲「召開全省文藝工作者大會，研討臺灣新文學再建的方策」，接著「橋」以楊逵上述篇章「如何建立臺灣新文學」為題，召開第二次作者茶會，廣泛而熱烈的討論才真正開始。[107]這也就是楊逵後來說論議是由他提起的原因所在，[108]由此可見楊逵在這場論爭中的重要性。

## 二、〈如何建立臺灣新文學〉的建議與回響

　　一九四八年三月二十九日，楊逵〈如何建立臺灣新文學〉在「橋」第九十六期發表。從三月十五日「橋」刊出歌雷建議楊逵以日文重寫〈如

---

想和時代〉，《新文學史料》（北京）（2001 年 2 月），頁 27；石家駒（陳映真），〈一場被遮蔽的文學論爭——關於台灣新文學諸問題的論爭〉，《1947-1949台灣文學問題論議集》，頁 9。

[105] 稚真，〈論純文藝〉，《臺灣新生報》「橋」第三八期，1947 年 11 月 3 日。歐陽明，〈臺灣新文學的建設〉，「橋」第三九期，1947 年 11 月 7 日。

[106] 詳見劉孝春，〈「橋」論爭及其意義〉，《世界新聞傳播學院人文學報》第七期，頁 297-298。

[107] 彭瑞金曾指出楊逵發表〈如何建立臺灣新文學〉等篇章，可以說是這場論戰的導火線；呂正惠對於論爭實由楊逵引發亦有所論述。以上參見彭瑞金，〈記一九四八年前後的一場台灣文學論戰〉，《台灣文學探索》，頁 227；呂正惠，〈陳芳明「再殖民論」質疑〉，《殖民地的傷痕——台灣文學問題》，頁 181-182。

[108] 楊逵說：「這次關於『如何建立臺灣新文學』的討論是我提起的」，見其著，〈現實教我們需要一次嚷〉，原載於《中華日報》「海風」第三一四期，1948年 6 月 27 日，收於《楊逵全集》「詩文卷」（下），頁 252。

何再建臺灣文學〉，翻譯時將再把原已寄給歌雷的中文版內容充實進去，再從〈如何建立臺灣新文學〉文末所附孫達人的「譯者後記」所謂該文除翻譯自楊逵日文篇章外，亦加入中文篇內容的敘述，可知楊逵在應歌雷要求而撰寫日文版之前，先有以「再建」為標題的中文版，[109]亦即楊逵原欲進行的是「重建」的工程，與部分外省作家視臺灣為文學處女地予以「建設」的基本立場不同。

　　楊逵之所以關切臺灣文學發展與重建的議題，從〈如何建立臺灣新文學〉中說：「文學雖然不是療治百症的萬應靈藥，但它如得切切實實的表現人民的真實心情，其吶喊聲終會這迷昏若死的國家叫醒過來」，以及「文學不是『萬應靈藥』，但，歷史告訴我們，只要切實地表現人民的真實的心聲，文學有其促使人民奮起，刺戟民族解放與國家建設的偉大力量」，[110]即可知他希望以文學再現社會實情，傳達人民最真實的心聲，藉文學以從事社會改造運動，最終以建設理想國度的初衷未曾改變過。

　　有關臺灣文學重建議題產生的背景因素，從楊逵發言內容亦可清楚透視。在「橋」第二次作者茶會中，楊逵曾經分析臺灣文學界消沈的原因有兩點：

> 其一是在言語上，就是，十多年來不允使用被禁絕的中文，今日與我們生疏起來了，以中文就很難得充分表達我們的意思了。其二是政治條件與政治的變動，致使作者感著不安威脅與恐懼。寫作空間受到限制。[111]

---

[109] 劉孝春首先指出〈如何建立臺灣新文學〉係由孫達人在翻譯時，綜合楊逵中文與日文版內容而來；許詩萱則在註解處附加「橋」副刊的相關史料。參見劉孝春，〈「橋」論爭及其意義〉，《世界新聞傳播學院人文學報》第七期，頁298；許詩萱，《戰後初期（1945.8-1949.12）台灣文學的重建——以《台灣新生報》「橋」副刊為主要探討對象》，頁49-50。

[110] 楊逵，〈如何建立臺灣新文學〉，《楊逵全集》「詩文卷」（下），頁242、244。

[111] 楊逵在〈如何建立臺灣新文學——第二次作者茶會總報告〉中關於「過去臺灣文學運動的回顧」發言紀錄，原載於《臺灣新生報》「橋」百期擴大號，

由此可知戰後甫滿一年即廢除報紙日文欄，導致尚未成功跨越語言障礙的日文作家喪失發表園地，以及政治環境對文學活動的箝制使作家不敢暢所欲言，阻礙了戰後臺灣文學重建的腳步。

然而若從戰後初期楊雲萍、王詩琅等人可兼用中、日文書寫，以及楊逵、呂赫若等日文作家陸續轉型為中文作家來觀察；再比較一九四六年五月楊逵檢討文學停頓的原因有五項，[112]其中並未包含政治變動帶來的威脅與恐懼，便不難理解二二八事件後殘酷的屠殺和大舉清鄉在作家心裡留下的陰影，才是扼殺文藝發展最為重大的因素。大陸作家揚風的〈新時代，新課題──台灣新文藝運動應走的路向〉就明白指出──「筆禍」的陰影綑縛住作家的手腳，封閉他們的口，導致整個文藝運動的發展遭受阻礙；吳坤煌於第二次茶會中也說：「在目前的環境下，大家都不敢說話，所以大家不得不沉寂下來」[113]。因此雖然絕大部分作家都同意以作品刻劃當前社會現實的重要性，但在論爭中相關發言皆能自我克制，盡量與政局保持疏離，避免刺激到當權者而惹禍上身。

不過，顯然楊逵認為作家亦須深切反省，不應把文學停頓的責任完全推諉之於客觀環境，例如他毫不留情地批判終戰快三年的「臺灣文藝界不哭不叫，陷於死樣的靜寂」，又對照日本時代的新文學運動史，「許多先輩為走向監獄與地獄大聲吶喊，也有許多先輩因此而真的下獄」，「可是現在，我們這般殘留下來的不肖的後繼者，在光復兩年餘來，却緘默

---

　1948 年 4 月 7 日，收於《楊逵全集》「資料卷」，頁 147。

[112] 這五項原因為：包辦主義、語言問題、缺少發表的園地、缺少文化交流、文藝工作者缺少大團結。見楊逵，〈臺灣新文學停頓的檢討〉，《楊逵全集》「詩文卷」（下），頁 223-225。

[113] 吳坤煌，〈希望大家能打破這目前文藝界的沉寂〉，第二次作者茶會發言紀錄，《臺灣新生報》「橋」百期擴大號，1948 年 4 月 7 日，收於《1947-1949台灣文學問題論議集》，頁 60。由於《1947-1949 台灣文學問題論議集》打字排版錯誤之處不少，因此本節所引論爭相關文字均以報紙原版為準，另亦標註《1947-1949 台灣文學問題論議集》頁數以供查考。

如金石，恐怕沒有比這更卑怯與可恥的了。」[114]在暗示恐怖政治的陰影對作家心靈的殘害，致使文學活動產生停滯之餘，楊逵也針對作家自身態度提出檢討，直言批判其中有太消極與太缺乏自信的主觀因素，呼籲作家不要逃避責任，應消滅省內外的隔閡，為再建臺灣新文學而努力。

至於進行重建的步驟與方式，楊逵在〈如何建立臺灣新文學〉中提出六項具體建議，包括團結當時在臺灣的文藝工作者，由各報副刊編者向讀者徵募發起人，召開全省文藝工作者大會，研討臺灣新文學再建的方策；文藝工作者組織不被名士操縱的團體，發行介紹各方面文藝活動的文藝雜誌及文藝新聞，成立文藝的舞臺；各文化雜誌編者擬題鼓動關於新文學諸問題的討論，在各雜誌揭載座談會的消息及報告；各報副刊編者協助物色翻譯人員，以翻譯並刊載用日文撰寫的文藝作品；省內外作家及作品活潑交流；鼓勵民眾參加文藝工作，提倡寫實的報告文學等。[115]這些意見雖然只是〈文學重建的前提〉與〈臺灣新文學停頓的檢討〉兩篇意見之重申，[116]但所引發來自「橋」主編歌雷的立即回應，以及《台灣力行報》的支持，在推動戰後臺灣文學運動上造成的深遠影響無庸置疑。

三月二十二日，當時已經閱讀過楊逵〈如何再建臺灣文學〉中文初稿的歌雷，於「橋」上刊登歡迎本省作家投稿的啟事，以實際行動迅速

---

[114] 楊逵，〈如何建立臺灣新文學〉，《楊逵全集》「詩文卷」（下），頁 242、243。
[115] 詳見楊逵，〈如何建立臺灣新文學〉，《楊逵全集》「詩文卷」（下），頁 244-245。
[116] 一九四六年五月，楊逵在《和平日報》「新文學」欄先後發表兩篇討論臺灣文學重建的文章。在第一篇的〈文學重建的前提〉中，他大聲疾呼展開真正踏實的文學運動，開拓重建臺灣文學的道路，並提出從事正確的文學運動要謀求海內外文學交流的順暢，與踏實的人民的現實生活密切地結合。稍後在〈臺灣新文學停頓的檢討〉中，楊逵也針對臺灣文壇的五大弊病，提出了以人民由下而上的力量對抗政府包辦文學的狀況，成立強而有力的翻譯機構譯介各自用方便語言所寫的作品，創設以大眾支持為基礎、公正不偏的發表園地，以作家交流、刊物與作品的交換填平省內外作家間的鴻溝，文藝工作者成立自主、民主的團體以加強本身的團結等建議。以上參見《楊逵全集》「詩文卷」（下），頁 213-225。

推動重建的工程。二十九日〈如何建立臺灣新文學〉發表之後，「橋」不僅以楊逵該文為題迅速召開第二次作者茶會，四月初於「橋」刊出討論的全部內容，此後茶會所訂與臺灣文學發展直接相關的主題，至少還有第三次的「臺灣文學之路」、第四次的「臺灣新文學的道路」，以及第九次（也是最後一次）的「總論臺灣新文學運動」，[117]「橋」遂成為省內外作家交換意見的主要據點。而歌雷聘請專人負責翻譯臺籍作家的日文創作，以及臺南作家葉石濤、陳顯庭、葉瑞榕獲邀協助編務，[118]不僅把「橋」的影響力從臺北向南延伸，也有助於省內外作家跨越語言的障礙，以此為園地從事合作與交流。歌雷曾在「橋」的〈刊前序語〉中說：「橋象徵新舊交替，橋象徵從陌生到友情，橋象徵一個新天地，橋象徵一個展開的新世紀」[119]，後來「橋」果如其名地成為溝通省內外文化界的橋樑，以及前述楊逵重建工程六項提議的主要實踐者。

　　值得一提的是《台灣力行報》所做的相關努力，過去因史料缺乏而被學界長期忽略。首先是一九四八年五月十七日，「力行」副刊在第六十一期以〈尋找臺灣文學之路〉[120]為題，刊出楊逵致各報副刊編者及各文藝工作者的公開信，為「找臺灣文學之路」廣泛徵求意見。五月二十日出刊的第六十二期，「力行」編輯在〈對如何建立臺灣新文藝的幾個基本問題的認識〉中，公開呼籲各報副刊多多收容日文稿件，然後譯成

---

[117] 筆者由「橋」副刊史料發現與臺灣文學重建相關的茶會共有這四次，其他的茶會內容因未見記載而無法得知，或許還有相關的也說不定。參見「橋」第百期擴大號、第一〇五期、第一一三期、第一二九期，分別載於《臺灣新生報》，4月7日、4月23日、5月12日、6月21日。

[118] 參見〈編者・作者・讀者〉之「南部的橋」，《臺灣新生報》「橋」第二一四期，1949年2月18日；許詩萱，《戰後初期（1945.8-1949.12）台灣文學的重建——以《台灣新生報》「橋」副刊為主要探討對象》，頁58。

[119] 引自歌雷，〈刊前序語〉，《臺灣新生報》，1947年8月1日。

[120] 這篇文章在此之前曾以〈給各報副刊編者及文藝工作者的一封公開信〉為題，發表於《臺灣新生報》「橋」第一〇五期（1948年4月23日），但缺少《台灣力行報》後附「找臺灣文學之路」條列的提問部分，兩文重複之處用字亦有些許差異。

中文發表。六月一日，「力行」第六十六期刊載志仁為回應楊逵徵求意見而撰寫的〈寫作與生活〉，以文學應描寫客觀的具體的現實，寫作即是現實生活的再現，呼應楊逵提出的現實主義文學觀。八月二日，該報開闢「新文藝」欄，用以培養臺灣的青年作家，楊逵應邀擔任主編，獲得落實理念的重要機會。

　　楊逵的意見得到上述兩副刊響應的同時，戰後初期最大的一場文學論爭也從〈如何建立臺灣新文學〉引爆，在省內外作家共同參與的情形下熱烈展開。論爭期間楊逵積極參與「橋」作者茶會引導議題，又撰寫〈「臺灣文學」問答〉與〈現實教我們需要一次嚶〉，針對觀點歧異的部分公開論辯。由於論爭相關議題眾多而複雜，筆者將以楊逵的意見為中心深入探討，提供另一種觀察的角度。

## 三、發展臺灣文學的路向與方法

　　「橋」上論爭焦點主要在於臺灣文學未來的路向，楊逵在〈如何建立臺灣新文學〉中明確指出文學要切實地表現人民真實的心聲，並以發展寫實的報告文學為目標。揚風〈新時代，新課題——台灣新文藝運動應走的路向〉同樣認為臺灣新文藝運動要反映出時代和社會的真實面目，文藝工作者應生活在大眾中間。他還特別對此加以解釋說：「所謂生活在大眾中間，並不是被動的由上而下的只看到大眾歡樂和痛苦的表面，黑暗或光明的輪廓就算了事，而是要主動的由下而上的深刻的了解他們，同大眾一樣的呼吸，一個忠實於文藝工作者的心，應該同大眾的心融合成一個心。」[121]史村子也說：「文學不僅是一個時代的反映，而且應該走在時代的前面，領導時代，同時領導著大眾，是大家的哨兵是

---

[121] 揚風，〈新時代，新課題——台灣新文藝運動應走的路向〉，《臺灣新生報》「橋」第九五期，1948 年 3 月 26 日；《1947-1949 台灣文學問題論議集》，頁 39。揚風的意見雖比楊逵〈如何建立臺灣新文學〉早三日發表，但從前文敘述可知當時楊逵的相關意見已投稿，兩人並未互相影響，只能說是英雄所見略同。

大眾所共有」，以及「一個忠實的文藝工作者，面對著這個社會現實，應該是一個勇敢的鬥士。把消極的暴露變成有力的控訴，把人群的呻吟變成雄大的吼聲——這是一個忠實的文學工作者在這個時代的使命。」[122]接著「橋」刊載的第一、二次作者茶會發言紀錄，除了陳健夫、稚真等極少數作家有不同的意見外，[123]現實主義的大眾文學可說是「橋」上作者的共識。爾後「橋」所刊登的篇章亦多贊同此一路線，例如在〈「文章下鄉」談展開臺灣的新文學運動〉中，揚風重提中國對日抗戰期間「文章下鄉」的口號，要求作家離開書房與都市，以廣大的農村做為生活與寫作的學習的源泉。[124]姚筠也說：「為今後『新臺灣文學運動』的具體意見，應該是使它走向大眾文學的道路，使文學能切實地反映人民的生活和痛苦，我們要求把全部人民的生活寫出來，寫得通俗，寫得真實，使文學全部為人民而服務，努力地排除資本主義社會文學狹隘的錯誤的觀念」[125]。

---

[122] 史村子，〈論文學的時代使命——藝術的控訴力〉，《臺灣新生報》「橋」第九八期，1948 年 4 月 2 日；《1947-1949 台灣文學問題論議集》，頁 47。

[123] 陳健夫在「橋」第一次作者茶會中說：「關於作品的內容問題，我以為我們現在所表現的，屬於浪漫主義也好……屬於寫實主義也好……讓作者們自己自由去選擇最適合個人發抒情感的方式，只是我們不能忽略了認識我們今日所處的時代背景，進一步理解此時此地我們應該努力表現的是些什麼？」雖然強調時代背景的重要性，但並不認為應該為此限制作者的表現方法。稚真則延續先前與揚風論戰時的同一觀點，雖不否認描寫廣大人民苦樂的現實主義文學為文學之一部份，但也不認為文藝該走這個單一的路線。他說：「關於文藝的範疇，我想任何人總不能下那『只有描寫廣大人民的苦樂的才是文藝』的結論，但我從未否認那喊出人民，痛苦的是文藝的一部；一個作家的形成，需要一個偉大的人格，在盧梭的懺悔錄裡，在歌德的少年維特的煩惱裡，有的是人性的啟發，並沒有為廣大民眾請過什麼命過。」見〈橋的路——第一次作者茶會總報告（及百期擴大茶會論題徵文）〉，《臺灣新生報》「橋」百期擴大號，1948 年 4 月 7 日；《1947-1949 台灣文學問題論議集》，頁 56。

[124] 揚風，〈「文章下鄉」談展開臺灣的新文學運動〉，《臺灣新生報》「橋」第一一七期，1948 年 5 月 24 日；《1947-1949 台灣文學問題論議集》，頁 95-96。

[125] 姚筠，〈我的『新臺灣文學運動』看法〉，《臺灣新生報》「橋」第一二四期，1948 年 6 月 9 日；《1947-1949 台灣文學問題論議集》，頁 126。

　　然而雜音依舊存在，例如阿瑞（劉慶瑞）[126]〈臺灣文學需要一個『狂飆運動』〉認為臺灣文學是一個創造的新園地，應該要開放個性，尊重情感。他說：「臺灣文學須給個人伸張個性的機會，不可以既成的歷史成見統制他，規律他，文藝自由的空氣是創造的最好苗床，所以我們不可以單一的現在世界文學思想的主潮強制他們。」[127]後來雷石榆〈臺灣新文學創作方法問題〉從阿瑞該文說起，發表其所謂偏向於浪漫主義創作方法的新寫實主義，並招致揚風的大加撻伐。揚風批評雷石榆「新的寫實主義是自然主義的客觀認識面而與浪漫主義的個性，感情的積極面之綜合和提高」[128]的說法，認為這是在「自然主義」與「浪漫主義」的屍體上披上新寫實主義的紙袈裟——

> 因為新寫實主義是社會主義的現實主義，是主張階級文學的（即文學階級性）根本就厭絕雷先生裝在紙袈裟裡的「浪漫主義」的「個性」和「情感」的。新寫實主義的「情感」，也只是廣大勞動人民求民主，反專制，求解放，反獨裁的積極的行動和怒潮。新寫實主義的「個性」是廣大勞動人民的「群眾性」。決不是雷先生所高喊着的「浪漫主義的創作方法」的「個性」和「情感」的。[129]

---

[126] 根據林曙光的說法，阿瑞本名劉慶瑞，時與彭明敏同為臺灣大學的學生。據此推斷他是曾經任教於臺灣大學法律系，而與彭明敏私交甚篤的劉慶瑞教授。參見林曙光〈感念奇緣弔歌雷〉及〈楊逵與高雄〉，分別見《文學台灣》第十一期，頁22；《楊逵的文學生涯》，頁253。

[127] 阿瑞，〈臺灣文學需要一個『狂飆運動』〉，《臺灣新生報》「橋」第一一四期，1948年5月14日；《1947-1949台灣文學問題論議集》，頁88。

[128] 雷石榆，〈臺灣新文學創作方法問題〉，《臺灣新生報》「橋」第一二○期，1948年5月31日；《1947-1949台灣文學問題論議集》，頁110。

[129] 揚風，〈五四・文藝寫作——不必向『五，四』看齊〉，《臺灣新生報》「橋」第一一九期，1948年5月28日；《1947-1949台灣文學問題論議集》，頁124。

接著雷石榆和揚風又來回激辯了數回，[130]爭執點均在於「浪漫主義」上。直到駱駝英的〈論「臺灣文學」諸論爭〉將問題點挑明，認為雷石榆所提與阿瑞提倡狂飆運動的浪漫主義不同，並闡述新現實主義中內含革命的浪漫主義，亦即「認清了現實及其必然發展的道路，而強調對壓迫的反抗精神，強調對必然的未來憧憬，追求，爭取的熱力」[131]，爭論才告停歇。

　　事實上，所謂新現實主義中內含革命的浪漫主義即是「社會主義現實主義」，相關創作始於蘇俄作家高爾基一九〇六年的小說《母親》，口號之提出與理論之討論則是在一九三二年，一九三四年全蘇第一次作家代表大會上，它被正式確立為蘇聯文學的創作方法。一九三三年社會主義現實主義被正式介紹到中國後，即被努力實踐著，儘管其名稱有新寫實主義、革命現實主義、普羅列塔利亞寫實主義、新現實主義、社會主義的現實主義……等之不同，然其內涵始終不脫蘇聯社會主義現實主義的範疇，亦即強調不但不排除，而且應該包含啓示未來社會光明面的一種不逃避現實的、革命的、新的浪漫主義。[132]一九四二年毛澤東在延安座談會上的談話，曾明確指示以之做為中國共產黨的文藝創作路線，[133]

---

[130] 兩人接著論辯此一議題的文章依照刊出時間順序如下：雷石榆，〈形式主義的文學觀——評揚風的『五四文藝寫作』〉，《臺灣新生報》「橋」第一二六、第一二七期，1948 年 6 月 14、16 日；《1947-1949 台灣文學問題論議集》，頁 131-135。揚風，〈新寫實主義的真義〉，《臺灣新生報》「橋」第一三二期，1948 年 6 月 28 日；《1947-1949 台灣文學問題論議集》，頁 149-152。雷石榆，〈再論新寫實主義〉，《臺灣新生報》「橋」第一三三、第一三四期，1948 年 6 月 30 日、7 月 2 日；《1947-1949 台灣文學問題論議集》，頁 155-164。揚風，〈從接受文學遺產說起〉，《臺灣新生報》「橋」第一三六期，1948 年 7 月 7 日；《1947-1949 台灣文學問題論議集》，頁 165-168。

[131] 駱駝英，〈論「臺灣文學」諸論爭〉，《臺灣新生報》「橋」第一四六期至第一四九期，1948 年 7 月 30 日～8 月 6 日；《1947-1949 台灣文學問題論議集》，頁 176-181。

[132] 社會主義現實主義口號之提出與在中國被介紹及發展之經過，詳情可參考張大明，〈社會主義現實主義與中國革命文學〉，《新文學史料》（北京），1998 年第三、期，頁 166-174、75 及頁 144-165。

[133] 毛澤東〈在延安文藝座談會上的講話〉中說：「我們是主張社會主義的現實

故而雷石榆係以曲筆介紹社會主義現實主義，[134]與揚風在文學發展路線上的看法趨於一致；而這也就是楊逵三〇年代小說創作中，藉由被壓迫群眾的集體反抗，將結局指向理想社會的所謂「真實的現實主義」。

　　至於臺灣文藝應由誰來執行的問題，楊逵向愛國憂民的文藝工作者呼籲，彼此消滅省內外的隔閡，共同再建為中國文學之一環的臺灣新文學。楊逵還特別提到刊出文章無法代表廣大人民的心情，是「橋」副刊以及各報副刊的毛病，「原因可以這樣想，就是很多的外省作者在臺灣社會的生活還沒有生根，臺灣的作者又消沉得可憐，以致坐在書房裏搾腦汁的文章佔大部分。為打開這僵局，我希望各作者到人民中間去，對現實多一點的考察，與人民多一點的接觸，本省與外省作者應當加強聯繫與合作。」具體可行的辦法則是「需要某種文章，請某些作者去寫。地方性與現實性的文章，由作家集體創作，並可聯繫作者間的情感，打破個人主義的門戶偏見，最好由主編者提出專題，俾使作者深入民間採納題材，從事創作。」[135]揚風也認為大陸來臺與臺灣當地文藝工作者應該攜手同心，組織和堅強更新的文藝運動之統一路線。[136]蕭荻則認為要使臺灣新文學運動生根，「單靠外來的力量是不夠的，種子，肥料，可以從外面移植來，但是土地水份却必須是臺灣的，這就說明了，要立下

---

主義的」，見《毛澤東選集》第三卷，筆者引用為網路資料，網址為 http://www.mzdthought.com/3/3-8.htm。

[134] 參考劉孝春，〈「橋」論爭及其意義〉，《世界新聞傳播學院人文學報》，頁 318。

[135] 楊逵，〈橋的路——第一次作者茶會總報告〉（及百期擴大茶會論題徵文）中有關「作家應到人民中間去觀察——本省與外省作者應當加強聯繫與合作」發言紀錄，原載於《臺灣新生報》「橋」百期擴大號，1948 年 4 月 7 日，收於《楊逵全集》「資料卷」，頁 145。

[136] 揚風在有關臺灣新文藝運動的展開法時提到「文藝統一陣線」，他說：「內地來臺的臺灣當地文藝工作者普遍的合作，共同攜手」，接著又說：「在『展開臺灣新文學運動』這個口號，文藝工作者，應該攜著手，心貼著心的來組織和堅強更新文藝運動的統一路線。」見其著，〈新時代，新課題——台灣新文藝運動應走的路向〉，《臺灣新生報》「橋」第九五期，1948 年 3 月 26 日；《1947-1949 台灣文學問題論議集》，頁 39、40。

臺灣新文學運動的基礎，必得由臺灣作家為主力來努力才行。」又說：
「所謂文學，應該來自人民，要來自於生於斯、長於斯的人民」，「真正
能夠介紹臺灣，反映臺灣的作品，須待在臺灣生活了一生的，從日本人
的壓迫中掙扎出來的臺灣作家來寫」。[137]並提出曾在日本人統治之下堅
強奮鬥者多寫一些介紹臺灣、反映臺灣的文章；大陸來臺作家應消除特
殊優越感，把真實能反映中國的作品帶到臺灣，彼此從相互了解開始，
然後再來集體創作能真正反映臺灣的東西，這樣經過一個時期的努力，
臺灣新文學才能奠下基礎。姚筠也同樣認為：「由於對臺灣社會現狀了
解的深切，本地的文學工作者應該是這一運動推動的主要力量，相信這
是會被大家重視而加以急切地推行的。」[138]總括來說，省內外合作以發
展臺灣新文學的模式為大家所共同認可，只是部分作家覺得還是應該以
生於斯、長於斯的本省籍作家為主體。

　　由路線之爭還另外衍伸出是否要繼承五四的問題，胡紹鍾〈建設新
臺灣文學之路〉[139]認為五四是民國的新文學始端，雖有革命性的成就，
但不能以此限制新時代臺灣文學的發展，叫囂著要回復五四時代是錯誤
的；應以革命的精神創造出另一個時代以配合需要，建立自主的地方性
的文學。孫達人則反駁胡紹鍾所謂五四只是「革命過程中的名詞而已」，
不但是錯估了五四，簡直是侮辱了五四。他說：「五四運動的正確解釋
應當是：反帝反封建的政治的社會的思想的運動，而『五四』以來的新
文藝，就是反帝反封建的思想鬥爭的一翼」[140]，並詳細敘述五四運動能

---

[137] 蕭荻，〈瞭解、生根、合作──彰化文藝茶會報告之一〉，《臺灣新生報》「橋」
　　第一二一期，1948 年 6 月 2 日；《1947-1949 台灣文學問題論議集》，頁 114。
[138] 姚筠，〈我的「新臺灣文學運動」看法〉，《臺灣新生報》「橋」第一二四期，
　　1948 年 6 月 9 日；《1947-1949 台灣文學問題論議集》，頁 127。
[139] 原載於《臺灣新生報》「橋」第一一七期，1948 年 5 月 24 日；《1947-1949
　　台灣文學問題論議集》，頁 101-102。
[140] 孫達人，〈論前進與後退──「建設新臺灣文學之路」讀後〉，《臺灣新生報》
　　「橋」第一一九期，1948 年 5 月 28 日；《1947-1949 台灣文學問題論議集》，
　　頁 106。

成為全民覺醒的全民運動，在於當時的中國是一個半封建半殖民地的社會，因此針對封建提出個性解放，針對帝國主義淪中國為半殖民地的奴役社會而提出民族解放的反帝。然而三十年來中國社會背景依然沒變，除了反掉一個日本帝國主義之外，封建意識與帝國主義仍相互勾結著，所以文藝工作者仍應根據五四精神，為反封建反帝而努力。而昔日要求個性解放的個人主義早為大多數知識分子所唾棄，大部分的知識分子都已覺醒，深入廣大的民眾，要求全民的解放。揚風則認為：「『五，四』已盡了它在中國新文學啟蒙運動的歷史的使命，是因『五，四』這一運動的本身，對外是反帝的，對內則是反封建軍閥與反官僚的專制，而要求民主與科學的。在文學上，除了反帝反封建之外，更積極的反對國粹及舊文學，而提倡比較為大眾所瞭解的白話文」；然而從「大眾文學」到「民族革命戰爭的大眾文學」口號的提出，已經標明中國社會在本質和形式上已經有了很大的變動，因此展開臺灣文學不必向五四看齊，更不需回到五四。[141]就此而言，參與討論的大多是外省來臺作家，彼此意見紛歧，莫衷一是。

　　此外，在寫作臺灣文學應該採取的工具方面，國語（北京話）似乎是共同的選擇。即便連臺灣青年作家朱實質疑日文廢止令打擊臺灣文壇，限制許多新作家的出路，卻也明白表示將努力學習國語，以白話文從事文學創作的意願。[142]對於「橋」等副刊以中文翻譯發表日文稿件的形式接受日文創作，外省作家也毫無異議；不過在是否要以臺灣話從事創作方面則顯得意見分歧。揚風率先表示反對，他說：「文藝的大眾化要使不能看的人聽得懂，不能聽的人看得懂。我決不同意於用臺灣語來寫所謂『方言化的文藝』，因為這第一、阻礙了語文統一的進展，第二、

---

[141] 揚風，〈五四‧文藝寫作——不必向『五，四』看齊〉，《臺灣新生報》「橋」第一一九期，1948 年 5 月 28 日；《1947-1949 台灣文學問題論議集》，頁 121-122。
[142] 參見朱實作，林曙光譯，〈本省作家的努力與希望——新文學運動在臺灣的意義〉，《臺灣新生報》「橋」第一○五期，1948 年 4 月 23 日；《1947-1949 台灣文學問題論議集》，頁 77-78。

臺灣語不像蘇浙等省的土語，臺灣話的本身就感語彙不夠，假使再行諸文，勢必更感別（按：「彆」之誤）扭。」[143]然而另一位外省作家雷石榆則舉魯迅、老舍等人作品中夾雜的南腔北調，認為「為了適切地表現人物的性格、習慣，在對話上不妨使用地方語」，而「不是已被普遍化的地方語，不妨加以注釋，使非當地人也能看懂。臺灣語彙也許很不夠用，但不妨象聲創造。」[144]如前所述，本省籍作家林曙光也站在反對的立場，外省籍作家宋承治則不僅贊同，甚至更進一步提倡羅馬字拼音的臺灣方言文學。由此可見，贊成和反對之間與省籍無關。而楊逵在論爭進行的八月間，已經開始發表臺灣話文歌謠的創作，以實際行動明顯表態支持將臺語做為書寫工具。

## 四、臺灣文學的歷史與性質

從如何建設臺灣新文學的爭論當中，還可以看到大陸作家與臺籍作家對臺灣文學歷史與特殊性的論述，甚至比發展路線的討論存在著更多的歧見。[145]在〈如何建立臺灣新文學〉中楊逵提到日本帝國主義統治下的臺灣新文學運動，說它曾經擔任著民族解放鬥爭的任務，在喚醒人民的民族意識上確實有過成就。「橋」的第二次作者茶會召開時楊逵首先

---

[143] 參見揚風，〈新時代，新課題——台灣新文藝運動應走的路向〉，《臺灣新生報》「橋」第九五期，1948 年 3 月 26 日；《1947-1949 台灣文學問題論議集》，頁 40。

[144] 雷石榆，〈臺灣新文學創作方法問題〉，《臺灣新生報》「橋」第一二○期，1948 年 5 月 31 日，《1947-1949 台灣文學問題論議集》，頁 111。

[145] 許南村（陳映真）認為論爭其實並不存在路線之爭，彭瑞金同意此一觀點，但更進一步指出「所有的歧見都出現在省內外作家對台灣文學定位、性質的不同認知。」然而從筆者上述分析來看，其實參與討論的作家們對於發展路線並沒有完全獲得共識。參見許南村，〈「台灣文學」是增進兩岸民族團結的渠道——讀楊逵〈台灣文學問答〉〉，《喑啞的論爭》，頁 32；彭瑞金，〈戰後初期「台灣文學路向之爭」的真相探討〉，《文學台灣》第五一期，頁 232、234。

發言，也以一九三七年七七事變為分界，概要地敘述了前後兩期的臺灣新文學運動史，並強調這兩期都以反帝反封建和民主科學為中心思想。就目前所知，戰後楊逵首度介紹臺灣新文學傳統是在〈臺灣新文學停頓的檢討〉，文中他先把五四運動作為中國新文學的起步，然後提到當時的臺灣受到日本帝國鐵蹄的踐踏，五四運動後不久以《民報》為秘密基地，白話文運動與新文學運動熱烈展開。接著歷數經過《臺灣文藝》和《臺灣新文學》的團結全島文藝工作者，再到揭穿日本「一視同仁」和「東亞共榮」本質的《臺灣文學》，前後共三波的臺灣新文學運動。[146]楊逵提到臺灣新文學時強調正視殖民地臺灣的現實，及針對日本殖民統治而發動的攻擊，顯示中國與臺灣兩地新文學運動有不同的歷史傳統與內涵。

　　在「橋」第二次茶會中發言的其他臺籍作家對此顯然也有清楚的認知，例如吳濁流重申臺灣人以文藝活動反抗日本的統治政策，認為過去的臺灣新文藝運動值得研究。林曙光以臺灣的文學運動是受到中國五四運動與西來庵事件之影響，強調其中表現了臺灣人的民族意識。吳坤煌則以自身在東京的經驗，介紹當時與日本進步文人在文藝活動上的合作。[147]除了曾參與西川滿《文藝臺灣》編輯工作的葉石濤於〈一九四一年以後的臺灣文學〉中聲稱：「在日本帝國主義的彈壓下，臺灣文學走了畸型的，不成熟的一條路」[148]，以及初出茅廬的臺大學生阿瑞說：「過去的臺灣可以說是文學的沙漠，在這沙漠之上，真正的文學根本不能下根」[149]之外，本省籍作家對於過往的臺灣文學幾乎採取正面肯定的一致性立場。

---

[146] 楊逵，〈臺灣新文學停頓的檢討〉，《楊逵全集》「詩文卷」（下），頁222。

[147] 以上第二次作者茶會發言內容原載於《臺灣新生報》「橋」百期擴大號，1948年4月7日，收於《1947-1949台灣文學問題論議集》，頁57-60。

[148] 葉石濤，〈一九四一年以後的臺灣文學〉，《臺灣新生報》「橋」第一○四期，1948年4月16日；《1947-1949台灣文學問題論議集》，頁76。

[149] 阿瑞，〈臺灣文學需要一個『狂飆運動』〉，《臺灣新生報》「橋」第一一四期，

大陸來臺作家中也有對臺灣文學抱持輕蔑與偏見者，例如田兵就說：「臺灣文學自『五四』以後隨著祖國的新文學也展開了新的生命，雖然說臺灣新文學過去在反封建反帝國主義的目標下曾經作過極大的努力，但剛生的苗芽終都受到了暴力的摧殘，臺灣的新文學可以說沒有什麼重要的發展和成績。可是在同一個時期里（按：「裏」之誤），祖國的新文學已有普遍的重大的發展，已有一個不可動搖的根基。」[150]姚筠則認為：「以往由於帝國主義者對殖民地統治的政策，使臺灣同胞很少接觸到政治社會活動的範疇，因之文學傾向也無法擔負起作為生活啟示和實現反映的任務，這無疑是一社會落後的現象，是與祖國的文藝思潮相脫節的」[151]。然而也有如孫達人般肯定臺灣文學的歷史，強調臺灣人因身處異族統治之下，反帝、反侵略、反封建的表現比中國大陸更為強烈，文學的進展較大陸有過之而無不及，不能因語文的變革就否定思想的內容。[152]甚至還有蕭荻公開反對外省作家「在臺灣根本說不上有文藝」的看法，認為臺灣的文學與其他各地一樣不容忽視，他說：「由內地來臺灣的作者，如果不能排除像某些來臺灣求自身發展者的特殊優越感，而讓它存在於文學之中，匪特不能促進臺灣的文學運動，相反地將是一個很大的阻力」；並以「不過是由於語言工具的隔膜，臺灣作家還沒有能夠大量地產生用國語寫的足以使人注意的作品而已」[153]，一針見血地指出當時外省作家由於優越感和語言的隔閡，對於臺灣新文學運動的成績缺乏了解。

---

1948 年 5 月 14 日；《1947-1949 台灣文學問題論議集》，頁 88。

[150] 田兵，〈臺灣新文學的意義〉，《臺灣新生報》「橋」第一一八期，1948 年 5 月 26 日；《1947-1949 台灣文學問題論議集》，頁 103。

[151] 姚筠，〈我的「新臺灣文學運動」看法〉，《臺灣新生報》「橋」第一二五期，1948 年 6 月 9 日；《1947-1949 台灣文學問題論議集》，頁 126。

[152] 〈如何建立臺灣新文學〉（第二次作者茶會總報告），《臺灣新生報》「橋」第一〇一期，1948 年 4 月 9 日；《1947-1949 台灣文學問題論議集》，頁 64。

[153] 蕭荻，〈瞭解、生根、合作——彰化文藝茶會報告之一〉，《臺灣新生報》「橋」第一二一期，1948 年 6 月 2 日；《1947-1949 台灣文學問題論議集》，頁 114。

　　在高喊建設臺灣新文學的同時，臺灣文學相異於中國文學的特殊之處也一再被討論。楊逵在第二次茶會中說：「回顧臺灣新文學的過去，我們可以發現到的特殊性倒是語言上的問題，在思想上的『反帝反封建與民主科學』這一點，與國內却無二致」[154]。彭明敏〈建設臺灣新文學，再認識臺灣社會〉則以文學的社會背景為出發點，認為臺灣社會最大的特色在於「受過半世紀日本殖民統治的特殊歷史這一點」[155]。而林曙光（瀨南人）針對為何要建立臺灣新文學解釋說：「臺灣的地理位置，地形地質，氣候產物——就是自然底環境才會造成，被西班牙與荷蘭人窃據，以及淪陷於日本——的歷史過程，並且這些歷史過程，再和她的自然環境互相影響而造成臺灣的特殊，而這種特殊，使得臺灣需要建立臺灣新文學」[156]，明確指出自然環境與被異族多次殖民經驗的交互影響，才產生臺灣的特殊性與建設臺灣新文學的需要，這是在此之前其他作家所未曾注意到的地方。

　　外省作家群在這方面的意見雖然略有不同，但都不約而同提及臺灣受到日本統治的影響，例如陳大禹、田兵、姚筠等人都說到臺灣曾經身為日本殖民地的歷史。[157]其中陳大禹更注意到在臺灣發表的文章有異於

---

[154] 〈如何建立臺灣新文學〉（第二次作者茶會總報告），《臺灣新生報》「橋」百期擴大號；《楊逵全集》「資料卷」，頁147。

[155] 彭明敏，〈建設臺灣新文學，再認識臺灣社會〉，《臺灣新生報》「橋」第一一二期，1948年5月10日；《1947-1949台灣文學問題論議集》，頁79。

[156] 瀨南人，〈評錢歌川、陳大禹對臺灣新文學運動意見〉，《臺灣新生報》「橋」第一三○期，1948年6月23日；《1947-1949台灣文學問題論議集》，頁140。

[157] 陳大禹在〈「臺灣文學」解題——敬致錢歌川先生〉中說：「臺灣在中國，最突出的特殊性，就是曾經淪陷於日人統治下五十餘年，這半世紀的隔斷，臺灣是在窒息的殖民地的處境下，造成異同國內，明顯特殊的色彩」（《臺灣新生報》「橋」第一二七期，1948年6月16日；《1947-1949台灣文學問題論議集》，頁137）。在此之前的橋第二次作者茶會中，他也提到臺灣因為社會進化異於大陸的結果，所要鬥爭的實際情形與若干思想內容異同的特殊性（《臺灣新生報》「橋」第一○一期，1948年4月9日；《1947-1949台灣文學問題論議集》，頁64）。田兵在〈臺灣新文學的意義〉中說：日本殖民統治是臺灣特殊性的社會環境（《臺灣新生報》「橋」第一一八期，1948年5月

大陸的語文教育性，戰後臺灣人透過閱讀報刊學習中國語文，並實際引用到生活需要表達的日常語文上。[158]另外，歌雷認為臺灣文學的特殊性有四種：第一、形式上除日文的使用外，所用的中文仍停留在五四時代，技巧上多半採取五四時代白話文的直敘法。第二、文學上滲進日本語文及臺灣鄉土中所變化的俗語和口語，語彙詞彙和語法文法都和當時的中國文學有極大的差異。第三、過去的臺灣文藝因反對日本統治而展開，加以日本對臺壓迫與剝削，對於現實刺激的反應尖銳而深刻。但由於現實的狹窄，以及所受來自日本作家的影響，作品帶有濃厚的個人的傷感主義與低沉的氣氛，缺少創作的活潑性與豐富性。第四、反抗日本統治的鬥爭中，作家的創作心理富於民族意識，因此保有民間的文藝形式，並與人民的痛苦及要求相融合。[159]雖然所言側重臺灣文學在語言文字和思想內涵的差異，但亦不忘述及產生這些差異的歷史背景即是日本的殖民統治。

那麼要如何處理臺灣文學特殊性的問題呢？歌雷認為要通過當時臺灣文學的特殊因素而使之發展，正如中國大陸文壇中所提到的「邊疆文學」一樣，藉著表現地域性的不同，來反映現實性的真實與民間形式的運用。又說：

> 臺灣文學在今日的現狀中所保有的特殊性，在未來的新文學發
> 展上要經過「揚棄」的過程，有的要極力追求新的道路與改進，

---

26 日；《1947-1949 台灣文學問題論議集》，頁 103）。姚筠〈我的「新臺灣文學運動」看法〉說：「臺灣由於過去的五十一年歷史，造成了它的『地方性』、『特殊性』，這也是不能否認的事實，因為文學是社會生活內容的一部份，在被殖民地統治的年代裡，人們的生活意識思想觀念，是必然地或多或少受其薰染陶冶的（《臺灣新生報》「橋」第一二五期，1948 年 6 月 9 日；《1947-1949台灣文學問題論議集》，頁 126）。

[158] 〈如何建立臺灣新文學〉（第二次作者茶會總報告），《臺灣新生報》「橋」第一〇一期，1948 年 4 月 9 日；《1947-1949 台灣文學問題論議集》，頁 63。

[159] 〈如何建立臺灣新文學〉（第二次作者茶會總報告），《臺灣新生報》「橋」第一〇一期，1948 年 4 月 9 日；《1947-1949 台灣文學問題論議集》，頁 62。

> 有的則要對於原有的傳統與精神應保有與發揚，在內地來的文
> 藝工作者與臺灣文藝工作者在文字的學習上，不僅是臺灣文藝
> 工作者對於中文白話文的普遍的學習與進步，來趕上在這五十
> 年中國在文字的形式及技巧上的不足，並且還要加上今日國內
> 文學上語文的運用與臺灣特有的語彙的融合，這種融合的過程
> 是本省與外省文藝工作者的在文字上的相互學習與創造，而不
> 是單方面的要求普及。[160]

　　就揚棄臺灣文學特殊性這一點而言，外省作家的意見大多與歌雷相
同，例如陳大禹說：「我們現階段的實際工作，是適應這些特殊性而建立
臺灣新文學，使臺灣文化與國內文化早日異途同歸。」[161]姚筠認為：「為
了充分瞭解祖國文藝思潮的成長和發展，臺灣的作家們應該多多求得和
祖國文學的接觸和交流，尤其近二十年來中國文藝思潮的脈流，深切地
去體會自『五四』──『五卅』──『九一八』──『八一三』以來，
每個不同階段的文學思潮的背景和任務，和它必然轉變的趨勢，因為這一
了解是可以使我們省卻許多前人已經走過了的道路，從而把握今後世界
文藝發展的動向，為臺灣文學思潮灌輸新的清流。」[162]揚風也說展開臺
灣的新文學運動光認識臺灣還不夠，「更要認識整個中國，整個世界的文
學運動是怎麼一個趨勢了，進步到了甚麼程度，在臺灣的文學運動，應該
怎樣去配合？如何去趕上？假使這些我們不認識清楚，只盲目的死抱著
臺灣如何、如何，等於在家裡關起門作皇帝，外面的天地還廣大的很
啦！」[163]外省作家自許為臺灣文學指導者的心態，從這些話語裡暴露無遺。

---

[160]〈如何建立臺灣新文學〉（第二次作者茶會總報告），《臺灣新生報》「橋」第
　　一○一期，1948 年 4 月 9 日；《1947-1949 台灣文學問題論議集》，頁 62-63。
[161]〈如何建立臺灣新文學〉（第二次作者茶會總報告），《臺灣新生報》「橋」第
　　一○一期，1948 年 4 月 9 日；《1947-1949 台灣文學問題論議集》，頁 65。
[162]姚筠，〈我的「新臺灣文學運動」看法〉，《臺灣新生報》「橋」第一二五期，
　　1948 年 6 月 9 日；《1947-1949 台灣文學問題論議集》，頁 126-127。
[163]引自揚風，〈「文章下鄉」──談展開臺灣的新文學運動〉，《臺灣新生報》「橋」

在此應特別注意的是胡紹鍾提出所謂建立自主性地方文學的意見，對抗臺灣文學必須學習中國文學的論調，他說：「現在的臺灣，她與內地的文學有真空的感覺；半世紀的隔離祖國，這是勢所必然，現在的游離性，對祖國文學的追隨，這是重回祖國的象徵，但是建設新臺灣文學這句口號，我們要實現它，不能有日本式的社會來決定文學的命運。」因此他用不能以殖民地文學色彩來侮辱我們生存的社會，不能有其他社會性的文學來支配我們生存的社會為理由，反對趨奉或模仿中國文學，最後他還強調說：

> 在文學的立場上，也就是某一人類生存的社會形式上，我們必須建立起自主的地方性文學。臺灣，這是地方的名詞，她有她的人民社會，她有她的社會意識，她有她的文學思潮，但是被限制了，是被一批文學清客，他們自以為懂得，但是沒有意識的掌握著，為的是因為他們是清客者流，所以他們必須如此。他們挾煞了人類的意志，但且自以為文學的正統者，這是文學發展的敵人，要建設新臺灣文學，必須要劃除自稱正統的文學清客。要建立起自主的社會地方性文學，要有革命性的進展，要新臺灣文學，不是清客文學，不是殖民地文學，這才是有意識的，有傳統的，有社會性的新臺灣文學。[164]

文中所言極為清楚，就是臺灣文學的路向不應為外來作家所左右，臺灣人應該要排除日本與中國的影響，以建設臺灣社會為根據的自主性文學為目標。

---

第一一七期，1948 年 5 月 24 日；《1947-1949 台灣文學問題論議集》，頁 95。楊風在這篇文章裡也有類似的話說道：「單認識了臺灣還不夠，還要認識和瞭解全中國全世界整個文藝運動的趨向，並要去配合去趕上。」見《1947-1949 台灣文學問題論議集》，頁 96。

[164] 胡紹鍾，〈建設新臺灣文學之路〉，《臺灣新生報》「橋」第一一七期，1948 年 5 月 24 日；《1947-1949 台灣文學問題論議集》，頁 101-102。

## 五、楊逵獨立自主的文學立場

　　一九四八年六月二十五日，楊逵介入這場論爭的第二篇文章〈「臺灣文學」問答〉發表，藉由自問自答的形式，詳細敘述對於論爭中主要爭執點的看法。首先楊逵針對中央社訊錢歌川有關建設臺灣新文學之論題略有語病，因語文統一與思想感情又復相通之國內，談建設臺灣文學實難建立其分離之目標一事提出異議，認為「臺灣文學」之名詞不但通而且必要，沒有什麼語病。接著楊逵又談某省文學（如江蘇文學、安徽文學、浙江文學等）實難樹立其分離之目標，但在臺灣有其不同的目標，更需要「臺灣文學」的概念，因為臺灣有其特殊性。在此，楊逵修正了先前所說臺灣文學的特殊性在於語言不同的見解，對於錢歌川鼓勵「於創作中刻劃地方色彩及運用適當方言」，他反駁臺灣的特殊性豈只這些，並詳細解釋道：

> 自鄭成功據臺灣及滿清以來，臺灣與國內的分離是多麼久？在日本控制下，臺灣的自然、政治、經濟、社會教育等在生活上的環境改變了多少？這些生活環境使臺灣人民的思想感情改變了多少？如果思想感情不僅只以書本上的鉛字或是官樣文章做依據，而要切切實實的到民間去認識，那麼，這統一與相通的觀念，就非多多的修正不可了。這，不僅我們本地人這樣想，就是內地來的很多的朋友都這樣感覺到的。所謂省內外的隔閡，所謂奴化教育，或是關於文化高低的爭辯都是生根在這裏的。這是很可悲歎的事情，但却是無可否認的事實。「臺灣是中國的一省，臺灣不能切離中國」！這觀念是對的，稍有見識的人都這樣想，為填這條隔閡的溝努力着。但這條澎湖溝（臺灣海峽）深得很呢！為填這條溝最好的機會就是光復初的臺灣人民的熱情，但這很好的機會失了，現在却被不肖的貪官污吏與奸商搞得愈深了。對臺灣的文學運動以至廣泛的文化運動想貢

献一點的人，他必需深刻的瞭解臺灣的歷史，臺灣人的生活、
習慣、感情，而與臺灣民眾站在一起，這就是需要「臺灣文學」
這個名字的理由，去年十一月號的「文藝春秋」曾有邊疆文學
特輯，其中一篇以臺灣為背景的「沉醉」是「臺灣文學」的一
篇好樣本。[165]

　　與外省作家僅注意到日本殖民時代相異，楊逵把臺灣特殊性的成因
上推到鄭成功時代，並認為從鄭氏據臺以來長期和中國本土分離的狀
態，已經導致兩岸自然、社會各種環境，連帶人民的思想情感都有所不
同，這也就是臺灣文化與中國文化間之所以會形成澎湖溝的歷史背景。
雖然楊逵在政治立場上接受中國與臺灣統一的現狀，但他也極力陳述臺
灣文化有相對於中國的獨特差異性存在，指責戰後在臺掌權的貪官污吏
與奸商，將原本有希望被臺灣民眾熱情填平的這條鴻溝搞得更深，使
得臺灣人對中國的情感更加疏離，並由此直言臺灣人的思想感情與中
國統一、相通的觀念必須修正，臺灣需要真正切合其歷史經驗與文化，
與臺灣人站在一起的臺灣文學。而被楊逵推崇為臺灣文學好樣本的〈沉
醉〉[166]，以二二八事件時來臺的大陸人士為臺灣少女所救，卻對愛上自
己的這位救命恩人始亂終棄，揭發臺灣在被中國接收後慘遭掠奪與蹂
躪，以及本省籍人士政治社會地位低落的真實面向，尤其可見臺灣社會
之特殊性不但未因政治環境融入中國而消除，反因來自中國壓迫的不平
等待遇愈加呈顯其特殊性格。
　　其次，針對臺灣文學是否與中國文學對立的問題，楊逵說：

---

[165] 楊逵，〈「臺灣文學」問答〉，原載於《臺灣新生報》「橋」第一三一期，1948
　　年6月25日，引自《楊逵全集》「詩文卷」（下），頁247。
[166] 歐坦生作，原載於《文藝春秋》（上海）第五卷第五期（1947年11月），收
　　於歐坦生，《鵝仔——歐坦生作品集》（臺北：人間出版社，2000年9月），
　　頁105-138。

　　臺灣是中國的一省，沒有對立。臺灣文學是中國文學的一環，
當然不能對立。存在的只是一條未得填完的溝。如其臺灣的託
管派或是日本派、美國派得獨樹其幟，而生產他們的文學的
話，這才是對立的。但，這樣的奴才文學，我相信在臺灣沒有
它們的立腳點。我們要明白，文學問題不僅是作者問題，也就
是讀者的問題，讀者不能瞭解同情，甚至愛護的文學，是不能
存在的。人民所瞭解同情，愛護的文學，如果它受着獨裁者摧
殘壓迫，也不能消滅，反之，奴才的文學，它雖有主子的支持
鼓勵，而得天獨厚，也不得生存。總有一日人民會把它毀棄而
不顧。[167]

　　戰爭期間關於臺灣將來的歸屬問題，美籍的喬治‧柯爾（George H.
Kerr，1911～1992，漢名葛超治）於一九四二年間首提臺灣交由國際託
管之議。戰後在臺灣人民普遍對接收當局失望，政經局勢混亂之際，時
任美國在臺副領事的喬治‧柯爾亦曾向美國政府表達應介入臺灣事務的
意見，美國並曾藉媒體以營造臺灣人主張將臺灣交由美國或聯合國託管
的輿論。倡議臺灣獨立的臺籍人士（如廖文毅、黃紀男）受喬治‧柯爾
之影響，亦希望經由聯合國託管方式以脫離國民黨政權之管轄，最終建
立一個獨立的國家，此即當時所謂的託管派。[168]在二二八事件中明確主
張自治的楊逵，所追尋的政治理想是使臺灣擺脫被中國官僚壓迫的命
運，由臺灣人組成政體自行管理，使臺灣人能與大陸各省人民在平等的
基礎上同享自由與民主。因此將臺灣交由外國管理，剝奪臺灣人當家做
主的權利，對楊逵來說無異於帝國主義的走狗或奴才，故而稱呼託管派

---

[167] 引自楊逵，〈「臺灣文學」問答〉，《楊逵全集》「詩文卷」（下），頁248。下兩
　　段引文亦然，故不另外加註。
[168] 詳見陳翠蓮，《派系鬥爭與權謀政治——二二八悲劇的另一面向》（臺北：時
　　報文化出版企業股份有限公司，2003年4月初版三刷），頁393-423；蘇瑤
　　崇，〈託管論與二二八事件——兼論葛超智（George H. Kerr）先生與二二八
　　事件〉，《現代學術研究》第十一期（2001年12月），頁123-164。

文學為奴才文學。由於奴才文學違反了廣大人民的意志，因此楊逵認為它終究會被人民所毀棄。

　　接著楊逵說道：「臺灣文學是與日本帝國主義文學對立，但與它們的人民文學沒有對立的。雖說沒有對立，卻也不是一樣的東西，但在世界文學這個範疇裏，都是可以共存的。」這段話反映出楊逵認同人民文學的階級立場，也顯示他認為臺灣文學與日本的人民文學同屬世界文學之一環。楊逵又說：「中國文學有臺灣文學之一環，世界文學有中國文學、日本文學等各環，在進步的路線上它們是沒有什麼對立可言的。雖然各有各的特色與風格。」依據前文所述，人民的文學沒有對立的問題，因此所謂沒有什麼對立可言的進步路線即是指人民的文學，這顯示楊逵心目中只有人民文學才是好的文學，只要是站在人民的階級立場的文學就不會產生對立的問題，即使各有各的特色與風格。就此而言，中國文學與日本文學沒有對立，臺灣文學與中國文學自然也不會對立；中國文學可以做為世界文學之一環與日本文學並列，那麼做為中國文學之一環的臺灣文學自然也可以跟屬於中國的其他文學並列，保有各自的特色與風格，同時以做為世界文學之一環獨立性的存在。換句話說，臺灣文學是在世界文學的範疇內與中國文學彼此相扣的環節，臺灣文學與中國文學沒有位階的差異，這樣的思考模式其實已經跳脫出了國家的框架。如果考慮到楊逵發言當時距離二二八事件不久，血腥鎮壓的肅殺之氣尚未褪去，又值當局急於將臺灣全盤中國化，以中國文學收編臺灣文學之際，便不難理解楊逵必須迂迴曲折以詮釋理念的苦衷。

　　然後針對雷石榆和彭明敏辯論奴化教育一事，楊逵也解釋說日本帝國主義者基於希望永久殖民臺灣的想法，自然以奴化教育做為重要國策之一，但是臺灣人奴化了沒有是另一個問題。又說：

　　　　部分的臺灣人是奴化了，他們因為自私自利，願做奴才來昇官
　　　　發財，或者求一頓飽。但這種人，在今日原是一批的奴才，他

們的奴才根性，說因教育來，寧可說是因為環境。在帝國主義
與封建主義控制下的這個孤島上，自私自利的人都得做奴隸才
得發其財。託管派、拜美派當然也是這一類的人。但大多數的
人民，我想未曾奴化。臺灣的三年小反五年大反，反日反封建
鬥爭得到絕大多數人民的支持就是明證。[169]

楊逵說在帝國主義與封建主義控制下的孤島臺灣，自私自利者唯有當奴
才始能升官發財，其所謂的帝國主義無疑是指藉援助國民黨政府為手
段，再從中國獲取經濟利益的美國，[170]封建主義則是貪污腐敗的國民黨
政府，由此表現了楊逵反帝、反封建，以及重視社會正義的精神。另外，
奴化教育是官方用以詆毀臺灣人的伎倆，為此一九四六年間爆發了臺人
奴化論戰，即便是在一九四七年四月楊亮功、何漢文呈給中央政府監察
院的〈二二八事件調查報告〉中，「日人之遺毒」也被列為事變發生的
原因之一。[171]為洗脫臺灣人被日本教育奴化的污名，楊逵以奴化是負面
性格的問題而非源於教育，又以所有帝國主義與封建社會的國家都在大
規模從事奴化教育，例如美國在中國也養了一大批買辦，以及臺灣反日
反封建鬥爭的歷史，對此做了強而有力的辯駁。

---

[169] 引自楊逵，〈「臺灣文學」問答〉，《楊逵全集》「詩文卷」（下），頁 248-249。

[170] 一九四八年六月中旬，報紙上不斷報導美國即將撥款援助中華民國，及其運
用美援為條件談判開放自由貿易和幣制改革的消息。例如〈運用美援問題
談判重心有二　我不贊成開放自由貿易　華府否認談判改革幣制貸款〉，《中
華日報》，1948 年 6 月 17 日。

[171] 這份報告在分析事變原因時列舉出十項，其中在「日人之遺毒」方面指出臺
灣人「深受日人之教育與惡意宣傳，而對於祖國情形及世界情勢，均不了解。」
另外，在有關「台灣人民對祖國觀念之錯誤」一項原因中也說：「台灣淪陷
日人之手逾五十年，台省同胞年在五十歲者，不乏國家觀念濃厚之人士，然
中年以下之同胞，在此五十年中，一切文化教育，皆受日人之麻醉，不惟對
於祖國之情況無從了解，即中國之歷史、地理、文化、政治等情形，亦深受
日人之曲解宣傳」。見陳芳明編，《二二八事件學術論文集》（臺北：前衛出
版社，1989 年 8 月第二刷），頁 215-216。

　　最後對於外省人說臺灣人奴化，本省人則說臺灣文化高一事，楊逵認為未必大家都如此認為，之所以會這樣說的人是由於認識不足，他說：「這裡認識不足是因為澎湖溝隔著，而憲政未得切實保障人民的權利，使臺灣人民未能接受到國內的很高的文化所致的」[172]。楊逵在此點出一九四七年十二月二十五日中華民國憲法正式實施，臺灣則因地方自治三年計劃之規定，一九四九年方能實行縣市長選舉，[173]無法行使憲法合法保障的政治權利，自然亦無緣在臺人治臺的前提下享受真正的民主自由。

## 六、楊逵挺身對抗鄉土文學論述

　　一九四八年五、六月間，論爭在《中華日報》「海風」另闢戰場。首先是錢歌川在接受中央社訪問前的五月十三日發表〈如何促進台灣的文運〉，提出「鄉土文學」論述，認為臺灣文藝在題材上有用之不盡、取之不竭的材料，建議臺灣作家把寫作範圍縮小到自己的鄉土，描寫地方的色彩，他說：

　　　　以時代而論，這兒經過西班牙、荷蘭的佔據，前者十六年，後者三十八年，國姓爺來逐走荷人，收復國土，後清人又復割讓給日本，直到這次戰後，經五十年才又光復，其間不知經過多少變化，尤其是日本人統治之下，受盡種種壓迫，志士起來反抗也達三十幾次之多，這些都是很可針對的材料，值得作家描寫的。以背景而論，這兒有山有海，有原始的人類社會，有高山同胞，有閩粵系的民族，有西洋人及日本人的影響，實在一點也不單純，隨你把背景放在那個角落裡，都可以寫得有聲有色。[174]

---

[172] 引自楊逵，〈「臺灣文學」問答〉，《楊逵全集》「詩文卷」（下），頁249。

[173] 地方自治三年計畫草案條文內容見〈台灣省地方自治三年計劃　縣市長於三十八年選舉〉之報導，《民報》，1947年1月13日。

[174] 錢歌川，〈如何促進台灣的文運〉，《中華日報》「海風」第二八七期，1948

錢歌川為臺灣文學設定的寫作範疇：一是過去被異族統治的時代，尤其是反抗日本殖民統治壓迫的歷史，二是獨特的自然風光與多樣化的族群風貌，無疑是極為狹隘的。

六月二十三日，「海風」刊出署名「杜從」的〈所謂「建立臺灣新文學」臺北街頭的甲乙對話〉，用以唱和錢歌川的「鄉土文學」論調。文中杜從對臺灣的文學材料有如下的說明：

> 在淪陷半世紀的臺灣，有許多別的地方沒有的可歌可泣的故事，有許多別的地方沒有的轟轟烈烈的傳記，有許多光明與黑暗的鬥爭史，那些被壓迫和被損害的同胞的不可纖（按：「殲」之誤）滅的光榮的故事，這就是豐富的文學遺產；還有那些高山同胞的生活風情，糖和樟腦的開發過程，阿里山的雲彩，日月潭的秀麗，鵝鸞（按：「鑾」之誤）鼻的遼闊，這裏同胞的樸素和厚道的美德，耐勞和克（按：「刻」之誤）苦的精神，諸如此類的形形色色，就是鄉土文學的特色了。[175]

觀其內容與錢歌川的意見如出一轍，明顯是從錢歌川的論述演繹而來。

綜合錢、杜兩人的論述來看，所謂的「鄉土文學」鼓勵寫作臺灣和中國大陸相異的風土人情，而不是臺灣當前的社會現實，不僅和「橋」論爭中絕大部分作家建議的現實主義文學南轅北轍，甚且猶如島田謹二外地文學論所鼓吹異國情調的翻版；[176]所相異者不過在於島田是對日本

---

年 5 月 13 日；《1947-1949 台灣文學問題論議集》，頁 217。

[175] 杜從，〈所謂「建立臺灣新文學」臺北街頭的甲乙對話〉，《中華日報》「海風」第三一一期，1948 年 6 月 23 日；《1947-1949 台灣文學問題論議集》，頁 220。

[176] 呂正惠的研究認為：「錢歌川『害怕』省內、外作家由於對中國現實政治的一致看法而結合在一起，所以，鼓勵台灣作家寫『鄉土』（有異國風味的『鄉土』，而不是『現實』）。」「套用陳芳明的話，可以說，錢的官方霸權論述表現無遺。」（〈陳芳明「再殖民論」質疑〉，《殖民地的傷痕——台灣文學問題》，

在臺作家進行創作路線指導，而錢歌川等人承認臺灣文學的主人為臺籍作家罷了！事實上，描寫日本殖民統治的壓迫有利於將臺灣從日本化轉向全盤的中國化，營造適於灌輸中華民族主義的文化氛圍；另一方面，不寫當前的臺灣現實即是迴避對國府貪官污吏之批判，而這兩者都符合中國接收政權的官方利益，和楊逵希望藉〈沉醉〉暴露臺灣被中國接收統治後的社會現況截然不同。

由於杜從另外指稱臺灣文學應該「與久別的中國文學打成一片，決不容與中國文學對立和分離」[177]，楊逵乃被迫為自己也為相關議論辯白，於〈「臺灣文學」問答〉刊載後兩天，在「海風」發表〈現實教我們需要一次嚷〉。[178]文中楊逵自比阿 Q，並解釋是為文學工作的普遍化而需要一次嚷，他說：

> 文學在臺灣曾有相當的成就與遺產，雖在日本的統治時期，臺灣文學的主流都是反帝反封建的，在民族觀點上都表現著向心性的。這在光復後，如魚得水，應該發揚光大，但光復以來將

---

頁 186）筆者認為目前並沒有任何證據顯示錢歌川的相關言論是在當局授意之下所為，但由錢歌川〈如何促進台灣的文運〉由《中華日報》刊登，以及後來中央社訊發給各報的對錢歌川的訪問稿，可以了解錢歌川的意見是與國民黨官方立場相合的。另外，島田謹二的外地文學論雖然強調捕捉外地的特異風物之外，還應有描寫外地生活者心理特異性的現實主義，但從他對普羅文學抱持輕蔑的態度，以及對臺灣新文學運動的極力貶抑，可以發現他並不能認同臺籍作家以文學創作抗議殖民體制的政治性格，因此他所謂的現實主義最終不過是對殖民地的悲慘現實視而不見、充耳不聞的異國情趣而已。

[177] 杜從，〈所謂「建立臺灣新文學」臺北街頭的甲乙對話〉，《中華日報》「海風」第三一一期，1948 年 6 月 23 日；《1947-1949 台灣文學問題論議集》，頁 221。

[178] 這篇文章刊登時，文前有編者按曰：「頃接楊逵兄來信，有關討論杜從先生和段賓先生的對話，與夏北谷先生的信。」不過段賓與夏北谷的文章俱刊於六月二十六日，據楊逵文末註記寫作時間為六月二十四日，楊逵是不可能針對段、夏兩人的文字做回應的，主要還是用於反駁杜從〈所謂「建立臺灣新文學」臺北街頭的甲乙對話〉。但從另一方面來說，段、夏兩人文章觀點與杜從無甚差異，謂之楊逵係回應三人而作亦無可厚非。

> 近三年了，臺灣的文藝工作者都還在流離四散，沒有一點氣息。
> 為聯合這些文藝工作者回到同一線上，為使新進活躍一點跑到
> 這一線上，是不是需要一次嚷？是不是需要一套的鑼鼓？[179]

由此可見楊逵努力結盟文藝工作者重建戰後的臺灣新文學，以接續日治時期反帝、反封建的傳統，即是要建立反抗國民黨封建主義及美國帝國主義的批判性文學。

　　基於外省文藝工作者對臺灣的不了解，楊逵還重提論爭之初在「橋」第二次作者茶會說過的話，呼籲外省作家離開書房，走入民間，清楚認識臺灣的現實社會。究其意無非是希望外省作家能深刻了解臺灣人的思想感情，以「在地化」的立場真實反映臺灣人的心聲，楊逵人民的階級的文學立場由此清楚展現。最後，楊逵對自己提起如何建立臺灣新文學討論一事說道：

> 我始終是純潔的，為求臺灣文學的充實與廣泛的發展以外更沒
> 有什麼作用與背景。我很堅信，為求一國的文學的充實與發展，
> 地方文學與個別的文學（比如農民文學等）的充實與發展是不
> 能忽視的。在中國領域裡，鼓勵個別文學的充實與發展，即是
> 中國新文學的充實與廣泛的發展，祇有這努力，才得珍惜我們
> 的固有光輝和心血。[180]

這段話顯示楊逵清楚劃分文學與政治立場的不同──文學上堅持臺灣文學的個別發展；但政治上不向臺灣隸屬中國的現狀挑戰，而以臺灣自

---

[179] 引自楊逵，〈現實教我們需要一次嚷〉，《中華日報》「海風」第三一四期，1948年6月27日，收於《楊逵全集》「詩文卷」（下），頁251。「海風」版將文中「反帝反封建」誤排為「反『常』反封建」。

[180] 引自楊逵，〈現實教我們需要一次嚷〉，《楊逵全集》「詩文卷」（下），頁252-253。

治為訴求。兩者雖然看似矛盾，其以臺灣人民為主體的基本精神實際上是相通的。

　　楊逵在〈臺灣新文學停頓的檢討〉文末首度提出臺灣文學是中國文學一環的說法，後來他在〈如何建立臺灣新文學〉和〈「臺灣文學」問答〉裡也都不忘重申此一論點。[181]所謂「一環論」也是論爭中被喊得最響亮的口號，[182]似乎參與討論的作家都同意以此做為建設臺灣文學的最終目標。當然表面上省內外作家在此似乎獲得共識，但若考慮到有多位知名的臺籍作家並未對此表態，例如二二八事件後已然停筆的張文環，還有以不說國語表態抗拒中國化的巫永福等，顯然它是否代表所有臺籍作家的意見是有問題的，若將其視為當時臺灣人一致性的看法無疑是把問題過於簡化。即便是像楊逵一樣在二二八事件中曾經瀕臨死亡，卻仍舊堅守文藝崗位的作家，呼喊這一個口號的真正動機何在，恐怕也不是在未經詳細考察之前就能輕易斷定。從前述可知楊逵所欲建立的戰後臺灣新文學是個別發展的文學，有隸屬於臺灣社會與臺灣人民的獨特意義；再從他呼籲外省作家創作合乎臺灣現實需要之文學，可知楊逵說臺灣文學是中國文學一環的原意，絕不是要將臺灣文學的特殊性完全消融於中國文學之中。

---

[181] 楊逵在〈臺灣新文學停頓的檢討〉中呼籲文藝工作者除了加強臺灣本身的大團結，也要和全國性的組織匯合。他說：「我相信這是將臺灣文學發展為中國文學一環的重大工作」；在〈如何建立臺灣新文學〉中他也向愛國憂民的文學同志呼喊，「消滅省內外的隔閡，共同來再建，為中國新文學運動之一環的臺灣新文學」；〈「臺灣文學」問答〉中說：「臺灣文學是中國文學的一環」。以上三段引文分別見於《楊逵全集》「詩文卷」（下），頁 225、244、248。

[182] 例如林曙光在〈臺灣文學的過去，現在與將來〉中說：「今日的『如何建立臺灣新文學』需要放在『如何建立臺灣的文學使其成為中國文學』才對。」（《臺灣新生報》「橋」第一〇二期，1948 年 4 月 12 日）田兵〈臺灣新文學的意義〉認為：「建立台灣新文學運動是整個祖國新文學運動的完整的一環。」（《臺灣新生報》「橋」第一一八期，1948 年 5 月 26 日）蕭荻〈瞭解、生根、合作──彰化文藝茶會報告之一〉說：「臺灣祇是，而且祇可能是中國的一角土地，臺灣文學也祇是，而且祇可能是中國新文學中的一環。」（《臺灣新生報》「橋」第一一八期，1948 年 5 月 26 日）三段引文分別見《1947-1949台灣文學問題論議集》，頁 71、103、115。

　　〈現實教我們需要一次嚷〉已投稿，尚未正式刊出之前，「海風」又接連刊載段賓的〈所謂「總論臺灣新文學運動」臺北街頭的甲乙對話〉和夏北谷的〈令人啼笑皆非〉，再次質疑建設臺灣文學的討論有將臺灣與中國對立分離的動機。[183]這兩篇和前述杜從之文俱刊載於國民黨營大報《中華日報》，內容又極為一致，其所代表者為國民黨的立場殆無疑義。在〈現實教我們需要一次嚷〉發表之後，《中華日報》「海風」仍刊登對楊逵謾罵與攻擊的篇章，[184]並自七月一日起推出「鄉土文學選輯」；楊逵則積極步入理念實踐之路，不再對論爭做任何回應，儘管論爭猶持續進行著。

# 第三節　實踐理念的《臺灣文學叢刊》

## 一、《臺灣文學叢刊》發行始末

　　一九四八年八月十日，《臺灣文學叢刊》（以下簡稱為「叢刊」）正式創刊，封面以「臺灣文學」為題，版權頁則書之以「臺灣文學叢刊」。封面有版畫插圖，從第二輯開始註明其設計人為「石鐵臣」，應是日本

---

[183] 例如段賓〈所謂「總論臺灣新文學運動」臺北街頭的甲乙對話〉說：「這種把文學在臺灣分離而企圖與中國文學分離對立的鼓吹，造成少數人狹窄的『文學擂臺』……」見《中華日報》「海風」第三一三期，1948 年 6 月 26 日；夏北谷〈令人啼笑皆非〉說：「其實今日臺灣的文藝問題，就是中國文藝的普及工作問題，它是整個中國新文學大圈子的一部份，不能獨立，也沒有獨立的條件與獨立的必要。」見《中華日報》「海風」第三一三期，1948 年 6 月 26 日。以上兩文收於《1947-1949 台灣文學問題論議集》，頁 223-227。

[184] 例如六月二十九日刊出杜從的〈以鑼鼓聲來湊熱鬧〉，文章起始即點出該文是為回應楊逵之文而作；又如七月一日歐陽漫岡的〈關於「臺灣鄉土文學選輯」〉，批評臺灣文學界的冷漠中有人以鑼鼓聲來湊熱鬧，「結果不是歪曲就是謬誤，無補於實際的需要」。

籍知名版畫家「立石鐵臣」。雜誌發行人由張歐坤[185]掛名，發行所為臺灣文學社，平民出版社擔任總經售的業務，編輯人處標明為臺灣文學編輯部。根據楊逵的回憶，平民出版社為他本人所創立，目的在於「推廣平民文學，提昇大眾知識水平」[186]。從版權頁的臺灣文學社與平民出版社地址同為臺中市自由路八五號，即可發現創立平民出版社的楊逵不僅是臺灣文學社，同時也是臺灣文學編輯部的實際負責人。因此《臺灣文學叢刊》可以說是由楊逵一人包辦主編、發行與經銷的各項業務。至於資金的來源方面，楊逵宣稱是由臺北的一位朋友全額支付，[187]這個人應該就是張歐坤。不過雜誌內附多則廣告，顯示廣告收入對於籌措經費不無貢獻。這些廣告中的華南銀行董事長為楊逵昔日農民組合的戰友劉啟光（侯朝宗），可見家貧的楊逵得以開創文學事業，背後有來自舊識的贊助與支持。

　　叢刊執筆人有編輯楊逵、守愚（楊松茂）、王錦江（王詩琅）、俞若欽、鄭重、廖漢臣、葉石濤、章仕開、洪野、鴻賡、歐坦生、陳濤、呂訴上、楊啟東、林曙光、愁桐（蔡秋桐）、朱實（朱商彝）、張紅夢（張彥勳）、揚風（楊靜明）、黃榮燦、史民（吳新榮），以及譯者蕭荻等二

---

[185] 目前僅能從極少數的文獻史料，獲知張歐坤是日治時期大稻埕知名富商張東華之三男，畢業於上海復旦大學，戰爭時期攜妻子周紅綢（東洋畫家，1914～1982）赴中國經商。根據報載，張歐坤曾參與一九四六年五月十二日「臺灣省旅外同鄉互助會」成立大會，並擔任該會的理事暨常務理事。一九四六年五月二十二日，張歐坤又在該會第一次理監事會議決議分擔工作時負責連絡股。一九四七年至四八年間，楊逵為臺北東華書局策劃的「中國文藝叢書」由其擔任發行人。「東華」書局之名，應該是張歐坤以父親張東華之名而設立。見漢珍數位圖書「臺灣人物誌」有關「張東華」之介紹；張瓊慧，〈周紅綢紀事之一二〉，《藝術家》第二一○期（1992 年 11 月），頁 328；〈省旅外同鄉互助會　きのふ省都で成立大會〉及〈籌款救濟旅外臺胞　擬舉行音樂美展會〉之報導，《臺灣新生報》，1946 年 5 月 13、24 日；魯迅著，楊逵譯，《阿 Q 正傳》之版權頁。

[186] 見楊逵口述，許惠碧筆記，〈臺灣新文學的精神所在——談我的一些經驗和看法〉，《楊逵全集》「資料卷」，頁 37。

[187] 楊逵口述，何昫錄音整理，〈二二八事件前後〉，《楊逵全集》「資料卷」，頁 92。

十二位作家。收錄作品多係轉載而來，原發表出處包括《中華日報》「海風」、《臺灣新生報》「橋」、《台灣力行報》「新文藝」、《創作》、《公論報》「臺灣風土」與「日月潭」，以及上海《文藝春秋》。第一、二輯版權頁內清楚記述刊載原則為：

> 本刊歡迎反映臺灣現實的稿子，尤其歡迎，表現臺灣人民的生活感情思想動向的創作，報告文學，生活記錄等。
>
> 歌功頌德，無病呻吟，空洞夢幻的美文不用。

收錄作品內容或者表現臺灣歷史，或者描寫臺灣各階層的現實生活，確實合乎揭示的原則。總計收錄小說九篇、評論兩篇、新詩四首，以及歌謠（含漫畫題詞）八首，共二十三篇。另外，第二輯特設「文藝通訊」專欄，刊載短評、文化消息，與生活報告之類的短文。[188]從欄末歡迎投稿的文字看來，楊逵顯然有意藉此聯繫藝文界人士，促進彼此間的交流與合作。

　　《臺灣文學叢刊》正式出刊前夕，楊逵在臺中圖書館主持《台灣力行報》的第一次新文藝座談會上提供創刊號給來賓參閱，並以「有生命有靈魂」來介紹收錄其中的作品，還鄭重其事地邀請與會人員閱讀完畢之後撰寫評論，[189]顯示有持久發刊的企圖心。然而原先每月出版一至兩本的計畫，[190]最終仍採不定期出刊的方式，前後也僅刊行三輯。[191]第二、

---

[188] 《臺灣文學叢刊》刊登作品及其轉引出處，請見後附「《臺灣文學叢刊》刊載作品一覽表」。

[189] 參考志仁記錄，〈第一次新文藝座談會記錄——八月十四日下午二時假臺中圖書館舉行〉，原載於《台灣力行報》「新文藝」第三期，1948 年 8 月 16 日，收於《楊逵全集》「資料卷」，頁 154。

[190] 《臺灣文學叢刊》第一輯版權頁「歡迎訂戶」下曰：「本刊予定每月出一本至兩本」。

[191] 朱實曾經在銀鈴會刊物《潮流》「編輯後記」中提到楊逵主編之《臺灣文學》（即《臺灣文學叢刊》）預定收錄的篇章，第三輯有淡星的〈死影〉與紅夢的〈葬列〉，第四輯有楊逵的〈模範村〉與淡星的〈吞蝕〉，然後來第四輯未

三輯分別於同年九月十五日、十二月十五日出刊。第一輯共三十二頁，第二、三輯則均為四十頁。三十二開本的叢刊售價每期不同，第一輯一百五十元，一個多月後的第二輯即漲至二百元，短短三個月後發行的第三輯又暴漲至一千。售價的節節攀升以及稿酬用「千字斗米」來計算，具體反映當時物質生活之貧乏與痛苦。[192]停刊的原因雖然至今不明，但第一、二兩輯中均提示下一輯刊載篇目，第三輯則完全沒有任何預告，顯示雜誌的停辦也並非毫無預警。若再從第二輯中因面臨經濟問題而徵求贊助讀者來看，臺灣社會源於統治不當所引起的通貨膨脹，使得財務困難而無以為繼，極有可能就是導致停刊的罪魁禍首。

## 二、不同省籍與世代的左翼作家群

《臺灣文學叢刊》本省籍作家含楊逵在內共十二位，蔡秋桐、楊守愚、吳新榮、王詩琅、廖漢臣、楊啟東六位都是二、三〇年代臺灣社會運動與新文學運動健將，作品同以揭露臺灣人在殖民統治下被壓榨與剝削為主軸，戰後初期依然寫作不輟。另外，呂訴上出身於彰化的戲劇世家，曾經在《台灣文化》與《公論報》發表多篇對臺灣本地戲劇的介紹與評論。葉石濤崛起於《文藝臺灣》雜誌，戰爭末期由於和西川滿之間發生磨擦，並開始反省與批判浪漫主義文學觀而離開《文藝臺灣》。一九四八年起逐漸轉型為中文作家，家道中落亦促使其文學創作走向現實主義之路。林曙光一九四六年秋進入師範學院史地系就讀，一九四七年因二二八事件被警總追捕逃亡。二二八事件後結識歌雷，開始在「橋」副刊發表文章，並負責翻譯本省作家的日文創作。朱實和張彥勳則是銀鈴會新生代作家，兩人的思想與現實主義的文風都深受銀鈴會顧問楊逵的薰陶。

見出版，第三輯收錄篇章亦有不同之處。參見《潮流》秋季號（1948 年 10 月 15 日），頁 36。

[192] 林梵，《楊逵畫像》，頁 148-152。

　　叢刊的其他十位作家，俞若欽、章仕開、洪野、鴻賡、陳濤五人生平仍不可考，從作品敘述風格推測應屬外省籍。鄭重可能是本名楊玉璋（1926～　）的劇作家楊揚，另有筆名鄭重，河北省香河縣人，北平中國大學歷史系肄業。[193]一九四八年九月一日，《新生報》「記者節特刊」上有《閩臺日報》記者楊揚發表的感言，筆者因與劇作家楊玉璋先生聯繫不上，目前還無法確定他與《閩臺日報》的記者楊揚，以及〈摸索〉的作者鄭重是否為同一人。

　　歐坦生（1923～　）為福建省福州市人，畢業於國立暨南大學福建建陽分校。一九四七年二月下旬隻身渡海來臺，三月至十月間任教於基隆中學，其後轉往臺南縣烏樹林糖廠附屬小學擔任校長。由於鄉下地方報刊缺乏，歐坦生對「橋」副刊的臺灣新文學重建論爭毫無所悉，發表於上海的〈沉醉〉因緣際會被素昧平生的楊逵推崇為臺灣文學的「好樣本」[194]。因為白色恐怖的陰影，五〇年代開始歐坦生捨棄本名，改以「丁樹南」發表作品。[195]

　　蕭荻、黃榮燦與揚風則是在當時與楊逵有密切來往的三位外省作家。蕭荻原籍江蘇，一九三九年昆明西南聯大就學期間受業於朱自清、沈從文、聞一多等教授。一九四七年五月任職編輯的上海《文匯報》遭國民黨查封，八月應聘到臺灣花蓮港中學教書。一九四八年二月轉到彰化女中任教後，由朱實介紹認識楊逵，並經常在星期日前往臺中拜訪。一九四九年五月離開臺灣。[196]

---

[193] 國家圖書館參考組編輯，《臺灣文學作家年表與作品總錄（1945-2000）》（臺北：國家圖書館，2000 年 12 月），頁 770。

[194] 楊逵，〈「臺灣文學」問答〉，《楊逵全集》「詩文卷」（下），頁 247。

[195] 丁樹南，〈歐坦生不是藍明谷──讀范泉遺作〈哭台灣作家藍明谷〉，《聯合報》，2000 年 6 月 13 日；許南村，〈掌燈──訪問歐坦生先生〉，收於曾健民主編，《復現的星圖》（臺北：人間出版社，2000 年 12 月），頁 203-215；楊美紅，〈來自現實人生的吶喊──丁樹南（歐坦生）訪談錄〉，《文訊》第二二二期（2004 年 4 月），頁 119-123。

[196] 蕭荻，〈回憶和反芻〉，收於曾健民主編，《那些年，我們在台灣……》（臺北：人間出版社，2001 年 8 月），頁 9-22。

　　黃榮燦（1916〜1952）為四川重慶人，畢業於雲南昆明國立藝專。一九四五年冬以報社記者身分來臺，隨即在報刊介紹西方美術，宣揚魯迅木刻思想，並與本地藝文界緊密合作。一九四七年四月二十八日，在上海《文匯報》發表記錄臺灣二二八事件的〈恐怖的檢查——台灣二二八〉木刻版畫。黃榮燦與楊逵的結緣始於一九四六年初，他並為楊逵的日文小說集《鵝媽媽出嫁》，以及楊逵策劃翻譯的中日文對照版《阿Q正傳》、《大鼻子的故事》等封面作畫。兩人間的交往持續到一九四九年楊逵被捕為止。[197]

　　揚風本名楊靜明（1924〜　　），原籍四川，又有筆名「楊風」。中國對日抗戰期間加入青年軍的行列，一九四六年六月間來到臺灣，時任南京《新中華日報》記者。二二八事件前夕，因政治壓力致使文化工作的夢想破碎，並有被逮捕的危險而不得不離開。三月四日起連著兩天在上海《文匯報》發表〈台灣歸來〉，痛斥陳儀政府壓制言論自由，並沿用日本高壓統治的殖民體制榨取臺灣資源。[198]同年間他又冒險來臺，經朋

---

[197] 參考橫地剛，《南天之虹——把二二八事件刻在版畫上的人》；梅丁衍，〈黃榮燦疑雲——台灣美術運動的禁區〉，《現代美術》第六七期（1996年8月）至第六九期（1996年12月）；黃英哲，〈黃榮燦與戰後台灣的魯迅傳播（1945-1952）〉，《台灣文學學報》第二期（2001年2月），頁92-111。

[198] 筆者參與編輯《楊逵全集》期間，從楊逵遺物中發現一批手稿，作者署名雖有「揚風」、「楊風」、「楊靜明」三種之不同，然出自同一人之手無疑，再從附於《南天之虹》第六十頁之臺北市外勤記者簽名影本中「楊靜明」之筆跡，以及吳克泰回憶錄的片段介紹：「南京《新中華報》記者楊靜明，筆名楊風，愛好文藝，發表的詩集《投槍集》是針對社會問題有感而發的。」還有楊風日記裡提到自己已出版《投槍集》，終於得到揚風即是臺北市外勤記者「楊靜明」，又有筆名「楊風」的結論。不過揚風在一九四八年三月十七日的日記中提到他自己更改了名字，目前無法確定「楊靜明」是更改前或更改後的姓名。再者，吳克泰的回憶有些許錯誤，筆者從母校國立政治大學國際關係研究中心圖書館找到一九四七年一月出版的「投槍集」原件，正確書名為《投槍集》；根據《民報》的報導，揚風任職的報社為南京《新中華日報》。另外，筆者係根據《投槍集》作於一九三六年十一月二十五日的〈後記〉中說：「至於我出版這本集子并沒有多大的企圖，只想紀念我過去了的二十三個年頭一串年青的日子」，以及日記一九四八年三月一日的記載：「回顧了我過去的

友介紹，擔任臺灣省立宜蘭農業職業學校（今國立宜蘭大學前身）國文
教師，約在一九四八年七月十七日遭校方解聘。揚風曾出版《投鎗集》，
收錄批判中國政情的雜文，風格明顯模仿魯迅。日記中透露平日閱讀的
書籍包含馬克思主義政治經濟學著作，因為思想左傾而成為警備總部調
查注意的對象。一九四八年八月北平之行後音訊全無。[199]約在一九五○
年左右，楊逵因〈和平宣言〉服刑期間，家中遭到警備總部搜查，計有
九百多本書被帶走，其中大多是從揚風寄放的皮箱中搜出，有魯迅、郁
達夫等人的新文學著作。[200]將厚重的書籍與文稿專程寄放楊逵家，揚風
與楊逵密切友好的情誼不難想見。

---

那二十三個年頭的寂寞日子」，三月二十四日的日記說自己「已是一個二十
三歲的青年」，推斷揚風生年以一九二四年最為可能。又，《投鎗集》中的〈投
鎗輯〉一文開頭說：「在我們家鄉四川」，由此推測他應是四川籍人士。關於
揚風來臺時間，則由他在一九四七年二月二十八日撰寫的〈台灣歸來〉中，
提到自己「到台灣整整八個半月」，推算他首度來臺時間為一九四六年六月
間。以上參考吳克泰，《吳克泰回憶錄》（臺北：人間出版社，2002 年 8 月），
頁 176；《民報》「台北市外勤記者聯誼會成立大會特刊」，1946 年 10 月 4 日；
〈台北市外勤記者聯誼會開成立大會〉，《民報》，1946 年 10 月 5 日；揚風，
〈台灣歸來〉，《文匯報》「筆會」（上海）第一八五、一八六期，1947 年 3
月 4、5 日；揚風，《投鎗集》（出版地不詳：文烽出版社，1947 年 1 月），頁
7、55；揚風日記手稿〈壓〉，由楊逵家屬提供的楊逵遺物中發現，未刊稿，
始記於一九四七年十二月二十日，止於一九四八年六月五日，並非天天記
述，日記已隨楊逵手稿資料入藏國立臺灣文學館。

[199] 從揚風使用的稿紙有「臺灣省立宜蘭農業職業學校」字樣，及其日記中提到
在宜蘭擔任教職的諸多感言，確定他曾經在省立宜蘭農校擔任國文老師。筆
者向該校洽詢調閱人事資料時，雖有人事室蔡金珀小姐及圖書館兩位不知名
館員熱心協助，惜因該校早年校址遷移時曾經丟棄過期的檔案，終究無法尋
獲相關史料。由於一九四八年九月六日的《台灣力行報》「新文藝」第六期
刊出揚風的〈北平通訊〉說他十六日到北平，依刊出時間推算，揚風抵達北
平的時間可能是八月十六日。九月十五日發行的《臺灣文學叢刊》第二輯「文
藝通訊」欄裡揚風說：「我於十七日去臺北，暫住在一個朋友家裡，學校因
人事上的變動，我已解聘了。現正準備另找工作中。」（頁 13）由此推測他
可能在七月十七日遭校方解聘。

[200] 根據筆者二○○三年四月七日在東海花園訪問楊建先生的談話紀錄，亦見於
楊翠〈不離島的離島文學——試論楊逵「綠島家書」〉，但與筆者訪談結果略

一九四八年三月二十八日，揚風參加《新生報》「橋」副刊主辦的第一次作者茶會遇見了楊逵，並因楊逵是進步的本省作家而主動邀約再見。[201]三月三十日的日記裡，揚風也詳細記述兩人在二十九日[202]二度會面的情形說：

> 我去看了楊逵，可惜的是：我們言語不通，否則可以交換更多的意見。我們用筆談，談到當前的台灣文藝界，和今後展開和推動台灣的文藝活動。我們都迫切的感覺得我們需要一個自己底自由的園地，我們在新生報投稿，第一被束縛了，不能大膽的寫，第二，我們反做了官報的啦啦隊，這實在是不必要，而且顯得無聊的事。但在目前我們沒有自己的園地前，可以借新生報這個小副刊做一種文藝的啟發運動，可以造成文藝的空氣，然後，再從這許多作者中去分別我們的敵人和友人，聯合一些進步的文藝作者，組成一個堅強的陣線，再來自己辛苦的耕耘自己的園地，這樣去展開和推動台灣的文藝運動，才有一條正確的路線。楊逵說有一個東華出版社的經理是他的朋友，現正在出文藝小叢書，可以設法出文藝刊物。我約他下次茶會時，我們一同去看這位朋友。同時我還想我這幾篇短篇小說，可以加入這個文藝叢書之內的。但我只提起了我有幾篇小說，和我那已出版了的一本「投鎗集」。

---

有不同，例如警總搜查並帶走揚風的書籍一事，楊翠對楊建的訪談紀錄是發生於一九五一年。參見上述楊翠論文，《戰後初期臺灣文學與思潮學術研討會論文集》，頁217。

[201] 茶會中首度遇見楊逵一事，揚風記載於一九四八年三月二十九日的日記。由於日記中附註說明從三月二十八至三十日的日記為事後補記，依據《臺灣新生報》「橋」副刊「編者・作者・讀者」欄內歌雷的啟事（「橋」第九五期，1948年3月26日），第一次作者茶會是三月二十八日（星期日）下午六時半於臺北中山堂舉行，可見揚風與楊逵首度見面時間為一九四八年三月二十八日。

[202] 二度會面在茶會次日，正確日期應是三月二十九日，揚風補記於三月三十日的日記裡。

由此可知一九四八年三月底，楊逵和揚風對於利用《新生報》「橋」副刊啟發文藝風氣，藉以發掘並聯合左翼作家有共同的期待，兩人也已經商討進一步合辦雜誌來推行文學運動的可行性，並為此積極尋求經濟上的奧援。

　　一九四八年八月間《臺灣文學叢刊》創刊，楊逵與揚風的計畫終於得到落實的機會，揚風原投稿《新生報》「橋」副刊卻未獲刊登的〈小東西〉，[203]以首篇的位置刊載，並在第二輯的「文藝通訊」欄中以簡短文字報告生活近況。然而除此之外，不僅揚風日記裡找不到他實際參與編輯的記述，創刊號發行不久揚風又已身在北平，[204]他為叢刊出過多少力頗值得懷疑。再者，揚風曾以阻礙語文的統一進展，以及臺灣語言的語彙不夠等理由，公開反對建立臺灣的方言文學；[205]叢刊卻收錄多篇楊逵的臺灣話文歌謠創作，楊逵將個人意志貫串到編輯方針一事無庸置疑。揚風的合作方式應僅止於提供稿件，叢刊編輯事務仍是由楊逵獨自辦理。

　　一九四六年五月四日，國民黨臺灣省黨部文化運動委員會成立臺灣文藝社，由黨部宣傳處處長林紫貴就任會長。會中通過決議向國民政府

---

[203] 根據揚風日記的記載，一九四八年一月十六日，揚風託宜蘭農校的同事把〈小東西〉完稿帶到臺北給歌雷，並去信請他在月內刊出。一月二十八日仍未獲刊出時，揚風去信催還稿件。二月二十一日，原稿退回，揚風重讀，自覺缺點太多。四月十二日開始修改，七月七日改寫完畢。參見揚風日記，以及《臺灣文學叢刊》第一輯所收〈小東西〉後附完稿時間，頁11。

[204] 一九四八年九月六日，楊逵主編的《台灣力行報》「新文藝」第六期刊出揚風的〈北平通訊〉說：「是十六日到的北平，看了看一些朋友們，近日內，就準備回家了。」依刊出時間推算，揚風是八月十六日抵達北平，而《臺灣文學叢刊》創刊號是八月十日發行，揚風當時應當已經離開臺灣。揚風日記中屢次提及若能出版小說集，到臺北工作，甚至借薪水或賣掉衣物行李，只要一湊齊錢就到北平，走向北方廣大的天地，離開室人的環境。筆者懷疑北平之行後揚風從此遠離臺灣，未再回來。參見揚風日記，1948 年 3 月 8、22、24 日，4 月 10、13、14、20、24、25、26 日，5 月 8、11 等日的記載。

[205] 揚風〈新時代，新課題──台灣新文藝運動應走的路向〉，《臺灣新生報》「橋」第九五期，1948 年 3 月 26 日。

蔣介石主席致敬，並說明臺灣文藝社成立之目的乃為倡導民族文藝運動，促進三民主義文化建設。[206]數日後楊逵發表〈文學重建的前提〉，公開批評官方文藝團體包辦式的浮華不實，難以寄予厚望，並呼籲展開真正踏實的文學運動，開拓重建臺灣文學的道路。楊逵藉叢刊集合不同省籍與世代的作家，並將發行所定名為「臺灣文學社」，可見他亟思以此結合文學工作者，組織他所謂的「自主、民主的」[207]文學社團，對抗官方團體包辦式的華而不實，並以集團的力量推展戰後的臺灣新文學運動。

　　當時本省籍作家面臨政治干擾和語言問題，從事文學運動極為不利，因此楊逵曾經感慨「老先輩已經老了，沒有元氣，沒有熱情」，和「四十歲以上的人過於消極」之類的話，而對新世代作家表現出較大的期待。楊逵還特別提出希望臺灣的年輕人若還不能使用中文，也不要受限於工具而中斷文學創作，要彼此共勉共勵，努力開拓《臺灣文學叢刊》的道路，擔負推展臺灣新文學運動的任務。[208]據此觀察本省籍作家的年齡，十二位中超過四十歲的仍有六人，恰好佔了一半的比例。除了楊逵之外尚有蔡秋桐、楊守愚、吳新榮、楊啟東、王詩琅，不過具有修習漢文的經驗，語言的轉換對這五位作家並未造成困擾，持續發表新作也足以證明他們對文藝創作尚未熄滅的熱情。而張彥勳當時雖還只能以日文寫作，楊逵認為年輕人必能跨越語言的鴻溝，以銀鈴會團體互勉的力量進行文學運動有其堅實的基礎，因此全力支持和提攜張彥勳、朱實等銀鈴會的成員。

---

[206] 有關臺灣文藝社成立之經過，參考〈國際聯誼社成立　陳長官當選名譽社長／臺灣文藝社昨開成立大會〉，《臺灣新生報》，1946年5月5日；橫地剛著，金培懿譯，〈一九四七年的「五四」文藝節：「緘默」如何被打破？〉，收於黃俊傑編，《光復初期的臺灣：思想與文化的轉型》（臺北：國立臺灣大學出版中心，2005年4月），頁249-250。

[207] 楊逵，〈臺灣新文學停頓的檢討〉，《楊逵全集》「詩文卷」（下），頁225。

[208] 志仁記錄，〈第一次新文藝座談會記錄——八月十四日下午二時假臺中圖書館舉行〉，《楊逵全集》「資料卷」，頁150-152；朱實記錄，〈銀鈴會第一次聯誼會〉，《楊逵全集》「資料卷」，頁158。

　　至於叢刊第二輯的「文藝通訊」在未預告之下設立，執筆的葉石濤、呂訴上、楊啟東、張彥勳、黃榮燦、吳新榮、林曙光、揚風、蔡秋桐等人，還有將作品首次發表於叢刊上的楊守愚和王詩琅，[209]以及〈模範村〉的譯者蕭荻，應該都是楊逵主動邀稿的對象。這些人與楊逵的文學理念雖然不盡相同，但均是當時一同站在左翼陣線上的文藝工作者，也是他推行戰後臺灣新文學運動的重要班底，由此亦可了解省內外當時與楊逵有密切關係的文學網絡。

## 三、重構臺灣歷史以反駁奴化的指控

　　脫離日本殖民統治之後，臺灣人無可避免要回頭省視過去，以徹底擺脫殖民主義的糾纏。臺灣歷史與中國最大的不同在於帝國主義的直接統治，以及長達五十年的被殖民經驗。叢刊以收錄作品編綴出臺灣迭遭外來政權壓迫，以及臺灣人民爭取自由解放的歷史。例如葉石濤的〈復讎〉，敘述臺灣一位農夫砍殺荷蘭收稅官後不幸犧牲，卻因而激發波瀾壯闊的郭懷一反抗運動。廖漢臣介紹的〈臺灣民主歌〉從清廷甲午戰爭失敗，李鴻章簽字將臺灣讓予日本，臺灣民眾成立民主國抗拒割讓，直到日軍進入臺北城為止。楊逵的〈黃虎旗（民謠）〉歌詠臺灣民主國的藍地黃虎旗是東亞民主的第一面旗幟，代表臺灣人反滿抗日的意志。〈模範村〉[210]以日本殖民統治時代為背景，講述曾經在東京參加社會科學研究會的阮新民，在目睹父親與殖民政府、糖業資本家勾結壓榨佃農之後，毅然與自己出身的地主階級相決裂，由理論走向社會改造的實踐之

---

[209] 王詩琅的〈歷史〉篇末自註完稿時間為一九四八年七月十日，距離刊出的該期一九四八年八月十日發刊時間極為接近；楊守愚〈同樣是一個太陽〉則註明「久旱的一個夏晨」，寫作時間極可能是在一九四八年的七月，就目前所知這兩篇的首度發表均是在《臺灣文學叢刊》上。

[210] 本篇日文原作戰前未能面世，《臺灣文學叢刊》上的蕭荻譯文是這篇小說的第一次公開發表，內容與楊逵手稿略有不同。由於版本比較不是本節撰述之目的，此處予以省略。

路。後來阮新民並特地派人轉交書刊啟蒙私塾教師陳文治，往解放普羅大眾的目標邁進。蔡秋桐的〈春日猪三郎搖身三變〉則是縱觀臺灣歷史，以一位先後參加過社會運動、皇民化運動、國民政府籌備會的鄉下保正「春日猪三郎」，露骨嘲諷少數臺灣人之厚顏無恥，以及攀附國民政府權貴的奴隸性格。

　　一九四六年間，陳儀政府以臺灣人接受日本奴化教育為口實，剝奪臺灣人自治和參政的權利，引爆官民立場彼此敵對的奴化論戰。[211]一九四八年「橋」副刊論爭中，再次發生雷石榆以〈女人〉[212]指控臺灣社會存在日本遺毒的插曲，連帶引發文化高低的爭辯。叢刊收錄的歷史故事以人民的觀點建構歷史，呈現臺灣人在異族鐵蹄下的勇敢反抗，對於戰後初期外省人士動輒指控臺灣人接受日本奴化教育一事，無疑是最為有力的反駁。尤其〈復讎〉以「官逼民反」重新詮釋歷史，在人民起義反抗陳儀政府的二二八事變後發表，特別具有「借古喻今」的現實意義。[213]叢刊中還收錄了張彥勳的〈葬列〉，以出殯行列的浮誇與做作嘲諷中國文化拘泥於虛榮的儀式，側面回擊外省作家以其優越感貶低臺灣文化的刻板印象。楊逵對中國與日本先後兩種統治政權與文化兼採批判性的立場，呈現以臺灣人為主體重構臺灣歷史文化的思考模式。

---

[211] 詳情請參考陳翠蓮，〈去殖民與再殖民的對抗：以一九四六年「臺人奴化」論戰為焦點〉，《臺灣史研究》第九卷第二期（2002 年 12 月），頁 145-201。

[212] 發表於《臺灣新生報》「橋」第一○九期，1948 年 5 月 3 日。

[213] 陳顯庭指出葉石濤創作的十七世紀臺灣人反抗荷蘭人的故事，是「作者想要藉此表現臺灣人的特有的性格及象徵臺灣的過去的社會將以對現社會給予一種暗示」。彭瑞金認為：「〈復讎〉從人民的觀點去反省，要不是統治者多行不義，逼得人民無法再存活下去了，何來不畏死地抗暴？」並且指出陳顯庭的評論充分顯示出葉石濤「『藉古喻今』的寫作企圖」，「表達了一個同為『本省作者』的，對台灣作家的惺惺相惜，和某些心照不宣的，對時局、對台灣作家處境的特別感受」。由此可見〈復讎〉的故事雖以浪漫的想像構築而成，並不是楊逵一向擁護的現實主義，但是作者從人民的角度出發，以「官逼民反」重新詮釋歷史，其中影射二二八事件的現實意義不言可喻。參見陳顯庭，〈我對葉石濤作品的印象〉，《臺灣新生報》「橋」第一四六期，1948年 7 月 30 日；彭瑞金，《葉石濤評傳》，頁 125-126 及頁 141-142。

　　另一方面，戰後初期來臺外省文人對臺灣新文學成就幾近無知，構築賴和以降的臺灣新文學運動史也成為重要課題。一九四七年一月十五日《文化交流》雜誌創刊時，楊逵即在創刊號製作「紀念林幼春先生・賴和先生──台灣新文學二開拓者」專輯，刊登賴和作品與應社同仁的紀念詩篇，並親自書寫賴和傳略與〈幼春不死！賴和猶在！〉一文，強調賴和對於臺灣新文學運動的貢獻。同年還負責主編並發行賴和的《善訟的人的故事》，楊逵在結尾加上「但這也是人民自主團結纔得爭取來的」一句，以倡議團結抗爭賦予賴和作品新的意義。一九四八年，楊逵又在叢刊中刊載了史民（吳新榮）的〈賴和在臺灣是革命傳統〉，清楚表達了臺籍作家對外省作家在深入了解臺灣新文學歷史之前，動輒放言妄論臺灣文學的不滿。而標舉賴和以降的新文學傳統，將賴和與中國的魯迅、蘇俄的高爾基兩位左翼作家置於同一位階並舉，說明臺灣新文學做為世界左翼文學之一環獨立性的存在，無疑是臺灣文學也擁有其主體性的重大宣示。

　　再者，魯迅是五四新文化運動時期的重要作家，曾以雜文作品批判國民黨威權。以賴和為系譜的臺灣新文學則是做為抗議殖民體制的文化運動而展開，引魯迅來強調賴和文學的革命性格，就成為臺灣文化遭到強權壓制時的精神武裝。一九四三年賴和逝世，楊逵發表〈憶賴和先生〉，發抒其悼念與感傷，並說透過照片回憶起賴和往日的容顏，就會浮起魯迅一樣的印象。[214]一九四七年楊逵又在〈幼春不死！賴和猶在！〉裡寫下：「我曾說過魯迅不死，現在我還要以萬分的確信再說，幼春不死，賴和猶在！」[215]，再度將賴和與魯迅並列。楊逵因為好友入田春彥自盡留下的遺物《大魯迅全集》而深入魯迅的文學世界，前述有關入田春彥讀書札記手稿中抄寫的，魯迅晚年在蔣介石政權嚴密追捕下，過著

---

[214] 楊逵在〈憶賴和先生〉中說：「現在，一想起先生往日的容顏──當然是透過照片──就會浮現出魯迅給我的印象。」《楊逵全集》「詩文卷」（下），頁 87。

[215] 楊逵，〈幼春不死！賴和猶在！〉，《楊逵全集》「詩文卷」（下），頁 236。

忙於拔腿逃命的日子的敘述，以及臺灣作家王詩琅、黃得時提及的魯迅在蔣介石政權壓迫下的荊棘苦難之路，深刻地影響到楊逵對魯迅文學精神的詮釋。戰後楊逵在中日文對照版的《阿Q正傳》前附〈魯迅先生〉中寫下對於魯迅精神的了解，強調他經常做為受害者與被壓迫階級的朋友，以及用作家之筆與軍警的鐵砲戰鬥，通過不屈不撓的戰鬥生涯，戰鬥意志更加強韌，戰鬥組織也更加團結鞏固的描述，雖未提及「蔣介石」，強調魯迅對抗國民黨政權戰鬥精神的旨意已豁然顯露。一九四七年，當楊逵以〈阿Q畫圓圈〉諷刺陳儀政府失信於民，魯迅文學即已化身為對抗封建官僚的圖騰。二二八事件參與武裝反抗失敗後，楊逵與國民黨政權繼續周旋時，以魯迅說明賴和的文學地位，必然有助於外省左翼文人對臺灣新文學運動的認識與認同，加速促進省內外作家的合作與交流。接續魯迅與賴和左翼文學批判性的傳統，也成為楊逵與新世代作家的共同使命。

## 四、以再現臺灣社會批判腐敗政權

　　一九四六年五月，楊逵在〈文學重建的前提〉中提到，正確的文學運動要「經常與踏實的人民的現實生活密切地結合」[216]。一九四八年三月，針對二二八之後「臺灣文藝界不哭不叫，陷於死樣的靜寂」，楊逵復發表〈如何建立臺灣新文學〉，他說：「文學雖然不是療治百症的萬應靈藥，但它如得切切實實的表現人民的真實心情，其吶喊聲終會把這迷昏若死的國家叫醒過來的。」又說：「文學不是『萬應靈藥』，但，歷史告訴我們，只要切實地表現人民的真實的心聲，文學有其促使人民奮起，刺戟民族解放與國家建設的偉大力量！」[217]楊逵頻頻呼

---

[216] 楊逵，〈文學重建的前提〉，《楊逵全集》「詩文卷」（下），頁215。

[217] 引文見楊逵，〈如何建立臺灣新文學〉，《楊逵全集》「詩文卷」（下），頁242、244。

籲重建臺灣新文學之目的，其實就是要遵循革命的左翼文學傳統，以筆尖對抗統治階級，藉文學創作反映民眾心聲，揭發不公不義的社會現象，以追求臺灣的民主與解放，《臺灣文學叢刊》就是他為此而開闢的場域。

戰後初期臺灣人民普遍生計困難，叢刊以作品深入傳達低下階層民眾的痛苦與悲哀。例如鴻虔〈鹿港的漁夫〉描述漁民趁著漲潮時冒險在泥漿遍地的海邊佈網，退潮後背著魚簍撿拾網內的漁獲，世代代努力，仍舊養不活饑饉的家人。楊逵的〈却糞掃〉敘述家世清寒的兒童無力就學，由於百業蕭條，只能淪落到撿拾垃圾維生的命運；〈營養學〉以細瘦如白鷺鷥的老師教導一群乾瘦的學生，諷刺黑板上寫著的「營養」二字不得充飢；〈不如猪〉感嘆生養子女不如養豬賣錢，充分反映民生的凋敝；〈生活〉則是無米可食的瘦弱車伕使盡力氣拉車到市場口，車內手抱愛犬的有錢太太買肉來餵狗，生動地刻劃出貧富差距的懸殊。民謠〈農村曲〉描繪農民的勞苦，以及終年辛勤猶得借債度日的窘境。揚風〈小東西〉裡的臺灣少女在逆境中奮力掙扎，最後仍然不幸淪落風塵。楊守愚〈同樣是一個太陽〉敘述田地因久旱無雨而秧苗不長，農民只能詛咒同樣帶來光明的太陽而望天興嘆。以太陽象徵青天白日旗，影射國民政府接收後的臺灣民不聊生。

楊逵說過一篇作品要反映現實，作者必須確切地認識現實，並且「須要放大眼光綜觀整個世界，透視整個歷史的轉變」[218]。叢刊揭示了戰後造成臺灣民眾苦難與壓迫的根本原因，來自於第二次世界大戰結束後政權遞嬗之際，中國接收官員的貪污舞弊。章仕開的〈X區長〉就是描述對窮苦百姓視若無睹的外省來臺官員，利用職權私吞日本僑民與公家財物而致富。為了消滅貪污的任何證據，甚至藉故將屬下官員撤職或調職，改為安插自家鄉親。陳濤的〈簽呈〉敘述政府機關某局裡明顯勞役不均，局長的親信得以「津貼」之名公然揩油，外勤人員藉由職務撈取

---

[218] 楊逵，〈論「反映現實」〉，《楊逵全集》「詩文卷」（下），頁264。

油水；而事務最繁忙，待遇也最差的第二科全員要求加薪，結果負責草擬簽呈者遭密告而被免職，原有薪津轉以補助該科同仁。還有，洪野的〈學店〉痛斥一所中學為了「教官」介紹來的外省籍轉學生不能不收，便藉口功課趕不上，把已繳納學費的本地學生開除。楊逵的〈上任〉描繪才學不稱其位者走後門，以謀求公職的怪現象；〈勤〉諷刺不肖商人聯合貪官污吏，以囤積物資為生財之道。這些篇章足以讓人窺見中國官員素質之低劣，對於結黨營私、攀親引戚、假公濟私、官商勾結等官場文化有極為細緻的刻劃。

歐坦生的〈沉醉〉則以二二八事件為背景，事件中被本省人打得遍體鱗傷的楊姓外省知識分子，由於本省籍年輕女傭阿錦的細心看護而迅速痊癒，忘恩負義的他卻對墜入情網的阿錦始亂終棄。小說中還有來臺接收官員謊稱尚未娶妻以欺騙少女的感情，以及無辜少女因被傳染梅毒而淪為妓女的情節。阿錦的不幸是作者借住的農林廳宿舍女傭的真實遭遇，[219]一九四七年首刊於上海《文藝春秋》時，編輯范泉認為這篇小說：「揭露了我們某一部分的祖國的同胞正在如何地把輕佻與污辱拋給了這塊新生的土地」[220]，楊逵轉載這篇時必然讀過范泉的評論，〈沉醉〉無疑是控訴中國接收（劫收）對臺灣掠奪與蹂躪的有力證據。

俞若欽的〈裁員〉則敘述一名公務人員因擔心新生兒的來臨將導致家計更形艱難，遂決定將太太腹中孕育的第四個孩子拿掉，甚至把非法的人工流產美其名為「裁員」。對於扼殺尚未出世的生命是否違反道德時，他為自己辯解道：

---

[219] 楊美紅〈來自現實人生的吶喊——丁樹南（歐坦生）訪談錄〉中說歐坦生：「來到台灣後，剛好遭逢二二八事件，當時他住在農林廳的宿舍，便以那間宿舍下女的遭遇，寫出〈沉醉〉，描繪一位外省知識分子，如何逢場作戲，欺騙那位下女感情的故事。」見《文訊》第二二二期，頁121。

[220] 原載於《文藝春秋》（上海）第五卷第五期（1947年11月），轉引自橫地剛，〈范泉的台灣認識——四十年代後期台灣的文學狀況〉，《告別革命文學？——兩岸文論史的反思》，頁89。

> 我們做父母的罪孽，當由社會來替我們負責，因為我們的痛苦，
> 已無法向社會控訴了；然而我們要生存要生活。在這缺少生存
> 條件的生活中，我們就被迫使犯罪。[221]

當兄弟倆為墮胎的道德性與合理性爭論時，他又說：

> 你應該知道罪惡是產生於不健全的社會中，產生於畸形的環境
> 中，生活普遍的困阨，促成罪惡的普遍性。有多少與我同身份
> 的，與我同病的人，他們全都在惶惑中暗自摸索著。假使說，
> 你能明瞭像我這種動機，不僅是我一人所有，那麼你就應該把
> 你的努力從家庭中移到社會上去。祇（按：「至」之誤）少，你
> 在思想上應該有這個準備……[222]

〈裁員〉把公務員知法犯法歸咎於社會，不過是冰山之一角。從一九四八年七月初讀者投書《中華日報》，提到當前的公教人員犯了「窮」、「餓」、「臨死」等病，若待遇不速調整恐有工作效率減低、舞弊之風日熾，以及餒現實而走險等弊端發生，[223]就可了解這篇小說的公務員為求生存不惜作姦犯科，的確是當時臺灣社會的真實寫照。

　　鄭重的〈摸索〉則描述在礦山工作的二十歲外省青年，一心想幫助名叫高笑的十歲女工，卻被誤以為想娶她為妻。在當地警長也會錯意，積極遊說高笑和主角湊成對，使得高笑憤而辭職之後，羞愧萬分的主角覺悟地對自己說：

---

[221] 引自俞若欽，〈裁員〉，《臺灣文學叢刊》第一輯，頁 15。

[222] 引自俞若欽，〈裁員〉，《臺灣文學叢刊》第一輯，頁 18。

[223] 蕭錫茂，〈待遇亟待調整　物價如洪水猛獸的今日　多少人喘息生活難維持〉，《中華日報》第五版「讀者的話」，1948 年 7 月 2 日。

到民間去，大概並非是時髦的事；可憐的大智識份子軟殼蟲，
却偏要先打好烏托邦的美麗圖樣來；你底大爺式底布施，你底
白西裝和紅領帶，你底微妙的佔有法，你底昂然的散步，民間
是吃不消的，除非是宣告敬謝不敏，我或者當真需要修理一番
了。[224]

　　當時所謂「到民間去」或「文章下鄉」，正是臺灣新文學重建論爭
中揮舞的旗幟。這篇小說在〈橋〉副刊發表之後，田兵投稿評論故事中
主角有意識地到民間去實踐，卻仍然遭遇失敗的主要原因在於遊戲式的
心態，說他只不過是個張著嘴的純粹招牌主義者；並指出「到民間去」
的理論固然重要，但更重要的是如何配合理論與實踐，首先在實踐的過
程中改進自己。[225]換句話說，外省作家必須揚棄高高在上的心態，真正
深入了解臺灣基層社會的風土人情，才能描繪出民眾內心的思想與情
感。故事除了藉由主角與礦場女工審美觀的不同，反映省內外文化差異
之外；[226]主角住在職員宿舍，當地民眾則被「工友莫入」的牌子阻隔在
外，還有外省青年一廂情願地想把本省少女教育成「高尚」的人，以及
他的關心被誤以為出自共結連理的私慾，都深刻地暴露了省籍和社會階
級、文化位階之間的密切關係。
　　楊逵曾經感慨外省來的文藝工作者大多深居書房裡搾搾腦汁，跟臺
灣社會與民眾間的距離太遠，希望他們能夠在臺灣社會生根，深刻了解
臺灣的現實與民眾的情感需求。[227]叢刊中無論省內外作家的創作都是根

[224] 引自鄭重，〈摸索〉，《臺灣文學叢刊》第一輯，頁 26。
[225] 田兵，〈評鄭重的『摸索』〉，《臺灣新生報》「橋」第一四五期，1948 年 7 月 28 日。
[226] 許俊雅認為鄭重的〈摸索〉，「敘述外省人和台灣人對事物的不同看法及習俗的差異」。見其著，〈補白歷史──《創作》月刊再現〉，《中國現代文學理論季刊》第八期（1997 年 12 月），頁 637。
[227] 楊逵，〈現實叫我們需要一次嚷〉，《楊逵全集》「詩文卷」（下），頁 252。

據臺灣社會實況而來，究其實即是楊逵所提倡的「寫實的報告文學」[228]。表面上這些作品不直接批評當局的施政措施，對於官僚之腐敗與民生之困頓則有極為生動的刻劃與記錄，自然呈現統治階級利用權勢以劫掠資源，被統治階級勤奮努力卻只能處於痛苦深淵的兩極對照，已經準確投射出臺灣社會問題肇因於國民黨封建政權的洞見。

## 五、言文一致與階級立場

　　除了北京話文之外，叢刊兼收臺灣話文與日文翻譯成中文的作品，勾勒出臺灣地區多音交響的特殊現象。臺灣話文方面有收集自民間的〈農村曲〉、廖漢臣〈臺灣民主歌〉中羅列的詩句，以及楊逵新作的歌謠與漫畫題詞；張紅夢的〈葬列〉和楊逵的〈模範村〉原作則是以日文為創作工具。由於臺灣民眾絕大多數日常生活使用臺語，民間歌謠和民謠體製的臺灣話文創作，甚至包括獨特的地方用語及所承載的生活經驗，明顯標記出臺灣社會底層的族群文化。

　　叢刊所收楊逵的歌謠與漫畫題詞，清一色是前不久才發表於各報刊的成果。目前所知楊逵戰後最早的臺灣話文歌謠作品，始刊於一九四八年八月二日。[229]由於七月中旬，《新生報》「橋」副刊才以陳大禹交雜使用臺灣閩南語、國語（北京話）、日語的劇本〈台北酒家〉為首，引發臺灣文學語言問題的諸多討論，[230]楊逵對此的反應可說極為迅速。由於

---

[228] 語出楊逵，〈如何建立臺灣新文學〉，《楊逵全集》「詩文卷」（下），頁 244-245。

[229] 詩題為〈臺灣民謠〉，敘述李鴻章簽約割讓臺灣給日本，以及臺灣人成立臺灣民主國以反抗的相關歷史。收於《楊逵全集》「詩文卷」（上），頁 22-23。

[230] 陳大禹在《臺灣新生報》「橋」第一三九期發表〈台北酒家——一個劇本的序幕〉，希望藉由自己創作的劇本〈台北酒家〉拋磚引玉，使大家關心臺灣文學語言的相關問題。緊接著在「橋」次一期的「編者、讀者、作者」欄裡，編輯歌雷公開徵求批評與意見，隨後引發沙小風、林曙光、麥芳嫻、朱實等人的討論。許詩萱認為：「在『橋』上率先使用台灣特殊方言創作的是外省作者而非本省作者，此一現象正代表熟悉台灣文學環境、知曉方言複雜性的本省作者，在運用方言創作文學作品的態度上，較外省作者來得謹慎。」許

曾經有臺灣話文創作失敗的經驗，一九四八年八月間楊逵再回到臺灣話文創作時，以簡短的歌謠入手，確實比較容易克服文字運用還不夠純熟的毛病。然而部分歌謠因為使用假借字的關係，必須附加注釋標明讀音或相通的國語詞彙，讀者才知道正確字音也看得懂意義，例如〈却糞掃〉一詩後註：「却糞掃即拾垃圾」[231]，〈不如豬〉的「怎得想到後代」末註：「代讀地」[232]，顯然楊逵在遣詞用字方面依然存在無法克服的困境。

　　語言的歧異是臺灣移民社會的特徵，重視普羅大眾心聲，從日治時期以來即不斷提倡為大眾而寫的楊逵，戰後的一九四六年也曾公開呼籲以人民自身的語言來創作。有鑒於日本統治造成臺灣語言的混亂，使得務求語言和文字一致的白話文將會是漫長而艱鉅的工作，他建議過渡時期立刻成立強而有力的翻譯機構，負責譯介各自以方便語言所寫的作品。[233]叢刊作品語言的多樣性，就是這一個構想的付諸行動。

　　鮮為人知的是楊逵進行臺灣話文創作的同時，也已經開始構思符合文、言一致，而且真正便利書寫的系統。蔡德本[234]接受訪問時，提及自己於一九四七年八月創設臺語戲劇社後，亦研究臺語表現的相關問題，楊逵即曾為此遠赴臺北參加座談會，和眾人討論用羅馬字或漢字摻雜羅馬字較為恰當。[235]楊建的回憶也證實二二八事件之後，楊逵即致力於臺語的羅馬字化，以模仿日文羅馬拼音的方式自創臺灣話書寫系統。它能

---

詩萱，《戰後初期（1945.8-1949.12）台灣文學的重建——以《台灣新生報》「橋」副刊為主要探討對象》，頁 77-80。

[231] 楊逵，〈却糞掃〉，《臺灣文學叢刊》第二輯，頁 1。

[232] 楊逵，〈不如豬〉，《臺灣文學叢刊》第三輯之封面內頁。

[233] 楊逵，〈臺灣新文學停頓的檢討〉，《楊逵全集》「詩文卷」（下），頁 224。

[234] 蔡德本（1925～　），嘉義朴子人。少年時代曾負笈東京求學，師範學院英語系求學期間組織學生社團——台語戲劇社及龍安文藝社，並曾擔任學生自治會康樂部長。一九五〇年六月畢業後擔任教職，一九五三年九月公費留美。一九五四年九月回國，十月三日任教東石中學時被捕，判處「無罪感訓」，一九五五年十一月二日釋放。參考林曙光，〈難忘的回憶——記台語劇運先驅蔡德本〉，《文學台灣》第九期，頁 15-24；藍博洲，〈一刑下去沒有也變有——蔡德本訪談錄〉，《天未亮：追憶一九四九年四六事件（師院部分）》，頁 253。

[235] 藍博洲，《天未亮：追憶一九四九年四六事件（師院部分）》，頁 256-261。

夠完全避開筆劃繁複的漢字；或者部份用漢字，漢字不知如何書寫者用羅馬拼音代替。楊逵並教導楊建把它應用到日語和國語，使他順利跨越過語言轉換的障礙。[236]叢刊所收楊逵的臺灣話文歌謠尚未見到羅馬字，不過隨後拘繫綠島監獄期間，他就實地將之運用以記錄收集到的各地俗諺。[237]當然楊逵並不是臺灣史上第一位倡議以羅馬字書寫者，基督教會使用羅馬拼音傳教早已有相當長的歷史，蔡培火也曾經嘗試推行廈門音為準的羅馬字。楊逵使用的這套拼音方式究竟是根據前人而來，或自己全新的創製，目前還是不可解的謎團。

　　戰後初期楊逵認真研究臺語書寫系統的背後，存在著主客觀的各種因素。例如楊逵在與歌雷、黃永玉[238]等文友聊起臺灣文藝運動時說過：

> 文藝運動是應該用鬥爭方式來展開的，若果叫台灣人放開日文而重新學習方塊字來閱讀新的文藝作品幾乎是不可能的事，除非以一種新的文字來代替它，易學，易懂。[239]

二二八事件之後面對貪污腐敗的封建官僚，楊逵沿用日治時期的方式，以文學從事社會改造運動。雖然楊逵用漢文書寫的臺灣話文歌謠形式短

---

[236] 筆者於東海花園訪問楊建先生的談話紀錄，2003 年 4 月 7 日。

[237] 例如楊逵寫「gina 人有耳無嘴」，「gina」為羅馬拼音，臺語指「小孩子」，今寫成「囝仔」。見《楊逵全集》「謠諺卷」，頁 57。

[238] 黃永玉（1924～ ），湖南鳳凰人，詩人與畫家。年輕時曾經流浪中國東南各省，於福建接受過不完整的中學教育。曾任工人、教師、記者、編輯、中國中央美術學院教授、中國美術家協會副主席。參見天津人民出版部、百川書局出版部主編，《中國文學大辭典》第七卷（臺北：百川書局，1994 年 12 月），頁 4994。

[239] 引自黃永玉，〈記楊逵〉，收於司馬文森編，《作家印象記》（香港：智源書局，1950 年 11 月再版），頁 81。黃永玉文中提到與會人物中有「普庚式」鬍子者，是某副刊編輯，從外貌特徵與相關介紹看來，即是《臺灣新生報》「橋」副刊編輯歌雷。

小，便於民眾了解、記憶與傳播，也往往能夠成為啟蒙民眾的利器，但是若考量到重新學習漢字曠日費時，鬥爭的進行又必須快速而有效率，即刻建立口語和書面一致的文字絕對有其必要性。

　　此外，一九四九年一月，浙江籍的師院學生宋承治在「橋」副刊發表〈發展本島方言文學的文字問題〉，公開表示為發展本島文學與大眾文藝而廢棄漢字，改採羅馬字拼音的地方語來寫作有其正當性。他並直接批判在臺灣推行國語運動的幾位負責人，以「妨害全國語言，即國語普及化的推行」為由，反對提倡羅馬字化方言運動。文中明白指出這個運動的正當性為：

> 在教育群眾時，雖然暫時要促進文化的帶有地方性的分歧，但是這種文字卻會消滅語言與文字的隔閡，可以很快的拿來教育群眾，很快的提高群眾的文化水準，只要我們在運用時不去加強這地方性，隨時隨地注意配合統一語的需要，這正是促進全國語言與文字的真正統一的先決條件。國語拼音強用北平方言去統一全國的語言與文字，在方言差別很大的臺灣，弄□格格不入，倒反阻礙了大眾文化的發展，倒反阻礙了全國文字的統一。[240]

由此可知把大眾語言文字化，從而推動本地口頭語的文學創作，不僅與楊逵身為社會主義者的階級立場有極大的關係，也可以說是一片建立大眾文藝呼聲中的時代產物；另一方面，此時已開始學習國語的楊逵，不但不打算放棄臺灣話文創作，反而更積極於建立臺灣話的書面系統，這何嘗不是對於國語運動推行過程中壓抑本土語言，導致外來北京話文成為霸權文化的極力抗拒。

---

[240] 引自宋承治，〈發展本島方言文學的文字問題〉，《臺灣新生報》「橋」第二〇三期，1949 年 1 月 22 日。□為字跡模糊，無法辨識者。

## 六、楊逵與歌雷的合作計畫

　　一九四六年五月楊逵發表〈文學重建的前提〉，在正確的文學運動方面提到謀求海內外文學交流的順暢。緊接著他又發表〈臺灣新文學停頓的檢討〉，提及文學停頓的諸多原因，其中之一是源於日本的極力阻礙，中國與臺灣缺少文化交流。楊逵並提出切實地進行作家交流、刊物與作品的交換，以彌補兩地間的鴻溝。一九四八年三月，針對二二八之後沉寂的臺灣文藝界，楊逵再度提出省內外作家及作品活潑交流，做為文學者努力的方向。叢刊的編輯在省內外文化交流方面確實頗有貢獻，例如作品的交流方面，第二輯刊載的〈沉醉〉轉引自上海的《文藝春秋》；收錄包含臺灣特殊歷史經驗和臺灣話為工具的創作，也可促進外省人士對臺灣的了解。作家的交流方面，叢刊二十二位執筆人中即有高達十位屬外省籍，將近總數的一半，楊逵甚至規劃網羅大陸來臺人士合辦叢刊。從揚風日記裡可以發現除了揚風之外，楊逵曾經考慮的外省籍合作對象還有本名史習枚的歌雷。一九四八年四月十日的揚風日記裡，補記四月初與楊逵會面的情形時寫道：

> 在台北時，曾碰到楊逵，談到辦雜誌的事，奔跑了幾天，雖然有一個具體的結果，但我又感覺與史習枚合作，始終在心理上，就有些不太如意的事。因為他在學校做過團的地下工作，誰也不敢擔保，他會使這個雜誌變質成另外一個東西的。第二，他根本是個商人心腸，文化人面皮，那裡有真實熱愛文藝的心腸來辦雜誌。

對照前引揚風日記三月三十日的記載，即可知楊逵是為雜誌的經費來源奔波數日，終於獲得史習枚同意給予援助，揚風對此的不甚滿意溢於言表。不過後來歌雷是否履行承諾，目前仍無法確定。

　　另外，揚風三月二十九日的日記裡有關參加第一次作者茶會的感言也提到歌雷，他說：

> 在茶會中，我才深深的體驗出了，歌雷并沒有意思促使台灣的文藝運動展開，而是在自己出鋒頭，而最主要的是向他的上級報喜。我深悔，我沒有玫慮到這就貿然的參加了。

臺灣新文學重建論爭以歌雷主編的「橋」副刊為中心而展開，一九九四年歌雷過世後，當年參與論爭的林曙光為文稱頌他是「首倡建設台灣文學的先驅者」[241]；孫達人則認為歌雷把「橋」的版面開放給大家評斷與灌溉，帶動臺灣的文學風氣，架起了推動臺灣文學邁向中國文學，和省內外文學同好間的友誼，以及作者讀者熱情交流的橋樑；[242]黃永玉則記得初次與歌雷見面時，即有朋友提醒他歌雷的表哥是某人，姑丈又是某人，非常陰險。楊逵因為參與論爭而與歌雷時有往來，當時黃永玉見報上有輕薄誣諂的文章針對楊逵而來，認定這是出自歌雷的「伎倆」，隨後見歌雷陪著楊逵迎面而來，即深覺楊逵當時的處境「的確糟了」。[243]揚風日記裡質疑歌雷身負特殊政治任務，這樣的負面批評和林曙光、孫達人的正面肯定大相逕庭，然與黃永玉的看法極為近似。

　　一九四八年四月二十三日，「橋」上刊出召集第三次作者茶會的預告，茶會籌備人包括楊逵和陳大禹、孫達人、吳瀛濤、馮諄、羅美、吳坤煌等人，預計進行討論的專題為「臺灣文學之路」。[244]揚風在二十四日的日記裡寫下了對於這件事的獨特見解：

---

[241] 林曙光，〈感念奇緣弔歌雷〉，《文學台灣》第十一期，頁 20。

[242] 孫達人，〈《橋》和它的同伴們〉，《喑啞的論爭》，頁 4-13。

[243] 黃永玉，〈記楊逵〉，《作家印象記》，頁 81-83。

[244] 參考《臺灣新生報》「橋」第一○五期，1948 年 4 月 23 日。

看昨天的報上，新生報的副刊，又在召集作者茶會了，他們關
在房間裡大談其人民文學，從不將頭伸出窗外來看看你喊著的
人民是在過著怎樣可怕的苦痛的生活。而且這種生活又是怎樣
的與我們這些居住在都市的霧幔裡的紳士作家們可怕的脫節。
在台灣這些自詡為作家的文豪們，有些天真得可愛，喊著文學，
像抱著鮮肉塊在向老虎嘴裡走，終有一時，不但鮮肉塊會被狡
猾的野獸吃掉，就是連自身也免不了遭秧（按：「殃」之誤）。
另有一些人，嘴裡也喊著建設台灣新文學呀好聽的口號，也聰
明的適得其分的擺出一個既無好處更無壞處的姿態，但自身卻
偷偷的有他內心中預先打算好的政治上或其它的企圖，這些人
不但不能建立台灣新聞（按：「文」之誤）學，反會戕害台灣這
根文學發茁的幼苗，建立台灣文學，首先就應嚴屬的清除這些
毒素。寧可台灣無文學，決不可使在這隻（按：「株」之誤）文
學的幼苗裡就加上一些毒素，就使能生長，也會是病態的。

揚風把參加茶會的作家分為天真的與別有政治企圖者，直指臺灣新文學
重建論爭的內情並不單純。

　　一九四九年四月六日，荷槍的士兵於凌晨時分進入學校宿舍與民
宅，大肆逮捕臺大、師院的學生，以及中學教師、公營事業職員、農民
等社會各界人士。[245]曾經參與「橋」副刊論爭的楊逵、臺大學生孫達人、
建中學生張光直（筆名「何無感」），以及為文贊成發展本島方言文學的
師院學生宋承治都被送進監牢。在此之前，駱駝英（羅鐵鷹）自覺瀕臨
險境，在學生張光直等人協助之下倉皇逃離臺灣。[246]雷石榆則於六月一
日被捕，九月八日押解上船，驅除出境。[247]對照事發前一年揚風所言，

---

[245] 孫達人，〈《橋》和它的同伴們〉，《喑啞的論爭》，頁 12。

[246] 許南村，〈「兵士」駱駝英的腳蹤〉，《喑啞的論爭》，頁 68-69；張光直，《蕃
薯人的故事》，頁 47-52。

[247] 藍博洲，〈放逐詩人雷石榆（一九四六－一九四九）〉，《喑啞的論爭》，頁

在「橋」副刊上喊著文學的人像抱著鮮肉塊往老虎嘴裡走，就連自身也免不了遭殃的預言，不禁令人大為驚嘆他的先見之明。二二八事件之後，國民黨政府放任文藝界高談闊論的開放風氣，最後果真是以捕獲左翼人士入網的結局收場。

四六事件中歌雷也遭到逮捕的命運，[248]由於他的表哥鈕先銘將軍時任警備副司令，林曙光曾經為此百思不解。一九七八年冬，歌雷被國民黨黨部派到林曙光任職的學校輔選，事後並為其排解面臨情治單位調查的麻煩。當時生活潦倒的歌雷說明了當初被捕，係因上海的《大公報》報導楊逵的〈和平宣言〉，陳誠閱後大喊臺灣有共產黨而肇禍，鈕先銘因而不敢對介於楊逵和《大公報》之間的歌雷伸出援手。[249]根據楊逵的回憶，〈和平宣言〉是楊逵與外省編輯人共商內容，而由楊逵負責起草。草稿完成後油印了二十幾份，供參與計畫的人士斟酌修正。《大公報》記者來臺拜訪歌雷，見到歌雷手上的〈和平宣言〉，隨即報導此事。一九四九年四月，楊逵與歌雷等幾位報刊編輯同時被抓，歌雷因叔叔是參謀長而得以獲釋。[250]張光直回想當年的牢獄之災，明白表示被捕者中有人替情報處工作，至於是誰則沒有給予明確的答案；巧的是十八人的名單裡也有歌雷，[251]難免引人聯想。

彭瑞金曾經考察歌雷的文學觀點，認為他主張所謂「新現實主義」，即以文學反映無產階級、勞動階級的觀點，與中國三〇年代左翼文藝團

---

103-105。

[248] 四月六日當天，歌雷在臺北市懷寧路《新生報》宿舍，被治安單位派便衣人員拘訊，案情不詳。見〈二記者被拘訊〉之報導，《公論報》，1949 年 4 月7 日。

[249] 林曙光，〈感念奇緣弔歌雷〉，《文學台灣》第十一期，頁 20、33。

[250] 參見〈關於楊逵回憶錄筆記〉與〈二二八事件前後〉，《楊逵全集》「資料卷」，頁 75 及頁 92-93。

[251] 張光直列出的十八人名單是：王耀華、藍世豪、周自強、孫達人、宋承治、陳錢潮、盧秀如、黃金揚、許冀湯、許華江、申德建、陳琴、莊輝彰、趙制陽、邱宏仁、史習枚（歌雷）、董佩璜、王惲。見張光直，《蕃薯人的故事》，頁 76-79。

體作家的見解非常吻合，這是他會在戰後臺灣文學重建論爭中扮演關鍵性角色的原因；[252]呂正惠則以為歌雷是奉命執行「懷柔」政策，但對他的立場已「背離」國民黨很遠則頗感困惑。[253]綜合揚風、黃永玉和張光直三人的說法，大概可以歸納出歌雷與情報處有關，所主導的「橋」論爭被當作官方思想檢查的工具。[254]如此說來，二二八事件後臺灣文壇的短暫蓬勃，歌雷很可能扮演了推手與劊子手的雙重角色。

# 結 語

　　一九四八年間，戰後初期最大的一場文學論戰在楊逵倡議之下展開，大陸作家與臺灣作家在此建立溝通交流的平臺。儘管參與論爭的作家意見不盡相同，大體上包括楊逵在內的兩岸左翼作家獲得建立文藝統一陣線，以新現實主義為路徑，藉創作反映人民最真實的生活境況，追

---

[252] 詳見彭瑞金，〈《橋》副刊始末〉，《驅除迷霧找回祖靈：台灣文學論文集》，頁 170-171。

[253] 呂正惠，〈陳芳明「再殖民論」質疑〉，《殖民地的傷痕——台灣文學問題》，頁 196 之註 26。

[254] 如今看來，陳芳明以為歌雷代表官方立場的推論無疑是極為正確的（見《後殖民台灣——文學史論及其周邊》，頁 316）。如果歌雷是為情報處工作者，那麼歌雷之所以被捕，很可能是當局要他對獄中青年學生進行思想的再監控，這可以解釋陳映真對「陳芳明說歌雷是『官方』的人。一個『官方』的人卻在一九四九年與楊逵同時被捕下獄」（《反對言偽而辯》，頁 167）的質疑。附帶一提的是黃永玉在〈記楊逵〉中提到初次與歌雷見面時，即有朋友告訴他提防歌雷，說他的表哥是某人，姑丈又是某人，非常陰險（〈記楊逵〉，《作家印象記》，頁 83）；一九九七年時卻改口說：「司馬文森（筆者按：司馬文森原名何章平，1916～1968）後來告訴我，普希金鬍子是個好人，這樣寫他，對他在臺灣工作有好處，他名叫史習枚。」（李輝，〈淘書在路上〉，筆者所用來自網路資料，網址為：http://www.hcclib.net/read/blog3.htm）由於這段文字語意曖昧不明，是否表示實際上歌雷負有在國民黨臥底的特殊任務，目前仍無法確定。在此還要特別聲明的是筆者並無意指稱歌雷是邪惡小人，因為在戰後初期混亂的局勢中，歌雷很可能是身不由己地被迫執行了政治任務。

求自由民主的共同結論。[255]然而楊逵在與大陸來臺作家對話的同時也在奮力地進行對抗，例如大陸作家對臺灣文化的特殊性認識不足，發言時而洋溢著自許為指導者的優越感，甚且要求戰後的臺灣文學以中國文學為師，揚棄自身的特殊性以合流至中國文學當中。職是之故，楊逵必須一再重申臺灣歷經與中國長久分離的歷史經驗，已經發展出相異的生活、習慣和情感，彼此之間存在著極難跨越的鴻溝，執意要重建站在臺灣人民的立場，呈現臺灣歷史與民眾思想情感的文學。

　　早在參與《新生報》「橋」論爭之前，楊逵就已經把自己的理念付諸實踐，例如他在戰爭甫結束的一九四五年九月間創刊《一陽週報》，轉載五四文學和自己的創作；一九四六年主編《和平日報》「新文學」欄；一九四七年與王思翔共同編輯《文化交流》雜誌，策劃東華書局版「中國文藝叢書」。論爭進行期間又主編《台灣力行報》「新文藝」欄，創辦《臺灣文學叢刊》，積極推動戰後臺灣文學復甦的實際行動。而《臺灣文學叢刊》吸納不同世代與省籍的文學工作者，上接日治時期賴和的左翼新文學傳統，下啟銀鈴會等新世代作家發表現實主義創作之門；刊載作品或以臺灣人民抗暴事件為中心重構臺灣歷史，或者再現戰後初期臺灣社會現實以抗議統治政權，在在顯示楊逵的批判精神與旺盛的戰鬥能量。

　　《臺灣文學叢刊》將重建臺灣新文學空泛的文藝理念落實到行動上，究其本質即是楊逵個人有關「臺灣文學」定義與內涵的具體展現。從收錄的作品即可了解——文學與其所賴以生存的社會終究無法分開，所謂臺灣文學必然是以臺灣經驗為題材，能夠表現臺灣社會狀況的作品。而執筆人固不必論其省籍，只要關心臺灣社會，深入民間了解臺灣人的思想情感，以臺灣為書寫對象者都可以被接受。同情並理解臺灣

---

[255] 誠如游勝冠在〈戰後的第一場台灣文學論戰〉中所說：「左翼的現實主義創作路線，與台灣在 1930 年以後階級色彩濃厚的文學路線頗能契合，兩岸作家大致在這裡找到共同的立足點。」見《臺灣史田野研究通訊》第二七期，頁 27。

社會底層的外省來臺作家，當然也在這個條件下被納入臺灣文學的範疇。語言方面，楊逵追求與大眾口頭語相符的書寫工具，並因此致力於臺灣話的羅馬字化。然而有鑒於臺灣是個移民社會，並有長期被殖民的歷史，因此臺灣人的日常用語、日本殖民時代或國民政府的官方語言，都可以在建立言文一致的書寫工具前使用。透過叢刊的編輯，楊逵左翼文學史觀清楚傳遞——日治時期臺灣新文學主要反對帝國主義的殖民體制，戰後初期則是反對國民黨腐敗官僚。從對抗日本殖民政府到對抗國民黨封建政權，臺灣新文學雖然有其階段性的歷史任務，但在反歧視、反壓迫、反剝削方面則是始終如一。

值得注意的是「臺灣文學」的名稱一再遭到質疑之際，楊逵不僅堅持引為刊物的標題，還進一步重構臺灣新文學史。《臺灣文學叢刊》中收錄創作包含荷蘭與日本統治等異於中國的歷史經驗，以及植根於臺灣鄉土的臺灣話文歌謠，印證了他所說的臺灣文學與中國文學之間存在著深得很的「澎湖溝」（臺灣海峽）。在當局強力推行國語運動，沃灌中華民族主義，亟欲將臺灣全盤「中國化」時，此舉顯然與戰後中國文學收編臺灣文學的方針背道而馳。楊逵的逆勢而行愈發突顯臺灣文學的主體性與特殊性格，映照出他心中堅強的臺灣意識，以及對於母土的強烈認同，無怪乎在當時招來「楊逵有意脫離祖國，正圖放棄祖國本位文化，別有居心」[256]的撻伐。

據此觀察楊逵呼喊過「臺灣文學是中國文學的一環」之口號，其背後的動機實有釐清之必要。[257]一九四六年五月楊逵發表〈臺灣新文學停

---

[256] 黃永玉，〈記楊逵〉，《作家印象記》，頁81。

[257] 無論將戰後初期「臺灣文學是中國文學的一環」之口號，解讀為出自「台灣新文學要自覺地相應於政治上的回歸而力爭在文學上的回歸這樣一個熱意」，或者認為楊逵強烈的臺灣意識「是從力爭台灣的特殊向中國的一般轉化；為了向一般轉化而強調台灣特殊性的辯證法的思維」，都是用今日統獨的立場回過頭去詮釋楊逵當時的思想，其中缺乏論證的過程。從下文筆者即將進行的分析來看，上述說法也絕對不是楊逵呼喊「臺灣文學是中國文學的一環」之動機或目的。兩段引文見編輯部，〈馬克思主義文論在台灣的中挫〉，

頓的檢討〉，以展望未來的方式，首度宣稱要將臺灣新文學發展為中國文學的一環，點出中國與臺灣兩地文學在過去分別發展，在未來則要積極結合的工作目標。文中並以臺灣文學工作者大團結，和全國性的左翼組織「文聯」匯合做為重大工作，要求同志們思考相關問題。後來他又在〈如何建立臺灣新文學〉中，呼籲省內外「愛國憂民」的文學工作者消滅隔閡，共同再建為中國新文學運動之一環的臺灣新文學。上述楊逵所思匯流的組織「文聯」全稱為「中華全國文藝界協會」，其前身「中華全國文藝界抗敵協會」曾經在對日抗戰期間，提出「文章下鄉，文章入伍」的口號，派遣作家赴戰區慰勞與宣傳；抗戰後期並曾發起包括魯迅、高爾基等知名作家的紀念活動，其中往往帶有鬥爭國民黨專制統治的現實意義。一九四五年三月該會決定把五月四日定為文藝節，要求政府保障作家的人身與創作自由。[258]一九四六年五月，楊逵在自己主編的《和平日報》「新文學」欄第一期中，轉載了〈中華全國文藝協會上海分會成立宣言〉，文中說：

> 文藝工作者常常被稱為「時代的先驅者」，「靈魂的工程師」，更使我們感到責任的艱鉅，然而，我們決不逃避這責任。我們願在這「人民的世紀」裏，追隨著各先進國家的民主戰士，為中國人民的自由，幸福而奮鬥。為了更充分的完成我們的任務，

---

以及許南村，〈「台灣文學」是增進兩岸民族團結的渠道——讀楊逵〈台灣文學問答〉〉，《噤啞的論爭》，頁 1、38。

[258] 當時並沒有稱為「文聯」的全國性文藝組織，僅有一九四六年一月五日創刊於上海的《文聯》雜誌，一九四六年六月十日停刊。楊逵在主編的《和平日報》「新文學」第一期刊出〈中華全國文藝協會上海分會成立宣言〉，第二期又刊登其前身中華全國文藝界抗敵協會總會的〈慰問上海文藝界書〉與上海文藝界的〈覆書〉，可見他所指應是簡稱「文協」的「中華全國文藝界協會」。該會一九三八年三月成立於武漢，原名「中華全國文藝界抗敵協會」，後轉至重慶，為團結文藝界抗日力量的全國性組織。一九四五年十月十日更名為「中華全國文藝界協會」，亦統稱為「中華全國文藝協會」。參考《中國文學大辭典》第三卷，頁 987-988。

我們願以至誠督促政府開放言論，出版的自由。過去八年，我
們曾為抗戰而不惜犧牲一切，今後，我們更要為民主，建設而
貢獻出所有的力量。

　　楊逵談及新文學運動時一再提到民主、科學的精神，談當前的臺灣
文學重建強調作家要「到人民中間去」[259]，和確切認識臺灣現實，甚至
了解整個中國，乃至全世界的重要。[260]《臺灣文學叢刊》收錄有關戰後
臺灣現實的創作，無論出自省內外作家，都是以揭發社會的黑暗面間接
批判統治階級的左翼文學，其精神和文協「文章下鄉」，反對國民黨專
政，以及為自由民主而奮鬥的路線一致。楊逵說過：「臺灣文學與日本
帝國主義文學對立，但與它們的人民文學沒有對立」[261]，因此日治時期
創辦《臺灣新文學》雜誌時，與日本左翼文壇可以展開密切的合作關係。
同樣的道理，所謂建設臺灣文學為中國文學之一環，無疑也是只選擇與
站在人民這邊的中國文學相結合，聯合省內外反對國民黨專政的進步力
量，以科學精神了解社會問題之根本，從事社會改造以爭取臺灣的自由
民主。在世界文學內環節相扣的臺灣文學與中國文學，以基於反壓迫的
人民的立場共同對抗統治者的壓迫，這正是〈送報伕〉以來團結被壓迫
階級反抗壓迫階級的一貫思考。從楊逵在〈「臺灣文學」問答〉中公開
反對託管派與拜美派，[262]再配合先前二二八事件中爭取自治政權的言論
來看，[263]楊逵努力臺灣新文學重建以推動左翼精神的昂揚，最終之目的

---

[259] 見〈橋的路──第一次作者茶會總報告〉中楊逵的發言紀錄，《楊逵全集》「資
　　料卷」，頁 145。
[260] 參考楊逵作〈臺灣新文學停頓的檢討〉、〈如何建立臺灣新文學〉、〈「實在的
　　故事」問答〉、〈論反映現實〉各篇，《楊逵全集》「詩文卷」（下），頁 223、
　　245、259-261、263-265。
[261] 楊逵，〈「臺灣文學」問答〉，《楊逵全集》「詩文卷」（下），頁 248。
[262] 楊逵，〈「臺灣文學」問答〉，《楊逵全集》「詩文卷」（下），頁 247。
[263] 例如二二八事件中，楊逵發表〈從速編成下鄉工作隊〉，提到工作目標是「爭
　　取以自由無限制普選而產生自治政權」。見《楊逵全集》「詩文卷」（下），

無非在於擺脫國民黨封建主義之羈絆與外國勢力之影響，以徹底爭取臺灣人自治之權利，這一點充分證明楊逵未曾偏離社會主義者的階級立場。

　　一九四八年十二月，實踐楊逵重建臺灣新文學理念的《臺灣文學叢刊》在發行第三輯之後停刊。一九四九年國民黨政府為加緊控制言論，大規模逮捕學生與文化界人士的四六事件發生，楊逵與林亨泰、蕭翔文先後被捕，朱實與張有義（改名張克輝）逃亡大陸，《潮流》停刊，銀鈴會被迫解散。外省籍的蕭荻離開臺灣，揚風行蹤成謎。五〇年代，黃榮燦以匪諜罪名槍決身亡，葉石濤、吳新榮、蔡秋桐又先後被送入監獄整肅。銀鈴會由於和楊逵之間的密切關係，不斷成為當局審訊的焦點。一九五〇年張彥勳兩度入獄，猶如驚弓之鳥的他親手燒毀與銀鈴會相關的資料；[264]埔金（陳金河）則隱姓埋名，在臺北以翻譯日文書籍維持生計。[265]楊逵所領導對抗專制獨裁的現實主義文學運動，終於在白色恐怖的狂潮裡覆沒。

---

頁 239。

[264] 張彥勳第一次入獄是在一九五〇年六月，主要是因為二弟張彥哲逃亡大陸受到牽連；第二次是同年十二月，羈押三個月左右無罪釋放。根據張彥勳的回憶，銀鈴會成為審訊的焦點，一共被調查三次之多，由於當局也問起銀鈴會顧問楊逵的事情，張彥勳認為會被捕與楊逵必然有關。一九五四年，張彥勳與父親又因二弟事第三度入獄。參見楊翠等撰，《臺中縣文學發展史：田野調查報告書》，頁 265。

[265] 〈台灣詩史「銀鈴會」專題研討會記錄〉，《台灣詩史「銀鈴會」論文集》，頁 139。

# 第六章　結論

　　楊逵是臺灣歷史上著名的社會運動家與文學家，由於成長於飽受歧視與壓迫的殖民地，為追求自由平等的理想世界，青年時期信奉了馬克思主義，並投身領導反抗殖民體制的農民組合與文化協會。當社會運動在當局大彈壓之下受挫，楊逵轉而從事文學活動。一九三四年〈送報伕〉在日本中央文壇得獎，將楊逵正式推向文學界，從此造就楊逵成為臺灣新文學運動的重要領導人之一。因為有堅定的社會主義信仰為基礎，並有實地領導社會運動的深刻體驗，三〇年代楊逵的創作洋溢著社會主義現實主義的色彩，深刻地揭露了日本殖民統治與資本主義社會的殘酷，展現反殖民壓迫與反階級壓迫，追求社會正義與公理的信念。一九三五年底，楊逵創辦《臺灣新文學》雜誌，採用日、漢文並刊的編輯方針，並策劃「漢文創作特輯」，積極提昇漢文作品的質與量，皇民化運動初期又對當局文化政策提出強烈的抨擊，這些在在說明楊逵站在臺灣人民的階級立場，對於臺灣文化主體性的重視。從左翼的社會運動到文學活動，楊逵展現了知識分子介入社會，勇敢對抗國家機器與文化霸權的批判精神。

　　一九三七年，生平創辦的第一個雜誌《臺灣新文學》停刊，楊逵的文學生涯遭逢重大挫折。七七事變之後中日戰爭的全面開打，連帶影響殖民政府的政治措施，思想言論的箝制更加嚴厲，臺灣新文學運動遂由蓬勃發展走向蕭條的局面。此時的楊逵毅然選擇從急流中勇退，暫時退隱於首陽農園。一九四〇年日本當局政策大轉彎，希望藉由文化與文學運動的鼓勵，賦予文化人更多的政治使命，於是在外地文化與地方文化的提倡下，臺灣文壇重現活潑的生機。一九四一年底，蟄伏許久的楊逵終於振筆寫作，締造個人文學生涯的第二次高峰。儘管在艱難的時局

中，普羅文學抗議的基調再也不能見容於當局，復出文學界的楊逵依然站穩左翼立場，直到戰後的一九四九年因起草〈和平宣言〉被捕入獄，文學生涯被迫再度中斷。四〇年代短短十年間，在日本殖民統治與國民黨政府兩個威權體制的高壓統治之下，歷經皇民化運動與戰後的全盤中國化運動，並遭逢兩次不同的國語政策與文化措施，楊逵始終努力對抗統治階級的霸權文化，左翼的批判精神並未因政權之遞嬗與社會的劇烈變動而斷裂。

　　在作品批判精神的延續方面，楊逵崛起於文壇以來，總是以被殖民臺灣人如何在痛苦深淵中掙扎的描繪，對殖民統治提出強烈的控訴。即使皇民化運動如火如荼地開展，文學環境最為嚴苛之際，這樣的文學風格依然維持不墜。作於一九三七年的〈模範村〉中，戀金福因為付不出建設過程中的花費而自殺死亡，諷刺建設模範村的苛政逼人於死。發表於一九四二年的〈無醫村〉裡，現代化昂貴的醫療資源在貧苦病患之前，只淪為開立死亡證明書的機關。這些說明楊逵非但未被日本式的現代化生活所眩惑，反而更真實地看穿殖民者假借推動現代化，以遂行其統治的陰謀。同樣在一九四二年初發表的〈父與子〉，以階級壓迫為主題，批判資本主義功利心態的社會弊病，證明楊逵依然維持社會主義的視角。一九四三年的〈撲滅天狗熱〉，劇終放高利貸的李天狗被村民團團圍住，原本囂張無比的氣焰因被團結的強大氣勢震懾而狼狽不堪，展現了民眾集體行動的力量，隱約閃耀著昔日普羅文學家揭露社會底層弊病，不懼政府威權的神采。甚至在被殖民當局驅策動員以撰寫國策文學時，楊逵仍然迂迴曲折地撻伐日本的侵略戰爭，〈泥娃娃〉暴露日本軍國主義向兒童灌輸好戰的思想，〈鵝媽媽出嫁〉揭穿日本當局東亞共存共榮的謊言，就是最好的例子。

　　戰後初期面對陳儀政府的貪污腐敗，楊逵仍以創作進行針砭之意。例如〈傾聽人民的聲音〉呼籲陳儀政府重視民眾真實的心聲，〈為此一年哭〉傳達對新政府統治不當的失望與悲痛之情，〈阿Q畫圓圈〉則強烈諷刺陳儀政府的失信於民。一九四八年間，楊逵又創作多首臺灣話文

歌謠，以寫實手法生動地刻劃貪官污吏橫行的社會怪象，反映社會真實
景況與人民的心聲，徹底揭發政府施政之不當，及因而導致的經濟蕭條
與民生困境。藉由當時活躍的編輯活動，楊逵也轉載經過篩選的世界文
藝思潮與中國新文學創作，尤其從階級立場出發仲介魯迅文學，顯示楊
逵在戰後中華民族主義瀰漫的氛圍當中，對中國化政策有所選擇的批判
性立場。為重建臺灣新文學的現實主義傳統，戰後初期楊逵重刊林幼春
與賴和的文學作品，指導銀鈴會等新生代作家，以及終戰前後兩度在自
己主編的刊物中提倡報導文學等，在在顯示楊逵以筆和專制政權宣戰，
擘畫真正自由民主理想的用心。

　　從交友對象的謹慎選擇，也可以看出楊逵左翼的批判精神。基於建
立統一戰線與民主主義的一貫理念，創辦《臺灣新文學》雜誌時，楊逵
接納了在臺日籍作家高橋正雄、田中保男、藤野雄士、藤原泉三郎、黑
木謳子為編輯委員，並與日本中央文壇普羅文學家德永直、葉山嘉樹、
前田河廣一郎、藤森成吉、貴司山治等人有密切的聯繫。一九三七年，
楊逵以其文學風格感動了左翼知識青年的日本警察入田春彥，並獲得資
助開闢首陽農園，公開昭示自己反對日本侵略戰爭的意見。戰後初期楊
逵與來自大陸的王思翔、周夢江、樓憲合編《和平日報》與《文化交流》，
二二八事件之後又與揚風、黃榮燦等左翼作家協力推展現實主義文藝運
動，以及用實際行動支持麥浪歌詠隊的演出，為中國與臺灣文化建立交
流溝通的管道。終戰前後楊逵與日本、中國左翼知識分子的分別往來，
共謀建設臺灣左翼文學的發展，表現了楊逵做為一名社會主義國際主義
者的包容性。而這無疑是〈送報伕〉中從階級立場出發，聯合全世界普
羅階級，協助臺灣人掙脫被殖民困境的同一主張的具體實踐。

　　另外，由於對臺灣母土的強烈認同，楊逵也以對抗外來霸權文化積
極地展現了批判精神。三〇年代，由於臺灣話文創作實驗的失敗，楊逵
不得不成為一位日文作家，但他仍在編輯《臺灣新文學》時公開支持漢
文創作。四〇年代的皇民化運動期間，楊逵在大東亞文學者會議召開之
際呼籲翻譯臺灣的漢文作品；投稿《民俗臺灣》的四篇作品，不僅談臺

灣舊有風俗習慣，並在寫作中頻頻使用代表庶民文化的臺灣諺語；又改編臺灣民眾耳熟能詳的三國故事為《三國志物語》，充分顯示楊逵拒絕被異族同化的堅定態度。戰後楊逵參與二二八事件武裝抗暴，正面迎戰封建腐敗政權，具體展現對於建設新臺灣的期待。而參與臺灣革命先烈遺族救援委員會，以臺灣人的階級眼光重建日治時期的臺灣歷史；在北京話文當道之際創設臺語羅馬字，自動回到臺灣話文的創作；以及終戰前後分別參加一九四三年的糞現實主義文學論戰，與一九四八年《新生報》「橋」副刊的臺灣新文學重建論爭，極力維護臺灣文學的自主性等，無不證明楊逵堅強抵抗的性格，及在霸權踐踏之下堅守本土文化的立場。

　　一九四九年四月六日楊逵被捕入獄十二載，長達三十八年的戒嚴體制亦於同年間展開。敗逃遷臺之後的國民黨專制政權，因白色恐怖政治而更形確立。五〇年代國民黨政府以國家資源培植反共文藝，中國與臺灣的左翼文學同遭封鎖，兩岸的左翼文學傳統均在臺灣出現斷層的現象。繫獄綠島的一九五七年，楊逵創作出〈壓不扁的玫瑰花〉（原題〈春光關不住〉），小說中厚重水泥塊縫隙裡抽出的玫瑰花苞，成為楊逵一生行事風範的最佳寫照。雖然一生入獄十二次，最後一次甚至長達十二年，晚年的楊逵在辛勤墾植東海花園之餘，仍未放棄改造社會的理念。曾經在糞現實主義文學論戰與《新生報》「橋」副刊論爭中，堅守臺灣文學陣營的楊逵，戒嚴時期猶念念不忘要盡力促成臺灣文學史的編寫。[1]一九七九年八月，楊逵成為黨外雜誌《美麗島》的社務委員，[2]再次展現對抗強權的勇氣。綜觀楊逵的一生，從對抗日本殖民政府到對抗

---

[1]　例如一九七六年接受《中華雜誌》邀請，演講「日據時期的臺灣文學」時，楊逵當場提出「以轉載及選錄的方式評介日據時期臺灣作家的作品及作者」，以及「編寫一部臺灣文學史」兩項建議。見〈一個日據時期文學工作者的感想〉，《楊逵全集》「資料卷」，頁3。

[2]　《美麗島》雜誌創刊號封底有雜誌社同仁的姓名，其中楊逵列名「社務委員」。見《美麗島》第一卷第一期（1979年8月）；TVBS承印再生版，1999年12月10日。

國民黨封建政權，自始至終未曾偏離社會主義的階級立場，毫無疑問是個不折不扣的左翼作家。楊逵的勇於介入政治，卻堅持在權力之外走自己的路，立下的是臺灣知識分子永遠的典範。

從日本殖民統治到中國政府的接收，儘管一九四〇年代的臺灣社會隨著時局的更迭而發生劇變，所串連成的無非是一頁頁臺灣人被支配與被壓迫的血淚史。在楊逵的生平事蹟依然模糊之際，筆者以為與其直接切入文本（text）以詮釋楊逵的文學特色，不如先脈絡化（contextualize）文本在歷史上的位置，把臺灣社會現實與楊逵的活動軌跡緊密地互相連結。如今透過四〇年代楊逵文學與思想的歷史脈絡研究，筆者了解到楊逵在嚴厲的檢閱制度下，為求作品之順利發表，不得不在形式上採取對當局部分妥協，以便能公開展現批判性內涵的書寫策略。尤其終戰前後兩度參與文學論爭時，為了維護臺灣文學的自主性格，繼續推廣現實主義的文學創作，楊逵還分別呼喊過「我們孜孜不倦地努力體認日本精神」和「臺灣文學是中國文學的一環」兩個政治性的口號，藉此更可以清楚透視作品背後，作者本人身處大和民族主義與中華民族主義高漲的兩段時期，掙脫不掉時局牽絆的精神苦悶。和楊逵同樣歷經兩個威權體制與兩種文化氛圍的臺灣知識菁英，其心靈世界的矛盾與複雜面向由此亦不難想像。

回顧歷來的臺灣文學研究，隨著解嚴之後民主政治的進展，昔日如皇民文學之類禁忌性的話題被熱烈地討論與研究，所呈現的觀點亦因投入者眾而日趨精闢與多元；然而針對臺灣人如何在前後兩個母國（日本與中國）間擺盪的國族認同研究，卻持續點燃分別主張中國統一與臺灣獨立兩種不同派別學者間的戰火，激烈的戰況甚至蔓延到連外國學者都無法倖免的局面。[3]有趣的是，一向被統獨兩派共同推崇的楊逵，生前

---

3　近年間最為知名的應該是陳映真為文批評藤井省三（東京大學教授）的著作《台湾文学この百年》一書，並在赴香港演講時稱藤井為右派學者，而引發藤井批判陳映真為「遺忘了魯迅精神的偽左翼作家」。陳映真再回文時猛烈的炮火不僅針對藤井，並旁及於中島利郎與垂水千惠兩位日本學者。陳映真

最為推許「不是統派、不是獨派，而是百姓派」[4]的理念，充分證明他既不是中華民族主義者，也不是臺灣民族主義者。楊逵為建設社會主義理想世界而從事的各種活動，清楚昭示做為一名國際主義者的寬廣世界觀，以及認同母土臺灣的深刻情感。立足於臺灣人民階級立場的楊逵，在政治上追求臺灣自治的自由民主，文學上則始終堅持獨立自主的臺灣文學，這才是他最真實的圖像。楊逵的精神風貌於此時清晰地浮現，揭示了以意識形態為出發點的研究，隨意將歷史人物簡單劃歸於今日任一民族主義下的虛妄。筆者懇切地希望這本書所呈現豐富而珍貴的史料，能夠提供目前的楊逵文學研究一些省思，並對日後更深入與更為全面性的楊逵研究有些許貢獻。

---

與藤井省三往來論辯的文章依時間先後列舉如下：陳映真，〈警戒第二輪台灣「皇民文學」運動的圖謀──讀藤井省三《百年來的台灣文學》：批評的筆記（一）〉，《告別革命文學？──兩岸文論史的反思》，頁 143-161；藤井省三作，黃英哲譯，〈回應陳映真對拙著《台灣文學百年》之誹謗中傷〉，《聯合文學》第二三六期（2004 年 6 月），頁 26-32；陳映真，〈避重就輕的遁辭──對於藤井省三「駁陳映真：以其對於拙著《臺灣文學這一百年》的誹謗中傷為中心」的駁論〉，《印刻文學生活誌》第一卷第四期（2004 年 12 月），頁 176-197。

[4]　王世勛，〈最後的・永遠的期願──台灣抗日作家楊逵的最後兩天〉，《自立晚報》，1985 年 3 月 30 日。

# 附錄

## 附錄一：楊逵文學活動年表

| 西元（年齡） | 楊逵事蹟紀要 | 楊逵作品（含創作、翻譯、公開發表之口述紀錄） | | 時事與文壇紀要 |
|---|---|---|---|---|
| | | 發表時間（月.日）與篇名 | 發表情況 | |
| 1906（1歲） | ·十月十八日（農曆九月初一）生於舊臺南州大目降街（1921年改稱新化街），父楊鼻、母蘇足之三男，本名楊貴。 | | | ·4月11日，陸軍大將佐久間左馬太取代兒玉源太郎就任臺灣總督。 |
| 1907（2歲） | | | | ·11月15日，北埔事件爆發，新竹廳北埔支廳被義民襲擊。 |
| 1908（3歲） | | | | ·4月20日，臺灣縱貫鐵道全線開通。 |
| 1909（4歲） | | | | ·2月21日，臺北臺南間直通電話開通。<br>·10月25日，變更地方制度，設臺北、宜蘭、桃園、新竹、臺中、南投、嘉義、臺南、阿緱、臺東、花蓮港、澎湖十 |

| | | | | |
|---|---|---|---|---|
| | | | | 二廳。 |
| 1910<br>（5歲） | | | | ·6月，臺中、松岡、協和三製糖工廠合併，設立帝國製糖株式會社。<br>·10月30日，臺灣林野調查規則公佈。 |
| 1911<br>（6歲） | | | | ·2月8日，阿里山鐵道開通。<br>·4月1日，公佈本島施行貨幣法。<br>·10月10日，中國辛亥革命成功。<br>·10月26日，採用本島人巡查由此開始。 |
| 1912<br>（7歲） | | | | ·1月1日，中華民國成立。<br>·3月23日，林杞埔事件發生。<br>·6月27日，土庫事件爆發。<br>·7月30日，明治天皇去世。 |
| 1913<br>（8歲） | | | | ·11月20日，苗栗羅福星事件發生。<br>·12月18日，羅福星被捕。 |
| 1914<br>（9歲） | ·一姊二妹一弟共四人於數年間相繼死亡，家庭極度窮困。<br>·因體弱多病，延 | | | ·2月28日，羅福星被判處死刑。<br>·5月17日，討伐太魯閣蕃行動開始。 |

| | | | | |
|---|---|---|---|---|
| | 遲進公學校，遭同學取笑，綽號「阿片仙」。 | | | ·6月26日，佐久間總督討伐軍司令官墜崖受傷。<br>·8月23日，日本對德國宣戰，正式參加第一次世界大戰。<br>·11月22日坂垣退助為創設「臺灣同化會」來臺。<br>·12月20日，坂垣退助組成臺灣同化會。 |
| 1915<br>（10歲） | ·進入大目降公學校（一九二一年改稱新化公學校）。<br>·噍吧哖事件發生，長兄被徵召為軍伕。自臺南往噍吧哖（今玉井）的砲車從家門前浩浩蕩蕩地開過，從門縫間窺見因而深覺驚駭。 | | | ·1月21日，臺灣總督府壓迫臺灣同化會之下，全島各廳長辭退同化會，23日並取消同化會會費徵收認可，28日同化會中部支會撤退。2月26日，命令臺灣同化會解散。<br>·2月3日，公佈臺灣公立中學校官制。臺中中學校設立。11日，發布臺灣中學校規則。<br>·5月1日，陸軍大將安東貞美就任臺灣總督。<br>·8月3日，余清芳、江定、羅俊等於臺南起義，稱為「西來庵事 |

| | | | | |
|---|---|---|---|---|
| | | | | 件」（或稱為「噍吧哖事件」）。其後因此事件被檢舉者 1957 人，866 人處死刑（部分減為無期徒刑）。這是漢系臺灣人最大規模的武裝抗日事件。 |
| 1916（11 歲） | | | | · 4 月 16 日，噍吧哖事件首領江定自首。<br>· 7 月 3 日，江定等三十七人被判死刑，噍吧哖事件告一段落。 |
| 1917（12 歲） | · 父親友人之女梁盒（十二歲）進門為童養媳。 | | | · 7 月 25 日，海底電線、水利、鐵道三大事業預算通過。<br>· 12 月 18 日，臺灣新聞紙令通過。 |
| 1918（13 歲） | | | | · 6 月 6 日，任命陸軍中將明石元二郎為臺灣總督，7 月 2 日就任。<br>· 6 月 26 日，廢止明治四十一年發布之警察違警例。 |
| 1919（14 歲） | · 目睹受父親照顧的小販楊傳被日本警察在市街上毆打致死，覺得非常悽慘。 | | | · 1 月 4 日，公佈臺灣教育令。<br>· 1 月 29 日，華南銀行舉行創立總會。3 月 15 日開 |

| | | | | 始營業。 |
|---|---|---|---|---|
| | | | | ·5月4日,中國五四運動。 |
| | | | | ·8月19日,制定臺灣軍司令部條例。20日,明石總督就任第一任臺灣軍司令官。 |
| | | | | ·10月,首任文官總督田健治郎至臺灣就任。 |
| 1920<br>(15歲) | ·次兄楊趁考取臺灣總督府醫學專門學校,因無力籌措學費,接受父執輩勸說,入贅大營陳家。 | | | ·1月,留日臺灣學生組織「新民會」。<br>·7月16日,《臺灣民報》前身之《臺灣青年》創刊。<br>·7月27日,全島地方制度大變革,劃分為五州、二廳,下轄三市、四十七郡、一百五十五街庄。<br>·8月1日,公佈臺灣所得稅令。<br>·臺灣議會設置運動展開。 |
| 1921<br>(16歲) | ·新化公學校畢業,投考中學失敗,進入新化糖業試驗所當臨時工,日薪三十八錢。所裏的日本同事揶揄其名為「楊貴妃」,從此厭惡本名。 | | | ·7月,中國共產黨成立。<br>·10月17日,臺灣文化協會創立。<br>·11月12日,連雅堂完成《臺灣通史》。 |

| | | | |
|---|---|---|---|
| 1922<br>（17歲） | ·考進新設立之臺<br>南州立第二中學<br>校（今臺南一<br>中）。 | | | ·4月1日，開始<br>實施日臺共學<br>制。<br>·7月，日本共產<br>黨非法建黨。 |
| 1923<br>（18歲） | ·閱讀大杉榮被虐<br>殺（九月）的新<br>聞報導而大受衝<br>擊。 | | | ·2月2日，臺北<br>蔣渭水一派的<br>「臺灣議會期成<br>同盟會」，被殖民<br>當局依治安警察<br>法禁止。<br>·4月，《臺灣民<br>報》創刊。<br>·12月16日，檢<br>舉臺灣議會期成<br>同盟會成員於全<br>島展開，即治警<br>事件。 |
| 1924<br>（19歲） | ·為解決童養媳問<br>題並在思想上尋<br>求出路，自臺南<br>州立二中輟學赴<br>日本內地。 | | | |
| 1925<br>（20歲） | ·經過檢定考試，<br>考取日本大學專<br>門部文學藝術科<br>夜間部。當過送<br>報伕、泥水工、<br>其他雜工等，半<br>工半讀，在飢寒<br>交迫中掙扎。 | | | ·6月，二林蔗農<br>組合成立。<br>·11月，鳳山農民<br>組合成立。<br>·臺灣開始有組織<br>的農民運動。 |
| 1926<br>（21歲） | ·組織文化研究<br>會，參加勞工運<br>動與政治運動。<br>參加佐佐木孝丸<br>（1898～1986，<br>日本著名劇作<br>家，並曾參與劇 | | | ·3月，日本勞動<br>農民黨成立。<br>·6月，臺灣農民<br>組合成立。<br>·12月4日，日共<br>五色溫泉黨員大<br>會，準備再建 |

| | | | | |
|---|---|---|---|---|
| | 場、電視與電影之演出）家舉行的演劇研究會。投稿報章雜誌的讀書欄。 | | | · 黨。<br>· 12月23日，臺灣無產青年會於臺北成立。 |
| 1927<br>（22歲） | · 三月二十八日，東京的臺灣青年會決議設置社會科學研究部，四月二十四日正式成立，為該組織重要成員。<br>· 參加朝鮮人的演講會，第一次被捕。<br>· 九月，處女作〈自由勞動者的生活剖面－怎麼辦才不會餓死呢？〉（〈自由勞働者の生活斷面－どうすれあ餓死しねんだ？〉）刊載於東京記者聯盟機關誌《号外》（月刊），首次領取稿費。<br>· 九月，拋棄日本大學未竟的學業，應臺灣農民組合的召喚返臺從事社會運動。在臺北文化協會見連溫卿，參加民眾演講會。在臺中農民組合會見趙港，組織研究會。屢次接獲 | 9月自由勞働者の生活斷面─どうすれあ餓死しねんだ？ | 《号外》（東京）第1卷第3號，日文。 | · 1月，文化協會臨時總會，連溫卿等左派獲得勝利。<br>· 2月，臺灣工友總聯盟成立。<br>· 7月10日，臺灣民眾黨於臺中正式成立。<br>· 8月，《臺灣民報》由東京改在臺灣發行。<br>· 10月，臺灣文化協會第一次全島代表大會。<br>· 12月4日，臺灣農民組合第一次全島大會於臺中召開。 |

| | | | | |
|---|---|---|---|---|
| | 簡吉電報，於鳳山農民組合支部造訪簡吉，因此結識葉陶（後成為其夫人）。隨即巡迴各地參加演講會。<br>· 十月，成為臺灣文化協會會員。<br>· 十二月五日，起草臺灣農民組合第一次全島大會宣言，第二次被捕。<br>· 於臺灣農民組合第一次全島大會當選為十八位中央委員之一，並在中央委員互選時被選為五位常務委員之一。 | | | |
| 1928<br>（23歲） | · 二月三日，臺灣農民組合中央委員會組織特別活動隊，入選並身兼政治、組織、教育三個部長。<br>· 擔任竹林爭議事件負責人，輾轉於竹山、小梅、斗六、竹崎等地組織農民。其間分別於竹山、小梅、朴子、麻豆、新化、中壢，遭到第三次至第八次的被逮捕。<br>· 受聘為臺灣文化 | 5.7　當面的國際情勢 | 《臺灣大眾時報》（東京）創刊號。（以「楊貴」本名發表） | · 三月，日本共產黨遭檢舉。<br>· 4月15日，臺灣共產黨（日共臺灣民族支部）於上海成立。<br>· 4月30日，臺北帝國大學（今國立臺灣大學）開校。<br>· 5月7日，《臺灣大眾時報》於東京創刊，7月9日第十號之後停刊。 |

| | | | | |
|---|---|---|---|---|
| | 協會機關報－《臺灣大眾時報》記者，於創刊號發表〈當面的國際情勢〉。<br>· 因和簡吉對於竹林爭議事件的意見不合，六月二十四日至二十七日召開中央委員會時，被解除在農民組合中的一切職務。<br>· 當選臺灣文化協會的中央委員，在彰化與鹿港組織讀書會。 | | | |
| 1929<br>（24 歲） | · 一月十日，文化協會本會事務室舉行中央委員會，被推為議長。<br>· 二月，與葉陶一同列席臺灣總工會會員大會，並發表演說。十二日，原定返回新化舉行結婚典禮時，凌晨時分於文化協會臺南分會雙雙被捕，戴著手銬腳鐐從警察署到臺南監獄，再被送到臺中監獄。這次檢舉全島被捕四萬餘人。出獄一個月後，四月在新 | 5.7　革命與文化<br><br>？　勞働者階級的陣營<br><br>？　序說－思惟的運動和社會變革的過程<br>？　戰勝家列寧 | 中文翻譯，未發表。<br>未發表。<br><br>中文翻譯，未發表。<br><br>中文翻譯，未發表。 | · 原定於去年 10月 31 日召開之文化協會第二次代表大會被命令解散，議案審議未完即告結束，1 月 10 日於文化協會本會事務室舉行中央委員會。<br>· 4 月 16 日，日本全國共產黨大檢舉。 |

| | | | |
|---|---|---|---|
| | 化結婚。暫住新化楊家後，轉往高雄定居。 | | | |
| 1930（25歲） | ·在高雄經營成衣加工生意失敗。<br>·長女秀俄出生。<br>·被招贅的次兄楊趁在臺南新市開業行醫，因不堪妻家虐待而自殺，內心因此受到衝擊。 | | | ·3月29日，《臺灣民報》自三〇六號起改名《臺灣新民報》。<br>·8月，臺灣地方自治聯盟成立。<br>·10月，霧社事件原住民蜂起，一三四名日本人被殺。<br>·農民組合、文化協會、總工會等運動瀕臨崩壞。 |
| 1931（26歲） | ·在高雄內惟山中撿拾柴薪販賣維生。<br>·翻譯刊行馬克思主義文獻。<br>·七月二十日，《資本主義帝国主義浅解》「工人文庫（1）」遭查禁，未能出版。 | 7月　《馬克司主義經濟〔1〕》<br><br>?　世界赤色工會十年間<br>?　社會主義與宗教<br>?　收穫 | Lapidus 和 Ostrovitianov 合著，以「楊貴」本名譯成中文，自刊。<br>未發表。<br>中文翻譯，未發表。<br>未發表，日文。 | ·2月，臺灣民眾黨解散。<br>·6月及11月，左傾份子遭到大檢舉，臺灣共產黨受到毀滅性的打擊。 |
| 1932（27歲） | ·因賴和賞識，〈送報伕〉（日文原題〈新聞配達夫〉）前半部刊於《臺灣新民報》，乃首度以「楊逵」為筆名發表之作品。<br>·六月一日，〈新聞配達夫（後篇）〉完稿。<br>·長子資崩出生， | ?　貧農的変死<br>4.14　剁柴囝仔<br>5.19～27　新聞配達夫（前篇）<br>5.25　毒<br>?　不景氣な醫學士 | 長篇小說〈立志〉第一節，未發表。<br>未發表。<br>《臺灣新民報》，日文。<br>未發表，日文。<br>未發表，日文。 | ·1月1日，漢文雜誌《南音》創刊，出版十二期之後停刊。<br>·1月，《臺灣新民報》獲准發行日刊，並於4月5日發行第一號。 |

| | | | | |
|---|---|---|---|---|
| | 此時身上僅餘四文錢。 | | | |
| 1933（28 歲） | | | | ·7 月 15 日，《福爾摩沙》（《フォルモサ》）創刊，共出刊三期。 |
| 1934（29 歲） | ·為維持生活，當過家庭教師、清掃夫、為煉瓦工場搬運泥土等，輾轉求職。<br>·〈送報伕〉全文入選東京《文學評論》第二獎（第一獎從缺），這是臺灣人作家首次進入日本文壇，《文學評論》當月號在臺灣卻被禁止販售。<br>·經何集璧介紹會見張深切，成為《臺灣文藝》的編輯委員，負責日文版編輯，月薪十五圓。並在賴和安排下，舉家遷往彰化。<br>·十二月十五日，與張深切往大東信託會林獻堂，請其補助《臺灣文藝》每月十圓，以六個月為限，獲其同意。<br>·十二月十七日，與張深切同往領取林獻堂《臺灣 | 6.18 小說・非小說<br>6.21 作家・生活・社會<br>10 月　新聞配達夫<br>10.24 新聞配達夫楊達君の作品に就て－文學評論十月號揭載－<br>10 月　靈籤<br>11.?　靈籤と迷信－「革新」誌上に於ける楊達氏と賴慶氏<br>11.25 對革新與臺灣文藝而言<br>11.28 新聞配達夫－女性はかう見る<br>12 月～1935 年 4 月　難產<br>12 月　町のプロフィル<br>?　江博士講演評－白話文と文言文 | 未發表，日文。<br>未發表，日文。<br>《文學評論》（東京）第 1 卷第 8 號，日文。<br>《臺灣新聞》，日文。（以「賴健兒」筆名發表）<br>李獻璋編《革新》，大溪革新會發行，日文。<br>《臺灣新聞》，日文。（以「賴健兒」筆名發表）<br>《臺灣新民報》，日文。（日文原題不詳）<br>《臺灣新聞》，日文。（以「王氏琴」筆名發表）<br>《臺灣文藝》第 2 卷第 1 號至第 4 號，未完，日文。<br>《文學評論》（東京）第 1 卷第 10 號，日文。<br>《臺灣新民報》，日文。 | ·5 月，首次全島性規模的文學團體「臺灣文藝聯盟」成立。<br>·7 月 15 日，「臺灣文藝協會」創刊《先發部隊》。<br>·11 月，臺灣文藝聯盟機關誌《臺灣文藝》創刊。 |

| | | | | |
|---|---|---|---|---|
| | 文藝》補助金二十圓，並贈與徽章。 | に就いて<br>12月　臺灣文壇・一九三四年の回顧 | 《臺灣文藝》第2卷第1號，日文。 | |
| 1935<br>（30歲） | · 任楊肇嘉的祕書，並代筆回憶錄，月薪二十圓。妻葉陶在霧峰吳家當家庭教師，月薪二十圓。<br>· 移居臺中。<br>· 胡風中文翻譯的〈送報伕〉在中國大陸被廣為介紹。<br>· 不滿張星建干涉編輯事務，要求履行編輯委員會決議，未獲施行，因而於《臺灣新聞》引起派系問題的論爭。<br>· 八月十日，與妻葉陶於張深切寓所巧遇由佳里出發，赴臺中參加文藝大會的郭水潭、吳新榮等作家。在座者還有張星建、何集璧夫婦、蔡秋桐等人。<br>· 八月十一日，與妻葉陶、徐玉書、張榮宗、郭水潭等人同往市民館，參加臺灣 | 2月 時代の前進の為めに<br>2月 藝術は大衆のものである<br>3月 行動主義の擁護<br>3月 行動主義檢討<br>4月 讀者の聲を聞け！<br>4月 文藝批評の基準<br>4.2～5.2 死<br>5月 お上品な藝術觀を排す<br>5.25 甚だ愉快<br>5.？ 楊肇嘉論<br>6月 送報伕<br>6月 屁理窟 | 《行動》（東京）第3卷第2號，日文。(以「健兒」筆名發表)<br>《臺灣文藝》第2卷第2號，日文。<br>《行動》（東京）第3卷第3號，日文。(以「健兒」筆名發表)<br>《臺灣文藝》第2卷第3號，日文。<br>《新潮》（東京）第32卷第4號，日文。<br>《臺灣文藝》第2卷第4號，日文。<br>《臺灣新民報》。<br>《文學評論》（東京）第2卷第5號，日文。<br>《臺灣新聞》，日文。<br>《臺灣新民報》，日文。(以「楊貴」本名發表)<br>胡風譯，《世界知識》（上海）第2卷第6號。<br>《新潮》（東京）第32卷第6號，日文。 | · 1月，張文環〈父親的顏面〉（〈父の顏〉）入選《中央公論》小說徵文第四名，未刊載。<br>· 1月6日，臺灣文藝協會出版《第一線》雜誌，「臺灣民間故事特輯」中刊載十五篇民間故事。<br>· 4月21日，新竹、臺中州大地震。<br>· 6月，臺灣文藝聯盟佳里支部成立。<br>· 8月，臺灣文藝聯盟第二回臺灣文藝大會召開。<br>· 9月6日，《三六九小報》停刊。<br>· 10月10日，臺灣總督府慶祝在臺「始政」四十週年，臺灣博覽會開幕。<br>· 12月28日，《臺灣新文學》雜誌創刊。 |

| | | 文藝聯盟主辦的全臺文藝大會。<br>・十一月，與妻子葉陶另創「臺灣新文學社」，退出《臺灣文藝》編輯行列。<br>・十一月二日至七日，與妻子葉陶、高橋正雄、田中保男四人出席於臺中州中州俱樂部舉行的《臺灣新文學》第一次籌備會。會中決定將賴和〈豐作〉翻譯為日文，寄給《文學案內》，刊載於該雜誌新年號的臺灣、朝鮮、中國作家特輯。<br>・十二月，創刊《臺灣新文學》雜誌。 | 6月 臺灣震災地慰問踏查記 | 《社會評論》（東京）第 1 卷第 4 號，日文。 | |
| | | | 6月 臺灣大震災記・感想二三 | 《臺灣文藝》第 2 卷第 6 號，日文。 | |
| | | | 6.12楊逵の嘘か張深切の嘘か | 《臺灣新聞》，日文。（以「ＳＰ」筆名發表） | |
| | | | 6.19提灯無用－文聯團體の組織問題 | 《臺灣新聞》，日文。 | |
| | | | 6.22ＳＰについて | 《臺灣新聞》，日文。 | |
| | | | 6.？臺灣文芸の一歩前進 | 《臺灣新民報》，日文。 | |
| | | | 6.？臺灣文芸の躍進期を迎へて | 《臺灣新聞》，日文。 | |
| | | | 6.26團體と個人－具體的提案二三－ | 《臺灣新聞》，日文。 | |
| | | | 7月 忘れられゆく災害地－臺灣震災地のその後の狀況－ | 《進步》（東京）第 2 卷第 7 號，日文。 | |
| | | | 7.20お上品な藝術觀を排す | 《臺灣新聞》，日文。 | |
| | | | 7.29進步的作家と共同戰線－「文學案內」への期待 | 《時局新聞》（東京）第 116 號，日文。（署名「楊達」。） | |
| | | | 7.29～8.14　新文學管見 | 《臺灣新聞》，日文。 | |
| | | | 7.31文聯總會を迎へて－進步的作家の大同團結を提唱 | 《臺灣新聞》，日文。（以「林泗文」筆名發表） | |
| | | | 7.31私案の更正と二三の希望 | 未發表，日文。 | |
| | | | 8.13お願ひ | 《臺灣新聞》，日文。 | |

| | | 9.4～7 大衆について<br>－張猛三氏の無<br>智 | 《臺灣新聞》，日<br>文。 | |
|---|---|---|---|---|
| | | 9.5 中國の傑作映畫<br>「人道」を推す | 《臺灣新聞》，日<br>文。 | |
| | | 10月 臺灣の文學運<br>動 | 《文學案内》（東<br>京）第1卷第4<br>號，日文。 | |
| | | 10.2～？新劇運動と<br>舊劇の改革<br>－錦上花觀<br>覽の所感－ | 《臺灣新聞》，日<br>文。 | |
| | | 10.24 文協座談會へ<br>の期待 | 《臺灣新聞》，日<br>文。 | |
| | | 11月 臺灣文學運動<br>の現狀 | 《文學案内》（東<br>京）第1卷第5<br>號，日文。 | |
| | | 11月 臺灣文壇の近<br>情 | 《文學評論》（東<br>京）第2卷第12<br>號，日文。 | |
| | | 11.9『臺灣新文學<br>社』創立宣言 | 《臺灣新聞》，日<br>文。 | |
| | | 11.13 台灣を代表す<br>べき作品を寄<br>せよ | 《臺灣新聞》，日<br>文。 | |
| | | 12月 水牛 | 《臺灣新文學》<br>創刊號，日文。 | |
| | | 12月 私の書齊 | 《臺灣新文學》<br>創刊號，日文。<br>（以「林泗文」<br>筆名發表） | |
| | | 12月 （無標題）「今<br>日會得在這裏<br>與諸位的兄弟<br>姊妹會面…<br>…」 | 為葉陶參加霧峰<br>一新會日曜講座<br>「文學與婦女問<br>題」(12月29日)<br>演講的開場白，<br>未發表。 | |

| | | | | |
|---|---|---|---|---|
| 1936<br>（31歲） | ・一月十七日，上午七時半至十時五十分，與莊遂性、高橋正雄、田中保男、李禎祥、賴明弘、林越峰等人參加《臺灣新文學》第二次籌備會，討論雜誌的宗旨、方針、態度與工作。<br>・四月四日，與黃清澤及鹽分地帶同仁曾曉青、黃炭、郭水潭、黃平堅、吳新榮、徐清吉、王登山、葉向榮、林精鏐、李自尺，於佳里舉行臺灣新文學檢討座談會，會後於酒家樂春樓聚餐。<br>・五月八日，赴彰化楊守愚宅收取《臺灣新文學》漢文稿件。<br>・七月三日，赴彰化楊守愚宅，楊守愚原欲辭退《臺灣新文學》編輯一職，後接受慰留。<br>・八月二十五日，訪彰化楊守愚，告知《臺灣新文學》現在臺北印 | 1月 豐作<br><br>1.29 ジヤナリズムと同人雜誌<br>3月 文評賞審查委員諸氏に與ふ<br>3.6 "全島作家競作號"の計畫發表に際して<br><br>4月 送報伕<br><br><br>5月 送報伕<br><br><br>6月 蕃仔雞<br><br>6月 臺灣文壇の明日を擔ふ人々<br><br>6月 田園小景－スケツチ・ブツクより－<br>6.7 文學を守れ－小說「榮生」をめぐる告訴沙汰に關する聲明書－<br>9月 知哥仔伯(一幕) | 賴和原作，《文學案內》(東京)第2卷第1號，日文翻譯。<br>《臺灣新聞》，日文。<br>《文學評論》(東京)第3卷第3號，日文。<br>《臺灣新聞》，日文。<br><br>胡風譯，《山靈－朝鮮台灣短篇集》，上海：文化生活出版社。<br>胡風譯，世界知識社編《弱小民族小說選》，上海：生活書店。<br>《文學案內》(東京)第2卷第6號，日文。<br>《文學案內》(東京)第2卷第6號，日文。<br>《臺灣新文學》第1卷第5號，只刊前半部，日文。<br>未發表，日文。<br><br><br>《臺灣新文學》第1卷第8號，日文。(以「狂人」筆名發表) | ・8月，臺灣文藝聯盟機關誌《臺灣文藝》在發行第三卷第七、八號之後停刊，臺灣文藝聯盟亦解散。<br>・10月1日，小林躋造就任臺灣總督。<br>・12月22～29日，郁達夫訪臺。 |

| | | | |
|---|---|---|---|
| | 刷，將把編輯事務委任王詩琅的決定。 | 11月　鬼征伐 | 《臺灣新文學》第1卷第9號，日文。（以「楊建文」筆名發表） |
| | ・楊逵與葉陶雙雙病倒，《臺灣新文學》雜誌自第一卷第八號開始，由臺北的王詩琅負責編輯。第十號之「漢文創作特輯」因觸犯當局禁忌遭查禁。 | | |
| | ・十月三十日夜，赴彰化找楊守愚商量《臺灣小說選》編輯事務。 | | |
| | ・十二月六日，下午七時參加於臺北高砂食堂舉行的臺灣文學界總檢討座談會，與會者還有宇津木智、鹿島潮、王詩琅、周井田、吳俊英、陳茂成、黃有才、楊柳塘、朱點人、林克夫、藤野雄士、吳漫沙、張維賢、施學習、黃得時、久保末弘、高榮華、林國風、蔣子敬、陳華培、李獻璋。 | | |
| | ・十二月十一日，赴彰化，向楊守愚報告《臺灣新 | | |

| | | | |
|---|---|---|---|
| | 文學》十二月號被禁止發行。<br>·十二月，會見訪臺的中國作家郁達夫。 | | | |
| 1937<br>（32歲） | ·二月十一日，集賢旅館會見來訪的吳新榮。<br>·《臺灣新文學》從第二卷第四號起，再度負責編輯。因日本當局迫使報紙廢止漢文欄，經營更加困難，自第二卷第五號之後停刊。<br>·六月赴日，九月返臺。七月二日，與龍瑛宗在東京對談〈植有木瓜樹的小鎮〉及臺灣文學相關問題。赴日期間並在東京會見《日本學藝新聞》、《星座》、《文藝首都》等雜誌負責人，建議設置臺灣新文學欄，獲得同意，然因七七事變發生時局緊迫而未能實現。宿本鄉旅邸時被捕，由《大勢新聞》主筆保釋後，為躲避警察干涉，匿 | 2.5 報告文學に就て<br><br>2.14 悲しむなー娘に與へるー<br><br><br>2.21 藝術における〝台灣らしいもの〟について<br>3.30～4.2 首陽園雜記<br><br>4.20 臺灣文化の現勢ー初等教育に試驗地獄<br>4.20 新聞漢文欄廢止<br><br>4.20 臺灣文壇のー轉機<br><br>4.25 報告文學とは何か<br>4.30～6.10 送報伕<br><br><br><br><br>5.5 チビの入學試驗臺灣風景（その | 《大阪朝日新聞》臺灣版，日文。<br>手稿上有「1937 14/3 大朝」字樣，疑似曾發表於《大阪朝日新聞》臺灣版。<br>《大阪朝日新聞》臺灣版，日文。<br>《臺灣新聞》，日文。<br>《日本學藝新聞》「地方文化」欄，日文。<br>《日本學藝新聞》「地方文化」欄，日文。<br>《日本學藝新聞》「地方文化」欄，日文。<br>《臺灣新民報》，日文。<br>華南漢譯，《河南民報》（開封）副刊《文藝畫刊》（週刊）第3期至第10期。（作者署名「JANE KUI」）<br>《土曜日》（東京）第32號，日 | ·4月，島內報紙在總督府壓力之下廢除漢文欄，漢文書房亦被強制廢止。（《臺灣新民報》在六月廢止。）<br>·《臺灣新文學》停刊，共出刊14冊，另有1冊被禁止發行。此外亦刊行2期《新文學月報》。<br>·7月，盧溝橋事件（七七事變）爆發，中日進入全面戰爭。臺灣軍司令部對臺灣人民發表強硬警告，禁止所謂「非國民之言動」。<br>·7月，當局下令解散臺灣地方自治聯盟。<br>·8月5日，臺灣軍司令部宣布進入戰時體制。<br>·9月25日，強召臺灣青年充大陸戰地軍伕。<br>·推動皇民化運動。 |

| | | | |
|---|---|---|---|
| | 身於鶴見溫泉，將〈田園小景—摘自素描簿〉擴充為〈模範村〉，經《文藝首都》保高得藏之介紹交給改造社的《文藝》編輯部，十月二十日因文化界大檢舉而被退稿。<br>·返臺後積勞成疾，染患肺病，喀血數月。為欠米店二十圓被告到法院。接受日本警察入田春彥資助一百圓，償還債務後，以餘款三十圓租用二百坪土地，開闢首陽農園。友人林懷古深夜來訪，翌晨見花園無鋤頭及種苗，贈二十圓。兩、三天後新鋤頭遭竊。<br>·十二月二十二日，偕友人入田春彥訪臺南文友吳新榮、郭水潭、陳培初、黃炭等人，假西美樓召開餐敘會。 | （一） | 文。（署名為「楊達」） | |
| | | 6.10 "模範村"の實體－部落振興會の仕事 | 《日本學藝新聞》「地方文化」欄，日文。 | |
| | | 6.10 國語不解者に鐵鎚 | 《日本學藝新聞》「地方文化」欄，日文。 | |
| | | 6月 報告文學問答 | 《臺灣新文學》第2卷第5號，日文。 | |
| | | 6月 水のみ百姓 | 《臺灣新文學》第2卷第5號，日文。（以「陳水性」筆名發表） | |
| | | 7.10 輸血 | 《日本學藝新聞》（東京）第35號臺灣文化特輯，日文。（以「楊」筆名發表） | |
| | | 7.10 行商人 | 《日本學藝新聞》（東京）第35號臺灣文化特輯，日文。（以「林泗文」筆名發表） | |
| | | ? 天國と地獄 | 未發表，日文。 | |
| | | 8月 文學と生活 | 《星座》（東京）第3卷第8號，日文。（署名為「楊達」） | |
| | | 9月 『第三代』その他 | 《文藝首都》（東京）第5卷第9號，日文。（署名「楊達」） | |
| | | 9月 試驗地獄の緩和方法 | 《人民文庫》（東京）第2卷第10號，日文。 | |
| | | 9月 新日本主義への | 《星座》（東京） | |

| | | | | |
|---|---|---|---|---|
| | | 質言二三<br><br>9月 綜合雜誌に待望するもの<br><br>11.1～1.1（1938年）臺灣舊聞新聞集<br><br>？　公學校－台灣風景1 | 第3卷第9號，日文。<br>《星座》（東京）第3卷第9號，日文。<br>《現代新聞批判》（東京）第96號至100號，日文。<br>未發表，日文。 | |
| 1938<br>（33歲） | ·五月五日，好友入田春彥因思想左傾，遭日本殖民當局驅除出境，於其住處自殺，遺書楊逵、葉陶夫婦處理後事。 | 1.1　臺灣舊聞新聞集<br><br>5.18入田君のことなど | 《現代新聞批判》（東京）第100號，日文。<br>《臺灣新聞》，日文。 | ·1月，小林躋造總督發表臺民志願兵制度之實施，謂此制度是與皇民化之同一必要行動。<br>·2月23日，中華民國飛機首次轟炸臺灣（苗栗出礦坑油田）。<br>·3月31日，公佈「國家總動員法」。<br>·5月28日～6月1日，日本政府積極移民來臺，各地次第成立日本移民村。<br>·11月3日，日本近衛首相發表建設東亞新秩序之聲明。 |
| 1939<br>（34歲） | ·母病歿。 | | | ·5月，小林總督於赴東京旅次對記者稱：治臺重點為皇民化、工業化、南進（以 |

| | | | | |
|---|---|---|---|---|
| | | | | 臺灣為南侵根據地）三政策。<br>· 8 月 13 日，施行絲配給統制規則。<br>· 8 月 24 日，為確立義務教育制度，臺灣總督府成立臨時教育調查委員會。<br>· 9 月 29 日，公佈國民徵用令施行規則，10 月 1 日實施。<br>· 10 月 7 日，公佈臺灣米穀配給統制規則，即日起開始實施。<br>· 11 月 1 日，實施臺灣米穀移出管理令。<br>· 12 月 1 日，「臺灣詩人協會」的《華麗島》創刊，僅發行一期。 |
| 1940<br>（35 歲） | · 父病歿。<br>· 第十次被捕入獄。<br>· 恢復健康，花園也步上軌道。更換場所，擴大到約一千坪。 | | | · 1 月，西川滿發起創立「臺灣文藝家協會」，發行機關誌《文藝臺灣》。<br>· 2 月 11 日，臺灣戶口規則修改，開啟臺灣人改日本姓名之門。<br>· 7 月 22 日，日本第二次近衛文麿內閣成立，提倡 |

| | | | | 大東亞新秩序的建設以及「新體制」的確立。<br>・10 月 12 日，日本的大政翼贊會舉行成立大會。<br>・11 月 25 日，臺灣精神動員本部公佈「臺籍民改日姓名促進要綱」。 |
|---|---|---|---|---|
| 1941<br>（36 歲） | ・五月，加入「啓文社」的《臺灣文學》陣營。<br>・九月七日午後，趕赴臺南佳里吳新榮家，與啓文社同仁陳逸松、張文環、黃得時、王井泉、巫永福等人談論《臺灣文學》雜誌的編輯方針、衆人的期許與展望。 | 10 月　會報の意義と任務 | 《臺灣文藝家協會會報》第 6 號，日文。 | ・2 月 11 日，臺灣文藝家協會由總督府情報部策動，以協力文化新體制的目標進行改組。矢野峰人擔任會長，西川滿任事務總長。《臺灣新民報》被迫改稱《興南新聞》。<br>・3 月，《文藝臺灣》從第二卷第一號（總號第七）開始由文藝臺灣社發行。<br>・4 月 19 日，皇民奉公會成立，發行宣傳雜誌《新建設》。<br>・5 月，張文環等成立「啓文社」，《臺灣文學》雜誌於 27 日創刊，共發行十期。<br>・7 月 1 日，《南方》 |

| | | | | 半月刊創刊，林荊南、吳漫沙主編，132 期改稱《風月報》。 |
|---|---|---|---|---|
| | | | | ·7月10日，《民俗臺灣》創刊，末次保、金關丈夫編，1945年1月1日停刊為止，共發行43期。 |
| | | | | ·12月7日，日本偷襲珍珠港，太平洋戰爭爆發。臺灣原住民被秘密編成高砂義勇隊，派往南洋各地作戰。 |
| 1942（37歲） | ·三月及四月，分別於《臺灣文學》及《臺灣藝術》刊登廣告「園藝見習募集」，徵求愛好園藝及從事文學的勤勉人士，保證將提供寫作事業及生活所需。<br>·七月十四日，與張文環、呂赫若、中山侑、張星建、楊千鶴、王井泉等人在山水亭聚餐，舉行《臺灣文學》評論會。<br>·七月十六日，與王井泉、張文 | 1月～3月　父と子<br>2月無醫村<br>4月泥人形<br>5.11貧困ならず－昨今の臺灣の文學は<br>5月民眾の娛樂<br>7月臺灣文學問答<br>7.13子達<br>8.24水滸傳のために<br>9.14師を送る | 《臺灣藝術》第3卷第1號至第3號，日文。<br>《臺灣文學》第2卷第1號，日文。<br>《臺灣時報》第268號，日文。<br>《興南新聞》，日文。（以「伊東亮」筆名發表）<br>《民俗臺灣》第2卷第5號，日文。<br>《臺灣文學》第2卷第3號，日文。<br>《臺灣新聞》，日文。<br>《臺灣新聞》，日文。<br>《興南新聞》，日文。 | ·4月，臺灣特別志願兵制度實施。<br>·5月26日，日本文學報國會在東京成立。<br>·6月，川合三良、周金波獲得第一回文藝臺灣賞。<br>·7月，臺灣文藝家協會以文藝報國為目的再進行改組。<br>·8月，臺灣皇民奉公會設置文化部，臺灣文藝家協會會長矢野峰人就任文藝班班長。 |

| | | | | |
|---|---|---|---|---|
| | 環、吳新榮、中山侑、藤野雄士、陳逸松、陳紹馨、陳夏雨、楊佐三郎等人乘巴士往草山，於白雲莊住一晚，大醉。 | 10月　鵞鳥の嫁入<br><br>10月　土地公<br><br>11月　芽萌ゆる | 《臺灣時報》第274號，日文。<br>《民俗臺灣》第2卷第10號，日文。<br>《臺灣藝術》第3卷第11號，日文。 | ·11月，西川滿、濱田隼雄、龍瑛宗、張文環等赴日參加第一回「大東亞文學者大會」。 |
| | ·七月十七日，與吳新榮、呂赫若、金關丈夫、池田敏雄、陳紹馨、立石鐵臣、松山汶一照相師等人參加《民俗臺灣》在山水亭的宴會。<br>·七月十八日，與張星建、巫永福迎接呂赫若及一同來訪的吳新榮，在「翼」午餐，飯後帶吳新榮訪事業成功的林免。當夜吳新榮宿首陽農園，次日下午吳新榮回臺南。<br>·七月二十三日，呂赫若來首陽園，外出不遇。<br>·八月二日，與張星建、田中保男、巫永福、陳遜章等人參加《臺灣文學》合評會，以座談方式合評第四、五 | 11月　大東亞文學者會議に際して<br>11.16　作家と情熱<br>12月　紳士連中の話<br>12月？　建設の文學－十七年台灣文學界の回顧 | 《臺灣時報》第275號，日文。<br>《興南新聞》，日文。<br>《臺灣藝術》第3卷第12號，日文。<br>未發表，日文。 | |

| | 期，呂赫若擔任 記錄。 | | | |
|---|---|---|---|---|
| 1943 （38歲） | ·三月十五日，在 張文環家，與呂 赫若、池田敏 雄、吳天賞、張 冬芳等人閒談。<br><br>·四月二十九日， 「臺灣文學奉公 會」成立，成為 其會員之一。<br><br>·五月二十三日， 文友巫永福結 婚，赴老松町巫 宅祝賀。<br><br>·十一月十三日， 參加於臺北召開 的「臺灣決戰文 學會議」。<br><br>·《三國志物語》 第一卷至第三卷 由臺北盛興出版 部出版。《三國 志物語》共四 卷，第一卷至第 四卷之出版時間 分別在一九四三 年三月、八月、 十月，以及一九 四四年十一月。<br><br>·秋季，與臺灣新 聞社的田中保 男、同盟通信社 的山下等一同演 出《怒吼吧！中 國》（《吼えろ支 那》：俄國詩人與 劇作家Tretyakov | 1月 常會團樂論<br><br>1月～4月 紳土連 中の話<br><br>1月 デング退治<br><br>2月？ ″薄暮″と″ 或日の午后″ －台中州美術 展を見る－<br><br>2月？ 性格の分裂に ついて<br><br>2月 納鞋底<br><br>3月《三國志物語》 第一卷<br><br>4月 賴和先生を憶ふ<br><br>春 老朽の靴<br><br>5.17阿片戰爭の繪本<br><br>6.18？正條密植その 他<br><br>7月 臺灣出版界雜感 －特に赤本に就 て－<br><br>7月 糞リアリズムの 擁護<br><br>夏 田植競爭<br><br>8月《三國志物語》 第二卷 | 《新建設》第 2 卷第1號，日文。<br><br>《臺灣藝術》第4 卷第1號至第4 號，未完，日文。<br><br>《臺灣公論》第8 卷第1號，日文。 未發表，日文。<br><br><br><br>未發表，日文。<br><br>《民俗臺灣》第3 卷第2號，日文。<br><br>臺北：盛興書店 出版部，日文。<br><br>《臺灣文學》第3 卷第2號，日文。 為〈紳土連中の 話〉之第五部分， 未發表，日文。<br><br>《興南新聞》，日 文。<br><br>未發表，日文。<br><br>《臺灣時報》第 283號，日文。<br><br>《臺灣文學》第3 卷第3號，日 文。（以「伊東亮」 筆名發表）<br><br>未發表，日文。<br><br>臺北：盛興書店 出版部，日文。 | ·2月11日，皇民 奉公會文學賞頒 給西川滿〈赤嵌 記〉、濱田隼雄 〈南方移民 村〉、張文環〈夜 猿〉。<br><br>·2月17日，預定 成立「日本文學 報國會臺灣支 部」，推派齊藤 勇、長崎浩、楊 雲萍、周金波四 人參加第二回大 東亞文學者大 會。<br><br>·4月1日，日本 開始在臺實施義 務教育。<br><br>·4月29日，臺灣 文學奉公會成 立。<br><br>·8月25日起，第 二回大東亞文學 者大會在東京召 開。<br><br>·11月13日，臺 灣文學奉公會於 臺北召開「臺灣 決戰文學會 議」，日、臺作家 約六十人參加。<br><br>·11月30日，日 本政府強召臺 灣、朝鮮在日本 內地的學生赴前 |

| | | | | |
|---|---|---|---|---|
| | 原作）。於臺中、彰化、臺北三地以日文上演時博得好評。 | 8.30 蟻－匹の仕事－思ひ出の處女作 3 | 《興南新聞》，日文。 | 線，於東京日比谷公園舉行壯行大會。<br>· 12月1日，日政府強抽學生兵入伍。<br>· 12月，呂赫若、周金波獲第一回臺灣文學賞。<br>· 12月25日，《臺灣文學》發行第四卷第一號後被迫停刊。 |
| | | 秋　蟻の普請 | 未發表，日文。 | |
| | | 9月？狗肉を賣る人々 | 未發表，日文。 | |
| | | 10月《三國志物語》第三卷 | 臺北：盛興書店出版部，日文。 | |
| | | 11月　泥人形 | 大木書房編輯部編《臺灣小說集1》，大木書房，日文。 | |
| | | 12.9　腕くらべ | 《興南新聞》，日文。 | |
| | | 12月　縫糸 | 《臺灣藝術》第4卷第12號，日文。 | |
| | | ？　木蘭從軍 | 未發表，日文。 | |
| | | ？　滿洲豚 | 未發表，日文。 | |
| 1944（39歲） | · 小說集《萌芽》（《芽萌ゆる》）排版中被查扣。<br>· 六月，於《臺灣文藝》發表〈解除「首陽」記〉（〈「首陽」解消の記〉），宣布卸下「首陽農園」的招牌。<br>· 八月，應總督府情報課之聘，視察石底煤礦，撰寫〈增產之背後－老丑角的故事〉（〈增產の蔭に－呑氣な爺さんの話－〉），發表於臺灣文學奉 | ？　《芽萌ゆる》（無醫村、鷺鳥の嫁入、芽萌ゆる、笑はない小僧、犬猿鄰組） | 排版中被查扣，未發行，日文。 | · 1月1日，《文藝臺灣》發行終刊號。<br>· 1月20日，公佈「皇民煉成所」規則，加強皇民化運動。<br>· 4月1日，全臺六家報紙（臺北《臺灣日日新報》、《興南新聞》、臺中《臺灣新聞》、臺南《臺灣日報》、高雄《高雄新報》、花蓮《東臺灣新報》）合併為《臺灣新報》。<br>· 5月1日，臺灣 |
| | | 2月 再婚者の手記 | 《民俗臺灣》第4卷第2號，日文。 | |
| | | 6月「首陽」解消の記 | 《臺灣文藝》第1卷第2號，日文。 | |
| | | 6.21 思想と生活 | 《臺灣新報》，日文。 | |
| | | 7月？この「道」あり！－文芸時評 | 未發表，日文。 | |
| | | 8月 勤勞禮讚 | 《臺灣文藝》第1卷第4號，日文。 | |
| | | 8月 增產の蔭に－呑氣な爺さんの話－ | 《臺灣文藝》第1卷第4號，日文。 | |

| | | | | |
|---|---|---|---|---|
| | 公會的《臺灣文藝》雜誌。<br>·十二月，《怒吼吧！中國》劇本出版。 | 8.？ お薩の饗宴<br>9.16？ 樂觀主義への警鐘<br>9.27 汎神開眼<br>9月？ 戲曲向上のために<br>11.13 自戒、自戒<br>11.19 鳶と油揚<br>11.21 ラバウルの空を見よ<br>11.26 騎馬戰<br>11月 《三國志物語》第四卷<br>12月 《吼えろ支那》<br><br>12月 チビ群長<br>？ 赤い鼻 | 《臺灣新報》青年版，日文。<br>未發表，日文。<br>《臺灣新報》，日文。<br>未發表，日文。<br>《臺灣新報》，日文。<br>《臺灣新報》青年版，日文。<br>《臺灣新報》青年版，日文。<br>《臺灣新報》青年版，日文。<br>臺北：盛興書店出版部，日文。<br>改編自俄國Tretyakov原著，臺灣文庫1，臺北：盛興出版社，日文。<br>《臺灣文藝》第1卷第6號，日文。<br>《臺灣新報》，日文。 | 文學奉公會發行《臺灣文藝》。<br>·5月12日，皇民奉公會本部發表「全臺民眾總蹶起運動綱要」。<br>·8月20日，臺灣全島進入戰場狀態，開始實施臺籍民徵兵制度。<br>·11月12日起，第三回大東亞文學者大會在中國南京召開，臺灣未派代表參加。 |
| 1945<br>（40歲） | ·組織焦土會，計畫以閩南語演出《怒吼吧！中國》，排練中因日本戰敗而中止。<br>·首陽農園改稱一陽農園。 | 1月 增產の蔭に—吞氣な爺さんの話—<br><br>3月 美しき心情を<br><br>4月 たみの心 | 臺灣總督府情報課編《決戰臺灣小說集（坤卷）》，臺灣出版文化株式會社，日文。<br>《臺灣美術》第4、5合併號，日文。<br>《臺灣公論》第10卷第4號，日 | ·4月1日，日政府取消在臺日籍官吏之特別津貼，日、臺籍官吏同等待遇。<br>·4月3日，日政府謀改善殖民地政治待遇，林獻堂、簡朗山、許丙三人獲選日貴族院議員。 |

| | | | |
|---|---|---|---|
| ·八月二十三日，與李喬松攜「解放委員會」宣傳單往訪林獻堂，林獻堂勸兩人勿輕舉妄動<br>·九月，創刊《一陽週報》，介紹孫文思想和三民主義，並轉載大陸地區五四以來的白話文學作品。<br>·組織「新生活促進隊」，為臺中市清理垃圾。<br>·九月至十一月間，以「一陽週報社」名義發行《三民主義解說》、《第一次、第二次合刊中國國民黨全國代表大會宣言》、包爾林百克著《孫中山傳》、孫文著《民權初步》（附〈五權憲法地方自治實行法〉）與《倫敦被難記》、蔣介石著《新生活運動綱要》，以及日文小說《新聞配達夫》、《模範村》與劇本《撲滅天狗熱》。<br>·十月十日，池田 | 10.27～11.17　犬猿鄰組<br><br>11.17紀念　孫總理誕辰<br>?　《新聞配達夫》<br>?　《模範村》<br>?　《デング退治》 | 文。<br>《一陽週報》第7號至第9號，日文。<br>《一陽週報》第9號。<br>出版狀況不明。<br>出版狀況不明。<br>出版狀況不明。 | ·8月15日，日本接受波茨坦宣言無條件投降。<br>·9月1日，國民政府公布臺灣省行政長官組織大綱，任命陳儀為臺灣省行政長官。<br>·10月24日，陳儀率公署官員以及國民政府軍抵臺，臺灣省行政長官公署正式成立。<br>·10月25日，於臺北公會堂舉行臺灣區受降典禮。<br>·11月18日，臺灣文化協進會成立。<br>·公佈臺灣省民姓名回復辦法。 |

| | | | | |
|---|---|---|---|---|
| | 敏雄帶來有關三民主義的書籍，交給葉陶。因赴雙十節大會演講，不遇。<br>·十一月十七日，《一陽週報》出版第九期後停刊。<br>·十一月二十八日，以一陽週報社名義發行《三民主義是什麼？》一書。 | | | |
| 1946<br>（41歲） | ·加入臺灣評論社。<br>·三月，日文小說集《鵝媽媽出嫁》（《鶩鳥の嫁入》）出版，為楊逵第一本作品選集。<br>·四月二十一日，參加臺灣革命先烈遺族救援委員會，擔任常務委員及副總幹事。<br>·五月起，擔任臺中《和平日報》「新文學」欄編輯。<br>·七月，中日文對照本的《送報伕》（中文為胡風翻譯）由臺北的臺灣評論社出版。<br>·以一陽週報社名義發行金曾澄 | 3月《鶩鳥の嫁入》（無醫村、鶩鳥の嫁入、薯作り、歸農の日）<br>5.17文學再建的前提<br>5.24臺灣新文學停頓の檢討<br>6.17～18六月十七日の前後—忠烈祠典禮を紀念して<br>7月《新聞配達夫（送報伕）》<br>8月人民の聲を聽け<br>8月為此一年哭<br>10.19 紀念魯迅<br>10.19 魯迅を紀念して | 臺北：三省堂，日文。<br><br>《和平日報》「新文學」第2期，日文。<br>《和平日報》「新文學」第3期，日文。<br>《臺灣新生報》，日文。<br><br>胡風譯，臺北：臺灣評論社出版，中日文對照。<br>《臺灣評論》第1卷第2期，日文。<br>《新知識》1。<br>《和平日報》。<br>《中華日報》，日文。 | 10月25日，施行日語禁止令。 |

|  | 《民族主義解說》。 |  |  |  |
|---|---|---|---|---|
| 1947<br>（42歲） | ·一月十日，賴和著，楊逵編《善訟的人的故事·小說故事篇（1）》，由楊逵創立的民眾出版社發行。<br>·一月十五日，任《文化交流》雜誌（僅於一月間出版一期）編輯。所策劃之中日文對照版「中國文藝叢書」第一輯開始發行。<br>·一月三十日，下午三時與張煥珪、莊垂勝、葉榮鐘、藍更與、楊國喜等十多人參加臺中文化界假省立臺中圖書館談話室所舉行之紀念賴和逝世四週年文藝座談會，介紹賴和作品。<br>·二二八事件爆發，參與抗暴。四月二十日夫婦同時被捕。《謝賴登歌集》等出版計畫因此中斷。<br>·八月，出獄，繼續「中國文藝叢書」翻譯刊行之 | 1.10 編者的話<br><br>1.15 阿Q畫圓圈<br>1.15 紀念林幼春先生·賴和先生－台湾新文学二開拓者<br>1.15 幼春不死！賴和猶在！<br><br>1月《阿Q正傳》<br><br>1月 魯迅先生<br><br>3.2 大捷之後<br>3.8 二·二七慘案真因－台灣省民之哀訴（上）<br>3.8 二·二七慘案真因－台灣省民之哀訴（上）<br>3.9 二·二七慘案真因－台灣省民之哀訴（下）<br>3.9 二·二七慘案真因－台灣省民之 | 收於楊逵編，賴和著《善訟的人的故事·小說故事篇（1）》，臺北：民眾出版社。<br>《文化交流》第1輯。<br>《文化交流》第1輯。（其中〈林幼春先生簡介〉由莊幼岳執筆）<br>《文化交流》第1輯。<br>魯迅原著，楊逵譯，臺北：東華書局，「中國文藝叢書」第1輯，中日文對照。<br>收於《阿Q正傳》，臺北：東華書局，日文。<br>《和平日報》「號外」。<br>《自由日報》（臺中）。（署名「臺中區時局處委會稿」）<br>《和平日報》（臺中）。（署名「一讀者」）<br>《自由日報》（臺中）。（署名「一讀者」）<br>《和平日報》（臺中）。（尚未出土） | ·2月28日，因查緝私煙官員之暴行引起臺北民眾激憤，針對國民政府失政，臺灣民眾暴動，為二二八事件。<br>·3月3日，臺灣人組成「二二八事件處理委員會」。<br>·3月8日，陳儀拒絕處理委員會所提之三十二條要求。<br>·3月9日，陳儀獲得來自大陸的政府軍支援，展開鎮壓。<br>·3月17日，在臺北市實施的戒嚴令擴大到全國。<br>·4月22日，行政院決議撤廢臺灣省行政長官公署。<br>·5月16日，臺灣省政府成立，首任主席為魏道明。 |

| | 計畫。 | 哀訴（下） | | |
|---|---|---|---|---|
| | | 3.9　從速編成下鄉工<br>　　　作隊 | 《自由日報》（臺<br>中）。 | |
| | | 10月　《送報伕（新<br>　　　聞配達夫）》 | 胡風譯，臺北：<br>東華書局，「中國<br>文藝叢書」第6<br>輯，中日文對<br>照。 | |
| | | 11月　《大鼻子的故<br>　　　事》 | 茅盾原著，楊逵<br>譯，臺北：東華<br>書局，「中國文藝<br>叢書」第2輯，<br>中日文對照。 | |
| | | 11月　茅盾先生 | 收於《大鼻子的<br>故事》，日文。 | |
| | | 12.20　鄭振鐸先生<br>？　　黃公俊の最後 | 未發表，日文。<br>鄭振鐸原著，楊<br>逵譯，未發表，<br>日文。 | |
| 1948<br>（43歲） | ・三月二十八日，<br>應《臺灣新生報》<br>「橋」副刊主編<br>歌雷之邀，參加<br>「橋」副刊第一<br>次作者茶會，此<br>後並持續參加<br>「橋」副刊茶會<br>有關臺灣新文學<br>重建的討論。<br>・八月二日，主編<br>《台灣力行報》<br>新設立之「新文<br>藝」欄。<br>・八月十日，創刊<br>《臺灣文學叢<br>刊》雜誌。<br>・八月二十九日，<br>參加銀鈴會第一 | 3.29如何建立臺灣新<br>　　　文學<br><br><br><br><br>4.23給各報副刊編者<br>　　　及文藝工作者的<br>　　　一封公開信<br>5.17尋找臺灣文學之<br>　　　路<br><br>6.22血脈<br><br>6.25「臺灣文學」問<br>　　　答<br>6.27現實教我們需要<br>　　　一次嚷 | 《臺灣新生報》<br>「橋」第96期<br>（孫達人譯自楊<br>逵日文作品，並<br>加入中文篇章的<br>內容綜合而<br>成）。<br>《臺灣新生報》<br>「橋」第105<br>期。<br>《台灣力行報》<br>「力行」第61<br>期。<br>《中華日報》「海<br>風」第311期。<br>《臺灣新生報》<br>「橋」第131期。<br>《中華日報》「海<br>風」第314期。 | |

| | 次聯誼會。<br>‧十二月二十五日,《臺灣文學叢刊》出版第三期後停刊。 | 7.6 給朋友們 | 《中華日報》「海風」第318期。 | |
|---|---|---|---|---|
| | | 7.12 知哥仔伯(獨幕劇) | 林曙光譯,《臺灣新生報》「橋」第138期。 | |
| | | 7月 夢と現實 | 《潮流》夏季號,日文。 | |
| | | 8.1 《微雪的早晨》 | 郁達夫原著,楊達譯,臺北:東華書局,「中國文藝叢書」第三輯,中日文對照。 | |
| | | 8.1 郁達夫先生 | 收於《微雪的早晨》,日文。 | |
| | | 8.2 臺灣民謠 | 《台灣力行報》「新文藝」第1期。 | |
| | | 8.9 上任(民謠) | 《台灣力行報》「新文藝」第2期。 | |
| | | 8.9 童謠 | 《台灣力行報》「新文藝」第2期。(即〈生活〉) | |
| | | 8.10 黃虎旗 | 《臺灣文學叢刊》第1輯。 | |
| | | 8.16 營養學(童謠) | 《台灣力行報》「新文藝」第3期。 | |
| | | 8.23 却糞搜 | 《臺灣新生報》「橋」第156期。 | |
| | | 8.23 人民的作家 | 《台灣力行報》「新文藝」第4期。 | |
| | | 9.6 民謠 | 《台灣力行報》「新文藝」第6期。 | |
| | | 9.13 民謠 | 《台灣力行報》 | |

| | | | | 「新文藝」第 7 期。（即〈不如豬〉） |
|---|---|---|---|---|
| | | | 9.15 却糞掃 | 《臺灣文學叢刊》第 2 輯。 |
| | | | 9.15 上任 | 《臺灣文學叢刊》第 2 輯。 |
| | | | 9.15 生活 | 《臺灣文學叢刊》第 2 輯。 |
| | | | 10.4 童謠 | 《台灣力行報》「新文藝」第 10 期。 |
| | | | 10.11 「實在的故事」徵稿　附：「實在的故事」問答 | 《台灣力行報》「新文藝」第 11 期。 |
| | | | 10.15 寄《潮流》——卷頭詩 | 《潮流》秋季號。 |
| | | | 10.15 民謠二首 | 《潮流》秋季號。 |
| | | | 10.20 無醫村 | 李炳崑譯，《臺灣新生報》「橋」第 176 期。 |
| | | | 10.21 美麗之島 | 《公論報》「日月潭」第 242 期。 |
| | | | 11.11 論「反映現實」 | 《台灣力行報》「新文藝」第 19 期。 |
| | | | 12.6 論文學與生活 | 《台灣力行報》「新文藝」第 26 期。 |
| | | | 12.15 不如豬 | 《臺灣文學叢刊》第 3 輯。 |
| | | | 12.15 勤 | 《臺灣文學叢刊》第 3 輯。 |
| | | | 12.15 模範村 | 蕭荻譯，《臺灣文學叢刊》第 3 輯。 |
| | | | 12.15 營養學 | 《臺灣文學叢 |

| | | | 刊》第 3 輯。 | |
|---|---|---|---|---|
| 1949<br>（44 歲） | ·起草〈和平宣言〉，一月二十一日上海《大公報》以新聞稿方式刊出，標題為：「台灣人關心大局盼不受戰亂波及：台中部文化界聯誼會宣言」，因而觸怒當時的臺灣省政府主席陳誠，四月六日被捕。 | 1.13萌芽<br><br>1.21台中部文化界聯誼會宣言<br><br>2.15介紹「麥浪歌詠隊」 | 陸晞白譯，《臺灣新生報》「橋」第 200 期。<br>《大公報》（上海）。(本文即「和平宣言」，以新聞稿方式刊出)<br>《中華日報》「海風」第 397 期。 | ·10 月 1 日，中國共產黨正式宣告中華人民共和國成立。<br>·12 月，中央政府撤退來臺。 |
| 1950<br>（45 歲） | ·軍法審判，處十二年徒刑。 | | | ·5 月 23 日，二二八事件審理終結。<br>·6 月 18 日，原臺灣省行政長官陳儀（離職後就任浙江省政府主席）因叛亂罪在臺北新店槍決。 |
| 1951<br>（46 歲） | ·移監綠島。 | | | ·4 月 14 日，內政部頒發予已逝的賴和褒揚令，並入祀忠烈祠。 |
| 1952<br>（47 歲） | | 10月　八月十五那一天 | 《新生活》壁報。 | ·4 月 28 日，與日本簽訂和約。 |
| 1953<br>（48 歲） | | 10月　光復話當年 | 《新生活》壁報。 | ·6 月 13 日，與日本簽訂通商協定。 |
| 1954<br>（49 歲） | | 4.25捕鼠記<br><br>5 月　（歌舞）國姓爺<br>10 月　諺語四則<br><br>10.15 家書 | 《新生活》壁報。<br>綠島街頭演出。<br>《新生活》壁報。<br><br>《新生活》壁 | ·12 月 2 日，與美國簽署安全防禦條約。 |

| | | ？　（獨幕喜劇）豬哥伯々 | 報。 綠島獄中晚會演出。 | |
|---|---|---|---|---|
| | | ？　（歌舞）駛犁歌 | 綠島街頭演出。 | |
| 1955 （50歲） | ·作〈赤崁拓荒〉（又名〈赤崁忍辱〉）電影分場劇本，為計畫中〈三戰赤崁城〉之第一部。 | 1月永遠不老的人 | 《新生活》壁報。 | ·2月27日，廖文毅等人在東京成立「臺灣共和國臨時政府」，展開臺灣獨立建國運動。 |
| | | ？　（歌舞）漁家樂 | 綠島街頭演出。 | |
| | | ？　赤崁忍辱 | 綠島獄中寫作比賽。 | |
| | | 9.3 勝利進行曲 | 綠島街頭演出。 | |
| | | 10月 半罐水叮咚響 | 《新生活》壁報。 | |
| | | 11月 諺語的時代性 | 《新生活》壁報。 | |
| | | 11月 諺語漫談 | 《新生活》壁報。 | |
| 1956 （51歲） | | 1月童謠　百合 | 《新生活》壁報「新年號」。 | ·9月8日，民族運動領導人林獻堂在東京逝世。 |
| | | 1月（歌舞）豐年舞 | 綠島新年晚會及街頭演出。 | |
| | | 1月我的小先生 | 《新生活》壁報。 | |
| | | 2月春天就要到了 | 《新生活》壁報。 | |
| | | 2月談街頭劇 | 《新生活》壁報。 | |
| | | 3月青年 | 《新生活》壁報。 | |
| | | ？　真是好辦法 | 綠島晚會演出。 | |
| | | 4月好話兩句多 | 《新生活》壁報。 | |
| | | 4月談青年 | 《新生活》壁報。 | |
| | | 4月太太帶來了好消息 | 《新生月刊》。 | |
| | | 5月（歌舞）光復譜 | 《新生活》壁報。 | |
| | | 7月睜眼的瞎子 | 綠島獄中晚會演 | |

| | | | | |
|---|---|---|---|---|
| | | | 出。 | |
| | | 10月　十月好風光 | 未發表。 | |
| | | 10月　檢討與批評 | 未發表。 | |
| | | 11月　文化戰士－讀 | 未發表。 | |
| | | 　　　民生主義育樂兩 | | |
| | | 　　　篇補述 | | |
| | | 11月　園丁日記 | 《新生月刊》。 | |
| | | 12月　新年又要到了 | 未發表。 | |
| | | ？　　我要克難一把琴 | 未發表。 | |
| | | ？　　作者與讀者 | 未發表。 | |
| 1957<br>（52歲） | ・四月作〈樂天派<br>　（相聲）〉，五月<br>　二稿改題〈相聲<br>　樂天派〉。 | 1月　季節風侵襲之下 | 未發表。 | ・4月，鍾肇政以<br>　油印方式編製<br>　《文友通訊》，共<br>　出刊十六期。<br>・11月，《文星》<br>　雜誌創刊。 |
| | | 1月　談寫作 | 《 新 生 活 》 壁<br>報。 | |
| | | 1月　什麼是好文章 | 《 新 生 活 》 壁<br>報。 | |
| | | 2月　抬紅土記 | 未發表。 | |
| | | 2月　文章的味道 | 《 新 生 活 》 壁<br>報。 | |
| | | 2月　童謠　明年還要<br>　　　好 | 《 新 生 活 》 壁<br>報。 | |
| | | 3月　人生　學習　工<br>　　　作 | 《 新 生 活 》 壁<br>報。 | |
| | | 3月　評金公子娶親 | 《 新 生 活 》 壁<br>報。 | |
| | | 4月　文章的真實性 | 《 新 生 活 》 壁<br>報。 | |
| | | 5月　科學與方法 | 未發表。 | |
| | | 5月　智慧之門將要開<br>　　　了 | 《新生月刊》。 | |
| | | 6月　怎樣才能把一個<br>　　　家弄得好 | 未發表。 | |
| | | 6月　春光關不住 | 《新生月刊》。 | |
| | | 8月　輕公差 | 未發表。 | |
| | | 8月　貧血的「新生月<br>　　　刊」 | 未發表。 | |
| | | 9月　中秋過後 | 未發表。 | |
| | | 10月　父子游泳賽 | 未發表。 | |
| | | 11月　烏龜與兔子的 | 未發表。 | |

| | | 賽跑 | | |
|---|---|---|---|---|
| | | ? 才八十五歲的女人 | 《新生活》壁報。 | |
| | | 12月 自強不息 | 《新生月刊》。 | |
| | | 12月 上山砍茅草 | 未發表。 | |
| 1958<br>（53歲） | ·因國民黨政府欲派往日本從事特務工作，於一月底時被借提至臺北，五月中押返綠島。<br>·七月，〈大牛和鐵犁〉於臺灣刊載，是綠島時期唯一在監獄外發表的作品。 | 1月 新春談命運——給孩子的信<br>4.18寶貴的種籽<br>4.26麻雀戰勝了老鷹<br>5.14花瓶的故事<br>7月 大牛和鐵犁<br><br><br><br>7.23颱風小姐<br>9.3 勝利之歌<br>9.20月光光 | 《新生月刊》。<br><br>未發表。<br>未發表。<br>未發表。<br>《東方少年》第5卷第 7 期。（以「公羊」筆名發表）<br>未發表。<br>未發表。<br>未發表。 | ·5月15日，臺灣警備總司令部正式成立。<br>·8月23日，八二三砲戰發生。<br>·9月3日，賴和遭檢舉為左派，被逐出忠烈祠。 |
| 1959<br>（54歲） | ·撰寫劇本〈牛犁分家〉，並在綠島演出。 | 3.20青春讚美<br>4.1 不做就不會錯嗎？<br>? 牛犁分家<br><br>? 黎明曲·公雞叫<br>? 雙十讚歌 | 未發表。<br>未發表。<br><br>綠島中正堂演出。<br>未發表。<br> | |
| 1960<br>（55歲） | ·撰寫劇本〈豬八戒做和尚〉，被禁止演出。 | | | ·3 月，白先勇等人創刊《現代文學》。<br>·3月11日，公佈施行「動員戡亂時期臨時條款修正案」。<br>·9月4日，《自由中國》雜誌社長雷震被捕入獄。 |
| 1961<br>（56歲） | ·刑期屆滿，於四月六日回到臺灣本島。在高雄購買果園，因無法 | | | |

| | | | |
|---|---|---|---|
| | 解決土地糾紛而放棄。<br>·代撰楊肇嘉回憶錄。<br>·五月,妻葉陶當選模範母親。 | | | |
| 1962<br>(57歲) | ·與楊肇嘉在史實的採錄與解釋上意見相左,辭去回憶錄撰寫之工作。<br>·借貸五萬元於臺中郊區購買荒地,經營「東海花園」。 | 2.22園丁日記<br>3.30春光關不住<br>4.14智慧之門 | 《聯合報》。<br>《臺灣新生報》。<br>《聯合報》。 | ·6月,《傳記文學》創刊。 |
| 1963<br>(58歲) | | | | |
| 1964<br>(59歲) | | | | ·4月,吳濁流創刊《臺灣文藝》,一年後由月刊改為季刊。<br>·6月,《笠》詩刊創刊。 |
| 1965<br>(60歲) | | 10月 春光關不住<br><br><br><br>10月 園丁日記 | 鍾肇政編《本省籍作家作品選集1》,臺北:文壇社。<br>同上。 | |
| 1966<br>(61歲) | | | | ·10月,尉天驄創辦《文學季刊》。 |
| 1967<br>(62歲) | | 2月 諺語四則 | 《臺灣風物》第17卷第1期。 | |
| 1968<br>(63歲) | | | | |
| 1969<br>(64歲) | ·為擴建東海花園,向出版商葉先生借貸十萬元。年底因葉先 | 3.12墾園記 | 《臺灣新生報》。 | ·7月20日,吳濁流文學獎基金會成立。 |

| | | | |
|---|---|---|---|
| | 生週轉不靈，經由鍾逸人介紹，蔡伯勳、葉榮鐘、郭頂順三人以樂捐方式義助十萬元，作為資助臺中文化城之用。 | | | |
| 1970<br>（65歲） | ·八月一日，妻葉陶因心臟病、腎臟病併發尿毒症去世，享年六十六。<br>·喪侶之後深感來日不多，恐文化城之志未成而身先死，子孫無力償還債務，乃變更土地登記，與蔡伯勳、葉榮鐘、郭頂順共有東海花園。 | 1月羊頭集 | 《文藝月刊》第1卷第7期。 | |
| 1971<br>（66歲） | ·坂口襑子撰〈楊逵與葉陶〉（〈楊逵と葉陶のこと〉），刊載於《亞細亞》（《アジア》）第六卷第十號，為其消息在戰後披露於日本文壇的第一次。 | | | ·10月25日，聯合國大會表決：中華人民共和國加入聯合國，中華民國退出。 |
| 1972<br>（67歲） | ·東海花園逐漸步上軌道。<br>·五月，〈送報伕〉在日本重刊。 | 1月春光關不住<br><br><br><br>5月新聞配達夫 | 中國現代文學大系編輯委員會編《中國現代文學大系·小說1》，巨人出版社。<br>《中國》（東京）第102號，日文。 | ·9月29日，日本與中華人民共和國建交，中華民國政府宣布與日本斷交。 |

| 1973<br>（68 歲） | | 11 月　模範村 | 《文季》第 2 期。 | |
|---|---|---|---|---|
| 1974<br>（69 歲） | ·中文版〈鵝媽媽出嫁〉與〈送報伕〉重刊，臺灣文學界對楊逵的評價逐步升高。<br>·十月，提交「書面意見」予《大學雜誌》所舉辦之「日據時代的臺灣文學與抗日運動座談會」，十一月間該雜誌發表座談會紀錄，書面意見被刪去多處，未獲全文發表。 | 1 月 鵝媽媽出嫁<br><br>4 月 冰山底下<br><br>9 月 送報伕 | 《中外文學》第 2卷第 8 期。<br>《臺灣文藝》第43 期。<br>《幼獅文藝》第40 卷第 3 期（總第 249 期）。 | |
| 1975<br>（70 歲） | ·五月，張良澤編《鵝媽媽出嫁》出版，收錄包括〈送報伕〉在內的八篇作品。 | 5 月 《鵝媽媽出嫁》 | 張良澤編，臺南：大行。 | ·4 月 5 日，蔣介石去世。 |
| 1976<br>（71 歲） | ·國中國文課本第六冊收錄〈春光關不住〉，並改題為〈壓不扁的玫瑰花〉，為日本殖民時期成名臺籍作家之作品收錄於教科書的第一人。<br>·十月，臺北的輝煌出版社發行《羊頭集》，同時亦出版楊素絹編有關楊逵與其作品的評論集。於 | 1 月 壓不扁的玫瑰花<br><br><br><br>5 月 《鵝媽媽出嫁》<br><br>8 月 一個日據時期文學工作者的感想<br>10.12 三個臭皮匠<br>10.15 諺語四則<br><br>10.15 諺語與時代<br><br>10.21 我有一塊磚 | 國立編譯館編「國民中學國文科教科書」第 6冊，臺北：國立編譯館。<br>張良澤編，臺北：香草山。<br>《中華雜誌》第157 期。<br>《中國時報》。<br>《臺灣新生報》。<br>《臺灣新生報》。<br>《中央日報》。 | ·2 月，《夏潮》創刊。 |

| | | | |
|---|---|---|---|
| | 《中央日報》發表〈我有一塊磚〉，表明願意捐獻東海花園的土地，做為文化傳播機構之用，然未獲得任何回響。<br>·在吳宏一與尉天驄推薦下，參加第二屆國家文藝獎選拔。十二月二十五日結果揭曉，楊逵落選。 | 10.28 自強不息<br>10月 《羊頭集》<br><br>10月 泥偶<br><br>10月 首陽園雜記<br><br>10月 刻不容緩的「台灣抗日史」<br><br>11.7我的小先生<br>12月 八月十五日那一天<br>12月 我們不是麻雀<br>12月 一粒好種子<br>12月 漁人<br>？ 園丁日記<br><br><br>？ 智慧之門 | 《中央日報》。<br>臺北：輝煌出版社。<br>《夏潮》第 1 卷第 7 期。<br>《夏潮》第 1 卷第 7 期。<br>《遠東人雜誌》第 34 期「光復節感言」。<br>《臺灣日報》。<br>《笠》第 76 期。<br><br>《笠》第 76 期。<br>《笠》第 76 期。<br>《笠》第 76 期。<br>《聯副二十五年散文選》，臺北：聯合報社。<br>《聯副二十五年散文選》，臺北：聯合報社。 | |
| 1977<br>（72歲） | ·一月，東海花園火災，幸而及時撲滅。<br>·十月十六日，於臺北青年公園的紀念鄭豐喜先生逝世二週年愛心園遊會義賣花朵，並以〈老園丁的話〉為題於茶會中致詞，主辦單位為其祝壽。 | 4月 追思吳新榮先生<br>4月 三個臭皮匠<br><br><br>7.11春光關不住<br><br>8月自主自立救中國——為七七紀念而作<br>12月 老園丁的話<br><br>？ 愚公移山 | 《夏潮》第 2 卷第 4 期。<br>《夏潮》第 2 卷第 4 期，附在〈追思吳新榮先生〉文後。<br>《愛書人》第 44 期，中英文對照。<br>《中華雜誌》第 169 期。<br><br>《新文藝》第 261 期。<br>「新歌大家唱」（李雙澤紀念基 | ·臺灣文學界爆發鄉土文學論戰。<br>·11月 19 日，發生中壢事件。 |

| | | | | |
|---|---|---|---|---|
| | | | 金會）。 | |
| 1978<br>（73歲） | ·九月，林梵（林瑞明）著《楊逵畫像》由臺北的筆架山出版社出版。<br>·十月八日下午，與王詩琅等作家參加由《聯合報》舉辦的「光復前的台灣文學」座談會。 | 8.8　振作之歌－給蒲仲強小朋友<br>8.8　給洪正德小朋友<br>8.27 大家來唱我們自己的歌<br><br>9月　《鵝媽媽出嫁》<br>9.9　給雙澤與豐喜<br>9.18序曲<br>秋　The Indomitable Rose<br><br>12.14 臺灣美麗島－外一章<br>12.14 選舉扶正歌<br>12.17 沒關係啦，反正我們不依賴人家，從此，自立自強，不是更好嗎？<br>12月　選舉扶正歌<br><br>12月　認錯了主人<br><br>？　野玫瑰 | 未發表。<br><br>未發表。<br>鄉音四重唱「鄉音之歌」音樂會節目單，臺中：中興堂。<br>豐原：華谷書城，第四版。<br>未發表。<br>未發表。<br>Daniel Tom 譯，《The Chinese Pen》Autumn，英文。<br>《民眾日報》。<br><br>《民眾日報》。<br>《聯合報》「邁向頂風逆浪的征程（全國作家談中美斷交）－請聽文學藝術工作者堅定的聲音」。<br>《夏潮》第5卷第6期。<br>《夏潮》第5卷第6期。<br>未發表。 | ·12月16日，與美國斷交。 |
| 1979<br>（74歲） | ·七月，鍾肇政、葉石濤主編《光復前臺灣文學全集》，由臺北遠景出版社發行，收錄楊逵的〈送報伕〉、〈泥娃娃〉、〈頑童伐鬼 | 3月　憶賴和先生<br><br><br><br>5.4　一路跑上去！ | 李南衡主編：《日據下臺灣新文學明集1：賴和先生全集》，臺北：明潭。<br>《聯合報》「新文學的再出發（筆談）－文藝節特 | ·12月，發生美麗島事件。 |

| | | | |
|---|---|---|---|
| | 記〉、〈無醫村〉四篇小說創作。<br>· 八月，《美麗島》雜誌創刊，楊逵與六十位黨外菁英共同列名社務委員。<br>· 十月，民眾日報社臺北管理處發行《楊逵的人與作品》，為楊素絹編《壓不扁的玫瑰花》之重刊。 | 5.16～18　牛犁分家<br>7 月 送報伕<br><br>7 月 頑童伐鬼記<br>7 月 無醫村<br>7 月 泥娃娃<br>7 月 歸農之日<br><br>7.23 犬猴鄰居<br>10 月 《羊頭集》<br>10 月 《鵝媽媽出嫁》 | 輯」<br>《民眾日報》。<br>鍾肇政、葉石濤編《光復前台灣文學全集》，臺北：遠景出版社。<br>陳曉南譯，同上。<br>《光復前台灣文學全集》<br>《光復前台灣文學全集》<br>陌上桑譯，《臺灣文藝》革新第 10 號（第 63 期）。<br>陌上桑譯，《民眾日報》。<br>臺北：遠景出版社。<br>臺北：民眾日報社。 | |
| 1980<br>（75 歲） | · 七月，提交書面意見給《聯合報》於七月二日所舉辦的「永不熄滅的爛火－光復前臺灣文學中的民族意識與抗日精神」座談會。<br>· 九月十五日，與姜貴、鍾肇政、司馬中原、白先勇、陳映真、奚淞、古蒙仁、黃凡等一同參加時報文學週之「三代同堂談小說」 | 1.1 文學可以把敵人化為朋友<br><br>10.1 當民眾與政府的橋樑——賀民眾日報創刊三十週年<br>10.24 光復前後<br>11 月 牛與犁演出有感 | 《聯合報》「創造現代文學的盛唐！－展望八十年代的中國文壇－」。<br>《民眾日報》屏東版。<br><br>楊素絹筆記，《聯合報》。<br>《時報雜誌》第 51 期。 | |

| | | | |
|---|---|---|---|
| | ・座談會。<br>・高雄大榮高工在高雄、臺中野臺演出〈牛犁分家〉一劇。<br>・十二月二十日，於《聯合報》「不滅的旋風，未盡的奔流－聯副作家悼念姜貴」筆談中發表追悼文字。 | | |
| 1981<br>（76歲） | ・三月九日凌晨，因感冒藥物引起的痰阻塞症送醫急救。<br>・三月十二日，遷居外埔次子楊建家。 | 3月 把那些被埋沒的挖出來<br><br><br>6月 牛犁分家<br><br>？　光復前後<br><br><br><br>10月　光復前後 | 《臺灣新文學》復刻本，臺北：東方文化書局。（附於「臺灣新文學雜誌叢刊復刻本」5《臺灣新文學》之前）<br>《東吳大學校刊》第75期。<br>《文學史話・聯副三十年文學大系／評論卷二》，臺北：聯合報社。<br>《寶刀集－光復前台灣作家作品集》，臺北：聯合報社。 | |
| 1982<br>（77歲） | ・元旦假期内，移居大溪長子楊資崩家靜養。<br>・五月七日，應邀至輔大草原文學社演講〈日本殖民統治下的孩子〉。 | 3月 怒吼吧！中國<br>4.2　滄海悲桑田<br>5月 我的老友徐復觀先生<br>8.10日本殖民統治下的孩子<br>8.27即興 | 黃木譯，《大地文學》第2期。<br>《中國時報》。<br>《中華雜誌》第226期。<br>《聯合報》。<br><br>《自立晚報》。 | |

| | | | |
|---|---|---|---|
| | ·八月二十八日，應美國愛荷華大學「國際作家工作坊」之邀，由長媳蕭素梅陪同赴美。<br>·十月三十日，「臺灣文學研究會」在洛杉磯正式成立，成為該會榮譽會員，並親臨成立大會致詞勉勵。<br>·接受何昫訪問，暢談二二八事件前後的個人遭遇。<br>·由美返臺途中重遊日本，十一月一日抵達東京。<br>·十一月八日，日本各界於東京舉辦歡迎餐會，會後接受若林正丈與戴國煇的訪談。<br>·十一月十日，接受戴國煇與內村剛介訪問，談七十七年來的人生經歷。<br>·十一月十四日，返抵國門。 | 9 月 ? 日　楊逵先生來信更正<br><br>10.22～?　送報伕<br>10.29 沉思·振作·微笑<br>10.29～?　Mother Goose Get Married<br>?　土包子放洋 | 《台灣公論報》，本文為對《台灣公論報》第 115 期（1982年 9 月 15 日）報導之更正<br>《亞洲商報》。<br>《亞洲商報》。<br>Jane P. Yang 譯，《亞洲商報》，英文。未發表。 | |
| 1983<br>（78 歲） | ·四、五月間，於大溪接受王麗華訪問，對日治時期領導農民組合及二二八事件前 | 2 月 即興<br><br>4 月 臺灣新文學的精神所在·談我的 | 《一九八二年台灣詩選》，臺北：前衛出版社。<br>許惠碧筆記，《文季》第 1 卷第 1 | ·8 月 7 日，鍾理和紀念館正式成立。<br>·12 月 3 日，增額立委選舉投票。 |

| | | | | |
|---|---|---|---|---|
| | 後的活動有簡單的說明。<br>・八月二十四日，離開大溪，移居鶯歌整理回憶錄，由孫女楊翠照料生活起居。<br>・十月間，在增額立委選戰中為楊祖珺助選。<br>・十一月，榮獲第六屆吳三連文學獎及第一屆臺美基金會人文科學獎。 | 一些經驗和看法。<br>4.30 沉思・振作・微笑<br>9月 沉思・振作・微笑<br><br>10　玫瑰花<br><br>11.8 懷念東海花園—那段把詩寫在大地上的日子<br>？　從「壓不扁的玫瑰花」說起 | 期。<br>方梓記錄，《自立晚報》。<br>方梓專訪，《人生金言：一百位當代名人心影錄》，臺北：自立晚報社。<br>《兒童文學之旅3》，洪健全教育文化基金會。<br>《中國時報》人間副刊。<br>未發表。 | |
| 1984<br>（79歲） | ・二月十二日，應邀於耕莘文教院所舉辦的「慶賀賴和先生平反講演會」上致詞，演說〈希望有更多的平反〉。<br>・三月，擔任《夏潮》雜誌名譽發行人。<br>・六月十七日，應邀於「保衛林少貓抗日英名演講會」中致詞，演說〈殖民地人民的抗日經驗〉。<br>・八月九日，獲鹽分地帶文藝營頒發「臺灣新文學特別推崇獎」。 | 2月　送報伕<br><br>3月 希望有更多的平反<br>3.31 慶祝「前進」週歲<br>7月 殖民地人民的抗日經驗 | 施淑等編《中國現代短篇小說選析2》，臺北：長安出版社。<br>《中華雜誌》第248期。<br>《前進世界》第3期。<br>《中華雜誌》第252期。 | ・1月19日，內政部正式承認賴和蒙冤而予以平反，後重新入祀忠烈祠。<br>・5月20日，蔣經國連任第七任總統，李登輝任副總統。 |
| 1985 | ・二月重返臺中， | 3.13 老牛破車 | 《聯合報》。 | |

| | | | | |
|---|---|---|---|---|
| （80歲） | 由么女楊碧照顧其生活。<br>·三月十日，於YMCA舉行的戴國煇教授歡迎會上發表簡短致詞。<br>·三月十二日上午五時四十分，在楊碧家中與世長辭。<br>·三月二十九日，葬於東海花園葉陶墓旁。 | 3.13沉思·振作·微笑<br>3.13～14　我的回憶<br>3.29我的心聲<br>3月《壓不扁的玫瑰》<br>3月《鵝媽媽出嫁》 | 《自立晚報》。<br>王世勛筆記，《中國時報》。<br>楊翠筆記，《自立晚報》。<br>臺北：前衛。<br>臺北：前衛。 | |

說明：

1. 本表盡量包含楊逵各類作品，無法確定或推測寫作年代之遺稿暫不收入。

2. 本表主要根據河原功先生與筆者合編〈年表〉（即「楊逵年表」）與〈楊逵作品目錄〉編製而成，兩者俱收於彭小妍主編，《楊逵全集》「資料卷」（臺南：國立文化資產保存研究中心籌備處，2001 年 12 月）。此外，亦參考下列資料——

   (1) 張良澤主編，《吳新榮日記（戰前）》（臺北：遠景出版事業公司，1981 年 10 月）。

   (2) 林瑞明編，〈台灣文學史年表（未定稿）〉，收於葉石濤著，《台灣文學史綱》（高雄：春暉出版社，1987 年 2 月）。

   (3) 台灣總督府編，河原功監修，《台灣日誌》〔復刻版〕（東京：綠蔭書房，1992 年 3 月）。

   (4) 李永熾監修，薛化元主編，《台灣歷史年表　終戰篇 I（1945～1965）》（臺北：業強出版社，2001 年 4 月初版三刷）。

   (5) 羊子喬編，《郭水潭集》（臺南：臺南縣文化局，2001 年 12 月初版二刷）。

   (6) 許俊雅、楊洽人編，《楊守愚日記》（彰化：彰化縣立文化中心，1998 年 12 月）。

   (7) 葉榮鐘著，葉芸芸補述，《日據下台灣大事年表》（臺中：晨星出版有限公司，2000 年 8 月）。

   (8) 台灣經世新報社編，《台灣大年表（一八九五－一九三八）》重刊本（臺北：南天書局，2001 年 11 月四版三刷）。

   (9) 巫永福，《我的風霜歲月——巫永福回憶錄》（臺北：望春風文化事業股份有限公司，2003 年 9 月）。

   (10) 許雪姬編註，《灌園先生日記（七）一九三四年》（臺北：中央研究院臺灣史研究所籌備處、近代史研究所，2004 年 4 月）。

   (11) 呂赫若著，鍾瑞芳譯，《呂赫若日記（一九四二－一九四四年）中譯本》（臺南：國家臺灣文學館，2004 年 12 月）。

# 附錄二：
## 《和平日報》「新文學」刊載作品一覽表

| 期 | 刊載時間 | 篇名 | 文類 | 作者 |
|---|---|---|---|---|
| 1 | 1946 年 5 月 10 日<br>（星期五） | 戰爭已經結束 | 詩 | A，E，霍斯曼 |
| | | 一個開始·一個結束 | 文 | 樓憲、張禹 |
| | | 來るべき文學運動 | 文 | 竹林 |
| | | 中華全國文藝協會<br>上海分會成立宣言 | 文 | |
| 2 | 1946 年 5 月 17 日<br>（星期五） | 明天的祖國 | 詩 | L·Z |
| | | 文學再建の前提 | 文 | 楊逵 |
| | | 他人所寄望於我們者 | 文 | 戈爾巴托夫 |
| | | 慰問上海文藝界書 | 書信 | 中華民國文藝界抗敵協會總會 |
| | | 覆書 | 書信 | 鄭振鐸等 |
| 3 | 1946 年 5 月 24 日<br>（星期五） | 我活著，我看到了勝利—<br>寄臺灣友人 | 書信 | 黎丁 |
| | | 臺灣新文學停頓の檢討 | 文 | 楊逵 |
| | | 走向原野—和浪浪在一起<br>的時候 | 文 | 莫洛 |
| | | 樓憲啓事 | 啓事 | 樓憲 |
| 4 | 1946 年 5 月 31 日<br>（星期五） | 藝術與革命 | 文 | 豐子愷 |
| | | 奇遇 | 小說 | 卜風 |
| | | 寂寞 | 詩 | 林綿 |
| | | 臺灣文學に就いて | 文 | 張文環 |
| | | 「斷·章·取·義」之一 | 文 | 張禹 |
| 5 | 1946 年 6 月 4 日<br>（星期二） | 紀念屈原 | 文 | 王思翔 |
| | | 詩·人·的·歌 | 詩 | 頓尼遜（碧淵譯） |
| | | 詩人 | 詩 | 艾青 |
| | | 我們曾為生活而戰鬥—我<br>們曾為生活而戰鬥，亦曾<br>為戰鬥而生活 | 詩 | 樓憲 |
| | | 紀念詩人節 | 詩 | 編輯室 |
| | | 關於詩 | 文 | 艾青 |

| 6 | 1946 年 6 月 14 日 （星期五） | 勇敢的心 | 小說 | 蘇・B・甫列涅夫（首文譯） |
|---|---|---|---|---|
| | | 無題 | 版畫 | 陳白鴻 |
| | | 說話 | 文 | 莫洛 |
| | | 山城文壇漫步 | 文 | 趙景深 |
| 7 | 1946 年 6 月 21 日 （星期五） | 高爾基之家 | 文 | |
| | | 蘇熱烈舉行「高爾基紀念週」 | 文 | （塔斯社訊） |
| | | 生命 | 小說 | 葛洛斯曼 |
| | | 歸來了 | 詩 | 艾黎 |
| | | 無題 | 版畫 | 佚名 |
| | | 儲蓄思想 | 文 | 老舍 |
| | | 工作者的夜歌 | 詩 | 何其芳 |
| 8 | 1946 年 6 月 28 日 （星期五） | 叫喊 | 詩 | 何其芳 |
| | | 寫作底態度 | 文 | 郁影 |
| | | 夢太平 | 版畫 | 凡石 |
| | | 生命 | 小說 | 葛洛斯曼 |
| 9 | 1946 年 7 月 6 日 （星期六） | 歸來乎！ | 小說 | 伊凡・威左夫（星帆譯） |
| | | 巴黎聖母寺 | 文 | 諸葛靈 |
| | | 獻身文學的精神 | 文 | 許傑 |
| 10 | 1946 年 7 月 12 日 （星期五） | 高爾基的作品在中國 | 文 | 茅盾 |
| | | 削蘿蔔 | 版畫 | 力羣 |
| | | 反「肉糜主義」 | 文 | 張羽 |
| | | 雞蛋般大的穀 | 小說 | L・托爾斯泰（星帆譯） |
| | | 槍與薔薇 | 文 | 莫洛 |
| 11 | 1946 年 7 月 19 日 （星期五） | 假詩 | 文 | 臧克家 |
| | | 走人民的道路 | 詩 | 陳殘雲 |
| | | 紅雀 | 文 | 莫洛 |
| | | 老人 | 版畫 | 志中 |
| | | 情書 | 文 | 米海登（吳燮山譯） |
| | | 哀英吉利人民 | 詩 | 雪萊（葉田譯） |
| | | 剪刀生活 | 文 | 羽 |
| 12 | 1946 年 7 月 26 日 （星期五） | 飢饉 | 小說 | 劉白羽 |
| | | 都市的背面 | 版畫 | 沙兵 |
| | | 翦伯贊貧病交迫 | 藝文消息 | |
| | | 記女版畫家凱浮珂勒維支 | 文 | 靜子 |

| | | 奴隸的夢 | 文 | 唐宋 |
|---|---|---|---|---|
| | | 慈悲　外一章 | 詩 | 郭沫若 |
| | | （賴若萍女士：） | 啓事 | 編者 |
| 13 | 1946 年 8 月 2 日<br>（星期五） | 給賽珍珠女士 | 文 | 勤以 |
| | | 海 | 文 | 秋聲 |
| | | 風格和模仿 | 文 | 彷彿 |
| | | 高爾基的小說 | 文 | 艾蕪 |
| | | 星光 L・N・ | 詩 | 芳羣 |
| | | 眼睛－給詩人 V・G・ | 詩 | 莫若 |
| | | 關於寫作 | 文 | （高爾基語錄） |
| 14 | 1946 年 8 月 9 日<br>（星期五） | 文藝教育論 | 文 | 士仁 |
| | | 安德烈、紀德（上）<br>－巴黎文人生活瑣談之一 | 文 | 赫特爾斯東（凱蒂譯） |
| | | 黑屋 | 詩 | 莫洛 |

說明：

1. 筆者從臺南市立圖書館影印第九期以後各期，第一至第八期影本由曾健民先生提供，謹此致謝！

2. 「新文學」欄編號雜亂，第九期誤植為第七期，第十期誤植為第九期，第十二期有兩次，最後一期無任何編號。

3. 一九四六年八月九日刊出者為最後一期，且該期並無編號。此後，在無預告情形下廢除「新文學」欄。

# 附錄三：
# 《台灣力行報》「新文藝」刊載作品一覽表

| 期 | 刊載時間 | 篇名 | 文類 | 作者 | 備註 |
|---|---|---|---|---|---|
| 1 | 1948 年 8 月 2 日（星期一） | 福？ | 小說 | 痕 | |
| | | 談青年 | 文 | 史民 | |
| | | 消夏點滴 | 文 | 楊啓東 | |
| | | 救救孤子□ | 文 | 蔡申發 | □為字跡模糊而難以辨認，「孤」應為「孩」字之誤。 |
| | | 臺灣民謠 | 歌謠 | 楊逵 | |
| | | 夏蟲二題 | 文 | 夏蟲冰 | |
| 2 | 1948 年 8 月 9 日（星期一） | 榮歸 | 小說 | 老默 | |
| | | 上任（民謠） | 歌謠 | 楊逵 | |
| | | 覺醒 | 小說 | 志仁 | 長篇連載 15，其他單元連載於「力行」副刊 |
| | | 童謠 | 歌謠 | 楊逵 | |
| | | 勇往邁進吧 | 文 | 蔡中發 | |
| | | 紙上種蕃薯 | 文 | 小農夫 | |
| 3 | 1948 年 8 月 16 日（星期一） | 本報主辦第一次新文藝座談會記錄　八月十四日下午二時假臺中圖書館舉行 | 座談會紀錄 | 志仁 | |
| | | 營養學（童謠） | 歌謠 | 楊逵 | |
| | | 歸鄉（上） | 小說 | 葉石濤 | 後半部刊載於「力行」副刊 |
| 4 | 1948 年 8 月 23 日（星期一） | 作家的進步 | 文 | 徐中玉 | 根據文末註，轉載自《展望》（南京）第 2 卷第 13 期。 |
| | | 咀咒 | 新詩 | 施捨 | |
| | | 怎樣看今日的詩風 | 文 | 姚理 | 根據文末註，轉載自《展望》（南京）第 2 卷第 14 期。 |
| | | 文藝漫談 | 文 | 石火 | 文末註曰：「待明日刊完」，然未見刊出。根據橫地剛的說法，本文轉載自《展望》（南京）。 |

| | | 人民的作家 | 文 | 楊逵 | |
|---|---|---|---|---|---|
| 5 | 1948 年 8 月 30 日<br>（星期一） | 選舉 | 小說 | 嘯風 | 根據文末註，轉載自《大學評論》（南京）第 1 卷第 3 期。 |
| | | 飼豬双暢 | 歌謠 | 愁洞 | |
| 6 | 1948 年 9 月 6 日<br>（星期一） | 法國文化界一瞥 | 文 | 克羅德·莫爾漢作雲林譯 | 根據文末註，轉載自《時代週刊》第 8 年第 30 期。 |
| | | 民謠 | 歌謠 | 楊逵 | |
| | | 北平通訊 | 文 | 揚風 | |
| | | 關於「青雲話劇舞踊研究會」公演 | 文 | 朱實蕭金堆 | |
| 7 | 1948 年 9 月 13 日<br>（星期一） | 受難的人們 | 小說 | 林曙光 | |
| | | 潮流 | 新詩 | 朱實 | |
| | | 民謠 | 歌謠 | 楊逵 | |
| | | 文學出版在蘇聯 | 文 | （未署名） | |
| | | 瘋女 | 文 | 蕭金堆作，李炳昆譯 | |
| | | 蟄伏 | 新詩 | 朱實 | |
| 8 | 1948 年 9 月 20 日<br>（星期一） | 腐魚群 | 小說 | 金秋 | 文末註：李炳昆譯。 |
| | | 大老爺 | 歌謠 | 高田 | |
| | | 徵求實在的故事 | 文 | （未署名） | 作者為楊逵。 |
| | | 林湖大隊（上） | 小說 | 適夷 | 根據橫地剛的說法，轉載自《大眾文藝叢刊》（香港）。 |
| 9 | 1948 年 9 月 27 日<br>（星期一） | 林湖大隊（下） | 小說 | 適夷 | 根據橫地剛的說法，轉載自《大眾文藝叢刊》（香港）。 |
| | | 普度 | 歌謠 | 愁洞 | |
| | | 「實在的故事」徵稿 | 文 | （未署名） | 作者為楊逵。 |
| | | 颱風―給一個澎湖人― | 新詩 | 江山 | |

| 10 | 1948 年 10 月 4 日（星期一） | 『給寶妹妹』 | 文 | 痕 | |
| | | 童謠 | 歌謠 | 楊逵 | |
| | | 馬爾夏克談兒童文學 | 文 | 茅盾 | 根據文末註，選自《蘇聯見聞錄》。 |
| 11 | 1948 年 10 月 11 日（星期一） | 兩個世界 | 文 | 蕭金堆 | |
| | | 「實在的故事」問答 | 文 | 楊逵 | |
| | | 囚徒 | 新詩 | 鐵 | |
| | | 扁頭那裏去？ | 小說 | 阿濤 | |
| | | 「實在的故事」徵稿 | 文 | （未署名） | 作者為楊逵。 |
| 12 | 1948 年 10 月 19 日（星期二） | 「星在地獄」（上）—歸來集之一— | 小說 | 痕 | |
| | | 民謠小論 | 文 | 朱實 | |
| | | 從軍哀別詩（臺灣浩劫記） | 新詩 | 荒野 | |
| 13 | 1948 年 10 月 22 日（星期五） | 芥川比呂志中尉 | 文 | 蕭金堆 | |
| | | 乞婦 | 新詩 | 荒野 | |
| | | 星在地獄（續） | 小說 | 痕 | |
| 14 | 1948 年 10 月 24 日（星期日） | 芥川比呂志中尉 | 文 | 蕭金堆 | 誤排為「芥川呂比志中尉」 |
| | | 黑夜 | 新詩 | 懶糸 | |
| | | 飄泊記（一） | 文 | （未署名） | 作者為揚風。 |
| 15 | 1948 年 10 月 28 日（星期四） | 飄泊記（2） | 文 | 揚風 | |
| | | 鼓手 | 文 | 魯蘇 | |
| | | 浙西民謠（之一） | 歌謠 | 阿濤 | |
| 16 | 1948 年 11 月 1 日（星期一） | 文藝通信 只有在污泥中才成長著蓮花 | 書信 | 宋承沼 | 作者疑為宋承治，誤排為宋承「沼」。 |
| | | 飄泊記（3） | 文 | 楊風 | 以揚風手稿署名來看，「楊風」為揚風的另一筆名。 |
| | | 鳳凰木的花 | 新詩 | 蕭金堆 | |
| | | 荒野哀歌（臺灣浩劫記） | 新詩 | 荒野 | |
| | | 推輕便車的 | 新詩 | 子潛 | |
| 17 | 1948 年 11 月 4 日（星期四） | 魯嫂 | 小說 | 施捨 | |
| | | 飄泊記（續） | 文 | 揚風 | |

| 18 | 1948 年 11 月 8 日（星期一） | 搶購 | 民謠 | 紅夢 | |
|---|---|---|---|---|---|
| 19 | 1948 年 11 月 11 日（星期四） | 論「反映現實」 | 文 | 楊逵 | |
| | | 哭 | 新詩 | 鐵 | |
| | | 飄泊記（續） | 文 | 揚風 | |
| 20 | 1948 年 11 月 15 日（星期一） | 轉學生 | 小說 | 蕭金堆 | |
| | | 飄泊記（續） | 文 | 揚風 | |
| 21 | | | | | |
| 22 | | | | | |
| 23 | | | | | |
| 24 | 1948 年 11 月 29 日（星期一） | 探究 | 新詩 | 朱實 | |
| | | 命運（外三章） | 新詩 | 淡星 | |
| | | 選舉 | 民謠 | 紅夢 | |
| 25 | | | | | |
| 26 | 1948 年 12 月 6 日（星期一） | 論文學與生活 | 文 | 楊逵 | |
| | | 民謠　臺灣美麗島 | 歌謠 | （未署名） | |
| 27 | | | | | |
| 28 | | | | | |
| 29 | 1948 年 12 月 16 日（星期四） | 從意志的火炬 | 新詩 | 淡星 | |
| | | 農民 | 小說 | 有義 | |
| 30 | 1948 年 12 月 19 日（星期日） | 農民 | 小說 | 有義 | |
| 31 | | | | | |
| 32 | | | | | |
| 33 | | | | | |
| 34 | | | | | |
| 35 | 1949 年 1 月 15 日（星期六） | 矛盾 | 新詩 | 淡星 | |
| 36 | 1949 年 1 月 17 日（星期一） | 校務會議 | 小說 | 紅夢 | |
| 37 | | | | | |

| 38 | 1949 年 1 月 23 日（星期日） | 師院劇劇社的暗影 | 文 | 淡星 | 「劇劇社」疑為抄寫於《潮流》時所產生的筆誤，原文應為「戲劇社」。 |
|----|------|------|----|----|------|
|  |  |  |  |  |  |

說明：

1. 筆者所掌握「新文藝」欄僅有第一至第二十期（缺第十八期），以及第二十六期部分，來自筆者參與《楊逵全集》編譯計畫期間，河原功先生提供全集編輯之用，內含河原功先生本人、橫地剛先生與黃英哲教授之個人收藏，謹此致謝！

2. 根據朱實〈潮流澎湃銀鈴響──銀鈴會的誕生及其歷史意義〉，〈探究〉刊出時間為一九四八年十一月二十九日，由此推算應發表於第二十四期。見《台灣詩史「銀鈴會」論文集》（彰化：台灣礦溪文化學會，1995 年 6 月），頁 22。

3. 第十八期與二十六期之後所列篇目，係根據分別刊行於一九四八年五月及一九四九年四月之春季號《潮流》後附之「文藝動態」補入。

# 附錄四：《臺灣文學叢刊》刊載作品一覽表

| 輯數<br>（出版時間） | 篇名 | 作品<br>類別 | 作者 | 叢刊附註<br>轉載出處 | 實際<br>轉載出處 |
|---|---|---|---|---|---|
| 第一輯<br>（1948.8.10） | 小東西 | 小說 | 揚風 | | |
| | 同樣是一個太陽 | 新詩 | 守愚 | | |
| | 歷史 | 新詩 | 王錦江 | | |
| | 裁員 | 小說 | 俞若欽 | 《新生報》「橋」第126-128期 | 《臺灣新生報》「橋」第126-128期，1948年6月14、16、18日。 |
| | 摸索 | 小說 | 鄭重 | 《新生報》「橋」第135期 | 《臺灣新生報》「橋」第135期，1948年7月5日。 |
| | 臺灣民主歌 | 評論 | 廖漢臣 | 《公論報》「臺灣風土」第5期 | 《公論報》「臺灣風土」第5期，1948年6月7日。 |
| | 復讎 | 小說 | 葉石濤 | 《中華日報》「海風」第12期 | 《中華日報》「海風」第312期，1948年6月24日。 |
| | 黃虎旗（民謠） | 歌謠 | 楊逵 | | |
| 第二輯<br>（1948.9.15） | 失學之日（木刻） | 版畫 | 邱陵 | 《中華日報》「海風」 | 《中華日報》「海風」第324期，1948年7月20日。 |
| | 却糞掃（童謠） | 歌謠 | 楊逵 | 《新生報》「橋」第156期 | 《臺灣新生報》「橋」第156期，1948年8月23日。 |
| | X區長 | 小說 | 章仕開 | 《創作》第1卷第2期 | 《創作》第1卷第2期，1948年5月1日。 |
| | 學店 | 小說 | 洪野 | 《公論報》「日月潭」第151期 | 《公論報》「日月潭」第150期，1948年4月22日。 |
| | 鹿港的漁夫 | 新詩 | 鴻賡 | 《中華日報》「海風」第305期 | 《中華日報》「海風」第305期，1948年6月3日。 |

| | | | | | |
|---|---|---|---|---|---|
| | 文藝通訊 | 作家的生命在於創作 | 葉石濤 | | |
| | | 提高臺灣的戲劇文化 | 呂訴上 | | |
| | | 怎樣看現實才是問題 | 楊啓東 | | |
| | | 「做」才有進步批判是養料 | 張紅夢 | | |
| | | 到生活中去拿出作品來 | 黃榮燦 | | |
| | | 賴和在臺灣是革命傳統 | 史民 | | |
| | | 翻譯工作我要幫忙 | 林曙光 | | |
| | | 我已解聘了另找工作中 | 揚風 | | |
| | | 春日猪三郎搖身三變 | 愁桐 | | |
| | 沉醉 | | 小說 | 歐坦生 | | 《文藝春秋》（上海）第 5 卷第 5 期，1947 年 11 月。 |
| | 漫畫二題 | 上任 | 歌謠 | 楊逵 | 《力行報》「新文藝」第 2 期 | 《台灣力行報》「新文藝」第 2 期，1948 年 8 月 9 日。（原題〈上任（民謠)〉） |
| | | | 漫畫 | 張麟書 | 《公論報》8 月 5 日「日月潭」 | 《公論報》「日月潭」第 197 期，1948 年 8 月 4 日。 |
| | | 生活 | 歌謠 | 楊逵 | 《力行報》「新文藝」第 2 期 | 《台灣力行報》「新文藝」第 2 期，1948 年 8 月 9 日。（原題〈童謠〉） |
| | | | 漫畫 | 阿鸞 | 《新生報》7 月 18 日「臺灣婦女」 | 《臺灣新生報》「臺灣婦女」第 49 期，1948 年 7 月 18 日。（原題〈兩種生活〉） |

| | 簽呈 | | 小說 | 陳濤 | 《公論報》「日月潭」第 118 期 | 《公論報》「日月潭」第 187 期，1948 年 7 月 6 日。 |
|---|---|---|---|---|---|---|
| 第三輯（1948.12.15） | 農村曲 | | 歌謠 | | | 收錄自民間歌謠；根據吳國禎的說法，楊逵曾以〈農民謠〉為題發表於報端。 |
| | 漫畫三題 | 不如豬 | 歌謠 | 楊逵 | | 1.《台灣力行報》「新文藝」第 7 期，1948 年 9 月 13 日。（原題〈民謠〉）<br>2.《潮流》秋季號，1948 年 10 月 15 日。（原題〈民謠〉） |
| | | | 漫畫 | 阿鶯 | | |
| | | 勤 | 歌謠 | 楊逵 | | |
| | | | 漫畫 | 張麟書 | | |
| | | 營養學 | 歌謠 | 楊逵 | | 《台灣力行報》「新文藝」第 3 期，1948 年 8 月 16 日。 |
| | | | 漫畫 | 張麟書 | | |
| | 民謠小論 | | 評論 | 朱實 | | 1.《潮流》秋季號，1948 年 10 月 15 日。<br>2.《台灣力行報》「新文藝」第 12 期，1948 年 10 月 19 日。 |
| | 葬列 | | 新詩 | 張紅夢 | 《新生報》「橋」第 160 期 | 蕭荻譯，《臺灣新生報》「橋」第 160 期，1948 年 9 月 3 日。 |
| | 模範村附：蕭荻〈跋楊逵的模範村〉 | | 小說 | 楊逵 | | |

說明：

1. 《臺灣文學叢刊》收錄作品部分未註明轉載出處或出處錯誤，凡筆者已確實查明轉載出處者，皆附上原刊載書刊名、卷期與發表時間；標題與原出處不同者亦皆附上原題名以供查考。

2. 〈農村曲〉與陳達儒作詞、蘇桐作曲同名流行歌謠，以及《播種集：日據時期台灣農民運動人物誌》中收錄之〈農民謠〉內容相近，應是民間歌謠記錄而成。參見韓嘉玲編著，《播種集：日據時期台灣農民運動人物誌》（臺北：簡吉陳何文教基金會，1997 年 1 月），頁 69。

# 附錄五：〈楊逵作品目錄〉補遺

## 一、篇目補遺

| 篇名 | 文類 | 發表情形 | 備註 |
|------|------|----------|------|
| 致南音責任者之書 | 文 | 《新高新報》，1933 年 8 月 18 日。 | 依徐俊益撰《楊逵普羅小說研究—以日據時期為範疇（1927-1945）》（靜宜大學中國文學研究所碩士論文，2005 年 7 月）附錄（一）影印版而編。根據作者註腳說明，該資料由陳淑容提供。 |
| 新聞配達夫—女性はかう見る | 文 | 《臺灣新聞》，1934 年 11 月 28 日，日文。 | 1. 以「王氏琴」筆名發表。<br>2. 依河原功所言而補，見其著，張文薰譯，〈不見天日十二年的〈送報伕〉—力搏台灣總督府言論統制之楊逵〉，《台灣文學學報》第七期（2005 年 12 月），頁 144。 |
| 對革新與臺灣文藝而言 | 文 | 《臺灣新民報》，1934 年 11 月 25 日。 | 依張深切〈對臺灣新文學路線的一提案—未定稿〉（《臺灣文藝》第二卷第二號，1935 年 2 月）中所言而補，原作可能是日文。 |
| 臺灣文化の現勢—初等教育に試驗地獄 | 新聞報導 | 《日本學藝新聞》「地方文化」欄，1937 年 4 月 20 日，日文。 | 未署名。<br>塚本照和先生提供。 |
| 新聞漢文欄廢止 | 新聞報導 | 《日本學藝新聞》「地方文化」欄，1937 年 4 月 20 日，日文。 | 未署名。<br>塚本照和先生提供。 |
| 臺灣文壇の一轉機 | 新聞報導 | 《日本學藝新聞》「地方文化」欄，1937 年 4 月 20 日，日文。 | 未署名。<br>塚本照和先生提供。 |
| "模範村"の實體—部落振興會の仕事 | 新聞報導 | 《日本學藝新聞》「地方文化」欄，1937 年 6 月 10 日，日文。 | 未署名。<br>塚本照和先生提供。 |

| 國語不解者に鐵鎚 | 新聞報導 | 《日本學藝新聞》「地方文化」欄，1937 年 6 月 10 日，日文。 | 未署名。塚本照和先生提供。 |
|---|---|---|---|
| 新日本主義への質言二三 | 文 | 1.《星座》（東京）第三卷第九號，1937 年 9 月，日文。<br>2. 曾健民譯，〈對「新日本主義」的一些質問〉，收於陳映真總編輯，《學習楊逵精神》（臺北：人間出版社，2007 年 6 月），頁 9-11。 | 日文版為橫地剛先生提供。 |
| 綜合雜誌に待望するもの | 文 | 1.《星座》（東京）第三卷第九號，1937 年 9 月，日文。<br>2. 曾健民譯，〈期待於綜合雜誌的地方〉，《學習楊逵精神》，頁 12-14。 | 日文版為橫地剛先生提供。 |
| 地理に埋もれて地味に働く大きな力 | 口述作品 | 《臺灣新報》，1944 年 7 月 18 日，日文。 | 〈台灣は斯く戰ふ人―從軍作家座談会〉紀錄。 |
| 六月十七日の前後―忠烈祠典禮を紀念して | 文 | 1.《臺灣新生報》，1946 年 6 月 17、18 日，日文。<br>2. 曾健民譯，〈六月十七日前後―紀念忠烈祠典禮〉，《學習楊逵精神》，頁 15-22。 | 筆者於《臺灣新生報》微捲中發現，並於博士論文（2005 年 7 月）中首度揭露其內容概要。 |
| 美麗之島 | 詩 | 《公論報》「日月潭」第 242 期，1948 年 10 月 21 日。 | |
| 介紹「麥浪歌詠隊」 | 文 | 《中華日報》「海風」第 397 期，1949 年 2 月 15 日。 | |

| （無題） | 口述作品 | 與麥浪歌詠隊座談時即席吟誦，1949 年 2 月。 | 目前僅存內容為：「麥浪、麥浪、麥成浪；救苦、救難、救飢荒。」 |
|---|---|---|---|
| 智慧之門將要開了 | 文 | 曾多次發表，詳情見河原功先生與筆者合編，〈楊逵作品目錄〉，《楊逵全集》「資料卷」，頁 439-440。 | 綠島時期家書，曾單篇發表，依體例應收入《楊逵全集》「詩文卷」，但未收入。 |
| 自強不息 | 文 | 曾多次發表，詳情見河原功先生與筆者合編，〈楊逵作品目錄〉，《楊逵全集》「資料卷」，頁 440。 | 綠島時期家書，曾單篇發表，依體例應收入《楊逵全集》「詩文卷」，但未收入。 |
| 新春談命運—給孩子的信 | 文 | 曾多次發表，詳情見河原功先生與筆者合編，〈楊逵作品目錄〉，《楊逵全集》「資料卷」，頁 441。 | 1. 首刊版題為〈新春談命運〉。<br>2. 綠島時期家書，曾單篇發表，依體例應收入《楊逵全集》「詩文卷」，但未收入。 |
| 大家來唱歌 | 詩 | 手稿，未發表。 | 1. 創作時間不詳。<br>2. 收藏於臺南新化楊逵文學紀念館。 |
| 振作之歌—給蒲仲強小朋友 | 詩 | 手稿，未發表。 | 1. 作於 1978 年 8 月 8 日。<br>2. 收藏於臺南新化楊逵文學紀念館。 |
| 序曲 | 詩 | 手稿，未發表。 | 1. 作於 1978 年 9 月 18 日。<br>2. 收藏於臺南新化楊逵文學紀念館。 |
| 野玫瑰 | 詩 | 手稿，未發表。 | 1. 作於 1978 年。<br>2. 使用印有「東海花園」及其地址之稿紙，共 2 頁。<br>3. 收藏於臺南新化楊逵文學紀念館。 |
| 童謠·牛 | 詩 | 1.手稿，未完，未發表。<br>2.手稿，未發表。 | 1. 兩份皆使用印有「臺灣文學社製」之稿紙，未完稿共 1 頁，另一份共 2 頁。<br>2. 收藏於臺南新化楊逵文學紀念館。 |
| 給雙澤與豐喜 | 詩 | 手稿，未發表。 | 1. 作於 1978 年 9 月 9 日。<br>2. 收藏於臺南新化楊逵文學紀念館。 |
| 慶祝「前進」週歲 | 詩 | 手稿。 | 1. 楊翠筆跡。<br>2. 根據詩後附註，曾發表於《前進世界》第三期（1984 年 3 月 31 日）。<br>3. 收藏於臺南新化楊逵文學紀念館。 |
| 懷念吳老 | 詩 | 手稿，未發表。 | 1. 楊翠筆跡。<br>2. 使用印有「資生百花園」及該園地 |

| | | | 址、電話之稿紙，共 1 頁。 |
|---|---|---|---|
| | | | 3. 詩後附註「後記：此詩乃為吳濁流先生去逝（筆者按：『世』之誤）紀念而作」。 |
| | | | 4. 收藏於臺南新化楊逵文學紀念館。 |
| 給洪正德小朋友 | 詩 | 手稿，未發表。 | 1. 作於 1978 年 8 月 8 日。 |
| | | | 2. 收藏於臺南新化楊逵文學紀念館。 |
| 也談著作權─兼論毒化思想 | 文 | 1. 手稿，題目為：「也談著作權」，未發表。 | 1. 題為「也談著作權」的手稿使用印有「東海花園」及其地址的稿紙，共 3 頁；另一份使用印有「資生百花園」及該園地址、電話之稿紙，共 5 頁。 |
| | | 2. 手稿，題目為：「也談著作權─兼論毒化思想」，未發表。 | 2. 兩份手稿皆收藏於臺南新化楊逵文學紀念館。 |
| 土包子放洋 | 文 | 手稿，未完，未發表。 | 1. 使用印有「東海花園」及其地址的稿紙，共 2 頁。 |
| | | | 2. 推測作於從美國訪問返臺的 1982 年底。 |
| | | | 3. 收藏於臺南新化楊逵文學紀念館。 |
| 文藝工作上的幾個基本問題 | 文 | 1. 手稿，未完，題為：「新文藝之路─給一個青年朋友的信」，未發表。 | 1. 三種版本均使用印有「臺灣文學社製」的稿紙，題為「新文藝之路─給一個青年朋友的信」者僅 1 頁，題為「給一個青年朋友的信」者僅 2 頁，完稿則有 4 頁。 |
| | | 2. 手稿，未完，題為：「給一個青年朋友的信」，未發表。 | 2. 收藏於臺南新化楊逵文學紀念館。 |
| | | 3. 手稿，完稿，題為：「文藝工作上的幾個基本問題」，未發表。 | |
| 我要再出發─楊逵訪問錄 | 文 | 手稿，未完，未發表。 | 1. 楊逵筆跡，以訪談的對話形式寫成。 |
| | | | 2. 與《夏潮》雜誌刊出的〈我要再出發─楊逵訪問記〉題目僅有一字之差，但內容不同。 |
| | | | 3. 收藏於臺南新化楊逵文學紀念館。 |
| 東海有歌聲 | 文 | 手稿，未完，未發表。 | 1. 使用印有「『健康世界』專用稿紙」及其電話、地址的稿紙，共 2 頁。 |

| | | | 2. 收藏於臺南新化楊逵文學紀念館。 |
|---|---|---|---|
| 東海花園文化村的構想 | 文 | 手稿，未發表。 | 1. 使用印有「東海花園」及其地址的稿紙，共 3 頁。<br>2. 收藏於臺南新化楊逵文學紀念館。 |
| 從「壓不扁的玫瑰花」說起 | 文 | 手稿，未發表。 | 1. 使用印有「資生百花園」及該園地址、電話的稿紙，共 2 頁。<br>2. 未註明寫作時間，由於本文是楊逵參加楊祖珺競選增額立法委員政見發表會時的致詞稿，推斷寫作時間在 1983 年 10 月間。<br>3. 收藏於臺南新化楊逵文學紀念館。 |
| （無題） | 文 | 手稿，未發表。 | 1. 首句為：「前些日子」。<br>2. 内容是對 1976 年〈壓不扁的玫瑰花〉入選國文課本，七年後又將被抽離國中國文課本的感想，應作於 1983 年。<br>2. 手稿非楊逵筆跡，謄稿者不詳。<br>3. 收藏於臺南新化楊逵文學紀念館。 |
| 玫瑰花 | 文 | 1. 手稿初稿。<br>2. 手稿完稿。<br>3. 手稿謄寫稿。 | 1. 三份手稿各使用 3 頁印有「資生百花園」及該園地址、電話的稿紙，第三份謄寫稿為楊翠筆跡。<br>2. 完稿首頁右上方標註為「極短篇」。<br>3. 楊翠謄寫稿後註明曾發表於《聯合報》，又曾於 1983 年 10 月選入洪健全教育文化基金會《兒童文學之旅 3》。<br>4. 收藏於臺南新化楊逵文學紀念館。 |
| 黃公俊の最後 | 翻譯 | 手稿，未發表。 | 1. 使用印有「臺中市梅枝町一九　首陽農園」的稿紙，共 94 頁。<br>2. 譯自鄭振鐸小說創作〈黃公俊之最後〉，推測本翻譯稿是刊行中日文對照版「中國文藝叢書」（臺北：東華書局）之用。由於介紹原作者一文的楊逵手稿〈鄭振鐸先生〉寫於 1947 年 12 月 20 日，本篇完成時間約在 1947 年底。<br>3. 收藏於臺南新化楊逵文學紀念館。 |

| 鄭振鐸先生 | 文 | 手稿，末發表，日文。 | 1. 使用印有「臺中市梅枝町一九　首陽農園」的稿紙，共 1 頁。<br>2. 作於 1947 年 12 月 20 日，推測是刊行中日文對照版《黃公俊的最後》（「中國文藝叢書」，臺北：東華書局）時，介紹原作者鄭振鐸之用。<br>3. 收藏於臺南新化楊逵文學紀念館。 |
|---|---|---|---|
| 歸農 | 小說 | 手稿，末完稿，末發表。 | 1. 使用印有「楊逵用箋」的稿紙，共 2 頁。<br>2. 由於故事中有「七七事變發生那一年」的文句，且主角名為「林清亮」，其妻原名「阿却」之「却」字刪去，改命名為「花」，判斷是楊逵晚年自行改寫自小說〈歸農之日〉。<br>3. 收藏於臺南新化楊逵文學紀念館。 |
| 壓不扁的玫瑰花－楊逵先生演講會記錄 | 口述作品 | 《臺灣文藝》第八十期，1983 年 1 月。 | 演講紀錄。 |

## 二、版本補遺

| 篇名 | 文類 | 發表情形 | 備註 |
|---|---|---|---|
| 二‧二七慘案真因－臺灣省民之哀訴 | 文 | 1.《自由日報》（臺中），1947 年 3 月 8、9 日。<br>2.《和平日報》（臺中），1947 年 3 月 8、9 日。<br>3. 橫地剛、藍博洲、曾健民編，《文學二二八》（臺北:台灣社會科學出版社，2004 年 2 月）。 | 1.《楊逵全集》「資料卷」之〈楊逵作品目錄〉發表時間記載有誤。<br>2. 在《自由日報》發表時，三月八日署名「臺中區時局處委會稿」，九日則署名「一讀者」；《和平日報》發表時，三月八日署名「一讀者」，三月九日部份尚未出土。 |
| 民謠 | 詩 | 《潮流》秋季號，1948 年 10 月 15 日。 | 首句為：「某醫學博士嘆曰」。 |

| 民謠 | 詩 | 《潮流》秋季號，1948年10月15日。 | 首句為：「儉米飼豬　豬會肥」。 |
|---|---|---|---|
| 皆でマラソンしませんう | 詩 | 手稿，〈大家一起來賽跑〉之日文版。 | 1. 內容較中文版略多。<br>2. 與〈掩達は雀ではない〉、〈一粒のよい種子〉共使用 5 頁印有「大學雜誌社　63 年度讀者評選會紀念稿紙」之稿紙。<br>3. 收藏於臺南新化楊逵文學紀念館。 |
| 掩達は雀ではない | 詩 | 手稿，〈我們不是麻雀〉之日文版。 | 1.「掩」為「俺」之誤。<br>2. 收藏於臺南新化楊逵文學紀念館。 |
| 一粒のよい種子 | 詩 | 手稿，〈我們不是麻雀〉之日文版。 | 收藏於臺南新化楊逵文學紀念館。 |
| （無題） | 詩 | 手稿，〈三個臭皮匠〉之日文版。 | 1. 首句為：「大肚海に似て」。<br>2. 寫於印有「大學雜誌社　63 年度讀者評選會紀念稿紙」之稿紙背面，共 2 頁。<br>3. 收藏於臺南新化楊逵文學紀念館。 |
| 四行詩 | 詩 | 手稿，〈人生〉之另一種版本。 | 1. 楊翠筆跡，內容與〈人生〉略有差異。<br>2. 使用印有「資生百花園」及該園地址、電話之稿紙，共 1 頁。<br>3. 收藏於臺南新化楊逵文學紀念館。 |
| 即興 | 詩 | 1. 手稿。<br>2. 手稿，謄寫稿。 | 1. 有兩份手稿，第二份手稿為楊翠謄寫稿。<br>2. 各使用 2 頁印有「資生百花園」及該園地址、電話之稿紙。<br>3. 收藏於臺南新化楊逵文學紀念館。 |
| 能源在我心 | 詩 | 手稿，曾附於〈冰山底下〉一文中發表。 | 1. 楊翠筆跡。<br>2. 使用印有「資生百花園」及該園地址、電話之稿紙，共 1 頁。<br>3. 收藏於臺南新化楊逵文學紀念館。 |
| 選舉扶正歌 | 詩 | 手稿。 | 1. 楊翠筆跡。<br>2. 使用印有「資生百花園」及該園地址、電話之稿紙，共 1 頁。<br>3. 收藏於臺南新化楊逵文學紀念館。 |
| 人民的作家 | 文 | 手稿。 | 1. 楊建筆跡之謄寫稿。<br>2. 使用印有「臺灣文學社製」之稿 |

| | | | 紙，共2頁。 |
| | | | 3. 收藏於臺南新化楊逵文學紀念館。 |
| 文學再建の前提 | 文 | 手稿，日文。 | 1. 楊建筆跡之謄寫稿。 |
| | | | 2. 使用印有「臺灣文學社製」之稿紙，共2頁。 |
| | | | 3. 收藏於臺南新化楊逵文學紀念館。 |
| 台灣新文學停頓の檢討 | 文 | 手稿，日文。 | 1. 楊建筆跡之謄寫稿。 |
| | | | 2. 使用印有「臺灣文學社製」之稿紙，共8頁。 |
| | | | 3. 收藏於臺南新化楊逵文學紀念館。 |
| 我的卅年 | 文 | 手稿。 | 1. 除題目與署名為楊逵筆跡外，其餘執筆者不詳。 |
| | | | 2. 文末註明寫作時間：「七〇、六、卅」。 |
| | | | 3. 使用印有「東海花園」及其地址的稿紙，共8頁。 |
| | | | 4. 收藏於臺南新化楊逵文學紀念館。 |
| 楊逵先生來信更正 | 文 | 手稿。 | 1. 手稿無標題，此處採用《台灣公論報》1982年9月20日刊出之標題。 |
| | | | 2. 使用印有「資生百花園」及該園地址、電話的稿紙，共1頁。 |
| | | | 3. 收藏於臺南新化楊逵文學紀念館。 |
| 諺語的時代性 | 文 | 手稿。 | 1. 使用印有「臺灣文學社製」之稿紙，共4頁。 |
| | | | 2. 《楊逵全集》採用另一篇名：「諺語與時代」。 |
| | | | 3. 收藏於臺南新化楊逵文學紀念館。 |
| 諺語漫談 | 文 | 手稿。 | 1. 使用印有「臺灣文學社製」之稿紙，共5頁。 |
| | | | 2. 《楊逵全集》採用另一篇名：「談諺語」。 |
| | | | 3. 收藏於臺南新化楊逵文學紀念館。 |
| 才八十五歲的女人 | 小說 | 手稿，未完。 | 1. 使用印有「東海花園」及其地址的稿紙，共10頁，為謄寫稿。 |
| | | | 2. 收藏於臺南新化楊逵文學紀念館。 |

| 死 | 小說 | 手稿，殘稿。 | 1. 文件無標題，使用印有「臺中市梅枝町一九　首陽農園」的稿紙，共6頁。<br>2. 應是戰後初期為重新發表而改寫自〈死〉。<br>3. 收藏於臺南新化楊逵文學紀念館。 |
|---|---|---|---|
| 新聞配達夫（後篇） | 小說 | 手稿，殘稿，日文。 | 1. 作於1932年6月1日。<br>2. 手稿計31頁，缺第1頁。<br>3. 《楊逵全集》編輯時所依據者為影印版。<br>3. 收藏於臺南新化楊逵文學紀念館。 |
| 鵝的出嫁 | 小說 | 手稿，殘稿。 | 1. 使用印有「臺灣文庫用箋」的稿紙，共3頁。<br>2. 收藏於臺南新化楊逵文學紀念館。 |

說明：

1. 本表為河原功先生與筆者合編〈楊逵作品目錄〉（《楊逵全集》資料卷，頁391-448）之補遺，分成兩部分：「篇目補遺」收錄未編入〈楊逵作品目錄〉之新出土楊逵各類作品篇目，「版本補遺」收錄已編入〈楊逵作品目錄〉篇目新發現之版本。兩部分皆註明發表概況，以方便研究者查考。

2. 註明「收藏於臺南新化楊逵文學紀念館」者，係參考新化楊逵文學紀念館館藏資料目錄與文物數位圖檔編成，這兩項資料都來自筆者近年間協同主持之「楊逵文獻史料數位典藏計畫」。其中有兩份無題殘稿，各使用1頁稿紙，暫不收入。

3. 目前仍未找到發表紀錄的手稿，暫且視為「未發表」。

# 附錄六：楊建先生訪談紀錄

受訪者：楊建先生（楊逵次子），大同工專畢業，大甲高工電機科教師
　　　　退休。
訪談地點：臺中市東海花園
訪談時間：2003 年 4 月 7 日（星期一）
記錄整理：黃惠禎
校訂：楊建先生

　　我們家的戶籍謄本從我爺爺楊鼻開始記載，我祖母叫蘇足。現在新
化那有人說楊逵的父母一個「鼻」、一個「足」，難怪他會頂天立地。我
的哥哥和姊姊是在高雄出生的，我和兩個妹妹都是生於臺中，不過新化
的戶籍謄本裡有我們五個兄弟姊妹的記載。以前聽我媽媽說過，日本時
代學校都是四月二十日開學，我的生日在四月二十六日，因為生日差六
天，而必須延到下一年才能入學。為了能提早上學，我的生日從四月二
十六日改為四月二十日。我翻過萬年曆，新化的戶籍謄本上我的生日是
正確的，新曆跟農曆的日子相符；但是臺中這邊的資料是四月二十日出
生。戶籍裡也有關於我爸爸童養媳的記載，上面寫「楊貴之妻」，本名
叫做梁金盒，後來退婚改嫁，戶籍就轉出去了。

　　大伯楊大松處的祖先牌位從曾祖父開始記載，我從牌位上知道曾祖
父名叫吳知文，曾祖母姓楊，由此推論我曾祖父是入贅楊家。這件事楊
逵本來不知道，是我告訴他的。新化那邊有人懷疑楊逵是平埔族，還專
程打電話來問我腳指甲有沒有裂痕。他們說漢人腳指甲有裂痕，平埔族
則沒有。由於我的腳指甲沒有裂痕，他們認為楊逵應該是平埔族，但是
沒有辦法確定。我媽媽的一個親戚住在臺東，他要稱呼我媽媽為姑姑。
我第一次到綠島時去臺東找過這個表哥，論輩分他是我的表哥，但是他

的兒子跟我同年。因為這個親戚住臺東，我反而比較懷疑我媽媽是平埔族，不過也已經無法查考了！

　　一九三八年入田春彥去世時，楊逵住在梅枝町九十九號（日本時代的火葬場旁邊，現在五權路跟大雅路交界處），後來才搬到梅枝町十九號（現在原子街、五權路、中華路、篤行路四條街口）。入田春彥遺言中說要把骨灰灑在花園，楊逵沒有照做。我們要搬到大同路三十五號時，才把骨灰送到寶覺寺。三年前張季琳到日本時找到入田春彥的姊姊，後來入田春彥的外甥女和女婿來臺灣，把入田春彥的骨灰帶回日本。

　　皇民化運動時期學生都必須取日本姓名，我一九三六年生，光復時才就讀小學三年級，皇民化運動時我約一、二年級，也不得不改名叫「伊東建二」。我記得聽楊逵說過，皇民化運動時當局曾要他到總督府，負責編輯刊物，但是楊逵沒有接受。當時林獻堂在總督府擔任參議員，有錢人為了財產多多少少要屈服，楊逵與這些有錢人的做法不合。當初楊逵離開文化協會和農民組合，也多多少少與他因為窮而受到排斥有關。農民組合時楊逵身兼好幾個部長，地位那麼高，卻連年費都繳不起，因而受到歧視。編《臺灣文藝》的時候，楊逵主張中文作品份量要多，起碼一半以上，最好有三分之二。但是要迎合總督府的人不敢這樣做，楊逵就和張深切、張星建發生磨擦，然後自己創辦《臺灣新文學》雜誌。

　　七七事變之後，一九三八年楊逵開始經營花園，為花園取名叫「首陽花園」，表示反戰的立場，意思是說他寧可餓死首陽山，也不食其俸祿。一九四四、一九四五年組織焦土會，因為用日文演出《怒吼吧！中國》的成功，想改用臺語演出，才在首陽花園的草寮，召集二、三十人排演《怒吼吧！中國》。還沒正式演出，一九四五年八月十五日就聽到昭和天皇宣佈投降。當時加入焦土會的有鍾逸人，除此之外還有誰就記不得了！

　　由於胡風翻譯〈送報伕〉的關係，文化界都很熟悉楊逵的名字，二二八事件前後，大陸過來的文化工作者，無論那一派，有很多人到了臺灣都來找楊逵。二二八事件之後揚風來找過楊逵，也是由於這個緣故。

　　因為二二八事件，楊逵被關一百零五天。出獄後就種花、寫文章，跟文化界的人士往來。蔡孝乾在二二八事件之前跟楊逵有過來往，二二八事件以後蔡孝乾也被抓，沒有被槍斃。根據不可靠的傳言，他被軟禁在總統府裡擔任什麼職務，後來就沒有再聽過他的消息了！

　　楊逵不是臺共，跟共產黨有過接觸，但是沒有參加過任何共產黨組織，要不然一九四九年被捕時不會只關十二年。謝雪紅是有錢人，當然跟楊逵不合。楊逵的階級觀念很深，階級觀念其實就是貧富觀念，他討厭有錢人剝削的作風。光復後我記得媽媽帶我到過謝雪紅家，就在自由路、公園路交叉口，臺中公園大門口對面的木造房屋，位於現在阿水獅豬腳店那塊土地上。光復後楊逵跟謝雪紅彼此還有來往，但是關係不密切。二二八事件時彼此意見不合，楊逵啟發、鼓勵年輕人加入二七部隊，希望最好能反抗成功。二二八事件以後謝雪紅逃往大陸，楊逵就再也沒有跟謝雪紅來往。

　　二二八事件後的三月初楊逵人還在臺中市，然後約有一個半月的時間逃亡於彰化縣的二水、二林、社頭、田中一帶。剛開始時楊逵跟葉陶分開逃亡。不記得是爸爸回來帶我或怎樣，只記得跟爸爸住在二水朋友家三天，然後我回臺中，那一次我媽媽不在身邊。楊逵跟葉陶逃亡的後半段，大哥帶我到社頭清水巖找過他們。爸媽離開清水巖後就直接回臺中，回到家那天剛好是我的生日四月二十日。逃亡時他們可能到過鹿港，想偷渡到大陸，應該是因為沒有錢付船費，最後未能成行。

　　光復後楊逵對國民黨曾經抱有很大的期待，二二八之前他跟葉陶都曾經加入國民黨。光復一年多後，官員貪污等事件不斷暴露出來，又發生二二八事件，他就對國民黨灰心了！沒有再交黨費，就自然退黨了！

　　二二八事件後，楊逵翻譯大陸作家的作品，把大陸文學介紹到臺灣來。用中日文對照出版的目的，是要讓大家利用日文學習中文。因為臺語無字，有一段時間他還曾經致力於臺灣話羅馬化。楊逵覺得中文太繁雜、太浪費時間，他想把臺語用類似日文的方式，一部份用國字，一部分用拼音，像日文「有難う」（謝謝），其中有用到漢字的，也有用拼音

的。他的臺語字羅馬拼音是模仿自日語羅馬字，最後目的是要用臺語創作。那時他開始寫中文創作，也有很多文章用臺語寫。當時我才小學六年級，就已經會用羅馬拼音，日文的五十音羅馬字我也會。我後來羅馬拼音很好，就是那段時間跟他學的。

二二八事件之後，揚風來臺灣找過楊逵，把一個皮箱放在我們家後就不曾來過，不知道是被抓或怎樣。我們對揚風的了解就只有那一箱東西，裡面裝的是書跟原稿。書都是魯迅、郁達夫等大陸作家的著作，後來都被警備總部搜查時帶走。警備總部每隔幾個月就來搜查一次。一九五〇年時有一次來了三個人，拿走九百多本書，都是揚風帶來的書，還有我的一支派克二十一型鋼筆被順手牽羊帶走。

我印象最深刻的一個外省人叫辜海澄，年紀比我大幾歲。聽說是跟軍隊過來，然後逃兵來我們家找楊逵，跟楊逵談政治和文學的問題。楊逵收容他住在家裡一段時間。當時楊逵在車籠埔冬瓜山租了一塊地養雞、種花，有一間草寮做為行館，我們小時候常從台中一中走去那裡。楊逵送辜海澄過去幫忙管理山園。楊逵被抓後，辜海澄沒有依靠，就走了。之後他還曾經來找過我們一次，好幾次我在報上看到他的文章。據說後來他考取政工幹校，在軍隊擔任輔導員。當時楊逵除了冬瓜山之外，另有一個行館在十六分（苗栗勝興），火車站對面上山沒有多遠。他的朋友有一間房子，楊逵在那裡種花、寫文章。勝興行館比冬瓜山這個要早，光復之前就有，楊逵曾經帶我去過兩、三次。

一九四八年底到一九四九年間，楊逵跟臺中電力公司經理葉可根交涉，臺中一中後有一塊臺電準備蓋員工宿舍的空地，但還沒開始利用，就租給楊逵種花，名義是「電力公司福利農園」。地址在大同路三十五號，現在三民路上，中友百貨公司對面。楊逵用茅草蓋草房，未完成就被抓，我媽媽繼續蓋完，一九五〇年時我們搬過去住。光復以後從梅枝町十九號搬到大同路存義巷十二號（現在臺中商專的對面，日式宿舍），然後再搬到大同路三十五號。揚風是來大同路存義巷十二號找楊逵，把

皮箱拿來寄放。我們搬到大同路三十五號新房子時，揚風的皮箱還是完好的，沒有打開來過，警備總部來搜查時才開箱。

一九四九年，楊逵會寫〈和平宣言〉可能跟揚風也有關係。看到二二八事件之後臺灣的省籍隔閡很深，文化界人士想要運用影響力，叫大家不要猜忌和鬥爭，楊逵才用中文起草〈和平宣言〉，但是否有人潤飾過就不知道了。楊逵用手工油印機，刻鋼板，把〈和平宣言〉草稿印了二十份。其中一份被上海《大公報》記者看到，回大陸後用新聞的方式報導出來。光復之前楊逵直接讀中文的《三國演義》，根據內容改寫成日文的《三國志物語》，後來他還可以把茅盾的《大鼻子的故事》翻譯成中文，表示他中文根基還不錯，當時也在努力中文創作。

一九四九年四月，葉陶跟楊逵連同在家的楊碧於中午時間被抓，差不多十二天後葉陶被放回來。八月時葉陶又被抓了一次，關到十二月二十一日冬至夜才回來。八月被抓那一次，我媽媽正好身體不舒服，醫生來看過，剛走，另外只有我在家。當時有四個人來抓我媽媽，嘉義人許分因為我爸爸已被逮捕，基於老朋友的情誼來關心我媽媽。當時我們住在存義巷十二號的宿舍，許分坐在榻榻米的通舖上跟我媽說話。我坐在窗前向外看，恰好看到四個人很匆忙地走過來，我當時警覺心很高，趕緊比手勢叫許分快走，他立即戴起帽子從後門跑走。進來的人約略看到他走時的身影，拿槍追過去。他們問我：「那是誰？」我回答：「沒有啊！只有我和媽媽，媽媽身體不舒服！」後來許分告訴我，他跑到後巷時把帽子脫掉慢慢走，裝成過路人，來抓的人也從他身邊走過。那一次如果他被抓應該也被槍斃了！除了葉陶的下場會很嚴重外，楊逵也會因為和他有來往而被認為是臺共，罪會更重！許分是臺共，後來出面自首。葉陶後來會到婦女會幫忙，就是為了減少麻煩，用婦女會的身分掩飾自己。

我們家的生活就是這段時間最困苦，爸媽被抓時家裡已經都沒有錢了。因為家庭經濟狀況很不好，讀初中二年級的哥哥姊姊立即休學；我初一讀完，升初二時也休學了！休學一年期間做過很多事，我姊夫是在日本學化工的，他教我們做肥皂、味素醬油、面霜，後來家裡也開過豆

腐店。當時我十三歲，哥哥十七歲，我們兩個人還曾經早上跟著別人，到山上偷砍官有林場的木柴。兩個人一天合砍五十斤，兩天所得可以換一斗米，時價四、五十元。曾經因為家裡只剩幾十元，哥哥問我買米好或買蕃薯好，買米只能吃兩天，買蕃薯可以吃一個禮拜。那時生活真的「多采多姿」，我才十多歲就什麼都做過。開豆腐店時，我媽媽跟哥哥晚上兩點起床，用手磨豆漿，磨完豆漿後媽媽煮豆漿，哥哥去睡。四點多我媽叫醒我，我把豆漿過濾，放石膏，製成豆腐。六點叫哥哥起床，我和哥哥再挑著擔子出去賣。我們三個人在家後面小空地上做豆腐。原先請來一個豆腐師傅，我注意看他製作的過程，一個月的時間就把功夫學起來，然後完全由自己家人來做。臺中一中的學生宿舍都是買我的豆腐，曾經有一次濾巾破了，豆渣掉進去，被學生發現了才知道。

　　我休學一年後，媽媽堅持要我回學校讀書，本來高中也不想考了，媽媽也不想強迫我。因為成績保持在前三名，居仁中學寄來免試升學的通知，我才回學校讀書。初三時老師要我參加模範生選舉，我以一個初三學生和高三、高二，總共三個人競選，全校學生一千兩百多，我得到八百多票。當選後校內開過會，汪廣平校長說楊建在校內褒揚就好，市政府那邊的表揚派高三的那個女生去，結果可能是我的老師不同意，老師幫我借來一套童子軍的衣服，讓我參加表揚大會。在學期間我一向保持優異的成績，所以從來不覺得因為爸爸的關係老師歧視我，同學們也對我很好，常來我們園裡玩。大哥資崩休學後就沒有再回學校，有一段時間大哥覺得媽媽比較偏心，讓我讀到大學，過世之前還直唸著這件事。

　　以前我們以為爸爸被抓跟臺大麥浪歌詠隊有關，後來才知道楊逵和葉陶是單獨的〈和平宣言〉一個案，跟四六事件學生被抓無關。白色恐怖應該是從四六事件開始，當時國民黨注意麥浪歌詠隊的人，怕他們反對政府。爸爸送綠島前媽媽又被抓，只是問一問，也沒有上法院，然後就被送回來了。

　　一九五八年一月底，舊曆年底，爸爸從綠島被押到臺北。接近期末考試的某一天，有一個便衣帶我爸爸過來找我，我很驚訝！握手時我問

楊逵為什麼回來，他在我手中搔搔，暗示等一下再說。下課時他又再到學校來，帶我去他在臺北被羈押的地方，位置在新生北路榮星花園那裡，離我的學校大同工專很近。他在臺北時還算很自由，白天有人輪流跟他談條件、上課，以及交代到日本的任務等。當時我擔任家庭教師，住在酒泉街學生姊姊家鐵皮屋工廠的二樓，他幾乎每個晚上都到我住的地方找我，跟我商量當局和他談的條件。黃明川拍楊逵的「作家身影」時，我、楊翠跟歐陽文一起到綠島，才知道當時被押到臺北的除了楊逵，還有歐陽文。他們兩人分開住，分別接受訓練，也分別和當局談條件。歐陽文跟楊逵一樣要派到日本，唯一的任務就是到廖文毅處臥底，後來兩人都沒有接受。當時楊逵提出的條件是要葉陶跟我們五個兄弟姊妹一起去，政府卻只答應讓葉陶一道去，說政府可以幫小孩子們安排好的工作，楊逵拒絕了！我寫〈拒絕出賣兒女的楊逵〉就是談這件事情。楊逵在臺北四個多月期間行動自由，沒有人監視。可能是那段時間去給王昶雄看過牙齒，也許是沒有跟王昶雄詳細敘述內情，有一次王昶雄打電話給我，說要寫楊逵回來臺灣那段時間的事，他以為當時楊逵是被假釋，由於政治犯沒有假釋，他認為楊逵「假釋」是要被國民黨利用做什麼事。我把〈拒絕出賣兒女的楊逵〉那篇文章給他看，電話裡也跟他談，他才知道是怎麼一回事。

　　楊逵剛從綠島回來沒幾年，來東海花園這裡的時候跟我講過，如果大陸解放臺灣，我們要接收東海大學為農工大學。因為看過國民黨的腐敗，被國民黨政府關了十二年，他寄望大陸會解放臺灣。楊逵在文化協會、農民組合被有錢人排斥過，他的文章都是同情無產階級，因此他對主張天下沒有貧富差距的共產主義有嚮往。文化大革命之後，楊逵對中共大失所望，就放棄了接收東海大學的野心，才寫出〈我有一塊磚〉，把心願縮小到以東海花園為文化中心，國民黨的陳癸淼為了這件事來幫過忙。

　　楊逵晚年擔任《美麗島》顧問，關心黨外運動，當時黨外人士競選都會來找他助選。大概是一九八一年選立法委員那一次，他住大甲我

家，有一個後來沒當選的林水藤要求楊逵站臺，楊逵考慮到一些問題，寫了一篇文稿要我拿去，我當場代替楊逵唸出那一篇文稿。我記得那時林水藤的競選總部在豐原，尤清也來了。

現在統獨兩派分得很清楚，但那時的社會型態下無所謂統獨。楊祖珺競選立法委員時，楊逵因為她標榜「前進派」而同意幫忙助選，我開車帶楊逵到楊祖珺的競選總部去。當時楊祖珺用「壓不扁的玫瑰花」做競選口號，是為了競選而認楊逵為乾爹，沒想到後來林正杰不值得抬舉。

## 【說明】

近幾年來透過電話或面對面的方式，曾多次與楊建先生談話，本紀錄是其中唯一經過錄音整理的一次。楊建先生在這一次的訪談中所揭露：皇民化運動時期楊逵曾為子女取日本姓名，戰後初期楊逵曾致力於建立臺語羅馬拼音系統，以及楊逵與外省作家揚風間的往來等，對於楊逵研究有極高的參考價值。由於楊建先生的部分說法與文史研究者的觀點有歧異之處，筆者特別註解說明如下：

1. 根據楊翠訪查結果，楊逵的童養媳本名「梁盒」，由於從小就被送往陳家做養女，後來又因某些因素回到生家，戶籍上仍保留養家名字「陳氏金盒」。參考楊翠，《楊逵評傳》，未刊稿。

2. 有關楊建先生所說，張季琳在日本聯繫到楊逵文友入田春彥的「姊姊」一事，根據張季琳本人的說法，她是在《宮崎日日新聞》刊登尋人啟事不久，與入田遺族取得聯繫，並和當時仍健在的入田春彥「小妹」江藤タツ談話，也和入田春彥已故姊妹們的子女等二十多人見面。詳見張季琳，〈楊逵和入田春彥──臺灣作家和總督府日本警察〉，《中國文哲研究集刊》第二二期（2003 年 3 月），頁 5-6。

3. 根據許雪姬的研究，總督府任命林獻堂為臺灣府評議員，是基於籠絡林獻堂本人與分化臺灣人抗日勢力之目的。因此反對林獻堂擔任該職的壓力除來自部分同志外，也來自臺灣民眾黨和左派的臺灣文

化協會。而林獻堂前後總計被任命五次，有為了表明心志或同儕壓力乃辭職以示反抗，也有迫於現實而不得不接受的情形。許雪姬並指出，府評議員的指定確實造就了一批御用紳士，如林熊徵、辜顯榮等人因為家務財政有賴於總督府的協助，而與總督府緊密連結；然林獻堂雖曾由於總督府利用他向臺灣銀行借款一事施壓，被迫退出第三次臺灣議會設置請願運動，但在此之後仍延續議會設置之請願到第十五次才罷。許雪姬認為林獻堂既反抗又屈從的態度，仍代表著一份臺灣人的風骨。詳情請參考許雪姬，〈反抗與屈從——林獻堂府評議員的任命與辭任〉，《國立政治大學歷史學報》第十九期（2002 年 5 月），頁 259-296。

4. 楊逵與臺灣文藝聯盟張深切、張星建等人的論爭背後有極為複雜的原因，其中包括意識形態與文學理念的差異；引爆點則在於是否刊載藍紅綠（本名陳春麟）的小說〈邁向紳士之道〉，楊逵與張星建兩人的意見相左。河原功、葉石濤、趙勳達與筆者均對此有所論述，詳情請參考本書第二章第二節之「楊逵與文聯張深切等人之爭」。

5. 根據筆者研究的結果，日治時期楊逵雖以日文作家而知名，但在正式進入臺灣文壇之前，曾經以漢文從事翻譯和寫作，其中包括臺灣話文的小說創作，後因效果不佳而放棄。戰後初期楊逵回到漢文創作，作品包括北京話文與臺灣話文歌謠。詳情請參考本書第一章第二節之「嘗試臺灣話文的創作」，以及第四章第二節之「跨越語言障礙的文學創作」。

6. 關於楊逵夫婦二二八事件後逃亡時原擬偷渡大陸一事，楊建先生認為應該是沒有船資而作罷，楊逵生前的回憶則是由於海岸線封鎖而未能成功。參見王麗華記錄，〈關於楊逵回憶錄筆記〉；何晌錄音整理，〈二二八事件前後〉，分別收於《楊逵全集》「資料卷」，頁 83 及頁 90。

7. 許分在楊逵創辦《臺灣新文學》時曾前往臺中協助，戰後初期參與楊逵《一陽週報》之創刊，並加入由楊逵領導的新生活促進隊。二

二八事件時許分投入反抗陳儀政府的行列，後來參加了中共在臺地下黨的組織。參考藍博洲，〈楊逵與中共台灣地下黨的關係初探〉，《批判與再造》第十二期（2004 年 10 月），頁 41、44。

# 參考資料

## 一、日治及戰後初期報紙雜誌

### （日治時期）

《臺灣大眾時報》，臺北：南天書局復刊，1995 年 8 月

《臺灣出版警察報》，警務局保安課掛，東京：不二出版株式会社復刻版，2001 年 2 月

《南音》，臺北：東方文化書局，臺灣新文學雜誌叢刊復刻本，1981 年 3 月

《臺灣新聞》，楊逵遺物中的剪報資料，楊逵家屬提供

《臺灣文藝》，臺灣文藝聯盟，臺北：東方文化書局，臺灣新文學雜誌叢刊復刻本，1981 年 3 月

《臺灣新文學》，臺灣新文學社，臺北：東方文化書局，臺灣新文學雜誌叢刊復刻本，1981 年 3 月

《臺灣新文學月報》，臺灣新文學社，臺北：東方文化書局，臺灣新文學雜誌叢刊復刻本，1981 年 3 月

《日本學藝新聞》，塚本照和教授提供

《臺灣日日新報》，國立聯合大學國鼎圖書館收藏有微捲

《臺灣時報》，國立臺灣大學圖書館收藏，臺灣時報資料庫

《臺灣新報》，臺南市立圖書館收藏

《文藝臺灣》，臺北：東方文化書局，臺灣新文學雜誌叢刊復刻本，1981 年 3 月

《臺灣文學》，啟文社，臺北：東方文化書局，臺灣新文學雜誌叢刊復刻本，1981 年 3 月

《民俗台灣》，臺北：南天書局，1998 年復刊

《興南新聞》，臺北：莊東方文化書局影印本，1997 年

《臺灣文藝》，臺灣文學奉公會，臺北：東方文化書局，臺灣新文學雜誌叢刊復
　　刻本，1981 年 3 月

**（戰後初期）**

《一陽週報》第九號，台中：一陽週報社，1945 年 11 月 17 日，楊逵家屬提供
《臺灣新生報》，臺南市立圖書館收藏，國立聯合大學國鼎圖書館收藏有微捲
《民報》，臺中圖書館舊版報紙資訊網
《人民導報》，臺北：莊東方文化書局影印本，1997 年復刊
《和平日報》（臺中），臺南市立圖書館收藏，部分由曾健民先生提供
《中華日報》，國立政治大學社會科學資料中心收藏有微捲
《台灣文化》（1－6 卷），臺北：傳文文化事業有限公司，1994 年復刊
《新新》（1945 年－1947 年 1 月），臺北：傳文文化事業有限公司，1995 年復刊
《文化交流》，臺北：傳文文化事業有限公司，1998 年復刊
《創作》，臺北：傳文文化事業有限公司，1998 年復刊
《新知識》，臺北：傳文文化事業有限公司，1998 年復刊
《政經報》，臺北：傳文文化事業有限公司，1998 年復刊
《台灣評論》，臺北：傳文文化事業有限公司，1998 年復刊
《公論報》，國立聯合大學國鼎圖書館收藏有微捲
《潮流》，臺中：銀鈴會，徐秀慧提供
《台灣民聲日報》，國立臺灣大學圖書館收藏
《台灣力行報》，臺中圖書館舊版報紙資訊網，「新文藝」欄由橫地剛、黃英哲、
　　河原功先生提供
《臺灣文學叢刊》，第一輯至第三輯，1948 年 8 月至 12 月

## 二、作家文集、日記、傳記、回憶錄、文學史料彙編

中島利郎編，《1930 年代台灣鄉土文學論戰資料彙編》，高雄：春暉出版社，2003
　　年 3 月初版第一刷
王曉波編，《蔣渭水全集》，臺北：海峽學術出版社，1998 年 10 月初版

古瑞雲（周明）著，《臺中的風雷》，臺北：人間出版社，1990 年 9 月初版

司馬文森編，《作家印象記》，香港：智源書局，1949 年 11 月初版

羊子喬主編，《郭水潭集》，臺南：臺南縣文化局，2001 年 12 月初版二刷

西川滿著，葉石濤譯，《西川滿小說集 1》，高雄：春暉出版社，1997 年 2 月初版一刷

西川滿著，陳千武譯，《西川滿小說集 2》，高雄：春暉出版社，1997 年 2 月初版一刷

西川滿著，陳藻香監製，《華麗島顯風錄》，臺北：致良出版社，1999 年 9 月初版

西川滿、池田敏雄著，《華麗島民話集》，臺北：致良出版社，1999 年 9 月初版

佐藤春夫著，邱若山譯，《佐藤春夫——殖民地之旅》，臺北：草根出版事業有限公司，2002 年 9 月初版一刷

吳克泰著，《吳克泰回憶錄》，臺北：人間出版社，2002 年 8 月初版

吳新榮著，《吳新榮回憶錄》，臺北：前衛出版社，1991 年 6 月 1 日臺灣版第二刷

吳瑞雲譯，《王育德自傳》，臺北：前衛出版社，2002 年 7 月初版

吳濁流著，《無花果》，臺北：前衛出版社，1988 年 8 月臺灣初版

吳濁流著，《台灣連翹》，臺北：前衛出版社，1988 年 8 月臺灣初版

呂赫若著，林至潔譯，《呂赫若小說全集》，臺北：聯合文學出版社有限公司，1995 年 7 月初版

呂赫若著，鍾瑞芳譯，《呂赫若日記（一九四二－一九四四年）中譯本》，臺南：國家台灣文學館，2004 年 12 月

巫永福著，《我的風霜歲月：巫永福回憶錄》，臺北：望春風文化事業股份有限公司，2003 年 9 月初版

李南衡主編，《文獻資料選集》（日據下台灣新文學　明集 5），臺北：明潭出版社，1979 年 3 月

周夢江、王思翔著，葉芸芸編，《台灣舊事》，臺北：時報文化出版企業有限公司，1995 年 4 月初版一刷

林亨泰著，《見者之言》，彰化：彰化縣立文化中心，1993 年 6 月

林梵（林瑞明）著，《楊逵畫像》，臺北：筆架山出版社，1978 年 9 月臺初版

茅盾著，《茅盾全集》，北京：人民文學出版社，新華書店發行，1986 年北京第
　　一版第一次印刷

張光直著，《蕃薯人的故事》，臺北：聯經出版事業公司，1999 年 1 月初版二刷

張良澤主編，《吳新榮日記（戰前）》，臺北：遠景出版事業公司，1981 年 10 月
　　初版

張良澤主編，《吳新榮日記（戰後）》，臺北：遠景出版事業公司，1981 年 10 月
　　初版

張炎憲、翁佳音編，《陋巷清士——王詩琅選集》，臺北：弘文館，1986 年 11 月

張深切著，陳芳明等編，《張深切全集》，臺北：文經出版社有限公司，1998 年
　　1 月

許雪姬編註，《灌園先生日記（七）一九三四年》，臺北：中央研究院臺灣史研
　　究所籌備處、近代史研究所，2004 年 4 月

陳芳明著，《楊逵的文學生涯》，臺北：前衛出版社，1988 年 9 月臺灣版第一刷

陳芳明著，《謝雪紅評傳》，臺北：前衛出版社，1994 年 4 月再版一刷

陳春麟著，《前輩作家藍紅綠作品集》，南投：南投縣政府文化局，2001 年 9 月
　　初版

陳虛谷著，陳逸雄編，《陳虛谷選集》，臺北：鴻蒙文學出版社，1985 年 10 月

陳逸松口述，吳君瑩記錄，林忠勝撰述，《陳逸松回憶錄》，臺北：前衛出版社，
　　1994 年 11 月修訂版第一刷

陳逸雄編，《陳虛谷作品集（上）》，彰化：彰化縣立文化中心，1997 年 12 月

陳逸雄編，《陳虛谷作品集（下）》，彰化：彰化縣立文化中心，1997 年 12 月

陳萬益主編，《張文環全集》，豐原：臺中縣立文化中心，2002 年 3 月

彭小妍主編，《楊逵全集》，國立文化資產保存研究中心籌備處，1998 年 7 月至
　　2001 年 12 月陸續出版

曾健民主編，《那些年，我們在台灣……》，臺北：人間出版社，2001 年 8 月

新垣宏一著，張良澤、戴嘉玲譯，《華麗島歲月》，臺北：前衛出版社，2002 年
　　8 月初版一刷

楊洽人、許俊雅編，《楊守愚日記》，彰化：彰化縣立文化中心，1998 年 12 月

葉石濤著，《文學回憶錄》，臺北：遠景出版事業公司，1983 年 4 月初版

葉榮鐘著，《葉榮鐘早年文集》，臺中：晨星出版有限公司，2002 年 3 月初版

劉捷著，《我的懺悔錄》，臺北：九歌出版社有限公司，1998 年 10 月

鄭振鐸著，《鄭振鐸全集》，石家庄：花山文藝出版，新華書店經銷，1998 年

歐坦生著，《鵝仔——歐坦生作品集》，臺北：人間出版社，2000 年 9 月初版

橫地剛著，陸平舟譯，《南天之虹：把二二八事件刻在版畫上的人》，臺北：人
　　間出版社，2002 年 2 月初版

鍾逸人著，《辛酸六十年》，臺北：自由時代出版社，1988 年 6 月初版

鍾逸人著，《辛酸六十年（下）》，臺北：前衛出版社，1995 年 1 月初版

鍾肇政、葉石濤編，《光復前台灣文學全集》，臺北：遠景出版社，1979 年 7 月
　　初版

蘇新著，《憤怒的台灣》，臺北：時報文化出版企業有限公司，1993 年 2 月初版
　　一刷，1994 年 5 月初版二刷

## 三、中文學術專著

下村作次郎著，邱振瑞譯，《從文學讀台灣》，臺北：前衛出版社，1997 年 2 月
　　初版

中島利郎編，《台灣新文學與魯迅》，臺北：前衛出版社，2000 年 5 月初版

井手勇著，《決戰時期台灣的日人作家與皇民文學》，臺南：臺南市立圖書館，
　　2001 年 12 月

王乃信等譯，林書揚等編，《台灣社會運動史（1913-1936）》，臺北：創造出版
　　社，1989 年 6 月第一版

王曉波著，《被顛倒的臺灣歷史》，臺北：帕米爾書店，1986 年 11 月初版

天津人民出版部、百川書局出版部主編，《中國文學大辭典》，臺北：百川書局，
　　1994 年 12 月

矢內原忠雄著，周憲文譯，《日本帝國主義下之臺灣》，臺北：帕米爾書店，1987
　　年 5 月再版

江寶釵等編，《臺灣的文學與環境》，高雄：麗文文化事業股份有限公司，1996
　　年 6 月

呂元明主編，《日本文學詞典》，上海辭書出版社發行所，1994 年 11 月初版

呂正惠著，《殖民地的傷痕——台灣文學問題》，臺北：人間出版社，2002 年 6
　　月初版

李永熾監修，薛化元主編，《台灣歷史年表　終戰篇Ⅰ（1945～1965）》，臺北：
　　業強出版社，1993 年 5 月初版，2001 年 4 月初版三刷

李篤恭編，《礦溪一完人》，臺北：前衛出版社，1994 年 7 月

林亨泰主編，《台灣詩史「銀鈴會」論文集》，彰化：台灣磺溪文化學會，1995
　　年 6 月

林明德著，《日本史》，臺北：三民書局，1986 年 10 月初版

林瑞明著，《台灣文學與時代精神：賴和研究論集》，臺北：允晨文化實業股份
　　有限公司，1993 年 8 月

林瑞明著，《台灣文學的歷史考察》，臺北：允晨文化實業股份有限公司，1996
　　年 7 月

林瑞明著，《台灣文學的本土觀察》，臺北：允晨文化實業股份有限公司，1996
　　年 7 月

河原功著，莫素薇譯，《台灣新文學運動的展開——與日本文學的接點——》，
　　臺北：全華科技圖書股份有限公司，2004 年 3 月初版

胡萬川總編輯，《台灣民間文學學術研討會論文集》，南投：臺灣省政府文化處，
　　1998 年 6 月

施淑著，《兩岸文學論集》，臺北：新地文學出版社，1997 年 6 月第一版第一刷

施懿琳等著，《台中縣文學發展史》，豐原：臺中縣立文化中心，1995 年 6 月

施懿琳著，《從沈光文到賴和：台灣古典文學的發展與特色》，高雄：春暉出版
　　社，2000 年

國立清華大學臺灣文學研究所編，《第一屆全國臺灣文學研究生學術論文研討會
　　論文集》，臺南：國立臺灣文學館籌備處，2004 年 7 月

國家圖書館參考組編輯，《臺灣文學作家年表與作品總錄（1945～2000）》，臺北：
　　國家圖書館，2000 年 12 月初版

張炎憲、李筱峰、莊永明編，《臺灣近代名人誌》，臺北：自立報社，1987 年 12
　　月初版

第六屆中華民國史專題討論會秘書處編，《20 世紀臺灣歷史與人物——第六屆中華民國史專題論文集》，新店：國史館，2002 年 12 月

許南村編，《反對言偽而辯：陳芳明台灣文學論、後現代論、後殖民論的批判》，臺北：人間出版社，2002 年 8 月

許俊雅撰，《日據時期臺灣小說研究》，臺北：文史哲出版社，1995 年 2 月

連溫卿著，張炎憲、翁佳音編校，《臺灣政治運動史》，板橋：稻鄉出版社，1988 年 10 月

陳芳明著，《左翼台灣——殖民地文學運動史論》，臺北：麥田出版社，1998 年 10 月

陳芳明編，《二二八事件學術論文集》，臺北：前衛出版社，1989 年 8 月台灣版第二刷

陳芳明著，《殖民地台灣——左翼政治運動史論》，臺北：麥田出版社，1998 年 10 初版

陳芳明著，《後殖民台灣——文學史論及其周邊》，臺北：麥田出版社，2002 年 4 月初版

陳芳明著，《殖民地摩登：現代性與台灣史觀》，臺北：麥田出版社，2004 年 6 月初版

陳映真等著，《呂赫若作品研究——台灣第一才子》，臺北：聯合文學出版社有限公司，1997 年 11 月初版

陳映真、曾健民編，《1947-1949 台灣文學問題論議集》，臺北：人間出版社，1999 年 9 月

陳映真等編，《告別革命文學？——兩岸文論史的反思》，臺北：人間出版社，2003 年 12 月初版一刷

陳翠蓮著，《派系鬥爭與權謀政治——二二八悲劇的另一面向》，臺北：時報文化出版企業股份有限公司，1995 年 2 月初版一刷，2003 年 4 月初版三刷

彭瑞金著，《台灣新文學運動 40 年》，臺北：自立晚報社，1991 年 3 月

彭瑞金著，《台灣文學探索》，臺北：前衛出版社，1995 年 1 月

彭瑞金著，《葉石濤評傳》，高雄：春暉出版社，1999 年 1 月初版

彭瑞金著，《驅除迷霧找回祖靈：台灣文學論文集》，高雄：春暉出版社，2000
　　年 5 月初版一刷

曾健民主編，《噤啞的論爭》，臺北：人間出版社，1999 年 9 月

黃武忠著，《臺灣作家印象記》，臺北：眾文圖書公司，1984 年 5 月

黃昭堂著，黃英哲譯，《台灣總督府》，臺北：自由時代出版社，1989 年 5 月
　　初版

黃英哲編，《台灣文學研究在日本》，臺北：前衛出版社，1994 年 12 月初版
　　一刷

黃俊傑編，《光復初期的臺灣：思想與文化的轉型》，臺北：國立臺灣大學出版
　　中心，2005 年 4 月初版

黃惠禎著，《楊逵及其作品研究》，臺北；麥田出版社，1994 年 7 月初版

楊素絹編，《楊逵的人與作品》，臺北：民眾日報出版社，1979 年 10 月初版

楊翠等撰，《台中縣文學發展史：田野調查報告書》，豐原：臺中縣立文化中心，
　　1991 年 12 月

葉石濤著，《沒有土地，哪有文學》，臺北：遠景出版社，1985 年 6 月初版

葉石濤著，《臺灣文學史綱》，高雄：文學界雜誌社，1987 年 2 月初版

葉石濤著，《台灣文學的悲情》，高雄：派色文化出版社，1990 年 1 月

葉石濤著，《走向台灣文學》，臺北：自立報系，1990 年 3 月初版

葉榮鐘著，葉芸芸補述，《日據下台灣大事年表》，臺中：晨星出版有限公司，
　　2000 年 8 月

路寒袖主編，《台灣文學研討會：台中縣作家與作品論文集》，豐原：臺中縣立
　　文化中心，2000 年 12 月

臺灣史研究會主編，《台灣史研究會論文集（第一集）》，臺北：臺灣史研究會，
　　1988 年 6 月初版

劉崇稜著，《日本文學概論》，臺北：水牛出版社，1982 年 8 月再版

蔡文輝著，《不悔集：日據時代台灣社會與農民運動》，臺北：簡吉陳何文教基
　　金會，1997 年 2 月

鄭炯明編，《越浪前行的一代：葉石濤及其同時代作家文學國際學術研討會論文
　　集》，高雄：春暉出版社，2002 年 2 月

盧修一著，《日據時代臺灣共產黨史（1928－1932）》，臺北：前衛出版社，1990
　　年5月

賴澤涵總主筆，《「二二八事件」研究報告》，臺北：時報文化出版企業有限公司，
　　1997年6月初版七刷

謝里法著，《日據時代台灣美術運動史》，臺北：藝術家出版社，1995年10月
　　四版

韓嘉玲編著，《播種集：日據時期台灣農民運動人物誌》，臺北：簡吉陳何文教
　　基金會，1997年1月

藍博洲著，《天未亮——追憶一九四九年四六事件（師院部分）》，臺中：晨星出
　　版有限公司，2000年4月初版

藍博洲著，《麥浪歌詠隊》，臺中：晨星出版有限公司，2001年4月初版

## 四、社會主義文獻、西洋文藝理論批評專著

Bill Ashcroft 等著，劉自詮譯，《逆寫帝國：後殖民文學的理論與實踐》，臺北：
　　駱駝出版社，1998年6月初版

中共中央馬克思恩格斯列寧斯大林著作編譯局編譯，《列寧全集》，北京：人民
　　出版社，1986年10月北京第一次印刷

西爾伯曼著，魏育青、于汛譯，《文學社會學引論》，合肥：安徽文藝出版社，
　　1988年，文藝社會學譯評叢書，據慕尼黑奧爾登堡出版

埃斯卡皮著，葉淑燕譯，《文學社會學》，臺北：遠流出版事業股份有限公司，
　　1990年12月初版

恩斯脫‧曼德爾著，張乃烈譯，《馬克思主義經濟學簡論》，臺北：台灣社會研
　　究雜誌社，1998年

薩依德著，單德興譯，《知識分子論》，臺北：麥田出版社，1997年11月

薩依德著，王淑燕等譯，《東方主義》，新店：立緒文化出版社，1999年9月

薩依德著，蔡源林譯，《文化與帝國主義》，新店：立緒文化出版社，2001年
　　1月

## 五、學位論文

王郁雯撰，《台灣作家的「皇民文學」（認同文學）之探討——以陳火泉、周金波為研究中心》，中國文化大學日本研究所碩士論文，2000 年

李文卿撰，《殖民地作家書寫策略研究——以皇民化運動時期《決戰台灣小說集》為中心》，國立暨南國際大學中國語文學系碩士論文，2001 年

林安英撰，《楊逵戲劇作品研究》，國立成功大學中文研究所碩士論文，1998 年 6 月

柳書琴撰，《戰爭與文壇：日據末期臺灣的文學活動（1937.7-1945.8）》，國立臺灣大學歷史研究所碩士論文，1994 年 6 月

柳書琴撰，《荊棘之道：旅日青年的文學活動與文化抗爭》，國立清華大學中國文學系博士論文，2001 年 7 月

徐秀慧撰，《戰後初期台灣的文化場域與文學思潮的考察（1945～1949）》，清華大學中國文學系博士論文，2004 年 7 月

張季琳撰，《台湾プロレタリア文学の誕生——楊逵と「大日本帝国」——》，日本東京大學大學院人文社會系研究科博士論文，2000 年 6 月

許詩萱撰，《戰後初期（1945.8～1949.12）台灣文學的重建——以《台灣新生報》「橋」副刊為主要探討對象》，中興大學中國文學系碩士論文，1999 年 7 月

黃琪椿撰，《日治時期臺灣新文學運動與社會主義思潮之關係初探（1927-1937）》，清華大學文學研究所碩士論文，1994 年 7 月

趙勳達撰，《《台灣新文學》（1935～1937）的定位及其抵殖民精神研究》，國立成功大學臺灣文學研究所碩士論文，2003 年 6 月

橋本恭子撰，《島田謹二《華麗島文學志》研究——以「外地文學論」為中心——》，國立清華大學中國文學系碩士論文，2003 年 1 月

## 六、中文期刊及會議資料

丁樹南著，〈歐坦生不是藍明谷——讀范泉遺作〈哭台灣作家藍明谷〉〉，《聯合報》，2000 年 6 月 13 日

中島利郎著,〈在殖民地台灣的日本作家——西川滿的文學觀〉,「賴和及其同時代的作家：日據時期台灣文學國際學術會議」論文,1994 年 11 月 25～27 日

中島利郎著,彭萱譯,〈日治時期台灣研究的問題點——根據台灣總督府的漢文禁止以及日本統治末期的台語禁止為例〉,《文學台灣》第四六期,2003 年 4 月

方生著,〈楊逵與台大麥浪歌詠隊〉,台灣新文學思潮（1947－1949）研討會論文,2000 年 8 月 16～20 日

方生著,〈楊逵與台灣學生民主運動〉,《新文學史料》（北京）,2001 年 2 月

王世慶著,〈三民主義青年團團員與二二八事件（初探）〉,《史聯雜誌》第二一期,1992 年 12 月

王昭文著,〈臺灣戰時的文學社羣——《文藝臺灣》與《臺灣文學》〉,《臺灣風物》第四十卷第四期,1990 年 12 月

王景山著,〈魯迅和台灣新文學〉,《中國論壇》第三一卷第十二期（總第三七二期）,1991 年 9 月

王署桂著,〈尋找楊逵——重回東海花園的楊建兄妹〉,《台灣新聞報》,2001 年 8 月 6、7 日

王曉波著,〈把抵抗深藏在底層——論楊逵的「『首陽』解除記」和「皇民文學」〉,《文星》第一〇一期（復刊號）,1986 年 11 月

池田敏雄著,張良澤譯,〈張文環兄及其周邊事〉,《臺灣文藝》第七三期,1981 年 7 月

池田敏雄著,廖祖堯摘譯,〈戰敗後日記〉,《臺灣文藝》第八五期,1983 年 11 月

何義麟著,〈皇民化期間之學校教育〉,《臺灣風物》第三六卷第四期,1986 年 12 月

何義麟著,〈《政經報》與《台灣評論》解題——從兩份刊物看戰後台灣左翼勢力之言論活動〉,《台灣史料研究》第十期,1997 年 12 月

何義麟著,〈戰後臺灣抗日運動史之建構——試析羅福星抗日革命事件〉,《臺灣教育史研究會通訊》第七期,2000 年 1 月

何義麟著，〈媒介真實與歷史想像──解讀 1950 年代台灣地方報紙〉，《臺灣史料研究》第二四號，2005 年 3 月

吳克泰著，〈楊逵先生與"二‧二八"〉，楊逵作品研討會論文，廣西南寧，2004年 2 月 2～3 日

呂正惠著，〈發現歐坦生──戰後初期台灣文學的一個側面〉，《新文學史料》（北京），2001 年 2 月

呂興昌著，〈文章千古事，得失寸心知──評王昶雄〈奔流〉的校訂本〉，《國文天地》第七卷第五期，1991 年 10 月

巫永福著，〈憶逵兄與陶姐〉，《文學台灣》第二期，1992 年 3 月

李文卿著，〈穿越皇民化運動時期的動員表象──《決戰台灣小說集》編輯結構探析〉，《台灣文學學報》第三期，2002 年 12 月

李功勤著，〈殖民地的傷痕──論日本殖民臺灣的政策及其影響〉，《世界新聞傳播學院人文學報》第七期，1997 年 7 月

李瑞騰著，〈《橋》上論爭的前奏〉，《新文學史料》（北京），2001 年 2 月

周婉窈著，〈從比較的觀點看臺灣與韓國的皇民化運動（一九三七至一九四五）〉，《新史學》第五卷第二期，1994 年 6 月

周婉窈著，〈台灣人第一次的「國語」經驗──析論日治末期的日語運動及其問題〉，《新史學》第六卷第二期，1995 年 6 月

林明德著，〈大東亞共榮圈的興亡〉，《歷史月刊》第九一期，1995 年 8 月

林淇瀁（向陽）著，〈一個自主的人──論楊逵日治年代的社會實踐與文學書寫〉，《真理大學臺灣文學研究集刊》第五期，2003 年 7 月

林淇瀁著，〈擊向左外野──論日治時期楊逵的報導文學理論與實踐〉，《臺灣史料研究》第二三號，2004 年 8 月

林莊生著，〈《民俗台灣》與金關丈夫──五十年後的讀感〉，《臺灣風物》第四五卷第一期，1995 年 3 月

林瑞明著，〈讓他們出土──台灣新生報『橋』副刊小說選介〉，《文學界》第十期，1984 年 5 月

林瑞明著，〈日本統治下的台灣新文學運動──文學結社及其精神〉，《文訊月刊》第二九期，1987 年 4 月

林載爵著，〈臺灣文學的兩種精神——楊逵與鍾理和之比較〉，《中外文學》第二卷第七期，1973 年 12 月

林燕珠著，〈冰山底下綻放的玫瑰——楊逵的抵抗精神與〈無醫村〉〉，《聯合文學》第十五卷第十二期（總第一八〇期），1999 年 10 月

林曙光著，〈楊逵與高雄〉，《文學界》第十四期，1985 年 4 月

林曙光著，〈烽火彰化邂逅楊逵〉，《文學台灣》第五期，1993 年 1 月

林曙光著，〈一逢永訣呂赫若〉，《文學台灣》第六期，1993 年 4 月

林曙光著，〈感念奇緣弔歌雷〉，《文學台灣》第十一期，1994 年 7 月

河原功著，〈1937 年臺灣文化、臺灣新文學狀況——圍繞著廢止漢文欄與禁止中文創作的諸問題〉，「台灣文學史書寫」國際學術研討會，成功大學，2002 年 11 月 22～24 日

河原功著，張文薰譯，〈不見天日十二年的〈送報夫〉——隻身力搏台灣總督府的楊逵——〉，楊逵文學國際學術研討會論文，靜宜大學，2004 年 6 月 19、20 日

近藤正己著，〈西川滿札記〉，《臺灣風物》第三十卷第三期至第四期，1980 年 9 月、12 月

邱若山著，〈日治時期台灣文學的翻譯問題——以《楊逵全集》為例〉，楊逵文學國際學術研討會論文，靜宜大學，2004 年 6 月 19、20 日

邱貴芬著，〈壓不扁的玫瑰：台灣後殖民小說面貌〉，《中國時報》，1997 年 2 月 13 日

柳書琴著，〈戰爭與文壇——事變後台灣文學活動的復甦〉，「賴和及其同時代的作家：日據時期台灣文學國際學術會議」論文，1994 年 11 月 25～27 日

柳書琴著，〈誰的文學？誰的歷史？——論日治末期文壇主體與歷史詮釋之爭〉，台灣文學史書寫國際學術研討會，成功大學，2002 年 11 月 22～24 日

洪秋芬著，〈台灣保甲和「生活改善」運動——（一九三七－一九四五）〉，《史聯雜誌》第十九期，1991 年 12 月

胡子丹著，〈楊逵綠島十二年〉，《傳記文學》第四六卷第五期，1985 年 5 月

唐湜著，〈回憶：抗日戰爭時期的東南文壇〉，《新文學史料》，1990 年 4 月

島田謹二作，葉笛譯，〈台灣文學的過去、現在和未來〉，《文學台灣》第二二、二三期，1997 年 4、7 月

馬森著，〈愛國乎？愛族乎？──「皇民文學」作者的自我撕裂〉，《聯合報》，1998 年 4 月 27 日

張良澤著，〈不屈的文學魂──論楊逵兼談日據時代的臺灣文藝〉，《中央日報》，1975 年 10 月 22～25 日

張良澤著，〈正視台灣文學史上的難題──關於台灣「皇民文學」作品拾遺〉，《聯合報》，1998 年 2 月 10 日

張良澤著，〈贅言〉，《民眾日報》，1998 年 5 月 10 日

張季琳著，〈楊逵和入田春彥──臺灣作家和總督府日本警察〉，《中國文哲研究集刊》第二二期，2003 年 3 月

張季琳著，〈楊逵和沼川定雄：臺灣人作家和臺灣公學校日本人教師〉，張文環及其同時代作家學術研討會論文，國家臺灣文學館，2003 年 10 月 18、19 日

張炎憲著，〈日據時代台灣社會運動──分期和路線的探討〉，《台灣風物》第四十卷第二期，1990 年 6 月

張恒豪著，〈超越民族情結重回文學本位──楊逵何時卸下「首陽農園」？〉，《文星》第九九期（復刊號），1986 年 9 月

張恒豪著，〈存其真貌──談「送報伕」譯本及其延伸問題〉，《臺灣文藝》第一〇二期，1986 年 9 月

梅丁衍著，〈黃榮燦疑雲──台灣美術運動的禁區〉，《現代美術》第六七至第六九期，1996 年 8 至 12 月

清水賢一郎著，〈臺、日、中的交會──談楊逵日文作品的翻譯〉，中央研究院中國文哲研究所籌備會座談會論文，1998 年 3 月 30 日

許俊雅著，〈補白歷史──《創作》月刊再現〉，《中國現代文學理論季刊》第八期，1997 年 12 月

許俊雅著，〈關於胡風翻譯《山靈──朝鮮台灣短篇集》的幾個問題〉，《文學台灣》第四七期，2003 年 7 月

許雪姬著，〈台灣光復初期的語文問題──以二二八事件先後為例〉，《史聯雜誌》第十九期，1991 年 12 月

許雪姬著，〈皇民奉公會的研究——以林獻堂的參與為例〉，《中央研究院近代史研究所集刊》第三一期，1999 年 6 月

許雪姬著，〈反抗與屈從——林獻堂府評議員的任命與辭任〉，《國立政治大學歷史學報》第十九期，2002 年 5 月

野間信幸著，涂翠花譯，〈張文環的文學活動及其特色〉，《文學台灣》第十期，1992 年 5 月

陳火泉著，〈被壓靈魂的昇華——我在台灣淪陷時期的文學經驗〉，《文訊》月刊，第七、八期，1995 年 2 月

陳芳明著，〈寫實主義與批判精神的抬頭〉，《聯合文學》第十六卷第五期（總第一八五期），2000 年 3 月

陳芳明著，〈皇民化運動下的四〇年代文學〉，《聯合文學》第十六卷第七期（總第一八七期），2000 年 5 月

陳芳明著，〈殖民地傷痕及其終結〉，《聯合文學》第十六卷第十一期（總第一九一期），2000 年 9 月

陳芳明著，〈楊逵這座冰山〉，《聯合報》「重新認識楊逵小集」，2001 年 12 月 13 日

陳芳明著，〈台灣文壇向左轉——楊逵與三〇年代的文學批評〉，「正典的生成：台灣文學國際研討會」論文，中央研究院，2004 年 7 月 15～17 日

陳建忠著，〈徘徊不去的殖民主義幽靈——論垂水千惠的「皇民文學觀」〉，《聯合報》，1998 年 7 月 8～9 日

陳建忠著，〈發現台灣：日據到戰後初期台灣文學史建構的歷史語境〉，《臺灣文學評論》第一卷第一期，2001 年 7 月

陳建忠著，〈未癒的殖民創傷——再論臺灣文學史上的「皇民文學」議題〉，《現代學術研究》第十一期，2001 年 12 月

陳建忠著，〈戰後初期現實主義思潮與台灣文學場域的再構築——文學史的一個側面（1945-1949）〉，台灣文學史書寫國際學術研討會論文，成功大學，2002 年 11 月 22～24 日

陳建忠著，〈行動主義、左翼美學與台灣性：戰後初期（1945-1949）楊逵的文學論述〉，楊逵文學國際學術研討會論文，靜宜大學，2004 年 6 月 19、20 日

陳映真著，〈精神的荒蕪——張良澤皇民文學論的批評〉，《聯合報》，1998 年 4 月 2～4 日

陳映真著，〈楊逵和平宣言的歷史背景——紀念「宣言」發表五十周年〉，《中國時報》，1999 年 4 月 7 日至 9 日

陳映真，〈避重就輕的遁辭——對於藤井省三「駁陳映真：以其對於拙著《臺灣文學這一百年》的誹謗中傷為中心」的駁論〉，《印刻文學生活誌》第一卷第四期，2004 年 12 月

陳培豐著，〈重新解析殖民地臺灣的國語「同化」教育政策——以日本的近代思想史為座標〉，《臺灣史研究》第七卷第二期，2001 年 6 月

陳培豐著，〈大眾的爭奪：〈送報伕〉・《國王》・《水滸傳》〉，楊逵國際學術研討會論文，靜宜大學，2004 年 6 月 19、20 日

陳翠蓮著，〈三民主義青年團與戰後台灣〉，《法政學報》第六期，1996 年 7 月

陳翠蓮著，〈去殖民與再殖民的對抗：以一九四六年「臺人奴化」論戰為焦點〉，《臺灣史研究》第九卷第二期，2002 年 12 月

彭小妍著，〈楊逵作品的版本、歷史與國家——《楊逵全集》版本問題〉，《聯合文學》第十四卷第九期（總第一六五期），1998 年 7 月

彭小妍著，〈楊逵與〈和平宣言〉〉，《自由時報》，1999 年 7 月 25 日

彭小妍著，〈楊逵的《三國志物語》〉，《中央日報》，2000 年 1 月 6 日

彭小妍著，〈楊逵與世界文學〉，《聯合報》「重新認識楊逵小集」，2001 年 12 月 13 日

彭瑞金著，〈「糞寫實主義事件」解密——訪葉石濤先生談〈給世氏的公開信〉〉，《文學台灣》第四二期，2002 年 4 月

彭瑞金著，〈戰後初期楊逵的台灣文學發言及其影響〉，楊逵文學國際學術研討會論文，靜宜大學，2004 年 6 月 19、20 日

彭瑞金著，〈戰後初期「台灣文學路向之爭」的真相探討〉，《文學台灣》第五一期，2004 年 7 月

游勝冠著，〈戰後的第一場台灣文學論戰〉，《臺灣史田野研究通訊》第二七期，1993 年 6 月

游勝冠著，〈在殖民者與被殖民者之間徘徊——又見一場以「皇民文學」為焦點的論戰〉，《聯合報》，1998 年 7 月 24 日

黃英哲著，〈黃榮燦與戰後台灣的魯迅傳播（1945～1952）〉，《台灣文學學報》第二期，2001 年 2 月

黃英哲著，〈楊逵與魯迅〉，《聯合報》「重新認識楊逵小集」，2001 年 12 月 13 日

黃惠禎著，〈抗議作家的皇民文學——楊逵戰爭期小說評述〉，《中華學苑》第五三期，1999 年 8 月

黃惠禎著，〈楊逵與賴和的文學因緣〉，《台灣文學學報》第三期，2002 年 12 月

黃惠禎著，〈楊逵與糞現實主義文學論爭〉，《台灣文學學報》第五期，2004 年 6 月

黃惠禎著，〈楊逵與戰後初期臺灣新文學的重建——以《臺灣文學叢刊》為中心的歷史考察〉，楊逵文學國際學術研討會論文，靜宜大學，2004 年 6 月 19、20 日

黃惠禎著，〈楊逵與日本警察入田春彥——兼及入田春彥仲介魯迅文學的相關問題——〉，《臺灣文學評論》第四卷第四期，2004 年 10 月

黃惠禎著，〈一九四八年臺灣文學論戰的再檢討——楊逵與《新生報》「橋」上的論爭〉，第六屆「中國近代文化的解構與重建」學術研討會——「中華文化與台灣文化：延續與斷裂」，政治大學，2005 年 5 月 6 日

雷驤著，〈壯士入田〉，《聯合報》，1998 年 12 月 19 日

楊建著，〈拒絕出賣兒女的楊逵〉，《自由時報》，1997 年 8 月 29 日

楊美紅著，〈來自現實人生的吶喊——丁樹南（歐坦生）訪談錄〉，《文訊》第二二二期，2004 年 4 月

楊資崩著，〈我的父親楊逵〉，《聯合報》，1986 年 8 月 7 日

楊翠著，〈不離島的離島文學——試論楊逵「綠島家書」〉，戰後初期臺灣文學與思潮學術研討會論文，東海大學，2003 年 11 月 29、30 日

楊熾昌著，〈女誡扇綺譚與禿頭港——赤嵌時代取材臺南的故事〉，《臺南文化》新十九期，臺南市政府，1985 年 6 月 30 日

葉石濤，〈流淚撒種的，必歡呼收割——光復初期的台灣日文文學〉，《文學界》第九集，1984 年 2 月

葉石濤著，〈日據時期的楊逵——他的日本經驗與影響〉，《聯合文學》第一卷第八期，1985 年 6 月

葉石濤著，〈關於楊逵未發表的日文小說〉，《台灣新聞報》，1995 年 6 月 27 日

葉寄民著，〈日據時代的「外地文學」論考〉，《思與言》第三卷第二期，1995 年 6 月

董芳蘭，〈父祖身影中找自己的臉——楊逵與他的「愚公世代」〉，《中央日報》，1997 年 3 月 22 日

廖振富著，〈林幼春、賴和與台灣文學〉，《文學台灣》第十七期，1996 年 1 月

廖振富著，〈林幼春研究（附生平事蹟年表）〉，《台灣文學學報》第一期，2000 年 6 月

廖振富著，〈新發現林幼春往來書札初探（大綱）〉，櫟社成立一百週年紀念學術研討會論文，國家台灣文學館暨文化資產保存研究中心主辦，2001 年 12 月 8 日

趙勳達著，〈禁用漢文的前奏曲——談《台灣新文學》一卷十號被禁的「漢文創作特輯」〉，《文學台灣》第四一期，2002 年 1 月

趙勳達著，〈帝國觀點與左派思考的衝突——論《台灣新文學》（1935-1937）上台、日籍作家對「殖民地文學的歧見」〉，張文環及其同時代作家學術研討會論文，國家台灣文學館，2003 年 10 月 18、19 日

劉孝春著，〈「橋」論爭及其意義〉，《世界新聞傳播學院人文學報》第七期，1997 年 7 月

蔡錦堂著，〈日據末期台灣人宗教信仰之變遷——以「家庭正廳改善運動」為中心〉，《思與言》第二九卷第四期，1991 年 12 月

蔡錦堂主講，〈第八十五回臺灣研究研討會演講記錄——日據時期台灣之宗教政策〉，《臺灣風物》第四二卷第四期，1992 年 12 月

蔡錦堂著，〈日本治台時期所謂「同化主義」的再檢討——以「內地延長主義」為中心〉，《臺灣史蹟》第三六期，2000 年 6 月

鄭功賢著，〈大律希音——陳庭詩縱橫現代藝術領域數十年〉，《典藏藝術》第五六期，1997 年 5 月

鄧慧恩著，〈文化的擺渡——楊逵翻譯作品的社會意義與詮釋〉，2004 青年文學會議（文學與社會學術研討會）論文，臺南：國家台灣文學館，2004 年 12 月 4、5 日

龍瑛宗著，〈楊逵與「臺灣新文學」——一個老作家的回憶〉，《文學台灣》創刊號，1991 年 12 月

鍾天啟著，〈瓦窯寮裏的楊逵〉，《自立晚報》，1985 年 3 月 29、30 日

鍾美芳著，〈呂赫創作歷程初探——從「柘榴」到「清秋」〉，「賴和及其同時代的作家：日據時期台灣文學國際學術會議」論文，清華大學，1994 年 11 月 25～27 日

藍博洲著，〈秧歌・台北——台灣新文藝運動的青春之歌〉，《新文學史料》（北京），2001 年 2 月

藍博洲著，〈楊逵與中共台灣地下黨的關係初探〉，《批判與再造》第十二期，2004 年 10 月

藤井省三著，〈「大東亞戰爭」時期台灣讀書市場的成熟與文壇的成立〉，「賴和及其同時代的作家：日據時期台灣文學國際學術會議」論文，清華大學，1994 年 11 月 25～27 日

藤井省三著，黃英哲譯，〈回應陳映真對拙著《台灣文學百年》之誹謗中傷〉，《聯合文學》第二三六期，2004 年 6 月

羅成純著，〈戰前台灣文學研究之問題點——從與韓國文學之比較來看〉，《文學界》第七期，1983 年 8 月

蘇瑤崇著，〈託管論與二二八事件——兼論葛超智（George H. Kerr）先生與二二八事件〉，《現代學術研究》第十一期，2001 年 12 月

## 七、日文專書及單篇論文

下村作次郎、中島利郎、藤井省三、黃英哲編，《よみがえる台湾文学：日本統治期の作家と作品》，東京：東方書店，1995 年 10 月

井東襄著，《大戦中に於ける台湾の文学》，東京：近代文學社，1993 年

台湾文学論集刊行委員会編，《台湾文学研究の現在》，東京：台湾文学研究会，1999 年 3 月第一刷

台灣經世新報社編，《台灣大年表（一八九五－一九三八）》重刊本，臺北：南天書局，2001 年 11 月四版三刷

台灣總督府編，河原功監修，《台湾日誌》〔復刻版〕，東京：綠蔭書房，1992 年 3 月

台灣總督府警務局編，《警察沿革誌》「日本領臺以後之治安狀況中卷二」，臺北：臺灣總督府警務局，1939 年 7 月

平野謙著，《昭和文學史》，東京：筑摩書房，1963 年 12 月初版一刷，1977 年初版六刷

尾崎秀樹著，《旧植民地文学の研究》，東京：勁草書房，1971 年

河原功解說，《台湾出版警察報　解說・発禁図書新聞リスト》，東京：不二出版株式会社，2001 年 2 月第一刷

河原功著，〈12 年間封印されてきた「新聞配達夫」──台湾総督府の妨害に敢然と立ち向かった楊逵〉，楊逵文學國際學術研討會論文，靜宜大學，2004 年 6 月 19、20 日

邱若山著，《佐藤春夫台湾旅行関係作品研究》，臺北：致良出版社，2002 年 9 月

星名宏修著，〈中国・台灣における「吼えろ中国」上演史──反帝国主義の記憶とその変容〉，《琉球大學法文學部紀要　日本東洋文化論集》第三號，1997 年 3 月

星名宏修著，〈台灣における楊逵研究──『吼えろ支那』はどう解釋されてきたか〉，「日本台灣學會」第二回學術大會，日本：東京大學，2000 年 6 月 3 日

津島佑子等著，《泉鏡花》（群像日本の作家 5），東京：小學館，1992 年 1 月初版

高橋新太郎著，《社団法人日本文学報国会会員名簿》（昭和 18 年版），東京：新評論株式会社，1992 年 5 月

高橋新太郎著，《總力戰体制下の文学者──社団法人「日本文学報国会」の位相》，東京：新評論株式会社，1992 年 5 月

黃英哲著，《台湾文化再構築 1945～1947 の光と影——魯迅思想受容の行方》，
　　愛知大學国研叢書第 3 期第 1 冊，埼玉縣：創土社，1999 年 9 月第一版第
　　一刷

櫻本富雄著，《日本文学報國會——大東亜戦爭下の文学者たち》，東京：青木
　　書店，1995 年 6 月第一版第一刷

# 後記

　　一九八八年任教於臺北的靜修女中時，偶然在報刊讀到葉石濤先生的文章，標題早已不復記憶，只隱約記得提及日本殖民時代的臺灣文學。對當時的自己來說，所謂「臺灣文學」還是個全然陌生的概念。當下除了不禁為自己的無知感到羞慚外，總覺得應該有人來接下前輩的棒子。肇因於這樣的使命感，同年間回到母校就讀碩士班，並以研究臺灣文學為職志。甫解嚴一年的臺灣社會，臺灣文史研究尚未全然跨出政治的陰霾，幸運的是獲得李豐楙老師的肯定與支持，就此開始蒐集散佚殆盡的文學史料，為後代留下歷史遺產成為研究的新動力。申報碩士論文題目之前見到楊逵遺稿的相關報導，鼓起勇氣聯絡到楊逵家屬，得有榮幸親炙楊逵手稿資料，就這樣踏進了楊逵研究的領域。

　　一九九二年碩士畢業，一九九四年碩士論文在文建會策劃下出版。一九九六年考進博士班，同年底中研院文哲所的《楊逵全集》編譯計畫開始執行，擔任執行編輯暨「資料卷」責任編輯。當時從未料想得到，編纂完成的《楊逵全集》與各界慷慨捐贈的珍貴史料，居然成為日後撰寫博士論文的基礎。博士班在學期間，除了李豐楙老師的指導與研究方法上的諸多啟發外，最難忘懷的是班導陳芳明教授的愛護。旁聽臺灣文學史課程一年半，陳老師不僅常把剛到手的重要文獻交給我參考，也啟蒙了我對左翼文學的認識。

　　二〇〇五年七月終於獲得博士學位，畢業論文成為本書的初稿，三年多來陸續進行了修訂。去年十二月原本打算申請國科會經費補助，赴日本蒐集資料，將第二章「三〇年代楊逵圖像」做大幅度的改寫，不料就在計畫構想初步成形時，赫然發現博論已遭到大陸學者樊洛平的嚴重剽竊，其中有多處文句幾乎一模一樣，然而全書竟對我的

博士論文隻字未提。面對如此卑劣的抄襲行徑，當時幾乎喪失了堅持學術生涯的勇氣。為此，在政治大學台灣文學部落格與《台灣文學館通訊》同時發表〈請秉持著學術良心與我對話：揭發樊洛平《冰山底下綻放的玫瑰：楊逵和他的文學世界》的剽竊劣行〉。由於舉證歷歷，樊洛平不得不在網路上公開「道歉」。但為掩飾其故意犯行，所謂的道歉信只見狡辯連連，毫無誠意可言。氣憤難平的我緊接著再舉出三段被抄襲之處，於台灣文學部落格發表〈請樊洛平不要詭辯，誠心地道歉認錯！〉一文，予以駁斥。

　　或許塞翁失馬焉知非福，獲知此事的朋友們紛紛捎來關懷之意，並熱心地代為洽詢論文正式出版的機會。承蒙友人汪淑珍的聯繫與蔡登山先生的協助，因而有了這本書在秀威發行的契機。回顧多年來的學術路程，除了兩位恩師——指導教授李豐楙老師和博士班導師陳芳明教授的指引外，特別要感謝提供楊逵手稿等珍貴史料的楊建老師，經常給我鼓勵的李喬老師和師母蕭銀嬌女士，一向提攜我的陳萬益教授與河原功老師，還有總是傾聽我訴說心事、彼此加油打氣的好友楊翠，在學術上互相切磋的學妹邱雅芳，以及支持我從事學術研究的外子。此外，本書初稿承蒙行政院文建會提供現代文學研究論文獎助，出版過程中三位學生助理——曾筱茜、陳采蘋、吳季昕辛苦協同文字校對，謹在此一併致謝！

　　二十年的楊逵研究至此告一段落，對自己來說其間最大的意義，並不是我發現了什麼，而是在潛移默化中受到楊逵精神的感召，從而確立了身為臺灣人的自尊與自信。一份微不足道的使命感，意外地成就了一段漫長的自我追尋的歷程，這段奇妙的因緣應該是學術生涯最重要的收穫吧！

國家圖書館出版品預行編目

左翼批判精神的鍛接：四〇年代楊逵文學與
思想的歷史研究 / 黃惠禎作. --一版.--
臺北市：秀威資訊科技, 2009.07
面；　公分. --（史地傳記類；AC0011）

BOD 版
含參考書目
ISBN 978-986-221-240-0（平裝）

1.楊逵　2.臺灣文學　3.臺灣傳記
4.學術思想　5.文學評論

863.4　　　　　　　　　　　　　98009045

史地傳記類　AC0011

# 左翼批判精神的鍛接：
## 四〇年代楊逵文學與思想的歷史研究

作　　者 / 黃惠禎
主　　編 / 蔡登山
發 行 人 / 宋政坤
執行編輯 / 藍志成
圖文排版 / 陳湘陵
封面設計 / 蕭玉蘋
數位轉譯 / 徐真玉　沈裕閔
圖書銷售 / 林怡君
法律顧問 / 毛國樑　律師
出版印製 / 秀威資訊科技股份有限公司
　　　　　台北市內湖區瑞光路 583 巷 25 號 1 樓
　　　　　電話：02-2657-9211　　　傳真：02-2657-9106
　　　　　E-mail：service@showwe.com.tw
經 銷 商 / 紅螞蟻圖書有限公司
　　　　　台北市內湖區舊宗路二段 121 巷 28、32 號 4 樓
　　　　　電話：02-2795-3656　　　傳真：02-2795-4100
　　　　　http://www.e-redant.com

2009 年 7 月 BOD 一版
定價：560 元

# 讀 者 回 函 卡

感謝您購買本書，為提升服務品質，煩請填寫以下問卷，收到您的寶貴意見後，我們會仔細收藏記錄並回贈紀念品，謝謝！

1.您購買的書名：_____

2.您從何得知本書的消息？

　□網路書店　□部落格　□資料庫搜尋　□書訊　□電子報　□書店

　□平面媒體　□ 朋友推薦　□網站推薦 □其他_____

3.您對本書的評價：(請填代號　1.非常滿意 2.滿意 3.尚可 4.再改進)

　封面設計____　版面編排____　內容____　文/譯筆____　價格____

4.讀完書後您覺得：

　□很有收獲　□有收獲　□收獲不多　□沒收獲

5.您會推薦本書給朋友嗎？

　□會　□不會，為什麼？_____

6.其他寶貴的意見：_____

_____

_____

_____

## 讀者基本資料

姓名：_____ 年齡：_____ 性別：□女 □男

聯絡電話：_____ E-mail：_____

地址：_____

學歷：□高中(含)以下　　□高中　　□專科學校　　□大學

　　　□研究所(含)以上 □其他_____

職業：□製造業 □金融業 □資訊業 □軍警 □傳播業 □自由業

　　　□服務業 □公務員 □教職　 □學生 □其他_____

------------------------------------------------

(請沿線對摺寄回,謝謝!)

## 秀威與 BOD

BOD（Books On Demand）是數位出版的大趨勢，秀威資訊率先運用 POD 數位印刷設備來生產書籍，並提供作者全程數位出版服務，致使書籍產銷零庫存，知識傳承不絕版，目前已開闢以下書系：

一、BOD 學術著作—專業論述的閱讀延伸
二、BOD 個人著作—分享生命的心路歷程
三、BOD 旅遊著作—個人深度旅遊文學創作
四、BOD 大陸學者—大陸專業學者學術出版
五、POD 獨家經銷—數位產製的代發行書籍

BOD 秀威網路書店：www.showwe.com.tw
政府出版品網路書店：www.govbooks.com.tw

永不絕版的故事・自己寫・永不休止的音符・自己唱